Let me be your star

별이 오다

Let me be your star

이제일 장편소설

별이 오다

별이 오다

지은이 이채영
펴낸이 이형기
펴낸곳 도서출판 가하

초판인쇄 2019년 3월 5일
초판발행 2019년 3월 12일
출판등록 2008년 10월 15일 제 318-2008-00100호

주소 서울 영등포구 양평로 67, 1209 (당산동5가, 한강포스빌)
전화 02-2631-2846 **팩스** 02-2631-1846

www.ixbook.co.kr

ISBN 979-11-300-3536-9 03810

값 13,800원

Contents

"뭐?"

가영은 차에서 내리려다가 말고 되물었다.

"내일 하기로 한 드라마 미팅이랑 광고 촬영이 취소되었대요."

가영의 매니저 일을 한 지 2년차 되어가는 시웅은 어쩔 줄 몰라 하는 표정으로 대답했다.

"그건 알아들었어. 내 말은 갑자기 왜 그렇게 되었냐고."

"이유는 저도 잘 모르겠어요. 저도 막 대표님한테 연락 받고 말씀드리는 거예요."

시웅이 콧잔등을 찡긋거렸다. 그가 난처할 때마다 짓는 표정이다.

"……혹시 드라마 미팅 취소된 거 신우현 씨 때문이야?"

가영은 이번 드라마 남자주인공이 신우현이라는 걸 알고 있었기에 조심스럽게 물었다.

"글쎄요. 확실한 건 모르지만, 설마 그렇게까지 했을까요?"

시웅은 대답은 그렇게 하면서도 긴가민가한 표정을 지었다.

신우현은 대한민국에서도 손꼽히는 남자배우 중 한 명이다. 그런 그가 가영을 별로 좋아하지 않는다는 건 가영을 포함해 그녀의 지인 몇 사람만 알고 있는 비밀이었다. 이유는 알 수 없었다. 만난 적도 몇 번 없는데 자신을 쳐다보지도 않고 거리를 두기에, 그럴 거라 짐작만 하고 있는 상황이다.

가영이 입을 꾹 다물고 있자, 시웅이 민망한 듯 다시 입을 뗐다.

"에이. 누나, 너무 깊게 생각하지 마요. 원래 연예계 일이 그렇잖아요. 시작하기 전은 물론이고 도중에 엎어지는 경우도 허다하고요. 그래서 그런 거겠죠. 설마 신우현 씨 정도 되는 사람이 이유 없이 상대역을 내치고 그러겠어요? 안 그래요?"

시웅의 말처럼 계약서에 도장을 찍어도 촬영에 들어가야 '정말 하긴 하는구나.' 하고 느끼곤 했다. 그만큼 이쪽 업계의 일은 쉽게 무산되었다. 가영도 그 점을 잘 알고 있었다.

그런데 요즘 들어 부쩍 이유도 없이 일이 엎어지는 일이 많았다. 벌써 취소된 광고만 두 개째였다. 그뿐만이 아니었다. 그녀에게 먼저 영화 시나리오를 보내놓고 이틀 만에 연락을 해와 없던 일로 하자고 한 경우도 있었다. 특별히 나쁜 스캔들이 난 것도, 여론이 안 좋아진 것도 아니고, 인지도가 떨어진 것도 아닌데 갑자기 일거리가 줄어들었다.

"누나……."

가영의 표정이 어두워지자 시웅이 그녀를 조심스럽게 불렀다.

"괜찮아. 걱정하지 마. 누나, 그런 걸로 쓰러지지 않아. 다들 보석을 못 알아보는 거지, 뭐."

가영이 걱정하지 말라는 듯 손을 들었다. 찝찝하다 못해 불쾌하기까지 하지만, 계속 내색하고 있을 수 없었다. 그녀가 씩씩하게 어깨를 펴자, 시웅이 어색하게 웃으며 말했다.

"다행이에요. 누나가 씩씩해서요."

"내가 씩씩함 빼면 시체지."

가영이 일부러 더 환하게 웃었다.

"다행이에요. 누나, 집에 도착했어요."

"알아. 우리 집인 거."

"그래서 말인데요. 이제 그만 내리셔야 할 것 같은데요. 시간이 늦어서요. 얼른 가서 쉬셔야죠."

시웅이 시계를 쳐다보며 초조한 얼굴을 했다. 가영의 일이 안타까운 건 안타까운 거고, 일찍 퇴근하고 싶은 건 퇴근하고 싶은 거다.

시웅의 얼굴에서 드러난 감정을 읽은 가영은 뻘쭘해졌다. 늦은 시간 집에 가고 싶어 하는 애를 괜한 말로 붙들고 있었다.

"아……. 미안. 가볼게. 또 봐."

가영이 민망해하며 손을 들었다.

"내일 뵐게요! 누나! 아니, 사흘 후에 뵈어요!"

시웅이 인사를 한 후 부리나케 차를 끌고 골목을 빠져나갔다. 뒤도 돌아보지 않고 멀어지는 차를 바라보던 가영은 주변에 아무도 없는 것을 확인한 후에야 긴 한숨을 내쉬었다.

가영이 배우 일을 시작한 건 6년 전이지만, 이름을 알리게 된 건 3년이 채 되지 않았다. 3년 조금 넘는 시간 동안 무명으로 고생하다가, 운이 좋게 잘 맞는 배역을 맡아 술술 풀리게 되었다. 참여한 드라마나 영화마다 중박은 쳐준 덕분에 그녀는 대체로 환영받았다.

톱배우는 아니지만, 끊임없이 일거리가 들어오고 수입도 안정적으로 들어왔으며, 기획사에서도 특별히 신경 써주었다. 가영의 이름을 대면 대부분의 사람들은 안다는 반응을 보였다. 길을 가면 사인 요청도 들어오고, 사진을 찍자며 달려드는 사람들도 많아서 외출 시엔 꼭 모자를 눌러써야만 할 정도였다.

이만하면 살 만하다 싶었는데, 갑자기 몇 달 전부터 이상한 일들이 벌어지기 시작했다. 일거리가 이유 없이 감소했다. 배우는 끊임없이 대중들에게 노출되어야만 하는 존재다. 광고든, 영화든, 드라마든, 하다못해 예능에서라도. 사람들의 기억에서 잊히는 것만큼 무서운 건 없다. 그런데, 그 무서운 일이 벌어지려고 한다.

대체 왜?

답답한 마음에 가영은 다시 한 번 한숨을 내쉬며 아파트 엘리베이터에서 내렸다. 그녀가 알뜰히 아껴서 겨우 마련한 아파트 전셋집이다. 비밀번호를 누른 후 들어가자 센서등이 켜졌다. 예전이라면 신이 나서 신발을 벗고 뛰어 들어갔을 텐데, 가영은 그 자리에 서서 꼼짝도 하지 않았다.

언젠가부터 아파트에 들어서면 싸한 한기가 느껴졌다. 그녀는 가장 먼저 중문을 확인했다. 현관 중문에 자리한 포스트잇이 그 자리에 그대로 꽂혀 있었다. 누군가가 문을 여닫았다면 떨어져 있었을 터다.

조심스럽게 안으로 들어간 가영은 거실 스위치를 눌렀다. 환해진 거실 바닥에 물건들이 엉망진창으로 널브러져 있었다. 그녀가 일부러 흩어둔 상태 그대로였다. 누군가가 손대면 곧바로 알아챌 수 있도록. 자신이 해놓은 대로인데, 어째서인지 누군가의 손을 탄 듯한 기분이 들었다.

왤까.

타인의 집에 온 것처럼 우뚝 서 거실을 쭈욱 훑던 가영의 시선이 한 곳에 멈췄다. 커튼이 반쯤 쳐져 창밖이 보이지 않았다.

가만. 내가 커튼을 저렇게 해놓고 나갔던가. 분명 아침에 커튼을 거둬두고 나갔던 것 같은데……. 그래서 베란다 앞에 서서 길게 기지개도 켰던 것 같은데…….

정작 제일 중요한 커튼을 어떻게 했는지가 기억이 나지 않았다. 가영의 눈이 생각에 잠긴 듯 가느스름해질 때였다.

띠리링. 띠리링.

"악!"

갑작스레 울린 벨 소리에 비명을 내지른 가영이 왼쪽 가슴에 손을 대며 헐떡거렸다.

"아, 심장 떨어지는 줄 알았네."

깜짝 놀란 가영이 헉헉거리며 핸드백에서 휴대전화를 꺼냈다.

[대표님]

가영은 안 그래도 무서웠는데 액정에 아는 사람의 이름이 뜨자 반가워져 얼른 휴대전화를 귀에 가져다 댔다.

"네. 대표님. 안 그래도 전화 드리려고 했었어요."

– 어. 그래. 그런데 목소리가 왜 그래?

"아, 별거 아니에요."

가영의 시선이 커튼으로 향했다. 아무래도 이상하지만, 확실하지 않은데 괜한 소릴 할 순 없었다.

– 오늘 시웅이한테 소식 들었지?

"네. 갑자기 왜 그렇게 된 거예요?"

– 글쎄. 나도 갑자기 통보를 받아서. 너, 어디야? 집이니?

"네. 집이에요."

별이 오다

― 많이 피곤하지 않으면 기획사로 나올래? 이번 건도 그렇고, 또 사흘 후에 찍을 광고 계약 이야기도 할 겸해서…….

"지금 이 시간에요? 무슨 일 있어요?"

― 그건 얼굴 보고 했으면 하는데.

대표님의 목소리가 점점 가라앉았다. 언뜻 초조함마저 느껴졌다.

"광고, 재계약 안 한대요?"

가영이 상황을 직감하고서 묻자, 휴대전화 너머가 조용했다. 가영의 입술이 일자로 굳었다. 그녀가 이름을 알리기 시작한 3년 전부터 모델을 맡았던 광고였다. 그 광고마저 끝이라니. 아무래도 이상했다.

"갑자기 왜 이러는 거예요?"

― 안 좋은 소문이 돌고 있어. 나도 오늘에서야 접하게 된 거라서 당황스럽다.

"소문이요?"

― 후우, 자세한 건 일단 만나서 이야기하자. 전화로 오래도록 붙잡고 있어봤자 해결이 안 날 테니 말이야.

"지금 이 시간에요?"

가영이 곤란한 기색을 내비쳤다.

― 응. 오늘 꼭 봤으면 해.

대표의 목소리는 초조함이 배어났다.

"네. 어디로 나갈까요?"

고민 끝에 가영이 대답했다.

― 일단 네 차 타고 기획사 근처로 와.

"택시 말고요?"

― 되도록 사람들 눈에 안 띄게 조심하는 게 좋잖아. 기자들한테 들켜봤자 좋을 거 없으니까.

자신이 상상하던 일보다 큰일이 벌어진 것 같아 가영은 바짝 긴장했다.

"알겠어요."

가영은 통화를 마친 후 거실 바닥에 내려놓은 핸드백을 들었다. 그 안에 차

키가 있는 걸 확인하곤 현관에서 신발에 발을 꿰다 문득 뒤돌아보았다. 그녀의 시선이 거실창을 가리고 있는 커튼으로 향했다. 왠지 오늘따라 반쯤 열려 있는 커튼이 섬뜩하게 느껴졌다.

그녀는 왼손 검지의 묵주반지를 만지작거렸다. 그녀가 불안할 때 하는 습관적인 행동이다. 그녀는 물끄러미 커튼을 바라보다가 불안을 떨치려는 듯, 고개를 홱 돌렸다.

◆ ◆ ◆

그녀의 집에서 기획사까지는 차로 삼십 분 거리였다. 새벽에는 도로가 한산해 이십 분이면 충분했다. 편하게 택시를 잡아타고 싶었지만, 조심하잔 대표의 말 때문에 그녀는 직접 운전대를 잡고 나섰다.

그리고 차에 문제가 있다는 걸 눈치챈 건, 집에서 출발해 6차선 도로에 진입했을 때였다. 브레이크를 두 번 밟자마자 안에서 뚝 소리가 났다.

"뭐야, 이거 왜 이래?"

이상을 느낀 가영이 갓길에 정차하려 브레이크를 밟았지만, 속도는 전혀 줄지 않았다.

"어? 어?"

가영은 당황해 연신 브레이크를 밟았다. 그러나 뭐가 문제인지 브레이크가 헐거웠다. 가영이 흘깃 핸들 너머를 바라봤다. 시속이 이미 80킬로를 넘어가고 있었다. 이유를 알 수 없지만, 차의 속도는 점점 더 빨라지고 있었다.

"이거 왜 이래? 왜 이러는 거야?"

가영이 다급하게 이리저리 핸들을 돌리며 다른 차를 피했다. 그러다 정지신호에 맞춰 서 있는 차의 옆면을 긁었다.

끼익!

허공에 울리는 긁히는 소리에 가영의 얼굴이 확 굳었다. 뒤에서 클랙슨이 빵, 울렸다.

"이런, 미친놈을 봤나! 운전을 발로 하는 거야, 뭐야!"

벌이 오다

창문을 내린 운전자가 버럭 소리쳤다.

"미, 미안해요! 미안합니다! 악! 잠시만요! 비켜요! 다쳐요!"

가영이 비명처럼 소리쳤다. 달리고 있는 상황에서 그래봤자 상대에게 들릴 리 없다는 걸 알면서도 다른 수가 없었다.

그사이 차는 더 빨라졌다. 이미 신호는 몇 개나 지나쳤다. 불행 중 다행인 건 사람을 치지 않았다는 거지만, 이대로 가다간 큰 사고가 날 게 분명했다. 아니, 어쩌면 이것 자체가 이미 그녀의 인생에선 더없이 큰 사고였다.

이 일이 세간에 알려진다면 그녀는 연예계에서 매장당할지도 모른다. 그보다도 여기서 살아 나갈 수 있을지도 의문이었다.

곧 사거리다. 여태까진 어찌어찌 잘 버텨냈지만, 이젠 모르겠다. 이대로 가다간 영락없이 대형사고로 이어질 거다. 가영의 눈에서는 눈물이 뚝뚝 떨어져 내렸다.

"할머니, 도와줘요. 제발. 나 한 번만 살려줘."

가영이 울먹거렸다. 그러다 입술을 꽉 깨물었다. 죽은 할머니한테 살려달라고 비는 것보다 지금 자신이 정신을 차리는 게 급선무였다.

"일단 정신 차리자. 뭐라도 하자."

그녀는 눈을 부릅뜨곤 경황없는 와중에도 어떻게 하는 게 최선일지 궁리했다. 그나마 안전해 보이는 곳에 차를 들이받으면 설까? 그러기엔 시속이 이미 90킬로미터를 넘어섰다. 자칫 잘못하다간 자신은 물론 다른 인명피해까지 낼 수 있다.

가영은 곧이어 경찰을 떠올렸다. 경찰에 연락해서 자신의 차가 고장 났다는 사실을 먼저 알려야 했다. 마음을 다잡은 그녀가 조수석에 내팽개쳐놓은 핸드백을 거머쥐었다. 한 손으로 핸들을 꽉 잡고, 다른 한 손으로 핸드백 지퍼를 열려고 했으나 마음처럼 되질 않았다. 가까스로 지퍼를 열어 휴대전화를 찾은 가영이 112 버튼을 누르려고 한 순간이다.

빠앙!

사거리에서 툭 튀어나온 시외버스가 클랙슨을 울렸다.

"악!"

가영은 사력을 다해 핸들을 꺾었다.

쿵!

가까스로 핸들을 돌린 차가 시외버스를 피해 가로등을 들이받고 멈추었다. 끼익끼익. 차의 어디선가 기이한 소리가 새어나갔다. 핸들에 세게 머리를 박은 가영이 고개를 숙인 채 꼼짝도 하지 못했다. 목이 지독하게 아파 움직일 수가 없었다. 이마에서 뜨거운 피가 쏟아져 내렸다.

"으윽."

온몸이 아팠다. 그래도 다행히 살아남았다. 해야 할 뒷수습이 어마어마하게 많겠지만, 그래도 살아 있다는 것에 안심할 때였다.

빠앙!

날카로운 클랙슨이 울렸다. 가까스로 있는 힘을 다해 고개를 드는데, 눈앞이 환했다. 차창으로 헤드라이트 빛이 쏟아져 들었다. 그제야 가영은 자신의 차가 차선 너머 커브길에 세워져 있음을 알았다. 그리고 지금 막 커브를 틀어 오던 차가 자신을 이제야 발견했다는 것도. 속도를 미처 줄이지 못한 차가 그대로 가영의 차를 덮쳤다.

쾅!

돌진한 차는 가영이 타고 있던 차의 운전석을 들이받았다.

한발 늦게 사이렌을 울리며 도착한 경찰차들이 사고현장 근처에 멈춰 섰다. 차에서 내린 경찰들이 처참하게 구겨진 가영의 차를 발견하곤 얼굴을 구겼다. 그중 가장 나이 많은 한 사람이 저벅저벅 걸어가 운전석의 깨진 창문 너머를 확인했다. 가영의 목과 어깨가 기이하게 꺾여 있었다.

"아무래도 즉사한 거 같군."

혼잣말로 중얼거린 그가 손짓하자, 뒤에 서 있던 경찰들이 우르르 뛰어 들어왔다.

반짝. 그녀가 끼고 있던 반지가 빛을 내다가 스르륵 사라진 건 누구도 알아채지 못했다.

Chapter 01

어린 가영은 할머니의 등을 바라보았다. 커다란 창문에선 환한 햇살이 쏟아지고 있었다. 그 빛을 고스란히 받으며 허리를 곧게 세운 채 기도하는 할머니의 뒷모습은 다른 무엇보다도 신성하게 느껴졌다. 할머니는 주름진 두 손을 꼭 쥐고서 중얼거렸다.

"하늘에 계신 우리 아버지. 아버지의 이름이 거룩히 빛나시며, 아버지의 나라가 오시며⋯⋯."

할머니가 중얼거리듯이 하는 기도 소리가 듣기 좋았다. 가영은 기도가 끝나길 기다렸다. 마침내 기도를 마친 할머니가 가영을 돌아보았다. 그녀의 두 번째 손가락에 끼워진 반지가 눈에 들어왔다. 할머니가 엄마에게 선물했다가, 엄마가 돌아가신 후 할머니가 착용한 그 묵주반지였다.

"할머니. 무슨 기도 했어요?"

그녀가 물었지만, 할머니는 빙그레 웃을 뿐 아무 말도 하지 않았다.

"할머니. 기도하면 정말 하늘에 계신 분이 들어줘요? 그러면 나도 기도할까요? 나는 할머니 오래오래 건강하게 해달라고 기도해야겠다. 할머니, 건강하게 오래 살아야 해요."

그녀는 할머니의 다리에 드러누웠다. 할머니에게선 세월의 내음이 났다. 그녀는 그 냄새가 좋았다. 깊게 숨을 들이마시자, 할머니가 손을 뻗어 그녀의 머리를 쓰다듬어주었다.

"가영아."

할머니가 그녀의 이름을 불렀다. 가영은 눈을 감은 채 응, 하고 대답했다.

"약속했지? 할머니가 너 꼭 지켜주겠다고."

"응. 그랬지. 늘 지켜주고 있잖아."

할머니는 그녀의 하늘이다. 밥을 해주고, 잠결에 이불을 차면 감기 걸린다며 꼭 이불도 덮어주었다. 그녀에게 유일한 버팀목이다.

"그래. 잊지 않으면 됐어."

"안 잊어."

어떻게 잊을까.

"그래. 이제 됐다. 그만 가거라."

"응? 어딜?"

가영은 여전히 눈을 감은 채 물었다. 눈을 뜨고 싶었는데, 눈두덩이 무거워서 꼼짝도 할 수가 없었다. 아무리 힘을 주어도 눈을 뜰 수가 없었다.

"할머니, 나, 눈이 이상해. 눈이 안 떠져."

"돌아가. 더는 보면 안 돼."

할머니가 알 수 없는 말을 했다. 대답을 하고 싶은데, 이젠 입이 열리지 않았다.

"조심히 가거라. 내 소중한 강아지."

……할머니?

할머니의 목소리에 울음이 맺혀 있었다.

"나는 늘 너를 위해 기도한단다."

할머니의 목소리가 점점 멀어졌다.

할머니?

가영은 속으로 할머니를 연신 부르며 울부짖었다. 그러나 더는 대답이 돌아오지 않았다. 그제야 그녀는 자신의 기도가 잘못되었음을 알았다.

할머니가 오래도록 건강하게 사는 게 아니라, 함께 있고 싶다고 빌었어야 했다. 가고 싶지 않다고, 지금 이 꿈이 계속되었으면 좋겠다고, 할머니의 다리를 베고 누워서 아무것도 모르는 애처럼 머물고 싶다고 빌었어야 했다.

그러나 아무리 후회한들 할 수 있는 건 아무것도 없었다. 그저 아득히 높은 데서 추락하는 듯한 느낌만 들었다.

◆ ◆ ◆

별이 오다

"……머니. 할머니."

가영은 중얼거리듯 말하다가 눈을 번쩍 떴다. 눈꼬리에 맺혀 있던 눈물이 주르륵 떨어졌다. 마른침을 꼴깍 삼킨 그녀는 눈을 깜빡였다. 그러자 새하얀 천장이 보였다. 제집과는 전혀 다른 풍경에, 그녀가 주변을 둘러보았다. 환자복을 입은 사람들이 침대에 누워 있는 게 보였다.

"아휴, 슬픈 꿈을 꿨나 보네. 다 큰 아가씨가 울면서 잠꼬대도 다 하고."

옆 침대에 반쯤 기대 누워 있던 아줌마가 히죽 웃으며 말을 걸었다. 눈물을 닦던 가영은 목소리가 들리는 쪽으로 고개를 돌렸다가 아줌마를 발견하곤 미묘한 표정을 지었다.

"아직 덜 깼나 보네."

아줌마의 농담에 가영이 눈을 가느스름하게 떴다.

어디서 본 사람인데. 누구…… 아!

가영은 금세 기억해냈다. 6년 전, 교통사고로 다인실에 입원했을 당시 그녀의 옆자리에 있던 아줌마였다. 드라마를 몹시 좋아하고 기차 화통을 삶아 먹은 듯 목소리가 큰 데다 자면서 코골이에 이까지 갈아서 입원해 있는 내내 그녀를 힘들게 한 아줌마였다. 얼마나 인상이 강렬한지 6년이 지난 지금도 잊을 수가 없었다.

이 아줌마를 다시 만나게 될 줄이야. 심지어 헤어스타일과 얼굴이 조금도 변하지 않았다. 이 아줌마에겐 세월이 빗겨간 모양이다. 가영은 절망적인 표정으로 아줌마를 쳐다보다가 조용히 고개를 돌려 천장을 바라보았다.

꿈에서 보았던 할머니가 떠올랐다. 새삼스럽게 가슴이 무너져 내렸다. 잠시 멍하게 있던 그녀는 눈을 깜빡였다.

"이 아가씨 오늘 상태가 왜 이래? 아가씨, 괜찮아요?"

가영이 아무 말 없자 아줌마가 재차 말을 걸었다.

"네. 괜찮아요."

가영은 힘없이 대답했다. 실은 괜찮지 않다. 이제 겨우 먹고살 만해졌는데 엄청난 사고를 쳤다. 차에 결함이 있었던 것이니 자신도 엄연한 피해자이지만,

대중들은 그런 것에 크게 신경 쓰지 않는다는 걸 경험으로 충분히 알고 있었다. 그들은 임가영이 교통사고를 냈다는 사실에만 집중할 거다.

당장 옆자리에 있는 아줌마부터 이러쿵저러쿵 떠들어댈 텐데. 왜 그랬냐, 어쩌다가 그랬냐, 다친 사람은 없냐 등등. 가십거리를 좋아하니 충분히 가능한 일이다. 입원해 있는 동안 귀에서 피가 나진 않을까, 가영은 무심히 생각했다.

그런데 그러고 보니 왜 이렇게 조용하지? 옆자리의 아줌마는 가영을 알아보지 못한 건지, 아니면 아직 소식을 접하지 못한 건지 잠잠했다. 아니, 그보다도 자신이 왜 다인실에 있는 거지?

가영이 점점 더 의아해하는 사이 아줌마는 맞은편 병상에 누워 있는 아줌마와 신나게 떠들어댔다.

"그 '태풍의 눈' 있잖아요. 오늘 그게 결방이라네?"

태풍의 눈이라니. 6년 전에 종방한 드라마를 아직도 반복해서 보시는 건가. 아니, 6년 전 마감한 드라마가 결방이라니. 뭔가 이상했다.

"결방? 어휴! 남자주인공이 죽었는지 살았는지 모르는데 결방이라니!"

"그놈의 올림픽이 뭐라고 자꾸만 드라마를 안 보여주는지 모르겠네!"

올림픽?

가영의 미간이 좁아졌다. 재작년에 올림픽이 끝났는데, 이게 무슨 소리인가 싶다.

"에헤이! 그러면 안 되지! 아무리 드라마가 좋아도 올림픽은 봐야지! 우리가 이번에 봐줘야 다음에 우리나라에서 올림픽 할 때 다른 나라 사람들도 봐줄 거 아닌감?"

"에이그! 우리가 본다고 다른 나라 사람이 다음 올림픽 때 봐줄 거라는 보장이 어디 있어?"

"그래도 모를 일이지!"

아줌마들끼리 갑론을박이 펼쳐졌다. 그동안 천장을 멍하니 바라보고 있던 가영의 표정이 점점 미묘해졌다. 우리나라에서 열린 올림픽은 재작년에 성황리에 끝났다. 그런데 지금 아줌마들은 마치 곧 올림픽이 우리나라에서 열릴 것처럼 굴고 있다.

"이봐, 아가씨! 아가씨는 어떻게 생각해?"

옆자리에 있던 목청 큰 아줌마가 가영의 침대를 발로 차며 물었다. 가영은 멍하니 아줌마를 바라보다가 입을 열었다.

"재작년에 올림픽 끝났잖아요."

그녀의 말을 끝으로 병실이 싸해졌다. 모두들 서로의 눈치만 보던 중, 옆자리 아줌마가 푸하하 웃음을 터트리자 뒤따라 웃었다.

"이 아가씨 꿈꿨나 보네."

"그러게. 아이구, 꿈에서는 우리나라가 올림픽을 잘 치르던가?"

아줌마들이 놀리는 소리에 가영의 미간에 주름이 잡혔다. 병상이 모자라 치매병동에 입원하게 된 건가. 잠시 생각하던 가영은 뭔가 이상하다는 생각이 들었다. 머리가 멍해서 인지하지 못하고 있었는데 그냥 이상한 게 아니라, 뭔가 대단히 이상했다.

가장 이상한 건 이런 상황에서 소속사가 자신을 다인실에 입원시킨 점이다. 아무리 버린 패라고 하지만 다인실은 심했다. 다인실이라면 기자들이 우르르 들이닥치기 딱 좋지 않은가.

거기다 사람들도 이상했다. 이미 한참 전에 치른 올림픽을 운운하고 있었고, 종방된 드라마가 마치 현재 방영 중인 것처럼 떠들어댔다. 거기다가 더 이상한 건, 자신이 입원해 있는 다인실의 사람들이 모두 낯익다는 점이다.

아줌마들이 놀리건 말건 가영은 협탁을 바라봤다. 대표에게 전화를 해야겠다. 자신의 보관함 위에 휴대전화가 놓여 있었다. 굉장히 구형의 휴대전화다. 그 역시 이상하리만치 눈에 익긴 했지만, 자신의 것은 확실히 아니었다. 그녀의 휴대전화는 교체한 지 얼마 안 되는 신형이었다.

"아줌마. 이거 아줌마 건가요?"

가영이 휴대전화를 들며 물었다. 아줌마의 것이라면 잠시 양해를 구하고 제 휴대전화로 전화를 해볼 참이다. 그러자 아줌마가 헛웃음을 지었다.

"허, 그게 왜 내 거야? 이 아가씨가 꿈을 아주 단단히 꿨나 보네! 아가씨 거잖아, 아가씨 거! 몇 시간 전에도 그 휴대전화로 통화해놓고, 왜 그게 내 거래? 이 아가씨 큰일이네. 큰일이야."

아줌마가 배를 잡고 웃다가, 금세 심각한 표정을 지었다. 머리를 다친 게 아닌지 의심하는 얼굴이다.

가영은 고요하게 휴대전화를 바라보았다. 설마 하며 휴대전화를 거머쥔 그녀는 액정을 확인하다 흠칫했다. 선호와 자신이 얼굴을 맞댄 사진이 배경화면으로 지정돼 있었다.

그녀가 입을 꽉 다물었다. 이러지 않으면 입 밖으로 욕이 튀어나올 것 같았다. 선호와는 6년 전에 굉장히 안 좋게 헤어졌다. 다시는 보고 싶지 않았던 그 얼굴을 마주하니 화가 치솟았다.

대체 고장 나서 버렸던 휴대전화가 왜 여기 있으며, 헤어진 선호 사진이 왜 배경화면에 걸려 있는 거지?

혼란스러워 가만히 그 사진만 들여다보던 가영의 시선이 휴대전화 끄트머리로 향했다. 그곳에 날짜와 시간이 나와 있었다.

그녀는 눈을 깜빡였다. 그래도 변하는 게 없어, 손으로 눈을 비볐다. 자신이 뭔가를 잘못 본 게 틀림없다. 그러나 아무리 눈을 깜빡여도, 달라지는 게 없었다.

날짜와 시간은 6년 전, 그녀가 교통사고를 당해 입원했던 그때를 가리키고 있었다.

◆ ◆ ◆

가영은 화장실에서 연신 세수를 했다. 뒤늦게 수건을 가지고 오지 않았다는 걸 깨닫곤 화장실에서 나와 침대로 왔다. 서랍장에 넣어놓은 수건으로 얼굴을 닦았다. 다 닦고 보니 수건이 꼬질꼬질했다. 6년 전, 곤궁하던 자신의 살림살이를 고스란히 반영이라도 하는 양.

혼란스러운 눈으로 수건을 바라보던 그녀는 던지다시피 수건을 내려놓은 후, 침대에 걸터앉았다. 아줌마들은 태풍의 눈에 대해 아직도 갑론을박 중이다. 남자주인공이 죽으면 당장이라도 방송국에 전화해 PD를 바꾸라며 고함칠 기세였다.

그러거나 말거나 가영은 멍하니 바닥을 바라보았다. 모든 증거가 6년 전을 가리키고 있었다. 휴대전화, 6년 전 사용하던 휴대전화 번호, 달력, 하물며 올림픽을 중계하는 TV 프로그램까지.

처음엔 몰래카메라에 당하고 있는 게 아닐까 했다. 그러나 고작해야 조연 역할을 하는 자신을 속이기 위해서 도로에서 사고를 내고, 6년 전 함께 입원했던 아줌마를 찾아낼 리 없다. 더군다나 이게 전파를 탈 것이라면 6년 전 연애했던 애인의 사진이 걸린 휴대전화를 준비해둘 리 없다. 선호와의 연애사는, 기획사 대표와 지금의 매니저는 모르는 일이다.

"대체 이게 무슨 일이야?"

가영이 혼잣말로 중얼거렸다. 아무리 생각해도 6년 전으로 돌아온 것 같은데, 말도 안 되는 일이다. 아니면 자신이 혹시 생생한 꿈을 꾼 게 아닐까 싶었다. 너무 성공하고 싶어서, 잠을 자다 배우로 성공하는 꿈을 꾼 거다. 차라리 그쪽이 현실감 있게 느껴졌다.

"누나!"

저를 부르는 것도 못 알아채고서 머리를 푹 숙이고 있던 가영의 시야에 낡은 운동화가 들어왔다. 가영은 지척에 누군가 있단 걸 깨닫곤 고개를 들었다. 그러자 흰 티셔츠에 청바지를 걸친 훤칠한 남자가 자신을 내려다보고 있었다.

"누나!"

준태가 씩씩대며 자신을 쳐다보고 있었다. 순간적으로, 가영의 눈이 크게 벌어졌다.

"너, 너, 어떻게 왔어?"

가영이 소리치듯 물었다. 준태는 6년차 아이돌로 황금 전성기를 누리는 중이다. 가는 곳마다 사생팬들이 따라붙고, 알아보는 사람들이 많아서 마음 편히 길거리도 다니지 못하는 상황이다. 그런 애가 이렇게 온 얼굴을 드러내놓고 꼬질꼬질한 차림으로 병원에 나타나다니. 눈앞이 캄캄했다.

"어떻게 오긴, 걸어왔지!"

"왜 걸어와? 매니……."

매니저는 어디에 두고 혼자 왔냐고, 사진 찍혀서 SNS에 돌고 싶냐고 그런 애길 하려다가 멈칫했다.

"아."

가영은 짧게 탄식했다. 6년 전이면 준태는 데뷔 전으로, 한창 가난한 연습생 때였다. 배고픈데 돈이 없어서 김밥 한 줄 사서 점심과 저녁을 나눠 먹어야 할 정도로. 그렇게 어려운 형편이면서도 자신에게 일절 내색하지 않았다. 후에 '가장 힘들었던 일이 뭔가요?'라는 진행자의 질문에 대답하는 걸 라디오 방송으로 듣고서야 알았다.

준태의 성공도 꿈이었나?

가영이 복잡한 표정으로 준태를 쳐다보았다.

"몸은 괜찮아, 누나?"

준태가 침대에 걸터앉으며 물었다.

"어? 어. 어."

"안 괜찮아 보이는데? 얼굴색이 곧 검은색이 될 것 같은데?"

준태가 그녀를 아래위로 쭉 훑었다.

"좀 긴 꿈을 꾼 것 같아서."

가영은 중얼거렸다. 아무래도 자신이 꿈을 꾼 듯했다. 가영은 그렇게 생각하기로 했다. 그렇지 않으면 자신이 미칠 것 같았다. 누가 믿어줄까? 6년 전으로 되돌아왔다는 자신의 말을. 자신조차도 믿기지 않아서 헛웃음이 나오는 판국인데.

"그래? 컨디션은 괜찮아?"

"응. 괜찮아."

가영이 힘없이 고개를 끄덕였다. 컨디션은 괜찮은데, 정신이 탈출한 것 같다는 소리가 입 밖으로 튀어나오려고 했지만 꾹 참았다.

"괜찮다니까 다행이네. 누나."

준태가 발끝을 까딱거리며 그녀를 불렀다.

"응?"

가영이 힘없이 고개를 들어 준태를 바라보았다.

"나, 좋은 소식 있어."

준태의 말에 가영의 눈동자가 이리저리 흔들렸다.

이 광경, 본 적 있다. 기억이 났다.

「나, 좋은 소식 있어.」

6년 전, 이 병실에서 준태는 지금처럼 발끝을 까딱였다. 부끄러운 듯 웃다가, 이내 참지 못하고 환하게 웃으며 말했었다.

"나, 데뷔할 것 같아."

"나, 데뷔할 것 같아."

준태와 가영이 동시에 대답했다.

"허, 누나가 어떻게 알았어?"

준태가 눈을 동그랗게 떴다.

"……."

가영 또한 놀란 얼굴로 준태를 쳐다보았다. 설마설마했는데 정말로 맞을 줄이야.

"어디서 들었어? 누가 알려줬어? 누나한테 이 소식을 전할 사람이 있어?"

준태가 마치 숨겨놓은 비밀을 들킨 것처럼 우왕좌왕거리며 소리쳤다.

"준태야."

가영이 조용한 목소리로 부르자, 준태가 "응?" 하고 쳐다보았다. 가영의 입술이 가늘게 떨렸다. 말이 쉽사리 나오지 않았다. 한창 머뭇거리던 가영이 입을 열었다.

"혹시 기획사 대표님이 너한테 천진난만한 소년처럼 굴라고 하지 않았어? 그러니까, 누나들한테 먹힐 만한 콘셉트로 가라고 하지 않았냐고. 너는 카리스마 넘치는 역할을 하고 싶다고 했는데, 대표님이 '넌 천생 미소년이야. 누나들한테 애교 떠는 게 더 어울려.'라고 하지 않았냐고."

묻는 내내 가영은 심장이 터질 것처럼 뛰었다. 6년 전, 준태는 자신의 병실에 와서 곧 데뷔하게 될 것 같다며 좋아했다. 그러다가 이내 대표님이 자신이 원하는 콘셉트와 전혀 다른 걸 요구해서 골치 아프다며 투덜댔다. 그때가 떠올라서 가영은 조심스럽게 입을 뗐다.

준태의 입이 떡 벌어졌다.

"……누나가 그걸 어떻게 아는데? 어떻게 토씨 하나 안 틀리고 그대로 말해?"

준태의 대답에 가영이 내쉬던 숨도 멈추었다. 심장이 뛰다가 만 것 같은 기분이 들었다. 머릿속이 아득해졌다. 자신이야말로 묻고 싶었다. 이게 어떻게 된 일이냐고.

자신이 6년간의 미래를 예지몽으로 꾼 걸까? 그러기엔 세세한 기억마저도 지나치게 생생했다.

"누나가 어떻게 알았냐고?"

준태가 기겁해 목청을 높였다.

"그냥, 그럴 거 같아서."

마른침을 삼킨 가영이 가까스로 대답했다.

"그게 말이 돼? 누나. 솔직히 말해봐. 입원한 거 교통사고 때문 아니지?"

"그럼?"

"뭐 이상한 거 보여? 작두 타야 할 거 같아?"

준태가 심각한 얼굴로 그녀의 발을 흘깃댔다. 이미 한바탕 작두 타고 온 게 아니냐는 표정이다.

"그런 거 아니야."

"그런 거 아니면 대체 뭔데? 누나가 어떻게 한 시간 전의 일을 훤히 다 아는데? 알려줄 사람도 없는데."

"그냥 그럴 거 같아서 해본 소리야. 맞힐 줄 몰랐어. 나도 놀랐네."

가영은 할 말이 없어서 둘러댔다. 그러면서 습관적으로 집게손가락을 만지작거렸다. 난처할 때마다 그녀는 할머니가 남겨주신 유품 반지를 만지작거리는 게 습관이었다. 그러다 평소와 다른 느낌에 고개를 숙였다. 손가락이 텅 비어 있었다. 다른 손가락을 다 확인해봤지만, 그 어디에도 묵주반지는 없었다.

"……준태야."

가영이 하얗게 질린 얼굴로 그를 불렀다. 심상찮은 가영의 반응에 준태 역시

별이 오다

얼굴이 하얗게 질렸다.

"누나, 작두 타면 안 돼! 그러면 안 돼!"

준태는 오열 직전이었다. 가영은 그런 준태의 어깨를 다급히 잡아 흔들었다.

"준태야!"

가영이 장난치지 말라는 듯 그를 강하게 불렀다.

"어? 왜? 또 뭐가 보여?"

준태가 혼비백산한 얼굴로 물었다. 그는 이어 "안 돼! 꺼져! 다 꺼져! 우리 누나 근처에 얼씬도 하지 마!"라며 그녀의 등 뒤에 대고 손을 휘저었다.

"내 반지 어디 갔어?"

"반지?"

"내가 늘 끼고 다니는 묵주반지. 할머니가 유품으로 남겨주신 반지 말이야. 그거, 어디 갔어?"

가영이 왼손을 들어 보였다. 할머니가 돌아가신 후, 그녀는 할머니의 반지를 늘 끼고 다녔다.

「널 내가 지켜주마.」

할머니의 유언처럼, 그 반지를 끼고 있으면 안 좋은 일들이 모두 비켜갈 것만 같은 기분이 들었다. 그래서 촬영할 때를 제외하곤 늘 끼고 다녔다.

"무슨 반지? 누나가 언제 반지를 끼고 다녔다고?"

"너야말로 무슨 소리야? 내 반지 말이야. 할머니가 엄마한테 줬다가, 다시 할머니가 끼고 다니신 반지. 할머니가 돌아가신 후에 내가 끼고 다녔던 그거. 너도 알잖아."

그녀와 가까운 사이라면, 그녀가 그 반지를 얼마나 각별히 여기는지 다 알고 있었다. 특히, 준태는 할머니의 장례식장에서 할머니의 유품인 반지를 끼고 있는 그녀의 손을 잡고서 엉엉 울기까지 했었다. 그런 그가 그 반지를 모를 리 없다.

"너도 나한테 잘 어울린다고 했잖아. 내 손 볼 때마다 할머니 생각난다고 그랬었잖아. 할머니가 지켜줄 거라고 그러기도 했었잖아. 다 잊었어?"

답답해진 가영이 그새 잊었냐며 타박하듯 말을 꺼냈다.

"무슨 소리야? 나, 그런 적 없어. 그리고 할머니는 유품으로 반지 남긴 적 없어. 할머니가 반지를 끼고 다니신 적이 없는데 무슨 소리야?"

"……뭐?"

가영이 나지막하게 되물었다.

"할머니가 반지를 끼신 적이 없다고. 다른 사람도 아니고 어떻게 누나가 그걸 헷갈려? 누나, 진짜 어디 아파? 교통사고 나면서 머리 크게 다친 거 아냐?"

"……."

"정밀검사 받아봤어? 의사가 다른 말은 안 해? 어?"

준태가 걱정 가득한 얼굴로 그녀의 얼굴을 들여다보았다. 그녀는 그런 준태를 멍하니 마주 보았다. 자신이 예지몽을 꾼 거라면 할머니 유품은 있어야 했다. 그런데 어째서 과거가 바뀌어 있는 걸까? 왜 반지만 싹 사라졌지? 가영은 빈 입술을 벙긋댔다.

아무래도 나, 미친 거 같은데.

그러나 입 밖으로는 아무 말도 나오지 않았다.

◆ ◆ ◆

아무 이상이 없다는 진단 후, 가영은 퇴원했다. 병원비는 교통사고 가해자의 보험회사 측에서 지불하고, 합의금으로 백만 원을 제시했다. 당시엔 만 원도 그녀에게 큰돈이라 백만 원을 준다고 했을 때 횡재한 기분이었다.

그러나 지금은, 자신이 알던 대로 흘러가자 황당하기만 했다. 어쨌거나 곤궁한 살림살이인 건 달라지는 바가 없었기에, 가영은 백만 원을 넙죽 받았다. 그리고 6년 전에 살던 집으로 돌아왔다.

"여길 다시 오게 될 줄이야. 정말 뒤도 돌아보기 싫은 방이었는데……."

가영은 빗물이 새서 얼룩덜룩 무늬가 남은 자신의 단칸방 천장을 물끄러미 바라보며 암담하게 중얼거렸다.

별이 오다

"누나, 뭐 필요한 거 없어?"

따라오지 않아도 된다고 했는데 걱정된다며 굳이 따라온 준태가 그녀의 앞에 마주 섰다.

"응. 괜찮아. 필요한 거 없어."

"교통사고 당하면 뒤늦게 후유증 온다던데. 혼자 있을 수 있겠어?"

준태가 걱정스럽다는 표정으로 물었다. 자신보다 세 살이나 어린 준태는 마치 자신이 오빠인 것처럼 굴었다.

"누가 보면 네가 내 보호자인 줄 알겠다."

가영이 힘없이 웃으며 대답했다.

"그럼. 내가 보호자지. 할머니가 나한테 누나를 잘 부탁한다고 하셨다고. 알잖아. 내가 할머니 말 잘 듣는 거."

가영은 잘 안다는 듯 고개를 끄덕였다. 준태와 그녀는 이웃지간이었다. 이 집에서 말하면 저 집에서 그 대화 내용을 다 들을 수 있을 정도로 벽이 얇은 다세대 주택에 살았다. 화장실은 공용이었고, 빨래도 공용으로 쓰는 마당 한가운데 있는 줄에 널었다. 그러다 보니 자연스럽게 얼굴을 마주할 일이 많았고, 친해졌다.

특히 할머니와 준태의 부모님은 반찬을 서로 나눠 먹을 정도로 가까웠다. 그렇게 같이한 시간이 쌓이자, 가족이라고 해도 무방할 정도로 가까워졌다. 일주일에 다섯 번 정도 함께 저녁을 먹었다.

이전부터 풍족한 형편은 아니었지만 준태의 아버지가 회사에서 해고를 당하면서 준태의 집안은 더욱 어려워졌다. 그의 아버지는 어머니와 함께 트럭에 야채를 싣고 팔러 다니는 일을 시작했다. 때문에 막 초등학생이 된 준태는 혼자 집에 있는 시간이 많았다. 할머니는 그런 준태를 자신의 손주처럼 안쓰러워하며 챙겼다. 데려와 밥을 먹이고, 종종 집에서 재웠다. 그럼 준태의 부모님은 늘 미안하다며 쌀과 반찬거리, 필요한 용품들을 사오곤 했다.

그러던 중, 준태의 부모님이 교통사고를 당해 그 자리에서 즉사했다. 그 비참한 사고 이후, 준태는 혈혈단신 고아가 되었다. 알고 보니 준태의 부모님은 고아원에서 만나 결혼한 사이로 어떤 친인척도 없었다. 거둘 사람이 없어서 준태는 고아원으로 가야 할 신세가 되었다.

좀처럼 떼를 쓰는 법이 없던 가영은 할머니의 치맛자락을 붙들고 늘어졌다. 준태와 함께 살고 싶다고 졸랐다. 어린 나이에도 이대로 준태와 헤어지면 영영 못 보게 될 것 같다는 예감이 들었다. 더군다나 그 작은 아이가 고개를 푹 숙인 채 우는 모습을 보니 마음이 아파서 견디기 힘들었다.

처음엔 안 된다고만 하던 할머니도 가영이 조르고, 준태가 차마 같이 살자고 말 못 하고서 고개를 숙인 채 울고만 있자 한참이나 한숨을 내쉬었다.

「둘 다 말 잘 들어야 한다. 말 안 들으면 둘 다 쫓겨나는 거야.」

그렇게 할머니는 져주셨다.

그때부터 함께 살았다. 그녀에게 준태는 피 한 방울 안 섞였지만, 남매나 다름없었다. 준태 또한 어디 가서 가영을 '우리 누나'라고 소개했다.

「네 누나를 잘 부탁한다.」

할머니는 돌아가시기 전 준태에게 부탁하셨고, 그는 당연하게 그 유언을 받아들였다.

"네 앞가림이나 잘해."

가영이 손을 들어 준태의 머리를 쓰다듬었다. 자신의 꿈이 예지몽이 맞다면, 그래서 자신이 알고 있는 대로 흘러간다면 준태는 크게 성공한다. 다만 그 과정이 힘들고, 성공한 후에도 많은 아이돌들이 그러하듯 잡다한 일로 시달리게 되었다. 쉽지 않은 그 길을 또 걸어가야 할 준태를 보니 착잡했다.

"또 개 쓰다듬듯이 한다."

준태가 헝클어진 머리를 정리하며 투덜댔다.

"준태야."

"왜?"

준태가 얼굴을 찌푸리며 물었다.

"너, 잘될 거야."

"……."

"굉장히 잘될 거야. 그러니까 대표님 말씀 잘 듣고 지금 좀 힘들더라도, 힘
내."

가영의 응원에 준태의 눈동자가 흔들렸다.

"누나……."

"감동 받을 필요는 없고."

"누나가 그렇게 말하는데 왜 이렇게 믿음이 가나? 나, 방금 도사님 하면서
무릎 꿇을 뻔했잖아. 진짜 집에 작두 있는 거 아니냐?"

준태가 소름 끼친다는 듯 자신의 팔을 문지르며 소리쳤다. 그의 말에 가영은
피식 웃다 말고 그의 배를 아프지 않게 주먹으로 툭 쳤다.

"작두는 아니지만 그 비슷한 건 탄 것 같다."

예지몽인지, 미래를 다녀온 건지는 모르겠지만.

가영이 뱉지 못할 말을 삼켰다. 준태가 그런 그녀를 심각하게 쳐다보았다.

"작두 비슷한 거 뭐? 낫?"

"……."

어째서 작두 비슷한 게 낫이야?

가영이 얼굴로 그에게 되물었다. 그사이, 준태는 기겁하며 외쳤다.

"와, 설마 도끼는 아니지?"

……도끼는 또 왜 나와?

할 말이 없어진 가영은 고개를 절레절레 내저었다.

◆ ◆ ◆

가영은 준태를 데리고 근처 제육볶음집으로 향했다. 대학가라서 밥과 반찬
이 무한리필이다. 제육볶음도 양이 많아서 한 끼 든든하게 때울 수 있었다.

가영은 준태가 밥을 제대로 못 챙겨먹고 다닌다는 걸 알기에 입맛이 없다는
핑계로 일부러 제육볶음엔 손대지 않았다. 준태는 아깝게 남기면 어쩌냐며 제

육볶음을 싹싹 긁어 먹었다.

그리고 남은 된장찌개도 싹 다 먹어치웠다. 아까워서라고 말은 했지만, 누가 봐도 배고파서 먹는 꼴이었다. 왜 과거엔 이런 걸 알아채지 못했던 건지. 서로의 사정을 훤히 아는 데다 서로의 마음을 불편하게 할까 봐 힘든 상황은 절대 입 밖으로 내지 않긴 했지만, 그래도 조금만 신경 쓰면 알아챌 수 있었던 부분들인데.

가영은 준태를 측은하게 바라보았다. 합의금 받은 돈으로 밥값을 치른 뒤, 가영은 준태를 붙잡고 말했다.

"시간 나면 자주 와. 배고플 때 같이 밥 먹자. 누나가 사줄게."

"됐어. 누나도 힘들 텐데."

"너, 밥 사줄 돈은 있어. 합의금도 빵빵하게 받았고."

가영의 말에 준태는 미안한 듯 씩 웃었다. 잘 먹었으니 다음에 보자는 인사와 함께 준태가 먼저 돌아섰다. 그는 연습실에 가야 한다고 했다.

준태와 헤어지고 나서, 가영은 곧바로 집으로 들어가지 않고 집 근처를 걸었다. 그리고는 차근차근 6년 전의 일들을 떠올렸다. 생각할수록 머리가 아팠다.

"하아, 미쳤어. 왜 하필이면 6년 전이야."

그녀의 인생에서 암흑기 중 하나를 고르라면 이때였다. 어려운 살림살이, 배우 지망생, 바람피운 남자친구, 친구의 배신, 번번이 미끄러진 오디션, 그 외에 생각하기 싫은 일 등등.

"아, 이 짓을 또 해야 하다니. 미쳤어."

그녀는 곧장 편의점으로 들어가 커피를 골랐다. 어려운 살림살이라 이런 소소한 사치를 할 여력이 없다는 걸 알면서도, 지금은 하나 사 먹어야 할 것 같았다. 그러지 않으면 이 두통이 사라지지 않을 것 같았다. 가영은 자주 마시던 커피를 계산대에 내려놓았다. 직원이 계산하는 사이, 가영의 시선이 무심코 모니터로 향했다.

[배우 신우현, '그 남자의 작전'으로 2년 만에 드라마 복귀 결정!]

별이 오다

인터넷 기사였다. 기사 아래에 신우현이 사진이 실려 있다.

그러고 보니 신우현은 6년 전에도 잘나갔구나.

말 그대로 혜성처럼 등장한 그는 조연으로 두 번 나온 드라마가 흥행하면서 주목받은 배우였다. 고등학생 시절부터 연극활동으로 다져온 탄탄한 연기력과, 사람을 빨아들이는 묘한 분위기, 훤칠한 키에 잘생긴 외모까지 더해져서 금세 주연으로 발탁되었다.

그가 주연으로 맡은 드라마와 영화도 연달아 잘되면서, 그는 대한민국에서 손꼽히는 배우 중 하나가 되었다. 그리고 지금 이 시기는 그의 전성기가 시작한 지 조금 지난 단계였다.

그녀 또한 그의 팬이었다. 과거엔 그랬다. 신우현이 자신을 그다지 좋아하지 않는다는 걸 느끼기 전까지는.

씁쓸한 표정을 지은 가영은 계산을 마친 커피를 들고서 빠르게 편의점을 빠져나왔다.

✦ ✦ ✦

['그 남자의 작전' 1차 오디션 통과]
[일주일 후, 2차 오디션]
[유선호 처리]

6년 전, 떠오르는 일들을 죽 나열한 후 어떻게 할지 생각을 정리하는데 전화가 울렸다.

[울 남친]

액정에 뜬 이름을 보자마자 가영은 하마터면 소리를 지를 뻔했다. 오늘 하루종일 선호의 전화를 받지 않았다. 생각을 정리할 시간이 필요하기도 했지만, 그의 목소리를 듣고 싶지 않은 이유가 더 컸다.

6개월 연애하다가 바람난 게 들통나자 기다렸다는 듯이 자신을 차버린 남자친구 목소리를 누가 다시 듣고 싶을까. 더군다나 바람피운 상대가…….

"어후."

가영은 한숨을 내쉬었다. 생각해보니 그에게 차인 시점이 이즈음이었다. 그것도 보험금 받았으니 밥을 사야 하지 않겠냐며, 모두 다 너를 몸보신시켜주기 위해서라는 소리로 꼬드겨 비싼 레스토랑에서 밥을 사게 했다.

다른 것도 사달라고 조르는 걸 거절하고 집에 필요한 용품을 샀다. 그리고 받은 합의금이 삼천팔백 원이 남았을 때 차였다. 아무리 생각해도 더는 빼먹을 게 없자 차버린 것 같았다. 어쩌면 헤어지려다가 보험금이 있는 걸 알고 이별을 미룬 걸 수도 있다. 고민해보니 왠지 후자가 더 타당성 있게 느껴졌다.

"생각해보니 당한 내가 미친년이네. 멍청해도 이렇게 멍청할 수가."

가영은 기가 막혀 중얼거렸다. 아무리 이십 대 초반이었다지만, 조금만 고민해보면 답이 나오는 문제였는데 어처구니없이 휘둘렸다. 그사이 벨 소리가 끊기더니 다시 울렸다. 받을 때까지 해보겠다는 의지가 보였다. 가영은 하, 헛웃음을 지은 후 휴대전화를 귀에 가져갔다.

― 너, 왜 이렇게 전화를 안 받아?

선호가 신경질적으로 소리쳤다.

"바빴어."

가영은 심드렁하게 대꾸했다.

― 어디야?

"집."

길게 말 섞고 싶지 않아 단답으로 대꾸했다.

― 그런데 집에 왔다고 왜 말을 안 해? 몸은 괜찮아?

"괜찮은데, 오늘 내가 퇴원하는 거 알았으면서 왜 안 왔어?"

가영이 의자 등받이에 기대앉으며 팔짱을 꼈다.

― 알잖아, 공부하느라 바쁜 거. 내가 얼른 공무원이 되어야 가영이 너도 편하지. 네가 배우 될 수 있도록 뒷바라지할 테니까, 그때까지만 힘들더라도 참아. 아, 가영이가 TV에 나오는 거 얼른 보고 싶다.

선호의 다정한 말투에 가영의 한쪽 입꼬리가 비스듬히 기울어졌다. 한때는 이 말에 속았다. 외로움이 많았고, 사람의 정이 고팠으며, 무엇보다도 누군가가 자신을 응원해주는 게 기뻤다.

모두가 배우는 이룰 수 없는 꿈이라며 포기하라고 할 때 유일하게 '넌 할 수 있어.'라고 말해준 사람이었다. 그래서 그가 부리는 진상짓도 모두 다 눈감아주었다. 달콤한 그 말이 빈말이고, 실은 자신을 이용해먹으려는 수작인 줄도 모른 채.

멍청이.

가영은 속으로 중얼거렸다.

— 그래서 말인데, 보험회사에서 연락 왔어? 합의금은 얼마 준대? 받았어?

선호의 목소리가 들떠 있다.

아아, 역시 이게 목적이었나.

한 치의 예상도 벗어나지 않는 그의 반응에 가영은 소리 없이 웃었다. 자, 이걸 어쩐다? 6년 전처럼 이용당하다가 울면서 헤어질 생각은 없다. 그러기엔 바보처럼 휘둘린 자신의 반년이 너무도 아깝고, 비참했다. 잠시 고민하던 가영이 마음을 정하고 입을 열었다.

"아니. 안 받았어."

가영은 여전히 웃는 얼굴이었지만, 목소리만큼은 실망한 듯 꾸며냈다.

— 뭐? 안 받아? 왜?

선호의 목소리가 날카로워졌다.

"가해자 형편이 어렵더라고. 고아래. 가진 돈도 없고. 생계형이더라고. 그래서 봐줬어."

— 하, 뭐? 임가영. 미쳤어? 너, 바보야? 그걸 왜 봐줘? 차 가지고 다니는 놈이 생계형이 어딨어? 너는 차도 없으면서! 당장 다시 보험회사에 전화해서 합의금 받아야겠다고 해. 못해도 오십만 원은 받으란 말이야!

"이미 못 받겠다고 했는데, 어쩌겠어. 내가 한 말 모두 다 녹취되었을걸?"

— 와, 나, 미치겠네. 그 좋은 기회를……!

"좋은 기회? 내가 다친 게 좋은 기회인가 봐?"

가영이 짤막하게 묻자, 휴대전화 너머가 잠시 조용했다. 그러더니 금세 버벅거리는 목소리가 전해졌다.

– 어? 아니. 무슨 말을 그렇게 해? 그러니까 내 말은, 합의금 받으면 네가 편하잖아. 그래서 하는 말이지. 어차피 다친 건데, 돈이라도 받아야지. 아픈데 돈도 없으면 속상하잖아. 안 그래?

속상한 건 너겠지.

가영은 속으로 대꾸했다. 선호는 자신이 받은 합의금을 공돈 취급하며, 물 쓰듯 사용하려고 했다. 그녀가 반대하면 선호는 섭섭하다는 등, 나라면 그렇게 안 했을 거라는 등 가영이 마음 약한 것을 이용해 끝까지 그녀를 졸랐다. 그래서 비싼 운동화도 결국 한 켤레 사주었다.

"이미 물 건너갔어. 어쩔 수 없지, 뭐. 그런데 어디야? 주변이 조용하네?"

– 그냥 전화하려고 잠시 밖에 나왔지.

"아, 그래?"

– 후우, 이만 끊자.

그의 목소리에 짜증이 잔뜩 묻어났다. 예전이라면 그가 이럴 때면 '왜 그래?'라며 그의 기분을 풀어주려 노력했을 거다. 그러나 지금은 그럴 생각이 전혀 없다.

"어. 그래."

가영이 전화를 단칼에 끊으려고 하자, 선호가 다급히 "잠시만." 하고 외쳤다.

"왜?"

– 가영아, 정말 이렇게 끊을 거야?

"끊자며."

가영이 차갑게 대꾸했다.

– 아니, 그래도…….

이전처럼 가영이 붙들고 매달리지 않자, 적잖이 당황한 듯했다. 가영은 보지 않아도 선호의 생각이 훤히 읽혔다.

선호가 화난 척 굴면, 6년 전 자신이라면 달래려 애썼을 거다. 그럼 선호는 슬그머니 '다시 보험회사에 전화해봐.'라며 부추길 게 뻔했다. 자신이 원하는 대로 되지 않자 선호는 화가 나고 당황한 듯했다.

– 이번 주 금요일에 데이트 있는 거 알지?

"아. 어."

– 그때 못 볼 거 같아. 일이 생겨서.

"어. 그래."

– ……그게 끝이야?

"그럼 뭐가 더 필요한데? 나 지금 바빠. 끊을게."

가영이 전화를 끊었다.

– 가영……!

그의 목소리가 끊겼다.

"쯧."

가영은 짧게 혀를 찼다. 세게 나갔는데도 제 뜻대로 가영이 안 따라줬으니 선호는 지금쯤 길길이 날뛰고 있을 게 뻔했다. 가영은 휴대전화를 내려놓았다. 지금이라도 당장 선호에게 헤어지자고 말하고 싶다. 그러나 꼭, 확인해야 할 일이 있다. 그를 위해 이 더러운 상황을 조금은 더 참기로 했다.

✦ ◆ ✦

6년 전 있었던 일들을 모두 정리한 가영의 결론은 한 가지였다.

다시는 이렇게 살지 말자. 바꿀 수 있다면 모조리 바꾸자.

악운이 드리운 것처럼 엉망진창이었던 6년 전의 일들을 모조리 바로잡기로 했다. 가장 중요한 것은 '그 남자의 작전' 2차 조연 오디션 참가였다. 물론 신우현을 다시 마주한다는 게 부담스럽긴 했지만, 그렇다고 좋은 기회를 놓칠 수 없었다. 이즈음 드라마 오디션 중 1차를 통과한 건 이것뿐이었으니. 그 말인즉, 그녀가 잡아야 할 유일한 기회는 이것뿐이라는 뜻이다.

자신이 2차 오디션 참석을 놓쳤던 '그 남자의 작전'은 신우현을 제외하곤 인지도 있는 배우가 없었음에도 좋은 시청률을 냈고, 그 덕에 드라마에 출연했던 배우들은 모두 차기작이 바로 정해지는 행운을 가졌다.

그들이 TV에 나올 때마다 가영은 '저게 나일 수도 있었을 텐데…….' 하는 아쉬움 가득한 눈으로 바라보았다. 그러니 이번엔 어떻게든 참여할 생각이다. 설령 떨어지더라도, 후회는 없을 테니까.

그리고 그다음, 해야 할 일은…….

생각을 하던 가영은 나오려는 한숨을 꾹 참았다. 유선호였다. 가영은 피곤한 표정으로 휴대전화를 쳐다보았다. 때마침 유선호에게서 문자가 왔다. 그 내용을 확인한 가영은 기가 막혔다.

✦ ✦ ✦

가영이 꼭 처리해야 할 인물인 유선호가 얼굴을 굳힌 채 마주 앉아 있다. 그녀가 합의금을 받지 않았다는 이유로 그는 며칠간 연락이 없었다. 화가 나면 연락하지 않는 게 그의 습관이다.

이전이라면 마음이 불편한 게 싫어 어떻게든 해결하려 노력했겠지만, 지금은 그의 연락이 없는 게 편했다. 오히려 그사이에 오디션 준비를 할 수 있어서 좋았다.

그러다 무슨 바람이 불어 마음이 바뀌었는지 선심 쓴다는 듯 메시지를 보내왔다.

[금요일에 시간 만들 테니까 얼굴 보자. 꼭 해야 할 말이 있어]

거절할까 하다가, 오늘이 차이는 날이었음을 깨달았다. 자신이 보험금을 탄그날부터 매일 선호를 만나 며칠 만에 탕진한 후, 2차 오디션을 하루 앞두고서 선호에게 차였으니 오늘이 확실했다.

돌이켜보면 차인 상황도 황당했다. 6년 전, 선호가 화장실을 갔을 때 그의 휴대전화가 울려서 만졌다가 액정에 하트표가 뜬 걸 보았다. 싸한 느낌이 들어 휴대전화를 뒤지던 중, 다른 여자와 메시지를 주고받은 걸 발견했다.

때마침 휴대전화를 찾아 자리로 돌아온 선호에게 이게 뭐냐고 묻자, 그는 기다렸다는 듯이 '그래. 사실은 나 이 여자 좋아해. 너는 의리였어. 헤어지자. 더 좋은 남자 만나.'라며 자리를 박차고 나갔다.

……다시 생각해도 기가 막히네.

가영이 얼굴을 찌푸렸다.

"잠시 화장실 다녀올게."

과거와 똑같이 선호가 몸을 일으켜 화장실로 향했다. 그사이 벨이 울렸다. 하트무늬가 액정에 떠올랐다.

"이 짓을 또 할 줄이야."

가영은 혼잣말을 중얼거리며 휴대전화를 들었다. 그러고는 안 봐도 훤하지만, 혹시나 과거와 달라진 게 있나 싶어 메시지를 확인했다. 그러자 자신이 이전에 보았던 메시지가 그대로 있었다. 그땐 경황이 없어서 메시지 내용만 보느라, 상대의 휴대전화 번호를 제대로 보지 못했다. 번호만 확인했더라면, 자신이 아는 번호라는 걸 금세 알았을 텐데. 메시지를 보던 가영이 고개를 절레절레 내저었다.

"뭐 하는 거야! 남의 휴대전화는 왜 만져!"

때마침 나타난 선호가 소리치며 휴대전화를 낚아챘다. 어쩌면 멘트까지도 과거와 똑같을까. 가영은 소름이 끼쳤다.

"여자가 있던데."

가영이 무심하게 묻자, 선호가 얼굴을 찌푸렸다.

"아니. 이건……."

"사랑해, 자기, 너랑 밤을 보내려고 준비해뒀어, 라는 말은 연인이 아닌 사이에서 하기엔 힘든 말 아닐까?"

가영은 선호의 변명을 자르며 차갑게 되물었다. 그의 얼굴이 딱딱하게 굳었다.

"그래! 사실은!"

선호가 소리쳤다.

"헤어지자."

가영이 선수 치자, 말문이 막힌 듯 선호가 멍한 얼굴로 그녀를 보았다.

"뭐, 뭐?"

선호가 버벅거렸다.

"못 알아들었어? 헤어지자고."

자리에서 일어난 가영이 무표정하다 못해 지루한 얼굴로 선호를 마주 보았다. 그러고는 그를 주욱 훑어보았다.

6년 전의 나, 정말 한심하구나. 어디 하나 잘난 곳 없는 이런 남자를 만나다니.

터져 나오려는 한숨을 꾹 참으며 다시 입을 뗐다.

"만나서 더러웠고, 우리 다시는 만나지 말자."

가영은 어버버 하는 선호를 등지고서 카페를 나섰다. 뒤에서 선호가 "가영아!" 하고 불렀지만 못 들은 척 빠져나왔다. 그러고는 선호가 붙잡을 수 없도록 최대한 빠른 걸음으로 걸어가 한적한 곳에서 멈춰 섰다.

"후우."

가영은 그제야 숨을 들이마셨다. 청량한 바람이 훅 밀려들었다. 앓던 이가 하나 빠진 것처럼 후련했다. 웃음까지 나오려 했다. 이 쉬운 일을, 6년 전에는 왜 못했을까.

개운한 것도 잠시였다. 더 크게 앓는 이가 하나 더 있다는 것을 떠올린 가영이 숨을 깊게 들이마셨다.

그녀는 전화번호 목록을 뒤졌다.

[연주]

한때는 친구였던 그 이름 옆의 통화버튼을 누르며 가영은 혼잣말처럼 중얼거렸다.

"이제 미친년 잡으러 가보자."

◆ ◆ ◆

가영은 활발하고 털털한 성격 덕에 주변에 친구들이 많았다. 그러나 형편이 어려워지면서 친구를 만나기가 힘들었다. 친구들을 한 번 만나면 몇만 원이 사라지는 건 순식간이었다. 몇만 원이면 그녀에겐 며칠 치 식비였다.

그래도 친구들을 만나면 좋아서 모임 네 번에 한 번씩은 꼭 참석했다. 며칠 식사를 부실하게 하더라도 친구들을 만나는 게 그녀에게 있어선 힐링이었다.

하지만 각자의 환경이 달라지니 점점 공통화제를 갖기가 힘들어졌다. 대학 생활 하는 친구들, 일찍 취직해서 직장생활 하는 친구들은 가영을 이해하지 못했다. 그들의 충고는 점점 더 도를 넘어섰다.

「야, 배우는 아무나 하는 줄 알아? 적당히 하고 너도 취직해. 정신 차려. 널 위해서 하는 말이니까.」

「그래. 배우는 무슨. 연예계가 얼마나 더러운데. 가영이 네가 하기는 힘들 거야. 다른 일 알아봐. 너는 다른 것도 잘할 거야. 아빠 친구 회사에 사람 뽑는다는데 이력서 줄까?」

「기획사에는 들어갔어? 아직 못 들어갔어? 그냥 관두는 게 어때? 내가 아는 사람도 배우 지망생이었는데 고생만 하다가 관두더라. 성공한 사람은 몇 안 되는 거 알잖아. 성공할 거라는 보장도 없고…….」

충고를 가장한 잔인한 말들이 그녀의 가슴을 뚫고 지나갔다. 오디션 1차에 합격했다는 소식을 전했을 때에도, 친구들은 차갑게 웃으며 1차는 아무나 통과하는 거 아니냐 가영을 깎아내렸다. 기분이 상했다. 그중 가장 견딜 수 없는 건 그들이 자신을 보면서 안도하는 것이다.

「그래도 다행이다. 나는 일찍 취직해서. 가영이 봐. 몇 년 저렇게 고생하다가 취직하려면 그게 어디 쉽겠어?」

화장실을 다녀오다가 우연찮게 듣게 된 말에 가영은 그 자리에 우두커니 서 있을 수밖에 없었다. 자신의 불행이 그들에게 안도감을 준다는 사실이 비참했다. 그대로 가영은 커튼을 열고 들어가 그 말을 한 친구의 얼굴을 똑바로 쳐다보았다. 친구는 당황해 그녀의 이름을 불렀다.

「나야말로 정말 다행이지. 지금이라도 너 같은 걸 걸러낼 수가 있어서. 그래도 내가 복은 있나 봐. 잘 살아. 그리고 다시는 보지 말자.」

그 말을 끝으로 가영은 친구들에게 연락하지 않았다. 친구에게서 구질구질한 변명 문자가 왔지만, 가영은 일절 답하지 않았다. 그러면서 자연스럽게 모임에 참석하지 않았고, 먼저 연락을 주던 친구들도 그녀가 연락하지 않자 자연스럽게 떨어져나갔다.

그러면서 친구라 부를 수 있는 관계는 몇 안 남았는데 그중 가장 친한 건 두 명이었다. 지혜록과 이연주. 그런데 그중 하나가 가장 미친년인 줄은 그때만 해도 알지 못했다.

가영은 자신의 연락을 받고 집 앞 카페까지 찾아온 연주를 바라보았다. 자신의 이야기를 다 들은 그녀의 눈에는 측은함과 분노가 가득했다.

"정말 선호 씨 너무했다. 아니지. 이제 선호, 그 자식이라고 해야겠지. 뭐 그런 놈이 다 있니?"

선호와 헤어졌다는 그녀의 말에 연주는 진심을 다해 안타까워했다. 상냥한 그녀의 눈매가 위로 확 치켜올라가 있었다.

"그러게. 정말 힘드네."

가영이 감정을 숨긴 채 슬픈 표정으로 대꾸했다.

"그런데 먼저 헤어지자고 한 거야?"

연주가 떠보듯 물었다.

"응."

"먼저 헤어지자고 할 줄은 몰랐는데……. 너, 선호 씨 좋아했잖아."

연주가 넌지시 말했다.

"좋아했지. 그래서 실망이 더 컸고. 헤어지자는 말을 할 것 같더라. 그래서 그냥 내가 먼저 질렀어. 내가 차인 거나 다름없어."

가영이 슬픈 얼굴을 하자, 연주가 그제야 더욱 안타까운 표정을 지었다.

"후우, 그래? 정말 속상하다. 안 되겠어. 술 마시러 가자. 아주 진탕 마시자."

"내일 나, 오디션 있는데?"

"괜찮아! 너는 기본이 되니까 바로 통과될 거야. 그리고 오늘 같은 날 안 마

별이 오다

시면 언제 마시니? 안 그래?"

"아니. 안 마시고 싶은데."

"에이. 그러지 말고, 마시자. 응? 내가 속상해서 그래. 실컷 마시고 욕하자. 오늘 너희 집에서 자고 가도 되지?"

연주의 말에 가영의 한쪽 입꼬리가 비틀렸다.

그토록 가깝게 지냈는데, 한 번도 우리 집에서 묵은 적 없는 네가 왜 하필 오늘 자고 간다고 했을까?

결과를 아니까 이유가 선명하게 보였다. 가영은 힘겹게 반대편 입꼬리도 끌어올리며 완벽한 미소를 지었다.

"응. 되지."

"그래. 내가 살게! 우리 가영이를 위해서 내가 뭔들 못 할까! 가자!"

연주가 자리에서 벌떡 일어나 그녀의 손을 잡아당겼다. 가영은 못 이기는 척 일어나 연주의 뒤를 따랐다. 가영은 앞장서서 걷는 연주의 뒤통수를 흔들림 없는 눈으로 바라보았다.

✦ ✦ ✦

카페 근처의 술집으로 자리를 옮긴 후, 그들은 부어라 마셔라 했다. 연주는 연거푸 가영에게 술을 권했다. 그녀가 오디션을 이유로 거절해도, 연주는 막무가내로 우겼다.

「이런 날 아니면 언제 또 이래?」

「너는 기본이 되잖아. 술에 취한 채 연기해도 바로 통과야!」

「걱정하지 마. 내가 감독이라면 무조건 널 뽑을 거니까.」

「정말 안 마실 거야? 나, 속상한데……. 후우, 그럼 내가 마셔야겠다.」

「어머, 가영이 술 잘 마신다. 너무 보기 좋은데?」

채찍과 당근이 번갈아 오갔다. 가영은 연주의 속내를 뻔히 알면서도 과거처럼 묵묵히 술잔을 비웠다. 평소 주량이 두 병이면서 세 병을 마셨다. 그리고 연주를 데리고 자신의 집으로 향했다. 가는 동안 연주는 술에 취해 어지럽다며 비틀거렸다.

집으로 돌아온 가영은 예전처럼 침대에 쓰러져 누웠다. 낡은 침대에서 삐그덕 소리가 났다. 연주는 먼저 씻고 오겠다며 쉬라는 말을 남긴 후 화장실로 향했다. 얼마 후, 화장실에서 나온 연주가 침대에 누워 있는 가영을 물끄러미 바라보았다.

"가영아, 자?"

"……."

가영이 답이 없자, 연주는 그녀의 눈앞에 대고 손을 휘휘 내저었다. 여전히 가영에게서 이렇다 할 만한 반응이 없자 그녀는 가영의 휴대전화를 들었다. 가영의 휴대전화를 만지작거린 그녀는 이번엔 테이블 위에 놓인 알람시계를 확인했다. 이어 방을 쭉 둘러보던 연주가 얼굴을 찌푸리고선 한숨을 내쉬었다.

"답이 없네."

연주가 작은 목소리로 중얼거렸다.

달칵.

연주는 가영을 방에 내버려둔 채, 문을 열고 나갔다. 연주가 현관문을 열고 완전히 사라진 후, 잠든 것처럼 누워 있던 가영이 몸을 일으켰다. 그녀는 연주가 만지다가 내려놓은 휴대전화를 들었다.

"하."

휴대전화를 확인한 가영의 입술이 삐딱해졌다. 설마설마했다. 그런데 설마가 역시일 줄이야. 그녀가 내일 오디션 참가를 위해 맞춰놓은 알람 다섯 개가 모조리 꺼져 있었다. 테이블에 놓인 알람시계 또한 알람이 꺼져 있었다.

과거의 그녀는, 모조리 자신의 탓인 줄 알았다. 술이 덜 깬 자신이 알람을 꺼버리고 잠들어서 오디션을 놓친 거라 생각했다. 자신이 참석하지 못한 극의 배역을 연주가 맡았다는 걸 알았을 때도, 연주가 이런 일을 벌였으리라곤 추호도 생각하지 못했다. 그저 제가 운이 지지리 없다고 여겼다.

"사실 운이 없긴 하지. 인복이 없으니까."

가영은 꺼진 휴대전화 알람을 보며 헛웃음을 지었다. 그녀는 휴대전화 알람을 모두 켜고, 알람시계 알람까지 모두 켜놓은 후 침대에 벌러덩 드러누웠다.

소주를 세 병 마셔도 쉽사리 잠이 오지 않았다. 이 사실을 확인하고 싶었다. 정말로 연주가 자신의 알람을 끈 게 맞는지. 그리고 우려했던 대로 자신의 생각이 맞았다. 심증이 사실로 증명되었는데도 생각만큼 개운하지 않았다. 오히려 가슴이 답답했다.

"하하."

가영은 헛웃음을 흘리다가 입술을 꽉 깨물었다. 천장을 바라보던 그녀의 눈빛이 술에 취한 사람답지 않게 형형했다. 독이 올랐다. 이렇게까지 하는 연주 때문인지, 아니면 멍청하게 당한 자신이 답답해서인지 구분할 수 없었다.

어쨌든 자신이 예지몽을 꾼 건지, 아니면 6년 전으로 회귀한 건지 아직도 알 수 없지만 하나는 확실했다. 앞으론 절대로 예전처럼 살지 않을 것이며, 예전과 비교할 수 없을 만큼 성공해야겠다는 것. 그 다짐만 연거푸 했다.

Chapter 02

'그 남자의 작전' 2차 오디션 현장의 일자 테이블에 작가, PD, 카메라 감독이 나란히 앉아 있었다. 이미 확정이 난 주연배우를 제외한 조연을 뽑는 자리였다. 몇몇 조연 자리 오디션은 끝났고, 남자주인공을 짝사랑하는 여자 악역만 남았다. 장시간의 오디션에 그들의 얼굴엔 피로가 가득했다.

"후우, 이 역할이 중요한데 부디 좋은 사람이 있었으면 좋겠네요."

PD가 오디션 지원서뭉치를 넘기며 말했다.

"그러게요. 누가 이 역할을 하느냐에 따라 분위기가 달라질 테니까요."

작가가 뒤따라 고개를 끄덕이며 대답했다. 그러면서 흘깃 한구석에 있는 남자를 바라보았다. 훤칠한 키의 남자는 모자를 푹 눌러쓴 채 카메라를 통해 앞을 바라보고 있었다.

얼마 후, 오디션 시작하자는 말을 스태프에게 전달한 세 사람은 허리를 곧게 세운 채 앞을 바라보았다. 몇몇 지원자의 연기 후, 한 여자가 오디션장에 들어섰다.

"안녕하세요."

긴 생머리를 높게 묶고 짙은 화장을 한 여자가 웃으며 세 사람을 바라보았다. 강렬한 이미지를 가진 여자의 등장에, 세 사람의 시선이 일제히 오디션 지원서로 향했다.

"이연주 씨 맞나요?"

"네. 맞습니다."

"사진보다 실물이 예쁘시네요."

"감사합니다. 그런 이야기를 종종 듣고 있습니다."

당당한 연주의 대꾸에 PD가 피식 웃었다.

"그럼 시작해볼까요?"

PD의 말에 연주가 연기를 시작했다. 그녀가 연기를 하는 도중, PD는 손을 들어 멈추라는 표시를 했다.

"수고했습니다."

PD의 말에 연주는 생글생글 웃었다.

"다음에는 촬영장에서 뵙길 기대하겠습니다."

연주가 발랄한 목소리로 인사를 남긴 후 오디션장을 빠져나갔다. 그녀가 사라진 후, 카메라 감독이 PD의 옆구리를 팔로 툭 찔렀다. PD가 움찔하더니 카메라 감독을 심드렁한 얼굴로 쳐다보았다.

"왜 이러세요?"

"이연주 씨가 그 사람 맞죠? 대명전자 이사의 둘째 딸? 1차 오디션 제일 일찍 와서 보고 간 사람."

카메라 감독이 PD만 들을 수 있는 작은 목소리로 수군거렸다.

"네. 맞아요."

"그럼 이 자리는 이연주 씨 자리 아니에요? 이연주 씨가 배역 맡으면 대명전자에서 제작 지원받을 거 아니에요? 안 그래요?"

"그래도 중요한 배역이니 오디션은 봐야죠."

"하긴."

형식적이긴 하나, 오디션을 봐야 한다는 말에 카메라 감독은 고개를 주억거렸다.

똑똑.

문을 두드리는 소리에 "들어오세요."라고 PD가 대답했다. 문을 열고 한 여자가 들어섰다. 플라워 패턴의 원피스를 입은 여자의 등장에 사람들의 표정이 묘해졌다.

"안녕하세요. 임가영입니다."

그녀가 배에 손을 겹쳐 올린 후 꾸벅 인사했다.

"음."

PD가 미묘한 목소리를 내며 지원서와 가영을 번갈아 보았다.

"배역의 이해가 전혀 잘못된 것 같은데요. 혹시 배역을 잘못 지원한 거 아닌 가요?"

먼저 말을 꺼낸 건 작가였다. 그 남자의 작전에서 남자주인공을 짝사랑하는 여자조연은 못된 이미지였다. 이렇게 청순한 옷차림과는 어울리지 않았다. 실제로 오디션 종이에는 짙은 화장을 했다고 되어 있었다.

"제가 이해한 이 배역의 이미지는 이러했습니다. 옷차림에 대한 자세한 설명이 없어서 제가 이해한 대로 입고 왔습니다."

"어째서 그렇게 생각했죠?"

작가가 불쾌하다는 표정으로 가영을 쳐다보았다. 그녀는 세 사람의 시선이 자신에게 쏠리자 마른침을 삼켰다. 오랜만의 오디션이라 그런지 긴장되었다. 하지만 그녀는 내색하지 않고 세 사람을 똑바로 쳐다보며 입을 열었다.

"이 배역은 의뭉스럽게 남자주인공 근처를 배회하는 역할로 이해했습니다. 그런 인물이 정장 차림을 하고 있는 것보단, 아무것도 모른다는 듯 예쁜 척하고 있는 모습이 더 얄미울 거라고 생각했습니다. 가끔은 잘난 척하는 것보다, 훤히 보이는데 모르는 척하는 게 더 얄미우니까요."

"흠……."

낮게 침음을 흘린 PD가 흘깃 작가를 쳐다보았다. 작가는 입술을 꾹 다문 채 아무 말도 하지 않았다.

그 순간, 가영은 자신이 실수했다고 생각했다. 작가가 그린 이미지와 너무 달랐던 모양이다. 하지만 자신이 준비한 말은 후회 없이 해야 할 것 같아 마저 말을 덧붙였다.

"저는 그래서 이렇게 차려입고 왔는데, 혹시 제가 잘못 이해한 거라면 죄송합니다. 다만, 제가 받은 대본이 아주 일부분이라 넓게 파악할 수 없었을 뿐, 배역에 대해 지적하는 건 아니었습니다."

가영이 정중하게 나오니, 작가의 표정이 누그러졌다. PD와 카메라 감독은 모호한 표정으로 서로의 얼굴을 들여다보았다. 가영은 그들이 연기 시작하라는 사인을 주기 전까지 묵묵히 기다렸다.

'그 남자의 작전'은 6년 전, 그녀도 몇 번 봤었다. 오디션에서 떨어져 마음 아

별이 오다

파 보고 싶지 않았지만, 자신이 연기하려고 했던 배역이 어떤 식으로 그려지는지 확인해야 할 것 같았다. 그리고 자신이 배역을 제대로 이해한 게 맞는지, 자신이 연기한다면 어떤 식으로 그려냈을지도 확인해야 할 것 같아, 꾹 참고 보았다.

비록 아르바이트를 두 개 뛰고, 몸살을 앓고, 다른 오디션에 참석하느라 전부 다 챙겨 보지는 못했지만 대략의 스토리 흐름은 다 알고 있었다.

강보배는 남자주인공에게 관심이 있으면서, 친한 여동생인 척 머무는 인물이었다. 은근히 여주인공을 구박하고, 무시하고, 깔보는 캐릭터인데 그 수가 얕아서 주인공은 쉽게 알아채곤 했다.

그런 역을, 배우가 똑똑한 이미지를 풍기며 연기를 하니 괴리감이 느껴졌었다. 그래서 그녀는 일부러 아무것도 모른다는 느낌을 주기 위해 조금 어린 느낌의 화장과 화사한 플라워 패턴의 원피스를 입었다.

"자, 그럼 연기를 보도록 할까요?"

PD의 말에 가영은 숨을 흡 들이마셨다. 그러고는 주먹을 두어 번 쥐었다 펴길 반복했다. 자신의 무대였다. 어떻게 날뛰어도 누구도 뭐랄 게 없는 무대. 눈빛이 예리해진 가영이 언제 그랬냐는 듯 다정하게 웃으며 대사를 읊어갔다.

✦ ◆ ✦

"후우."

오디션장에서 나온 가영이 긴 한숨을 내쉬었다.

최악이었다. 열심히 한다고 했는데…….

연기를 마쳤지만 세 사람은 아무런 반응이 없었다. 지원서와 그녀의 얼굴을 번갈아 보던 PD가 가까스로 입을 열어 인사를 건넸다.

「수고했어요. 통과되면 개별 연락 갈 겁니다. 늦어도 이번 주 중으로 결정 날 겁니다. 만약 오지 않으면 탈락했다 생각하시면 됩니다.」

그들의 떨떠름한 눈빛을 보건대, 결과는 이미 들은 거나 마찬가지였다. 아무리 미래에 일어날 일을 알고 있다고 해도 운명을 바꿀 순 없는 건가. 하지만, 오디션에 참석한 것만으로도 운명은 바뀐 셈이었다. 가영은 그걸로 충분하다고 스스로를 달래며 건물을 빠져나왔다.

"……임가영?"

저를 부르는 소리에 가영이 고개를 돌렸다. 연주가 귀신이라도 본 양 놀란 얼굴로 그녀를 쳐다보고 있었다. 가영은 대답 대신 연주를 죽 훑었다. 그녀는 긴 생머리를 높게 묶은 세미정장 차림이었다.

변함이 없네.

과거에 오디션을 통과한 건 연주였다. 그녀는 '그 남자의 작전'에서 남자주인공을 짝사랑하는 역할로 나와서 얼굴을 알렸다. 이후 하는 작품마다 승승장구하다가 몇 년도 되지 않아 재벌가 남자에게 시집을 갔다.

그때부터 방송활동을 일절 하지 않고 간간이 뉴스 프로그램이나 여성 잡지에서 인터뷰로 얼굴을 비치곤 했다. 그러다가 가영이 왕성하게 활동할 즈음, 연주는 이혼을 했다. 마지막으로 들은 소식은 연주가 미국에서 살고 있다는 것이었다.

"너…… 왔구나."

연주가 떨떠름한 얼굴을 힘겹게 숨기며 말을 건넸다. 그녀의 입술이 불편하게 뒤틀린 게 한눈에 들어왔다. 가영은 모르는 척하며 연주에게 다가섰다. 그러고는 빙긋 웃었다.

"응. 남자랑 헤어졌다고 오디션을 빼먹으면 안 되잖아."

"그, 그래. 그건 그렇지. 이야, 잘됐다. 우리 둘 중에 한 명이라도 잘됐으면 좋겠다. 그치?"

떨떠름해하던 연주가 금세 화사한 미소를 지으며 태세를 전환했다. 가영은 비틀어지는 입술을 참으며 일부러 사람이 없는 곳으로 걸어갔다. 자연스럽게 연주가 따라왔다. 인적이 드문 구석에 가서야, 가영은 연주에게로 몸을 틀었다.

"그런데 너, 왜 어젯밤에 우리 집에서 안 자고 갔어?"

별이 오다

가영이 연주의 눈을 똑바로 쳐다보며 물었다.

"응?"

연주의 눈이 크게 흔들렸다.

"그냥 갔던데. 안 자고."

"아……. 자려고 보니까 침대가 좁아서 불편하더라고. 알다시피 바닥에서 자본 적이 없는 데다 이불도 없어서, 그래서 어쩔 수 없이 택시 타고 집에 갔어."

"술 많이 마셔서 걸어갈 힘도 없다고 하지 않았었어?"

"조금 쉬니까 깨더라고."

"……그래?"

가영이 고요한 얼굴로 연주를 쳐다보며 나긋하게 물었다.

"그럼. 당연하지."

연주는 시치미를 뚝 뗀 얼굴로 미소 지었다. 그러더니 다정하게 그녀의 어깨를 감쌌다.

"정말 기분 좋다. 같은 배역을 놓고 경쟁해서 마음이 불편하긴 하지만, 그래도 누구 하나 잘되는 걸 볼 수 있으니까 말이야."

"……."

"가영아, 왜 이렇게 말이 없어? 너는 안 기뻐? 응? 사람 민망하게 그렇게 뚫어져라 쳐다보기만 하고……."

"연주야."

"응?"

"너 배우 하려고 마음먹은 거 잘한 거 같다."

가영의 말에 연주가 "어우, 야아. 왜 갑자기 칭찬을 하고 그래? 너 오디션 잘 봐놓고 괜히 나한테 엄살 부리는 거지?"라며 그녀의 어깨를 아프지 않게 치려 했다. 그 순간, 가영이 한 발자국 물러서 피하자, 연주가 휘청거렸다.

"그렇게 기뻐할 거 없어. 칭찬 아니니까."

무표정한 가영이 던진 말에, 연주의 얼굴은 눈에 띄게 굳었다.

"그게 무슨 말이야?"

"매일 이렇게 연기를 하면서 사는데, 어떻게 연기가 안 늘겠어? 배우라도 해서 다행이다."

"가영아. 무슨 말을 그렇게 해?"

"못 알아들었으면 됐어."

"너, 정말……."

"너, 내 휴대전화 알람 왜 껐어?"

갑작스런 가영의 물음에 연주가 멈칫했다.

"무슨 소리야? 가영아. 난 네가 무슨 얘길 하는지 정말 모르겠어."

"정말 몰라? 네가? 진짜?"

가영이 비웃자, 연주의 미간이 좁아졌다. 잠시 가영을 쳐다보던 연주가 기가 차다는 양 입을 열었다.

"뭐? 하, 가영아. 너, 왜 생사람 잡고 그래?"

"정말 네가 끈 거 아냐?"

가영이 흔들림 없는 표정으로 물었다.

"응. 아냐. 가영아. 나, 너한테 실망했어. 지금 나를 의심한 거야? 내가 네 알람을 왜 꺼? 왜? 네가 오디션에 나오면 내가 떨어질까 봐?"

"응. 아니야?"

"하아, 가영아. 네가 나랑 정말 친한 친구이긴 하지만, 나는 너를 경쟁상대로 생각하고 있지 않아. 난 친구를 경쟁상대로 여길 만큼 못된 성격이 아니거든. 난 여태껏 너 잘되길 바랐는데, 넌 아니었던 것 같네. 이런 피해의식까지 갖고 있는지 몰랐어. 아니, 열등감인가? 정말 실망이다, 증거도 없이 사람 몰아붙일 줄이야."

연주의 대답에 가영의 눈이 가느스름해졌다. 끝까지 발뺌할 거라고 생각하긴 했지만, 막상 눈앞에서 보니 상상했던 것보다 훨씬 답답했다. 가영이 기가 막혀 가만히 있자, 연주가 이때다 싶었는지 쏘아붙여댔다.

"그리고 오디션을 본다고 무조건 네가 배역을 맡을 수 있는 것도 아니잖아? 그런데 내가 왜 너를 오디션에 참여 못 하게 했겠어? 안 그래?"

연주의 말이 맞았다. 가영은 무조건 자신이 '그 남자의 작전'의 조연을 맡을 수 있을 거라고 생각하지 않았다. 맞부딪쳐도 연주가 합격했을 수 있다.

　다만, 그녀가 잃은 것은 정당하게 도전할 수 있는 기회였다. 그게 속상했다. 그것도 그 기회를 친구 손에 빼앗겼다는 것이 괴로웠다. 심지어 심증만 있을 뿐 물증이 없어서 홀로 오랫동안 속앓이를 했어야 했다. 승승장구하는 연주의 등만 바라보면서.

　"그래. 그럼 알람이 꺼진 건 내 휴대전화가 미쳐서 알람 다섯 개가 갑자기 꺼졌다고 치자. 유선호는 왜 그랬어?"

　"네 남친을 왜 나한테 찾아?"

　"정말 몰라?"

　"응. 너, 오늘 왜 그래? 술이 덜 깼어? 응?"

　연주가 다정하게 뻗는 손을 가영이 다시 한 번 피했다. 가영은 대답 대신 휴대전화를 꺼내 연주에게 내밀었다.

　"이래도 발뺌할래?"

　"대체 뭐기에……!"

　가영의 휴대전화를 확인한 연주의 얼굴이 딱딱하게 굳었다. 가영의 액정에 뜬 사진엔 연주가 선호와 주고받은 메시지가 고스란히 담겨 있었다.

　[사랑해 ―선호]

　[말로만?]

　[그러면? ―선호]

　[이번 주 금요일에 무조건 가영이랑 헤어져. 안 그러면 나, 너랑 안 만날 거야. 내가 사준 명품백이랑 구두도 다 도로 내놔]

　[조금만 시간을 달라니까? 연주야? 일단 전화 받아봐. 전화로 이야기하자. ―선호]

　[아니. 전화 받을 기분 아니야. 얼른 대답해. 헤어질 거야, 말 거야? 안 헤어지면 안 만난다니까? 나 안 만날 자신 있어?]

　[알았어. 알았어. 이번 주 금요일에 무조건 헤어질게. 그러니까 전화 좀 받아봐. ―선호]

　연주의 얼굴이 흙빛이 되었다.

　"왜? 이래도 아니야?"

　가영이 차가운 얼굴로 내뱉었다. 초조해진 연주가 가영의 휴대전화를 낚아채려고 잽싸게 손을 뻗었다.

"왜? 증거 인멸이라도 하게?"

가영이 한발 빠르게 휴대전화를 등 뒤로 숨겼다.

"휴대전화 부숴도 증거는 그대로 남아 있으니까, 괜히 휴대전화 부술 생각 말고 변명이나 해봐. 물론, 너랑 선호 번호를 아는 내가 잘못 봤다거나, 오해했다거나 하는 말 같은 소리는 하지 말고. 그런 건 씨알도 안 먹히니까."

가영의 말에 연주가 조용히 입안의 살을 씹었다. 아무래도 어젯밤 자신이 화장실 다녀온 틈에, 가영이 자신의 휴대전화를 뒤진 모양이었다. 술에 취해 널브러져 있어서 방심했는데, 그게 실수였다.

그나저나 어떻게 자신과 선호 사이를 의심하게 된 거지?

지금 가영의 표정을 보건대 대충 물러설 분위기가 아니었다. 바늘로 찔러도 피 한 방울 안 나올 것처럼 차가운 얼굴이었다. 지금껏 자신이 알고 지낸 가영이 아니었다.

"넌 왜 남의 휴대전화를 손대? 비밀번호는 또 어떻게 알았고? 그거 범죄야. 알아? 남의 휴대전화 도촬한 거라고!"

연주가 적반하장으로 눈을 치켜뜬 채 외쳤지만, 다른 사람의 시선이 신경 쓰이는지 목소리는 더욱 작아졌다.

"이상한 소리로 시간 벌 생각 하지 말고, 변명을 해보라니까?"

가영이 그녀를 똑바로 쳐다보며 말했다.

"하, 무슨 변명? 지금 죄는 네가 지은 거 모르겠어? 느닷없이 휴대전화 알람을 왜 껐냐고 뒤집어씌우지를 않나, 남의 휴대전화 열어서 사진을 찍질 않나. 뭐 하는 거야, 너?"

연주가 무섭게 가영을 다그쳤다. 가영은 한숨을 내쉬며 휴대전화를 주머니에 챙겨넣었다.

"그래? 죄를 내가 지었단 말이지?"

"어. 당연하지."

"그러게. 생각해보니 내가 죄를 지었네. 네 휴대전화를 무단으로 확인해서 사진까지 찍어 별도로 보관까지 해뒀으니까 말이야."

가영은 이해한다는 듯 고개를 느릿하게 끄덕였다. 그러다 불쑥 연주에게 얼굴을 들이밀었다.

"그럼 경찰에 신고해."

"……!"

"범죄자를 발견했으면 경찰에 신고해야지. 가서 경찰 아저씨한테 미주알고주알 읊어보자. 나는 내 죗값 치를 테니까, 넌 네 몫의 쪽팔림을 성실하게 감당해내면 되겠네. 아, 그리고 이런 소중한 딸이 범죄에 휘말리게 된 걸, 너희 부모님께서 뒤늦게 아시면 얼마나 속상해하시겠어? 바쁘실 텐데 번거롭게 두어 번 뵙지 말고, 깔끔하게 경찰서에서 다 같이 만나자."

"이, 임가영. 너……!"

당황한 연주의 목소리가 벌벌 떨렸다.

"부르는 김에 증인도 필요하니 유선호도 불러. 아직 너희 안 헤어졌을 거 아냐? 어제까지만 해도 서로 사랑한다는 말도 주고받는 사이인데, 든든한 네 편이 되어주겠지. 안 그래? 이왕 이렇게 된 거 겸사겸사 경찰서에서 가족모임 가지고 결혼날짜까지 잡는 건 어때? 내가 축의금으로 천팔백 원 줄게. 형편이 어려워서 많이 못 주는 건 돈 많은 네가 이해하고."

가영은 막힘없이 술술 말했다.

"너, 너……!"

연주가 말문이 막힌 표정으로 그녀를 손가락으로 가리켰다. 그녀의 손끝이 떨리는 걸 가영이 무심한 눈으로 쳐다보았다.

"뭐 해? 갑자기 당 떨어졌어? 방금까지 범죄 운운하면서 그렇게 말 잘하던 애가 왜 갑자기 버벅거려? 입이 로딩 중이야? 아니면 뇌가 업데이트 중인 거야? 시간 별로 없는데 얼마나 더 기다려줘야 해?"

무표정한 얼굴로 술술 말하는 가영을 바라보던 연주는 어쩔 줄을 몰라 했다. 그런 그녀를 바라보던 가영은 나오려는 한숨을 꾹 참았다. 꿈인지 현실인지 모르겠지만 어쨌거나 서른한 살까지 살아보았다. 그간 말도 많고 탈도 많은 연예계 판에서 수많은 일을 겪으며 꿋꿋이 살아남았다. 그런 자신에게 스물다섯 살 여자애의 이런 뻔뻔함쯤은 우스웠다.

"왜? 범죄자가 코앞에 있으니 무서워서 전화를 못 하겠어? 내가 자수할까?"

가영이 휴대전화를 꺼내 112를 누르자, 연주가 "야!" 하고 소리치며 그녀의 휴대전화를 내리쳤다.

툭!

"아."

가영은 일부러 들으라는 듯 소리를 낸 후, 연주를 무표정하게 쳐다보았다. 연주의 얼굴은 새빨갛게 물들어 있었다.

"너, 지금 뭐 하는 거야?"

"뭐 하는 건지 겪고 있으면서도 모르겠어? 한때 친구였던, 지금은 나한테 쓰레기나 다름없는 인연을 칼같이 정리하는 중이잖아. 너는 내 인생에서 잘려나가는 중이고."

"……!"

연주는 충격으로 뻣뻣하게 굳었다. 가영은 정이 많고, 사람에게 약한 스타일이었다. 조금만 격려해주고 응원해주면 자신의 편이라 생각하고 믿었다. 친한 상대일수록 마음이 약해서 독한 소리를 못 했다. 그런 가영이, 완전히 다른 사람처럼 굴고 있다.

분명 마주하고 있는데, 자신을 내려다보는 것처럼 눈길이 냉담했다. 자신이 감정적으로 매달려도 눈 하나 깜빡하지 않을 것 같았다. 어떻게 며칠 만에 완전히 다른 사람으로 변한 건지 믿을 수가 없었다.

연주는 새빨갛게 달아오른 얼굴로 분하다는 듯 가영을 노려보았다. 이럴 때일수록 기선제압을 해야겠다는 생각에, 그녀가 소리를 치려고 할 때였다.

"입 다물고 내 휴대전화 주워."

가영이 한발 빨랐다.

"……!"

연주의 눈이 커졌다.

"아, 다른 말로 해야 알아들을래? 내가 이대로 경찰서로 가서 자수하고 너희 부모님, 선호, 너를 부를까? 아니면 네가 얌전하게 내 휴대전화를 주울래?"

"……."

연주의 시선이 떨어진 휴대전화에 닿았다. 그녀의 눈빛이 잠시 번뜩였다. 그 의미를 알아챈 가영이 먼저 말했다.

"아, 참고로 말하자면 너랑 선호랑 주고받은 문자 메시지 사진은 따로 저장해뒀어. 내 휴대전화를 들고 도망치든, 부수든, 뭘 하든 증거는 안 사라진다는 거야. 그리고 만에 하나 내 휴대전화를 손상시킨다면 난 지금 당장 경찰서 갈 거야. 내 휴대전화를 절도, 훼손한 여자가 있다고."

가영의 말에 연주의 얼굴이 하얗게 질렸다. 빠져나갈 구멍이 없어진 연주가 다급하게 소리쳤다.

"너, 배우 한다며. 전과기록 남고 싶어? 제정신이야?"

연주가 가영을 물고 늘어졌다. 지금 그녀의 정신을 차리게 할 수단은 그것밖에 없다. 그러나 그마저도 가영에겐 우스웠다. 그 긴 시간, 생각한다는 게 기껏 이건가 싶었다.

"아아. 아직 여유롭나 보네. 내 미래까지 걱정해주는 걸 보니까. 혹시나 내가 배우로 데뷔해서 이 사건이 문제가 되면 친절하게 기자회견 할게. '하나밖에 없는 친구가 남자친구를 꾀어낸 걸로 부족해 오디션에 참석하지 못하도록 알람을 꺼놓는 사정이 있었었다. 그 일로 몹시 화가 나서 쏘아붙였고, 일이 커졌다. 그때의 일로 마음이 상해 있다면 진심으로 미안하다. 연주야.'라며 석고대죄할게. 그럼 됐어?"

"너! 정말!"

연주가 악을 쓰다가 주변의 시선을 의식하고는 입을 다물었다.

"마지막이야. 주울래, 내가 경찰서까지 갈까?"

가영이 나지막하게 물었다. 그 목소리에 진심이 가득해서 시키는 대로 하지 않으면 뒤도 돌아보지 않고 경찰서로 갈 것 같았다. 자신의 아버지가 이 사실을 알게 되면 집안이 발칵 뒤집힐 거다.

분하다는 얼굴로 연주가 허리를 숙여 휴대전화를 주워 가영에게 내밀었다. 휴대전화를 받아든 가영은 휴대전화에 흠집 난 곳이 없는지 확인했다.

"너, 이거 협박이야. 협박죄라고. 내가 가만히 있을 거 같아?"

휴대전화를 넘겨준 연주가 부르르 떨었다.

"그럼 가만히 있지 마. 하고 싶은 대로 해. 누가 더 잃을 게 많은지 해보자. 어디 한번 마음껏 나 건드려봐. 나랑 유선호랑 연애하는 걸 다 알고 있었던 사람들에게, 이 메시지 전부 다 전송할 테니까."

연주가 하얗게 질렸다. 그걸 보고도 가영은 눈 하나 깜빡하지 않고 말을 이었다.

"네 번호, 유선호 번호 나란히 있는 거 보면 사람들이 알아서 판단하겠지. 안 그래? 그리고 사람들에게 친절하게 설명할 거야. 네가 유선호한테 나를 차라고 했던 금요일이, 내게 더없이 중요한 오디션 전날이었다고. 그리고 네가 그날 몹시 다정하게 나를 위로해주었고, 신나게 유선호 욕을 했다는 것."

"임가영!"

"왜? 내가 틀린 말 했어?"

가영이 오히려 흥미롭다는 표정을 짓자 할 말이 없는 연주는 입술을 세게 씹었다. 그녀의 붉은 입술이 이에 짓이겨졌다. 그런 그녀를 보며 가영은 마음에도 없는 미소를 지었다.

"그러니까 앞으로 나 건드리지 마. 네가 건들면 나 완전히 미친년처럼 달려들 거니까."

"……."

"서로 꼴 보기 싫은데 다시 만나지 말자. 설령 재수 없게 우리가 다시 만나게 되면 모르는 척하자. 우리의 눈은 소중하니까."

가영은 그 말을 끝으로 연주를 지나쳤다. 연주는 화가 나서 어쩔 줄 몰라 하는 얼굴이었지만, 그렇다고 뾰족한 수도 없는 듯했다.

외투 주머니에 손을 푹 찔러넣은 채 터벅터벅 걸어가며 가영은 숨을 깊게 들이마셨다. 가슴이 잔뜩 부풀었다. 이어 길게 내쉬었다. 이제야 매듭이 조금 지어진 기분이 들었다.

이렇게까지 하고 싶지 않았지만, 연주에겐 이렇게 해야만 한다는 걸 경험상 알고 있었다. 어설픈 증거나 정황을 들이밀어봤자 연주에겐 씨알도 안 먹힐 게 뻔했다. 오히려 자신을 미친년으로 몰아붙이지 않았던가. 증거를 들이민 채 어디 한번 해보자고 들이받아야 꼬리를 말고 도망칠 스타일이었다.

별이 오다

그리고 자신을 해코지할 수 없도록 보험이 필요했다. 잘못 건드렸다간 저도 인생이 고달파질 수 있다는 걸 알아야 쉽게 덤비지 못할 테니.

"하아, 피곤한 인생이다."

가영은 긴 한숨을 내쉬며 길을 따라 걸었다. 멀찍이서 흥미로운 눈으로 누군가가 바라보고 있다는 것도 모른 채.

◆ ◆ ◆

"어디 다녀와요?"

오디션 지원서를 뒤적거리던 PD가 문을 열고 들어선 남자에게 물었다. 오디션이 끝난 후 뒷수습하던 사람들의 시선이 모두 한곳으로 쏠렸다. 남자는 푹 눌러쓴 카키색 모자와 낡은 마스크를 벗었다. 남자의 깔끔한 얼굴이 드러나자, 여자 스태프 중 하나가 "엄마야!" 하며 그 자리에 풀썩 주저앉았다.

여태껏 모자를 푹 눌러쓴 채 귀퉁이에서 카메라를 잡고 있어서 스태프들조차도 그가 스태프라고만 생각하고 있었다. 스태프 중 한 명이 누구냐고 물으려는데, PD와 작가가 그쪽에는 신경 쓸 거 없다고 했다. 그래서 정말로 신경을 쓰지 않고 있었는데, 배우 신우현이었을 줄이야.

"놀라게 해드려서 죄송합니다."

그가 선선하게 웃으며 정중하게 사과하자, 여자 스태프의 얼굴이 빨갛게 익었다. 여자 스태프는 "아니에요, 아니에요." 하며 손을 내저었다.

"그럼 다행이네요."

우현은 스태프를 지나쳐 PD, 카메라 감독, 작가가 있는 테이블로 걸어갔다.

"잠시 전화 받으러 다녀왔어요."

우현이 대답하며 빈 의자를 끌고 와 그들과 마주 앉았다. 긴 다리를 쭉 뻗은 그는 팔을 괴고서 그 위에 자신의 턱을 가져다 댄 채 PD가 정리하는 지원서를 물끄러미 바라보고 있었다.

마치 제 안방에 있는 것처럼 행동이었지만, 예의 없이 보이는 게 아니라 친근하게 다가오는 걸로 보여서 누구도 뭐라고 하지 않았다. 설령 그게 예의 없는 행동이라고 해도, 그에게 뭐라고 할 사람은 이 자리에 아무도 없었다.

신우현은 대한민국에서 드물게 드라마와 영화의 흥행을 모두 사로잡은 배우였다. 보통 영화면 영화, 드라마면 드라마 한 분야에서 입지를 굳힌 배우들은 있지만, 양쪽 모두에서 흥행배우가 되기란 몹시 어려운 일이다.

그런 그가 유명 PD, 시청률 파워를 가진 작가의 제안을 모두 뿌리치고 신인 PD, 이제 막 이름을 알리기 시작한 작가와 함께 작업을 하겠다며 나섰다. 기대는 하지 않지만 혹시나 하는 마음에 시놉시스와 대본을 보낸 그들도, 신우현이 선뜻 함께하겠다고 하자 깜짝 놀라 우왕좌왕했을 정도였다.

그들은 우현의 마음이 바뀔세라 얼른 연락해서 미팅 날짜를 잡았다. 정말로 우현이 나타났을 때, 그들은 물개박수를 치고 싶은 심정이었다. 간단히 조건 이야기가 오갔다. 가만히 듣고만 있던 우현이 입을 열었다.

「조건이 있습니다.」

그가 그 말을 꺼냈을 때, 제작사 측과 PD, 작가들은 가슴이 철렁했다. 무슨 조건일까. CF도 버전에 따라 다르게 거액의 모델료를 받는 그였다. 어마어마한 출연료를 요구하면 어쩌나 싶어 눈앞이 캄캄했다. 어떻게든 신우현을 잡고 싶은데, 제작사의 형편이 좋지 않아 거액의 출연료를 주긴 어려운 상황이었다. 어째야 할지 몰라 초조해하는 사이, 돌아온 건 의외의 말이었다.

「캐스팅에 제가 참여할 수 있게 해주세요. 제 의견이 여기 계신 분들 만큼 영향력을 발휘했으면 좋겠습니다.」

한마디로 배역을 고르는 데 힘을 쓰게 해달라는 뜻이다. 제작사 측과 PD, 작가는 서로의 눈치만 살폈다. 설마 자신의 소속사 배우들을 모조리 끼워넣기 하겠다는 건가 싶었다. 종종 신인배우 끼워넣고 기성배우 급으로 출연료를 받겠다고 억지를 부리는 기획사들이 있다.

설령 그런 경우라 해도 어쩔 수 없었다. 신우현 하나만 잡아도 드라마 홍보는 자동으로 되는 거나 마찬가지니까. 드라마 홍보만일까. 해외 수출의 판로도 따놓은 거나 다름없었다.

「그래요. 우현 씨가 이렇게 양보하는데 우리도 그렇게 해야지요. 좋습니다.

출연료는 사실 무조건 맞춰드린다고 보장할 순 없습니다만, 그래도 최선을 다하겠습니다. 우현 씨 소속사 배우 중에 괜찮은 사람들이 있나 봐요? 미팅 한번 할까요?」

제작사의 말에 우현은 고개를 가로저었다.

「아뇨. 저는 끼워넣기 안 합니다.」

「네?」

당연히 제 식구 끼워넣기라 생각하던 제작사 담당자는 놀랐다.

「우리 소속사 배우들의 실력이 어느 정도인지도 모르는데, 함부로 그럴 순 없죠. 굳이 일면식도 없는 그 사람들 때문에 제 얼굴에 먹칠할 순 없으니까요.」

정중한 목소리인데 그 알맹이는 '걔들이 뭔데 내 덕을 보냐'는 뜻이다. 그러나 우현의 미소가 워낙 깔끔해서 날 선 느낌이 들지 않았다.

「그러면 어떻게 하고 싶은 거죠? 우현 씨는?」

「캐스팅 오디션을 열면 어떨까 싶어요. 배역에 딱 맞는 사람들이 캐스팅 되었으면 좋겠어요. 이번 드라마만큼은 배역에 구멍 없이 탄탄하게 가고 싶거든요.」

우현의 말에 PD는 작게 기침을 터트렸다.

2년 전, 우현이 주연을 맡은 드라마는 대성공했지만, 드라마 초반에는 남자 조연의 연기력이 미흡해 연기력 논란으로 한바탕 곤욕을 치렀다. 그나마 다행히 드라마 막바지에 남자조연이 하차하고, 우현이 연기력으로 하드캐리해서 드라마를 성공시키긴 했지만, 그는 그걸로 지금껏 기분이 가라앉아 있는 상태인 듯했다.

제작사 담당자가 PD와 작가를 쳐다보자, 그들은 좋다는 듯 빠르게 고개를 끄덕였다.

「좋습니다. 그 정도야 못 할 것 없죠. 아니, 저희 입장에선 오히려 몹시 감사드릴 일이지요. 그렇게 하겠습니다.」

제작사 측은 흔쾌히 그러겠노라 대답했다. 오히려 제작사 측에서는 두 팔 벌려 환영할 일이었다. 캐스팅 오디션을 열어 배역에 맞는 연기 잘하는 신인을 발굴한다면, 굳이 비싼 기성배우를 쓸 필요가 없으니 출연료도 절약할 수 있다.

그리고 여태껏 우현은 1차 오디션은 옆방 모니터로 확인했고, 2차 오디션엔 스태프로 위장해서 현장에 지키고 앉아 있었다.

PD는 옆에 있던 지원서 뭉치를 봉투에서 꺼냈다.

"자, 마지막으로 강보배 역을 맡을 사람을 골라야 하는데……."

PD가 피곤한지 긴 한숨을 내쉬며 지원서를 테이블에 쭉 펼쳤다. PD의 손가락이 한 곳을 탁 가리켰다.

"이 여자, 괜찮지 않아요?"

연주였다. 그의 말에 카메라 감독이 고개를 끄덕였다.

"마스크도 입체적이라 카메라에 잘 담기더라고요. 그리고 강렬한 느낌도 있고요. 어리바리한 여주인공이랑 이미지도 대립되니까 더 좋을 거 같기도 하고요. 우현 씨는 어떻게 생각해요?"

카메라 감독이 마주 앉아 있는 우현에게 물었다.

"저는 이분이요."

우현의 손가락이 제일 마지막에 대충 놓여 있는 지원서를 딱 집었다. 우현의 선택에 다들 의외라는 표정을 지었다. 그가 선택한 건 가장 마지막에 오디션을 봤던 임가영이다. 작가가 노골적으로 불편한 얼굴을 했다.

"어째서요?"

PD가 의아해했다. 그러자 우현이 싱긋 미소 지었다.

"원래 얄밉지 않을 줄 알았던 애가 얄밉게 굴면 더 밉잖아요? 착할 줄 알았는데, 뒤에서 꼼수 부리면 더 꼴 보기 싫은 것처럼요. 지금 여주인공으로 캐스팅되어 있는 채희 씨가 모델 체형에 시원시원한 마스크를 가지고 있으니, 딱 이미지 대비되기도 좋을 것 같고요."

그의 말에 사람들의 시선이 임가영의 지원서로 향했다.

"그래도 이분은 대명전자 이사님 딸인데……."

PD가 아쉽다는 목소리로 중얼거렸다.

"대명전자 이사님 딸이면, 연기를 잘한다고 인증서가 나오나 봐요."

우현이 웃으며 던진 뼈 있는 말에 PD가 움찔했다. 순간, 우현이 연기 잘하는 사람으로 배역을 채우고 싶다고 했던 게 떠올랐다. 그의 기분이 상할세라 PD는 얼른 덧붙였다.

"흠, 흠. 우현 씨 말을 듣고 보니 임가영 씨가 괜찮을 것 같군요."

"그러게요. 저도 마음을 바꿔서 이분으로 하겠습니다."

PD가 긍정적으로 대답하자마자 카메라 감독이 임가영을 가리켰다.

"작가님은 어떻게 생각하세요?"

우현이 작가를 마주 보며 싱긋 웃었다. 이미 마음의 결정을 내린 얼굴로 자신을 쳐다보고 있는 우현의 뜻을 거스를 수가 없었던 작가는 마지못해 고개를 끄덕였다.

"좋아요. 그럼 이분을 강보배 역으로 하죠. 그리고 이분도 조금 아까운데……. 이분은 강보배의 친구 역으로 했으면 하는데 어떻게 생각하세요?"

PD가 아까운지 '이연주'라고 적힌 지원서를 들며 물었다. 우현은 그 지원서를 물끄러미 바라보았다. 지원서 사진 속에 연주가 방긋 웃고 있었다.

턱을 괴고 있던 우현은 방금 보았던 두 사람의 설전을 떠올렸다. 인적이 드문 구석에서 가영과 연주는 마주 서 있었다. 무표정한 얼굴로 시원시원하게 몰아붙이던 가영의 옆모습을 떠올리다 우현은 피식 웃었다.

두 사람, 굉장한 악연 같던데.

하지만 자신이 나서서 배려해줄 일은 아니었다. 연주의 연기도 나쁘지 않았고 무엇보다도 보배의 친구 역에도 잘 어울릴 것 같았다. 그리고 연예계 판이란, 한 시간 전에 미용실에서 머리채 잡고도 예능에 나와 친한 척하는 곳이다. 못 버티는 쪽이 나가떨어지기 마련이었다.

"저는 상관없습니다."

우현이 대수로운 것도 아니란 듯 대답했다.

"그럼 이렇게 마무리하도록 하죠."

말을 마친 PD는 조연출을 불러 캐스팅된 사람들에게 개별 연락을 하라고 지시했다. 사흘 내로 대답을 받고, 일주일 내로 계약하라는 말도 덧붙였다.

우현은 마무리를 하는 사람들에게 수고했다는 인사를 남긴 후, 그 자리를 유유히 떠났다.

◆ ◆ ◆

오디션이 끝난 후, 우현이 밴에 오르자 운전석에 앉아 있던 매니저 영철이 고개를 홱 돌렸다. 그러자 다리를 꼬고 앉은 우현이 환하게 웃으며 영철을 바라보았다.

"제 미모가 뛰어난 건 아는데, 그렇게 쳐다보면 좀 뜨거운데요?"

"능글맞게 빠져나갈 생각 하지 말고, 앞으로 이런 귀찮은 짓 하지 마라. 네가 왜 오디션에 참여해? 괜히 그 소문 퍼졌다가 오디션에 떨어진 애들이 네 안티로 돌아서면 어쩔 거야, 어? 밤마다 빨간 띠 이마에 두르고서 '죽어라 신우현!' 이러면 어쩔 거냐고."

"캐스팅을 저 혼자 한 것도 아닌데요, 뭘."

"사람들은 그런 거 신경 안 써. 얼굴 모르는 PD보다 얼굴 아는 연예인이 더 물고 뜯기 좋은 거 몰라?"

"그래서 저도 웬만하면 이런 귀찮은 짓 안 하고 싶은데, 혹시 아뇨? 어느 기획사 대표님께서 술 한잔 얻어먹고 다른 회사 배우를 저와 함께 끼워넣어서, 드라마를 말아먹으려 달려들지?"

"⋯⋯."

우현이 웃으며 던진 뼈 있는 말에 영철이 입을 딱 다물었다. 2년 전 종영한 드라마에서 논란이 있었던 남자조연은, 우현의 소속사 대표가 끼워넣기 한 배우였다.

우현은 자신의 소속사 배우가 아니었기에 그 사실을 몰랐고, 연기력 논란이 일어난 후, 감독에게 말을 전해 듣고 알게 되었다. 그때, 우현은 웃는 낯으로 기획사에 쳐들어와서 발칵 뒤집어놓았다.

「남은 계약기간 동안 작품활동 하지 않을 거고, 재계약 없을 겁니다. 대표님.」

「뭐라고? 아니. 저기, 우현아. 네가 기분 상한 건 아는데 너무 과한 처사잖아. 내가 미안하다고 몇 번이나 사과했잖아. 다시는 친한 사람한테 술 얻어먹고 배우 끼워넣기 안 할게. 응? 사람이 정이 있어야지.」

대표가 어쩔 줄 몰라 하며 설설 기었다.

「과해요? 제가 몇 년 쌓아놓은 필모를 어떤 모자란 새끼가 말아먹으려고 달려들었는데, 그 새끼가 적진에서 보낸 스파이도 아니고, 우리 소속사에서 꽂아넣은 놈이라는 것보다 과할까요? 대표님은 제가 일하지 않는 게 싫으실 테니 저를 고소하세요. 남은 기간은 단란하게 법정에서 뵙도록 하죠.」

우현은 그대로 돌아섰다.

「아니, 우현아!」

대표가 달려가 우현을 끌어안듯이 그 앞을 가로막았다. 키가 큰 우현은 그런 대표를 찍어 누르듯이 내려다보았다.

「아무리 법정을 함께 드나들 정도로 안 좋은 사이가 되었다고 하지만, 반말은 듣기가 거슬리네요. 다음부터 말 좀 높여주시겠습니까, 대표님? 그리고 한 번만 더 제 몸에 손대시면 과한 게 뭔지 제대로 보여드리죠.」

분명 웃는 얼굴인데 우현의 눈빛이 미친놈처럼 번들거렸다. 그제야 기획사 대표는 자신이 제대로 잘못 건드렸다는 걸 알았다. 그때부터 대표, 매니저가 돌아가면서 우현에게 빌고 사정했다. 한 달이 넘도록 매달린 끝에, 우현은 가까스로 대표를 다시 만나주었다.

우현은 한마디 말없이 종이를 내밀었다. 그 종이를 보고 대표는 눈을 질끈 감았다. 이전 계약 해지와 새롭게 계약하는 계약서였다. 정산비율과 계약기간 내 해야 할 작품 수는 이전과 동일했다.

대신, 작품의 선정과 CF의 선정, 굿즈 사업의 결정권이 우현에게 있으며 자신이 촬영하는 드라마에 같은 소속사 배우나, 대표와 친분이 있는 다른 소속사의 배우들도 함께 촬영할 수 없다는 조항이 추가되어 있었다.

울먹거리는 대표에게 우현이 덤덤하게 말했다.

「제가 그렇게 감동적인 계약서를 내민지 몰랐네요. 더 지체하시면 정산율 10퍼센트를 더 주는 기획사로 옮겨갈 테니, 빨리 결정하시죠. 곧 헬스 가야 할 시간이라서요.」

결국 대표는 울며 겨자 먹기로 사인했고, 그때부터 기획사의 모든 사람들이 우현 앞에서 슬슬 기었다. 매니저인 그 또한 알면서 묵과했다는 사실 때문에 우현의 눈치를 보는 입장이었다.

"대표님이 이제 그런 짓 안 할 거래. 네가 하도 지랄, 아니. 난리를 피워서 죽어도 안 그럴 거라고 매일 밤 다짐하고 잠드신대. 그래서 계약서도 작성했잖아. 타 배우 끼워넣기 안 하기로."

영철이 한풀 꺾인 목소리로 웅얼거리듯 반항했다.

"그렇죠. 그런데 그 새끼만큼 연기 못하는 사람이 나타나면 안 되니까요."

"......."

"필모 망쳐먹을 뻔한 건, 그때 한 번으로 족하거든요."

웃는 얼굴로 말하는 우현을 보던 영철은 콧잔등을 찌푸렸다.

완벽주의자에 독한 놈.

다른 사람들은 우현이 정중하고 우아하다고 알고 있었다. 틀린 말은 아니다. 우현은 함께 일하는 사람에게 정중하고, 우아했다. 자신의 일에 철저하고, 자기 관리가 확실하며, 약속시간에 늦은 적 한번 없었다. 스캔들 한번 없어서 기획사 입장에선 이토록 관리하기 편한 배우가 없었다.

대신 그만큼 일에 관련된 사람들에게도 까다로웠다. 그가 가장 싫어하는 것은, 촬영 스케줄을 번번이 어기는 배우와 함께 일하는 것, 기획사가 자신을 이용해 갑질을 하는 것, 연기를 못하거나 대사 길다고 징징대는 배우들, PD랍시고 반말하면서 신인배우들과 스태프들을 노예 부리듯이 하는 것이었다.

그리고 그중 가장 싫어하는 것은, 재능 있는 사람이 그 재능만 믿고 노력하지 않아 타인에게 피해를 주는 것이다. 특히 자신이 눈여겨본 재능 있는 사람이 그러면 더더욱 실망이 커서 상종조차 하지 않았다. 물론 촬영장의 분위기를 생각해서 적당히 대화는 하지만, 끝까지 마음을 열지 않았다.

애도 은근히 또라이라니까.

영철이 생각하다가 한숨을 내쉬었다.

"속으로 제 욕하는 거 그렇게 티 내면 곤란해요, 형."

우현의 말에 영철이 움찔했다.

"네 욕 안 했는데? 나는 우리 배우 욕 절대로 안 해."

"다행이에요. 형이 배우 하겠다고 안 나서서요."

연기 한번 더럽게 못하네요, 라는 말을 돌려 하는 우현 때문에 영철은 울컥했지만 꾹 참았다. 우현과 말싸움해서 이긴 적이 단 한 번도 없다.

"후우, 그래. 너 잘났다. 어쨌든 이렇게 오디션까지 참여해서 마음에 드는 사람은 있든?"

"네. 몇몇 사람이요. 적어도 피해는 안 줄 것 같아요."

우현은 무심히 대답하며 오늘 캐스팅한 사람들을 떠올렸다. 가장 먼저 화사한 플라워 패턴의 원피스를 입은 여자가 생각났다. 1차 오디션 때 모니터를 통해 봤는데도 눈에 띄던 여자였다. 다행히 이번에도 실망시키지 않는 연기를 보였다. 아니, 그 이상이었다. 오랫동안 연기를 해온 사람처럼 능숙하기까지 했다.

어떻게 며칠 사이에 그렇게 연기력이 높아질 수가 있지? 천재인가?

우현이 생각에 잠긴 얼굴로 창밖을 바라보았다. 그런 우현을 룸미러로 흘깃 바라본 영철은 입술을 삐쭉거렸다.

대단한 녀석인 걸 안다. 회사에 도움 되는 놈이고, 자신에게 대기업 과장만큼 연봉을 주는 고마운 놈인 것도 안다. 아는데…… 뭔가 얄밉다. 늘 여유만만하고, 어른스러운 저 모습이 몹시 얄밉다. 영철은 핸들을 꽉 움켜쥐었다.

좋아하는 사람이 생기면 저 녀석의 여유만만하다 못해 얄미운 모습도 사라질 텐데.

그는 우현이 좋아하는 사람 앞에 서면 얼어붙는다는 걸 알고 있었다. 상대가 자신을 싫어하나, 라는 생각이 들 정도로 표정마저도 굳었다. 존경하는 배우와의 만남을 망친 우현이 술을 마시고 고백한 덕분에 그 사실을 알게 되었다.

「굉장히 좋아하면 그 사람에게 말도 못 붙여요. 그게 어렵거든요.」

그토록 절망스러워하는 우현은 그때 처음 보았다. 문득 그 얼굴이 다시 보고 싶어졌다. 영철은 속으로 빌었다.

하나님, 저 녀석이 누군가를 좋아하게 해주세요. 너무 좋아서 어쩔 줄 모르게 해주세요. 물론 나쁜 뜻은 아닙니다. 누군가를 좋아한다는 건 좋은 일이니, 우현에게 좋은 일이 생기길 바라는 마음에서입니다. 그러니 착한 제 마음 어여삐 여기셔서 들어주세요.

기도를 마친 영철이 룸미러로 우현의 옆얼굴을 흘깃하며 못되게 웃었다.

◆ ◆ ◆

연주의 입술이 바들바들 떨렸다. 애써 침착한 목소리를 내고 있지만, 손은 이미 불안한지 주먹을 쥐었다 펴길 반복했다.

"……그러니까, 지금 제가 강보배 역이 아니라 강보배의 친구 역에 캐스팅됐다는 말씀이신 거죠?"

— 네. 그렇습니다.

대답하는 스태프의 목소리에는 피곤이 가득했다.

"그럼 죄송한데, 한 가지만 더 물어도 될까요?"

— 뭔데요?

"강보배 역에는 누가 캐스팅되었나요? 실은 제 친구도 같이 강보배 역 오디션을 봤거든요. 혹시 그 친구가 되었나 해서요."

— 개인정보라 이야기하기 좀 그렇긴 한데……. 이름 말씀해주시면 맞는지 아닌지만 말씀드릴게요. 친구 이름이 어떻게 되는데요?

"임가영이요."

— 맞아요. 그분. 방금 통화한 그분이네요.

스태프의 말에 연주는 악 하고 튀어나오려는 비명을 꾹 삼켰다.

"알겠습니다. 확인해주셔서 감사합니다."

— 네.

스태프가 건성으로 대답한 후, 전화를 끊었다. 통화를 마친 연주는 휴대전화를 침대에 집어 던졌다. 비명을 지르고도 분이 풀리지 않아 씩씩댔다.

"임가영? 그 임가영?"

연주가 믿을 수 없다는 듯 중얼거렸다. 믿을 수 없는 게 아니라, 믿기 싫었
다.

연주가 가영을 만난 건 대학교 입학한 후였다. 그녀는 여리여리한 몸매와 예
쁜 외모 때문에 주변에 남자가 들끓었다. 그걸 고깝게 여긴 여학생들은 꼬리를
친다는 둥 여우라는 둥 그녀의 험담을 하고 다녔고, 자연스럽게 여자들과는 어
울리지 못했다. 중학생, 고등학생 때도 그래왔기에 대학교 시절에도 으레 그럴
거라 생각했다.

처음 시작은 고등학생 때와 비슷했다. 자신에게 관심을 보이는 남학생들에
게 상냥하게 대하자 우르르 몰려왔다. 그에 비해 여학생들은 그녀에게 거리를
두고서 묘한 시선을 던졌다. 개중에는 그녀의 명품백을 흘깃대며 저게 얼마짜
린데 등등의 이야기를 했다. 한두 번 있었던 일이 아니었기에 크게 신경 쓰지
않았다.

자기들이 부모 잘못 만나 못생기고, 돈 없이 태어난 건데 왜 그 원망을 자신
에게 퍼붓는지 이해할 수 없었다. 열등감에 시달리는 못난 것들과는 상종하고
싶지 않아서 그쪽으로 시선도 던지지 않았다.

신입생 모임에서도 그녀는 남학생들에게 둘러싸여 있었고, 여학생들은 그
녀와 멀찍이 떨어져 있었다. 여왕벌이네 뭐네 하는 소리가 여전히 들려왔다.
그들이 돌아가면서 자신을 노려보는 게 느껴졌다.

여자 무리 중 한 명이 자신과 어울리는 남자 친구를 좋아하는 모양이었다.
이런 일은 늘 있어왔다. 지들이 좋아하는 남자도 못 가지는 머저리면서, 왜 자
신을 탓하는지 모를 일이었다.

어쨌거나 제 뒷담화 중인 여자애들을 보고 있기가 힘들어서 남자 친구들에
게 말하려고 했다. 남자들이 한바탕 뒤집어놓으면 뒤에서 욕을 더 하더라도 자
신의 앞에선 꼼짝도 못 한다는 걸 알고 있으니까.

연주가 구슬픈 표정으로 입을 떼려던 순간이었다. 신입생 모임에 뒤늦게 한

사람이 불쑥 끼어들었다. 헐렁한 외투에 백팩을 한쪽 어깨에 멘 채 허겁지겁 들어온 한 사람을 보고, 여학생과 남학생 할 것 없이 손을 들어 아는 척을 했다.

「가영아! 뛰어오랬더니 기어왔어? 지금 시간이 몇 시야? 어?」

「늦었네? 이제 왔어?」

「옷차림 봐라.」

모두가 타박하듯이 한마디씩 던졌지만 목소리엔 애정과 반가움이 가득했다.

「아르바이트 때문에 늦었어. 다들 또 나를 목 빼고 기다렸구나? 예쁜 것들. 너희들 보려고 날듯이 뛰어왔어.」

가영이 능청스럽게 대꾸하며 다가오자, 신입생들이 가영이 앉을 자리를 만들어주었다.

「아저씨냐, 뭐냐? 말투가 그게 뭐야?」

「왜? 좀 더 아저씨처럼 해줘? 우리 남수, 알고 보니 아저씨 취향이야? 응?」

가영의 농담에 모두가 질색하며 손을 내저었지만, 모두가 웃고 있었다. 가영이 온 지 얼마 되지 않아 모임의 공기가 달라졌다. 청량한 바람이 한바탕 불어친 듯 사람들의 얼굴에 즐거움이 가득했다. 연주는 그런 가영을 흘깃거렸다.

쟤 뭔데 다들 저렇게 반기는 건데?

허름한 옷차림에 가진 것 하나 없어 보였다. 그나마 봐줄 만한 건 환하게 웃는 얼굴과 익살스럽게 받아치는 말재주뿐이다.

이해할 수 없다는 듯 쳐다보는 사이, 자신의 주변을 에워싸고 있던 남학생들 중 몇 명도 슬금슬금 가영이 있는 테이블로 향했다. 금세 가영이 있는 테이블 주변으로 사람이 가득했다. 주변이 복잡해져 가영이 자리를 옮기면, 뒤따라 학생들이 가영이 있는 곳으로 옮겨가는 식이었다.

저런 거야말로 여왕벌 아냐?

연주가 불편한 표정으로 노려볼 때였다. 또다시 자리 옮길 곳을 찾아 두리번거리던 가영과 흘깃 쳐다보던 연주의 눈이 마주쳤다. 가영은 머뭇거림 없이 성큼성큼 다가와 웃었다.

「여기 앉아도 돼? 자리 없어?」

질문과는 달리 이미 그녀는 앉기로 마음먹은 듯했다. 거절할 수 없어서 그러라고 하자 가영은 넙죽 앉았다. 그러고는 마치 오래전부터 알고 있던 친구를 대하듯이 서슴없이 말을 붙였다. 가영이 던지는 질문에 대답을 하고 있으니 자연스럽게 대화가 이어졌다. 여학생과는 이렇게 편하게 대화를 나누는 게 처음이라 어색하면서도, 묘하게 즐거웠다.

그 모임 이후, 가영을 다시 만난 건 교양강의 때였다. 가영은 신입생 모임 때처럼 주저 없이 다가와 옆자리를 가리켰다.

「빈자리야? 앉아도 돼?」

연주가 머뭇거리다가 고개를 끄덕이자, 그녀가 자리에 앉았다. 신입생 모임에서처럼 가영이 주도적으로 대화를 이어나갔다.

「왜 혼자야?」

연주가 그 많은 친구들은 어쩌고 혼자 다니냐 물었다.

「아르바이트 시간 빼니까 남는 시간이 이것밖에 없어서. 수업 끝나고 점심 약속 있어?」

「아니. 없는데. 왜?」

「그럼 같이 밥 먹을래? 학생식당에 오늘 함박 스테이크 나온대. 맛있겠더라.」

그 말을 하며 가영은 환하게 웃었다. 학생식당에 함박 스테이크가 나와 더없이 행복하단 듯 보였다.

연주는 잠시 머뭇거렸다. 그녀의 눈에 가영은 이상했다. 자신에게 주저 없이 다가오는 것도 이상했고, 마치 오래전부터 알고 지내는 사람처럼 대하는 것도 이상했다.

하지만 그 이상함이 반가워서 연주는 위생상태를 알 수 없는 학생식당에서는 절대로 식사를 하지 않는다는 자신만의 법칙을 깨고, 가영과 함께 식사를 했다.

이후 가영은 자신을 챙겼다. 가영과 함께 다니자 자신을 불편하게 보던 여학생들도 하나둘씩 그녀에게 말을 걸기 시작했다. 여학생들과 어울려 다니는 건 처음이었다. 불편했지만, 재미있었다.

화장품 이야기를 할 수 있는 것과 함께 쇼핑을 다니는 것, 맛있는 식당을 찾아다니면서 사진을 찍고, 누군가의 연애 이야기를 듣는 것. 태어나서 처음 겪는 소소한 즐거움에 연주는 흠뻑 빠져 있었다. 그때까지만 해도 즐거웠다. 문득 자신의 인간관계가 어째서 가영이 중심으로 돌아가는지 의문을 품기 전까지는.

어느 모임이든 그 중심은 늘 가영이었다. 친구들은 가영에게 연주를 묻지 않았지만, 연주만 있으면 가영이 어디 있는지 꼭 물었다. 어디를 갈 때에도 늘 가영이 중간이었고, 그녀는 저 끝이나 가영의 옆자리가 전부였다.

대화를 나눌 때 자신과 가영이 동시에 말을 하면, 사람들의 시선은 전부 가영에게 쏠려 있었다. 자신도 친구인데, 함께 지낸 지 2년이 넘어가는데 왜 사람들은 가영에게만 집중하는 걸까? 자존심이 상하고, 기분이 나빴다.

그래서 일부러 가영이 살 수 없는 비싼 화장품을 친구들에게 선물하고, 좋은 곳에도 데려갔다. 그러자 친구들이 조금씩 그녀를 찾기 시작했다. 연주는 가영이 자신의 기분을 조금이라도 느껴보길 바랐다. 그리고 자신이 모임의 중심이 된 모습을 끝자리에서 지켜볼 바랐다.

그러나 자신의 바람과 달리 가영은 조금도 개의치 않았다. 오히려 자신의 값비싼 선물을 부담스럽게 쳐다보다가 '고마워. 잘 쓸게. 다음엔 나도 선물할게.'라고 한 후, 다음번에 조그마한 선물을 건네곤 했다. 그 선물은 그녀에게 필요 없는 것이라, 대부분 휴지통에 처박혔다.

이후에도 연주는 친구들에게 선물을 뿌리다시피 한 끝에, 자신이 부르면 친구들은 부리나케 달려왔다. 선물을 주면 고맙다고 말하며 자신을 칭찬했다. 모임에 간간이 가영을 빠트린 적도 있었다. 친구들은 모임에 가영이 없어도 찾지 않았다.

그때, 드디어 모임의 중심이 자신이 되었다고 생각했다. 가영이 없어도 자신은 친구들을 만날 수 있다는 사실에 희열까지 느껴졌다. 가영이 조금 어두운 표정을 짓긴 했지만, 자신이 겪은 세월에 비하면 그 정도는 가영도 기꺼이 감수해야 한다고 생각했다.

그렇게 연극영화과를 졸업한 후, 연주는 오랜만에 친구들과 약속을 잡았다. 그 자리에 가영도 함께 불렀다. 약속된 장소에 도착해 자리에 가기 전 화장실로 향하던 연주는 들어서려다 말고 그 자리에 멈춰 섰다.

「오늘은 연주가 또 뭘 선물해주려나? 파우더 다 떨어졌는데, 파우더 선물해주면 좋겠다.」

「나는 립스틱. 전에 연주가 선물한 립스틱 가격 확인해보니까 팔만 원짜리더라. 어쩐지 좋더라니.」

「역시 집이 잘사는 애는 달라도 다르다. 그치?」

연주는 기분이 묘했다. 자신이 잘사는 걸 부러워하는 것 같아 희열이 느껴지면서도, 지갑으로밖에 생각 안 하는 것 같아 기분이 상했다. 그래도 지금은 상관없다. 자신이 모임의 중심이기만 하면 그걸로 충분했다. 이제 그만 화장실에 들어갈까 해서 한 발 내디딜 때였다.

「오늘 모이는 거, 연주 CF 촬영 때문이지?」

친구가 불쑥 던지는 말에 연주의 발이 그 자리에 멈췄다. 연주의 입꼬리가 비스듬히 올라갔다. 오늘은 그녀의 CF 촬영 기념으로 모이는 축하 자리였다. 다들 자신을 얼마나 부러워할지. 벌써부터 웃음이 나오려 했다. 그러나 이어지는 말은 자신의 예상과 달랐다.

「응. CF 봤어? 하도 자랑을 해도 단독모델인 줄 알았더니, 두 명 중에 한 명이더라. 그것도 메인모델 옆에 서 있어서 얼굴도 안 보이더라. 기가 차서. 고작 그거 해놓고 밥 산다고 하는 것도 웃기지 않아?」

「그러니까. 누가 보면 데뷔한 줄 알겠더라. 에효. 그래도 오늘 만나면 잘했다, 예쁘다, 대단하다 해줘야지. 그래야 기분 풀린 연주 공주님께서 우리한테 화장품을 하사하시지. 어휴, 진짜 가영이 아니었으면 상대도 안 했을 건데…….」

「가영이가 맹할 정도로 착하잖아. 딱 봐도 연주가 여왕 행세 하려는 거 뻔한데, 자기만 죽어도 아니래. 연주가 착해서 우리한테 선물을 베푸는 거래. 그러니까 고맙게 생각하고 생일 때 선물하라는데, 싫어서 안 줬어. 결국에 연주 생일에 가영이만 개한테 립스틱 건네더라. 연주는 자기가 쓰는 립스틱 아니라고 쳐다도 안 보던데. 그때 가영이 불쌍해서 죽는 줄 알았어.」

「진짜 임가영도 사람 보는 눈 좀 키워야 해. 걔는 다 좋은데 사람을 가려 만날 줄을 몰라.」

「내 말이.」

대화가 이어지는 내내 연주의 몸이 사시나무처럼 파르르 떨렸다. 눈앞이 뿌옇게 변했다. 그게 눈물이라는 건 조금 후에야 깨달았다. 비참해진 연주가 손으로 눈가를 가린 채 돌아섰다. 화장실에서 막 나온 친구들이 '어머, 연주야!' 하며 불렀지만, 뒤도 돌아보지 않았다.

그대로 연주는 누구에게도 연락하지 않고 집으로 돌아갔다. 연거푸 친구들에게서 연락이 왔지만 한 통도 받지 않았다. 이불 안에 얼굴을 처박고서 비명을 지르며 울었다.

많은 것들이 달라진 줄 알았는데, 실은 고등학생 때와 조금도 달라지지 못했다. 자신이 친구라고 믿었던 애들은 결국 가영이 때문에 마지못해 자신과 어울려준 거였다. 혼자 있을 때보다 더욱 비참했다.

차라리 친구들을 소개해주지 말지. 혼자 지내게 내버려두지.

자신을 이렇게 만든 그 친구들보다, 그들을 제게 소개해준 가영이 더욱 원망스러웠다.

그날을 끝으로 더 이상 친구들에게 연락이 오지 않았다. SNS에서도 모두 차단당했다. 자신이 차단해도 뭐할 판에, 그들이 자신을 차단했다는 사실에 화가 났다.

뒤늦게 혼자가 되었다는 두려움을 느낀 연주가 친구들에게 메시지를 보냈지만, 짠 것처럼 누구도 답하지 않았다. 유일하게 답장을 해준 사람은 가영이었다.

약속을 잡아 가영을 다시 만났을 때, 연주는 수만 가지 감정이 제 안을 휩쓸고 지나가는 걸 느꼈다. 가영은 진심을 다해 위로해주었고, 자신을 친구로 대해주었다. 고마우면서도 서러웠고, 가영이라도 친구로 남아준 게 기쁘면서도, 비참했다.

널 만나지만 않았어도 스스로가 이렇게 불쌍해 보이진 않았을 텐데…….

음울한 마음이 싹을 피웠다.

왜 아무것도 아닌 너는 이토록 행복한데, 나는 불행한 걸까?

한번 싹을 틔운 불편하고 못된 감정은 어떻게 해볼 틈 없이 자라났다.

왜 모두가 너를 좋아할까? 왜 너는 그게 당연한 것처럼 행동할까? 나는 한 번도 가져보지 못했는데…….

못된 감정이 봉오리를 맺었다.

너를 좋아하지만, 그보다 나는 네가 불행한 걸 보고 싶어, 가영아.

그리고 끝내 그 꽃봉오리는 만개해 더는 뽑아낼 수 없도록 단단히 뿌리를 내렸고, 연주는 깊이 생각할 겨를도 없이 무작정 행동에 나섰다.

가영의 남자친구에게 몰래 연락을 해서 유혹했고, 그는 가난한 여자친구보다 베풀 줄 아는 여자에게 더욱 호감을 느꼈다. 그를 이용해 가영이 그토록 고대하던 오디션도 보지 못하도록 수를 썼다.

그런데 어째서인지 오디션에 참여를 했고, 원하는 것을 얻어냈으며, 하루 사이에 다른 사람이 된 것처럼 야멸쳐졌다. 가영은 진심으로 자신을 다시 보려고 하지 않았다. 그녀의 인생에서 쫓겨났다.

"아니. 아직은 안 돼."

나는 아직 네가 불행한 걸 보지 못했거든.

연주의 입매가 사납게 비틀렸다.

Chapter 03

"이야."

촬영장에 들어온 혜록이 운전석 너머 창문을 바라보다 감탄했다. 그녀는 넋이 나간 얼굴로 바쁘게 돌아가는 촬영장 내부를 쭉 훑더니, 일순 눈을 반짝였다.

"어? 저 사람! '내일은 온다'에 나왔던 그 남자 배우 아냐? 대박. 실물로 보니까 진짜 잘생겼다."

혜록이 감탄하다가, 조수석에 앉은 가영의 손을 꼭 잡았다.

"아무래도 나는 네 매니저 일이 천직인 것 같다. 매니저 일도 하고, 스타일리스트도 하고, 운전수도 할 테니까 나 버리지 말고 쭉 고용해줘라. 응?"

말을 하는 내내 혜록의 시선은 앞유리 너머 지나가는 배우들에게 향했다. 남자는 자고로 잘생겨야 한다고 생각하는 그녀는 자신이 이곳에 오기 위해 여태까지 살았던 것 같다며 물개박수를 쳤다. 그런 혜록을 보며 가영은 씩 웃었다.

"나야말로 쭉 해주면 고맙지. 바쁠 텐데, 고마워."

"바쁘기는. 백수인데, 뭐."

"네 덕에 차도 타고 오고. 너 아니었으면 옷 들고 전철 타고 부랴부랴 여기 올 뻔했어."

가영이 씁쓸하게 말했다. 오디션에 통과되어서 계약했다는 기쁨도 잠시, 걸리는 게 한두 가지가 아니었다. 당장 촬영장까지 어떻게 갈 거며, 의상실에서 빌린 옷들은 어떻게 하고, 촬영하는 동안 그 많은 짐은 어떻게 해야 하나 눈앞이 캄캄했다. 당장 차를 사려면 운전면허증이 있어야 하는데, 면허를 딸 시간과 돈이 없었다.

혹시나 하는 마음에 얼마 전 퇴사한 혜록에게 묻자, 그녀는 생각도 하지 않고 '좋아! 촬영장 구경도 하고 딱이지!'라고 소리쳤다.

혜록은 같은 연극영화과를 나와, 한때 배우를 꿈꿨지만 자신이 무대 공포증이 있다는 걸 알고 깔끔하게 꿈을 접었다. 그리고 대신 연극무대의 스태프로 일하다가 배우와의 마찰로 인해 관두고 쉬는 중이었다.

"됐어. 됐어. 우리 사이에 그런 인사는 넣어둬. 오히려 이런 차로 데리고 와서 미안하다. 명색이 여배우인데, 20년 된 아빠 차로 데려다주다니……."

혜록이 암담한 표정을 지었다. 여기저기 도색이 벗겨지고, 속도를 조금만 빨리 내어도 '우와아아앙' 하고 울어제꼈다. 가다가 퍼질까 봐 보는 사람이 조마조마해지는 그런 차였다. 방금도 주차장에 들어서는 내내 스태프들이 넋을 놓고 이곳을 바라보지 않았던가.

"뭐래? 나한테는 이 차가 벤츠고, BMW거든? 명품 중에 이런 명품이 없어. 그러니까 우리 명품차, 그만 구박할래?"

가영이 정색하고 농담을 던지자, 혜록이 씩 웃었다.

"역시 임가영! 이 차를 명품으로 볼 줄 아는 눈 낮은 임가영! 사랑해."

"중간에 은근히 욕이 들어가 있는 것 같은데."

"아닌데."

혜록이 자신을 따라 정색하자, 가영이 픽 웃었다.

"저, 혜록아."

그러다 가영이 무언가 생각난 듯 그녀를 불렀다.

"응? 왜?"

혜록이 그녀를 쳐다보았다.

"혹시…… 내가 끼고 다니던 반지 기억나?"

"반지?"

"응. 내가 왼손 두 번째 손가락에 꼭 끼고 다니던 묵주반지. 왜, 그거 있잖아. 할머니가 엄마한테 선물했다가, 엄마 돌아가시고 할머니가 끼고 다니시던 묵주반지. 그러다가 나한테 유품으로 남기셨던 거."

가영은 일부러 상세하게 설명했다. 혹시나 자신의 설명 중 한구석이라도 혜록이 기억할까 해서.

"아니. 너, 묵주반지 끼고 다녔어? 그보다도 할머니가 유품으로 반지를 남기셨다고? 처음 듣는데?"

혜록이 무슨 소리냐는 표정으로 쳐다보았다.

역시나.

혹시나 하는 마음에 물었는데 혜록 또한 그 반지에 대한 기억이 전혀 없었다. 회귀하기 전까지만 해도, 혜록도 그 반지에 대해 알고 있었다. '네가 그 반지 끼고 다니는 거 알면, 할머니가 좋아하시겠다.'라고 한 적도 있었으니까.

"그런데 갑자기 왜? 반지 잃어버렸어?"

"아니. 아냐. 아무것도."

가영이 말끝을 흐리며 가방을 열었다.

"이제 촬영 준비해야겠다."

"그래. 거울도 보고. 여배우가 미모를 가꿔야지."

"아니. 대본부터 보고. 촬영시간까지는 넉넉하게 남았으니까."

"오는 내내 봤잖아."

혜록이 질린다는 표정으로 가영을 쳐다보았다. 오늘 아침부터 가영은 대본을 손에서 놓지 않았다. 얼마나 본 건지 이미 끄트머리가 너덜너덜해진 그 대본을 뚫을 것처럼 봐놓고, 또 본다니.

"이 작가님이 대사 틀리는 걸 안 좋아한대. 유의하려고."

"역시 신인배우의 열정."

혜록이 다시금 물개박수를 쳤고 가영은 씩 웃었다. 그러고는 대답 대신 시선을 대본으로 옮겼다. 이전과 달리 제가 쟁취해낸 좋은 기회였다. 절대로 놓칠 수 없었다.

◆ ◆ ◆

촬영시간까지 여유 있게끔 일찍 도착한 우현은 차에서 내렸다.

"어디 가?"

매니저인 영철이 물었다.

"바람 쐬게요."

"그럴 거 같아서 한적한 여기에 주차하긴 했는데, 멀리 가지 마라. 또 여자 스태프들한테 둘러싸여서 열받지 말고."

영철의 말에 우현의 작은 머리가 까딱였다. 혼자 있기 좋은 곳을 찾아 촬영장을 서성거리던 그는 주차장 뒤쪽 구석진 곳에 자리를 잡고 앉았다. 나무 그늘 아래라 선선한 데다, 차에 가려서 앞에선 그가 있는 곳이 보이지 않았다.

우현은 선선하게 부는 바람을 쐬며 대본을 펼쳤다. 첫 촬영 신은 간단했다. 여자조연인 강보배 역을 한 여배우가 동정심을 얻으려고 우는 모습을, 자신이 한심하게 바라보는 장면이었다. 남자주인공이 여자에게 얼마나 무감한지를 보이기 위한 장치였다.

어떤 눈빛이 좋을까……

그가 고민할 때였다.

"12월의 악몽, 옥탑방에는 왜 피가 묻어 있었나, 목이 꺾인 여자, 다락방, 아직도 네 엄마로 보이니…….

어디선가 주문을 외우는 듯한 중얼거림이 들렸다. 대본 연습을 방해하는 소리를 찾아 고개를 돌리니, 대본을 품에 꼭 안은 여자가 눈을 감은 채 중얼거리고 있었다.

여자치고는 조금 큰 키에, 어깨 너머까지 오는 긴 생머리, 화사한 플라워 패턴의 원피스, 굽이 낮은 베이지색 단화. 그러나 더 눈이 가는 건 화사한 플라워 패턴의 원피스 위에 대충 걸쳐 입은 낡은 회색 잠바였다. 아빠 것을 빼앗아온 건가 싶을 정도로 오래되어 보였다.

우현은 그 여자를 단번에 알아보았다. 우연히 전화를 받으러 나갔다가 본, 오디션장 귀퉁이에서 친구와 설전을 벌이던 그 여자였다. 그리고 오디션장에서 가장 반짝반짝 빛이 나서 눈에 띄었었던 그 배우다. 연기도 잘하고, 누구한테 지지 않을 만큼 똑 부러지는 성격이라 괜찮게 생각했는데, 지금 보니 이상한 사람인가 싶었다.

"내 목이 어디 갔어요, 내 다리 내놔…….

여자는 눈을 꼭 감은 채 흑주술을 외우듯이 오래된 공포영화의 이름을 늘어놓았다. 한참 중얼거리던 그녀는 몸을 부르르 떨더니 눈을 번쩍 떴다.

뭐야, 진짜 이상한 여자였어? 방금 뭐에 씌인 거야?

우현의 반듯한 얼굴이 찌푸려졌다. 그러다 무심코 고개를 돌린 여자와 눈이 마주쳤다. 우현은 기분 나쁘다는 표정을 채 지우지 못한 채였다.

여자는 우현을 보더니 눈을 크게 떴다. 잠시 숨을 멈춘 듯이 서 있던 그녀는 눈을 깜빡이더니 꾸벅 인사를 했다.

"안녕하세요."

인사를 하는 여자의 얼굴에는 여전히 당혹감이 남아 있었다.

"네. 안녕하세요."

우현이 언제 이상하게 쳐다봤냐는 듯 능숙하게 표정을 고치며 마주 인사했다. 웃고 있지만, 귀찮은 마음이 앞섰다. 자신에게 말을 걸거나, 귀찮게 굴 것 같아 벌써부터 피곤해졌다.

그나마 사인을 받거나, 사진을 찍자고 하는 건 괜찮다. 가끔 자신의 정중한 친절을 호의로 오해해 대본 연습을 함께하자고 달려드는 이들도 있었다. 대본 연습을 핑계로 친목을 쌓아, 방송에서 자랑을 하려는 게 대부분이었고.

우현이 어떻게 떼어놓아야 하나 고민할 때였다. 여자는 고개를 숙여 인사를 하더니 휙 돌아섰다. 그러고는 그가 말을 걸세라 종종걸음으로 멀어졌다.

……어?

홀로 남은 우현은 멀어지는 여자의 등을 멍하게 바라보았다. 이렇게 매몰차게 자신에게 인사만 하고 멀어지는 사람은 처음이다. 자신이 여자의 시간을 방해한 것같이 되었다. 기분이 이상해진 그는 뒷목을 문지르며 여자가 사라진 방향을 한 번 더 바라보았다.

◆ ◆ ◆

가영은 숨을 흡, 들이마셨다. 촬영을 처음 하는 것도 아닌데, 가슴이 두근두근 뛰고 손에서 땀이 났다.

그녀는 고등학생 시절 연극 동아리에 들어 2년간 연기를 했다. 그리고 대학교에 들어와서 동기들과 영화를 찍었다. 아르바이트 시간 때문에 연극 동아리에 들진 못했지만, 연극 동아리에서 도움을 줄 배우를 구하면 자처해서 나섰다.

그렇게 대학을 졸업한 후, 작은 역할부터 조금씩 밟아나가다가 3년의 무명생활 끝에 웬만한 사람들이 얼굴을 아는 정도의 배우가 되었다. 이어 선택하는 작품마다 잘되어서 대부분 그녀의 이름을 알고, 길을 가면 사인과 사진 요청을 받을 정도는 되었다. 작품도 선택할 수 있는 상황이 되었다.

긴 시간 연기를 했지만, 왠지 오늘 처음 데뷔하는 것 같은 기분이 들었다. 떨리고, 긴장되며, 입안이 바짝 말랐다. 심장이 터질 것 같은 이 긴장감의 이유에는 오랜만의 촬영이라는 것도 있지만, 무엇보다 눈앞에 있는 신우현 때문이다.

과거에 신우현은 그녀를 그다지 좋아하지 않았다. 모든 사람들에게 서글서글하게 잘 웃고, 정중한 그가 자신만 보면 정색했다. 다른 사람들은 잘 느끼지 못했지만, 그녀는 확실히 느꼈다. 그는 자신에게만 제대로 인사도 하지 않고, 자신의 얼굴을 뚫을 것처럼 노려보았다. 그녀가 먼저 인사를 건네면, 그제야 마지못해 인사하고는 고개를 홱 돌렸다. 그마저도 눈도 마주치지 않고 건성이었다.

바로 옆 테이블에 앉았던 시상식에서도 마찬가지였다. 그는 그녀에게 닿지 않으려고 안간힘을 다하는 것처럼, 반대편에 바짝 붙어 있었다.

나중에 가영은 자신에게 냄새가 나는지, 뭐가 묻었는지, 아니면 무슨 문제가 있는지 몇 번이나 확인했다. 그러나 그 무엇도 아니었다. 그는 그냥 자신을 피했다.

그가 자신을 싫어하는 이유는 정확히 알 수 없었지만, 몇 가지 추정 가능한 부분은 있었다. 회귀하기 전, '그 남자의 작전'에서 신우현이 비밀스럽게 캐스팅에 참석했다고 들었다. 그랬다면 연주가 알람을 끈 바람에, 오디션 시간이 지나 씻지도 못한 몰골로 헐레벌떡 들어와 오디션 한 번만 보게 해달라고 울며불며 매달린 자신을 봤을 확률이 높다. 그때 안 좋은 이미지가 남았을 수도 있었다.

또, 유명배우가 된 연주가 자신에 대해 흘린 안 좋은 소문을 들었을 수도 있었다. 자신의 남자를 빼앗았다는 둥, 학창시절에 왕따를 시켰다는 둥, 그런 헛소문 때문에 그녀는 배역을 따내는 데 곤욕을 치렀다. 그 정도로 퍼져나갔으니 신우현도 못 들었을 리 없었다.

그것도 아니라면, 그녀가 촬영한 영화에 신우현이 카메오로 나와 잠깐 함께 촬영한 적이 있는데, 그때 힘 조절을 잘못해서 손자국이 나도록 그의 뺨을 후려친 적이 있었다.

이 모든 게 아니라면 신우현은 그냥 자신을 싫어한단 것밖에 되지 않았다. 충분히 가능성 있다. 아무 짓을 하지 않아도 싫은 사람이 종종 존재하긴 하니까.

어쨌거나, 가영은 이번만큼은 신우현에게 실수하지 않기로 했다. 실수하지 않으려면 접점도 최대한으로 줄이는 게 좋다. 말도 최대한 덜 섞고.

"자, 이제 촬영 들어갑니다. 준비되셨죠?"

PD의 물음에 우현이 고개를 끄덕였다. 가영도 "네." 하고 대답한 후, 고개를 돌려 우현을 바라보았다. 시야 가득 그의 얼굴이 들어왔다. 눈이 마주치자 심장이 저만치 나가떨어졌다. 가까이서 본 우현은 누군가가 죽을힘을 다해 그려놓은 아름다운 예술품처럼 빛나고 있었다.

잡티 하나 없는 피부, 대칭을 완벽하게 이루는 이목구비, 분위기 있는 눈매, 일자로 뻗은 깔끔한 입매. 마주 서는 게 부끄러울 정도로 잘생긴 얼굴이다. 이런 얼굴로 매일 사는 그의 눈에 자신은 한낱 오징어처럼 보일 거다.

잠시 멍하게 있던 가영은 쓸데없는 생각을 집어치웠다. 지금은 연기에 집중할 때였다. 어차피 오징어라면, 연기 잘하는 오징어라도 되고 싶었다.

이번 촬영은 우현의 동정심을 자극하기 위해 불쌍한 척 서럽게 울어야 하는 장면이었다. 가영이 숨을 들이마셨다.

"액션!"

PD가 소리치자, 주변의 모든 소리가 사라졌다. 그와 동시에 심하게 두근거리던 가영의 심장도 거짓말처럼 고요해졌다.

스태프들은 첫 대사를 시작할 가영보다 우현에게 집중했다. 다들 신인인 가영에겐 큰 기대를 하지 않았다. 중요한 건 우현이었기에, 가영은 적당히만 해줘도 충분했다.

우현은 등받이에 기댄 채 가영을 무심하게 응시했다. 가영의 동그란 눈매가 느릿하게 쳐졌다. 우현의 눈을 바라보고 있던 그녀의 눈동자가 이리저리 흔들렸다.

"알잖아. 우리 부모님이 오빠를 친자식처럼 예뻐하신 거."

"……."

"부모님이 돌아가셨으니, 이제 나한테 남은 건 오빠밖에 없어."

테이블에 놓여 있던 가영의 손이 동그랗게 말렸다. 애처로울 정도로 손이 가늘게 떨렸다.

"알지?"

가영이 애잔하게 웃으며 고개를 기울였다. 그러고는 용기를 내려는 듯 숨을 들이마시며 테이블 위에 놓인 우현의 손등을 거머쥐었다.

"강보배."

우현의 말에 가영의 입매가 늘어났다.

"응. 오빠."

뭐든 말하라는 듯, 기대에 부푼 눈동자에서 빛이 났다. 그녀를 바라보던 우현의 눈이 가느스름해졌다. 정말 천진난만해 보이는 얼굴이었다. 아주 잠깐 자신조차 헷갈릴 정도로. 그러나 우현은 금세 집중해서 대사를 이어갔다.

"내가 빚을 진 건 네가 아니라 너희 부모님이야. 그러니까 나한테 이러지 마."

우현의 차가운 대사에 가영의 눈에 금세 눈물이 차올랐다.

뚝, 뚝.

막을 새도 없이 가영의 눈에서 눈물이 떨어져 내렸다. 애처롭게 우는 가영의 모습에 스태프들의 시선이 그녀에게로 집중됐다. 그런 그녀를 두고 우현이 자리에서 일어났다. 뒤도 돌아보지 않고 우현이 나가자, 고개를 숙인 채 울던 가영이 느릿하게 고개를 들었다.

언제 울었냐는 듯 무표정한 얼굴로 멀어지는 우현의 등을 바라보던 가영은 손만 들어 뒤늦게 떨어진 눈물방울을 손끝으로 닦아냈다. 마치 이용가치가 끝났다는 듯, 가차 없는 손길이었다.

"컷."

촬영이 끝나자 스태프들이 수군거렸다. PD도 의외라는 표정으로 가영과 대본을 번갈아 보았다.

[눈물을 닦아내며 우현의 등을 노려보는 가영]

노려본다고 하기엔 무심한 눈길이지만, 특이하게도 노려보는 것보다 더 날선 분위기였다. 극중에서 앞으로 가영이 호락호락한 인물이 아니라는 느낌이 확 다가왔다.

"괜찮은가요?"

우현이 지척으로 다가와 물었다. PD는 반가운 얼굴로 모니터를 가리켰다.

"첫 신부터 느낌이 좋아요. 잘될 것 같아요."

우현은 대답 대신 웃으며 모니터로 시선을 돌렸다. 그는 뒤돌아서서 카페 밖으로 나가느라, 자신을 쳐다보는 가영의 얼굴을 확인하지 못했다. 모니터로 자신의 등을 바라보는 가영을 확인한 우현의 눈이 살짝 커졌다. 울던 모습과는 확연히 다른 느낌이었다. 마치 다른 사람 같기도 했고, 이중인격처럼 보이기도 했다.

강보배 역은 여자조연이지만, 여주인공과 대립하는 중요한 역할이었다. 여주인공이 활발하고 어리바리한 성격이지만 중요할 때 똑 부러진다면, 여자조연인 강보배는 전혀 다른 캐릭터였다. 강보배는 청순가련하지만 실은 자신이 원하는 걸 가지기 위해선 어떤 짓이라도 하는 못된 인물이다. 그 이미지를 방금 한 장면에 모두 다 보여주었다.

우현은 의아한 얼굴로 스태프들에게 수고했다고 인사하며 멀어지는 가영을 바라보았다. 표독스러운 역할을 맡은 경우, 자칫 잘못하면 진부하거나 경박스러워 보이기 쉬웠다. 가영은 그렇지 않았다. 아직 한 컷밖에 찍지 않아 확신할 수 없지만, 가영의 비중이 커질 듯한 예감이 들었다.

"신우현 씨?"

별이 오다

PD의 부름에 가영이 사라진 방향을 바라보고 있던 우현의 고개가 그제야 돌아왔다.

"다음 신 준비합시다."

"네."

우현은 영철이 내민 대본을 받아든 후, 다음 촬영장소로 옮겼다.

◆ ◆ ◆

가영은 첫 신을 촬영한 후, 이틀이 지나서야 촬영장을 찾았다. 극의 초반이 여자주인공과 남자주인공의 내용으로 채워져 있는 탓에 그녀의 역할은 극의 후반부에 쏠려 있었다. 여자주인공과 남자주인공이 맺어지기 직전, 등장해서 훼방을 놓는 악역이었다.

전형적인 방해꾼이면서, 동시에 조금은 애처로운 캐릭터라 가영은 이 캐릭터가 마음에 들었다. 가영은 캐릭터의 애처로움과 그로 인한 남주에 대한 집착을 조금 더 부각시킬 예정이다. 인물의 캐릭터가 입체적일수록 드라마의 개성이 살아난다는 걸 경험 삼아 잘 알고 있었다.

"어휴. 저 얼굴을 여기서 또 보네."

주차하자마자 어딘가를 바라보던 혜록이 짜증을 냈다. 가영은 대본을 뒤적거리다 혜록의 시선을 따라 고개를 돌렸다. 그곳에 스태프들에게 일일이 음료수를 나눠주고 있는 연주의 뒷모습이 보였다.

"하아."

가영이 긴 한숨을 내쉬었다.

"너도 꼴 보기 싫지? 그러게 뭐하러 저런 걸 거둬서 친구로 삼았어? 내가 처음부터 저 물건 낌새가 안 좋다고 했잖아. 썩 좋은 애 아닐 거라고."

혜록이 혀를 끌끌 찼다.

"쟤는 돈이 남아도나? 대체 음료수를 몇 병을 사온 거야?"

혜록이 연신 투덜거렸다. 창문 너머의 연주는 여전히 상냥하게 웃으며 음료수를 나눠주는 중이다. 그러나 가영이 집중한 것은 연주의 행동이 아니라 옷차림이었다.

"플라워 패턴 원피스네."

"뭐? 그게 왜……. 아니, 저 미친년이."

가영의 덤덤한 말에 담긴 뜻을 읽은 혜록이 꽉 쥔 주먹을 부들거렸다. 연주가 입은 플라워 패턴의 원피스는 가영이 입은 것과 비슷한 스타일이다. 연주는 플라워 패턴의 원피스를 즐겨 입지 않았다. 더욱이 그녀가 맡은 드라마 속 캐릭터와 어울리지 않는 차림이었다.

그런 연주가 일부러 플라워 패턴의 원피스를 입은 데에는 한 가지 이유밖에 없었다. 가영의 기분을 망치려는 거였다. 일부러 명품의 원피스를 입어 더욱 비교되게 하려는 거겠지.

"내가 대신 머리채라도 잡아줄까? 응?"

당장이라도 안전벨트를 풀고 나설 것처럼 구는 혜록을 가영이 붙들었다.

"아냐. 됐어. 내버려둬."

"왜? 저걸 그냥 두게?"

"내가 화내는 걸 바라고 저러는 건데, 원하는 대로 해주면 안 되지."

가영의 침착한 반응에 혜록이 의외라는 듯 쳐다보았다. 분명 화가 날 텐데, 가영은 차분하게 상황을 판단했다.

"갑자기 왜 이래? 네 성격상 차에서 내려 따져야 하는 거 아냐?"

"굳이 그럴 필요 없어. 분란을 일으키면 연주는 불쌍한 척할 거고, 스태프들한테 동정표 얻으려고 할 거야. 그쪽이 바라는 반응을 안 해주는 게 이득이야."

가영의 말에 설득당해 혜록은 고개를 끄덕였다. 그나저나 갑자기 친구가 어른이 된 것 같아서 혜록은 어안이 벙벙했다.

"다녀올게."

가영은 오히려 혜록을 다독여준 후, 차에서 내려 촬영장으로 향했다. 조연들끼리의 촬영이라 주연배우들 촬영만큼 스태프들이 많지 않다.

가영은 카메라 앞에 섰다. 오늘 촬영은 가영이 연주와 함께 쇼핑 거리를 걸어가다가, 연주로부터 남자주인공과 여자주인공이 함께 있는 걸 봤다는 내용을 전해 듣는 장면이다. 그로 인해 가영이 불안을 느끼면서 진실을 부정하는

별이 오다

모습이었다.

연주가 가영에게 다가왔다. 그녀는 처음 보는 사람을 대하듯 가영에게 생글생글 웃어 보이더니, 인사를 붙였다.

"어머, 안녕하세요. 여기 음료수 하나 드세요."

가영은 연주가 내민 포도맛 음료수를 물끄러미 보았다. 음료수 병이 열려 있는 게 가장 먼저 눈에 들어왔다. 음료수병과 연주를 번갈아 보던 가영은 손을 내밀어 받아들었다.

"감사합니다."

그녀는 대답한 후, 음료수를 카메라 앵글에 담기지 않는 곳에다 내려놓았다.

"그래도 준 성의가 있는데 드시지 그러세요."

"촬영 전에 포도주스 마시면 입술에 색이 배어서요. 그래서 촬영 한 시간 전부턴 아무것도 먹지 않거든요."

"아, 그래요?"

예상 밖이라는 듯 연주의 입술이 삐딱하게 휘었다. 그러더니 티 나게 음료수를 흘깃거렸다. 가영은 덤덤한 표정으로 연주를 쳐다보았다. 설마 자기가 준 걸 마실 줄 알았던 건가. 누가 봐도 수상쩍은 저걸? 가영은 꿍꿍이가 훤히 보이는 그녀의 태도에 속으로 혀를 끌끌 찼다.

"카메라 좀 세팅해야 하니까 거기 서서 십 분만 더 기다려주세요."

조연출의 말에 가영과 연주는 고개를 끄덕였다. 가영은 연주를 본체만체하며 입에 붙도록 외우던 대사를 속으로 중얼거렸다. 스태프들은 그녀들을 두고 바삐 움직였다. 두 사람만 보이지 않는 원 안에 덩그러니 놓여 있었다.

"나, 선호랑 헤어졌어."

연주가 가영만 들릴 만한 목소리로 자그맣게 말했다. 그러나 고개를 숙이고 있는 가영은 아무런 반응도 보이지 않았다. 그녀의 무심함에 오기가 생겨 연주가 삐딱하게 웃으며 말을 이었다.

"당연하겠지만, 내가 찼어. 생각해보니 뭐 그런 남자애랑 만났나 싶더라. 네가 꽤 좋아하는 것 같아서 뭐라도 있을 줄 알았는데, 만날수록 별로더라고. 돈도 없고, 궁상맞고, 거기다가 밥 먹을 때 왜 그렇게 쩝쩝 소리를 내니? 또 헤어지자 했더니 얼마나 울면서 붙드는지……. 어휴. 정말 피곤하더라. 넌 정말 그런 남자가 좋았니?"

연주의 물음에 가영이 고개를 들어 처연한 눈으로 응시했다.

"그렇게 헤어지려고 나랑 만나던 남자 빼앗았어?"

연주의 입매가 조금 비틀렸다.

"그러게, 좀 좋은 남자를 만나지 그랬어? 그러면 내가 좀 더 오래 만났을 텐데."

"너도 정말 지독하다. 내 오디션 망치려고 친구의 남자까지 빼앗고."

"너도 독해. 내가 그러는 거 알면서 오디션 꾸역꾸역 찾아와서 배역 차지하는 걸 보면 말이야. 오디션에 참여하지 말고 그냥 집에 있지 그랬어? 네가 이렇게 독하게 나오니까, 나도 자꾸 독해지잖아."

"내가 어디가 그렇게 마음에 안 들어서 괴롭히는 건데?"

가영이 가만히 물었다. 그러자 연주의 눈이 어둡게 빛났다.

"그냥, 다."

"……."

"네가 행복한 게 싫어. 가영아."

"……."

"네가 불행한 걸 보고 싶어. 그래야 내가 행복할 거 같거든."

연주의 눈빛은 고요했지만 광기에 젖어 있었다. 가영은 그런 연주를 물끄러미 바라보다가 손을 들었다.

"왜, 때리게?"

연주가 얄미울 정도로 빙긋 웃었다. 일부러 약을 올리는 태도였다. 그러나 가영은 언제 처연한 표정을 지었냐는 듯 빙긋 웃으며 고개를 가로저었다.

"아니. 내가 왜 널 때려?"

가영은 대답 대신 싱긋 웃으며 위를 턱짓했다. 그녀의 신호에 따라 고개를 든 연주의 얼굴이 뻣뻣하게 굳었다. 두 사람의 머리 위에 마이크가 자리하고 있었다. 설마, 하는 표정으로 고개를 돌린 연주는 저 멀리서 헤드셋을 끼고 있던 오디오 감독과 눈이 마주쳤다. 그는 연주가 쳐다보자 어색하게 웃다 말고 고개를 돌려 시선을 피했다.

"너……!"

연주가 눈을 부릅뜬 채 가영을 가리켰다. 가영은 여전히 웃는 낯으로 연주에게 다가섰다. 그러고는 마이크에도 잡히지 않을 만큼 작은 목소리로 속삭였다.

"선호랑 너랑 헤어지든, 결혼을 하든 신경 안 써. 그런 말 백번 해봤자 내 촬영을 방해할 순 없을 거야. 난 아무렇지 않거든. 그러니까……."

"……."

"개수작 작작 부려. 대사도 몇 없겠지만, 최선을 다해서 외우고. 네 연기가 내 연기를 방해하면 그건 좀 곤란할 거 같거든."

가영이 연주만 들릴 수 있도록 속삭인 후, 그녀의 어깨를 툭툭 두들겼다. 그러고는 언제 그랬냐는 듯 제자리로 돌아와 섰다. 연주가 부들부들 떨고 있었지만, 가영은 신경 쓰지 않았다. 오히려 보란 듯이 덤덤하게 대본을 들여다보았다.

연주가 아무리 날뛰어봤자 그녀는 고작해야 스물다섯 살이다. 자신은 잡초도 살아남기 힘들다는 독한 연예계 판에서 6년을 보냈다. 연주가 아무리 수를 부려봤자 자신에게 통하지 않았다. 지금만 해도 당장 사람들이 눈에 보이지 않는다고 머리 위의 마이크를 간과하고 본인의 치부를 본인이 드러내다니. 촬영장에 보이지 않는 눈과 귀가 있다는 걸 아직 모르고 있다.

"촬영 들어가겠습니다!"

조연출의 말에 가영은 가볍게 고개를 숙이며 대답했다.

"네. 잘 부탁드리겠습니다."

가영이 예의 바르게 인사하자 사람들이 고개를 끄덕였다. 선수를 빼앗긴 연주가 날 선 눈으로 가영을 노려보았다.

◆ ◆ ◆

촬영은 수월하게 끝이 났다. 지나치게 오디오 감독을 의식한 연주가 대사를 잊어먹는 바람에 NG를 내서 PD가 불편한 표정으로 연주에게 경고하긴 했지만, 그 외엔 무난했다.

촬영을 마치자마자 가영은 스태프들 모두와 하나하나 눈을 맞추며 수고하셨다는 인사를 건넸다. 대부분의 스태프들은 그녀의 인사를 받는 둥 마는 둥했지만, 몇몇은 눈을 마주하며 똑같이 "수고하셨어요."라고 대답해주었다. 그것만으로도 충분했다.

가영은 뿌듯한 표정으로 돌아서다가 그 자리에 우뚝 멈춰 섰다. 몇 걸음 떨어진 데서 우현이 그녀를 쳐다보고 있었다. 사실, 큰 키 때문에 내려다보고 있다는 쪽이 맞다.

언제부터 여기 있었지? 오늘 촬영이 있는 건가?

잠시 당황한 가영이 언제 그랬냐는 듯 꾸벅하고 지나치려 할 때였다.

"안녕하세요."

"아, 네. 안녕하세요."

우현의 인사에 가영은 의례적인 거라 생각하고 마주 인사한 후, 지나쳤다.

"내일 저랑 촬영 있죠?"

우현이 불쑥 물었다. 가영은 어정쩡하게 멈춰 서선 우현을 쳐다보았다.

"네. 내일 오후에 촬영이 있는 걸로 알고 있습니다."

가영의 대답에도 우현에게선 어떤 답도 돌아오지 않았다. 싫은 건가. 아니면, 실수 없이 잘하라는 압박인가? 가영이 불안한 시선으로 우현을 쳐다보았다.

회귀한 후 다시 만난 우현은 회귀하기 전보다 더 어려웠다. 회귀하기 전엔 이미 우현에게 찍힌 상태라 자포자기 상태였지만, 지금은 언제 자신도 모르게 실수해서 찍힐지 모르니 더 불안했다.

우현에게 찍힌다고 연예계에 발을 못 붙이는 건 아니지만, 연예계에서 입지 있는 사람과 사이가 안 좋은 건 여러모로 불편하고 불리했다. 더군다나, 자신은 우현의 팬이기도 했다. 물론 그가 자신을 싫어한다는 걸 알고 팬이길 포기하긴 했지만, 그의 연기를 여전히 존경했다. 그러니 되도록 그의 눈 밖에 나고 싶지 않았다.

"그래요. 내일 봐요."

"네. 내일 뵙겠습니다."

우현의 대답에, 자리를 벗어날 수 있게 된 가영이 얼른 인사한 후 걸음을 서둘렀다.

"후우."

가영이 참았던 한숨을 내뱉었다. 우현이 갑자기 자신에게 말을 걸다니. 아직은 자신이 싫지 않다는 건가. 안심이긴 하지만, 언제 눈 밖에 날지 모르니 조심할 필요가 있다.

우현과 가영이 마주하고 있던 모습을 지켜보고 있던 연주는 들떠서 우현을 바라보았다. 가영이 갔으니, 이제 자신에게 말을 걸어줄 거라고 생각하고 그에게 한 걸음 다가서며 입을 뗐다.

"안……."

연주가 말을 붙이려는 찰나, 그녀를 발견하지 못한 우현이 PD 쪽으로 걸음을 옮겼다. 민망해진 연주가 어정쩡한 자세로 주변을 둘러보았다. 오디오 감독이 묘한 표정으로 그녀를 쳐다보고 있다가, 눈이 마주치자 고개를 핵 돌렸다. 부끄러워진 연주는 빨개진 얼굴로 촬영장을 빠르게 벗어났다.

◆ ◆ ◆

"형. 나 정도면 호감이지 않아요?"

차의 뒷자리에 앉아 턱을 괴고 있던 우현이 불쑥 물었다. 촬영을 마치고 우현을 집으로 데려다주기 위해 운전을 하던 영철은 룸미러로 그를 흘깃 바라보았다. 영철의 미간에 주름이 잡혔다. 그가 표정으로 대답했다.

"미친 거 아니고, 피곤해 죽겠는데 더 피곤하게 만들려는 것도 아니에요."

우현이 무표정한 얼굴로 말했다.

"독심술 좀 그만할 생각 없어?"

"형 표정에 다 보이거든요."

"어우. 저 관상가 자식. 이보게, 배우 양반. 내가 왕이 될 상인가."

"미친 거예요? 아니면 피곤해 죽겠는데 더 피곤하게 만들 생각이에요?"

"……."

비스듬히 앉아 툭 말을 던지는 우현 때문에 영철은 금세 시무룩해졌다.

"나도 둘 다 아니야. 그런데 갑자기 그건 왜 묻는데?"

영철이 시무룩한 표정으로 우현을 흘깃 쳐다보았다. 늘 종잡을 수 없는 녀석이지만, 오늘 들은 질문은 근래 들었던 소리 중 가장 특이했다.

"전 제가 한 번도 호감형이 아니라고 생각해본 적이 없거든요?"

"자기 자랑 스킵하고 본론만."

영철이 정색한 채 말했다.

"누가 저를 보기만 하면 기겁해서요."

우현이 다리를 꼬며 대답했다.

"그분이 누구시니? 어느 점쟁이야? 용하시네, 그분. 본질을 단박에 알아채시는 분이야."

"제 본질이 엉망이라고 말하는 거예요?"

우현은 언제 무표정했냐는 듯 웃는 낯으로 물었다. 생글생글 웃을수록 잔인해진다는 걸 알기에 영철은 얼른 고개를 가로저었다.

"아니. 농담이지. 그런데 누가 그래? 보아하니 촬영장에 그런 사람이 있나본데? 네 팬 아냐? 널 너무 좋아해서 볼 때마다 굳는 거지. 네가 좋아하는 사람 앞에 서면 그런 것처럼."

"그런 거면 다행인데, 전혀 다른 것 같아서요."

우현은 네 시간 전을 떠올렸다. 평소보다 더 일찍 도착한 우현은 대본을 암기하고도 시간이 남아서 근처 촬영장을 방문했다. 다른 신은 어떤 분위기인지 살펴볼 겸 해서였다.

촬영은 가영과 연주였다. 둘 다 플라워 패턴의 원피스를 입고 있는 걸 보고 저절로 인상이 찌푸려졌다. 다행히 톤의 색감 차이가 있어서 화면에 거슬릴 정도는 아니지만, 되도록 같은 분위기의 의상은 피하는 게 나았다. 그러나 누구도 문제 삼지 않는 상황에서 자신이 나설 수는 없는 노릇이라 잠잠히 입 다물고 지켜보았다.

짧은 신이었다. 그 신이 촬영되는 동안 우현은 가영에게서 눈을 떼지 못했

별이 오다

다. 남들이 보면 별것 아닌, 평범한 신이라고 할 수 있었다. 그러나 우현의 눈에 가영은 본인의 캐릭터를 완벽하게 흡수하고 있었다.

연주가 남자주인공 이름을 말하자, 가영은 단번에 손끝을 움찔거렸다. 마치 무의식중에 몸이 반응한 것 같은 태도였다. 연주가 말하기 전까지 눈도 깜빡이지 않는 예리한 눈빛에선 캐릭터 특유의 집요함까지 엿보였다.

오랜만에 연기를 잘하는 배우를 만난 것 같아 반가웠다. 촬영하는 동안 한 번쯤은 연기에 대한 이야기를 나눠보는 것도 좋을 것 같다는 생각을 할 때 가영과 눈이 마주쳤다. 그녀는 갑자기 땅에서 불쑥 솟아오른 저승사자를 본 것 같은 표정을 지었다. 얼른 표정을 감추긴 했지만, 우현은 보았다. 가영의 얼굴에 드러난 감정은 분명 호감이 아니었다.

그래도 혹시나 하는 마음에 말을 걸어보았다. 그랬더니 돌아오는 반응이 석연찮았다. 헤어질 땐 안도의 미소까지 보였다.

다시 생각해도 기분이 나쁜 우현은 발끝을 까딱거리며 못마땅한 표정을 지었다. 모처럼 호감 가는 배우를 만났는데, 자신을 보기만 하면 귀신이라도 마주친 것처럼 구니.

"뭐, 굳이 신경 쓸 필요 있어? 원래 너 다른 사람들 신경 안 쓰잖아. 평소처럼 해, 평소처럼."

영철이 별걸 가지고 다 그런다는 듯 대답했다. 그의 말을 듣고서야 우현은 자신답지 않게 가영을 지나치게 신경 쓰고 있음을 알았다. 대체 왜 그렇게 신경이 쓰일까. 별것 아닌데, 꼭 손톱 밑에 박힌 가시처럼 신경 쓰였다. 하지만 영철의 말처럼 쓸데없는 일이었다.

"그래야겠네요."

별 소득 없이 대화가 끝났다. 우현은 옆에 놓인 대본을 들었다. 머리가 복잡할 땐 일을 하는 게 최고다. 그는 가영에 대한 생각을 잊으려고 노력하면서 대사를 외웠다.

◆ ◆ ◆

"이게 말이 되니?"

가영의 월세방으로 찾아온 혜록이 분통을 터뜨렸다. 가영은 대답 없이 대본을 다시 한 번 살폈다.

4회 대본이 왔는데, 그녀의 등장이 대폭 줄었다. 대신 연주의 분량이 늘었다. 가영이 촬영하는 신 대부분에 연주가 나오는데, 연주가 대사를 길게 치면 가영은 분하다는 표정을 짓거나 대답을 하는 게 전부였다. 이러다가 연주가 여주인공과 대립할 상황이 되겠다 싶을 정도였다.

가영은 심각한 표정을 지었다. 정확하진 않지만, 자신이 기억하는 '그 남자의 작전' 4회 내용은 이렇지 않았다. 그녀가 맡은 보배가 주도적으로 움직이고, 연주가 맡은 역은 어느새 스르륵 사라져 보이지도 않게 되었다. 그런데 지금은 정반대였다. 대본이 바뀌었다.

어째서 이렇게 된 거지? 과거를 바꾸어도 배역은 주인을 찾아간다는 건가? 아무리 노력해도 안 되는 건 안 되는 건가? 가영이 답답한 표정을 지었다.

"연주, 그게 분명히 또 수를 썼을 거야. 걔네 집안이 빵빵해서 인맥이 장난 아니잖아. 그리고 삼촌이 광고 쪽 일한다며? 알음알음 인맥 써서 수 쓴 게 확실해."

혜록의 추측이 맞을 확률이 높지만, 확신할 수 없었다. PD나 작가가 보기엔 연주가 악역에 더 어울렸을지도 모른다. 훨씬 외모가 화려하기도 하고…….

가영이 입안의 살을 조용히 씹었다. 그렇다고 기껏 다시 얻은 기회를 이렇게 날리고 싶지 않았다. 연주에게는 더더욱 밀리기 싫었다.

띠릭띠릭.

가영이 테이블 위에서 울고 있는 휴대전화를 귀에 가져다 댔다.

"여보세요. 어. 준태야."

─ 누나, 바빠?

"아니. 괜찮아. 데뷔 준비는 다 되어가고 있어?"

─ 어. 한번 시작하니까 쭉쭉 되네. 아마 2주 후쯤 데뷔할 것 같아.

"벌써?"

가영은 벌써 시간이 그리 되었나 싶었다.

- 노래랑 춤은 준비 끝났는데, 데뷔 날짜가 안 잡히고 미뤄지던 거라서……. 금방 결정 났어.

"다행이다."

- 누나는 촬영 잘하고 있어?

"그럼. 잘하고 있지."

씩 웃으며 대답하던 가영의 눈이 무심코 테이블 위에 놓은 탁상달력으로 향했다. 빨간색 동그라미가 쳐진 날짜를 본 가영은 아차 했다.

"준태야. 생일 축하해."

- ……방금 기억해냈지? 사실대로 말해 봐.

"아냐. 기억하고 있었는데, 잠시 잊었다가 다시 떠올랐어."

- 어쨌든 까먹었다는 거네. 별로 이번 주말에 데이트하자. 트롤 영화 나왔대. 생일선물로 영화 하나만 보여줘. 시간 괜찮지?

"이번 주 주말? 응. 나는 괜찮아. 네가 바쁜 거 아냐? 시간 괜찮아?"

- 당연히 괜찮지. 데뷔 전에 딱 하루 휴가 받았어. 그러니까 얼굴 보자.

"알았어. 그런 황금 휴가를 나랑 보내겠다고 하다니, 책임지고 쏠게! 이제 누나 일도 하니까!"

- 기대할게.

준태가 큭큭거리며 웃었다. 통화를 마친 후, 가영은 휴대전화를 테이블에 내려놓았다.

트롤이라니.

6년 전 준태와 봤던 영화가 개봉했다니, 새삼스럽게 과거로 돌아왔다는 게 실감 났다.

"준태야? 곧 데뷔한대?"

혜록이 반가운 얼굴로 물었다.

"응. 팀명도…….'

가영이 말을 하다 말고 멈칫했다.

"왜 그래?"

혜록이 무슨 일 있냐는 듯 그녀를 쳐다보았다. 그럼에도 가영은 고개를 푹 숙인 채 대답하지 않았다.

가영의 머릿속으로 기억 하나가 불현듯 떠올랐다.

준태의 생일이 있던 그 주에 우현의 사고가 있었다. 인터넷 뉴스로 헤드라인만 봐서 얼마만큼 다쳤는지 정확히 모르지만, 야간 촬영 중 조명이 떨어져 우현을 덮쳤다고만 알고 있었다. 그때 입은 부상으로 '그 남자의 작전'이 한 회 결방하기도 했었다.

이 사실을 알고 있는 건 기회였다. 지금으로써는 촬영장에서 자신에게 분위기를 집중시킬 수 있는 방법은, 우현이 다치지 않게 구하는 수밖에 없다. PD에게 인사하고, 스태프들을 백번 챙기는 것보다 강렬한 한 방이 더 중요했다. 자신의 이름이 스태프 사이에 회자되고, 운이 좋아서 인터넷 뉴스에 실려 관심을 받게 된다면 이야기의 흐름이 자신에게 돌아올 수도 있다.

그리고 우현에게 호감을 살 수 있는 절호의 기회였다. 자신이 다치지 않게끔 구해주었는데도 싫어하진 않겠지. 혹여, 자신도 모르게 실수를 한다고 해도 눈감아줄지도 모른다. 무엇보다도 사람이 다친다는데 알면서도 모르는 척하기 어렵기도 했다. 여러모로 우현을 구하는 게 옳았다.

문제는 우현이 어떻게 다쳤는지 자세히 모른다는 점이고, 자신이 이렇게 과거를 바꿔도 되나 새삼스럽게 겁이 난다는 거였다. 이만큼 노력했는데 아무것도 변하지 않으면 서러울 것 같으면서, 동시에 자신의 노력으로 미래가 바뀌었을 때 앞으로 어떻게 될지, 알 수 없는 미지의 부분 때문에 두려운 마음이 들었다. 나중에 그 책임을 오롯이 져야 하는 게 아닌가 걱정되었다.

그리고 누군가를 구한다는 게 조금 위험하다는 것도 마음에 걸렸다. 하지만 딱히 다른 수가 없기에 가영은 마음을 다잡았다.

"가영아?"

혜록이 다시 한 번 가영을 불렀다.

"아, 어?"

가영이 고개를 들자, 혜록이 의아해하며 그녀를 쳐다보고 있었다.

"왜 갑자기 말을 하다 말고 넋을 놔? 야, 나는 네가 눈뜨고 기절한 줄 알았어. 무서워서 죽는 줄 알았네."

혜록이 소름 돋은 팔을 박박 문질렀다.

"혜록아."

"어?"

"이번 주 금요일에 스케줄 없는 거 맞지? 혹시 변경 연락 온 거 있어?"

"없어. 왜?"

"아냐. 아무것도."

가영은 '금요일', '백화점'을 곱씹다가 결심한 듯 입술을 앙다물었다.

◆ ◆ ◆

백화점 귀퉁이가 촬영 준비로 부산스러웠다. 해가 저물어 사위가 어두운 가운데, 스태프들은 배우들이 서 있는 곳에 맞춰 카메라를 설치하고, 조명의 위치를 잡았다.

촬영장 가운데 선 우현은 대본을 마지막으로 점검 중이었다. 특별한 대사가 없다고는 하지만, 작가는 그 한 줄을 위해 고심했을 걸 알기에 되도록 대사 그대로, 토씨 하나 틀리지 않고 똑같이 하려고 애썼다. 우현은 작은 목소리로 대사를 중얼중얼 외우며 감정을 잡으려 애썼다.

PD도 촬영에 앞서 카메라를 점검하고 주변을 둘러보았다. 한구석에 모인 스태프들이 한곳을 바라보며 이야기를 나누고 있다.

끼익끼익.

바람이 불자 머리 위에 놓인 조명판이 흔들렸다.

"조명판이 왜 이러지? 좀 느슨한 것 같은데."

"고정시킬 것 좀 가지고 올게요."

"그래. 얼른 가져와."

스태프들이 부산하게 움직였다. 스태프들의 소란을 들은 우현은 조명과 자신의 거리를 살폈다. 꽤 멀다. 방향 또한 달라서 조명이 넘어지더라도 자신에겐 닿지 않을 거리였다. 안심한 우현은 다시 대본을 들여다봤다.

끼익끼익.

조명의 머리가 바람에 이리저리 흔들리면서, 듣기 싫은 소리를 냈다.

"어, 어, 어?"

"어엇!"

사람들이 비명을 내질렀다. 눈 깜짝할 새에 조명이 기우뚱하며 앞으로 기울어졌다. 스태프가 다급히 손을 뻗었다. 그러나 오히려 조명의 기둥이 손끝에 걸려 방향이 틀어졌다. 스태프들의 시선이 조명이 넘어지는 방향과 그곳에 서 있는 우현을 오갔다. 설상가상으로 바람이 세차게 불어 무거운 조명이 떠밀리다시피 해 예상보다 훨씬 더 먼 곳으로 떨어질 상황이었다.

"아, 안 돼!"

"악!"

저지하려는 스태프와 그걸 지켜보고 있던 스태프들이 동시에 비명을 내질렀다. 우현에게 피하라고 경고할 시간도 없었다.

"우, 우현 씨!"

비명 같은 외침을 듣는 순간, 우현은 한기를 느꼈다. 부산스러우면서 위험한 분위기를 감지한 우현이 고개를 들었다. 제게로 환한 빛덩어리가 떨어지고 있었다.

설마, 조명?

그 생각을 떠올리던 순간, 복부로 무언가가 달려들었다. 통증을 느끼기가 무섭게 순식간에 몸이 저만치 나동그라졌다. 뒤이어 쨍그랑, 하고 조명판이 깨어지는 날 선 소리가 울렸다. 사람들이 악 하고 내지르는 비명을 끝으로 사위가 고요해졌다.

뒤늦게 상황을 파악한 PD가 벌떡 일어났다.

"뭐야! 무슨 소리야? 이게 무슨 일이냐고!"

고개를 돌리자 조명이 처참하게 깨진 채 바닥에 나동그라져 있었다. 그곳에 우현이 서 있었다는 걸 기억해낸 PD가 하얗게 질려 "신우현 씨!" 하고 소리쳤다. 다행히 우현은 조명이 떨어진 곳에서 거리가 꽤 되는 곳에 넘어져 있었다. 그 곁에 누군가가 함께 나동그라져 있었다.

"신우현 씨!"

PD가 소리치며 우현에게 달려갔다. 뒤따라 스태프들이 우르르 따라와 우현을 에워쌌다.

"아야야."

가영은 밟힌 손가락을 감싼 채 엉거주춤 일어났다. 우현에게 달려오던 스태프 중 한 명이 바닥에 누워 있던 가영의 손가락을 밟았다. 그러나 누구도 알아채지 못했다. 스태프들이 모조리 우현의 곁으로 달려가고 있었다. 가영은 뒤늦게 달려오는 스태프들에게 밟힐세라 몸을 돌려 도망쳤다. 사람들이 한차례 우르르 지나갔다. 가영은 아픈 손가락을 거머쥐고선 고개를 길게 뺐다.

사람들 다리 사이로 언뜻언뜻 보이는 우현은 괜찮아 보였다. 다행이라는 생각과 동시에, 조금 비참한 기분이 들어 가영은 아픈 손가락만 꼭 감싸 쥐었다. 자신이 알아주지 않으면, 아픈 손가락을 알아줄 사람이 없다.

그나저나 이렇게 다치지 않을 수 있었는데.

가영은 그 점이 아쉬운 표정을 지었다.

삼십 분 전, 가영은 지나는 길에 들렀다는 핑계로 촬영장에 들어온 후 계속해서 우현을 지켜보았다. 우려하던 대로 조명이 위태위태했다. 문제는 두 개의 조명이 바람에 흔들리고 있던 데다, 어느 조명이 쓰러지는지 확실하지 않은 상태에서 무작정 우현에게로 뛰어들 수 없어서 대기하고만 있었다.

다행히 조명이 떨어지기 직전에 알아채서 우현에게 달려들어 구하긴 했지만, 조금만 타이밍이 빨랐더라면 더 좋았을 뻔했다. 그랬더라면 우현과 바닥을 구를 일이 없었을 텐데. 어쨌든 원하는 결과를 얻어 그녀는 흡족했다.

그나저나 손가락은 괜찮은 건가?

그녀는 밟힌 손가락을 쭉 펴서 앞으로 내밀었다. 괜찮아 보이지만, 혹시나 하는 마음에 손가락을 쥐었다 폈다. 다행히 괜찮았다. 한 번 더 손가락을 움켜쥘 때였다. 손가락이 접히는데, 자신을 바라보고 있는 얼굴이 보였다.

어?

가영이 속으로 놀란 소리를 내는 사이, 우현이 성큼성큼 다가왔다. 그러더니 그녀의 앞에 한쪽 무릎을 꿇고 앉았다.

아.

가영이 자신을 물끄러미 쳐다보는 검은 눈동자를 마주하고는 숨을 멈췄다. 우현을 이토록 가까이서 보는 건 촬영 이후로 처음이었다. 정말이지 어디 하나 흠잡을 곳 없이 완벽한 얼굴이다. 아무리 무덤덤해졌다고 하지만, 이런 얼굴에는 내성이 생길 수가 없다. 더군다나 우현을 배우로서 흠모하고 있기도 했기에 더욱 기분이 이상했다.

그나저나 사람들에게 둘러싸여 있어야 할 그가 자신의 앞에 왜 있는 걸까? 가영은 어안이 벙벙했다.

"손 좀 봐도 될까요?"

우현의 물음에 가영은 손을 말아 쥐었다.

"괜찮아요. 크게 다치지 않았어요."

"그래도 봐야 마음이 놓일 것 같아서요. 넘어지면서 다친 거잖아요."

우현이 손을 보여달라는 듯 자신의 손을 내밀었다. 몹시 큰 손이었다. 손을 줄 때까지 일어나지 않을 기세였다. 가영은 고민하다가 그의 손바닥에 자신의 손을 가져갔다. 그가 가영의 손가락을 조심스럽게 거머쥐었다. 그러고는 부은 데는 없는지 손가락 마디를 천천히 만지작거렸다. 순간, 얼굴로 열이 훅 올랐다.

그의 손이 손가락 사이의 예민한 살을 지분거렸다. 그는 의사처럼 경건한 얼굴을 하고 있는데, 자신만 이상하게 느끼고 있는 것 같아서 더 부끄러웠다. 그는 가영의 손가락이 붓지 않았고, 다행히 움직일 수 있다는 것까지 확인한 후에야 가영을 놓아주었다. 그동안 스태프들이 뚫어져라 쳐다보는 통에 가영은 얼굴이 발화할 지경이었지만, 우현의 얼굴이 몹시 심각해서 말리지 못했다.

"다행히 괜찮아 보이기는 하는데, 다른 곳은 어때요? 괜찮아요, 가영 씨?"

우현이 여전히 심각한 표정으로 물었다.

"아, 네. 괜찮아요. 우현…… 씨는 괜찮아요?"

신우현을 우현 씨라고 부를 날이 오다니. 그야말로 꿈을 꾸는 듯 얼떨떨했다.

"네. 저야말로 가영 씨가 구해줘서 괜찮아요. 고마워요. 하마터면 조명이 머리로 떨어져서 크게 다칠 뻔했어요."

별이 오다

우현이 손으로 자신의 머리를 가리켰다.

"별말씀을요. 운이 좋았어요. 다행이에요."

"엇, 우현 씨! 피 나요!"

스태프 중 한 사람이 우현의 다리를 가리켰다. 그의 바지에 붉은 피가 배어 나오고 있었다. 아연실색한 PD와 스태프들이 다급히 그에게 병원으로 가야 한다고 성화였다.

"같이 가죠."

우현이 가영에게 말했다. 그녀는 다급하게 손을 저었다.

"저는 괜찮아요."

"그래도 같이 가죠."

"아니에요. 어서 가세요. 사람들이 사진 찍어요."

가영은 시끄러운 소리에 모여든 사람들이 카메라를 들고 있는 걸 가리켰다. 더는 지체할 수 없다는 걸 알아챈 우현은 주변의 도움을 받아 병원으로 출발했다.

촬영이 중단되자 분위기는 삭막해졌다. PD는 조명을 담당하는 스태프에게 길길이 날뛰며 화를 냈다. 철수하는 스태프들은 바쁜 척하며 PD를 피해 슬금슬금 도망쳤다.

홀로 남겨진 가영은 옷을 툭툭 털었다. 그 누구도 가영에게 수고했다거나, 괜찮으냐고 묻지 않았다. 모두들 사고의 책임소재를 놓고서만 의견이 분분했다.

"으으."

일어나니 무릎이 조금 아프긴 했다. 까진 모양이었다. 그래도 이만하길 다행이다. 조금만 잘못했으면 자신도 조명에 깔릴 뻔했다.

"괜찮아요?"

뒤늦게 여자 스태프가 다가와 물었다. 그녀의 물음에 울컥 눈물이 나려 했다. 가영은 찡해진 코끝을 문지르며 씩씩한 표정을 지었다.

"네. 괜찮아요. 걱정하지 마세요. 신경 써주셔서 감사합니다."

"별말씀을요."

스태프와 인사를 마친 가영이 주차장으로 향하려고 몸을 돌려세웠다.

"임가영 씨."

우현의 스타일리스트가 그녀의 앞을 가로막았다.

"안녕하세요."

그녀를 알아본 가영이 인사했다.

"네. 안녕하세요. 병원에 모셔다드릴게요."

"네? 아뇨. 저는 괜찮아요. 다친 곳도 크게 없고요."

가영이 손사래 쳤다. 그녀는 손가락이 멀쩡하다며 일부러 그녀 앞에서 손을 쥐었다가 폈다. 하지만 스타일리스트는 완강했다.

"우현 오빠가 꼭 병원에 모셔다드리라고 해서요. 안 그러면 제가 혼나요."

스타일리스트가 난처한 표정을 지었다. 가영은 다시 거절하려 했으나, 스타일리스트의 거듭된 부탁에 어쩔 수 없이 그녀를 따라 움직였다.

◆ ◆ ◆

우현이 언질을 주고 간 건지, 그의 스타일리스트는 가영을 데리고 가장 먼저 손가락 검진을 받았다. 엑스레이까지 찍은 결과, 손가락은 다행히 무사했다. 이어 간단한 검진에서도 가영은 크게 다친 데는 발견되지 않았다. 무릎에 쓸린 상처가 있는 곳에 밴드를 붙이는 게 전부였다.

진료를 마친 가영이 혼자 집으로 돌아가겠다고 했으나, 스타일리스트가 그녀를 집까지 데려다주겠다고 나섰다. 가영은 역시나 한사코 거절했으나, 스타일리스트는 "제가 혼나서요."라는 말로 부득부득 우겨 그녀를 차까지 데려갔다. 이렇게 해야 마음이 편하다는데, 더 거절하는 것도 예의가 아니겠다 싶어서 그녀를 따라갔다. 흰색 SUV가 눈에 들어왔다.

"이건 아까 탔던 차와 다르지 않나요?"

여기까지 타고 온 건 검은색 밴이었다.

"이걸 타시면 돼요."

스타일리스트는 애매모호한 대답만 한 뒤 문을 열어주었다.

"저는 이만 가보겠습니다."

"네?"

갑작스런 스타일리스트의 인사에 가영이 조수석에 몸을 싣다 말고 떨떠름해져 돌아보았다. 그녀가 고개를 꾸벅 숙이며 멀어지고 있었다. 그럼 이 차는 어쩌라고? 황당해진 가영이 멀어지는 그녀의 뒷모습을 멍하니 바라볼 때였다.

"어서 타요."

갑자기 들리는 목소리에 가영이 흠칫했다. 고개를 돌리니 누군가가 운전석에 앉아 있었다. 큰 마스크에 얼굴이 절반 정도 가려져 있었지만, 가영은 그가 우현이라는 걸 단번에 알아보았다.

"어⋯⋯."

당황한 가영이 말끝을 늘였다. 그가 갑자기 여기 왜 있는 걸까? 귀신을 만난 것처럼 놀라웠다.

"안 타요? 뒷좌석에 앉고 싶은 거예요?"

"아뇨. 그런 건 아닌데⋯⋯."

가영이 말을 하다 말고 고개를 들어 주변을 살폈다. 스타일리스트는 이미 온 데간데없었다.

"스타일리스트는 먼저 퇴근했어요. 여기까지 가영 씨 모셔다 놓은 후 퇴근하라고 했거든요."

우현이 손가락으로 어딘가를 가리켰다. 고개를 돌리자 검은색 밴의 운전석에 올라타고 있는 스타일리스트의 뒷모습이 눈에 들어왔다.

"아니, 왜⋯⋯."

"걔 집이 이 근처거든요. 저랑 가영 씨 데려다주고 빙빙 둘러 퇴근하긴 그렇잖아요? 그런데 우리 계속 이 상태로 대화를 나눌 건가요?"

우현이 계속 차문을 열어둘 거냐는 말을 돌려 물었다. 구석에 주차되어 있어서 다른 사람들이 알아보지 못할 것 같긴 하지만, 혹시나 근처에 기자가 있을지도 모른다는 생각에 얼른 조수석에 탔다. 차문을 닫고 나니 안이 고요했다. 침묵에 질식할 것 같다.

"집이 어디예요?"

우현이 핸들을 쥔 채 물었다. 신우현이 자신을 집까지 데려다주다니. 꿈을 꾸는 것처럼 얼떨떨했다.

"……근처 지하철역으로 부탁드릴게요."

낡은 자신의 집을 보여주기 민망해서 둘러 대답했다.

"시간이 늦었어요. 지하철 타고 가면 피곤하잖아요. 아픈데 사람들까지 모여들면 피곤하고요."

이제 막 신인인 자신에게 달려드는 사람 같은 건 없다. 그건 우현에게 벌어질 법한 일이다.

"여기서 집이 멀어서요."

"그러면 더 데려다줘야겠네요."

가영은 말문이 막혔다. 왠지 우현에게 말려드는 기분이다. 잠시 고민하던 가영은, 사는 동네를 이야기했다. 그 근처 어딘가에 내려달라고 할 생각이었다.

"오늘 고마웠어요. 덕분에 살았어요. 아니었으면 크게 다칠 뻔했네요. 감사 인사는 직접 하는 게 예의인 것 같아 이렇게 왔어요."

우현이 핸들을 돌리며 말했다.

"검진이 빨리 끝나셨나 봐요."

"네. 저도 이 병원으로 왔어요. 주치의가 입원해서 정밀검사 받으라고 하던데, 그럴 필요까진 없을 것 같아서요. 머리를 부딪치지도 않았거든요. 다시 한번 고마워요."

"별말씀을요. 저도 어쩌다 보니 그렇게 한 건데, 운이 좋았어요."

"본인이 직접 뛰어들긴 힘들었을 건데요."

"아니에요. 누구라도 그랬을 거예요."

"그런가요."

"네."

"그렇다고 하더라도……."

우현이 말을 하다가 멈추었다. 그와 동시에 신호에 걸린 차가 멈춰 섰다. 집요하게 정면만 향하고 있던 가영이 슬쩍 옆을 바라보았다가 우현과 눈이 마주쳤다. 그는 어느새 마스크를 벗고 있었다. 날렵하게 뻗은 턱선과 가로로 긴 눈매, 살짝 미소를 머금은 입술, 그 어디도 부족함이 없었다.

가영은 사람들이 왜 '이상형은 신우현을 만나기 전후로 나뉜다.'라고 하는지 알 것 같았다. 이상형이 그와 전혀 다른 스타일이라고 하더라도, 실물의 우현을 만나고 나면 이상형이 우현으로 바뀐다는 그 얘기를 이해할 수 있었다.

"가영 씨한테 이렇게 큰 도움을 받았는데, 그냥 넘어갈 순 없죠. 어떻게 갚으면 좋을까요? 그거에 관한 이야기를 나눌까 해서요. 제가 어떻게 하면 될까요?"

"어…… 제 이름을 아시네요."

가영의 눈이 휘둥그레졌다. 그러고 보니 사고 현장에서도 우현은 다정하게 가영 씨, 라고 불러주었다.

"함께 출연하는 배우들 이름은 다 알고 있어요."

"아아."

가영은 이제야 깨달았다는 듯 고개를 끄덕였다. 같은 작품을 하는 배우들끼리 서로의 이름을 아는 건 기본이다. 함께 촬영한 건 한 번밖에 없지만, 우현이라면 충분히 그녀의 이름을 숙지했을 거다. 이런 기본적인 데 이렇게 놀라다니. 자신은 여전히 우현 앞에서는 멍청이가 되는 모양이다.

"집에 도착할 때까지 생각해봐요. 이런 도움을 받고도 입 닦으면 제가 너무 나쁜 놈 같잖아요. 안 그래요?"

"괜찮……."

"제가 안 괜찮아서요. 가영 씨한테 마음의 빚을 갚기 전까지, 계속 가영 씨한테 미안해하고 고마워할 것 같아요. 그러니까 정말 힘들지 않다면, 말해줄래요?"

거절하기 힘들 정도로 조목조목 건넨 우현의 말에 가영은 잠시 입을 다물었다. 하긴, 자신만 해도 크게 다칠 뻔한 걸 구해준 사람이 아무것도 필요 없다고 나오면 불편할 것 같았다. 그 사람의 얼굴을 볼 때마다 미안하고, 뭐라도 해주고 싶을 것 같았다.

"집에 도착할 때까지 생각해봐요."

"네."

가영이 고개를 끄덕였다. 그녀는 진지한 얼굴로 창밖을 바라보았다. 우현은 그런 가영을 흘깃 바라보다가 시선을 앞으로 돌렸다.

◆ ◆ ◆

결국, 우현의 차가 가영의 집 앞에 멈춰 섰다. 정확히 말해 그녀의 집이 있는 골목길 앞이었다. 우현은 어느 집이 자신의 집인지 모르고 있지만, 안다고 해도 달라질 건 없었다.

골목에는 비슷하게 생긴 다세대 주택이 다닥다닥 붙어 있었다. 벽은 낡아서 금이 가 있었고, 전봇대 아래엔 누군가가 버린 쓰레기로 가득했다. 어느 집에서 흘러나오는 날 선 목소리가 골목을 울렸다.

태생부터 부자라고 알려진 우현의 눈엔, 이 광경이 세트장처럼 느껴질지 모르겠다는 생각이 들었다. 가난은 부끄럽진 않지만, 자랑할 만한 것도 아니기에 가영은 착잡해졌다.

"여기가 저희 집이에요."

"그렇군요."

우현은 알려진 대로 상대방을 배려하는지 놀란 내색을 하지 않았다.

"저……. 저한테 원하는 게 있으면 말해달라고 하셨잖아요."

가영이 입을 열자, 우현의 시선이 그녀에게로 돌아왔다.

"네."

"그 범위가 어디까지인가요?"

그녀의 조심스러운 물음에 우현은 고개를 기울였다.

"먼저 말해봐요. 곤란한 거면 곤란하다고 할 테니까요."

우현이 몸을 틀어 그녀를 바라보았다. 우현은 가영이 말하는 거면 되도록 들어줄 생각이었다. 공주님을 구하듯이 온몸으로 뛰어들어 자신을 구한 것도 고마운데, 그 덕에 촬영일정까지 무사히 이어질 수 있었다. 지금 마음으로는 거액을 달라고 해도 줄 수 있을 것 같은 기분이었다.

가영은 잠시 우물쭈물했다. 우현은 가영이 말할 수 있도록 기다리면서, 그녀를 살폈다. 새삼스럽게 자신을 구한 게 가영이라는 점이 신기했다. 자신만 보면 얼어붙거나, 피하거나, 거리를 두기 일쑤인 그녀가 위험한 상황에서 몸을 던져 자신을 구하다니. 더군다나 그를 구한 후, 위에서 내려다보던 얼굴엔 다급함과 간절함이 가득했다.

순간, 매니저인 영철의 말처럼 자신을 엄청나게 좋아해서 피하는 건가 하는 의심이 들었다. 하지만, 아무리 쳐다봐도 가영의 자신을 향한 시선은 좋아한다는 감정과는 거리가 멀었다. 차라리 경계와 두려움이면 모를까.

"그러면……."

한참 만에, 가영이 마음을 정한 듯 입을 열었다. 우현은 무엇이든 말해보라는 듯, 가영을 바라보았다.

"저를 싫어하지 말아주세요."

"……."

우현은 그녀의 말을 이해하기 힘들다는 듯 미간을 좁혔다.

"그러니까, 혹시나 제가 다음에 실수를 하거나 저도 모르게 난처하게 굴어도 싫어하지 말아달라는 말이에요."

가영이 부연설명을 했으나, 여전히 모호했다.

"……좋아해달라는 말인가요?"

우현은 고민 끝에 되물었다. 무슨 고백을 이렇게 하냐는 듯한 표정이었다.

"아뇨. 절대로 아니에요!"

그러자 가영이 벼락이라도 맞은 듯 펄쩍 뛰며 손을 내저었다. 좋아하겠다고 나서면 발작이라도 일으킬 듯 격한 반응이었다.

"그럼 왜 그런 부탁을 하는 거예요? 쉽게 이해하기 힘드네요. 제가 가영 씨를 싫어하는 것처럼 보이나요?"

"아뇨. 지금은 아닌데, 먼 미래는 알 수가 없으니까요. 혹시나 제가 실수를 할 수도 있는 거고요."

과거에도 언제, 어떻게 무슨 실수를 했는지 모르지만 우현은 자신을 싫어했다. 그렇지 않고서야 자신을 볼 때마다 정색하고, 굳은 표정으로 있을 리 없었다. 그 때문에 시상식을 비롯해 배우들이 모이는 자리가 곤욕스러웠다.

설상가상으로 이 사실이 조금씩 소문이 나면서, 우현을 섭외하는 데 공들이는 PD, 작가들은 우현의 눈치를 보며 그녀를 배제했다. 더는 그런 식으로 자신의 앞길을 가로막힐 순 없었다.

"……."

우현은 여전히 이해하기 힘들다는 표정을 짓고 있었다.

"그러니까 제가 싫어지는 순간이 오면, 오늘 일을 떠올려주세요. 제가 드릴 부탁은 이게 유일해요."

"정말 이게 다예요?"

"네."

"……."

우현은 여전히 모호하다는 얼굴을 하고 있었다. 자신이 싫어하는 사람에게 지독하게 가혹하다는 소문이 벌써 신인배우의 귀에 들어갈 정도로 퍼졌나, 하는 생각이 들었다. 어쨌거나 가영의 간절한 표정을 외면할 수 없었다. 그에겐 어렵지 않은 부탁이었다.

"좋아요. 그럴게요."

우현이 가볍게 고개를 끄덕였다.

"감사합니다."

가영의 얼굴에 웃음꽃이 폈다.

"고마운 건 저죠."

"아니에요. 별말씀을요. 그리고 여기까지 데려다주셔서 감사합니다. 조심히 가세요."

가영은 꾸벅 인사한 후, 미련 없이 조수석 문을 열고 나갔다. 마치 볼일을 다 마친 나비가 꽃을 떠나듯, 뒤도 돌아보지 않고 팔랑팔랑 멀어지는 가영의 뒷모습을 우현은 물끄러미 바라보았다. 낡은 대문 안으로 들어가기 전, 그녀는 마지막으로 꾸벅 인사를 한 후 사라졌다.

홀로 남은 우현은 눈을 가느스름하게 뜬 채 중얼거렸다.

"……진짜 특이하네."

씻고 잠자리에 누운 가영은 뿌듯한 표정으로 천장을 바라보았다. 우현에게 싫어하지 않겠다는 확답을 받고 난 후, 앓던 이가 빠진 것처럼 시원했다. 그러나 그것도 잠시, 이렇게까지 자신의 마음대로 과거를 바꿔도 되나 하는 걱정이 들었다.

나비효과처럼 모든 것들이 다 엉망진창으로 바뀌는 건 아닐까? 그렇지만, 그 전도 엉망진창이었는걸.

가영은 금세 흐트러진 마음을 다잡았다. 다시 잡은 좋은 기회를 어영부영 놓치는 게 바보일 거다. 다른 누구라도 이렇게 했을 거다.

"그러고 보니 곧 아저씨랑 아줌마가 귀국할 때네."

가영은 몇 달 후 귀국할 아저씨와 아줌마를 떠올렸다.

고등학생 시절 할머니를 잃고 사위가 캄캄한 가운데, 아저씨와 아줌마가 등대처럼 나타나주었다. 고아가 되어 형편이 어려워진 그녀와 준태의 후원자가 되어 한 달에 몇십만 원씩 지원해주었고 1년에 몇 번씩 함께 밥을 먹기도 했다. 그러다 그녀가 스물두 살이 되던 해, 부부는 갑작스럽게 의료봉사차 해외로 떠났다. 그리고 올해 귀국하기로 되어 있었다.

"얼른 만나고 싶다."

가영은 오랜만에 만날 사람들을 떠올리며 기분 좋게 잠들었다.

Chapter 04

차 안에 앉은 연주가 대본을 뒤적거리다가 얼굴을 찌푸렸다.

"이게 뭐야?"

다음 회 대본인데 자신의 분량이 대폭 줄어 있다. 자신이 나오지 않는 부분
도 허다했다.

"연주야."

매니저 언니의 목소리에 연주가 신경질적으로 "왜?" 하며 고개를 들었다. 그
러자 매니저가 곤란한 표정으로 무언가를 내밀었다.

"내일 촬영할 대본."

"이미 있잖아."

"변경됐대."

"뭐?"

연주가 대본을 낚아챘다. 대본을 펼쳐보니 대사가 절반 이상 삭감됐다.

"왜 이렇게 된 거야?"

연주가 신경질적으로 물었다.

"글쎄. 나도 잘 모르겠어."

매니저가 연주의 눈치를 보며 우물쭈물했다.

"뭐? 언니, 매니저면 알아봐야 하는 거 아냐? 왜 일이 이렇게 되었는지 알아
보고, 불합리하다 싶으면 언니가 나서서 싸워야 하는 거 아니냐고. 그러라고
월급 받는 거 아냐?"

연주의 말에 매니저는 입술을 꽉 깨물었다. 소속사 사장님의 지인 딸만 아니
었어도, 다 때려 엎고 싶은 마음이 굴뚝같았다.

"어휴, 됐어."

입 다문 채 차 밖에 서 있는 매니저를 두고서, 차문을 쾅 소리 나게 닫았다. 착한 척하고 싶어도, 무능한 매니저 때문에 착하게 굴 수가 없다. 연주는 대본을 노려보다가 휴대전화를 들어 전화를 걸었다.

"작가 언니, 저예요."

언제 그랬냐는 듯 연주가 사근사근한 목소리를 냈다.

– ……아, 응. 연주 씨.

휴대전화 너머에서 난처한 목소리가 흘러나왔다. 마치 발신인이 자신인 줄 모르고 무심결에 받았다가 곤란해하는 것만 같은 기색이다.

"그날, 잘 들어가셨죠?"

이상함을 느끼고도 아무것도 모르는 척 연주가 상냥하게 물었다.

– 그럼.

"변경된 대본 받았어요, 언니. 쓰시느라 고생 많으셨어요. 그런데…… 제 대사가 많이 줄었더라고요. 이전 걸로 다 외워놨는데 왜 이런가 해서요. 언니한테 따지려고 그러는 건 아니고, 저도 모르는 일이 있었나 걱정되어서 연락해봤어요."

– 아, 그게……. 알잖아. 저번 주에 임가영 씨가 신우현 씨 구한 거.

"네. 알죠."

대답을 한 연주가 입술을 살짝 깨물었다.

운도 좋지.

사고가 발생한 자리에 우연히 있던 가영이 우현을 구한 덕에, 그를 비롯해 PD, 스태프들에게 좋게 보였다는 걸 알고 있었다.

– 그거 때문에 임가영 씨 실시간 검색에도 계속 오르고, 임가영 씨에 대해 궁금해하는 사람들이 많아졌어. 그래서 PD님이 가영 씨 등장 분을 늘리라더라고. 왜 갑자기 가영 씨 분량이 줄었냐면서 길길이 날뛰는데……. 어후. 거기다가 우현 씨도 가영 씨 분량이 준 것 같다고 넌지시 말하고……. 후우, 나도 어쩔 수가 없었어. 미안해.

"어머, 그래요?"

우현까지 나섰다는 소리에 연주는 입술을 앙다물었다. 사방에서 압박을 가하니 작가도 어쩔 도리가 없는 듯했다. 그래도 그렇지. 너무 줄어들었다. 이대로 가다간 자신이 가영의 역할을 잡아먹기는커녕, 가영이 자신의 역할까지 모조리 다 잡아먹을 태세였다. 연주의 입술이 비틀어졌다.

– 그래서 말인데, 안 그래도 연주 씨한테 전화하려고 했었는데 잘됐다.

"무슨 일로 그러세요?"

– 연주 씨 주소 좀 알려줘.

"제 주소는 왜요?"

연주는 애써 밝게 굴었다.

– 전에 받은 명품가방 말이야. 술김에 받긴 했는데, 아무래도 찜찜해서. 배우한테 이런 거 받으면 안 되거든. 그땐 뭔지도 모르고 들고 왔는데, 찾아보니 너무 고액이더라. 연주 씨 집으로 보낼게. 미안해. 성의 표시해준 건데 이렇게 거절해서.

"어머. 언니. 그게 뭐라고 그래요? 그냥 받으세요. 별거 아니에요."

– 아냐. 주소 꼭 알려줘. 내가 부담스러워서 그래.

작가의 말에 연주의 웃는 얼굴이 뻣뻣하게 굳었다. 연주가 뭐라고 하기도 전에, 작가는 "문자로 주소 보내줘. 꼭 보낼게. 그럼 바빠서 끊어."라며 일방적으로 통화를 끝냈다.

"술김에 좋아하시네. 맨정신에 헤실헤실 웃으면서 어깨에 메어보기까지 해놓고. 뭐? 돌려줘? 쓰던 걸 어쩌라고 돌려준단 거야! 그게 얼마짜린데 새것도 아니고, 중고로 돌려준대? 시간도 한참 지났는데! 미친년이!"

누가 봐도 뒤탈이 있을까 봐 꼬리를 자르고 도망치는 태세였다. 화가 잔뜩 난 연주가 대본을 집어 던졌다. 그러고도 분이 풀리지 않는지 연주는 대본을 쾅쾅 내리밟았다.

그 소리를 듣고 있던 매니저는 긴 한숨을 내쉬었다. 여태껏 해온 매니저 인생 중 지금이 가장 힘들다는 듯이.

◆ ◆ ◆

　　　　　　　　　　　　　　　　　　　　　　별이 오다

거대한 홀에서 스태프들은 세트장을 준비하느라 부산히 움직였다. 그 가운데 남자주인공인 우현, 여자주인공인 채희와 가영, 연주를 비롯해 남자조연들까지 한자리에 모였다.

오늘 분 촬영에 맞춰 여자 배우들은 눈부신 드레스 차림이었다. 가영도 의상실의 도움을 받아 은은한 진줏빛의 드레스를 입었다. 여자주인공이 붉은색의 드레스를 입는다고 해서, 일부러 눈에 덜 띄는 진주색으로 준비하기로 했다. 배역의 이미지에도 그렇고, 그녀에게도 잘 어울려 몹시 만족했다.

아직 시간적 여유가 있는지라 배우들은 리허설 삼아 서로의 얼굴을 보며 대사를 주고받았다. 가영의 역은 남자주인공인 우현과 여자주인공인 채희가 마주 서 있는 모습을 바라보면서 연주에게 대사를 던지는 상황이었다. 가영은 자리를 잡고 서서 주인공들을 바라보았다.

나란히 서 있는 우현과 채희에게서 빛이 났다. 한때는 저런 주인공이 되고 싶었다. 모두가 자신을 바라봐주었으면 했다. 그러나 지금은 연기를 할 수 있다는 것 자체에 감사했다.

"가영 씨."

갑작스럽게 끼어드는 목소리에 가영의 고개가 돌아갔다. 어느새 연주가 곁에 와 서 있었다. 연주를 본 가영의 미간이 혹 좁아졌다. 연주는 흰색 드레스를 입고 있었다. 가영의 것과 스타일마저 비슷했다. 우연이라고 하기엔 지나칠 정도로 닮아 있었다.

"어머, 우리 드레스가 비슷하네요."

연주의 말에 가영은 대답 없이 그녀를 쳐다보았다. 할 말이 그게 다냐는 표정이었다.

"오늘 컨디션이 안 좋나 봐요. 안색이 안 좋네요. 다른 건 아니고, 우리도 대사 연습을 해야 하지 않나 해서요. 함께 연습 좀 할까요? 가영 씨가 먼저 하세요."

가영은 나오려는 한숨을 참았다.

네가 할 대사는 '그러게.', '맞아.'밖에 없는데 무슨 연습이냐는 말이 목 끝까지 차올랐지만 참았다. 물론, 연기를 엄청 못하는 사람은 '맞아.'라는 대사 하나로 극의 흐름을 깨기도 했지만, 연주가 '그러게.' 정도도 못할 만큼 연기를 못하진 않았다.

어쨌거나 열심히 해보자고 덤비는데 무시할 수가 없어 가영이 주인공을 응시하며 대사를 했다. 그리고 한 박자 쉰 후 시선을 다른 곳으로 돌리며 낮은 목소리로 말했다.

"안 되겠어. 아버지에게 말씀드려야겠어."

대사를 마친 가영의 눈빛이 일순 서늘해졌다.

"어머. 가영 씨."

자신을 부르는 소리에 가영이 연주를 쳐다보았다.

"아버지라고 다시 한 번 해볼래요?"

"……그건 왜요?"

가영이 낮은 목소리로 되물었다.

설마.

그녀가 미간을 좁혔다.

"다 좋아요. 좋은데……. 음. 아버지, 어머니라고 하는 대사가 어색하게 들리는 것 같아서요."

"…….."

연주의 말에 가영의 입술이 일자로 굳었다. 그런 가영의 얼굴을 들여다보며 연주는 빙긋 미소 지었다.

"이상하죠? 왜 그 부분만 이상할까요? 아버지 후광으로 잘사는 강보배 역할인데, 아버지 소리를 어색하게 하면 어쩌나요? 마치 강보배가 아버지라는 말도 못 해보고 산 것 같잖아요. 고아도 아닐 텐데……."

"……!"

흘리듯이 꺼낸 연주의 말에 가영의 안색이 확 변했다. 연주는 가영이 고아라는 걸 알고 있다. 태어날 때부터 아버지는 없었고, 어머니는 어릴 때 돌아가셔서 몇 번 불러보지 못했다. 벌어진 상처에 손가락을 쑤셔넣는 것처럼 아팠다. 가영이 아무 말 안 하자, 연주가 더욱 환하게 웃었다.

"안 그래요? 아니다. 고아들도 고아원 원장님을 아버지라고 부르기도 하던
데……. 가영 씨는 아버지를 아빠라고만 부르나 봐요. 어쨌든 다시 한 번 해봐
요, 그 대사요. 내가 다시 들어볼게요. 아버지라는 말이 어색한지, 안 어색한
지."

"……."

"어서요?"

연주가 재촉했다. 그녀는 가영에게만 말하듯이 하면서, 목소리를 높였다.
그 때문에 몇몇 사람들이 가영과 연주를 흘깃거렸다. 특히, 가영은 자신의 옆
얼굴을 쳐다보고 있는 우현의 시선을 가장 강하게 느꼈다.

"대사 연습 안 할 거예요? 왜 갑자기 입을 꾹 다물고 있어요? 혹시……. 가영
씨. 어머."

연주가 손으로 핑크빛 립스틱이 발린 입을 살짝 가렸다. 그녀의 눈이 놀라움
으로 동그랗게 커졌다.

"네. 저 고아예요."

가영이 덤덤하게 고백했다. 심상찮은 두 사람의 분위기에 엿듣고 있던 사람
들이 흠칫했다. 가영은 그러거나 말거나 연주를 똑바로 쳐다보았다.

"어머, 세상에나! 그랬어요? 그래서 그 소리만 이상하게 들렸나 봐요. 이 일
을 어떻게 해요? 내가 아픈 곳을 찔렀네요."

연주가 일부러 보란 듯 목소리를 높였다. 그에 사람들의 시선이 더욱 그녀를
향했다.

"그래서 연주 씨 말처럼 아버지라는 말이 어색한가 봐요. 미처 생각지 못했
네요. 더 열심히 연습할게요."

"아니, 뭐 그렇게까지 말할 거야……."

연주가 진심으로 당황한 표정을 지었다. 가영은 그런 연주를 보며 애처로운
미소를 지었다.

"아뇨. 고아였던 어린 제가 혼자 밤마다 간절하게 꿈꾸던 조명이 쏟아지는
이 자리, 배우라는 타이틀을 갖게 되었으니까 최선을 다해야죠. 지적해줘서
고마워요. 연주 씨 덕분에 알아챘네요. 조금 마음은 아프지만, 더 열심히 할게

요."

가영은 싱긋 웃으며 "아버지.", "아버지!", "아버지?" 하고 여러 톤으로 말해
보았다. 눈 하나 깜빡하지 않고 그 호칭만 연습하는 그녀의 모습에 분위기가
미묘해졌다. 스태프들은 놀라서 계속 가영을 곁눈질했다.

"정신력 좋다. 긍정적이네."

"그래도 좀 안쓰럽다. 눈물 꾹 참고 있는 것 같은데……."

"그러게."

스태프들의 수군거림이 귀에 닿았다. 연주는 입술을 씹었다. 가영을 가십거
리로 만들려고 했는데, 졸지에 그녀를 동정하면서 대단하다고 생각하는 분위
기가 조성돼버렸다.

"굳이 고아라는 소리까지 했어야 했나?"

"그러게요."

스태프들이 주고받는 대화 한 자락에 연주가 입술을 깨물었다. 오히려 가영
의 치부를 드러내게 만든 연주를 힐난하는 분위기로 넘어갔다. 그사이 연주와
가영의 일을 아는 오디오 감독이 슬그머니 스태프들 사이에 끼어들어 입을 열
었다.

설마, 다 말하는 건가?

지은 죄가 많은 연주는 불안해하며 주변을 훑다가 화장실을 핑계로 도망치
듯 그 자리를 빠져나갔다.

홀로 남은 가영은 멀어지는 연주의 뒷모습을 본체만체하며 대본을 들여다보
았다.

그러게 적당히 했어야지. 그런 말에 흔들리기엔 자신이 너무 단단해졌다. 물
론, 벌어진 상처에 누군가가 손가락을 쑥 쑤셔넣은 것처럼 아프긴 했지만.

가영은 아무렇지 않은 척 촬영 준비에 들어갔다.

◆ ◆ ◆

"괜찮아요?"

파티 신 촬영 다음엔, 가영과 우현의 별도 촬영이 있었다. 준비를 마친 후, 마주 서자마자 우현이 불쑥 물었다. 가영이 무슨 말이냐는 듯 우현을 쳐다보았다.

"연주 씨랑 가영 씨 이야기하는 거 들었어요."

못 듣는 게 이상할 정도로 가까운 거리였기에, 가영은 그럴 거라 짐작했다.

"아, 네. 괜찮아요. 틀린 말도 아닌데요."

"씩씩해서 다행이네요."

우현의 말에 가영이 옅은 미소를 지었다.

"오히려 잘됐어요. 고아라는 사실을 밝히자마자 더 열심히 해야겠다는 생각이 들었거든요. 고아는 조금만 잘못해도, '고아라서 저래.'라는 말이 따라붙으니까요. 그러니까, 그 소릴 듣지 않으려면 필사적으로 해야 해요. 연주 씨 덕분에 필사적으로 연기해야 할 이유가 늘었네요."

가영의 말에 우현은 의외라는 표정으로 그녀를 바라보았다. 놀랐다. 그리고 조금 감탄했다. 힘들다고 도망치기보다 당당하게 맞서고, 좋은 쪽으로 해석하려고 애쓰는 그녀에게서 빛이 나는 듯했다. 순간, 궁금해졌다. 임가영이라는 사람이 아주 몹시.

아니, 어쩌면 이전부터 관심이 있었는지 모른다. 자신만 보면 기겁하던 그녀가, 멋지게 나타나 자신을 구해준 순간부터.

"가영 씨."

우현이 홀린 것처럼 입을 열려고 할 때였다.

"자, 촬영 들어갑니다."

"네?"

PD의 말과 가영의 되물음이 겹쳤다. PD를 흘깃 바라본 우현은 "아니에요, 아무것도."라며 빙긋 웃었다. 가영은 이상하다는 듯 그를 쳐다보더니 촬영 준비를 했다. 우현은 조용히 한숨을 내뱉었다. 조금만 타이밍이 어긋났으면, 말할 뻔했다.

'우리 친하게 지내볼래요? 내가 가영 씨한테 인간적인 관심이 생겨서요.'라고.

날이 화창했다. 가영은 촬영에 들어간 후, 처음으로 개인 약속으로 외출을 했다. 촬영이 없는 날에도 일부러 얼굴을 비칠 겸, 다른 배우들 연기하는 걸 볼 겸 해서 현장으로 가곤 했지만 오늘은 준태와 약속이 있다.

우뚝 솟은 기획사 건물이 눈에 들어왔다. 건물 앞에는 '미친 소년들 데뷔'라는 현수막과 함께 준태를 비롯해 여섯 명의 남자 사진이 걸려 있고, 그 위에는 기획사 대표 아이돌인 'TA'의 커다란 현수막이 있었다. 저 현수막의 위치가 바뀌는 데 2년도 채 걸리지 않는다는 걸 가영은 알고 있었다.

그녀가 알고 있는 대로라면, 미친 소년들은 처음 데뷔할 때 이름 때문에 비웃음을 샀다. 미친놈들이냐며, 관심 받으려고 별의별 이름이 다 나타난다며 사람들은 그들의 그룹명을 가지고 웃었다.

그러나 그들의 연습 영상과 칼군무, 안정적인 라이브 실력, 각기 다른 개성을 본 사람들은 더는 비웃지 못했다. 이름 때문에 쏠렸던 관심은 어느새 그들의 실력으로 흘러갔다.

이후, 그들을 잘 본 작곡가가 혼신의 힘을 다해 만든 음악과의 합이 맞아떨어져 대한민국 대표 남자 아이돌이 되는 데 2년이 걸리지 않았다.

사람들은 2년 후, '왜 미친 소년들이 이름을 그렇게 지었는지 알겠어요. 무대 위에서 정말 미쳤어요.'라며 혀를 내두르는 지경에 달했다. 미친 소년들의 성공을 두고 혹자는 '천재들의 집합'이라고 하지만, 가까이서 지켜본 가영은 그들이 얼마나 노력했는지 알고 있었다.

부상을 피하기 위해 꼼꼼하게 스트레칭하고, 춤출 때 몸이 무거울 것을 고려해 무대 한 시간 전에는 물 빼곤 어떤 것도 먹지 않았다. 해외 진출이 결정되어 언어를 배워야 했을 땐, 그들 스스로 외국어로만 말하기라는 룰을 정해 연습하기도 했다.

아침 눈을 떴을 때부터 눈을 감기 전까지 악착같이 연습하는 그들을 보며 가영은 감탄하다 못해 존경스럽기까지 했다. 그냥 얻는 성공은 없다고 생각하면

별이 오다

서, 그녀도 꿈을 포기하지 않을 수 있었다.

어쨌거나, 이제는 그들의 시작단계였다. 뿌듯한 얼굴로 미친 소년들의 데뷔 현수막을 쳐다본 후, 약속장소인 돌솥밥집으로 향했다. 이국적인 외모를 가진 준태는 의외로 토속적인 입맛을 갖고 있었다. 제일 좋아하는 게 청국장과 된장찌개였다.

모자를 눌러쓰고 마스크를 낀 그녀를 알아보는 사람은 없었다. 준태 또한 아직 데뷔 전이라, 잘생긴 외모 때문에 흘깃 돌아보는 사람은 있어도 그가 누군지 아는 사람은 없었다.

"누나."

약속시간에 맞춰 준태가 불쑥 얼굴을 들이밀었다.

"누나, 저도 같이 왔어요."

성운이 뒤따라 들어와 손을 흔들었다. 준태가 이국적인 미남이라면, 성운은 전형적인 한국형 미남이다. 쌍꺼풀이 없이 가로로 긴 눈에, 이목구비가 진한 미남이었다.

"아, 응."

잠시 당황한 가영이 성운을 향해 웃어 보였다. 정신이 없어서 잊고 있었는데, 성운과의 과거가 번뜩 떠올랐다.

어느 라디오 방송에서 성운은 이상형이 누구냐는 질문을 받았다.

「임가영 씨요.」

「아아, 준태와 어릴 적부터 친남매처럼 자랐다는 그 임가영 씨요?」

「네. 정말 좋아해요.」

그 바람에 팬들이며 기획사까지 발칵 뒤집혔고, 이후 가영은 실시간 검색어에 끝없이 오르내렸었다.

가영은 여태껏 밥해 먹인 보람이 있다며 성운에게 메시지를 보냈다.

[고맙다. 네 덕에 예능 출연 제의가 쇄도하고 있어. 누나가 예능에 자주 보이면, 전부 다 네 덕이다. 출연료 들어오면 준태랑 밥 먹자. 사줄게.]

곧 성운에게서 전화가 걸려왔다. 집 근처인데 만날 수 있냐는 연락이었다.

때마침 집에 있던 가영은 진지한 성운의 얼굴과 마주했다.

「표정이 왜 그래? 누가 보면 집이 무너진 줄 알겠어.」

가영이 실없는 농담을 던졌으나, 성운의 표정은 달라지지 않았다.

「누나, 누나가 이상형이라는 말 진짜인데요. 저, 누나 진짜로 좋아해요. 준태가 누나 소개시켜줬을 때부터 그랬어요.」

정말 느닷없이 성운은 그렇게 고백했다. 가영은 잠시 멍하니 성운을 쳐다보다가 성운만 들을 수 있는 작은 목소리로 속삭였다.

「혹시 이거 몰래카메라니? 내가 어떻게 반응해야 해? 좋아서 기절하는 척하면 돼? 아니면 '난 누나고, 너는 아이돌이야.'라고 해야 해?」

「아니요. 몰래카메라 아니에요. 저 혼자 왔어요. 매니저 형도 없잖아요.」

「아……. 어. 그래.」

가영은 말끝을 흐렸다. 성운은 진심인 것 같았다. 당황한 가영은 자신의 꼴을 살폈다. 동생처럼 키운 아이돌 녀석이 갑작스레 고백을 했는데 자신의 모양새가 엉망이었다. 오래되어 해졌지만 편해서 버리지 못한 트레이닝복과 돌돌만 머리에 비녀를 꽂은 생얼 상태였다. 여러모로 혼란스러워 가영은 잠시 멍하게 성운을 바라보다가, 가까스로 입을 열었다.

「어……. 미안해. 누나는 네가 동생으로밖에 보이지 않아.」

하지만 생각보다 성운은 집요했다.

「그럼 어떻게 하면 동생으로 보이지 않을 수 있는데요?」

「글쎄…….」

「노력할게요. 동생으로 안 보이도록.」

「…….」

가영은 정신이 나가는 것 같았다. 그녀는 애써 그런 노력을 할 필요 없다고 돌려 거절했으나, 성운은 완강했다. 그때부터 성운의 집요한 공세는 시작되었고, 가영은 열두 번쯤 거절하다가 지쳐서 준태에게 도움을 청했다. 그 사실을 들은 준태가 버럭버럭 화를 내더니 자신이 알아서 하겠다며 숙소로 돌아갔다.

그 후로 어떻게 했는지 알 길은 없지만, 더는 성운에게서 연락이 오지 않았다. 이후 준태의 공연을 보러 갔다가 간간이 성운을 마주했다. 고백은 없었던 일처럼 되었지만, 어색한 사이까지는 어쩔 도리가 없었다. 예전처럼 친하게 지낼 수 없었다.

그 일이 주마등처럼 스쳐 지나간 가영이 암담한 표정으로 생글생글 웃고 있는 성운을 바라보았다.

나를 좋아한다는 싹을 잘라야 하는데, 어떻게 해야 하는 거지?

돌이켜 생각해보면 성운에게는 엉망진창인 꼴밖에 보이지 않았다. 대체 자신의 어느 포인트에 꽂힌 건지 알 수가 없으니, 막을 수도 없었다. 더군다나 고백을 받은 건, 지금으로부터 3년이 훌쩍 흐른 후였다. 그러니 지금은 어떻게 할 도리가 없었다.

"일단 식사할까?"

가영이 메뉴판을 펼쳐서 준태와 성운에게 내밀었다.

"나는 청국장. 진하게."

이 식당의 청국장을 좋아하는 준태는 메뉴판을 보지도 않고 대답했다.

"그래. 지금 많이 먹어둬."

"응? 무슨 말이야?"

가영이 흘리듯이 던진 말에 준태가 의아해했다. 가영은 그저 입꼬리를 끌어올린 채 미소 지었다.

몇 년 후, 준태는 토크쇼에 나와 '청국장을 좋아해요.'라고 말한다. 이후, 숙소로 청국장, 낫또 선물이 쏟아져 들어왔다. 그건 그럭저럭 괜찮았다.

한 아줌마 팬은 시골에서 직접 담갔다며 엄청난 양의 메주와 된장을 보냈다. 매니저와 기획사 직원들을 포함해 여기저기 나누고도 숙소에 메주와 된장 냄새가 진동했다. 하루 종일 된장 냄새를 맡고, 옷에까지 그 냄새가 배자 준태는 언젠가부터 청국장과 된장찌개를 먹지 않게 되었다.

그 사실을 아는 가영은 애잔한 눈으로 준태를 쳐다보았다. 스타의 삶이란 원래 녹록지 않은 것이었다.

"그리고 이건 준태 선물."

가영이 준비한 종이가방을 내밀었다.

"이거 뭔데?"

준태가 웃음을 숨기지 못한 채 종이가방을 받아들었다. 종이가방 안을 확인한 준태가 "히익!" 소리를 내며 가영을 쳐다보았다.

"누나, 이게 뭐야?"

"뭐긴. 트레이닝복이랑 운동화지."

"아니. 이거 어디 거야? 히익. 너무 비싸!"

준태가 트레이닝복과 운동화를 꺼내 메이커를 보더니 소리쳤다. 십삼만 원짜리 트레이닝복과 십만 원짜리 운동화를 갖고 저렇게 놀라는 준태라니, 신선했다. 자신의 마지막 기억 속에 준태는 백오십만 원짜리 트레이닝복을 입고, 오십만 원짜리 운동화를 아무렇지 않게 신고 다녔다.

하긴, 지금은 뒤축이 다 닳은 운동화를 신고 다녔다. 티셔츠의 끄트머리가 해지고, 미용실에 자주 갈 만한 돈이 없어서 최대한 기르다가 자르곤 했다. 연습시간이 불규칙한 탓에 일용직 아르바이트밖에 못 해, 생활비가 넉넉하지 않았기 때문이다.

그땐 알면서도 준태를 많이 돕지 못했다. 준태가 그 사실을 자신에게 말하지 않았기도 했지만, 알았다고 하더라도 딱히 도움을 줄 수 있는 형편이 되지 못했다.

"누나가 돈이 어디 있어서!"

준태가 눈이 튀어나올 것 같은 표정으로 소리쳤다.

"어디 있기는? 누나, 촬영 중이잖아. 돈 벌고 있어. 예전이랑 달라. 된장찌개도 2인분 사줄 수 있고, 제육볶음도 사줄 수 있어! 말만 해! 밥 먹고 커피도 사줄 수 있다? 디저트까지도! 어때?"

가영이 머리카락을 넘기며 당당하게 턱을 괴었다.

"와, 씨. 누나. 멋있다. 제육볶음도 막 사주는 여자라니. 거기다가 십만 원 넘는 트레이닝복도 막 선물하다니. 사랑해요! 임가영! 나를 가져요! 임가영!"

준태가 진심을 다해 감탄하더니, 응원구호를 이어갔다. 그런 준태를 보며 가영은 씩 웃으며 그의 입을 틀어막았다.

"쉿. 조용히 해. 너 가져다가 쓸데도 없어."

"우움! 우우움!"

그러나 이미 신난 준태는 입이 막힌 채 연신 환호했다. 음식이 나오고서야 준태는 얌전해졌다. 부유한 다른 멤버들에 비해 늘 쪼들리며 고생했던 준태가, 트레이닝복 하나에 즐거워하는 걸 보니 애잔하면서도 뿌듯했다.

"우리 준태, 먹고 싶은 거 다 먹어. 누나가 다 해줄게."

가영은 준태를 보며 우쭈쭈 하는 표정을 짓자, 준태도 똑같이 따라 했다. 생각지 못한 선물도 받고, 먹고 싶은 된장찌개랑 제육볶음까지 앞에 있으니 완전히 신이 난 듯했다.

"그리고 이건 너희 멤버들 거. 오늘 성운이가 와서 다행이다."

가영이 뒤에 숨겨두었던 종이가방을 성운에게 내밀었다. 그러자 마냥 부러워하던 성운은 깜짝 놀랐다.

"누나, 저희 거도 있어요?"

"응. 너희 트레이닝복도 샀어. 신발은 치수를 몰라서 못 샀고."

"감사합니다. 누나. 진심으로 사랑합니다."

성운이 진지한 표정으로 손가락 하트를 들어 보였다.

"응. 그런 건 넣어둬. 괜찮아."

성운에게선 장난이라도 하트를 받는 건 부담스러웠다. 가영이 진지하게 거절하자, 농담이라 생각했는지 성운은 씩 웃었다.

"어서 식사하자. 식겠다."

가영의 말에 둘은 씩씩하게 고개를 끄덕였다.

"네. 잘 먹겠습니다."

"네. 저는 이미 잘 먹고 있습니다."

준태가 눈 깜짝할 새에 밥을 반 공기 비우곤 웅얼거렸다. 허겁지겁 수저를 놀리는 준태와 성운을 번갈아 보던 가영의 입가에 미소가 그려졌다. 안 먹어도 배가 부르다는 말이 뭔지 알 것 같았다.

어느덧 식사가 끝이 났다.

"오늘 보자고 한 건 준태한테 부탁할 게 있어서야. 성운이도 잘 왔어. 같이 들으면 되겠다."

가영이 숟가락을 내려놓고선 준태와 성운을 쳐다보며 입을 열었다. 준태와 성운이 눈을 동그랗게 떴다. 가영은 미리 생각해놨던 이야기를 꺼냈다.

"섭섭하게 듣지 말고. 너희 데뷔한 후에 나랑 아는 사이인 걸 말하지 않는 게 좋을 것 같아서. 티도 내지 말라고. 미리 일러두는 거야."

"어? 왜?"

준태가 이해 안 된다는 듯 고개를 갸우뚱했다.

"너희 팬들한테 머리채 잡히기 싫어서."

가영이 웃으며 대답했다.

"누나가 왜 머리채 잡혀? 우리 남매 같은 사이잖아."

"남매 같은 사이지. 친남매는 아니니까."

"누나."

준태가 심각한 표정을 지었다. 친남매가 아니라는 말에 화가 난 것 같았다. 그러자 가영이 손을 들어 진정하라는 제스처를 취한 후, 입을 열었다.

"내 말 마저 들어. 너희 팬들 입장에선 나라는 사람이 충분히 불편할 수 있어. 내가 왕년에 아이돌을 좋아해봐서 알거든. 우리 오빠 주변에는 피가 섞인 관계 말고는 다른 여자가 있으면 불편하고 신경 쓰여. 심지어 내가 지금처럼 성운이랑 다른 멤버들과도 친하게 지내면 더 불편할 거야."

"설마."

"설마가 사람 잡아. 원래 아이돌이라는 자리가 그래. 별처럼 고고하게 혼자 빛나야 해. 남자들과 친목을 다지는 건 좋지만, 여자들과 엮이는 건 싫어. 특히 곧 데뷔해서 팬덤 형성해야 하는 너희한테 나라는 존재가 걸림돌이 될 수도 있어. 나도 너희 팬들한테 머리채 잡히고 싶지도 않고."

"……."

"내 말 들어줄 거지?"

가영이 싱긋 웃으며 물었다.

준태는 쉽사리 납득이 가지 않았다. 그러나 가영이 불편하다는데 부득불 우길 수도 없는 노릇이었다. 자신의 팬이 가영의 안티가 된다면, 그것만큼 힘든 일도 없을 거다. 준태는 어쩔 수 없다는 표정을 지으면서도, 아쉬움을 내려놓지 못한 채 갈팡질팡하는 표정을 지었다.

"만약 내 말 안 들어주면, 이걸 SNS에 올릴 거야."

가영이 휴대전화를 꺼내 꾀죄죄한 몰골로 잠든 준태의 사진을 보였다.

"아, 누나!"

준태가 얼굴이 벌게져 버럭 소리쳤다.

"이것만 있을 거 같아? 네 어릴 때 사진들 싹 다 나한테 있는 거 알지?"

가영이 사악한 표정을 짓자, 준태가 눈을 질끈 감았다.

"아, 진짜. 알았어. 알았어. 절대로 아는 척 안 할게. 임가영의 임 자도 안 꺼낼게."

"성운이는?"

"저도 그래야 해요?"

"혹시 방금 잤니? 그래서 내 말을 못 들었어?"

"그럼……."

성운이 곤란한 표정으로 말끝을 흐렸다. 가영이 쳐다보자, 성운이 우물쭈물하다가 입을 뗐다.

"누나도 못 만나요? 앞으로?"

"못 만나는 건 아니지."

물론 성운이 자신을 좋아하면 안 되니까, 예전처럼 자주 보진 않을 것이다.

"그럼 저는 상관없어요."

성운은 금세 밝아진 표정으로 빙긋 웃었다.

"근데 누나 나 밥 한 공기만 더 먹어도 돼?"

준태가 빈 밥그릇을 숟가락으로 툭툭 치며 물었다.

"물론이지."

가영의 허락이 떨어지자마자 준태가 손을 번쩍 들었다. 학창시절엔 볼 수 없던 빠른 움직임이었다. 가영은 신이 나 대화 중인 성운과 준태를 번갈아 보았다. 두 사람에겐 아이돌이란 주변에 여자가 없어야 하는 거라고 했지만, 실은 다른 이유가 있었다.

자신과 준태의 관계가 알려진 후, 방송 촬영을 가면 '미친 소년들 멤버 준태

씨랑 친하다면서요?'라며 그와의 전화 연결을 요구하거나 준태에 관한 일상을 캐려는 인터뷰가 많았다. 그건 견딜 만했다. 대중들이 준태를 원한다는 것에 뿌듯함을 느꼈다.

문제는 몇몇 몰상식한 사람들이었다. 예능 PD 중 몇몇은 '준태 씨 깜짝 게스트로 초대 좀 하게 힘 좀 써봐요.'라며 당연하듯이 요구했고, 드라마나 영화 회식 자리에서 술에 취한 사람들은 '미친 소년들 좀 불러봐요. 친하다면서. 여기 자리 깔아줄 테니까 춤추고 노래하라고 해요.'라며 낄낄댔다.

또 다른 사람들은, '정말 준태 씨랑 아무 사이 아니에요? 친남매도 아닌데 한 집에서 나고 자랐으면 말 다 한 거 아닌가…….' 하며 색안경을 끼고 보는 사람들도 있었다.

자신이 그런 취급을 받는 건 이를 악물고 참을 수 있었다. 그러나 자신 때문에 준태와 멤버들이 그런 취급을 받는 건 견딜 수 없었다. 그래서 가영은 이번엔 준태와의 관계를 숨기기로 했다.

둘 다 성공하기 전까진 입도 뻥긋하지 말아야지.

그녀가 다시 한 번 다짐했다.

◆ ◆ ◆

['그 남자의 작전' 시청률, 20.3퍼센트. NBS 시청률 악순환 고리를 끊어]

['그 남자의 작전', 흔한 내용. 흔하지 않은 배우]

[로코가 돌아왔다. '그 남자의 작전']

휴대전화로 인터넷 기사를 보던 가영의 입술이 자그맣게 벌어졌다. 혜록이 '그 남자의 작전'이 대박 났다는 말을 했을 때만 해도 믿지 않았다. 자신이 회귀하기 전만 해도 '그 남자의 작전'의 시청률이 20퍼센트를 넘긴 건, 후반부였다. 그런데 4회 방송이 되자마자 시청률 20퍼센트를 넘었다. 내용이 바뀐 것도 없는데, 반응이 지나치게 빨리 돌아왔다.

"생각보다 너무 빠른데……."

가영이 저도 모르게 중얼거릴 때였다.

"이게 다 신우현 씨랑 채희 씨랑 네 덕이지."

혜록이 어깨를 으쓱거렸다.

"설마."

가영이 그럴 리 있냐는 듯 잘랐다.

"설마는 무슨. 스태프들도 그러던데. 우현 씨랑 채희 씨도 잘하지만 네가 정말 연기를 잘한다더라. 불쌍할 땐 한없이 불쌍하고, 착한 척할 때는 정말 깜빡 속아 넘어갈 정도로 착한 척하잖아. 그러다가 한 번씩 못된 표정 지을 땐 이런 말 조금 그렇지만, 한 대 때리고 싶을 정도로 못됐고."

혜록이 당연한 거 아니냐는 듯 말했다.

가영의 연기는 물이 올라 있었다. 우현이 진중한 역할이고, 채희가 어리바리하면서도 필요할 땐 당찬 역할이라면, 가영은 한없이 가벼울 수 있는 분위기를 묵직하게 누르는 악역 역할을 충실히 해내는 중이었다.

"너, 정말 잘하고 있어."

"그래?"

혜록이 못을 박자 가영은 멋쩍어졌다.

"그래!"

혜록의 말에 가영이 씩 웃었다.

"한 번 더 말해줘."

"어쭈. 비행기 태워달라고 난리네. 내가 그러면 너 비행기 태워줄 줄 아냐? 어? 로켓도 태워줄 수 있어! 연기 잘해. 끝장나. 우리 가영이 연기대상 받겠어. 차세대 연기파 배우야."

"그만해. 오글거려."

"왜? 나는 더 할 수 있어. 우리 가영이, 잘한다! 잘한다! 잘한다!"

신이 난 혜록이 고래고래 소리를 치며 응원했다. 그녀의 장난이 우스워 가영은 한참이나 웃다가 휴대전화를 들었다. 그러고는 잠시 고민하다가 자신의 이름을 검색했다. 그러자 인터넷 기사가 주르륵 튀어나왔다.

"야. 야! 그건 보지 마."

"잠시만."

"안 보는 게 나을 텐데."

혜록이 진지한 표정으로 손을 뻗었으나, 가영이 요리조리 잘 피했다. 그러고는 인터넷 뉴스를 쭉 확인하다가, 댓글을 보았다.

[강보배 한 대 처맞는 거 보고 싶어서 참고 봄]

[진짜 재수 없는데 계속 보게 됨]

[저 정도 연기면 실제 성격 아님?]

[강보배 죽이러 갈 팀원 구함]

댓글을 보던 가영이 지그시 입술을 깨물었다.

"야, 괜찮아. 상처 입지 마. 원래 배우들은 욕먹잖아."

혜록이 가영의 등을 두드리며 위로했다. 고개를 푹 숙인 가영의 어깨와 등이 부들부들 떨렸다.

"거봐. 찾아보지 말라니까."

혜록은 위로하다 뭔가 이상을 느끼고 가영을 유심히 살폈다. 고개를 든 가영은 활짝 웃고 있었다. 눈물이 찔끔 나도록 웃고 있는 가영의 모습에 혜록은 안타까운 탄식을 흘렸다.

큰일 났네. 얘, 미쳤네.

"아, 행복하다."

가영의 말에 혜록은 더욱 암울해졌다.

단단히 미쳤어…….

혜록의 표정을 보지 못한 가영은 눈꼬리에 맺힌 눈물을 닦아냈다.

"엄청 걱정했는데 다행이다. 다들 날 때리고 싶대. 재수 없어서 욕하고 싶대. 간간이 이런 내가 불쌍하다는 사람들도 있대! 혜록아!"

"어. 어. 그래."

혜록이 떨떠름하게 대답했다.

"악역을 연기했는데, 다들 재수 없다고 하면 성공한 거 아냐? 심지어 내 얼굴이나 몸매로 비아냥거리는 게 아니라, 강보배라는 역을 욕하고 있어. 시청자들이 그만큼 몰입하고 있다는 거잖아. 와, 다행이다."

가영은 가슴을 쓸어내렸다. 여태껏 덤덤한 척하고 있었지만, 내내 긴장했다. 연주가 했던 것보다 자신의 연기가 부족할까 봐 겁이 났다. 그 때문에 더이를 악물고 노력했다. 그 시간들을 보상을 받는 것 같아 뿌듯했다.

"나, 더 못돼처먹을 수 있을 것 같아."

가영이 두 팔을 쭉 뻗으며 웃는 얼굴로 말했다.

"야, 그런 말을 너무 해맑은 얼굴로 하는 거 아니냐. 보는 사람 이상하게."

혜록이 혀를 차거나 말거나 가영은 행복해하며 활짝 웃었다.

"왜? 악역이 악해야지!"

"하긴, 맞아. 네 말이 맞다. 어쨌든 잘하자. 대박나자. 너, 영어 공부도 해! 우리도 할리우드 진출해보자!"

혜록이 한술 더 떴다.

"할리우드라니."

가영이 소리 내어 웃었다.

"왜? 갈 수 있어."

혜록이 정색했다. 그러자 가영이 진지한 표정으로 턱을 들었다.

"내가 할리우드에 진출할 상인가?"

"그러하옵니다."

혜록이 맞받아치자, 가영이 키득거렸다.

"아, 맞아! 하려던 말이 이게 아니라, 오늘 회식 있대."

"회식?"

"응. 시청률 20퍼센트 넘은 기념으로 우현 씨가 밥 산다고 했대. 배우들이랑 스태프들 다 빠짐없이 참여하면 후회하지 않게 해주겠다고 했다더라. 너한테도 전달해달라고 해서. 갈 거지?"

혜록은 가영이 당연히 참석할 것처럼 굴었다.

"촬영 때문에 바쁜데 그럴 시간이 있나?"

"약간 여유는 있나 봐."

"음."

회식이라. 빠질 명분이 없긴 했다.

"응. 좋아. 참석해야지."

가영은 활짝 웃었다.

✦ ✦ ✦

회식은 촬영이 끝난 후, 밤 9시가 되어서야 시작했다. 촬영이 길어져 예상보다 삼십 분 늦어졌다. 배우들은 배우들끼리, 스태프들은 스태프들끼리 자리를 맞춰 앉았다. 가영은 눈앞에 익고 있는 삼겹살을 보며 군침을 삼켰다. 얼마 만의 삼겹살인지 모르겠다.

아직 출연료를 정산받지 못해, 수중에 있던 돈으로 준태와 그 멤버들에게 트레이닝복을 사주고 혜록에게 월급을 주고 나니 남는 게 없었다. 그 때문에 삼각김밥이나 간단히 먹을 수 있는 것들로 연명하는 중이다.

"한턱 쏘는 우현 씨, 고마워요!"

"잘 먹을게요!"

"감사합니다!"

사람들이 우현에게 감사인사를 건넸다. 우현은 미소로 대답을 대신했다. 가영도 우현에게 고맙다는 말을 하려고 고개를 들었다가 멈칫했다. 어느새 우현이 자신의 맞은편에 앉아 있었다. 방금 전까지 다른 테이블에 있었던 것 같은데……. 자신이 잘못 봤나 싶어 가영은 고개를 갸웃했다.

"맛있게 드세요."

우현이 눈을 접으며 미소 지었다.

"네. 감사합니다. 잘 먹겠습니다."

우현이 웃으며 건네는 다정한 인사가 얼떨떨했지만, 가영은 내색하지 않고 마주 웃었다. 삼겹살은 우현이 구웠다. 같은 테이블에 앉은 남자 신인이 자신이 굽겠다고 몇 번이나 나섰지만, 우현은 "이건 제 전공이라서요. 저는 제가 구운 삼겹살 아니면 못 먹어요."라 농담을 하며 집게를 놓지 않았다.

가영은 간간이 배우들과 대화를 나누었지만, 신경은 삼겹살에 쏠려 있었다. 배가 고팠다. 오랜만의 삼겹살이라 흥분하기까지 했다.

"맛있어요?"

누군가의 물음에 가영은 불판에 시선을 고정한 채, "네." 하고 대답했다. 그러다 낮은 웃음소리가 들려 고개를 든 가영은 우현과 눈이 마주쳤다.

"아, 미안해요. 보기 좋아서요. 많이 먹어요."

우현이 가영의 앞에 놓인 접시에 삼겹살을 수북이 담아주었다. 가영은 거부하지 않고 "잘 먹겠습니다." 답한 후, 열심히 먹었다.

우현의 옆에 앉아 있던 채희는 그 광경을 의외라는 듯 쳐다보았다.

우현과 같은 해에 데뷔한 그녀는, 만날 일이 많아서 우현에 대해 제법 잘 아는 편이다. 그는 정중하고 친절하지만, 남을 살뜰히 챙기는 성격은 아니다. 특히, 이렇게 남이 먹는 모습을 재미있다는 얼굴로 쳐다보는 남자가 아니었다. 그렇기에 채희는 우현을 의아하다는 얼굴로 바라보다가 가영에게로 시선을 옮겼다.

"가영 씨."

"네."

쌈을 넣었는지 가영의 뺨이 불룩했다. 그 모습이 다람쥐같이 귀여워 채희는 저도 모르게 웃었다.

"제가 너무 열심히 먹죠? 배가 고파서요."

가영이 쌈을 몇 번 씹지도 않고 꿀꺽 삼키며 물었다.

"아니에요. 잘 먹는 모습이 귀엽네요. 안 그래도 가영 씨랑 이런저런 이야기를 해보고 싶었는데, 같이 촬영하는 신이 많이 없어서 못 그랬네요. 가영 씨, 어디서 연기해본 적 있어요?"

"연극영화과 나왔어요. 그래서 연극무대에 몇 번 오른 적 있어요."

사실 회귀하기 전까지 포함하면 그보다 훨씬 더 많은 연기를 했지만, 현재의 경력상으로는 연극무대가 전부였기에 가영은 그렇게 대답했다.

"아, 그래요? 어디?"

"KS대요."

"어머, 나랑 같은 대학 출신이네. 내가 선배겠네요."

채희가 활짝 웃었다.

"아, 반갑습니다. 선배님. 제가 미처 알지 못했네요."

가영이 반가운 얼굴을 하더니, 물티슈에 손을 깨끗이 닦고서 채희에게 손을 내밀었다. 넉살 좋게 악수를 청하는 가영 때문에 소리 내어 웃던 채희가 그 손을 마주 잡았다.

"그래요. 나도 반가워요. 그런데 연극영화과 나왔다고 다 이렇게 연기를 하진 못하는데……."

"고등학교에서 연극반을 했어요. 대학교 땐 연극 동아리에서 간간이 활동했고, 방학 땐 엑스트라 아르바이트를 했어요."

배우들이 하는 모습을 눈여겨보며, 집에 돌아와 똑같이 따라 해보았다.

"그렇구나. 그래도 도무지 신인 같지 않은 집중력이랑 캐릭터 이해력을 갖고 있는 것 같아서요. 타고난 것도 있나 봐요."

"별말씀을요. 그래도 그렇게 말씀해주시니까 기분 좋네요. 더 열심히 하겠습니다."

"그래요. 앞으로 기대할게요."

"네."

채희는 빙긋 웃으며 금세 다른 남자조연에게 시선을 옮겼다.

"천천히 먹어요, 가영 씨. 삼겹살 엄청 오랜만처럼 왜 이렇게 허겁지겁 먹어요? 그러다가 체하겠어요."

들리는 목소리에 가영이 고개를 돌렸다. 자신의 왼쪽 옆자리에 앉아 있던 연주가 생글 웃고 있다.

얘는 왜 자꾸 자신에게 아는 척을 하나 싶었다. 가영은 대충 네, 대답한 후 식사를 했다.

"그나저나 정말 많이 먹네요. 부럽다. 전 입이 짧아서 많이 못 먹거든요. 많이 먹고 체력 관리하는 사람들 보면 부러워요. 이것 봐요. 팔 통통한 거. 이런 팔 보면 부럽다니까요."

연주가 가영의 팔뚝을 잡으며 말했다. 가영은 기가 막혔다. 연주가 지나치게 비쩍 마른 편이라 그에 비해 팔이 굵은 거지, 보통 사람과 비교하자면 가영도 마른 편에 속했다. 일부러 가영이 통통하다고 몰아가는 그녀의 얄팍한 수에 기가 막혔다.

가영이 연주의 팔을 보았다.

"그렇죠? 저도 제 팔이 딱 마음에 들어요."

가영의 말에 그녀를 약 올리고 생글생글 웃고 있던 연주의 얼굴이 굳었다. 졸지에 자신이 볼품없는 인간이 되었다. 잠시 우물거리던 연주가 이전보다 날 선 목소리를 냈다.

"아니. 그래도 방송으로 보면 조금 부하게 나오니까 조금 다이어트를 하는 게……."

"제 팔은 방송에서도 딱 좋게 나오더라고요. 그래서 저는 제 머리부터 발끝까지 모두 다 만족해요. 어쩜 이렇게 실물도, 화면에서도 딱 어울리는 상태인지 모르겠네요."

"……."

연주는 말문이 막혔다.

"이 팔 유지하려면 이 정도는 먹어줘야 하거든요. 그러니 맛있게 잘 먹겠습니다. 연주 씨도 많이 먹어요."

가영은 여유롭게 웃어준 후, 불판으로 시선을 돌렸다. 그러다 아차 했다. 연주에게 쏘아붙이느라 제 앞에 우현이 있다는 걸 잊었다. 이런 신경전 하는 모습을 보이는 게 아닌데. 더군다나 자기애가 지나치게 넘치는 모습을 보여준 것 같다. 그녀가 후회할 때였다.

"열심히 구울게요. 가영 씨가 보기 좋은 지금의 모습을 유지할 수 있도록요."

우현이 눈을 접고 웃으며 말했다.

그 말에 가영이 의아한 얼굴로 쳐다보았다. 지금 놀리는 건가? 그러기엔 우현의 표정이 너무도 차분했다.

"맛있게 먹어요. 잘 먹는 모습 보기 좋아요."

우현이 그녀의 접시에 고기를 덜어주었다. 아무래도 보기 좋다는 말은 진심인 듯했다. 가영은 그런 우현을 물끄러미 바라보다가 "감사합니다."라고 우물거리듯이 대답한 후 다시금 먹기 시작했다.

"으."

가영이 아픈 머리를 거머쥐었다. 연주가 갑자기 생글생글 웃으며 자신을 쳐다볼 때 뭔가 이상하다는 걸 감지했어야 했다. 잠시 화장실을 다녀온 후, 습관처럼 물을 마시던 가영이 얼굴을 찌푸렸다. 물잔인데 술이 담겨 있었다.

「어머, 가영 씨. 그거 내가 술 부어놓은 건데. 마셨어요? 미안해요.」

연주가 몰랐다는 듯이 눈을 크게 떴다. 이렇게 유치한 수를 쓸 줄은 몰랐다. 마음 같아서는 물잔을 얼굴에 집어 던지고 싶었지만, 보는 눈이 많아서 참았다.

안 그래도 술자리 중반부터 자리를 옮겨다니며 스태프들이 '연기 잘 보고 있어요. 잘하던데?'라며 칭찬 삼아 따라주는 술을 다 마시고 다녀서 살짝 취해 있었는데, 그 상태에서 술을 더 들이부은 탓에 어질어질했다. 가영은 삼겹살집 벽면에 쭈그리고 앉아 숨을 내쉬었다.

어서 술이 깨야 하는데…….

마음과 달리, 숨에서 술 냄새가 훅 몰려나오는 것 같았다.

"여기서 뭐 해요?"

들리는 목소리에 가영이 고개를 들었다. 키가 몹시 큰 남자가 자신을 내려다보고 있었다. 역광이라 잘 보이지 않았지만, 실루엣과 목소리만으로도 알 수 있었다. 저렇게 실루엣마저 우월한 남자는 세상에 몇 없다.

가영은 시선을 내려 우현의 손목에서 달랑거리는 걸 보았다. 편의점 로고가 박힌 검은색 비닐봉지였다. 잠시 나갔다 온다더니 이걸 사러 다녀온 모양이다.

"……바람 쐬고 있었어요."

가영은 두 개로 보이는 우현을 바라보며 가까스로 멀쩡한 척 미소 지었다.

"그래요? 술을 제법 마셨나 봐요. 이거라도 먹어요. 아이스크림 먹으면 종종 취기가 가시더라고요."

별이 오다

우현이 아이스크림을 꺼내 그녀에게 내밀었다. 생각지 못한 선물에 가영은 우현과 아이스크림을 번갈아 보다가 손을 내밀었다.

"감사합니다."

인사와 달리 가영의 손은 허공을 갈랐다. 다행히 손끝에 아이스크림이 걸리자, 그녀는 곧바로 받아들었다. 그러고는 아이스크림을 열기 위해 낑낑댔다.

"요즘 아이스크림 뚜껑은 웬만한 악력으로는 못 열겠네요."

가영이 멋쩍은 표정으로 말했다.

"……가영 씨, 거기 뚜껑 아니에요."

반대쪽을 잡고서 뜯으려 안간힘을 다하는 가영을 보며 우현이 웃음을 참는 얼굴로 말했다.

"아, 그래요?"

가영이 아이스크림의 뚜껑을 찾아 더듬거렸다.

"줘봐요."

우현이 웃는 얼굴로 가영의 아이스크림을 가져가 뚜껑을 열어주었다. 가영은 엉거주춤한 자세로 감사합니다, 인사하고는 아이스크림을 먹기 시작했다. 바스락, 비닐 소리가 났다. 가영은 우현이 자리를 뜨는 것이라 생각했다. 훅, 바람이 몰려들고 옆자리에 우현이 나란히 앉기 전까지는.

가영은 아이스크림을 먹다 말고 멍한 얼굴로 우현을 쳐다보았다.

"아이스크림 두 개밖에 안 샀거든요. 안 그래도 먹고 들어가려고 했는데, 같이 먹죠."

"아…… 네."

가영은 고개를 끄덕였다. 살다 보니 별일이 다 있었다. 신우현이 자신의 옆자리에 쭈그려 앉아 아이스크림을 먹는 날도 다 오고.

그나저나 아이스크림 같은 건 보통 매니저에게 부탁하지 않나.

이런저런 생각을 하던 가영은 슬쩍 우현을 바라보았다. 가로등 불빛에 그의 옆얼굴이 더욱 도드라져 보였다. 일상의 조명마저도 본인을 위한 조명처럼 사용하는 걸 보니, 자신과 다른 인류인가 싶을 정도다.

"저……."

술기운이 돈 가영이 평소답지 않게 먼저 우현에게 말을 걸었다. 우현이 눈동자만 움직여 그녀를 바라보았다.

"가영 씨?"

기다리다가 이상함을 느낀 우현이 그녀를 한 번 더 불렀다.

"아아, 네."

정신을 차린 가영이 휴대전화를 꺼내 내밀었다. 우현이 휴대전화와 가영을 번갈아 보더니 웃었다.

"휴대전화 번호요?"

"네? 아뇨. 아뇨. 그게 아니라…… 저, 사진 한 장만 같이 찍어도 될까요?"

가영이 가까스로 말했다. 그녀는 오래전부터 그의 팬이었다. 그가 자신을 싫어한다는 걸 알고, 팬이 되길 포기했지만 다정한 그를 보니 다시금 팬심이 끓어올랐다. 이때가 아니면 함께 사진 찍을 일이 없을 것 같아, 술김에 용기 내어 요구했다.

"그래요."

생각보다 소박한 요청에 우현이 허락하자, 가영이 카메라를 얼른 켰다. 그러고는 셀프 카메라로 변환시켜 버튼을 눌렀다. 찰칵, 찰칵, 찰칵. 연달아 세 번 찍었다.

"감사합니다."

가영이 활짝 웃었다.

"……가영 씨."

"네?"

"우리 안 나왔어요. 주변이 어두워서요."

우현의 말에 가영이 휴대전화 액정을 뚫어져라 쳐다보았다.

"어? 아닌데요. 여기 보이는데요."

가영이 희미한 실루엣을 가리키며 당당하게 대답했다. 얼마나 시커먼지 이 정도면 저승사자랑 같이 사진을 찍었다고 해도 믿을 판이다.

"지금은 보일지 몰라도, 내일 되면 안 보일 거예요."

우현이 웃음을 참으며 대답했다. 그러자 가영이 "어, 이상하다. 보이는

별이 오다

데……." 하고 중얼거렸다.

"휴대전화 줘봐요. 다시 찍게."

"네. 여기요."

가영이 두 손으로 공손하게 휴대전화를 내밀었다. 우현은 휴대전화를 받으려다가 멈칫했다.

"아니다. 내 휴대전화로 찍어요. 어두울 때도 잘 나오거든요."

우현이 자신의 휴대전화를 꺼냈다. 그러고는 가영 쪽으로 제 얼굴을 기울였다. 가영은 깜짝 놀라는가 싶더니 이내 살짝 고개를 기울이며 웃었다. 셔터음이 두 번 울린 후, 우현은 가영에게 액정을 보여주었다.

"이제 잘 보이죠?"

"우오오오."

가영은 진심으로 감탄했다. 밤중임에도 얼굴이 선명하게 보였다. 평소엔 볼 수 없던 극적인 반응을 하는 가영 때문에 웃음이 터지려는 우현은 입술을 꽉 깨물었다.

"아, 그런데 사진을 어떻게 전달하죠?"

우현이 가영을 물끄러미 바라보며 물었다.

"아, 그러면 어쩔 수 없이……!"

휴대전화 번호를 교환해야겠죠.

우현은 그런 대답이 나올 거라 생각했다. 그럼 못 이기는 척 가영에게 자신의 휴대전화 번호를 넘겨줄 생각이었다. 이렇게 아는 사이가 되는 거고, 친하게 지내는 거지. 처음부터 이럴 작정으로 자신의 휴대전화로 사진을 찍자고 했다. 우현의 입술 끝이 움찔거렸다.

"그럼 잠시 실례하겠습니다."

주머니에 넣어두었던 휴대전화를 주섬주섬 꺼낸 가영이 카메라를 켜더니 그의 액정을 찍었다.

"……뭐 해요?"

"사진 찍는 중이에요."

"……."

보통은 사진을 전송해달라고 하지 않나?

우현은 그의 휴대전화 액정에 대고 제 휴대전화 카메라를 들이대는 심각한 얼굴의 가영을 황당하다는 듯이 쳐다보았다.

"음, 잘 나왔네요."

"……."

우현은 암흑으로 뒤덮인 가영의 휴대전화 액정을 물끄러미 바라보았다. 아까 전부터 뭐가 자꾸 보인다고 하는 걸까. 아무리 들여다봐도 시커멓기만 한데.

"내가 보내줄게요. 휴대전화 번호 뭐예요?"

우현이 웃음을 참으며 물었다.

"아니에요. 괜찮아요."

가영이 손을 내저었다.

"제가 꼭 주고 싶어서 그래요. 그러니까, 휴대전화 번호 부르든지, 아니면 내 번호를 받아 가든지 둘 중에 하나만 해요."

"아…… 그러면 제 번호를 드릴게요."

이러나저러나 마찬가지라는 걸 모른 채, 가영은 심각하게 고민하다가 대답했다. 가영이 휴대전화 번호를 불렀다. 우현은 얌전히 그 번호를 저장했다.

"나중에 보낼게요."

"네. 편할 때 주세요."

가영이 고개를 끄덕였다.

사진 찍는다고 부산을 떠느라, 정작 아이스크림을 먹지 못했다. 둘은 짠 듯이 아이스크림에 집중했다. 우현은 일부러 천천히 아이스크림을 먹으며 흘깃 가영을 쳐다보았다. 그녀는 앞을 멍하니 바라보며 기계적으로 숟가락을 움직이는 중이다.

"……그런데 뭐 하나만 물어도 돼요?"

"두 개 물으셔도 돼요."

가영이 진지한 목소리로 대답했다. 우현은 다시금 나오려는 웃음을 꾹 참은 채 입을 열었다.

"왜 그런 부탁을 한 거예요?"

가영이 무슨 얘길 하는지 모르겠다는 듯 그를 쳐다보았다.

"싫어하지 말아달라는 그 부탁이요."

아무리 봐도 가영에겐 싫어할 만한 구석이 없었다. 오히려 자신은 가영이 점점 마음에 들고 있었다. 특히 방금 전 남자조연이 어쩌다가 연기를 시작하게 되었냐는 질문을 던지자, 술기운이 오른 가영이 대답했다.

「돌아가신 엄마의 꿈이었대요. 그것도 있지만…… 사실은 제 인생이 싫어서 연기를 시작했어요. 다른 사람의 인생을 살고 싶어서요. 그러면 비루한 제 인생을 잠시나마 잊을 수 있을 것 같아서요. 이런 사람도 되어보고, 저런 사람도 되어보고……. 좋았어요. 그렇게 연기하다 보니 우습게도 어느새 제 인생이 좋아진 거 있죠? 결국 어떤 삶을 연기하든 늘 고통은 있더라고요. 힘들지 않은 삶은 없다는 걸 안 순간, 제 인생을 사랑할 수 있게 되었어요. 제게 주어진 모든 순간들도 아름답게 느껴지고요.」

가영은 그러며 웃었다. 순간, 테이블에 정적이 내려앉았다. 다들 놀란 듯했다. 연기가 좋아서 하긴 했지만, 삶과 연기를 이런 식으로 결부시켜본 적은 없었다. 우현 또한 마찬가지였다. 가볍지 않은 그녀의 말이 계속 우현의 가슴에 남아 있었다.

이런 사람을 자신이 어떻게 싫어할 수 있을까? 오히려 더 가깝게 지내면 모를까.

"그냥 저도 모르게 실수할 수도 있으니까요."

가영이 우물거렸다.

"가영 씨를 싫어할 일 없을 거 같은데요."

"사람 일은 모르는 거니까요."

"꼭 제가 언젠가 가영 씨를 싫어하게 될 거라고 믿고 있나 봐요."

"그건……."

가영이 말을 하다 말고 입을 다물었다. 사위가 고요해졌다. 그사이, 선선한 밤바람이 불었다. 가영은 입을 다문 채 거의 다 녹은 아이스크림을 홀짝거리며 마셨다. 이유를 말하지 않겠다는 듯 고집스러운 얼굴이었다.

"안 싫어할게요, 가영 씨를."

가영이 고개를 돌려 그를 바라보았다.

"정말로 약속하죠."

우현의 말에, 가영은 그걸 어떻게 믿냐는 얼굴이다.

"못 믿는 것 같은데, 그럼 증거를 남기도록 하죠. 가장 고전적이면서 확실한 구두계약이죠."

우현이 새끼손가락을 내밀었다.

"자, 걸어요."

우현의 말에 가영은 잠시 멍하게 있다가 픕, 웃음을 터트렸다. 우현이 이런 행동을 할 줄 몰랐다는 듯한 얼굴이었다. 그러더니 웃는 얼굴로 새끼손가락을 들었다. 술에 취해 휘청거리느라 그녀의 손가락이 허공을 맴돌았다.

"여전히 내가 세 개로 보이나 봐요."

"아, 다행히 이제는 두 개로 보여요. 술이 깨고 있나 봐요."

이만하면 훌륭하다는 듯이 말한 가영이 손을 들었다. 그러더니 "이쪽인가 보네."라며 얌전히 우현의 손가락에 자신의 손가락을 걸었다.

"약속, 했어요."

가영이 고개를 들어 우현의 눈을 마주하며 입을 뗐다. 술기운이 흐릿하게 도는 눈동자엔 안도감이 어려 있었다. 그 모습이 귀여웠다. 마주 걸린 손가락에 자신도 모르게 힘이 꾹 실렸다.

"네."

"어……. 이제 그만 놔주셔야……."

가영이 안절부절못하고서야 우현이 손가락을 풀었다. 자유로워진 그녀는 잠시만요, 하더니 주머니를 뒤적였다. 그러더니 뭔가를 꺼내 요리조리 만지작 거리더니 한참 후에야 우현에게 내밀었다. 우현은 손을 내밀어 그녀가 주는 것을 받아들었다.

"명색이 계약인데 계약금은 있어야죠."

"……이게 뭔가요?"

"열어보면 돼요."

가영의 뿌듯한 얼굴에 우현은 자신의 손에 놓인 휴지뭉치를 바라보았다. 그러다가 냅킨으로 무언가를 접어놓은 거라는 걸 알아챘다. 냅킨은 꽃이 되어 있었다. 꽃이라고 확언하기엔 좀 수상쩍은 형태라는 게 흠이긴 했지만, 어쨌거나 꽃이었다.

"열어보세요."

그녀의 말에 우현은 냅킨의 귀퉁이를 열었다. 그걸 확인한 우현의 표정이 묘해졌다.

"이게 계약금이라는 건가요?"

"네. 돈은 아니지만, 계약을 했다는 증거죠."

우현은 냅킨 안에 얌전히 자리하고 있는 누룽지 사탕을 바라보았다.

이거 가게에서 나오면서 봤던 거 같은데.

우현은 터져 나오려는 웃음을 꾹 참았다. 그러고는 심각한 얼굴로 가영을 쳐다보았다.

"어기면 어떻게 되는 건데요? 위약금 있어요?"

"어…….."

그건 생각 안 해봤는지 가영은 잠시 고민하더니, 심각한 얼굴로 입을 열었다.

"……열 배로 배상하셔야 해요."

"누룽지 사탕 열 개요?"

"아니요. 사탕 꽃이요. 그 꽃도 열 개 접어서 저 주셔야 해요. 참고로, 그 꽃 접는 법은 저만 알고 있어요. 제가 개발한 거거든요."

그러니까 계약을 파기하기가 몹시 힘드실 겁니다, 라는 말을 담은 듯 가영은 엄한 얼굴을 했다.

그런 그녀를 보던 우현은 시선을 내리깔아 자신의 손바닥을 보았다. 바람이 불었다. 냅킨 끄트머리가 손바닥을 간지럽혔다. 아니, 손바닥보다 더 깊은 어딘가가 간지러웠다. 못 견디게 간지러운데 이 느낌이 소중해서 사라지지 않았으면 하는 마음이 들었다.

우현은 주먹을 쥐면 사탕 꽃이 망가질 것 같아, 조심스럽게 손을 말아 쥔 채 가영을 바라보았다.

가영은 이제 그만 들어가자며 몸을 일으키고 있었다. 벽을 짚고서 가게로 들어가는 가영의 뒷모습을 바라보던 우현은 자신도 모르게 생각했다.

들어가기 싫다고.

◆ ◆ ◆

우현의 스케줄용 차가 그의 집 앞에 멈춰 섰다. 우현은 차가 멈춰 선지도 모른 채 멍하니 창밖을 바라보고 있었다. 영철은 룸미러로 그런 우현을 응시하고 있었다.

우현은 회식을 마칠 즈음 아이스크림을 사오겠다며 일어났다. 술에 취할 것 같으면 아이스크림을 먹어서 술을 깨는 우현의 습관을 알기에 영철은 자신이 다녀오겠다고 했다. 그러나 우현은 오늘따라 고집스럽게 직접 사오겠다며 주장하더니 영철이 잡을 틈도 없이 순식간에 가게를 빠져나갔다.

그렇게 나간 우현은 아이스크림이 없어서 아이스크림 공장에 간 게 아닐까 싶을 정도로 감감무소식이었다. 사람들이 우현을 기다리다 못해 귀가한 게 아니냐는 추측까지 나올 즈음, 우현이 돌아왔다.

술이 완전히 깬 그는 평소와 다르게 어딘가 이상했다. 콕 집어 설명할 수 없지만, 뭔가에 홀린 사람처럼 멍했다.

귀가하는 길에 혹시 아이스크림을 사러 갔다가 못 볼 꼴을 봤냐 물어도 아니란다. 그게 아니면 오는 길에 팬들에게 시달렸냐고 물었지만, 그것도 아니라고 했다. 그는 약간 멍한 얼굴로 '피곤해서요.'라고 대답했다. 누가 봐도 둘러대는 소리였다.

"오늘 수고했다. 회식도 일의 연장선이라 피곤하지?"

영철이 우현의 등을 툭 두들기며 달래듯 말했다.

"아뇨. 좋은 시간이었어요."

"……."

스태프들과 함께 촬영하는 사람들이 웃샤웃샤 할 수 있도록 회식 판을 열긴 하지만, 우현은 그런 자릴 그다지 좋아하지 않았다. 술을 즐기는 편도 아니고, 이때다 싶어서 자신에게 다가와 치근덕거리는 사람들을 싫어했다.

그런 그가, 회식을 '좋은 시간'이라고 했다.

이 자식, 몹시 이상한데…….

영철은 걱정스러워졌다.

"그럼 내일 뵙죠."

우현은 영철이 자신을 이상하게 보든 말든 개의치 않으며 돌아섰다.

"우현아."

"네."

"아까부터 묻고 싶었는데, 손에 쥐고 있는 그건 뭐냐? 아니, 네가 손에 뭘 쥐고 있다는 건 알고 있는 거지?"

언젠가부터 왼손을 말아 쥐고 있던 우현에게 영철이 걱정 가득한 목소리로 물었다. 우현이 말없이 자신의 왼손을 바라보았다.

녀석, 몰랐나 보네.

영철은 혀를 끌끌 차며 손을 내밀었다.

"보아하니 쓰레기 같은데, 이리 줘. 내가 대신 버려줄 테니까."

"쓰레기가 아니라, 꽃이에요."

"……."

이 새끼, 멀쩡해 보였는데 알고 보니 취한 건가?

영철이 굳은 얼굴로 우현의 손을 바라보았다. 방금 전 회식을 한 가게의 로고가 눈에 들어왔다.

"집에 장식해두려고요. 소중한 계약의 증거거든요."

"뭐? 계약? 누구랑?"

"음……. 종이접기 달인이랑요?"

"……."

아, 취한 게 아니네. 미친 거네.

영철이 확신에 찬 표정을 지었다.

"그럼 내일 봐요, 형."

우현은 밤샘 촬영을 한 후, 곧바로 회식을 했다고는 믿기지 않을 만큼 즐거운 표정을 한 채 제집으로 들어갔다. 영철은 예후를 조금 더 지켜봐야겠다고 생각하며, 무거운 발을 떼어냈다.

Chapter 05

가영은 암담한 얼굴로 차의 바닥을 바라보았고, 그런 그녀를 혜록은 운전하는 내내 룸미러로 확인했다.

어젯밤 회식을 마칠 때만 해도 기분 좋아 보이던 가영은 아침이 되자 어둠침침한 얼굴을 하고 나왔다. 그러더니 자신이 술을 마시는 걸 왜 말리지 않았냐며 괴로워했다. 무슨 일이 있었냐고 물었지만 아무런 대답도 하지 않았다.

그저 메아리처럼 "술을 마시면 안 돼……. 술을 끊어야 해……. 누가 술을 만들어서 수많은 사람들의 인생에 흑역사를 남기는가."라며 무섭게 중얼거렸다.

촬영장에 도착한 후, 가영은 혜록이 물어볼 틈도 없이 대본을 챙겨 도망치듯 차를 빠져나갔다. 가영은 간간이 사람 없는 곳에서 대본 연습을 하고 돌아오곤 했기에, 혜록은 그녀를 따라가지 않았다.

촬영장에 도착한 가영은 사람들의 발길이 닿지 않을 법한 구석에 쭈그리고 앉았다. 대사를 점검해야 한다는 핑계를 댔지만, 사실 바람을 쐬면서 울렁거리는 속을 달래야 했다. 그리고 겸사겸사 생각을 정리할 시간이 필요했다.

어젯밤 회식 자리에서 필름이 끊겼다. 우현과 아이스크림을 먹은 것까진 기억났다. 이후, 누군가가 필름 중간을 망가뜨린 것처럼 드문드문 기억이 났다. 그 기억의 끝은 자신이 우현에게 뭔가를 주었고, 그걸 굉장히 의아하게 쳐다보는 우현의 얼굴이다.

"아주 확실하게 헛소리를 한 것 같은데."

기억이 안 난다.

가영이 소리 없는 비명을 지르며 괴로워하는 사이, 인기척이 느껴졌다. 무심코 고개를 돌린 가영은 그대로 굳었다. 한 손에 대본을 든 우현이 자신을 쳐다보고 있었다. 그도 차가 아닌 쉴 만한 다른 곳을 찾다가 막 그녀를 발견한 것 같았다.

"아……."

가영은 낮게 탄식했다. 어떻게 가장 피하고 싶은 순간에 딱 마주칠 수 있을까?

"안녕하세요."

가영은 당황한 마음을 숨기며 인사했다.

"네. 안녕하세요."

우현이 인사했다. 그런데 평소의 미소와는 어딘가 달랐다.

"어제는 잘 들어가셨어요?"

가영은 평소처럼 얼른 자리를 피할까 하다가 우현에게 말을 건넸다.

"네. 가영 씨는요?"

"네. 저도요."

그 말을 끝으로 무거운 침묵이 내려앉았다.

"……어제 말인데요."

가영이 조심스럽게 운을 떼자 우현의 얼굴이 더욱 미묘해졌다.

이것 봐. 내가 사고 친 게 맞다니까. 아무리 조심해도 운명은 운명이라는 건가. 자신을 싫어할 사람은 기어코 싫어하게 되는 건가 싶었다.

울고 싶은 마음을 꾹 참은 채 가영은 용기 내어 입을 열었다.

"제가 술에 취해서 실례를 한 것 같아서요. 정말 죄송합니다. 제가 실수한 게 있다면 잊어주세요. 아니, 그냥 어젯밤 있었던 일을 모두 잊어주세요. 그리고 아이스크림 주신 건 감사히 잘 먹었습니다. 이 인사도 어제 못 한 것 같아서, 지금 해요. 그러니까 제가 하고자 하는 말은……."

당황한 가영이 평소답지 않게 주절주절 늘어놓을 때였다.

"……어제를 말끔히 잊어달라, 이건가요?"

"네."

가영이 숨도 쉬지 않고 대답했다. 그 말에 우현의 표정이 어두워졌다. 우현은 마치 교통사고를 내놓고 잊어달라 말하는 파렴치한을 보는 듯한 얼굴이었다. 적어도 가영의 눈엔 그렇게 보였다. 별 도움은 되지 않겠지만, 가영은 사력을 다해 미안한 표정을 지었다.

"혹시 물질적인 피해를 입으신 게 있다면 보상하겠습니다."

"어젯밤 기억이 전혀 안 나요?"

"네. 잘은……."

"……."

"그러니 제가 피해 입힌 게 있다면 말씀해주세요. 어떤 식으로든 보상하겠습니다."

가영의 말에 우현은 입을 열었다. 그러다가 다시 꾹 다물었다. 할 말이 많지만, 삼키는 기색이었다.

"저…… 괜찮으세요?"

가영이 조심스럽게 물었다. 우현은 가볍게 고개를 끄덕이더니, "네. 괜찮아요. 보상할 건 없어요. 촬영장에서 봐요." 하고는 돌아섰다. 그녀가 잡을 틈 없이 멀어졌다. 가영은 우울한 얼굴로 멀어지는 우현을 바라보다가 긴 한숨을 내쉬었다.

"내가 또 술을 마시면 개다, 개야."

가영이 눈을 질끈 감았다.

◆ ◆ ◆

최악의 하루구나.

가영은 나오려는 한숨을 꾹 참았다. 정신은 말짱하지만, 어젯밤 들이부은 술 때문에 점심시간이 넘은 지금까지 속이 아렸다. 이런 상태에서 감정소모가 많은 신을 찍어야 한다는 게 암울했다.

그녀가 맡은 역할인 강보배는 좋은 집안에서 자라나 아버지가 주는 물질적인 혜택은 모두 받고 있는 남부럽지 않은 캐릭터였다. 그러나 겉보기와 다르게 어머니의 부재와 바쁜 아버지 탓에 외로움이 몹시 많은 성격이었다. 그 외로움을 친구들의 애정으로 채우려 했다.

그러나 보배의 애정을 숨 막히는 집착으로 받아들인 친구들은 그녀에게 거리를 두었다. 보배가 뭔가를 주거나 사줄 때만 그녀와 만나고, 그 외에는 그녀를 따돌리고 다른 아이들끼리만 만났다. 오늘 촬영은 그 사실을 알게 된 보배가 친구들에게 따지고, 친구들은 되레 보배에게 화를 내는 장면이었다.

그 이후, 그녀는 사람을 돈으로 부리고 가차 없이 쳐냈다. 그럴수록 사람들이 자신의 곁에 모여들자 보배는 사람을 돈으로 다루게 되었다. 유일하게 다룰 수 없는 사람이자, 보배에게 처음으로 진심이 담긴 충고를 하는 사람이 우현의 캐릭터였다. 그 때문에 보배는 우현의 캐릭터에게 사랑을 느끼게 되었다.

오늘 촬영 신은, 보배의 성격이 만들어지게 된 계기이자, 악역에게 사정이 있었다는 걸 시청자들에게 전달해야 하는 중요한 장면이었다. 그 때문에 어젯밤 가영은 회식 자리에서 취하지 않을 만큼만 술을 마셨는데, 물잔에 술을 넣어놓은 연주 때문에 망쳤다.

그러나 마냥 연주 탓만 할 수 없었다. 조심성 없던 자신이 문제이기도 했다. 시청률 20퍼센트에, 연기에 대한 극찬까지 받자 신이 나서 연주가 옆에 있다는 걸 알면서도 방심했다. 더 조심해야겠다고 생각하며 가영이 촬영의상인 교복의 먼지를 탁탁 털었다.

"촬영 들어갑니다."

조연출의 말에 교실 세트장 내부가 조용해졌다. 가영이 숨을 깊게 들이마신 후, 내뱉었다. 가영은 주문처럼 속으로 나는 강보배다, 하고 되뇌었다. 조금씩 눈빛이 달라졌다.

"액션!"

PD의 외침에 가영의 눈빛이 완전히 돌변했다. 화로 얼굴이 잔뜩 굳었다.

"어제 니들끼리 놀았다며?"

보배의 질문에 세 명의 여자애들이 비죽이 웃었다.

"그게 왜? 우리끼리 만나는 것도 너한테 허락받아야 해?"

"어떻게 어제 니들끼리 만나? 어제 내 생일이라고 집에 오라고 했잖아. 연락은 왜 안 받았어? 너희 셋 다 안 받더라?"

보배의 입술이 바들바들 떨렸다.

"야. 너, 웃기다. 네가 초대하면 우리가 다 가야 해? 그리고 연락은 바빠서 못 받았어."

"거짓말하지 마! 너희 노래방 갔잖아!"

"그래. 노래방 가느라 바빴어. 그리고 네가 전화하면 다 받아야 해?"

"야. 강보배. 적당히 해. 우리가 네 애인이냐? 밤마다 전화하고, 매일 연락하고, 매일 보자고 하고. 너희 엄마한테 해달라고 해."

"야, 쟤 엄마 없잖아."

친구들이 키득거리며 하는 말에 구겨지던 보배의 표정이 일순 달라졌다. 분노로 일렁거리던 얼굴이 움찔하더니 흔들렸다. 화와 비참함이 섞인 표정이었다.

친구 셋이 날 선 말로 보배를 난도질했다. 아무 말도 못 한 채 얼어붙어 있는 보배를 친구 셋이 지나치려 할 때였다. 보배의 눈이 심하게 요동쳤다. 그녀의 얼굴에 담긴 감정이 차근차근 변했다. 허망함, 난처함, 이윽고 두려움에 휩싸인 보배의 표정이 허물어졌다.

혼자 있기 싫어. 아니, 혼자 있기 무서워.

보배가 충동적으로 손을 뻗어 한 친구의 소매를 잡았다. 아직도 할 말이 남았냐는 듯이 쳐다보는 친구에게 보배는 울먹거렸다.

"……미안해. 내가, 내가 미안해."

PD가 대본을 들여다보았다. '화가 나지만 친구를 잃기 싫어서 쭈뼛거리는'이라는 지문과 미묘하게 달랐다. 컷을 해야 하나 고민하던 PD는 모니터를 바라보았다. 눈물을 참고 있는 가영을 보곤 PD는 들려던 손을 내려놓았다. 그러고는 눈을 크게 떴다. '화가 나지만 친구를 잃기 싫어서 쭈뼛거리는'을 이렇게 해석할 줄이야.

가영은 자존심이 상해 부들부들 떠는 게 아니라, 눈물이 나지만 울지 않는 것으로 마지막 자존심을 지키고 있었다. 흔하지 않은 방식이라 신선했다. PD는 흥미진진한 얼굴로 모니터를 빤히 쳐다보았다.

"앞으로 자주 연락 안 할게. 너희끼리 만나도 화 안 낼게. 초대해도 무조건 오라고 괴롭히지 않을게. 그러니까……."

보배가 주눅 든 얼굴로 말을 이어가던 참이었다.

"와, 강보배. 자존심도 없네. 대박."

"말귀를 못 알아듣네. 이제 우리는 네가 싫다고. 같이 놀기 싫어. 네 전화도 받기 싫고, 너희 집에 갈 때마다 네 자랑 들어주는 것도 지겹다고."

"아, 미친. 언제까지 이러고 있을 거야. 빨리 가자."

세 명의 친구는 일부러 보배의 어깨를 툭 치고 지나갔다. 홀로 교실에 남은 가영이 눈을 내리깔았다. 그러자 참고 있던 눈물이 후두둑 떨어져 내렸다. 한 대 얻어맞은 사람처럼 멍하게 서 있던 보배는 차츰차츰 무너져 내렸다. 그리고 소리 없이 한참이나 울었다.

너무 아파서 소리조차 내지 못하는 울음처럼 보였다. 그녀의 몸이 조금씩 안으로 말려들어갔다. 마치 찬 바람에 추위를 느낀 사람처럼. 외롭다고 말하지 않는데 느껴졌다. 굽어진 어깨에서, 맞잡은 손에서, 울음을 토해내는 얼굴에서 외로움이 엿보였다.

"……컷."

PD는 자신도 모르게 평소보다 작은 소리로 컷, 하고 외쳤다. 그 작은 소리에 가영을 멍하니 바라보고 있던 스태프들이 흠칫하며 정신을 차렸다. 그러고는 여전히 여운이 안 가신 얼굴로 서로를 쳐다보았다.

"순간적으로 확 빨려들어갔네."

"그러게요. 무덤 신 이후로 또 오랜만이네요."

스태프들이 수군거렸다. 무덤 신이라는 말에 다들 고개를 끄덕였다.

얼마 전, 가영이 어머니의 무덤에 가서 우현이 자신을 사랑하지 않는 것에 대해 토로하며 외롭다고 우는 장면이 있었다. 그 장면에서도 가영은 스태프들을 모두 숨죽인 채 몰입하게 만들었다.

그 신이 어젯밤 방송에 탄 후, 가영의 이름이 실시간 검색어에 올랐다. 강보 배라는 역할이 이해가 된다는 사람들까지 나타날 정도였다. 물론 악행을 저지를 때마다 그 마음이 사라진다는 게 문제라는 반응도 있었다.

아직도 감정 정리를 하지 못해 훌쩍거리는 가영을, PD는 물끄러미 바라보았다. 가영의 연기는 사람의 마음을 움직인다. 어느 장면에서는 머리를 쥐어박고 싶을 정도로 얄미웠고, 또 어떤 장면에서는 안타까운 마음이 일게끔 만들었다.

시청자들의 마음을 이렇게 좌지우지할 수 있다는 건 그만큼 입체적인 연기를 하고 있다는 뜻이기도 하다.

분명 특별한 캐릭터는 아닌데 말이지.

대본이 나왔을 때만 해도 그저 그런 평범한 악역인데, 가영이 연기하면 평범하면서도 특별한 캐릭터가 되었다. 그렇다고 주인공을 해칠 정도로 돋보이는 것도 아니다. 마치 밸런스를 맞추며 연기하고 있는 게 아닌가, 하는 생각까지 들 정도였다. 자신도 모르게 배우 간의 밸런스까지 맞출 수 있는 건가.

"설마."

PD는 자신이 너무 과한 생각을 했다며 고개를 가로저었다.

✦ ✦ ✦

가영은 훌쩍거렸다. 코끝이 찡했다. 휴지로 코를 막은 채 지나가다가 옆 세트장에서 때마침 촬영 준비 중이던 채희와 우현을 마주했다.

"안녕하세요."

가영이 꾸벅 인사하자, 채희가 감탄했다.

"와, 멀리서 연기 봤어요. 대단하더라고요."

채희가 박수를 쳤다.

"아."

가영의 얼굴이 붉어졌다. 누군가가 자신의 연기를 칭찬하는 건 여전히 부끄럽고 민망했다.

"정말 잘해서 샘이 날 정도였어요."

"별말씀을요. 하지만 주시는 칭찬이니 잘 받을게요. 감사합니다."

가영이 넙죽 인사하자, 채희가 빙긋 웃었다. 그러다 매니저의 부름에 "다음에 또 봐요."라고 인사하고는 사라졌다. 얼떨결에 우현과 둘이 남았다. 가영은 아까 전부터 우현의 시선을 느끼고 있었다. 우현도 자신의 연기를 봤을까? 봤다면 어땠을까?

가영이 걱정과 기대가 뒤엉킨 눈빛으로 우현을 흘깃 보다가 멈칫했다. 평소라면 인사하고도 남을 시간인데 그는 아무런 말도 없이 그녀만 내려다보고 있었다. 눈빛도 평소보다 훨씬 차가웠다.

"안녕하세요."

가영이 주춤거리며 먼저 인사했다. 그러자 그는 무표정한 얼굴로 잠시 그녀를 바라보다가 고개만 까딱한 후, 비껴섰다. 그가 지나가자, 찬바람이 훅 불었다. 동시에 가영의 마음이 철렁 내려앉았다. 우려하던 대로 미움을 받는 모양이다. 이렇게 되지 않기 위해 최선을 다했는데도 일이 이렇게 된다면 어쩔 수 없었다.

가영은 한숨을 내쉬며 억지로 생각을 접었다.

◆ ◆ ◆

극성맞은 팬을 쫓기에 적합한 얼굴이라며 매니저로 발탁된 영철은 자신의 얼굴을 활용하는 데 주저함이 없었다. 인상 한번 구기면 극성맞은 팬뿐만 아니라, 갑질하려는 관계자들도 잠시나마 제압할 수 있었다. 기고만장해서 억지를 부리려는 신인을 제압할 때도 마찬가지였다.

그러나 극성맞은 팬도, 갑질하는 관계자도, 억지 부리는 신인도 아닌 이런 경우에는 천하에 쓸모없었다.

"우리 다정하게 이야기 좀 해볼까?"

어째야 할지 몰라 잠시 머뭇거리던 영철이 억지로 미소를 그려넣으며 말했다. 그러자 거실 소파에 앉아서 휴대전화를 들여다보고 있던 우현이 무심한 얼굴로 흘깃 영철을 바라보았다.

"무슨 이야기요?"

"요 며칠 이상한 너의 상태에 관해서 말이지. 어디 불편한 곳 있으세요, 배우님?"

영철이 덩치에 맞지 않게 사근사근한 목소리로 물었다. 마음 같아선 배우새끼님, 이라고 하고 싶지만 목구멍이 포도청이다.

"제가 뭐 어때서요?"

별이 오다

"뭐 어때서요라니? 말은 바로 합시다. 갑자기 말수가 줄어들고, 촬영 중에 웃지도 않고, 자꾸만 넋 놓고 딴 데 보고 있으면서, 어때서요?"

"……."

"그리고 '그 남자의 작전' 재방은 왜 그렇게 많이 봐? 네 얼굴이 그렇게 좋으면 차라리 거울을 보든지. 너 때문에 노이로제 걸리겠다. 그것도 왜 4화만 죽어라 보는 건데? 응? 너 때문에 내가 대사를 다 외우겠다."

"글쎄요."

"야, 인마. 내가 다른 사람 이야기하냐? 네 이야기 하는데 글쎄요, 라고 하면 어쩌자는 거야?"

"아, 잠시만요. 형. 그 남자의 작전, 본방 하는 시간이라."

우현은 한 손을 들어 영철의 말을 막더니, 다른 손으로 리모컨을 쥐었다. 삑 소리와 함께 TV를 들여다보는 우현 때문에 영철은 울컥했다. 그가 참지 못하고 다다다다 쏘아댔지만, 우현은 TV에 빨려들어간 것처럼 꼼짝도 하지 않았다. 따지기를 포기한 영철은 대신 우현을 조용히 노려보았다.

내가 죽으면 유서에 써놓을 거야. 내 무덤 앞에서 신우현 명치 세 대만 아주 세게 때려달라고.

그가 이루어지지 않을 바람을 중얼거리다가 고개를 돌렸다. 그러다 뭔가를 발견하고는 얼굴을 구겼다. 협탁에 쓰레기가 덩그러니 놓여 있었다. 자세히 보니 냅킨이다. 깔끔한 성격상 이런 걸 아무 데나 두진 않는데, 왜 이런 게 여기 있나 싶었다.

대신 치워주려고 거머쥔 그는 뭔가 이상함을 느끼고 손을 펼쳤다. 쓰레기 안에 누룽지 맛 사탕이 끼여 있었다. 버릴까 하다가 포장도 말짱하고, 화를 삭이느라 당도 떨어졌겠다 싶어 뜯었다. 그러고는 곧장 사탕을 입에 넣어 한쪽 볼에 밀어넣었다. 고소하면서 달달한 향이 입안에 확 퍼졌다. 조금 진정되는 느낌이었다.

"형."

영철이 누룽지 맛 좋다, 생각하는 순간, 우현이 그를 불렀다. 자신이 옆에서 꽹과리를 쳐도 꼼짝도 안 할 것 같던 녀석이 왜 갑자기 자신을 쳐다보나 싶었다.

"왜? 이제야 나랑 이야기할 마음이 나냐?"

영철이 심드렁한 얼굴로 물었다.

"지금 뭐 먹어요?"

"어? 사탕."

"어디서 났어요?"

이제껏과 다르게 우현이 연달아 질문했다. 무언가를 직감한 듯 표정 또한 좋지 않았다.

"쓰레기 안에 있던데."

영철이 우물거리며 대답하자 우현의 미간이 확 좁아졌다. 그의 시선이 빠르게 협탁으로 향했다.

"뭐 찾아? 이거?"

영철이 사탕껍질과 냅킨을 들며 물었다. 그 순간, 우현이 정색했다.

"뱉어요."

"뭐?"

"뱉으라고요."

우현이 소름 끼치도록 차가운 얼굴을 했다. 처음 보는 우현의 얼굴에 깜짝 놀란 영철이 숨을 들이마시다가 "큽!" 하며 사탕을 삼켰다. 영철은 당황해 눈동자가 이리저리 흔들렸다.

"야……. 우현아. 미안하다. 방금 내가 삼켰는데."

"입 벌려요."

우현이 믿을 수 없다는 듯 빠르게 말했다.

"미, 미안하다. 진짜 없어."

"……."

"나는 당연히 쓰레기랑 같이 있기에 네가 안 먹고 버리려는 건 줄 알고……."

"쓰레기가 아니라, 꽃이에요."

"아, 그래. 꽃 같은 쓰레기."

대체 뭐가 다른지 잘 모르겠지만, 하여튼.

영철이 정정했으나, 우현의 표정은 조금도 달라지지 않았다. 영철이 어색하게 웃으며 농담을 몇 마디 건넸지만, 우현의 얼굴은 더욱더 굳어갔다. 그는 세상이 반쯤 무너진 듯한 표정으로 영철의 손에 놓인 누룽지 맛 사탕과 구겨진 냅킨을 바라보았다.

"도저히 안 되겠네요. 형, 오늘은 이만 돌아가요."

"어?"

"나가라고요. 오늘 이야기할 기분 아니니까요."

우현에게서 축객령이 떨어졌다. 영철이 울컥했다.

아무리 그래도 그렇지. 어떻게 나한테 이래?

"야, 그래도 그렇지. 사탕 하나 먹었다고 사람을 내쫓……."

"지금 형이 먹은 사탕이 어떤 건지 알아요? 형이 구긴 그 꽃은 뭔지 알고요?"

"이게 대체 뭔데?"

영철이 울컥해서 소리쳤다.

"계약금이었어요. 나한테 몹시 소중한 계약금."

"……."

이 새끼가 진짜 맛이 갔나. CF 몸값만 십억이 넘는 놈이, 뭐 이딴 게 계약금이래?

영철이 기가 막힌 눈으로 심각하게 말하는 우현을 바라보았다. 가끔 이상한 구석을 보이기는 하지만, 대체로 약거나 못돼처먹은 짓이었지, 이렇게 순수하게 종잡을 수 없는 행동을 한 적은 없었다. 그래서 겁이 났다.

"야, 우리 병원 가자. 안 되겠다."

영철이 안 되겠다 싶어서 그에게 진지하게 말했다. 그러자 우현이 차가운 눈으로 영철을 응시했다.

"난 멀쩡해요. 그리고 이만 돌아가라고 했잖아요. 신고할까요? 무단침입죄로요?"

"……."

"주인 허락 없이 무단침입에, 무단취식까지. 다정하게 경찰서에서 마주할까요?"

"야, 사탕 하나 먹었다고 신고, 경찰서 운운하는 게 말이 되냐?"

"방금 말했잖아요. 그 사탕이 나한테 몹시 소중한 거고, 형은 지금 그걸 무단 취식했다고요."

"……."

영철은 기가 막혔으나, 우현이 휴대전화를 들어 112를 누르자 소파에서 벌떡 일어났다.

"간다! 가! 내일 스케줄 시간 맞춰서 내려와 있어!"

영철은 정말로 우현이 신고할까 봐 허겁지겁 돌아섰다.

"형."

"왜! 뭐! 또! 뭐!"

"그건 두고 가요."

"……."

영철은 다시 한 번 자신의 손에 쥐어진 냅킨과 사탕 껍질을 보았다.

영락없이 쓰레기인데 아까 전부터 꽃이래.

영철은 이제 슬슬 우현이 걱정스러웠다. 그러나 더 미적거렸다간 우현이 정말로 미친 짓을 할 것 같아 냅킨과 사탕 껍질을 조용히 그에게 건네주었다. 우현은 자신의 손바닥에 놓인 냅킨과 사탕 껍질을 들여다보았다. 영철은 우현을 걱정스럽게 쳐다보다가 돌아섰다.

영철이 나간 후, 집에 홀로 남은 우현은 망연자실해 냅킨과 누룽지 맛 사탕 껍질을 바라보았다.

"……먹지도 못하고 있었던 건데."

우현이 소파에 등을 파묻은 채 눈을 감았다. 술에 취한 가영이 눈이 초승달 되도록 웃으며 냅킨으로 만든 꽃 안에 누룽지 사탕을 넣어주었을 때, 마음에 이상한 바람이 불었다. 그 바람을 멈출 수도 없고, 그렇다고 밀어낼 수도 없었다. 가영이 자신을 위해 만든 냅킨 꽃이 좋았고, 그 속에 조심스럽게 품어져 있는 사탕이 좋았다.

그때까지만 해도 가영이 귀여웠다. 자신만 보면 겁먹은 표정을 하면서, 이런 행동을 한다는 게 신기했다.

그리고 그날 밤, 잠이 오지 않아 본방사수 하지 못한 4회를 다시 보았다. 모니터 겸 드라마의 흐름을 전체적으로 확인하기 위해서였다. 다 보고 난 후에, 우현은 생각했다. 보지 말았어야 했다고.

어머니의 무덤 앞에 앉은 가영은 오열했다.

─ 엄마, 나……. 그 사람이 좋아. 그 사람이 너무 좋아서 그러니까, 엄마가 힘 좀 써줘. 그 사람이 나를 좋아하게 해줘. 엄마가 먼저 가버린 후에 나 외롭게 살았던 거 알잖아. 응? 엄마가 일찍 간 대신에, 그 사람 좀 나한테 줘.

가영은 그 대사를 하며 눈물을 뚝뚝 흘렸다. 분명 악역인데, 사람 마음을 안쓰럽게 하는 구석이 있었다. 자신에게 맞는 옷을 입은 것처럼, 그녀의 연기는 자연스러웠다.

가영의 연기에 잠시 홀려 있던 우현은 자신의 휴대전화를 꺼냈다. 함께 찍은 사진을 보았다. TV 속 보배와 회식 때 자신과 함께 해맑게 사진을 찍던 사람이 동일인물이 맞는지 확인했다. 분명 같은 사람인데, 아닌 것처럼 느껴졌다. 그리고 왜인지 사진에서 시선이 떨어지지 않았다.

우현은 사진을 하염없이 바라보았다. 사진 속 가영은 브이 자를 그리며 수줍게 웃고 있었다. 사진을 보고 있으니, 머릿속이 복잡해지다가, 어느 순간 아무 생각도 들지 않았다. 순간 멀미를 하듯 속이 울렁거렸다.

더 들여다보고 있으면 이상해질 것 같아 휴대전화를 내려놓았다. 그리고 다시 TV를 보았다. 다른 장면들이 눈동자 위를 의미 없이 흘러갔다. 그러다 그는 참지 못하고 간간이 휴대전화를 들어 가영과 찍은 사진을 보았다. 한 번 흘깃 볼 땐 덤덤했다.

그래. 나, 괜찮네.

그렇게 생각했다. 두 번째 볼 땐 사진 속 가영이 귀여웠다. 이 정도면 다른 사람도 귀엽게 여길 거라고 생각했다. 세 번째엔 조금 더 오래 보았다. 아무 생각이 들지 않았다. 그리고 네 번째가 되자, 다시금 바람이 불었다.

문이 모조리 닫혀 있는 실내에서 불어온 바람이 마음을 스치고 지나갔다. 그

가벼운 바람은 단 한 번도 흔들린 적 없는 뿌리 깊은 마음을 흔들어놓았다.

단순히 친해지고 싶은 줄로만 알았는데, 그 이상이었다. 조금 더 이야기를 해보고 싶어졌다. 시간을 돌려 나란히 가게 옆에 앉아 이야기하던 그때로 돌아가고 싶다. 그때로 돌아갈 수 있다면 퍼먹는 아이스크림 큰 사이즈를 들고 갔을 거다. 오래도록 이야기할 수 있게.

그런 말도 안 되는 생각이 뭉게구름처럼 피어올랐다. 그러자 마음이 부풀어 오르다 못해 뻐근할 정도로 아팠다. 자는 둥 마는 둥 하며 날을 새웠다.

다음 날, 가영을 보았을 때 우현은 또 한 번 이상함을 느꼈다. 시끄럽던 소리가 모조리 사라지고, 자신을 향해 옅게 미소 짓는 가영만 크게 보였다. 머릿속으로 여러 가지 문구들이 떠올랐다.

잘 잤어요? 숙취는 없어요? 컨디션은 좋아요? 등등.

그러나 가영과 마주한 순간 제대로 된 인사를 할 수 없었다.

입이 붙어버린 것처럼 움직이지 않고, 얼굴은 가면을 쓴 것처럼 딱딱했다. 모처럼 친해지고 싶은 배우를 만나서 그런 거라고 생각했다. 생각이 바르고, 연기를 잘하면서, 배울 점이 많은 사람을 만난 건 오랜만이었으니까. 조금 있으면 괜찮아질 거라고 억지로 생각했지만, 실은 알고 있었다. 자신이 가영을 좋아하게 되었다는 것을.

가영이 준 냅킨을 버리지 못하고 머뭇거리고, 싸구려 사탕을 먹지도 버리지도 못한 채 가장 잘 보이는 협탁에 두었을 때부터 희미하게 느꼈지만 외면하고 있었다.

하지만, 더는 모르는 척 외면할 수 없게 되었다. 자신은 쓰레기가 되어버린 사탕 껍질조차 쉽게 버릴 수 없게 되었으니까.

우현이 곤란하다는 듯 얼굴을 와락 구겼다. 그러고는 한숨을 내쉬며 큰 손으로 자신의 얼굴을 덮었다.

◆ ◆ ◆

이틀 만에 촬영장에 온 가영은 세트장 한가운데 서서 최선을 다해 대본을 쳐다 보았다. 그사이 조명과 카메라가 위치를 조정하고 있었다. PD와 조연출이 이런저런 이야기를 나누었다. 이 소란 가운데, 가영이 서 있는 촬영장 중심만 태풍의 눈처럼 고요했다.

얼굴이 탈 것 같다.

가영은 제 대본을 의미 없이 바라보며 생각했다. 마주 서 있는 우현은 대본을 들고 있었다. 손끝에 아슬아슬하게 대본을 든 채, 삐딱하게 선 그는 대본 너머 자신을 보고 있었다. 그가 제게 할 말이 있을지도 모른다는 생각에, 가영은 고민 끝에 고개를 들어 눈을 마주했다.

그러자 그는 빠르게 시선을 대본으로 옮겼다. 눈도 마주치기 싫을 정도로 자신이 싫은 건가? 이전처럼 대화도 나누지 않고, 눈도 마주치지 않았다.

회귀한 후로는 사이가 좋아진 줄 알았는데…….

가영이 씁쓸한 표정으로 대본을 들여다보았다. 분명 회식이 있던 다음 날, 우현에게 자신이 무슨 실수를 한지 모르겠지만 잊어달라고 사과했었다. 하지만 우현은 잊을 수도 없고, 사과를 받을 마음도 없는 듯했다. 그러니 그날부터 사람이 싹 달라져서 자신을 저렇게 무섭게 노려보고 있지.

이럴까 봐 자신이 싫어하는 행동을 하더라도, 싫어하지 않기로 약속했는데 잊은 건가? 하지만 사람이 싫은데 어떻게 앞에서 좋은 척을 할까? 우현의 성격상 그럴 것 같진 않았다. 싫은데 숨기는 것보단, 차라리 내색하는 게 나은 것 같기도 하고…….

이래저래 머릿속이 복잡해져 가영은 나오려는 한숨을 꾹 참았다.

"자, 촬영 들어갑니다."

PD가 소리쳤다. 가영은 쥐고 있던 대본을 다가온 스태프에게 건네주었다. 그녀는 숨을 흡 들이마시며 마주 선 우현을 쳐다보았다. 그가 그녀를 바라보았다. 모처럼 눈이 마주쳤다. 우현의 미간이 좁아졌다. 그의 까만 눈동자에 불편한 감정이 스며들었다.

내가 정말 싫은가 보다.

좌절한 가영은 먹구름이 드리우는 마음을 억지로 외면한 채, 연기에 들어갔다.

연기를 마친 우현은 모니터를 확인했다.

"두 사람 다 잘했어요. 이렇게 한 번에 오케이 되면, 촬영 지연 없이 얼마나 좋아. 안 그래요?"

대사 숙지도 완벽하고, 발음도 엉키지 않으며, 감정선도 확실했다. 모니터 속 두 사람은 어디 하나 흠잡을 데가 없었다. 어쩐지 여주인공과 둘이 있을 때 보다, 가영과 우현이 있을 때 더 어울리는 것 같다는 느낌이 들 정도였다.

PD의 극찬이 쏟아졌다.

"감사합니다."

가영은 부끄럽지만, 기분 좋은 미소를 지었다. PD는 씩 웃으며 흘깃 우현을 쳐다보았다. 함께 모니터를 들여다보는 우현에게서는 이렇다 할 만한 반응이 나오지 않았다. 평소완 무척 다른 반응에 의아해진 PD가 쳐다봄에도, 우현은 알아채지 못했다. 우현의 시선은 모니터를 향하고 있었으나, 아무것도 보이지 않았다.

자신의 어깨 바로 옆에 가영의 얼굴이 있었다. PD와 이야기를 할 때마다 방 싯방싯 웃는 얼굴이 옆의 시야에 잡혔다. 눈동자가 슬쩍 굴러갔다가, 가영과 눈이 마주칠 것 같으면 제자리로 빠르게 돌아왔다.

무슨 말이라도 해야 할 거 같은데, 입을 열면 아무 말이나 나올 것 같았다. 이를테면, '무슨 샴푸 써요.'나, '오늘 저녁에 약속 있어요?' 같은 말들.

결국 PD가 "오늘 어때요?"라고 대놓고 묻고서야 "좋네요."라고 답한 우현이 먼저 돌아섰다. 우현은 빠르게 차로 향했다. 차에 타면 숨을 크게 쉴 수 있을 것 같았다.

"저기."

등 뒤에서 목소리가 들렸다. 누군지 단번에 알아챈 우현은 그 자리에 멈춰 섰다.

"선배님."

우현이 돌아서자, 몇 발자국을 사이에 두고 가영이 서 있었다.

예쁘다.

우현은 그 짧은 순간, 생각했다. 예쁜 사람이 깔리도록 많은 연예계에 몸담은 지 오래되었음에도, 이런 생각을 한 건 처음이었다. 그사이 가영이 다다다 뛰어왔다. 거리가 점점 가까워지자 가영이 점점 더 크게 보였다.

크게 보니까, 더 예쁘다.

다가온 가영이 그의 앞에 마주 섰다. 마음이 술렁거렸다. 이 정도 반응이라면, 임가영이 자신의 마음에 무슨 짓을 한 게 아닌가 싶을 정도였다. 그게 아니면 자신이 완전 미쳐버렸든지.

무슨 일이냐고 물어야 하는데, 아무 말도 나오지 않았다. 이런 상태로 대사를 하고 연기를 했다는 것 자체가 기적이었다.

그나저나 자신에게 무슨 얘길 하려는 걸까? 혹시, 계약 위반이니 냅킨 꽃 열 개를 접어 오라는 거 아닐까?

그런 거면 귀엽겠다. 우현의 입꼬리가 자신도 모르게 움찔거렸다.

"여기, 이거 떨어뜨리고 가셔서요."

가영이 무언가를 내밀었다. 우현이 가영의 손에 들린 자신의 시계를 보았다. 이 무거운 시계가 손목에서 떨어질 때까지 눈치채지 못했다니. 이쯤 되면 중증이 아닌가 싶었다.

우현은 손을 내밀었다. 시계를 받아들다, 손끝이 스쳤다. 찰나였다. 그 순간, 자신의 손끝만 살아 있는 것처럼 그곳에만 감각이 느껴졌다. 다른 곳은 느껴지지 않았다.

"고마워요."

가까스로 우현이 입을 뗐다. 떨지 않기 위해 목소리를 한껏 낮췄다. 자신의 시계를 주워주었는데, 이런 인사까지 못 하면 밤에 잠을 이루지 못할 것 같았다.

"별말씀을요."

"……"

"저, 그리고……."

가영이 조심스럽게 운을 뗐다. 우현이 쳐다보자, 가영이 머뭇거리다가 입을 열었다.

"선배님 불편하지 않게 노력하겠습니다."

뜬금없는 말에 우현이 눈썹을 치켜올렸다.

"아무래도 제가 회식 날 실수를 해서 선배님을 불편하게 해드린 것 같아서요. 다시 한 번 죄송합니다. 선배님 불편하지 않도록 제가 더 처신을 제대로 하겠습니다. 그럼 가보겠습니다."

가영이 꾸벅 인사하고는 돌아섰다. 그녀가 말한 처신이라는 게, 마치 앞으로 거리를 두겠다는 뜻처럼 들렸다.

가영은 잘못한 게 없다. 잘못된 게 있다면, 자신이었다. 우현은 멀어지는 가영을 부르려고 했으나, 그럴 수 없었다. 목소리가 나오지 않았다. 빌어먹게도 중증이었다.

◆ ◆ ◆

다음 촬영을 위해 차에서 대기 중이던 우현은 자신을 힐끔힐끔 쳐다보는 영철의 시선을 느꼈다.

"말해요, 형."

"정말?"

영철의 표정이 확 밝아졌다.

"네."

대답과 달리 우현의 눈은 대본에서 떨어지지 않았다. 영철은 주섬주섬 무언가를 꺼내 우현에게 내밀었다.

"너한테 이걸 줘야 마음이 편할 거 같아서."

"……."

우현은 영철이 들고 있는 누룽지 맛 사탕 봉지를 보았다. 시중에서 파는 것보다 훨씬 큰 봉투에는 '150개! 마트용!'이라는 글자가 붉은 글씨로 크게 새겨져 있었다. 우현은 대체 이게 뭐냐는 듯한 표정으로 영철과 봉투를 번갈아 보았다.

"네가 그렇게 누룽지 맛 사탕을 좋아하는지 몰랐다. 그거 하나 먹었다고 나를 쥐 잡듯이 해서, 좀 상처받긴 했지만……. 그래도 사람마다 소중한 게 다 다른 법이니까. 나도 우리 와이프가 쥐 피규어 징그럽다고 버릴 때 상처받았거든."

"……."

"하여튼 미안해서 내가 이만큼 사왔다. 그래도 남는 장사 아니냐? 하나 줬는데, 무려 150배로 돌려받고. 두고두고 먹어라. 트렁크에 냅킨 대신 갑티슈 사 났으니까, 퇴근할 때 가져가고. 그러니까 화 좀 풀어."

"……."

우현은 긴 한숨을 내쉬며 영철을 쳐다보았다.

"화난 거 아니에요."

우현의 대답에 영철이 정색했다.

"우현아."

"……."

"구라도 믿기게 쳐야 믿지. 대체 화가 난 게 아니면 왜 이러는데? 사춘기? 갱년기? 그것도 아니면 뭔데? 왜 말수가 확 줄어들고, 표정이 늘 굳어 있는 건데? 다른 스태프들이 요즘 나한테 자꾸 물어봐. 너한테 무슨 일 있냐고. 다른 사람 같다고."

영철이 눈을 부릅떴다. 촬영장 분위기를 늘 부드럽게 이끌어가던 우현이 갑작스레 달라지니 PD를 비롯해 스태프들은 어쩔 줄 몰라 했다. 그렇다고 우현의 연기력이 떨어지거나, 불평불만을 하는 것도 아니라서 왜 그러냐고 속 시원하게 묻지 못했다.

대신 매니저인 그를 닦달했다. 영철도 속 시원하게 대답해주고 싶었지만, 그역시도 이유를 알 수 없었다. 이런 우현의 모습은 매니저를 맡은 후, 처음이었다.

"그것뿐인 줄 아냐? 너, 임가영 씨 싫어해? 왜 임가영 씨랑 촬영할 때마다 정색이야? 다른 스태프들도 슬슬 눈치챈 거 같더라. 사람 싫어해도 영악하게 티

안 내면서, 왜 임가영 씨한테만 티를 내?"

"소문이 그렇게 났어요?"

"나기 직전이야."

우현이 가영과 촬영할 때마다 이상증세를 보였다. 분명 촬영 전까지 기분 좋아 보이다가, 촬영 들어가기 전에 가영과 마주하면 얼굴이 굳었다. 이 기간이 며칠째 길어지자, 다른 스태프들도 가영과 우현을 번갈아 보며 고개를 갸웃거렸다.

"그렇게 소문이 났단 말이죠?"

"그래. 인마. 가영 씨 상처받겠더라."

"상처받을 정도였어요?"

"그럼."

이 나쁜 놈아.

영철이 속으로 그 말을 덧붙였다.

"안 되겠네요."

"뭐가?"

영철이 물었지만, 우현은 대답하지 않았다. 더는 우현에게서 대화할 기미가 보이지 않자, 영철은 한숨을 내쉬며 시선을 옮겼다. 차 안이 조용해졌다. 우현은 생각에 잠긴 얼굴로 창밖을 바라보았다.

"형."

한참 후, 우현이 다리를 꼬고 턱을 괸 채 영철을 불렀다.

"왜?"

"우리 촬영 얼마나 남았죠?"

"두 달 남았나? 한 달반쯤? 왜?"

"얼마 안 남았네요. 더는 고민해봤자 시간낭비겠네요. 역시 고민은 제 체질에 안 맞아요."

영철의 대답에 우현이 중얼거리듯 답했다. 그러더니 우현이 다시금 영철을 쳐다보았다. 그의 눈이 잠시 반짝거렸다. 동시에 그의 입꼬리가 살짝 올라가 있었다. 본능적으로 위험을 감지한 영철이 입을 열었다.

별이 오다

"아무 말 하지 마. 그대로 입 다물고 있어."

저 새끼가 저렇게 웃으면서 말할 때치고 위험하지 않은 적이 없다.

"형, 저 사업해야겠어요."

우현은 눈도 하나 깜빡하지 않고 제 할 말을 했다. 그 말에 영철은 핼쑥해졌다.

이것 봐. 위험하잖아. 느닷없이 무슨 사업이래?

"대체 무슨 사업?"

목이 탄 영철이 물병을 따 벌컥벌컥 들이켰다.

"연애사업이요."

"품!"

영철은 입에 머금었던 물을 망나니처럼 내뿜었다. 이런 건 드라마에서나 나오는 과장된 연기인 줄 알았는데, 진짜 튀어나왔다.

"뭐?"

소매로 입가를 대충 닦은 영철이 큰 소리로 물었다. 마음 정리를 마친 듯, 그가 편안한 표정으로 미소 지으며 다시 한 번 말했다.

"연애사업이요."

"……."

"좋아하는 사람이 생겼어요. 그래서 연애를 해볼까 하는데, 아무래도 형 도움이 필요할 거 같아서요."

"못 들은 걸로 할게."

영철이 정색했다.

"연애사업 할 거예요. 지금 거는 들었죠? 들을 때까지 말해줄까요?"

또 못 들은 척하면 한 번 더 말해주겠다는 듯이 우현은 빙긋 웃었다.

아, 저 지독한 새끼.

영철이 얼굴을 와락 찌푸렸다가 버럭 소리쳤다.

"대체 누구랑! 설마 이채희 씨?"

"아뇨. 임가영 씨요."

"뭐? 누구? 임가영 씨?"

"네."

"설마, 너 그래서…….'"

영철이 짚이는 데가 있다는 듯이 말끝을 늘였다.

"네."

우현이 알지 않냐는 듯 빙긋 미소 지었다. 우현은 좋아하는 사람이 있으면 말도 제대로 걸지 못하고, 눈도 제대로 마주치지 못했다. 그야말로 산송장처럼 뻣뻣하게 굳어 쳐다보는 게 전부였다.

그제야 머릿속에서 퍼즐이 착착 맞아떨어졌다. 그러고 보니 가영과 촬영이 있는 아침엔 들뜬 표정을 지었다. 그래놓고 가영과 마주하면 정색했다. 왜 눈치채지 못했을까? 아니, 눈치채기 힘들었다. 우현이 여자 배우에게 반한 건 처음 봤으니까.

똑똑.

스태프가 촬영 시작을 알리듯 차문을 두드렸다. 우현은 대본을 들고 문을 열었다.

"촬영 갔다 올게요."

영철은 창문 너머로 멀어지는 우현의 뒷모습을 바라보았다. 그는 이미 마음의 결정을 내린 듯 사뿐한 걸음걸이였다.

"아아."

영철은 좌절했다. 아무래도 자신이 잘못한 것 같다. 우현이 절절매는 모습을 보고 싶다고 기도한 게 잘못이었다. 영철은 핸들 위의 두 손을 마주 잡았다.

"철회기도 드립니다. 우현에게 좋아하는 사람이 생겨서 절절매는 모습을 보게 해달라고 했던 그 기도를 취소해주세요. 없던 일로 해주세요. 제가 몹시 피곤해질 것 같아서 그럽니다. 이 어린양을 굽어 살펴주십……. *끄아압*."

지금 눈을 감아 눈앞이 어두운 것처럼, 자신의 앞날도 캄캄하게 느껴진 영철은 기도하다 말고 튀어나오려는 비명을 삼켰다.

◆ ◆ ◆

　　　　　　　　　　　　　　　　　　　　별이 오다

촬영을 마치고 돌아온 우현은 마치 사우나를 마치고 나온 것처럼 말끔하다 못해 개운한 얼굴이었다. 그에 비해 그를 데려다주는 영철의 얼굴은 흙빛이었다. 그는 당장이라도 땅을 파고 누워도 어색하지 않을 만큼 어두운 낯빛을 하고서 사이드미러 속 우현을 쳐다보았다.

"진심이냐, 너? 너, 정말 진심으로 가영 씨랑 연애할 거야?"

"네."

"혹시 이미 연애 중인 건 아니지?"

"아니에요. 아직 시작 안 했어요."

"다행이구나. 물릴 수 있어서. 지금이라도 마음 정리하도록 해. 너는 성공도 하고, 돈도 많이 벌어서 눈에 뵈는 게 없겠지만, 가영 씨는 이제 막 시작하는 신인이야. 신인이 대스타랑 연애해봤자 남는 건, 대스타의 전 연인이라는 타이틀밖에 없어."

"비밀연애 할게요."

우현이 산뜻하게 대답했다.

"비밀연애가 되면 우리나라 연예인들 스캔들이 왜 나겠니? 그러니까……."

영철이 어르고 달래듯이 조곤조곤 말할 때였다.

"형."

우현이 그의 말을 댕강 자르며 그를 불렀다.

"응?"

"걱정해주는 건 고마운데, 이미 늦었어요."

"야, 인마! 내가 걱정하는 거 알면 하지 마! 그리고 늦긴 뭐가 늦어! 아직 시작도 안 했으면서! 연애하지 말라고! 계약 위반이야! 계약 위반!"

"아, 그래요? 우리 계약기간 얼마 남았어요?"

"1년! 무려 1년이나 남았어!"

"아아. 1년 남았나요? 안 그래도 요즘 너무 힘든데 이거 끝내고 1년 푹 쉴까요? 제안 들어온 CF 세 편 아직 계약 안 했죠? 위약금 물 순 없으니 취소하죠."

"야, 야, 야! 이 너무한 새끼야! 지금 계약을 볼모 삼아서 나를 협박하는 거야? 야! 너, 이러는 거 알면 대표님이 가만히 계실 거 같아?"

"저는 가만히 있을까요?"

우현이 방긋 웃는 얼굴로 되물었다. 영철은 "저, 저, 저." 하며 이를 꽉 물었다. 한마디도 안 지는 저 놀라운 놈.

문제는 우현은 그의 말처럼 정말로 가만히 있지 않을 거라는 데 있었다. 멀쩡하고 정중하지만, 자기가 원하는 게 있으면 앞뒤를 가리지 않았다. 그 방법은 보통 사람이라면 생각하기 힘들 정도로 비범한 것들이었다.

그가 막 인기를 얻기 시작할 무렵, 소속사로 병원장인 그의 아버지로부터 줄기차게 연락이 왔다. 자신의 아들은 의사가 되어야 하니 고소당하기 싫으면 아들과 계약을 해지하라는 협박이었다. 우현의 아버지 등쌀에 못 이긴 기획사 대표는 얼굴이 흙빛이 되어 우현에게 정중하게 요구했다.

「이제 너희 아버지의 허락을 받고 오는 게 어떻겠니? 이러다가 우리 기획사 전화가 불통이 될 것 같아서 그러니 말이다. 응?」

「허락만 받아 오면 되나요?」

우현이 별것 아니라는 듯 태연했다.

「응. 허락만 받으면 돼. 우리 기획사로 전화만 계속 안 하셨으면 좋겠구나.」

「아아. 네. 알겠어요. 타이밍이 딱 좋네요.」

우현이 싱긋 웃으며 대답했다. 딱 좋은 타이밍이라는 게 뭔지 알게 된 건, 일주일 후였다. 아버지가 병원장으로 있는 병원 신관을 증축하는 날, 우현은 자신의 입간판을 가지고 나타났다. 모두가 그를 알아보고 술렁거리는 사이, 그는 초대받은 사람처럼 태연하게 들어가 제 손으로 자신의 입간판을 신관 기념비 옆에 세워놓고 웃었다.

「신민구 병원장님 아들 신우현입니다. 연예인으로 활동하고 있고, 오늘 이 자리를 축하하기 위해서 왔습니다.」

인사를 마친 우현이 손짓하자 색색의 화환이 물밀 듯이 밀려들어 기념관 옆면을 장식했다. 아버지가 부들부들 떨든 말든 개의치 않은 채 그는 자신의 사진을 찍는 사람들에게 손을 흔들어 보였다. 몇몇 사람들이 용기 내어 사진을 함께 찍자고 하자, 그는 태연하게 웃으며 '그러죠.'라고 흔쾌히 답했다. 뒤이어

몰려온 사람들에겐 차례차례 줄을 서라고까지 했다.

졸지에 병원 신관 기념행사를 본인의 팬미팅 자리로 만든 그는 사진 촬영을 마친 후, 유유히 아버지에게로 걸어갔다. 그러고는 태워 죽일 듯이 노려보는 아버지의 어깨에 다정하게 손을 둘렀다.

「아버지. 얼굴색 좋으시네요.」

그늘 아래에서 얼굴이 새빨개진 아버지에게 우현은 얼굴색이 좋다고 말했다.

「좋기는 무슨. 너 때문에 고혈압이 와서 쓰러지겠다, 이 자식아. 내 병원에서 내가 입원하게 생겼다고.」

우현의 아버지가 어금니를 꽉 문 채 우현만 들릴 정도로 속삭였다.

「명색이 병원장님이 그러시면 안 되죠. 뭐, 그러셔도 상관없나요? 신관 시설이 그렇게 좋다는데 병원장님 먼저 체험해보는 것도 나쁘진 않겠네요.」

철저한 건강관리와 꾸준한 검진 덕에 자신의 아버지가 절대로 쓰러질 리 없다는 걸 아는 우현은 생긋 웃었다. 당장이라도 육두문자를 뱉을 것처럼 자신을 노려보는 아버지에게 우현은 빙긋 웃으며 모두가 들을 수 있는 성량으로 말했다.

「아쉽게도 공부보다 연기 쪽 재능이 좋아 이 길로 들어섰지만, 평생 의사이신 아버지를 존경합니다. 부디 병원이 지금처럼 잘되길 바랍니다.」

그는 정중하게 '난 의사보다 연기자 체질이다.'라는 말을 공공연하게 한 후, 자신의 아버지를 바라보았다.

「아버지도 제가 연예인이 되어 슬프셨지만, 이제는 뿌듯하시죠?」

아버지의 얼굴이 단풍나무처럼 붉어지는 걸 훤히 보면서도 우현은 아무것도 모른다는 듯 해맑게 웃었다. 사람들의 시선이 쏟아지자, 아버지는 마지못해 '그럼. 아주 뿌듯하지.'라고 대답했다.

「다행이네요. 아버지의 적극적인 지원과 한 톨의 반대 없이 즐겁게 배우생활을 할 수 있게 되어 행복하네요.」

아들이 쐐기를 박자 아버지의 얼굴색은 파랗게 변하기 직전이 됐다. 우현은 그런 아버지에게 콧잔등이 찌푸려지도록 미소 지은 후, 유유히 행사장을 벗어났다.

이후 인터넷 기사에는 '아버지를 위해 바쁜 와중에 병원 행사에 참여한 아들'로 둔갑되었다. 억지로 끌어낸 약속이긴 하지만, 아들의 배우활동을 지원해주겠다고 말해버린 아버지는 더는 우현의 기획사로 전화하지 않았다. 아들이 신우현으로 알려지자, 병원이 홍보되어 찾는 이들이 부쩍 는 것도 한몫했다.

대신, 아직도 아들에 대한 괘씸함이 가시지 않아 우현에게 일절 연락을 않고 있었다. 그러거나 말거나 우현은 크게 개의치 않았다. 오히려 또 한 번 아버지가 반대하면 이것보다 훨씬 큰 이벤트를 준비해야겠다며 웃었다.

그 일을 계기로, 기획사 대표와 매니저인 영철은 신우현을 종종 멀쩡한 미친 놈으로 부르곤 했다.

그런 놈이, 몇 해간 잠잠하다가 갑작스럽게 연애사업을 하겠다고 나섰다. 핸들을 쥔 영철은 손에 땀이 차올랐다.

"가영 씨 생각은 해봤어? 가영 씨 생각하면……."

붙들고 늘어질 게 가영의 앞날밖에 없어서 영철은 구질구질하게 매달렸다.

"고백은 제 몫이고, 선택은 가영 씨의 몫이죠. 그러니 저는 제 몫에 충실하려고요."

우현이 다리를 꼰 채 느긋한 얼굴로 말했다. 고백은 죽어도 하겠다, 라는 우현의 말뜻에 영철은 정신이 아득해졌다

아아. 대표님, 이놈이 또 멀쩡하게 미쳤어요.

그는 속으로 대표가 신이라도 되는 양 부르짖으며 찾았다. 그사이 차가 우현의 집 앞에 멈춰 섰다.

"그래서 나보고 뭘 어쩌라는 건데?"

영철이 긴 한숨을 내쉬곤 시동을 끈 후, 홱 돌아보며 물었다.

"우리 기획사에 신인배우 받을 때 되지 않았어요?"

"그게, 왜! 뭐!"

이제 화가 나다 못해 혈압약이라도 씹어 먹어야 할 판이라 영철이 눈을 부릅뜨며 소리쳤다.

"임가영 씨 추천할게요."

"뭐, 인마? 너, 같은 기획사 소속 배우랑 엮이는 거 싫어하잖아!"

"엮인 사람이 기획사에 들어오는 건 상관없어서요. 어차피 임가영 씨, 소속사 없다고 하니까 계약해주세요. 계약조건은 좋게 부탁해요."

"야, 인마. 너……."

"제 재계약 조건입니다. 임가영 씨 계약이요."

우현의 쐐기에 영철은 입술만 벙긋거렸다.

같은 기획사면 마주칠 일이 많다. 기획사끼리 술자리도 있고, 모임도 있으며, 스케줄 알기도 쉽다. 신우현은 그걸 노리는 게 틀림없었다.

"하아."

영철이 한숨을 내쉬었다.

"형도 알잖아요. 하나에 꽂히면 포기 못 하는 거."

"……."

안다. 아주 잘 안다.

연기에 꽂혀서 연기자가 되어야겠다고 마음먹자마자 멀쩡하게 다니던 의대에 자퇴서를 냈다고 했다. 그리고 자신이 좋아하는 배우가 있는 기획사를 찾아 무작정 오디션을 봤다고 했다. 그 회사가 지금 이곳이었다.

우현의 말에 영철은 머리를 거머쥐었다.

"하아……, 그래. 대표님한테 말해서 임가영 씨 계약 추진해볼게. 근데, 나는 이제 더는 못 도와준다. 알지? 나머지는 네가 알아서 해."

"알았어요."

"근데 어떻게 하려고? 좋아하는 사람 앞에서 입도 벙긋 못 하고, 노려보기만 하는 녀석이."

"그건……."

"……."

"고민해봐야죠."

처음으로 우현의 표정이 굳었다. 그의 얼굴이 심각해지자 영철이 콧잔등을 찌푸렸다.

그럼 그렇지. 대책도 없이 덤비는 거구먼.

"열심히 해봐라."

왠지 절대로 네 뜻대로 안 될 거 같지만.

영철은 우현에게는 못 할 말을 꾹 삼킨 채, 시선을 돌렸다.

✦ ✦ ✦

"오늘은 안 나가?"

혜록이 좁은 조수석에 다리를 접고 앉은 가영을 보고 물었다.

"응. 오늘은 여기서 하려고."

"답답할 텐데."

"괜찮아."

가영은 혜록에게 웃어 보였다. 사실 좁은 차 안은 답답했다. 하지만 괜히 밖으로 나갔다가 우현이나 연주를 마주치는 것보단 답답한 편이 낫다. 우현은 자신을 노려보느라 바쁘고, 연주는 자신에게 시비를 걸지 못해 안달이었다. 물론 곧 촬영이 있어서 얼굴을 마주해야 하지만, 지금은 피하고 싶다.

띠리링. 띠리링.

휴대전화 벨 소리에 가영이 시선을 옮겼다.

[귀국했단다. 조만간 얼굴 한번 보자꾸나.]

문자를 확인한 가영의 얼굴에 환한 미소가 맺혔다.

"누군데 그렇게 웃어? 준태야?"

핸들에 기대앉아 있던 혜록이 물었다.

"아니. 준태는 데뷔해서 정신없이 바빠. 아저씨."

"아아. 너 도와준다는 그 의사 아저씨?"

"응."

가영이 빙긋 웃으며 고개를 끄덕였다.

그녀의 불우한 사정을 접한 아저씨는 청소년 보호단체를 통해 후원해주었다. 성인이 되어 후원은 끊겼지만, 종종 연락을 주고받아왔다.

[그럼 이제 아시겠네요? 저, 데뷔했어요.]

[봤단다. 연기 잘하더구나. 안 그래도 그것 때문에 한번 봤으면 해. 이제 연기자가 되었으니 소속사가 있어야지. 내 지인이 기획사를 운영 중인데 한번 만나보겠니?]

아저씨의 말에 가영의 입꼬리가 올라갔다. 아저씨의 지인 중 기획사를 운영하는 사람이라면 누군지 이미 알고 있었다.

회귀 전 그녀가 몸담았던 소속사는 대단히 좋은 곳은 아니었지만, 그렇다고 신인들의 돈을 갈취하고 스폰서를 받는 질 낮은 곳도 아니었다. 신인인 그녀가 둥지를 틀기에 적당한 규모였다. 그리고 예전과 달리, 지금은 그녀가 설설 기는 게 아니라 소속사 대표가 자신을 붙잡아야 할 상황이었다.

[좋아요.]

마땅히 소속사가 없었던 그녀는 흔쾌히 승낙했다.

그나저나 6년 전, 한창 혈기 넘칠 소속사 대표를 만날 걸 생각하니 비죽 웃음이 나왔다.

✦ ✦ ✦

가영은 오래전 자신을 후원해준 정후로부터 기획사 대표의 연락처를 받았다. 이후, 정후로부터 기획사 대표에게도 그녀의 연락처를 건네주었다는 메시지를 받았다. 그로부터 얼마 지나지 않아 기획사 대표인 형서에게 연락이 왔다.

때마침 화장실을 갔다가 주차된 차로 가던 중이던 가영은 통화할 곳을 찾아 두리번거렸다. 차로 돌아가려니 시끄러운 곳을 지나쳐야 했다. 그녀는 주차장 근처에 서서 전화를 받았다.

– 안녕하세요. 저는 SY기획사 대표 김형서라고 합니다. '그 남자의 작전'은 잘 보고 있습니다. 이렇게 전화를 하게 되어 영광입니다.

형서의 목소리엔 기합이 바짝 들어가 있었다. 가영은 나오려는 웃음을 꾹 참았다.

"네. 안녕하세요. 저도 반갑습니다. 그런데 죄송하게도, 지금은 촬영장이라서 길게 통화하기 힘들어서요. 지금은 간단히 인사를 나눈 것으로 만족해야 할 것 같아요."

— 알겠습니다. 통화 가능하실 때 언제든지 문자 주시면 전화드리겠습니다.

"네. 알겠습니다. 감사합니다."

— 아휴, 아닙니다. 제가 더 감사합니다. 그럼 기다리고 있겠습니다.

형서의 깍듯한 목소리에 가영은 묘한 웃음을 지었다. 형서와 있었던 일들이 머릿속으로 차근차근 흘러갔다.

가영을 스타로 만들어보겠다며 형서는 정말 열심히 움직였다. 다른 사람도 아니고, 네 연기력이면 충분하다는 말로 지친 그녀를 늘 위로해주었다. 대스타가 되진 못했지만, 연기력 좋은 배우로 입지를 다진 데에는 그의 역할도 컸다.

자신은 모든 기억을 가지고 있는데, 형서에게는 함께한 기억이 없다는 게 기분이 이상했다. 마치 다른 세상을 살고 있는 듯한 느낌이다. 그나저나, 회귀하기 전 기획사 대표님이 말해주겠다고 했던 소문은 무엇이었을까? 그리고 차는 고장 난 거였을까, 아니면…….

이런저런 생각을 하던 가영은 자신의 팔을 쓸어내렸다. 설마 자신을 죽이려는 사람이 있었을까? 그것도 무려 차까지 고장 내가면서. 자신은 살면서 누구한테 살해위협을 받을 만큼 잘못한 적이 없었다.

하지만 마냥 자신의 오해라고 치부할 수도 없는 노릇이었다. 자신에게 사고가 일어나기 전, 벌어지던 이상한 일들이 떠올랐다. 갑자기 줄어들던 계약, 취소되던 광고, 침입자가 있었던 듯한 집 안의 공기, 그리고 그 시간에 자신에게 만나자고 하던 형서의 가라앉은 목소리 등.

심각한 얼굴로 걸어가던 가영은 자신의 앞을 가로막고 선 누군가를 발견하곤 멈춰 섰다.

"안녕하세요."

험악한 인상의 남자가 입꼬리를 올리며 웃었다. 자신도 모르게 흠칫한 가영은 그가 우현의 매니저라는 걸 기억해내곤 미소 지었다. 조금만 늦게 떠올렸으면 소리 지를 뻔한 걸, 이를 악물며 참았다.

"네. 안녕하세요."

별이 오다

가영이 고개를 숙여 인사했다.

"잠시 이야기 나누실 시간, 되실까요? 그리 오래 걸리진 않을 겁니다."

영철이 있는 힘을 다해 방긋 웃었다. 그 모습이 퍽 부담스러웠지만, 가영은 내색하지 않고 고개를 끄덕였다.

"네."

◆ ◆ ◆

다리를 꼬고 앉아 있던 우현의 발끝이 초조하게 흔들렸다. 그의 시선이 차창 밖과 대본을 오가길 반복했다.

달칵.

운전석 문을 열고 영철이 타자마자, 우현의 시선이 곧장 그에게로 꽂혔다.

"뭐래요?"

"이야, 방금 날아온 게 말이냐, 총알이냐? 이렇게 빨리 대응할 수 있는 놈이 나한테 매번 그렇게 인사를 안 한 거냐?"

영철이 뒤를 돌아보며 섭섭한 내색을 했다.

"내가 매 순간 형을 이렇게 반기면, 형이 못 견딜 것 같은데요."

"그건 그렇지."

함께 일할 수가 없지. 문 열 때마다 잘생긴 남자 놈이 들러붙으면 소름 끼치게 부담스러울 테니까.

고개를 끄덕이던 영철은 삐딱하게 앉아 우현을 쳐다보았다.

"가영 씨한테 우리 기획사 추천했거든. 그랬더니 곧바로 거절하더라."

"거절이요? 조건을 엉망진창으로 부른 거 아니에요?"

"아냐. 네가 알고 있는 그대로야. 대표님이 허락한 조건 그대로 제시했어. 그런데 계약하기로 한 곳이 있대. 제안은 고마운데, 받아들일 수는 없다면서 정중하게 거절하더라. 그런 사람한테 우리 회사 오라고 바짓가랑이 붙들고 늘어질 순 없잖아. 그래서 알겠다고 하고 돌아왔지."

"……."

우현의 안색이 눈에 띄게 어두워졌다. 우현이 이렇게 고민하는 얼굴을 하는 건 오랜만이었다. 영철은 그런 우현의 모습이 속 시원하면서도 안타깝기도 하고, 그러다가도 신기하기도 했다.

"기획사에 끌어들여서 수작 부릴 생각하지 말고, 그냥 가서 관심 있다고 뉘앙스를 풍겨."

"알잖아요. 말 못 하는 거."

우현이 난처한 표정을 지으며 손으로 자신의 입가를 가렸다.

"아니, 대체 왜 좋아하는 사람한테 말을 못 붙여? 한마디도 안 나와? 가영 씨랑 대사는 잘하잖아."

"그건 대사가 정해져 있고, 가영 씨의 반응도 이미 정해져 있으니까요."

"거참, 이상하네. 왜 말을 못 걸지?"

영철이 고개를 갸웃거렸다. 우현의 시선이 차창 밖으로 향했다. 그는 턱을 괴고서 먼 곳을 바라보았다.

"제가 말을 안 하는 게 좋다고 해서요."

뜬금없는 말에 물을 마시던 영철이 그를 흘깃 쳐다보았다.

"어렸을 때 좋아했던 옆집 누나도, 조금 커서 좋아하게 된 대학생 누나도, 제가 좋아서 따르던 형도요. 제가 말을 안 하는 게 낫대요."

어린 시절 그의 외모는 지금처럼 출중했다. 그 때문에 자신이 다가가면 모두가 반겼다. 자신이 열 살 때 좋아했던 옆집 누나도, 그리고 열일곱 살이 되어서 좋아하게 된 대학생 누나도 처음엔 자신에게 호의적이었다.

그러나 그들은 자신이 없는 곳에서 이런 소릴 하곤 했다.

「우현이는 다 좋은데, 말을 안 하는 게 나을 것 같아. 뭐라 그럴까. 말을 하면 다른 사람 같다고 해야 하나. 가끔 속을 알 수가 없어서…….」

우현은 듣지 않았으면 좋았을 법한 그 이야기를 늘 듣게 되었다.

열 살 땐 조금 울고 넘겼으나, 열일곱이 되어 들었을 땐 충격이었다. 이어 자신이 따르던 형이 '넌 정말 말 안 하는 게 나아. 말을 나눌수록 모르겠다.'라고 했을 때, 트라우마가 되었다. 그 후부터 그는 자신이 몹시 좋아하는 사람 앞에선 말을 할 수가 없었다.

"……정말 그게 이유야?"

영철이 믿기 힘들다는 듯 우현을 쳐다보았다. 고작 그깟 게 이유냐, 하는 표정이다.

"네."

"……"

"모두한테 사랑과 관심만 받다가 그런 이야기를, 하필이면 좋아하거나 따르던 사람한테 듣게 되니 트라우마가 생길 수밖에요."

"……"

이게 자랑이야, 하소연이야.

영철이 어리둥절해하며 우현을 쳐다보았다.

"다른 사람들은 안 그러는데, 꼭 제가 좋아하는 사람들한테만 그런 이야기를 듣다 보니 의심이 생기더라고요. 좋아하는 사람 앞에선 나도 모르게 들떠서 말실수를 하는 게 아닌가 하는 그런 의심이요. 알고 보면 나라는 인간 자체가 별로인 게 아닌가 싶기도 하고."

"……"

"그리고 형도 제가 말하는 거 별로 안 좋아하잖아요."

"그거야, 네가 나한테 하는 짓을 생각해봐라. 네 입에서 말이 나올지 폭탄이 나올지 알 수가 없는데 어떻게 좋아해?"

그래도 특별히 말을 안 하는 게, 말을 하는 것보다 더 좋다고 느낀 적은 없었다. 우현이 추측했던 것처럼 그저 그가 좋아하는 사람 앞에서 실수를 했던 게 아니었을까, 생각됐다.

"어쨌든요."

우현이 어깨를 으쓱거렸다. 영철은 다시 대본을 집어 드는 우현을 쳐다보았다. 갑자기 힘이 없어진 우현이 안쓰러웠다.

만인의 사랑을 받으면 뭐해. 정작 자기가 좋아하는 사람한테 사랑을 못 받는 불우한 인간인데.

괜히 울컥한 영철이 소리쳤다.

"그럼 그냥 몸으로 덤벼. 그런 거 있잖아. 드라마에서 박진감 넘치게 벽에 딱 밀어붙이고 키스를 딱! 이글이글한 눈빛을 딱! 저질러버려!"

"요즘 세상에 그랬다간 신고당해요, 형."

우현이 덤덤하게 대꾸했다. "연애를 드라마로만 배운 사람다운 충고였어요."라고 우현이 한마디 덧붙이자 영철이 눈을 뾰쪽하게 떴다.

"나쁜 새끼. 충고를 해줘도……!"

"그게 무슨 충고……."

말을 하다 말고 우현이 멈칫했다. 그가 잠시 입을 다물었다. 생각에 잠겨 있던 우현의 입꼬리가 올라가고, 갑자기 만개한 것처럼 환한 웃음이 얼굴에 걸렸다.

"뭔데 그렇게 보는 사람 무섭게 웃어?"

영철이 섬뜩해하는데, 스태프가 촬영시간이라며 문을 두드렸다.

"형. 좋은 충고였어요."

"칭찬 고맙다……가 아니라, 뭐? 그 충고대로 하겠다고?"

영철이 놀란 표정으로 다급하게 말했다.

"네. 고마워요."

우현이 화사한 미소를 띠었다. 그림으로 그린 듯 아름다운 그 미소가, 오늘따라 섬뜩해 영철의 표정이 어두워졌다.

"야! 야! 인마!"

영철이 다급하게 불렀다. 그러나 그는 대본을 챙겨든 채 사뿐히 촬영장으로 걸어갔다. 홀로 남은 영철은 자신의 입술을 찰싹 소리 나도록 때렸다.

"입이 방정이다, 방정이야."

Chapter 06

'그 남자의 작전'은 6회를 기점으로 시청률 20퍼센트에 안정적으로 안착했다. 모처럼 미니시리즈의 시청률이 좋게 나와 촬영 분위기는 활기를 띠었다. 우현와 채희의 팬과 지인들이 번갈아 간식차를 보내준 덕에 먹거리도 풍성했다. 스태프들 사이에선 이렇게 좋은 분위기는 오랜만이라, 종방을 안 했으면 좋겠다는 소리까지 흘러나왔다.

이렇게 봄날처럼 화기애애한 가운데, 어째서 여기만 냉풍이 부는 건가? 가영은 나오려는 한숨을 꾹 참았다. 우현은 자신을 싫어하지 않기로 한 약속을 깨고, 일주일 넘게 자신을 노골적으로 싫어하는 중이었다. 그나마 다행인 건 인사는 꼬박꼬박 받아준다는 거다.

"스타트!"

PD가 외치자, 촬영장 분위기가 급변했다. 가영과 우현이 대사를 주고받았다.

"오케이!"

간단한 신이라 쉽게 끝이 났다. 가영은 자리에서 벌떡 일어났다. 우현과 스태프들에게 인사를 한 후, 돌아서려는데 기침이 터져 나왔다. 저번 촬영 때부터 연거푸 기침이 나왔다. 아무래도 먼지를 많이 마신 탓인 듯했다.

"콜록콜록."

잔기침을 하며 촬영장을 벗어나는데, 누군가가 불쑥 앞을 가로막았다. 고개를 들자, 우현이 물병을 든 채 서 있었다. 그녀가 얼떨떨하게 그와 물병을 번갈아 보았다.

"……저, 주시는 거예요?"

"네."

우현이 짤막하게 대답했다.

"감사합니다."

가영이 물병을 받아들었다. 손에 물병과 다른 것이 잡혔다. 누룽지 맛 사탕이 쥐어 있었다.

"이것도 저 주시는 거예요?"

"네."

대답한 우현은 뭔가 말을 더 하려다가 입을 다물었다. 그러고는 까딱, 목례하고는 자신의 매니저가 있는 곳으로 걸어갔다.

홀로 남은 가영은 얼떨떨한 표정으로 사탕과 물병을 바라보았다.

갑자기 이건 왜 주는 거지?

"아!"

잠시 고민하던 가영이 알아챈 듯 짧게 탄성을 내질렀다.

시끄럽게 기침하지 말고, 이거 마시고 입 다물라는 뜻이구나!

무릎을 탁 친 가영은 입을 꽉 다물었다. 기침을 참느라 얼굴이 터질 것 같았지만, 꾹 참았다.

◆ ◆ ◆

우현은 촬영장을 벗어나는 내내 뿌듯한 표정이었다.

"……뭐 한 거냐, 너?"

영철이 이해 못 하겠다는 얼굴로 그런 우현을 쳐다보았다.

"말로 못 할 거 같으면 몸으로 행동하라면서요."

"근데? 누룽지 맛 사탕 준 게 행동하는 거냐?"

"챙김받다 보면 느끼겠죠. 원래 말로 표현하는 마음보다 행동으로 표현하는 마음이 더 큰 법이잖아요."

"……."

웃으며 말한 우현이 휴대전화를 꺼냈다. 그러고는 어디론가 문자를 보냈다.

"또 뭐 하는데?"

별이 오다

영철이 어디까지 가나 보자 싶어 우현을 쳐다보았다.

"말이 안 되면 글로 해야죠."

"……그래서 가영 씨한테 문자 보내냐? 갑자기 보내면 기겁하지 않을까? 내가 가영 씨라면 몹시 기겁할 것 같은데."

"아껴둔 비장의 카드가 있어요. 전혀 어색하지 않게 문자를 주고받을 수 있는 그런 카드요."

우현이 눈을 접으며 웃어 보였다. 봄이 다시 왔나 할 정도로 환한 웃음이었다. 온 마음을 다해 웃는 우현의 표정은 오랜만에 영철은 자신도 모르게 눈을 가느스름하게 떴다. 인정하기 싫은데, 웃으면 훨씬 잘생겼다.

그나저나 이래도 되나. 대표님이 알면 나부터 죽이려고 들 텐데…….

"에효."

영철이 한숨을 쉬며 걱정하는 사이, 우현은 가벼운 걸음으로 가영에게 문자를 전송했다.

✦ ◆ ✦

촬영을 마치고 퇴근하던 길에 가영은 휴대전화를 꺼냈다. 촬영하는 동안 방해받고 싶지 않아서 꺼뒀던 휴대전화를 켜자, 문자가 주르륵 밀려들었다. 대부분 쓸모없는 스팸메일이었다. 그중에는 익숙한 번호도 있었다.

[잘 지내니?]

누군지 몰라 잠시 고민하던 가영은 얼굴을 와락 찌푸렸다.

"유선호, 이 미친놈이……."

"그 이름이 갑자기 왜 나와? 왜? 유선호한테 연락 왔어?"

운전하던 혜록이 발끈하며 물었다.

"응."

"미친놈이! 둘이 붙어먹을 때는 언제고, 이제 와서 너한테 연락이래?"

가영에게 들어 상황을 모두 알고 있던 혜록이 핸들을 내리쳤다.

"그러게."

"설마, 너 연락할 거야? 아니지?"

"안 해."

예전이라면 모르겠지만, 지금은 마음이라고는 눈곱만큼도 남아 있지 않았다. 오히려 그의 번호를 보고도 누군지 기억나지 않을 정도였다.

"선호 이야기가 나와서 그런데, 연주 계속 그렇게 둘 거야?"

"연주가 왜?"

"너 신경 쓰일까 봐 계속 말 안 하고 있었는데, 연주가 여자 스태프들한테 네 험담을 하고 다니나 봐. 처음엔 별로 신경 안 쓰는 거 같더니, 자꾸 들으니 의심스러운지 널 쳐다보는 시선이 이상하더라. 나도 친하게 지내는 여자 스태프가 이야기해줘서 알았어."

"별수 없잖아. 내가 드라마에서 하차시킬 수 있는 것도 아니고."

화가 나긴 하지만, 증거가 없는 판에 연주를 몰아붙일 수도 없는 노릇이다. 어쩌면 연주는 자신이 그래주길 기다리고 있는지 모른다. 그러면 자신이 피해자인 척하며 상황을 더 부풀릴 수 있을 테니까.

"그건 그래. 어차피 연주 분량 점점 줄어들고 있으니까 알아서 사라질 날 오겠지. 이 드라마 끝나고 나면 더 볼 일 없을 거고. 하여튼 내가 최선을 다해서 막고 있으니까 걱정하지 마. 문제가 생기면 말할게. 알았지?"

"고마워. 역시 든든하다."

"그래. 내가 이러려고 체격을 키웠지."

혜록이 주먹을 불끈 쥐어 보이며 씩 웃었다. 가영이 선호의 문자를 삭제한 후, 다른 문자를 확인하다 흠칫했다. 처음 보는 번호였다. 그 번호로 자신과 우현이 함께 찍은 사진이 첨부되어 있었다.

이게 왜…… 설마…….

가영이 눈을 가느스름하게 뜬 채, 사진을 아래로 내렸다.

[신우현입니다. 저번에 주기로 한 사진 이제 전송하네요. 사진은 마음에 드나요?]

가영이 자신도 모르게 손으로 벌어지는 입을 덮었다. 우현에게서 먼저 문자가 오다니. 화가 풀렸나? 아니면 자신이 여태껏 오해를 하고 있었던 건가?

아주 잠깐 가슴이 뛰었다.

[사진 보내주셔서 감사합니다. 잊고 있었거든요. 퇴근하시는 길인가요? 내일]

잠시 희망에 부풀어 올라 타다닥 답문자를 적어나가던 가영이 멈칫했다. 오해일 리가 없다. 자신을 쳐다보던 시선에서 냉기가 흘러넘쳤는데……. 이 사진을 전송한 건, 약속을 지키기 위해서다. 이걸 끝으로 마음이 홀가분해지려고.

하마터면 오해해서 우현을 귀찮게 할 뻔했다. 가영은 쓰던 문자를 새롭게 작성한 후, 전송했다.

◆ ◆ ◆

우현은 쥐고 있던 휴대전화를 내려놓았다. 그러다 금세 다시 휴대전화를 거머쥐었다. 가영에게 전화가 올지 모르니까.

하지만 이러면 내가 너무 전전긍긍하는 거 같잖아.

다시 휴대전화를 내려놓고 부엌으로 들어갔다. 물을 한 잔 마시면서도 계속 휴대전화가 있는 거실을 흘깃거렸다. 그러다 다시 거실로 성큼성큼 걸어와 휴대전화를 확인했다.

"폰이 꺼진 거야, 뭐야."

휴대전화의 전원상태를 확인하고, 전파 상태까지 확인했으나 모두 다 멀쩡했다. 우현이 정신없이 움직이는 동안, 영철은 그런 우현을 물끄러미 지켜보았다. 우현의 짐을 집까지 옮겨주고 돌아가야 하는데, 현관에 붙기라도 한 양 발이 떨어지지 않았다.

우현의 증상 때문이다. 그는 가영에게 메시지를 보낸 후, 휴대전화를 놓지 않았다. 저러다 휴대전화가 발열로 터져버리는 게 아닌가 걱정스러울 정도였다.

"휴대전화 땀나는 거 아니냐? 한번 확인해봐라."

그의 실없는 농담에도 우현은 반응이 없었다.

저 자식, 저러는 거 처음 보는데.

영철은 우현의 반응이 낯설었다. 답메시지가 아직인지 우현은 소파에 휴대전화를 던졌다. 그러다가 이내 그 휴대전화를 거머쥐었다.

"ADHD세요?"

영철이 기가 막혀했다.

"곧 걸릴 것 같네요. 걸리면 병원 예약 잡아줘요."

우현이 덤덤하게 대답했다. 자신에게 말을 받아치는 걸 보면 이전과 다름없
는 것 같은데, 휴대전화를 쥐고 있는 품을 보면 그렇지 않다.

"더 보고 있다간 나까지 이상해지겠다. 간다."

영철은 손을 들어 보이고는 뒤도 돌아보지 않고 그의 집을 벗어났다. 영철이
사라지자 집 안이 고요해졌다.

띠링, 띠링.

문자 알림음에 우현이 휴대전화를 번쩍 들었다.

[가영 씨]

메시지에 뜬 이름에 우현은 잠시 눈을 감았다가 떴다. 다시 봐도 임가영이
다. 떨렸다. 뭐라고 메시지가 왔을까. 너무 아까워서 한 번에 열어보지 못했다.
열고도 큰 손으로 화면을 덮었다. 슬금슬금 손을 내리자 메시지가 조금씩 보였
다.

[잊지 않고 보내주셔서 감사합니다. 좋은 밤 보내세요.]

"……."

정중함이 시상식 수준이다. 그의 어깨가 축 늘어졌다. 뭐라고 답을 해야 할
지 모르겠다. 좋은 밤이 뭐냐고 물어볼 수도 없고. 다른 질문을 던지자니 구질
구질하다. 우현은 긴 한숨을 내쉬며 손으로 얼굴을 덮었다.

"차라리 오스카상을 받는 게 더 쉽겠네."

그가 손에 얼굴을 파묻은 채 중얼거렸다. 사춘기 이후 짝사랑은 처음이다.
그런데 이 짝사랑이 이렇게 어려울 줄은 미처 몰랐다.

❖ ❖ ❖

"어?"

촬영장으로 걸어가던 가영이 시간을 확인하려고 휴대전화를 꺼냈다가 놀란

듯 소리쳤다.

"왜? 무슨 일인데?"

곁에 서 있던 혜록이 눈이 휘둥그레진 채 물었다.

"준태 1위 했대."

가영이 환하게 웃으며 소리쳤다.

"벌써? 이야. 대박이네. 인기 좋더라니. 안 그래도 요즘 SNS에 미친 소년들 이야기로 난리더라. 내 친구도 미친 소년들 팬이래."

"정말? 와아."

가영이 즐거운 표정으로 소리쳤다. 그러고 보니 이즈음 준태가 소속된 미친 소년들이 음악방송 1위를 차지했다. 지상파 음악방송은 아니지만, 신인치고는 몹시 빠른 1위였다.

연기에 방해가 될까 봐 되도록 휴대전화를 보지 않으려고 노력하는 가영이지만, 오늘만큼은 그냥 지나칠 수 없었다. 그녀는 휴대전화로 미친 소년들을 검색해서 1위 한 영상을 확인하며 촬영장으로 향했다.

휴대전화 화면 속에 준태는 울고 있었다. 얼마나 심하게 우는지, 마이크를 쥔 손이 부들부들 떨릴 정도였다. 보다 못한 성운이 마이크를 가져가 침착하게 감사한 사람들을 이야기했다.

가영의 시선은 줄곧 준태에게 고정돼 있었다. 다른 멤버에게 안기다시피 해서 오열 중이었다. 여태껏 얼마나 힘들었으면. 코끝이 찡해진 가영이 자신도 모르게 훌쩍거릴 때였다.

누군가가 어깨를 툭 치고 지나갔다. 손이 미끄러져 쥐고 있던 휴대전화가 떨어졌다. 가영이 주우려고 하는 사이, 누군가가 빠르게 그녀의 휴대전화를 거머쥐었다.

"어머, 미안해요. 아, 영상 보고 있었어요?"

가영은 자신의 휴대전화를 들여다보며 웃고 있는 연주를 마주 보았다.

"주시죠."

가영의 말을 무시한 연주가 그녀의 휴대전화와 그녀를 번갈아 보았다.

"미친 소년들 팬인가 봐요. 그것도 상당한 팬인가 봐요. 영상 보면서 같이 울고 있는 걸 보니 말이에요. 아이돌을 좋아할 줄 몰랐네요.”

연주가 생글생글 웃으며 눈이 새빨개진 가영의 얼굴을 들여다보았다.

“이런 걸로 울 줄이야. 감수성이 풍부한가 봐요.”

연주의 빈정거림에, 곁에 있던 혜록이 울컥해서 한 발 나섰다. 그러자 연주가 금세 “어머.” 하며 불안한 표정을 지었다. 가영은 혜록을 말리듯이 붙들었다.

“휴대전화 주세요.”

“어머, 고맙다는 말도 없이 달라고만 하다니……. 그리고 주워준 사람한테 너무 무서운 얼굴을 하는 거 아닌가요?”

연주가 엄살을 부리자, 혜록이 “지가 떨어뜨려놓고, 저 미친년이.”라며 작게 중얼거렸다. 그러자 연주가 혜록을 노려보았다. 이전부터 사이가 안 좋았던 둘은 서로를 잡아먹을 듯이 노려보았다. 그사이 혜록이 놀리듯이 웃으며 칠 테면 치라는 듯 턱을 들어 보였다.

“정말 못 배워먹었네요.”

“뭐?”

연주의 말에 혜록이 발끈해 소리쳤다. 당장이라도 무슨 일이 벌어질 것처럼 팽팽한 분위기가 조성됐다. 스태프들도 이상한 낌새를 눈치챘는지 이곳을 흘긋거렸다.

가영은 연주와 날 선 시선을 주고받는 혜록의 앞을 가로막아 섰다. 혜록은 언젠가 연주를 가만두지 않을 거라며 벼르고 있는 상황이었다. 하지만, 지금은 불리했다. 보는 눈들이 지나치게 많다.

“오늘 촬영 신이 화를 내는 장면이라서 저도 모르게 표정이 굳었나 봐요.”

가영은 말을 하며 연주의 손에 들린 자신의 휴대전화를 낚아챘다.

“주워줘서 고마워요.”

가영은 연주를 상대하기 싫어서 지나쳐갔다. 그러나 얼마 못 가 가영은 촬영 때문에 연주와 나란히 섰다.

“언제부터 미친 소년들 좋아했어요? 방금 검색해보니 미친 소년들 1위 했네요? 그것 때문에 울었어요? 세상에나.”

무시했으나, 연주는 계속 말을 걸었다. 스태프들 중 몇 명은 연주의 말을 듣고 가영에게 씩 웃으며 농담을 건넸다.

"가영 씨, 미친 소년들 좋아해요?"

"얼마나 좋아하는지 방금 수상소감 보면서 같이 울더라니까요?"

연주가 재빨리 대답했다. 그러자 남자 스태프들이 껄껄대며 웃었다.

"의외네요. 가영 씨가 아이돌을 울 정도로 좋아할 줄이야."

"미친 소년들 카메오로 출연 안 하나?"

스태프들이 지나가며 던지듯 농담을 건넸다.

"안 돼요. 가영 씨가 너무 좋아서 쓰러지면 어떻게 해요?"

연주가 밉살맞게 건네는 농담에 스태프들이 와하하 웃음을 터트렸다. 스태프들이 지나간 후, 단둘만 남자 연주가 다정하게 미소 지었다.

"그런데 걔들은 이름을 왜 그렇게 지었을까요? 미친 소년들이라니. 누가 보면 미친놈들 집합인 줄 알 거 아니에요? 아, 물론 제 생각은 아니고 제 주변 사람들이 그렇게 말하더라고요. 정말 눈에 띄려고 발악을 다 하네요. 그죠?"

연주의 말에 가영이 고개를 돌려 그녀를 마주했다. 어떻게든 자신을 화나게 하려고 하는 연주의 의도가 훤히 들여다보였다. 알면서도 화가 났다. 자신을 건드리는 건 참아도, 준태를 욕보이는 건 견디기 힘들었다. 하지만 이럴수록 휘말리면 안 된다는 걸 아는 가영은 전혀 개의치 않는다는 듯 빙긋 웃었다.

"그런가요? 그 정도면 괜찮은 거 아닌가요? 세상에 워낙에 미친 사람들이 많아서 말이에요. 얼마 전에 제가 직접 겪은 미친 여자도 있거든요. 친구 남자친구 뺏고, 오디션 참가 못 하게 하더라고요. 그나마 미친 소년들은 열심히 살아보려고 이름이라도 저렇게 지었죠. 다른 사람 망하게 만들려고 작정한 미친 여자는 고쳐 쓰지도 못하잖아요. 안 그래요?"

가영이 방실방실 웃는 얼굴로 말하자, 연주의 표정이 대번에 굳었다.

"누가 들으면 오해하겠어요."

"고작 이런 말로 오해한다면, 그 사람이 오해할 만한 짓을 했겠죠."

가영의 말에 연주의 입꼬리가 비틀렸다.

"지금 그 말에 책임질 수 있어요? 방금 가영 씨가 한 말 때문에 내가 오해를 사서 곤란해지면 책임질 수 있냐고요."

스태프들이 흘깃대며 수군거리자 연주가 더욱 목소리 높여 소리쳤다. 그 말에 가영이 더욱 환하게 웃었다.

"무슨 오해요? 연주 씨, 친구 애인 뺏고 오디션 참가 못 하게 하는 그런 사람이었어요?"

"뭐라고요?"

"아닌데 왜 그렇게 화를 내요? 그냥 한 말인데? 연주 씨도 조심해요. 세상에 생각보다 이상한 여자들이 많더라고요. 친구랍시고 자격지심 가진 채 몹쓸 짓만 하는 애들도 있고요. 뭐, 그 덕에 사람 골라 만나야 한다는 교훈을 얻긴 했지만요. 어쨌든 그 친구가 알아서 사라져줘서 난 행운이에요. 하마터면 지금까지 친구로 지낼 뻔했잖아요. 그 덕에 일도 열심히 할 수 있고, 더 행복해질 수 있고, 얼마나 좋은지 몰라요."

가영이 연주의 눈을 똑바로 마주한 채 말했다. 네가 사라진 후, 나는 제대로 된 행복을 알게 되었다고.

연주의 주먹이 바들바들 떨렸다. 가영은 패배감에 물든 연주에게 한 발자국 다가가 그녀의 얼굴을 들여다보았다.

"요즘 생각해요. 내 행복과 불행은, 타인에게 좌우되는 게 아니라고요. 누군가가 나의 불행을 위해 노력한다고 해도 내겐 타격이 없어요. 내 주변엔 행복할 거리가 많으니까요. 오히려 그 사람이 불쌍해요. 얼마나 가진 게 없으면 타인의 불행을 양분으로 행복해지려고 하는 걸까……. 어차피 그런 사람들의 말로는 불행으로 정해져 있으니, 불쌍할 뿐이에요."

가영이 고요한 눈으로 속삭였다. 연주의 입술이 바르르 떨렸다. 뭐라고 말을 하고 싶은데, 어떤 말도 할 수 없었다.

나는 네가 불행하길 바란다, 라고 소리치기엔 보는 눈이 많다. 네가 불행하라고 한 적 없다, 라고 하면 가영은 '난 연주 씨가 그렇다고 말한 적 없어요.'라며 빠져나갈 게 뻔했다. 그 무엇보다도, 가영이 불행하길 바라며 했던 자신의 모든 행동들이 그녀를 행복하게 만들었다는 부분이 충격적이었다.

어째서……. 어째서 너만 계속 행복해? 내가 이렇게 애쓰는데, 왜 너에겐 어

별이 오다

떤 타격도 안 가는 거야?

연주의 눈빛이 불안하게 흔들렸다. 그사이, 한 발 물러선 가영은 연주의 얼굴색이 어떻게 변하든 상관없이 손에 쥐고 있던 대본으로 시선을 옮겼다.

◆ ◆ ◆

연주와의 사건으로 촬영장에 그녀의 소문이 파다하게 퍼졌다. 연주의 비꼬는 말에 가영이 웃으면서 대꾸한 덕에 다행히 두 사람 안 좋은 관계에 관한 소문이 난 것은 아니었다. 그러나 퍼진 소문이 썩 좋은 내용도 아니었다.

'임가영이 미친 소년들의 열렬한 팬이다.'

여기까진 괜찮았다. 사실이니까. 자신은 준태의 열렬한 1호 팬이 되어주기로 그와 약속했었다. 문제는 다른 소문들이었다.

'임가영이 미친 소년들 1위 하자 주먹을 물고 오열했다!'

'같은 영상을 몇 번이나 돌려보면서 울었다!'

이런 식의 터무니없는 소문이었다. 가영이 아니라고 부인해봤지만, 씨알도 먹히지 않았다. 언젠가 소문이 사위어들겠지, 도 닦는 마음으로 버티고 있는데 PD로부터 연락이 왔다.

시간이 괜찮으면 촬영장으로 오라는 말에 한달음에 달려갔다가, 익숙한 얼굴과 마주했다. 휘황찬란한 무대의상을 입은 미친 소년들이 상기된 얼굴로 자신을 쳐다보고 있었다.

너희가 대체 왜 여기에…….

가영은 차마 묻지 못하고 준태를 쳐다보았다. 그는 이렇게 만나서 반가운 듯 생글생글 웃고 있었다.

"이게 어떻게 된 일이죠?"

가영이 정신을 차리고 PD에게 물었다.

"가영 씨가 미친 소년들의 열렬한 팬이라고 해서, 특별히 미친 소년들을 섭외했어요! 가영 씨 보라고요! 겸사겸사 미친 소년들 열혈팬인 우리 조카 사인도 받을 겸 해서요!"

남자주인공 우현이 공연장에 갔다가 게스트로 나온 아이돌에게 환호하는 여자주인공 채희를 보면서 질투하는 장면이 있다. 그 장면의 아이돌로 미친 소년들이 섭외되었다는 말을 덧붙였다.

"……."

PD는 '어때, 잘했지? 대단하지?'라는 표정으로 그녀를 쳐다보고 있었다. 자신에게 유난히 호의적이라는 건 알고 있었지만, 이렇게 그 호의를 표현할 줄 몰랐다.

"아……, 감사합니다."

가영이 얼떨떨한 얼굴로 미친 소년들을 쳐다보았다. 유난히 준태와 성운의 눈빛이 반짝였다. 그제야 준태와 성운이 왜 자신에게 전화했는지 알 수 있었다. 촬영이 끝난 후 연락하려고 미뤄두고 있었는데, 이럴 줄 알았으면 받을걸.

가영이 뒤늦은 후회를 할 때였다.

"누가, 누구의 팬이라고요?"

등 뒤에서 불쑥 들리는 목소리에 모두의 고개가 돌아갔다. 복잡하고 화려한 촬영장 가운데 홀로 유유히 존재감을 과시하는 남자가 삐딱하게 고개를 기울인 채 서 있었다.

"우현 씨."

"안녕하십니까. 미친! 소년들! 입니다."

PD가 그의 이름을 부르기가 무섭게, 소년들이 허리를 굽혀 인사하더니 구호를 외쳤다. 그들의 인사를 끝으로 촬영장이 잠시 고요해졌다. 어디선가 '미친'이라는 말만 메아리쳐서 돌아오는 기분이 들었다.

아아, 인사는 너희가 했는데, 왜 내가 부끄러운 걸까?

가영은 차마 하지 못할 말을 삼키며 억지로 웃었다.

PD는 미친 소년들 섭외가 어떻게 이루어지게 된 건지 우현에게 설명했다. 설명이 이어지는 내내 우현의 시선이 가영의 얼굴에 박혀 있었다. 가영은 멋쩍게 웃었다. PD는 "가영 씨가 미친 소년들 영상 보면서 입에 주먹을 넣고 오열했답니다."라며 껄껄 웃었다.

아, 이대로 사라지고 싶다.

자신에게 붙어 떨어지지 않을 것 같던 우현의 시선이 마지막에는 미친 소년들의 얼굴에 닿았다. 그들을 주욱 훑은 우현은 웃고 있었으나, 어딘가 냉랭한 분위기를 풍겼다.

"가영 씨, 사진 찍어줄까요? 이럴 때 아니면 언제 찍겠어요?"

PD가 싱긋 웃으며 물었다.

"아, 네. 네."

가영은 힘없이 고개를 끄덕였다. 이미 이렇게 소문이 났다는데 정정할 필요가 있을까 싶었다. 사실 미친 소년들 팬이기도 하고, 자신으로 인해 그들의 인지도가 조금이라도 올라간다면 희생할 수 있었다.

그래. 이왕 이렇게 된 거 차라리 미친 듯이 좋아하는 척을 하자.

정신을 놓으니 갑자기 모든 게 편해졌다.

"사진 많이 찍어주세요."

가영이 덧붙여 말하며 휴대전화를 건네자 PD가 소리 내어 웃었다. 가영은 어마어마한 무대의상으로 자신을 뚫어져라 쳐다보는 미친 소년들에게 걸어갔다.

"안녕하세요."

가영이 인사하자, 다시 한 번 "안녕하세요! 미친! 소년들! 입니다."라는 우렁찬 구호가 터져 나왔다. 가영은 두 손을 꼭 맞잡고서 말했다.

"아, 네. 네. 정말 팬이에요. 노래도 자주 듣고 있어요. 얼마 전에 1위 한 거 축하해요. 앨범도 데뷔와 동시에 몇만 장 나갔다고 들었어요. 요즘같이 음반시장 안 좋을 때 그 정도 판매량이라니 대단해요."

가영은 다른 스태프들과 PD에게 들으라는 듯 그들의 업적을 줄줄 읊었다. 신인이긴 하지만, 절대로 함부로 대할 수 없는 신인이며 가능성이 많다는 걸 피력했다. 이 이야기를 들은 사람들이 미친 소년들에게 관심을 가져 팬이 되면 좋고, 그게 아니더라도 PD들이나 연예 관계자들 입에 오르내리게 될 테니 어느 쪽이든 이득이다.

입꼬리를 씰룩거리던 준태가 손을 뻗으려 할 때였다.

"감사합니다. 저도 정말 팬입니다. 악수 한 번만 부탁드려요."

성운이 준태보다 한발 빠르게 나섰다. 가영은 웃으며 손을 내밀었다. 성운이 그녀의 손을 꼭 잡았다.

"나중에 둘이서만 사진 찍어도 될까요?"

"우리 둘만요?"

"네."

가영이 놀라서 묻자, 성운이 신난 얼굴로 말했다.

"네. 저야 좋죠."

"그리고 SNS에 올려도 되나요?"

"아, 네. 네."

"SNS 팔로우 해도 되나요?"

"네? 네. 네."

대체 누가 팬인지 모르겠다 싶을 정도로 성운이 적극적으로 가영에게 말을 건넸다. 가영은 될 대로 되라는 심정으로 "네, 네."만 반복했다. 그러다가 더는 안 되겠는지 매니저가 개입해서 둘 사이를 벌려놓았다.

그 상황을 웃으면서 쳐다보고 있던 PD가 얼른 사진을 찍자며 등을 떠밀었다. 가영은 미친 소년들 틈에 섰다. 여간 부담스러운 게 아니다. 하지만 그녀는 최선을 다해 웃으며 손으로 브이 자를 그렸다. 부끄러워서 발화할 거 같지만, 인간이란 그리 쉽게 죽지 않는다는 걸 알고 있었다.

지켜보던 스태프들이 웃음을 터트렸고, PD는 "가영 씨가 소녀팬이 되었네." 라며 소리 내어 웃었다. 그사이, 가영은 준태와 악수를 하는 중이었다.

"이제 그만 촬영 들어가야 하지 않을까요?"

화기애애한 분위기를 싹둑 자르는 말에 사람들의 시선이 한곳으로 쏠렸다. 미친 소년들 스타일리스트들과 사진을 찍어준 우현이 PD를 바라보고 있다. 분명 웃고 있는데, 스산한 분위기를 풍기는 우현의 모습에 PD는 헛기침을 터트렸다.

"아, 그렇지. 촬영 들어갑시다. 그러고 보니 내가 바쁜 사람들 모아놓고 시간만 허비했네요. 자, 준비하세요."

PD의 말에 대기하고 있던 스태프들은 촬영 준비에 들어갔다. 우현과 채희가 나란히 섰고, 무대에 미친 소년들이 올랐다. 노래가 나오자 미친 소년들이 춤을 추기 시작했다. 가영은 그 모습을 먹먹한 표정으로 바라보았다.

문득, 회귀하기 전이 떠올랐다.

그녀가 연예계에 데뷔하기 전이었다. 모처럼 시간 내어 응원하려고 방송국으로 향했으나, 어디로 가야 할지 몰라 이리저리 헤매고 있는데 마스크를 쓴 여자가 스윽 다가와 그녀의 귓가에 속삭였다.

「안녕하세요. 미친 여자예요.」

「…….」

가영이 얼떨떨한 표정으로 쳐다보는데, 갑자기 여기저기서 그녀에게 스윽 몰려들었다.

「저도 미친 여자입니다.」

「미친 여자예요.」

아아, 미친 여자들이 갑자기 통성명을 시작하고 있어.

한참 당황해서 버벅거리던 가영은 한 박자 늦게 그들 손에 들린 미친 소년들 응원봉을 보았다. 그것이 팬클럽 이름이라는 걸 그제야 알아챘다. 그리고 가영이 준태의 친누나로 알려지면서 팬들 사이에서 유명하다는 걸 알았다. 물론, 친누나가 아니라 피 한 방울 섞이지 않은 남남이라는 사실이 알려진 후 갖은 욕을 다 먹었지만.

어쨌거나 옛일이었다. 이제는 그렇게 살 생각이 없었다. 그때를 생각하던 가영이 빙긋 미소 지으며 준태를 바라보았다. 준태는 무대 위에서 눈부시게 움직이고 있었다.

멋지다, 내 동생. 영원해라, 내 동생.

뭉클한 마음으로 열렬히 응원하느라 가영은 알아채지 못했다. 누군가가 자신을 뚫어져라 쳐다보고 있다는 것을.

◆ ◆ ◆

"신이 잘 나왔어요."

PD가 모니터를 가리키며 호들갑을 떨었다. 우현이 고개를 내밀어 모니터를 확인했다. 화면 속의 우현은 미친 소년들을 무서운 표정으로 쳐다보고 있었다. 채희가 박수를 치며 좋아할 때마다, 그의 손끝이 움찔거렸다. 이를 꽉 깨무느라 턱근육이 솟았다가 내려가는 것까지 보였다.

"우현 씨는 정말 연기를 잘해요. 하마터면 나도 감쪽같이 속을 뻔했어요. 우현 씨가 정말 채희 씨 좋아해서, 미친 소년들한테 질투하는 줄 알았다니까요?"

PD가 소리 내어 웃으며 말했다. 우현은 대답 대신 옅은 미소를 지었다. 뒤늦게 모니터를 확인한 채희도, "어머, 그러게요. 우현 씨가 정말 질투하는 것처럼 보이네요."라며 웃었다. 그들의 농담에도 우현은 여전히 미소를 띤 채 아무 말도 하지 않았다.

그거, 연기 아닙니다.

차마 그 말을 할 순 없었으니까.

미친 소년들을 열렬한 눈으로 쳐다보고 있는 가영을 보는 순간, 표정관리가 제대로 안 되었다. 환호, 기쁨, 희열이 뒤엉켜 있는 가영의 표정은 처음 보는 것이었다. 누가 봐도 진심으로 미친 소년들을 좋아하는 팬의 얼굴, 그 자체였다.

"이번 장면, 사람들이 좋아하겠는데요?"

"그러게요."

화기애애한 분위기 가운데 농담을 주고받는 PD와 채희에게서 우현은 슬쩍 시선을 돌렸다. 그러자 미친 소년들과 이런저런 이야기를 나누고 있는 가영이 보였다. 뭐가 그렇게 즐거운지 얼굴에 미소가 한가득이다.

그중에 노란머리를 한 녀석은, 가영의 어깨를 감싼 채 휴대전화를 들었다. 성운이라고 했던가, 성우라고 했던가. 유난히 가영에게 관심을 표하던 아이돌 녀석이 가영에게 얼굴을 바짝 들이밀었다. 사진을 다 찍은 후에도 성운은 가영에게 방싯방싯 웃으며 이야기를 건네고 있었다. 그 광경을 지켜보고 있던 우현의 고개가 삐딱하게 기울어졌다.

사진을 찍었으면 떨어져야 할 거 아냐. 쟤들은 아이돌이라면서 한가해? 남의 촬영장에 전세를 낸 것도 아니고 저렇게 놀고 있어? 그리고 이미지 관리 안 해? 여배우한테 저렇게 붙어 있다가 소문 잘못 나면 어쩌려고?

이런저런 생각을 하던 우현의 눈에 성운의 입술이 들어왔다. 우현은 눈도 깜빡하지 않고 성운의 입술에 집중했다.

'나중에 연락할게요. 누나.'

대충 입모양이 그러했다. 아닐 수도 있었다. 그런데, 자신이 제대로 읽었을 수도 있었다.

연락이라. 휴대전화 번호를 주고받았나 보지?

와그작.

이런저런 생각을 하던 우현은 힘 조절을 하지 못하고 물병을 움켜쥐었다. 손에 들린 물병이 한순간에 구겨졌다.

"어머, 우현 씨!"

채희가 소리치고서야 우현이 고개를 숙였다. 물통에서 물이 솟구쳐 그의 손을 흠뻑 적시고 있었다.

아.

우현이 한 박자 늦게 자신이 한 짓을 알아챘다. 뒤늦게 PD가 놀라 그를 쳐다보았다. 촬영장 분위기가 순식간에 이상해졌다.

"어휴, 젖었네. 우리 우현이."

어디선가 불쑥 나타난 영철이 씩 웃으며 우현의 어깨를 감쌌다. 자신이 한 짓을 보고도 우현의 표정은 좀처럼 풀리지 않았다. 영철은 이때다 싶어 우현을 자신 쪽으로 끌어당겼다.

"옷 좀 갈아입히고 올게요. 다음 신 촬영 들어가면 연락 주세요. 우현이가 오늘 컨디션이 안 좋아서요."

영철이 우현을 자신 쪽으로 끌어당겼다. 우현은 말없이 영철이 이끄는 대로 따랐다. 밴이 있는 주차장으로 향하기 전, 우현은 마지막으로 미친 소년들과 인사를 나누는 가영을 보았다. 가영은 준태의 손을 잡고서 활짝 웃고 있었다. 동시에 우현의 얼굴에 그림자가 졌다.

"우현아. 가영 씨 얼굴에 구멍 나겠다."

영철이 복화술을 하듯 말했다. 그러자 우현이 시선을 앞으로 돌렸다. 영철은 우현과 함께 곧장 밴으로 향했다. 우현과 함께 뒷좌석에 앉은 영철은 그에게 갈아입을 옷을 던져주었다.

"갈아입어라."

우현은 순순히 옷을 갈아입었다. 영철은 기계적으로 움직이는 우현을 물끄러미 쳐다보았다. 우현이 이렇게까지 감정을 조절하지 못하는 모습은 처음 보았다.

빈정 상할수록 방긋 웃으며 사람 속을 뒤집는 데 일가견이 있는 그가, 가영이 미친 소년들과 함께 있는 모습에 잔뜩 경계하는 표정을 지었다. 정말 진심으로 임가영 씨 좋아하는구나, 싶었다. 그 모습이 안타까우면서 묘하게 통쾌했다. 여태까지 남의 머리 위에서만 살아오던 녀석이 다른 사람 때문에 어쩔 줄 몰라 하는 모습을 보게 될 줄이야.

영철은 저절로 콧노래가 나왔다. 그 노래가 하필이면 방금 전 들었던 미친 소년들의 곡이었다. 그러자 우현이 고개를 들어 영철을 쳐다보았다. 시선이 차갑다. 영철은 움찔했지만, 이때가 아니면 언제 우현을 놀려보겠나 싶어서 시치미를 뚝 뗐다.

"이 노래 괜찮지 않냐? 미친 소년들, 춤도 잘 추고 노래도 괜찮더라. 아이돌한테는 별 관심 없었는데 괜찮더라고. 몇 번만 더 보면 팬 되겠어. 마성의 아이돌이던데?"

영철이 일부러 감탄하며 미친 소년들 노래를 더욱 크게 흥얼거렸다.

"그만 불러요."

"왜? 노래 좋은데? 최고야, 아주 최고야."

다 알면서도 영철은 모르는 척했다. 그러자 영철을 쳐다보던 우현의 입가에 미소가 맺혔다. 그 순간, 영철의 표정이 굳었다. 우현이 상황에 맞지 않게 웃음을 때치고 좋은 일이 일어난 적이 없다.

"형, 아무래도 다음 달 형의 여동생 결혼식에 참석 못 할 것 같네요."

역시나. 갑작스러운 통보였다.

"야! 그런 게 어딨어?"

영철이 버럭 소리쳤다. 자신의 친동생 결혼식에 참석해서 자리를 빛내주겠다고 약속했는데, 일방적인 취소라니.

"참석하길 바라요? 그럼 지금부터 내 앞에서 미친, 소년들, 미친 소년들, 미친 소년들 노래, 멤버들 이름 싹 다 꺼내지 말아요. 스케줄 가는 중에 라디오 틀었는데, 걔네 노래 나오면 형의 동생 결혼식 안 갑니다."

"와, 치사한 새끼."

영철이 억울하다는 듯 탄식을 뱉으며 등받이에 기댔다. 한 달 후 결혼하는 여동생은 자신의 식장에 우현이 오지 않으면 크게 실망할 게 분명했다. 이미 자신의 결혼식에 신우현이 참석할 거라고 동네방네 소문을 다 내놓았으니 말이다.

"그러게 놀리지 말았어야죠."

"후우, 알았어. 절대로 안 꺼낼게. 대신에 내가 화병나면 유서에다가 쓸 거야. 내 무덤 앞에서 엄청 세게 네 명치 세 대만 때려달라고."

영철이 이를 갈았다. 그러자 우현은 웃는 얼굴로 그를 쳐다보았다.

"형, 내가 먼저 죽으면 형도 같이 묻어달라고 써놓을 거예요."

섬뜩한 그 말에 영철의 입이 떡 벌어졌다.

"야, 이씨. 순장은 너무한 거 아니냐? 그리고 순장해달라고 하면 해준대? 요즘 같은 세상에?"

영철이 울먹거리며 말했다.

"그럼 내가 데리러 갈게요. 같이 가요. 저승에서 길 잃어버리면 안 되니까요. 형이 길을 잘 찾잖아요. 안내해줘야죠."

미친, 저승길까지 매니저 해줘야 하냐.

영철은 울컥했으나, 더 이상 따져 묻지 못했다. 말을 할수록 우현에게 말려가고 있었다. 그리고 무서웠다. 정말로 이 새끼가 그럴까 봐. 대신 우현을 있는 힘껏 노려보았다.

"그 말발 좀 임가영 씨한테 써봐. 그랬으면 벌써 사귀고 있겠다. 쯧."

"……."

우현의 말문이 막혔다. 그의 안색이 다시금 어두워졌다. 영철은 그런 그를 보다 말고 고개를 절레절레 가로저었다.

◆ ◆ ◆

헬스를 마친 후, 연주는 신발을 벗고 집으로 들어섰다.

"다녀왔……."

"오랜만이야. 조카!"

이모를 발견한 연주의 표정이 좋지 않았다. 자신만 보면 시비를 거는 터라 달갑지 않았다. 특히 죽은 엄마를 물고 늘어지며 매번 이것저것 얻어가는 것도 달갑지 않았다. 연주가 본체만체했으나, 이모는 굳이 그녀의 앞에 팔짱을 낀 채 섰다.

"촬영 간 거 아니었어? 너는 드라마 촬영한다더니, 왜 나가는 날보다 집에 있는 날이 더 많은 것 같지?"

"무슨 상관이에요? 그리고 내일 나가요."

연주가 울컥해 뾰족하게 받아쳤다. 그러자 이모가 혀를 끌끌 찼다.

"어휴, 내일 촬영하면 나오는 거 맞지? 너, 연예인 한다고 소문 다 내놨는데 다들 안 보인다고 난리더라. 드라마는 대박 났다는데, 왜 네 등장은 점점 줄어들어? 혹시 잘렸어?"

"아니에요."

"그렇게 설렁설렁 할 거면 관둬. 네 친구 임가영인가 하는 애는 잘나가던데."

"그만 좀 해요! 이모야말로 우리 집에 와서 빈대 붙는 것 좀 그만해요. 집에 쌀 없어요? 그럼 좀 사 먹어요."

"어머, 애 좀 봐!"

"이모야말로 일이라도 해요. 자꾸 죽은 엄마 물고 늘어지면서 얻어먹을 생각 하지 말고요. 하늘에서 엄마가 이모 보면 부끄러워서 죽고 싶을걸요?"

"뭐! 야! 너 말 다 했어?"

이모가 버럭 소리쳤다. 연주는 대답 대신 방문을 쾅 닫고 들어갔다. 그러고
는 가방을 집어 던졌다. 안 그래도 되는 일이 없는데 이모까지 난리다.

이모가 소리를 지르며 방문을 쾅쾅 두들겼다. 간간이 욕도 섞여 있었다. 연
주는 그러거나 말거나 이어폰으로 귀를 틀어막은 채 침대에 누웠다. 그러고는
습관적으로 휴대전화를 들었다가 멈칫했다.

"이게 대체 뭐야?"

신경질적으로 외친 그녀는 유명 포털사이트 실시간 검색어에 임가영이 8위
로 올라 있는 걸 확인했다. 대체 무슨 일인가 싶어 눌러보니, 그녀에 관한 기사
가 주르륵 쏟아졌다. 하나씩 확인할 때마다 연주의 표정이 구겨졌다.

[임가영, 나 홀로 활동 끝내고 신생 기획사에 뿌리 내려]
[쏟아지는 러브콜, 임가영 기획사에 둥지 틀다]

가영이 신생 기획사와 계약했다는 기사였다.

"쳇. 신생 기획사가 뭘 할 줄 안다고."

연주의 시선이 아래로 향했다.

[임가영, 쏟아지는 CF 제의. CF 스타 계보 이어가나?]

CF라는 말에 연주가 입술을 씹었다. 자신에게는 하나도 오지 않은 CF 제의
가, 임가영에게 갔다고 생각하니 기분이 상했다. 임가영이 대체 뭐가 그리 잘
나서? 예쁘장하게 생겼지만, 연예인 중 그만하지 않은 사람 찾기가 더 어려웠
다.

분한 마음에 이리저리 검색하던 연주는 가영이 미친 소년들과 함께 찍은 사
진을 보았다. 미친 소년들 멤버가 '좋은 경험 감사합니다'라는 글과 함께 올린
사진이었다. 그 아래 '임가영님미모대박, 여신이다, 팬입니다' 등의 태그가 걸
려 있었다.

가슴에 커다란 돌덩이가 얹힌 것 같다. 이제 잘나가는 아이돌까지 그녀의 팬

이라고 나서고 있었다. 사진 속 환하게 웃고 있는 가영을 보자, 방에서 이렇게 누워 있는 자신의 모습이 더욱더 초라하게 느껴졌다.

마치 그때와 같았다. 신입생 모임, 모두의 시선을 가져가던 임가영. 그런 임가영을 멀리서 바라보기만 했던 자신. 자신의 곁에서 하나둘 떠난 사람들이 임가영에게 향하던 그때.

비참함이 스멀스멀 타고 올라왔다. 숨 쉬기 힘들 정도로 가슴이 답답했다. 자신의 역할은 줄어들고 있고, 가영은 극찬을 받으며 분량이 점점 늘어나고 있었다. 여자주인공인 채희도 가영을 좋게 봤는지, 먼저 다가가 말을 걸곤 했다. 그에 비해 자신에게는 예의상의 목례뿐이었다.

스태프들에게 은근슬쩍 가영의 험담을 흘린 것도 무용지물이 되었다. 오디오 감독이 뭐라고 하고 다니는 건지, 스태프들은 자신이 무슨 말을 해도 믿지 않았다. 예의상 '그래요?', '아, 그렇구나.' 대꾸할 뿐, 그마저도 얼마 못 가 다른 일을 핑계로 연주에게서 멀어졌다.

매니저 말고는 그녀의 곁에 있어주는 이가 없었다. 외로웠다. 그 와중에 분량도 줄어들었다. 작가에게 전화를 했지만, 받지 않았다. 한참 후에 '가방 돌려주게 주소 알려줘요. 연주 씨.'라는 문자뿐이다.

모두가 자신에게 등을 돌렸다. 갑자기 홀로 덩그러니 버려진 듯한 기분이 들었다. 밀려드는 외로움에 연주가 자신의 몸을 꼭 끌어안았다.

다들 나한테만 왜 그러는데. 임가영한테는 친절하면서.

띠리링. 띠리링.

상념을 깨는 벨 소리에 연주의 시선이 휴대전화 액정으로 향했다. 선호였다. 연주가 받지 않자, 얼마 후 문자가 도착했다.

[이연주. 전화 받아라.]

헤어지자고 했으나, 선호는 끈질기게 달라붙었다. 처음엔 자신이 잘못한 게 있으면 용서해달라고 애걸복걸했다. 이후엔 더 잘하겠다고 매달렸다. 그러다 지금은 섬뜩할 정도로 무서운 문자를 보냈다.

[나 이용해먹은 거냐? 못된 년 내가 가만히 있을 거 같아?]

[이연주 가만히 안 둔다. 너]

연주는 이어지는 문자를 보다 못해 휴대전화를 덮었다. 이불에 얼굴을 파묻은 연주는 비명을 내질렀다. 그걸로 분이 풀리지 않아 주먹으로 침대를 쾅쾅 내리쳤다.

이건 다 임가영 때문이다. 임가영이 처음부터 자신에게 아는 척만 하지 않았더라면, 자신을 친구로 대하지만 않았더라면 이런 외로움도 알지 못했을 거다. 그리고 늘 누군가의 그늘에 서 있는 듯한 비참함도 느끼지 못했을 거다. 그러니, 이 비참함과 불행을 임가영도 느껴야 한다.

안 그러면 혼자만 슬픈 내가 너무 불쌍하니까.

✦ ✦ ✦

혜록은 어쩔 줄 몰라 하며 가영을 바라보았다. 휴대전화를 들여다보고 있는 가영의 얼굴엔 어떤 감정의 변화도 없었다. 그렇지만 표정만 저럴 뿐, 속은 남아나질 않겠지.

일이 이렇게 된 건, 한 시간 전 대표가 매니저인 혜록에게 전화를 한 후부터였다. 대표는 전화를 하자마자 가영이 주변에 있는지부터 물었다. 혜록이 없다고 대답하자, 대표가 깊은 한숨을 내쉬더니 이야기를 꺼냈다.

– 얼마 전부터 인터넷에 가영이에 대한 악의적인 소문을 퍼트리는 사람들이 있어요. 아니, 사람들인지 사람인지 모르겠지만 자기가 임가영한테 굉장히 많은 괴롭힘을 당했다고, 대학 시절에 문란하고 성격이 나빠서 주변에 친구가 없다고 그런 글을 써놨어요. 그에 동조하는 글들도 몇 개 되고요.

「그럴 리가요! 가영이가 성격이 얼마나 좋은데요? 지금은 일이 있어서 연락하지 않지만, 다른 친구들하고도 사이가 굉장히 좋았다고요!」

– 진정해요. 우리도 가영 씨를 만나봐서 알아요. 이 바닥에 있다 보면 몇 마디만 섞어봐도 어떤 성격인지 견적이 나오는데, 가영 씨는 좋은 사람이에요. 그래서 우리도 답답한 거예요. 이런 말도 안 되는 소문이 도니까 말이에요.

「그럼 어떻게 해야 해요? 기자회견이라도 해야 해요? 아니면 기획사 측에서 거짓된 소문이라고 해명해야 하나요?」

— 일단 우리 쪽에서 고소를 진행할 거예요. 내가 혜록 씨에게 전화를 한 건, 가영이가 모르도록 해달라는 거예요. 가영이가 알면 좋을 게 하나도 없으니까요. 상황이 좀 악화되어서 실시간 검색어에도 오르고 있거든요. 그러니까, 가영이 연기에 방해되지 않도록 주의 부탁해요.

「알겠습니다. 꼭 그러겠습니다.」

혜록은 주먹을 불끈 쥐고 그러겠노라 거듭 대답했다. 그리고 실제로 혜록은 가영에게서 그녀의 휴대전화를 빼앗아 가지고 있을 생각이었다. 제 휴대전화가 고장 났다고 하면, 촬영장에서 가영은 좀처럼 휴대전화를 들여다보는 일이 없으니 순순히 빌려줄 거라 생각했다.

「가영아, 나 휴대전화 좀 빌려줘. 내 휴대전화가 고장 나서 말이야!」

혜록은 구석에 박혀서 연기 연습을 하다 돌아오는 가영을 붙들었다. 그러자 가영이 손을 들며 말했다.

「응. 빌려줄게. 그런데 잠시만. 찾아볼 게 있어서.」

「뭐 찾아보게? 내가 대신 찾아봐줄게.」

「네가 보면 좀 그래. 내 욕이라서.」

「어. 어?」

당황한 혜록의 목소리가 드높아졌다.

「오늘 아침부터 줄줄이 괜찮냐는 연락이 왔거든. 준태, 성운이, 동창 애들. 그리고 방금 지나가던 스태프가 괜찮냐고 묻더라. 뭔가 싶어서 찾아보니 별의별 일이 다 있네.」

「야, 야, 보지 마. 이리 내. 휴대전화 줘.」

혜록이 빼앗으려고 하자, 가영이 한 걸음 물러섰다.

「일단 자세히 좀 보고.」

「보긴 뭘 봐. 다 쓸데없는 이야기야. 너 잘되니까 배 아파서 그러는 거라고.」

「그래. 그 배 아픈 애들이 뭐라고 써놨는지 좀 볼게.」

「가영아! 뭐하러 그런……!」

「혜록아, 괜찮아.」

별이 오다

가영이 딱 부러지게 말했다. 무표정한 얼굴로 더는 말리지 말아달라는 눈빛을 보내는 가영을 보자, 혜록은 더 이상 말할 수 없었다.

그때부터 가영은 좁은 차의 뒷좌석에 앉아 휴대전화를 들여다보았다. 이윽고 다 찾아봤는지 가영이 고개를 들었다. 혜록은 불안불안해하며 가영을 쳐다보았다.

"괜히 봤다 싶지? 다 쓸데없는 이야기지? 원래 연예인이라는 게 그렇대. 인기가 많을수록 안티가 많다잖아. 우리 가영이가 잘되고 있어서 그런가 보다. 그치?"

"악의적이네."

가영이 무표정한 얼굴로 중얼거리듯 말했다.

"그치? 진짜 웃긴 애들 아니니? 뭐라고 해버릴까 봐."

"가만히 있는 게 나을 거야. 우리가 어설프게 나서면 더 시끄러워져."

"아니, 왜 자꾸 악플을 다는지 모르겠어."

"연예인이니까."

"연예인이니까 악플을 감당해야 한다는 거야? 그럼 지들도 월급 받으니까 사장이 욕하고 서류 던져도 된다는 거야? 지들도 욕먹는 거 싫으면서, 왜 연예인한테만 쓸데없이 화풀이야? 거지같은 오지랖들, 진짜. 후우."

혜록이 일부러 더욱 화를 냈다.

"괜찮아, 혜록아."

오히려 가영이 달래듯이 말했다.

"후우, 그래. 실제랑 다르니까 곧 사그라질 거야. 회사에서도 대응한다고 했어."

혜록이 다급하게 말하며 억지로 미소 지었다.

"그래. 그렇겠지."

가영은 생각에 잠긴 얼굴로 대꾸한 후, 창밖으로 고개를 돌렸다.

"그래. 그러니까 크게 신경 쓰지 마."

"응. 고마워. 잠시만 바람 좀 쐬고 올게."

"그냥 여기 있지 않고?"

지금 다른 사람들의 시선이 썩 좋지 않을 텐데…….

혜록이 걱정을 비쳤다.

"여기 있으니까 답답해서. 나, 괜찮아. 걱정하지 말고 있어."

가영이 차문을 열고 나섰다. 혜록은 멀어지는 가영의 뒷모습을 측은하게 바라보다가 부랴부랴 가방을 뒤졌다.

"내가 이러고 있을 때가 아니지. 음료수라도 사서 스태프들한테 돌려야지. 우리 가영이 그런 애 아니라고."

이럴 때일수록 매니저가 발 벗고 나서야 한다고 생각한 혜록은 빠르게 움직였다.

◆ ◆ ◆

오늘 촬영이 있는 곳은 주 촬영장이었다. 넓고 구조가 복잡해서 인적이 드문 구석진 자리가 많았다. 가영은 이곳에 오면 늘 가는 곳이 있었다. 낡은 골목 가장 구석진 자리였는데, 차가 한 대 주차되어 있었다. 그 뒤에 서 있으면 주의 깊게 보지 않고는 사람이 있는지 알기 힘든 곳이다. 그러면서도 더럽지 않고 조용해서 가영은 이곳에서 곧잘 연기 연습을 하거나, 바람을 쐬곤 했다.

"하아."

가영은 긴 한숨을 내쉬며 그곳에 무릎을 접고 앉았다. 쭉 뻗은 팔 사이에 얼굴을 파묻었다. 자신을 바라보는 스태프들의 시선이 예전 같지 않았다. 모두 다 인터넷 글을 본 듯했다. 개중에는 '괜찮아요?', '어머. 이게 무슨 일이래요. 나는 저런 소문 절대로 안 믿어요.' 하면서 자신을 두둔하는 사람들도 있었다.

그 사람들이 고마우면서도, 한편으로는 의심스러웠다. 정말 자신이 없는 곳에서도 자신의 편을 들어줄까? 자신에게 호의적으로 던지는 시선은 진짜 호의일까? 아니면, 동정이 섞인 연기일까?

다시 과거로 돌아오기 전에도 자신에게 안티가 있었다. 별달리 인기 있는 것도 아니고, 그저 인지도만 늘었을 뿐인데 그녀의 기사에는 늘 악플이 달려 있었다.

[안물안궁]

[전파낭비임. 얘 안 궁금함.]

[이런 얼굴 요즘 흔치 않음? 연예인 어찌된 거임? 집에 돈 많음?]

[얘 내가 싫어하는 애 닮았음. 제발 좀 꺼졌으면 좋겠음. 목소리도 듣기 싫음.]

칭찬도 있었지만, 간간이 섞여 있는 바늘 같은 악플들이 더 눈에 들어왔다. 그런 글들은 자려고 누우면 자연스럽게 머릿속에서 떠올랐다. 이리 뒤척거리고 저리 뒤척거려도 좀처럼 그 말들은 머릿속에서 지워지지 않았다.

따끔따끔.

가슴을 찌르는 통증이 느껴졌다. 그러나 애써 외면했다. 아프지만, 인기를 볼모로 잡힌 연예인이기에 아프다고 말할 수 없었다. 아프다고 표현하면, '고작 그런 걸로 힘들어할 거면 연예인 왜 한 거야?'라는 반응이 돌아온단 걸 알고 있었다.

그때부터 인터넷 기사도 찾아보지 않고, 자신에 관련된 것들은 보지 않았다. 볼 때마다 주눅이 들고, 사람들의 시선이 무서워지면서, 연기에 방해만 되었다. 그들이 제멋대로 떠드는 게 그들의 마음이라면, 보지 않는 건 자신의 마음이었다. 보지 않으니 한결 나아졌다.

그런데 이번에는 방심했다. 스태프들과 사이도 좋고, 자신에 대한 칭찬도 많아서 이제 그런 악플은 없을 줄 알았다. 그러다가 밟은 악플이 더 아팠다.

"피곤하다, 정말. 하아."

가영은 눈을 감은 채 숨을 들이마셨다. 그러고는 벌어져 있는 자신의 상처를 다독였다.

괜찮아. 괜찮아. 이런 데 휘둘리면 연예인으로 살 수 없어. 좋아하는 일을 하면서 극찬만 받기란 쉬운 일이 아니니까. 살다 보면 때때로 이런 말도 안 되는 일에 휘말리곤 하니까. 시간 지나면 잊힐 거야. 그러니까 괜찮아.

오랫동안 스스로를 다독인 끝에 가영이 몸을 일으켰다. 한결 살 만했다. 대충 응급처치를 끝냈으니, 앞으로 어떻게 해야 할지에 대해 고민하며 골목을 빠져나오던 순간이다.

누군가가 그녀의 앞을 불쑥 가로막았다. 깜짝 놀란 가영은 그 자리에 우뚝 멈춰 섰다. 너무 놀라니 비명도 나오지 않았다. 정면엔 남자의 가슴밖에 보이지 않았다. 고개를 드니 아는 얼굴이 보였다.

가로로 긴 눈매, 오뚝하게 솟은 콧날, 반듯한 얼굴형, 일자로 뻗은 입매. 상대를 확인한 가영은 자신도 모르게 입술을 꽉 깨물었다.

우현이 왜 이곳에 있는 걸까? 우현도 자신에 대한 악의적인 글을 보았을까?

보았을 거다. 그렇지 않고서야 저런 무서운 표정으로 자신을 내려다보고 있을 리 없다. 악플과는 다른 통증이 느껴졌다. 다른 사람의 말보다 우현의 저런 시선이 더욱 아프게 꽂혔다. 저런 표정을 지을 거면 자신의 앞에 나타나지 않았으면 좋겠다.

"안녕하세요."

표정을 고친 가영이 가까스로 인사를 건넸다. 그러나 그에게선 아무런 답도 돌아오지 않았다. 골목에 침묵이 내려앉았다. 인사조차 하기 싫은 건가. 마음이 불편했다. 아무리 노력해도 이 사람에게는 미움만 받아야 한다는 게 서글펐다.

왜 하필이면 신우현에게…….

가영이 쓸쓸한 마음을 감추며 돌아서려고 할 때다. 가영이 왼쪽으로 한 발을 떼자, 그도 따라 움직여 앞을 가로막았다. 왜 그러냐고 물으려는 머리를 드는데, 우현이 손을 내밀었다. 가영이 그의 큰 손과 그의 얼굴을 번갈아 보았다.

"……저 주시는 거예요?"

가영이 그의 손을 가리키며 묻자, 우현이 "네."라고 답하며 가볍게 고개를 끄덕였다. 그녀가 손을 내밀자 우현이 쥐고 있던 것을 건네고는 홱 돌아섰다. 긴 다리를 움직여 성큼성큼 걸어가는 그의 뒷모습을 멍하니 보던 가영이 고개를 숙여 손을 보았다.

손수건, 일회용 휴지, 목을 시원하게 해주는 사탕, 달달한 사탕.

"이게 무슨……."

가영이 얼떨떨한 얼굴로 일관성 없이 늘어져 있는 것들을 보았다. 멍하니 손에 놓인 것들을 바라보던 가영은 깨달았다는 듯, "아!" 하고 소리 냈다.

"……감정 추스르고 연기에 방해되지 말라는 거구나."

이렇게 말고는 그의 행동이 해석되지 않았다. 자신이 불쌍했으면 '괜찮아요?'라고 물었을 테고, 자신을 위로해주고 싶었다면 그런 무서운 얼굴로 쳐다보면 안 되는 거다. 그러나 그는 끝까지 한마디도 없이 무섭게 노려보다가 이런 것들을 던지듯이 주고 가버렸다. 그러니 이건 암묵적인 경고였다.

성질 못돼처먹어서 그런 소문이 난 건 네 사정이고, 연기에 방해만 되지 않도록 마음 추슬러라.

우현은 정말 프로페셔널하다. 자신을 싫어하면서도, 작품에 지장이 가지 않도록 이런 걸 챙겨주다니. 배울 점이 정말 많은 배우이다. 다만, 이런 걸 받아야만 한다는 게 씁쓸했다. 가영은 우울한 얼굴로 손에 놓인 것들을 바라보았다.

◆ ◆ ◆

"어디를 그렇게 급하게 다녀오냐? 촬영시간이 코앞인데. 요즘 아주 빠졌어요, 빠졌어."

영철이 막 차에 올라타는 우현에게 잔소리를 퍼부었다. 평소라면 이자까지 쳐서 두 배로 못된 말이 돌아와야 하는데, 뒷좌석이 잠잠했다. 영철이 불안해하며 뒤를 슬쩍 바라보았다. 우현이 멍하니 밖을 바라보고 있었다.

"어우, 씨! 야! 그냥 화를 내! 나를 때려! 이 새끼야! 나는 네가 그렇게 얌전히 있으면 제일 무서워!"

영철이 버럭 소리 질렀다. 그러나 우현에게선 어떤 답도 돌아오지 않았다. 그는 어딘가를 하염없이 바라보고 있었다. 이상을 느낀 영철이 우현의 시선이 향한 곳으로 고개를 돌렸다. 가영이 무언가를 양손에 쥐고 걸어가고 있다.

"야, 저거 아까 네가 들고 나간 것들 아냐?"

눈썰미가 좋은 영철이 가영의 손에 들린 손수건과 휴지를 알아보았다.

"네. 제가 줬어요. 형의 조언대로 말 대신 행동으로 보여주고 있는 중이거든요. 둘만 있을 때 챙겨주고 있어요."

"……."

"이제는 조금 눈치챘겠죠? 제가 관심을 가지고 있다는 걸요?"

아닐걸.

영철은 속으로 대답했다. 그는 우현이 가영과 마주 서면 어떤 표정을 짓고 있는지 잘 알고 있다. 만약 그 표정 그대로 저 선물들을 줬다면, 가영은 무서워서 저것들을 사용 못 할 확률이 높았다. 집에 가지고 가면 가위 눌릴 것 같을 거다. 그걸 전혀 예상치 못하고 있는 우현은 사춘기 소년 같은 얼굴을 하고 있다.

애가 왜 모태솔로인지 알 것 같다.

영철은 불쌍하다는 표정으로 우현을 쳐다보았다.

"너, 이번에 가영 씨 소문 퍼진 거 못 들었냐? 성격 엄청 이상하다잖아. 그 소문 듣고도 임가영 씨가 좋냐?"

영철이 핸들을 톡톡 두드리며 말했다.

"전 제가 겪고, 본 것만 믿어요. 알잖아요. 형."

"아, 그래."

영철은 기억났다는 듯 고개를 끄덕였다. 신인 때 우현도 말도 안 되는 헛소문에 시달린 적이 있었다. 얼굴 한번 본 적 없는 재벌가의 사모님 세컨드라서 좋은 배역을 맡는 거라는 내용이었다. 우현의 회사와, 소문 속의 사모님이 소문을 퍼트린 사람들을 고소하면서 사건은 일단락되었다. 그때 우현도 힘들어했었다.

"그리고 가영 씨는 정말로 그럴 만한 사람이 아니에요."

"……어. 그러냐."

영철이 기계적으로 대답했다.

"좋은 사람이거든요, 가영 씨."

"……."

우현이 사랑에 빠지더니 많이 순수해졌네.

그런 그가 몹시 낯설기만 했다.

"그나저나 그런 헛소문 퍼트린 놈들은 누굴까요? 저라면 고소한 후에 일절 합의 없이 진행할 텐데요. 이후에 신상 털어서 그 사람들이 다니는 회사나 학교에 '악의적인 소문을 퍼트려서 고소당한 사람이니 조심해라.'라고 흘리고 말이죠. 그게 아니면 형사고소 끝난 후에, 몇 년에 걸쳐서 민사소송으로 괴롭힐 텐데요. 사람 피 말리는 데에는 소송이 최고잖아요. 안 그래요?"

우현이 다리를 꼰 채 무표정하게 중얼거렸다. 그 모습을 보던 영철은 조용히 입을 다물고 생각했다.

아, 순수해졌다는 거 취소.

✦ ✦ ✦

악의적인 소문이 퍼진 후에도 가영은 아무렇지 않은 척 스케줄을 감당했다. 모든 것이 변하지 않은 듯하면서, 변했다. 가영을 대하는 사람들의 태도가 달라져 있었다. 그녀가 지나가면 사람들은 조용히 가영의 뒷모습을 쳐다보았다. 그녀가 멀어지면 수군거림은 커졌다.

몇몇 스태프들이 조심스럽게 사실이냐고 물어왔다. 그러면 가영은 눈을 똑바로 쳐다보며 아니라고 대답했다. 몇몇은 걱정하면서 위로해주었다. 가영은 고맙다고 진심을 다해 말했다. 몇몇은 여전히 의심스러운 눈길로 바라보았지만, 먼저 해명하려 하지 않았다. 이미 귀를 막은 사람들에게 자신이 말해봤자 소음에 불과할 터다.

기획사에서도 움직이고 있으니, 어떻게든 되겠지.

가영은 촬영에 들어가기 전, 머리를 준비하면서 마음을 다잡았다. 그러다 무심코 거울을 바라보았다. 거울로 문 너머에 서 있는 우현의 뒷모습이 보였다.

요즘 그녀에게 가장 어려운 사람은 저 사람이다. 언젠가부터 둘이 있으면 한마디도 하지 않았다. 꾸벅 인사하는 게 전부였다. 그러다가 둘이 있으면 알 수 없는 것들을 건네주었다. 처음엔 자신을 압박하는 용도인 줄 알았다.

연기 제대로 해. 흐트러지면 안 돼. 작품에 방해되면 가만두지 않겠어.

이런 뜻인 줄 알았는데, 받다 보니 묘했다. 건네주는 것들이 협박용이라고 하기엔 아기자기했다. 사탕, 손수건, 대본 고정핀, 마스크, 목수건 등등.

어제 받은 건 양산이었다. 피부가 까만 편이니 관리하라는 건가 싶으면서도, 묘한 기분이 들었다. 뭔가 이상했지만, 콕 집어 뭐라고 설명할 순 없었다.

띠리링. 띠리링.

촬영 준비를 마치자마자 전화가 울렸다.

[기획사 대표님]

가영은 헤어를 담당해준 사람들에게 고맙다고 인사를 한 후, 밖으로 나와 전화를 받았다.

"네. 대표님."

— 가영 씨. 악플러들 잡았어요. 총 일곱 명이라고 하네요. 나이가 제각각이네요. 스무 살 청년도 있고, 서른다섯 살 애 있는 아줌마도 있고…… 자기들도 소문을 듣고 호기심에 퍼트린 거라고 하네요. 처음부터 이럴 생각은 아니었는데, 글을 쓰니 파급력이 좋아 신나서 여기저기 더 올렸다고 해요. 그러다 보니 일이 너무 커져서 자기들도 무서웠다고 하더라고요. 하여튼 아무렇게나 싸질러놓고 울고불고하는 것들 보면…… 어휴.

기획사 대표는 긴 한숨을 내쉬었다.

"잡았다니 다행이네요. 솔직히 잡기 힘들 줄 알았거든요."

— 안 그래도 조금 힘들긴 했어요. 애네가 마치 짠 것처럼 새벽에 글 쓰고 반응 좋으면 지우고, 그러면 캡처본만 나돌게 되는 그런 상황이었거든요. 그래서 저랑 직원들 전부 다 사이트 새로고침 해가면서 모조리 캡처했어요.

"아, 그래요?"

그렇게까지 자기를 싫어하는 사람들이 있을 줄이야.

가영이 목소리가 가라앉았다.

— 아, 그래도 걱정하지 말아요. 보니까 가영 씨를 싫어하기보다는 관심받고 싶어 하는 사람들이었으니까요.

마치 가영의 생각을 읽은 듯, 대표가 말했다.

"그렇군요."

가영은 기획사 대표가 자신을 위로한다고 생각했다. 자신을 싫어하지 않는데 새벽마다 자신에 대한 악의적인 글을 작성할 리가 없다. 더군다나 고소당하지 않으려고 글을 썼다가 지우기까지 했다. 마치 작정하고 이런 일을 하는 것처럼…….

이런저런 생각을 하던 가영의 표정이 미묘해졌다. 뭔가 이상했다. 그저 관심만 받으려고 이렇게 체계적으로 움직인다고?

가영이 생각하는 사이, 대표가 이런저런 말을 늘어놓았다.

– 그리고 가영 씨 팬이 회사 메일로 캡처본도 꼬박꼬박 보내줬어요. 부디 확실한 대응을 바란다고요. 법 쪽에 대해 잘 안다고 하면서 어떻게 진행해야 하는지에 대해 자세히 첨부해줘서 대응하는 데 많은 도움이 되었어요. 가영 씨, 정말 좋은 팬을 뒀어요. 그것 때문에 우리도 힘이 났어요. 그러니 가영 씨도 힘내요.

"아, 그래요? 고마운 분이네요."

가영은 조금 마음이 놓였다. 동시에 조금 웃음이 났다. 누군가는 자신을 그렇게 열렬히 좋아해준다고 하니까, 마음이 간지러운 기분이었다.

– 합의는 어떻게 할까요? 미안하다고, 합의해달라고 하는데, 사과문 게시하라고 하고 여기서 일단락 짓는 게 좋을 것 같아요.

"잠시만요. 대표님."

– 네. 가영 씨.

"저…… 이런 얘기가 어떻게 들릴지 모르겠는데, 뭔가 이상하지 않으세요?"

가영이 생각에 잠긴 얼굴로 물었다. 잡힌 사람은 일곱 명이다. 그중 아줌마도 있다고 했다. 스무 살 청년이야 그렇다 치더라도, 애가 있는 아줌마가 새벽에 사이트마다 글을 썼다가 지우면서 관심받기를 즐겼다는 게 이상했다.

그리고 아무리 관심받는 게 좋다고 해도 수많은 사이트를 돌면서 글을 올렸다가 며칠 뒤에 내리면서 여론을 조성하는 게 가능한가 싶었다. 더군다나 이 상황, 왠지 기시감이 든다.

어디서지?

잠시 고민하던 가영은 기억이 난 듯 "아!" 하는 소리를 냈다.

가영은 회귀하기 전, 이런 유사한 상황을 본 적 있었다. 한 여배우에 대해 악의적인 소문이 끝없이 돌았다. 악의적인 글을 작성한 사람들을 잡아 합의 없이 민사까지 진행한다고 했다. 대충 울고 사과하는 척만 하면 끝날 줄 알았는데 일이 커지자, 고소당한 사람들은 사실은 자기들은 아르바이트를 한 거라고 고백했다.

사주한 사람을 캐내자, 그 배우와 사이가 좋지 않은 다른 배우의 소속사 대표가 드러났다. 소속사 대표가 자신의 소속 배우를 돋보이게 하기 위해 개인적인 판단으로 행한 것이며 회사, 그리고 배우완 상관없단 공식표명으로 진화에 나섰지만, 누구도 그 말을 믿지 않았다.

만약, 지금이 그런 경우라면? 하지만 누가 그런 짓을…….

순간 누군가가 떠오른 가영의 눈이 가느스름해졌다.

"대표님. 가장 많이 글을 쓴 사람들이 그 일곱 명이었나요?"

— 네. 악의적인 글을 쓴 사람이 이번에 잡힌 일곱 명인데, 서로의 글에 댓글도 엄청 열심히 달아놨더라고요. 자기들은 우연이라고 하는데, 뭔가 이상하기도 하고……. 쓰읍.

대표도 말을 하면서 뭔가 이상함을 느낀 듯했다. 순간 가영의 머릿속으로 어떤 생각이 훅 스치고 지나갔다.

"대표님. 그러면 제가 부탁드린 대로 일을 진행해주시겠어요?"

가영이 매서운 눈초리로 앞을 바라보며 말했다.

Chapter 07

연주는 콧노래를 흥얼거리며 거울을 확인했다. 화장이 뜬 부분이 없는지 꼼꼼히 확인한 후, 앞머리를 손질했다. 머리가 조금 마음에 안 들었다. 평소 머리를 손질해주는 헤어 디자이너가 병가를 낸 탓에 다른 디자이너에게 손질 받았더니, 엉망이었다.

"어휴, 왜 오늘 같은 날 아프고 난리야. 진짜."

연주는 마음에 안 든다는 듯 중얼거렸다. 평소라면 거울을 던지고 짜증을 내겠지만, 오늘은 기분이 좋아서 참을 만했다. 금세 연주의 얼굴에 미소가 걸렸다.

"좋은 일 있어? 기분이 좋아 보인다."

매니저가 모처럼 방싯방싯 웃고 있는 연주에게 말을 붙였다.

"네. 기분 좋은 일이 있어서요."

"무슨 일인데?"

"내가 그걸 왜 언니한테 말해야 해요?"

연주가 웃는 얼굴로 뾰쪽하게 말했다. 그 말에 기분이 상한 매니저는 아무 말 없이 고개를 앞으로 돌렸다. 자신이 건넨 장난에 기분 나쁜 티를 내다니. 연주는 그런 매니저의 등을 마음에 안 든다는 듯 노려보고는 다시 거울을 들여다보았다.

그래도 오늘은 참을 만했다. 아니, 요즘만 하면 살 것 같았다. 가영에게 악의적인 소문이 돈 후, 촬영장에서 그녀는 외딴 섬처럼 고립되었다. 스태프들은 그녀를 걱정하는 척하면서 소문에 대해 떠드느라 바빴고, 가영도 그걸 알아챈 듯 말을 아꼈다.

더군다나 어제는 작가로부터 전화가 왔다. 아무래도 지금 이 추세로 가다 보면 가영의 분량이 줄어들고 어쩌면 하차할 수도 있다는 소식을 전했다. 그럴 만했다.

방송국 게시판과 인터넷에 가영에 대한 욕이 넘쳐났다. 인성이 안 좋은 배우는 걸러야 한다며, 가영이 나오는 부분이 보기 싫다는 의견이 팽배했다. 특히 가영의 연기는 연기가 아니라 실생활 아니냐는 소리까지 퍼지고 있었다. 가영이 드라마에서 하차하는 건 시간문제였다.

연주가 기분 좋은 듯 흥얼거리며 노래 부를 때였다.

띠링. 띠리링.

벨 소리에 연주가 휴대전화를 꺼냈다. 그러다 액정에 뜬 번호를 보고는 얼굴을 찌푸렸다.

"언니. 나 전화 받아야 하니까 잠시 나가줘요."

매니저는 고압적인 연주의 태도에 핸들을 꽉 움켜쥐었다가 놓곤 아무 말 없이 운전석에서 내렸다. 차에 혼자 남은 걸 안 연주는 전화를 받았다.

"나한테 전화하지 말라고 했죠? 필요한 금액이 있으면 나한테 문자를 하라고 했잖아요."

연주가 날카롭게 말했다.

— 그게 아니라, 일이 커졌어요.

"무슨 말이에요?"

연주의 목소리가 낮아졌다. 그러자 상대방이 쩔쩔매며 말을 꺼냈다.

— 사실은 며칠 전에 우리 쪽에서 고용한 악플러 일곱 명이 경찰한테 잡혔어요.

"그런데요? 그건 이미 예상하고 있었잖아요. 임가영 소속사가 고소할 거라고 했잖아요. 그러면 대충 울면서 사과하고, 사과문 쓰면 합의해줄 거라고 했잖아요. 내가 합의금이랑 그에 해당하는 보수도 지불하기로 했는데 왜 이래요? 돈 부족해요?"

연주가 다리를 꼰 채 빈정거렸다.

— 그게 아니라, 그쪽에서 합의를 안 하겠대요. 형사처벌은 물론, 앞으로 민사소송까지 가겠다고……. 할 수 있는 법적조치는 다 취하겠대요. 이것 때문에

알바생들이 어쩔 거냐고 난리예요.

"뭐라고요? 하."

연주가 혀로 마른 입술을 축였다. 예상 못 했던 상황이다.

"신인배우들은 대충 합의해준다면서요?"

─ 보통은 그런데……. 임가영 씨 소속사가 이렇게 독하게 나올 줄은 미처 몰랐네요. 특히 신생 기획사들은 고소하는 데 비용이 많이 들기 때문에 안 하는 편인데…….

"하아. 그래서 어쩌라는 거예요?"

연주가 이마를 짚으며 물었다.

─ 돈을 더 주셔야 할 것 같아요. 난리 치는 알바생들도 달래야 하고, 걔네 앞으로 민사소송 들어가면 막아줘야 하니까요.

"얼마나요?"

─ 일단은 일억 정도만 주시면 될 것 같습니다.

"일억이요?"

연주가 자신도 모르게 언성을 높였다가 멈칫했다. 누군가가 들을까 봐 겁이 났다.

"이봐요. 미쳤어요? 일억이라니, 무슨 말도 안 되는 소릴 하는 거예요? 지금 이따위로 일 처리한 게 누군데 나한테 일억을 달래요?"

그녀는 치솟은 화를 억누르며 말을 이었다.

─ 안 그러면 얘네들 전부 제 이름을 대겠다고 난리예요. 저도 손해예요.

"그러게 누가 일을 이따위로 하래요? 나는 몰라요! 알아서 해요!"

─ 그러지 말고 좋게 좋게 넘어갑시다. 일억이면 일단 제 선에서 마무리할 테니까요.

"일억이 누구 애 이름이에요? 나한테 그 돈이 어딨어요? 없어요."

아무리 자신이 잘사는 집 딸이라고는 하지만, 아버지 몰래 일억을 뚝딱 만들 정도는 아니다.

─ 하아, 진짜. 고객이라고 넘어가줬더니……. 진짜 진상이네.

휴대전화 너머의 목소리가 달라졌다. 방금 전까지 어쩔 줄 몰라 하던 기색이 싹 가시더니 딴사람처럼 바뀌었다.

"지금 뭐라고 했어요?"

연주가 기가 막힌다는 듯 물었다.

─ 지금 그쪽 때문에 우리가 곤란해졌다고요. 예? 마지막으로 묻습니다. 일억 줄 겁니까, 안 줄 겁니까? 안 주면 걔네보고 제 이름 불라고 할 거예요. 제가 경찰서 가면 그쪽 이름 댈 겁니다. 그리고 사실대로 말할 겁니다. 당신한테 돈 받고, 사람들 고용해서 악의적인 글 쓰게 만들었다고요. 우리 통화 전부 다 녹음해놨고, 증거도 충분합니다.

"이봐요!"

─ 생각해보고 연락 줘요. 내가 그쪽이라면 일억 주고 이 일 덮을 겁니다. 지금 이 상황에서 그쪽이 한 일들 터지면 연예계에 발도 못 디디는 거 알죠? 연예계는 웬 말이야. 인터넷 없는 나라로 이민 가야 할 겁니다. 그러니까 잘 좀 생각합시다, 예? 목 위에 달고 있는 머리로 생각이라는 걸 하란 말입니다. 그럼 끊습니다.

"이봐……!"

연주가 황망한 눈으로 끊긴 전화를 바라보았다. 입술을 꽉 깨물었다.

"미친 거 아냐? 지금 나한테 뭐라고? 목 위에 달고 있는 머리로 생각을 하라고? 하! 이게 진짜 미쳤나!"

그보다도 일억이라니. 일억을 준다고 하더라도 끝이 아닐 것 같은 불안한 예감이 들었다. 만약 일곱 명 전부 민사소송에 들어가면 그 변호사 금액도 자신이 담당해야 할 거고, 그러다가 운이 없어 발각이라도 되면…….

눈앞이 캄캄했다.

"이익!"

그녀는 휴대전화를 부술 듯이 거머쥐었다. 어쩌다가 자신이 이렇게 된 건지 알 수 없었다. 아니, 알고 싶지 않다. 이건 생각해보나마나 모조리 임가영 때문이니까. 임가영만 없었다면 자신의 인생이 이렇게 될 리 없었다. 임가영만 없으면…….

그렇게 생각하던 그녀의 눈이 번들거렸다.

가만히 안 둬.

독이 오른 그녀의 눈동자가 새빨갛게 물들어갔다.

◆ ◆ ◆

가영은 운동장 한가운데 서 있었다. 그녀를 사이에 놓고 촬영 준비가 진행되고 있었다. 살수차는 미리 준비되어 있었다. 남자주인공인 우현에게 거절당한 후, 그를 처음 만났던 학교로 가서 추억을 곱씹다가 비를 맞으며 나오는 신이다. 울면서 서글퍼하다가, 끝내 그를 놓지 못하고 독한 마음을 품는 중요한 장면이기도 했다.

그러나 막상 촬영에 들어가자 살수차가 필요 없을 만큼 비가 쏟아져 내렸다. 조금 쉬었다가 촬영하는 게 좋겠다는 PD의 만류에도 가영은 촬영에 임했다.

빗줄기가 굵어서 빗줄기에 맞은 몸이 얼얼했다. 그러나 가영은 내색하지 않고 촬영에 집중했다. 오히려 비 때문에 귀가 먹먹해져 몰입하기에 좋았다.

운동장을 가로질러 걸어가는 가영의 얼굴에 옅은 미소가 내렸다. 마치 즐거운 상상을 하고 있는 듯했다. 그러다 이윽고 가영의 표정이 조금씩 처참하게 구겨졌다. 즐거운 꿈이 깨어지고 냉담한 현실에 내던져진 듯한 그 얼굴로 눈물방울이 굴러떨어졌다.

몹시 세차게 내리는 빗줄기 가운데에서도 가영의 눈물은 또렷하게 보였다. 그녀의 눈에서는 쉴 틈 없이 눈물이 흘러내렸다.

"와."

그 광경을 목격하고 있던 영철은 자신의 상황을 잠시 잊은 채 감탄했다. 그가 우현의 촬영도 아닌데, 이곳에 있는 이유는 오로지 제 옆에 있는 우현 때문이었다. 요즘 우현의 취미는 자신의 촬영이 없을 때 가영의 촬영을 구경하는 일이다. 지나가는 길에 구경 왔다는 핑계로 그는 가영이 연기하는 모습을 뚫어져라 쳐다보다가, 그녀가 눈치채기 전에 조용히 사라졌다.

가끔 큰 용기를 내 사람들의 눈을 피해 가영에게 무언가를 불쑥 전해주기도 했다. 가끔 휴지도 건네주고, 손수건도 건네주고, 간식도 건네주었다.

그는 말이 아닌 행동으로 호감을 표현하고 있다며 몹시 뿌듯해했지만, 정작 가영의 반응은 늘 묘했다. 마치 더더욱 실수하지 않아야지, 하는 비장한 각오에 가까웠다. 정작 그 사실을 우현은 전혀 모르고 있는 듯했지만.

영철은 조언을 해줄까 하다가 관두었다. 남의 연애사에 끼어서 좋은 꼴을 본 적이 없기에, 방관하기로 했다. 그래서 우현이 홀로 가영의 연기를 보러 가더라도 내버려두었다.

그러나 오늘은 조금 달랐다. 꿈자리가 사나웠다. 구더기 꿈을 꾸고 나면 늘 안 좋은 일이 생겼다.

혹시 그 안 좋은 일이, 우현과 가영의 스캔들일까 싶어서 평소와 달리 따라왔다. 겸사겸사 다른 스태프들이 자꾸만 가영의 주변을 얼쩡대는 이유를 물으면, 자신이 가영의 팬이라고 둘러댈 생각이었다.

그러다가 우연찮게 가영이 빗줄기를 맞으며 연기하는 모습을 보았다. 한마디 대사 없이 좌중을 조용히 압도시켰다. 한 번씩 우현이 보이는 광기에 가까운 몰입도와 비슷했다. 새삼스레 가영과 소속사 계약을 하지 못한 게 아쉬웠다.

굉장히 크게 될 것 같은데.

아쉬운 눈길로 가영을 바라보던 영철이 고개를 돌렸다. 우현의 옆얼굴이 보였다. 언뜻 보면 무표정해 보이지만, 자세히 보면 넋이 살짝 나가 있단 걸 알 수 있었다. 영철은 혀를 끌끌 찼다.

제대로 정신이 나갔구먼.

영철은 우현을 아래위로 쭉 훑다가, 우현이 쥐고 있는 종이가방을 발견했다.

"그건 또 뭐냐?"

영철이 작은 목소리로 물었다.

"가영 씨 거요."

우현이 한시도 놓칠 수 없다는 듯, 가영을 쳐다본 채 대답했다.

"이번에는 또 뭔데? 또 휴지냐? 아니면 이번엔 비타민제냐?"

영철이 비죽이 웃으며 물었다.

"무선 드라이기요. 비 맞으면 감기 걸려요."

그걸 누가 몰라…….

영철은 기가 막혔다.

"그건 대체 어디서 났냐? 있으면 좀 갖고 다니지. 너 얼마 전에 비 맞는 촬영 했을 때 들고 왔으면 좀 좋아? 네 머리 말린다고 내가 부채질한 거만 생각하면……."

"어제 샀어요. 오늘 비 맞는 신이래서요."

"……."

영철은 기가 막혔다.

이 새끼, 지가 비 맞아도 안 들고 다니면서.

영철이 콧방귀를 뀌었다. 마치 공들여 키운 제 새끼가 애먼 사람을 따르는 걸 보는 기분이다.

내가 어떻게 했는데, 이 새끼가…….

영철은 담배를 피우고 싶다고 생각하며 먼 산을 바라보았다.

"컷!"

PD의 외침에 촬영이 끝났다. 가영이 모니터를 확인하러 갔다. 모두가 만족했으나, 가영은 한 번 더 찍겠다고 나섰다. 뭔가 마음에 안 드는 눈치였다. 다시금 촬영 준비가 진행되었다. 가영은 모두에게 한 번만 더 부탁드린다며 꾸벅 인사한 후, 비가 내리는 운동장 한가운데 섰다.

"넌 대체 임가영 씨 어디가 그렇게 좋냐?"

영철이 주변에 아무도 없다는 걸 확인한 후, 조용히 물었다.

가영은 분명 매력적이었다. 비록 안 좋은 소문이 돌긴 했지만, 믿기지 않았다. 사람 보는 눈이 있는 그가 보기에 가영의 성격은 좋았다. 연기도 잘하고, 성격 좋고, 예쁘장하지만 우현이 정신없이 빠질 정도는 아니었다. 그의 외모, 재력, 능력을 생각한다면 가영을 넘었으면 넘었지, 절대로 부족하지 않다. 그런 그가 대체 가영의 어디에 빠진 건지 미스터리였다.

"올곧잖아요."

"아아. 자세 좋은 여자 좋아했냐? 그럴 거면 모델을 좋아하지 그랬냐."

"아뇨. 성격도, 외모도, 일에 대한 마음가짐도, 싹 다요."

"……."

"몰랐는데, 제가 저런 올곧은 여자한테 한없이 약하네요."

우현이 생각만으로 기분 좋다는 듯 생긋 웃었다.

"……그렇지. 가영 씨는 몹시 올곧지. 그런데 혹시 네가 올곧아질 생각은 없고? 특히 나한테 올곧아질 생각은 없냐? 형을 형 대우해준다든지, 뭐 그런 거……."

우현이 대화를 시작한 처음으로 고개를 돌려 그를 바라보았다.

"원래 사람은 반대 성향의 사람을 좋아한다잖아요."

"……."

"그리고 사람이 갑자기 변하면 죽는대요. 전 장수할 생각이고요."

"……."

말로는 절대로 못 이기지.

영철이 긴 한숨을 내쉬며 이마를 짚었다.

누가 알까. 예의 바르고 정중하기로 소문난 신우현의 본질이 이렇다는 것을.

그가 괴로워하는 사이, 우현이 시선이 무심코 먼 곳을 향했다. 거센 바람과 쏟아지는 빗줄기 탓에 방송장비들이 불안하게 흔들렸다. 여기서 조금 더 상황이 악화된다면 촬영을 중단해야 할 듯했다. 다시 가영에게로 고개를 돌리던 우현이 멈칫했다.

물이 들어가지 않도록 비닐로 동여매어놓은 조명장비가 다른 것보다 유난히 더 흔들렸다. 그러나 정작 운동장을 비추는 조명 빛은 그대로였다.

이럴 수가 있나.

그의 시선이 다시금 조명으로 향했다. 빛이 들어온 조명이 아니라, 그 곁에 있는 불 꺼진 조명의 머리가 거세게 흔들리고 있었다. 그것은 흔들거리며 점점 앞으로 기울어지고 있었다. 그러나 다른 사람들은 가영을 보느라 전혀 알아채지 못하는 중이다.

삐끄덕.

조명의 머리가 앞으로 기울어졌다. 저대로 쓰러진다면 가영을 덮칠 게 분명했다.

"조명!"

우현이 소리쳤으나, 스태프들은 빗소리에 알아듣지 못했다. 근처에 있던 영철만이 "뭐?" 하고 되물었다.

툭.

우현의 손에 쥐어져 있던 종이가방이 바닥으로 곤두박질쳤다. 그의 발이 흙바닥을 내리찍는 것과 동시에 몸이 앞으로 쏠렸다.

"야! 야!"

영철이 손을 뻗으며 달려가는 우현을 붙잡으려 했으나, 놓쳤다. 손이 허공을 거머쥐었다. 영철이 황망한 표정으로 멀어지는 우현을 쳐다보았다.

쓰러지려는 조명 쪽으로 달려가던 우현이 돌연 방향을 바꾸어 가영에게로 달려갔다. 이미 조명이 가영이 있는 곳으로 넘어지고 있었다. 지켜보던 영철의 눈이 크게 벌어졌다. 순식간에 달려간 우현이 가영을 밀쳤다.

쾅!

조명이 우현을 덮쳤다.

아, 이래서 꿈자리가…….

영철은 아득한 표정으로 앞을 바라보았다. 스태프들이 비명을 지르고, PD가 벌떡 일어났다. 떠밀려난 가영은 운동장 바닥에 쓰러져 있다가 우현을 발견하고는 벌떡 일어났다. 마치 영화의 한 장면 같은 일이 벌어졌다.

"신우현 씨!"

눈을 크게 뜬 가영이 휘청거리며 우현에게 달려갔다. 뒤이어 스태프들이 우르르 몰려왔다. 스태프들의 한 무리가 조명 파편을 치우고, 다른 스태프 무리가 우현의 주변을 에워쌌다.

가장 먼저 우현에게 도착한 가영은 그의 고개를 받쳐 들었다. 가영이 다급하게 우현을 살폈다. 잠시 기절한 것처럼 누워 있던 우현이 눈을 떴다.

"우현 씨, 괜찮아요?"

가영이 다급하게 물었다. 우현이 괜찮다는 듯 손을 들어 보이며 상체를 일으켰다.

"의식이 있어서 다행이긴 한데, 괜찮을 리가 없어요. 가만히 계세요. 누가

Let me be your star   219

119 좀 불러주세요.”

“아니에요. 일이…….”

차분하게 말을 이어가던 우현이 말을 하다 말고 풀썩 쓰러졌다. 가영은 자신도 모르게 손을 뻗어 우현을 끌어안았다. 119에 전화를 하는 스태프의 불안 가득한 목소리가 들렸다.

가영은 이상을 느끼고 고개를 숙였다. 손이 벌겋게 물들어 있었다. 피였다. 가영은 절망적인 얼굴로 우현을 쳐다보았다.

◆ ◆ ◆

우현은 빗방울이 창문에서 주르륵 흘러내리는 광경을 바라보았다.

비가 생각보다 많이 오네. 밤새 내린다고 했던가.

이런저런 생각을 할 때였다.

“야, 이 미친놈아! 지금 네가 창밖 보면서 명상할 때냐? 어떻게 할 거야? 지금 방송국 놈들이 다 뛰어와서 취재하겠다고 난리고, 대표님은 어쩌다가 이렇게 된 건지 상세하게 작성해서 보고서 내라고 난리고, 드라마 팀은 네 몸 상태 어떻냐고, 스케줄 조정해야 하냐고 난리 법석이고! 너 때문에 내가 흰머리가 솟구치고 있어! 이 새끼야! 내가 변신하게 생겼다고!”

영철이 입에서 불을 뿜을 것처럼 무섭게 소리쳤다. 그러고도 분이 안 풀린다는 듯 허리에 손을 올리곤 이를 바득바득 갈았다.

우현은 무의식중에 가영을 구해낸 후, 병원에 실려 왔다. 검진 결과 피가 난 곳은 팔이었다. 찢어진 팔은 몇 바늘 꿰매야 했다. 그 외에 CT와 MRI 촬영 결과 머리와 나머지 부분은 모두 다 괜찮다고 했다. 다행히 우현의 몸은 무사했으나, 그 외의 상황이 무사하지 않았다.

한바탕 발칵 뒤집혔다. 방송국, 드라마 촬영팀, 기획사에서 난리였다. 몸 상태가 좋지 못한 우현에게 묻지 못하니, 영철에게 전화가 쏟아졌다.

“너 때문에 다리가 얼얼할 지경이야.”

“왜요? 다리 다쳤어요?”

우현이 영철을 흘깃 쳐다보았다.

"바지 주머니에 넣어놓은 휴대전화가 하도 진동해서."

"아아."

우현이 그러냐는 듯 느릿하게 고개를 끄덕였다.

"아아? 그렇게 태연하게 나올 거야? 너 때문에 이렇게 됐잖아! 이 자식아!"

"그럼 뻔히 사람 다치는 거 알면서 모르는 척해요? 내가 뛰어들어서 이 정도로 끝났지. 아니었으면 지금 임가영 씨 머리에 붕대 두르고 의식 잃었을걸요?"

하마터면 조명이 그대로 머리를 찍을 뻔했다. 미리 상황을 직감한 우현이 등으로 맞아서 이 정도로 끝난 것이었다.

"그, 그건 그렇지만……."

"뻔히 보이는데 사람 다치게 내버려둬요?"

"아니. 그건 아니지만……. 하아, 네가 언제부터 다른 사람들을 그렇게 생각했다고!"

"드라마 한 회 촬영만 남겨났는데, 가영 씨 빠지면 안 된다는 거 알잖아요. 시청률 좋은 드라마, 마지막에 망칠 일 있어요? 내가 필모 망가지는 거 제일 싫어하는 거 몰라요?"

"……."

우현의 말에 영철은 이를 바드득 갈았지만, 아무 말도 할 수 없었다.

"이미 일어난 일에 대한 걱정은 접어두고, 앞으로 어떻게 할지 고민해요. 대충 휴대전화로 기사 보니 기획사가 상황 정리는 잘해놨네요."

우현이 자신의 휴대전화를 들어 보이며 말을 돌렸다. 기획사가 보도자료를 돌렸는지, 우현의 상태는 무사하며, 동료가 다쳐서 드라마 촬영에 지장될 것을 걱정해 제 한 몸을 던진 것으로 포장해두었다. 이 때문에 사람들은 직업의식이다, 멋지다 등등 찬사를 쏟아내는 중이다.

"그런데 아무도 내가 임가영 씨를 좋아해서 그런 거라고는 생각 못 하네요."

우현이 댓글을 확인하며 여상한 말투로 말했다.

"너무 대놓고 구해서 차마 그런 상상조차 못 하는 거 같더라. 그리고 몇몇 있긴 해."

가영과의 관계를 의심하는 눈초리들이 있었으나, 소수에 불과했다.

"잘 포장해둔 기사 덕분인 것 같네요."

"그래. 너 때문에 대표님이 말년에는 꽃집을 하고 싶으시단다. 포장실력이 나날이 상승해서. 이 자식아."

영철이 이를 갈며 대답하자, 우현이 싱긋 웃었다.

"화환 보낸다고 해주세요. 특별히 SNS에 홍보도 해드릴게요. 그리고 꽃집 말고 이사집 하라고 해요. 그게 더 잘 어울릴 것 같으니까."

"으윽."

끝까지 안 져주지.

영철이 분해할 때였다.

"그런데 왜 이렇게 이번 촬영에 조명 문제가 많아요? 저번부터 조명사고가 잦은 거 아니에요?"

우현이 저번에 있었던 사고를 떠올리며 얼굴을 구겼다.

"그러게 말이다."

영철이 힘 빠진 목소리로 대답했다.

"담당자 누구예요? 누가 이렇게 작정하고 일을 못해요?"

세상에서 본인이 맡은 일을 못해 여기저기에 민폐를 끼치고 다니는 걸 제일 싫어하는 우현이 정색했다.

"어. 그게 말이야……. 좀 이상한 일이 벌어졌어."

"그게 무슨 말이에요?"

우현이 하던 행동을 멈춘 채 영철을 바라보았다.

"그러니까 지금 말이 다 달라. 조명감독은 촬영 직전에 급하게 PD로부터 여분의 조명 하나를 더 준비하라는 지시를 들었대. 시간이 없으니 빨리 조명을 설치하고 있다가 자기가 신호를 주면 켜라고 했다고. 그런데 정작 PD는 그런 적이 없다고 나오고 있어. 쓰지도 않을 조명을 누가 설치하라고 하냐고."

"그 말을 전달한 사람은요?"

"그게…… 그 사람이 없어졌어."

영철이 난처한 표정으로 대답했다. 우현이 인상을 찌푸렸다.

별이 오다

"그게 말이 돼요? 촬영장에 아무나 들이진 않을 거 아니에요."

"그러니까. 그야말로 귀신이 곡할 노릇 아니냐. 그것 때문에 지금 발칵 뒤집어져서 난리야. 몇몇은 임가영 씨 안티가 그런 거 아니냐 그러고, 또 다른 몇몇은 촬영한 학교에 안 좋은 전설이 있다는데 귀신이 나타나서 수작 부린 거 아니냐, 이러고."

"귀신 같은 소리 하고 있네요."

우현이 삐딱한 입술로 말했다.

"그러게. 하여간에 난리야."

영철이 황당하다는 표정으로 긴 한숨을 내쉬었다. 우현은 잠시 고민에 빠져 있다 고개를 들었다.

"그러면 쓰러진 조명 곁에 누군가가 있었다는 말이에요?"

"그렇지. 촬영 직전에 언제 쓸지 모르니 옆에 지키고 서 있으라고 했다더라고. 조명감독 말에 의하면."

"그 조명을 마지막에 관리하고 있었던 사람이 누군지 알아봐요. 만약 사라져서 없다면 근처에 있던 사람의 이야기라도 들어봐요. 인상착의라든지, 그런 것들이요."

"어쩌려고."

"책임을 물어야죠. 만약 고의로 그런 거면 더욱더 책임을 물어야죠."

우현이 누군지 모르겠지만, 잡으면 씹어 먹을 것같이 무서운 표정을 지었다.

"에이. 실수겠지. 설마 누가 이렇게 들통날 짓을 대놓고 하겠어? 안 그래?"

"대부분 그렇게 생각하고 있어서 그냥저냥 넘어갈 거라 생각하고 꾸민 걸 수도 있어요. 그리고 이런 일을 그냥 넘길 거예요? 다음에 또 이런 일이 벌어지면 어떡할 거예요?"

만약 누군가가 가영을 노렸다면 다음에 또 이와 같은 일이 벌어지지 않는다는 보장이 없다. 이번엔 자신이 구했지만, 다음번엔 가영이 다칠지도 모른다. 그걸 떠올린 우현의 미간이 훅 좁아졌다.

"그건 그런데……."

영철은 말문이 막혀 눈만 깜빡였다. 그러고 보니 그랬다. 안전하게 가려면 확인해야 했다.

"그러니까 확인해줘요. 아니면 내가 직접 할까요?"

"아니. 내가 할게. 너는 일단 안정을 취하자. 몸과 마음 모두 다. 그리고 되도록 입도 안정을 취하도록 해. 넌 다친 새끼……. 아니. 다친 사람이야. 그러니까 푹 쉬자. 제발. 응?"

영철이 들썩거리는 우현의 왼쪽 어깨를 지그시 누르며 절대로 움직이지 말라는 듯 고개를 가로저었다. 영철의 반응에 웃은 우현은 다시 침대에 누워 창가를 바라보았다. 금세 얼굴에서 웃음기가 사라졌다.

영철의 말처럼 실수일 수도 있다. 그런데 뭔가 석연찮다. 조명을 준비하라고 한 사람의 행적 불명. 갑자기 쓰러진 조명. 하지만 문제라고 확신하기엔 증거가 없다.

우현은 습관적으로 왼쪽 손에 턱을 기댔다. 머리가 젖어 있었다. 우산을 썼을 때부터 왼쪽 머리는 젖어 있었다. 가영을 구하러 뛰어들었을 때 머리의 전부가 다 젖은 모양이었다.

그리고 보니 왼손에 들고 있던 종이가방은 어디 갔지? 비바람. 왼쪽.

"……어?"

우현이 짧게 낸 소리에 영철이 쳐다보았다.

"왜 갑자기 불안하게 그런 소리를 내?"

"형."

우현의 부름에 영철의 반사적으로 얼굴을 구겼다.

"왜?"

"이번 일 누가 작정하고 한 거 같네요."

"뭐? 그걸 네가 어떻게 알아?"

"그때 비바람 방향이 왼쪽에서 오른쪽이었어요. 이건 분명히 기억해요. 그때 가영 씨 머리가 왼쪽으로 많이 날리는 게 신경 쓰여서 지켜보고 있었거든요. 그런데 조명이 쓰러진 건 오른쪽에서 왼쪽으로였어요."

"……어?"

"그러니까 그때 불던 바람대로 조명이 쓰러진다면, 왼쪽으로 넘어갔어야 해요. 누군가가 작정하고 힘을 주지 않는 한 가영 씨 몸 위로 쓰러질 각도가 아니라는 말이에요."

"아!"

영철이 깨달았다는 듯 눈을 크게 떴다. 그러고 보니 비바람이 한쪽으로 치우쳐서 부는 바람에 제 왼쪽 반신이 흠뻑 젖어 있었다는 걸 떠올린 영철이 험상궂은 표정을 지었다.

"아니, 어떤 참신한 무개념 새끼가 이런 짓을……."

"무조건 알아봐야겠네요."

"어. 꼭 알아볼게. 내가 자세히 알아볼게."

영철이 맡겨두라는 듯 고개를 까딱였다.

띠리링. 띠리링.

울리는 벨 소리에 우현이 협탁 위에 놓인 휴대전화를 들었다. 액정을 바라보던 우현의 표정이 굳었다.

"뭔데 그런 얼굴이야? 혹시 기자 놈들이거나, 방송국 놈들이면 당장 끊어. 모르는 번호라도 받지 마."

"형."

우현의 목소리가 착 가라앉았다.

"뭔데?"

"잠시만 나가줘요."

"왜? 또 무슨 사고를 치려고?"

영철이 미간을 좁혔다.

"잠시만요."

영철은 주춤했다.

"알았다."

심각한 우현의 표정에 못 이긴 영철이 돌아서다 말고 흘긋 우현의 휴대전화 액정을 보았다. 그러나 아무것도 보이지 않았다. 그는 전화 통화 마친 후 부르라는 말을 남긴 후, 병실을 나갔다. 홀로 남은 우현은 액정을 다시 바라보았다.

[가영 씨]

그는 꿈을 꾸는 표정으로 액정을 들여다보았다. 이 이름이 자신의 휴대전화 액정에 떠오를 일이 있을 거라고는 생각도 못 했는데.

"흠, 흠."

그가 목을 가다듬은 후, 전화를 받으려 할 때였다. 액정에서 가영의 이름이 사라졌다.

[부재중 전화 1 -가영 씨]

기회를 놓친 우현이 눈을 지그시 감았다가 떴다. 가영의 목소리를 들을 수 있는 기회였는데. 잠시 실망한 채 있던 우현은 차라리 잘됐다고 생각했다. 전화 통화를 해봤자, 자신은 기껏해야 '네, 아니요'밖에 대답 못 할 거다. 이럴 땐 문자를 하는 게 나았다.

[전화를 못 받았네요. 무슨 일이에요?]

우현은 문자를 작성한 후, 잠시 고민했다.

"너무 냉담해. 패스."

[전화를 못 받았어요. 몸은 괜찮아요?]

"좀 딱딱한데……. 이모티콘을 붙일까?"

우현이 좀처럼 쓰지 않는 이모티콘을 썼다. 그러다가 냉큼 지웠다. 이모티콘을 붙이니 너무 가벼워 보였다. 쓰고 지우기를 다섯 번 반복한 끝에 문자를 전송했다.

[전화했었네요? 무슨 일이에요? 몸은 괜찮아요? 전화는 곤란하니 괜찮으면 문자로 답 줄래요?]

이것도 마음에 썩 들진 않았지만, 최선이었다. 여기서 더 고민하면서 시간을 허비했다가 가영이 자신의 매니저인 영철에게 전화해 자신의 안부를 물으면 기회만 날리는 셈이다.

문자를 보낸 후, 우현은 휴대전화에서 눈을 떼지 않았다. 초조했다. 오디션 보고 결과를 기다릴 때에도 이런 적이 없었다. 그땐 때가 되면 전화가 오겠지, 떨어지면 다른 오디션을 보면 되겠지, 하며 잠을 자다가 합격 전화를 받았다. 그런데 지금은 꼼짝도 할 수가 없었다.

우현이 손으로 액정을 톡톡 두드렸다. 그러자 액정에 빛이 들어왔다. 답은 오지 않았다.

"혹시 병원의 전파가 약한가."

만약 그래서 가영이 보낸 문자가 휘발되어 사라진 거라면?

우현은 재빨리 휴대전화를 들어 창가 쪽에 두었다. 그러다 창문의 습기가 휴대전화가 묻자, 재빨리 낚아채 자신의 환자복으로 조심스럽게 닦아냈다. 태어나서 이렇게 휴대전화를 소중하게 다뤄보기는 처음이었다.

띠링.

문자 알림음에 우현의 시선이 아래로 향했다. 가영에게 장문의 문자가 와 있었다.

[네. 선배님 덕분에 저는 무사해요. 감사합니다. 어떻게 이 은혜를 갚아야 할지 모를 만큼 감사합니다. 마음 같아선 병문안 가서 직접 인사를 드리고 싶지만, 휴식을 방해할까 봐 그러지도 못하고 있네요. 기사상으로는 곧 퇴원하신다고 들었어요. 촬영 스케줄대로 진행한다고 들었는데, 그때 뵙고 마저 인사드리겠습니다. 피곤하실 텐데 푹 쉬세요. 혹시 필요하신 게 있으시다면 꼭 말씀해주세요. 다시 한 번 감사합니다.]

"하, 문자가 이렇게 정갈할 수가 있다니."

정갈하고, 깔끔하며, 군더더기가 없다. 문자계의 한식당이다.

"그래서 답을 할 게 없네."

우현이 낮은 한숨을 내쉬었다. 잠시 턱을 괴고서 가영이 보낸 문자를 바라보던 우현의 눈이 가느스름해졌다. 그의 입가에 미소가 찬찬히 번졌다. 그가 빠르게 손을 움직였다.

✦ ✦ ✦

"응?"

가영은 의아했다. 씻고 나온 후 로션을 바르다 말고 휴대전화를 뚫어져라 바라보았다.

[모레까지 입원해 있을 것 같아요. 괜찮으면 병문안 올래요?]

나한테 하는 소리가 맞는 건가?

가영이 고개를 갸웃거렸다. 우현의 병원엔 취재진이 잔뜩 깔려 있었다. 환자의 안정을 위해 면회를 불허한다는 소속사 입장에 따라, PD를 제외하곤 촬영 관계자들 중 그 누구도 우현을 만나지 못했다고 들었다. 그런데 자신에게 병문안을 오라니.

[제가 가는 게 폐가 되지 않을까요?]

가영이 장고 끝에 답변을 했다.

띠링.

휴대전화를 내려놓은 지 얼마 되지 않아 답변이 왔다.

[지금 분위기상 가영 씨가 면회를 오는 게 좋을 것 같아요.]

"아."

우현의 답변에 담긴 뜻을 가영은 금세 이해했다. 우현이 가영을 구하려다가 조명에 맞아 다쳤다는 기사가 퍼졌다. 이런 상황에서 자신이 병원에 코빼기도 비치지 않으면 사람들이 의아하게 생각할 수 있다. 자신을 별로 좋아하지도 않으면서, 이런 배려를 해주다니. 가영은 감동했다. 역시 보고 배울 점이 많은 배우였다.

[괜찮으시다면 면회 가겠습니다. 언제 괜찮으세요? 괜찮은 시간 말씀해주시면 촬영 시간 피해서 가겠습니다]

[내일 아무 때나 와요. 나는 계속 병실에 있을 거니까요]

[네. 그럼 오후에 방문해도 될까요?]

[그래요.]

[알겠습니다. 내일 뵈어요]

문자를 마친 후, 가영은 휴대전화를 내려놓았다. 그러고는 바닥에 펼쳐놓은 이불에 얌전히 누웠다. 비를 오랫동안 맞아서인지 몸이 으슬으슬 떨렸다. 이불을 목 끝까지 끌어올린 후, 어두워진 천장을 바라보았다.

오늘 하루가 무척 길게 느껴졌다. 눈을 감자, 영상 하나가 찬찬히 흘러갔다. 비를 맞아 무거워진 자신의 몸을 밀치던 손길, 웅크린 몸으로 조명을 고스란히 맞던 우현의 모습. 쓰러진 가운데 고개를 들어 두리번거리다가 자신을 보고는 묘하게 안도하던 그의 얼굴까지. 슬쩍 늘어진 입매와 축 늘어지던 몸.

분명 찰나였는데, 영원처럼 길게 느껴졌다. 고마웠다. 그리고 조금…… 설 렜다. 누군가가 자신을 위해 이렇게까지 해준 것은 처음이었기에.

이불을 쥐고 있던 가영의 손에 힘이 잔뜩 실렸다. 잠시 들떠 있던 가영은 금 세 고개를 가로저었다. 그가 자신을 구한 것은, 인도적 차원이다. 그리고 자신 이 크게 다치면 드라마 촬영에 문제가 생기니까…….

그러니까 섣불리 설레지 말자. 타인의 호의를 쉽게 주워 먹어 체했을 때 얼 마나 아픈지는 선호와 연애하면서 충분히 겪었으니까.

가영은 눈을 꼭 감은 채 잠을 청했다. 금세 잠이 든 그녀의 머리맡에 놓인 휴 대전화에서 반짝 빛이 들어왔다.

[네. 기다릴게요.]

✦ ✦ ✦

영철은 무표정하게 눈앞의 광경을 응시했다. 갑자기 대본을 찾을 때부터 이 상하다 싶었는데, 하는 짓을 보니 더 이상하다. 우현은 대본을 받자마자 빈 칸 에 무언가를 써넣었다. 그러고는 중얼거리며 외우기 시작했다. 뭐 하나 싶어 유심히 쳐다봤지만, 더 알 수가 없었다. 가영이 면회를 온다더니, 미친 건가 싶 었다.

"방해할 생각은 아닌데 진짜 뭐 하냐, 너? 가영 씨가 면회 온다니까 미치기 라도 한 거냐?"

"대사 외우고 있어요."

우현이 여전히 대본에 시선을 둔 채 대답했다.

"그러니까 내 말은…… 무슨 대사를 네가 직접 쓰고 외우냐는 거지. 곧 가영 씨도 오는데 말이지."

"형도 알잖아요. 좋아하는 사람이 앞에 있으면 아무 말 못 하는 병 있는 거."

"그렇지. 아주 잘 알지. 그거 때문에 내가 얼마나 개고생 중인데. 그런데 그 거랑 이거랑 무슨 관계인데?"

"그치만 대사는 잘하잖아요."

"그래서? 네가 할 말들을 대사처럼 외우겠다고?"

"네. 임시방편이긴 하지만, 이렇게라도 극복해야죠. 모처럼 둘이서 대화를 나눌 수 있는 기회니까요."

우현이 싱그럽게 웃었다.

"가영 씨가 네가 생각하는 대로 대답한다는 보장은 있고?"

영철이 한심하다는 표정을 숨기지 않고 대답했다.

"그래서 경우의 수에 맞춰서 써놨어요. 물론 생각지 못한 말이 나올 수도 있지만, 그럴 땐 웃으려고요."

"……."

영철은 할 말을 잃었다.

경우의 수라니. 급이 다른 이 미친놈 좀 보게나.

정신이 아득해질 지경이었다.

"형. 거울 좀 줄래요?"

"거울은 왜?"

"헤어랑 옷이랑 확인해야죠. 아. 환자복이 많이 구겨졌네요. 잘 다려진 새 환자복 하나만 가져다줘요. 아무리 환자라도 꼴이 엉망이면 안 되잖아요. 가까이서 볼지도 모르는데."

촬영을 준비하듯이 우현은 꼼꼼하게 주변을 확인하고, 스스로를 정돈했다. 영철은 넋이 나가 수납장 제일 아래칸에 놓인 새 환자복을 꺼내 기계적인 움직임으로 우현에게 내밀었다.

"자."

"고마워요."

영철은 우현이 옷 갈아입는 모습을 물끄러미 바라보며 갈등했다. 역시 지금이라도 대표님에게 연락을 해야 하나. 멀쩡한 척하던 미친놈이 그냥 미친놈이 되었다고.

◆ ◆ ◆

별이 오다

가영이 우현의 병실을 찾아온 건 오후가 되어서였다. 그녀는 왼손에는 꽃다발을, 오른손에는 음료수 박스를 들고 들어왔다.

우현이 받아들려고 하자, 가영이 "환자는 안정을 취해야 해요. 제가 할게요."라며 얼른 음료수 박스를 수납장 앞에 내려놓았다. 그러고는 우현이 잡을세라 테이블로 달려가 꽃다발을 얹어두었다. 그러다 뒤늦게 생각났는지 걱정스런 표정으로 우현을 쳐다보았다.

"혹시 꽃 알레르기 있으신 건 아니죠?"

우현이 고개를 가로저었다.

"아, 다행이네요."

가영이 빙긋 웃었다. 그사이, 우현의 시선이 붙박이장처럼 벽에 붙어 있는 영철에게 향했다.

안 나가요?

우현이 눈으로 물었다. 영철은 버티고 서 있었다. 이런 재미있는 광경을 놓칠 수 없었다. 뻔뻔하고 오만한 우현이 어쩔 줄 몰라 하는 광경을 보기란 흔치 않은 일이다. 마음 같아서는 녹화해놓고 싶었다.

띠링.

영철은 벨 소리가 울려 주머니에서 휴대전화를 꺼냈다.

[나가요. 당장.]

우현이었다.

[싫어. 싫어. 싫어. 싫어. 싫어.]

영철이 씩 웃으며 앙탈 섞인 답장을 보냈다.

[그래요. 그럼 거기 있어요. 여태껏 고마웠어요. 형. 내일부터 푹 쉬어요.]

아니, 이 새끼가……. 협박을 이렇게 하나.

그러다 문득 영철은 이게 협박이 아닐 수도 있다는 생각이 들었다. 지금 잘리면 곤란하다. 무엇보다도 자신이 지금 잘리면 저 녀석은 자신의 여동생 결혼식에 참석을 안 할 거다. 우현의 본성도 모른 채 '잘생기고 착한 우현 오빠가 결혼식에 직접 축하를 해주러 오다니. 너무 좋다.' 환호하던 여동생의 얼굴이 눈앞에서 아른거렸다. 영철은 무의미한 반항을 멈추기로 했다.

"저는 잠시 일이 있어서 나가볼게요. 두 분이서 이야기 나누세요."

영철이 웃으며 가영에게 말했다. 배우 매니저 3년이면, 일상 연기도 거뜬했다. 물론 우현에겐 통하지 않았지만.

"아니에요. 저 금방 갈 거예요."

가영이 두 손을 가로저었다. 그러자 우현의 시선이 찌르듯이 영철을 향했다. 그 눈빛이 무엇을 의미하는지 잘 아는 영철은 씩 웃었다.

"아닙니다. 저 잠시 다녀올게요. 그동안 여기 계세요. 바쁘지 않으시면 저 돌아올 때까지 기다려주시겠어요? 이번 사태에 대해 잠시 이야기를 나눌 것도 있고 해서 말이에요."

"아…….."

가영이 갈등하는 표정을 지었다.

"이번 사고에 대해 가영 씨와 간단히 이야기는 해야 할 것 같아서요. 후속기사 내려면 가영 씨와 의논도 해야 할 것 같고……. 가영 씨 소속사 대표님 연락처도 좀 받아야 하고요. 지금 정리 좀 하고 싶은데 제가 좀 바빠서요. 그러니 조금만 기다려주세요. 금방 돌아오겠습니다."

영철이 공손하게 말했다. 저렇게까지 말하는데 안 된다고 할 수가 없어서 가영이 "네. 알겠습니다. 다녀오세요."라고 대답했다.

"다녀올게. 우현아."

영철은 싱긋 웃는 얼굴로 이를 꽉 문 채 말했다.

"잘 다녀와요."

영철의 행동에 만족한 우현이 화사한 얼굴로 대답했다.

얼굴에 꽃이 폈다.

영철은 속으로 혀를 끌끌 차며 병실 밖으로 나섰다.

두 사람만 남자 고요해졌다. 가영은 침대 옆 보조의자에 앉아 어색한 표정으로 우현과 창문을 번갈아 보았다. 그러다 용기를 낸 듯 입을 열었다.

"저…… 몸은 괜찮으세요?"

가영의 조심스런 물음에 우현이 고개를 끄덕였다.

"네."

"문자로도 말씀드렸지만, 감사합니다. 덕분에 저는 크게 다치지 않았어요."

"별말씀을요."

우현의 대답에 가영이 눈을 동그랗게 떴다. 요즘 촬영장에서 나누는 이야기라고는 인사가 전부였다.

"가영 씨는 몸 괜찮아요?"

우현의 물음에 가영이 멍한 표정을 지었다. 대답한 것에 이어 그가 먼저 묻기까지 했다. 거의 한 달 만이었다. 그가 자신을 싫어하는 게 아닐지도 모른다는 생각에 조금 들떴다.

"네. 다행히 괜찮아요. 비가 와서 땅이 젖어 있었잖아요. 푹신해서 괜찮았어요. 그런데……."

가영은 이번 사고가 조금 이상하다는 말을 하려다가 이내 입을 다물었다. 아직 입원해 있는 사람에게 신경 쓰이는 말을 하면 안 될 것 같았다.

"모레부터 촬영 나오시는 거죠?"

가영이 화제를 돌렸다.

"네. 가영 씨랑 하는 촬영이라고 알고 있어요."

우현이 자연스럽게 대답했다. 평소보다 부드러운 그의 분위기에 가영은 밝은 표정으로 말을 꺼냈다.

"네. 그때 인사드리려고 했는데, 오늘 인사드릴 수 있어서 다행이에요. 그리고 괜찮은 모습 보니까 마음이 놓이네요."

가영이 말갛게 미소 지었다. 우현은 그런 가영의 얼굴을 물끄러미 바라보았다. 평소 똑 부러지는 모습과 달리 수줍어하는 모습을 보니 이건 이거대로 매력 있었다.

우현은 손으로 열이 오른 목을 감쌌다. 기분이 이상했다. 자꾸만 열이 오르고, 입안이 바짝 말랐다. 누구 앞에서 작아지는 기분을 느껴본 적이 없는데 지금은 땅꼬마가 된 듯했다.

"어디 불편하세요?"

가영이 조심스럽게 물었다.

"아뇨. 괜찮아요. 취재진들이 연락하고, 찾아가고 그러죠?"

"네. 어떻게 휴대전화 번호를 알았는지 오늘부터 전화가 오더라고요. 그래서 안 받고 있어요."

"잘했어요."

우현의 말을 끝으로, 병실엔 침묵이 흘렀다. 더는 나눌 이야깃거리가 없었다. 순식간에 어색해진 가영은 우현이 쉬어야 한다는 걸 떠올리곤 일어날 준비를 했다. 영철은 병실 앞에서 기다려야겠다고 생각하며 몸을 반쯤 일으킬 때였다.

"같이 찍은 사진 한 장 더 있는데, 내가 안 보여줬죠?"

우현이 휴대전화를 들며 물었다. 가영이 어정쩡하게 선 자세로 그를 보았다.

"사진이 또 있었어요?"

"네. 잘 나온 건 남겨놓고, 다른 건 그냥 뒀어요. 볼래요?"

"아, 네."

우현이 사진을 찾아 가영에게 내밀었다.

"이건 내가 너무 이상하게 나와서 보낼 수가 없었어요."

가영이 휴대전화 속 사진을 바라보았다. 눈이 다 풀린 채 웃고 있는 자신과 웃고 있는 우현의 모습이 보였다. 새삼스럽게 기분이 이상했다. 자신이 멀리서 동경하기만 하던 스타와 함께 사진을 찍었다니. 그리고 지금은 그 스타와 한곳에 있었다.

"이 사진도 보내주실 수 있으세요?"

가영이 눈을 반짝이며 물었다. 비록 자신이 엉망으로 나온 사진이라도 해도 소중하게 보관하고 싶었다. 우현은 뭐라고 대답할 것처럼 입술을 벙긋거리다가 "네." 하고는 입을 다물었다.

분명 뭔가 더 말하고 싶어 하는 것 같았는데…….

얼마 후, 가영의 휴대전화로 띠롱, 문자 수신음이 울렸다. 우현이 보낸 문자였다. 함께 찍은 사진을 바라보던 가영의 입가에 미소가 맺혔다.

금세 다시 병실 안이 고요해졌다. 간간이 대화를 나누었으나 어딘지 모르게 어색했다. 우현은 질문은 능숙하게 하면서, 정작 제가 받은 질문은 '네, 아니요'로만 대답했다. 그러다 어느 순간부터 우현은 질문도 하지 않았다. 병실에

별이 오다

내려앉은 무거운 어색함에 숨이 막혔다.

우현은 답답해하는 듯했다. 피곤한데 자신이 눈치 없이 눌러앉아 있었던 모양이다. 가영이 핸드백을 쥐고서 일어났다.

"저는 이만 가볼게요. 쉬셔야 하는데 제가 너무 오래 있었네요. 매니저님은 제가 알아서 뵙고 이야기 나눌게요. 모레 촬영장에서 뵙겠습니다."

가영이 꾸벅 인사한 후, 돌아섰다. 우현은 최근 한 달 동안 그녀를 대할 때면 짓곤 하던 무표정한 얼굴로 돌아가 있었다. 그에 가영의 가슴이 철렁 내려앉았다. 자신도 모르게 실수를 한 건가, 아니면 이야기하다 보니 자신이 싫어진 건가. 잘못한 게 없는 것 같은데, 기분이 가라앉았다.

가영은 핸드백을 꽉 움켜쥐었다. 이 핸드백을 고르는 데 십 분이 걸렸다. 옷을 고르는 데에 이십 분이 걸렸다. 없어 보이지 않으려고, 꼴불견으로 보이지 않고 싶어서 고심 끝에 고른 옷이었다.

그에게 미움받고 싶지 않아서 안간힘을 다했다. 그런데 또 그는 저런 표정이다. 어딘가 몹시 못마땅하다는 듯한 얼굴이었다. 자신을 구해주고, 병문안 오라고 할 때까지는 설렜는데.

핸드백을 쥔 손가락이 하얗게 질렸다. 우현의 행동에 따라 롤러코스터를 타듯 기분이 오락가락하는 자신이 이제 싫어지려 했다. 더는 휘둘리고 싶지 않았다. 그리고 자신을 좋게 보려고 노력하는 우현도 자유롭게 해주고 싶었다. 아무리 노력해도 좋아지지 않는 사람도 있는 법이니까. 마음 아프지만 그를 이해하기로 했다. 가영은 반쯤 돌아서서 우현을 쳐다보았다.

"우현 씨. 아니, 선배님."

우현이 눈을 반짝이며 그녀를 쳐다보았다.

"제가 많이 부족하고 보기에 불편할 수 있을 거라는 생각이 들어요. 말씀해주시면 고치겠지만, 그러기 곤란한 부분이라면······. 조금만 견뎌주세요. 이번 촬영이 끝나고 나면 되도록 마주할 일이 없도록 노력할게요."

"······."

가영은 웃었지만 우현의 표정은 미묘해졌다. 마치 못 들을 소릴 들은 듯한 얼굴이었다.

"그리고 다시 한 번 저를 구해주셔서 감사드리고, 죽을 때까지 감사한 마음은 늘 잊지 않겠습니다. 제 이미지 생각해서 병문안 올 수 있게 허락해주신 것도 감사드립니다. 앞으로는 되도록 신경 쓰이지 않도록 조심하겠습니다."

가영은 허리 굽혀 인사한 후 돌아섰다. 기분이 이상했다. 홀가분하면서도, 속에서 무언가가 울컥했다. 웃고 싶은데 자꾸만 마음과 달리 울고 싶었다. 자신이 좋은 인상을 남기고 싶은 상대에게 미움을 받는 기분이란 이런 거구나 싶었다.

그녀가 병실 문을 열려고 할 때였다.

"가영 씨!"

자신을 다급히 부르는 소리에 가영이 돌아섰다. 저벅저벅 걸어온 우현이 가영의 앞에 멈춰 섰다. 고개를 들자 그의 얼굴이 눈에 들어왔다.

구겨진 미간, 꽉 다문 입술.

그가 입술을 달싹거리다가 입을 다물었다. 그가 또 화나면서 답답하다는 표정을 지었다. 그러다가 뭐가 불편한지 손으로 머리카락을 쓸어넘기더니, 날카로운 눈매로 가영을 쏘아보았다.

대체 자신의 어디가 못마땅해서 저러는 걸까?

이쯤 되니 가영도 기분이 상해 예의상의 미소조차 띨 수가 없었다. 더는 그와 마주하고 싶지 않아 고개를 획 돌렸다.

우현은 숨을 깊게 들이마시더니 휴대전화를 꺼냈다. 그러고는 뭔가를 다다다 입력했다.

가영은 자신을 앞에 두고 휴대전화를 사용하는 우현이 어이가 없었다. 이건 또 무슨 신종 무시인가 싶었다. 그녀가 말없이 병실 문을 열려는데, 뒤에서 불쑥 튀어나온 손이 문을 도로 닫았다. 가영이 돌아서자, 코앞에 그의 휴대전화가 자리하고 있었다.

[잠시만요. 가영 씨가 오해하고 있는 것 같은데 나, 가영 씨 안 싫어해요]

가영이 휴대전화 액정과 우현을 번갈아 보았다. 사람이 앞에 있는데 문자라니. 이게 대체 무슨 짓이냐는 표정으로 쳐다보는데, 우현이 답답하다는 표정으로 또다시 문자를 다다다 입력해 내밀었다.

[잠시만 앉아서 이야기 좀 하고 가요]

가영이 우현을 물끄러미 바라보았다. 그는 초조해하고 있었다. 가영이 그가 자신을 싫어한단 걸 알아챈 게 싫은 건가, 아니면 변명을 하려는 건가? 어느 쪽이든 이젠 상관없지만, 가영은 고민 끝에 걸음을 옮겨 보조의자에 걸터앉았다. 할 말이 있다는 사람을 무시하고 갈 수 없었다.

가영이 쳐다보자, 침대에 걸터앉은 우현이 입을 꽉 다물었다. 그러고는 휴대전화를 만지작댄다.

"경호원이 들을까 봐 말을 아끼시는 거라면……."

가영이 말문을 열기가 무섭게, 그가 고개를 가로저었다.

다다다.

그가 빠르게 손가락을 움직였다. 그러다 잠시 휴대전화를 바라보더니 입력하고, 그러길 반복하다 마침내 휴대전화를 내밀었다. 가영은 고개만 들어 그의 휴대전화를 바라보았다.

[그런 거 아니에요. 그리고 저 임가영 씨 안 싫어해요.]

"아, 그러시군요."

가영은 대답과 달리 믿지 않는 표정을 지었다. 우현이 답답하다는 표정으로 그녀를 쳐다보았다. 그가 다시 휴대전화를 두드렸다.

[울렁증이 있어요. 굉장히 친해지고 싶은 사람 앞에서는 말을 잘 못 해요. 표정도 굳어요. 그래서 그런 거예요. 그러니까 가영 씨를 불편하게 생각하거나, 싫어하는 건 아니니까 오해하지 말아요.]

우현이 다시금 휴대전화를 들이밀었다. 가영은 메시지를 읽고 또 읽었다. 아무리 봐도 이해가 되지 않았다.

"……그러니까, 저랑요?"

친해지고 싶은 사람이 나라고?

가영은 얼떨떨해 자신을 가리켰다. 그러자 우현이 빠르게 고개를 끄덕였다.

"아니. 잠시만요. 말을 잘 못 하시다니……. 방금 전까지는 잘하셨잖아요."

가영은 이해하기 힘들었다. 그녀의 물음에 우현의 표정이 미묘해졌다. 곤란한 얼굴이었다. 말이 안 되는 소리였다. 방금 전까지 잘만 하다가, 갑자기 말이 안 나온다니?

하지만 거짓말 같지는 않았다. 그는 몹시 답답하다는 얼굴을 하고 있었다. 입을 벙긋거리다가 얼굴을 찌푸리며 다물길 반복했다. 이런 행동 자체도 놀랍지만, 정말로 충격적인 부분은 따로 있었다.

[굉장히 친해지고 싶은 사람 앞에서는 말을 잘 못 해요.]

다른 사람도 아니고 신우현이다. 연예인 중에서도 연예인인 남자. 서글서글해 보여도 쉽게 곁을 주지 않고, 정상급 사람들 소수와 교제한다는 그가 자신과 친하게 지내고 싶다며 민망한 표정을 하고 있었다.

"그러니까……."

우현이 입을 떼다가 멈칫했다. 고개를 홱 돌리더니 굳은 얼굴로 입술만 깨물었다.

"편하게 말씀하세요. 말이 전혀 안 나오는 거예요?"

"아뇨."

우현이 짧게 대답했다.

"그럼 길게 말을 못 하는 거예요?"

"네."

그러고는 우현이 고개를 끄덕였다. 가영은 황망한 표정으로 그를 바라보다가 입을 열었다.

"괜찮아요. 편하게 말하세요."

가영이 다독거리듯 말하자, 우현은 휴대전화를 타다닥 치더니 그녀 앞에 내밀었다.

[횡설수설할지도 몰라요. 말을 더듬을 수도 있고요.]

우현의 문자에 가영이 빙긋 웃었다. 그러고는 고개를 들어 우현의 눈을 들여다보듯 보았다.

"괜찮아요. 말을 더듬어도요. 사실 저도 우현 씨 앞에 서면 떨려서 말실수 굉장히 많이 해요. 집에 가서 이불도 걷어차고, 그때 조금 더 잘할걸 하고 후회도

하고요. 그러니까 횡설수설하셔도 돼요. 제가 열심히 알아들을게요."

그녀의 대답에 우현이 약간 붉어진 얼굴로 머리를 쓸어넘겼다.

"……다음에요."

머뭇거리던 우현이 짧게 대답했다. 슬쩍 올라간 입꼬리, 그러면서도 줄곧 자신에게서 떨어지지 않는 그 시선에 가영이 가볍게 고개를 끄덕였다.

"알겠어요."

그것을 끝으로, 다시금 병실에는 침묵이 감돌았다. 가영은 멋쩍어 허공을 바라보다가 몸을 일으켰다.

"너무 오래 앉아 있었네요. 이만 가볼게요."

"아직 안 왔어요. 우리 매니저."

우현이 어색하게나마 대답했다.

"네. 그렇지만 너무 오래 여기 있으면 병원 밖에 대기 중인 기자들이 오해할 것 같아서요. 매니저분의 연락처를 알려주시든지, 아니면 제 연락처를 매니저분에게 전달해주시겠어요? 어느 쪽이든 저는 괜찮아요."

가영이 핸드백을 어깨에 걸치며 사양했다. 그러자 잠시 고민하던 우현이 입을 열었다. "연락할게요."

"네. 알겠어요. 그럼 저는 이만 가볼게요."

우현은 더는 잡을 명분이 없어 가영의 뒤를 졸졸 따랐다. 그러다 그녀를 앞질러 지나치더니 문을 열어주었다. 어쩐지 문은 몹시 느리게 열리는 듯했다.

"……잘 가요."

"네. 그리고…… 저…….."

가영이 조금 민망해하며 말문을 열었다. 우현이 쳐다보자, 가영이 그를 마주 보았다.

"사실은 저도 우현 씨 굉장히 팬이에요."

"……."

"그래서 이렇게 이야기 나누고 하는 게, 아직도 신기하고 얼떨떨해요. 기분 좋기도 하고요. 그러니까…… 제가 하고 싶은 말은, 오늘 용기내서 이야기해주셔서 감사합니다. 그리고 피곤할 텐데 병문안 올 수 있게 해준 것도 고마워요."

"……."

"음, 그럼 촬영장에서 뵙겠습니다."

가영은 부끄러운 듯 꾸벅 인사한 후, 긴 복도를 따라 걸어갔다. 뒤도 한번 안 돌아보고 멀어지는 가영을 바라보던 우현은 자신을 쳐다보고 있던 경호원들과 눈이 마주쳤다. 그를 바라보고 있던 경호원들의 시선이 얼른 앞으로 향했다.

"수고가 많으시네요."

그는 아무렇지 않은 얼굴로 그들에게 웃어 보인 후, 병실 문을 닫았다. 그리고 침대로 걸어가던 중 그는 병실 한 중간에 무릎을 접고 쭈그려 앉았다. 다리에 힘이 풀렸다. 그는 큰 손으로 얼굴을 덮었다.

이게 뭐라고, 이래?

사춘기 때도 안 하던 짓을 하고 있는 스스로가 한심하면서도, 기가 막혔다.

「사실은 저도 우현 씨 굉장히 팬이에요.」

그 목소리가 귓가에 쟁쟁거렸다. 그 말을 곱씹던 우현의 입술 끝이 삐쭉 올라갔다. 방금 전까지 계속해서 욱신거리던 어깨가 말짱해진 기분이다.

◆ ◆ ◆

병문안을 다녀온 후, 가영은 하루 종일 집에서 꼼짝도 하지 않았다. 우현이 자신을 구해주다가 다치게 된 상황인데 괜히 돌아다니다가 구설수에 오르면 좋지 않을 것 같다는 생각 때문이다. 거기다가 운 없이 기자라도 마주치면 골치 아팠다.

간단히 샤워를 한 후, 수건으로 머리를 닦던 가영은 멍하니 벽을 바라보았다.

[울렁증이 있어요. 굉장히 친해지고 싶은 사람 앞에서는 말을 잘 못 해요. 표정도 굳어요. 그래서 그런 거예요. 그러니까 가영 씨를 불편하게 생각하거나 싫어하는 건 아니

별이 오다

니까 오해하지 말아요.]

우현의 문자가 눈앞에서 아른거렸다. 마치 사진이라도 찍어놓은 것처럼 머릿속에 생생하게 남아 있었다. 자신의 팬도 아니고, 친해지고 싶은 사람이라니. 뒤늦게 우현이 상황을 모면하려고 아무렇게나 둘러댄 게 아닌가 하는 의심이 들었지만, 그가 굳이 그런 거짓말을 할 필요 없었다.

그나저나 친해지고 싶다는 의미는 사람으로서일까, 이성으로서일까? 사람으로서가 아닐까? 이성으로서 좋아한다면 '친해지고 싶다'라는 표현이 아니라, '좋아한다' 표현했을 테니. 더군다나 우현의 눈이 높은 건 연예계에서 이미 유명했다. 재벌가의 여자도, 유명한 여배우의 대시에도 눈도 깜빡하지 않았다고 했다. 그런 그가 자신을 이성적으로 좋아할 리 없다.

띠리링. 띠리링.

멍하니 있다가 화들짝 놀란 가영은 액정을 확인하곤 더욱 놀랐다.

[신우현 씨]

우현에게 사진을 받은 후, 그의 번호를 몰래 저장해두었었다. 언젠가 통화할 일이 생길지도 모르고, 설령 그러지 않더라도 번호쯤은 저장해두고 싶었다. 그랬는데, 그 번호로 전화가 먼저 왔다.

"네."

놀란 가영이 얼른 전화를 받았다.

— 집에 잘 들어갔어요?

휴대전화에서 흘러나오는 목소리가 매끈했다. 만나서 말하는 건 힘들어도, 통화는 괜찮은 건가?

"네. 잘 들어왔어요. 우현 씨는 몸 괜찮아요?"

— 네.

그 대답 끝으로 침묵이 내려앉았다. 그가 말하길 어려워한다는 게 떠오른 가영이 얼른 입을 열었다.

"혹시 매니저님 근처에 있으신가요? 전화하신다고 했는데 아직 안 하셔서요."

– 매니저 대신 내가 전화한 거예요. 가영 씨 매니저 번호 좀 문자로 보내줄래요? 우리 매니저가 가영 씨 매니저한테 전화할 거예요. 아니면 이번 일을 수습하기로 나선 기획사 담당자도 상관없고요.

"알겠어요. 곧 문자 보낼게요."

그 외의 용건은 없는 것 같은데 그는 딱히 전화를 끊을 생각이 없어 보였다. 침묵이 이어졌다.

가영은 전화를 끊을까 하다가 차라리 이참에 못다 한 이야기를 하자 싶어 조심스럽게 입을 열었다.

"저…… 여러 번 인사드렸지만, 감사해요. 덕분에 다치지 않을 수 있었어요. 다음에 어떻게든 갚을게요."

– 가영 씨, 그러면……. 하아, 미안해요. 문자 보낼게요.

"네?"

뚝.

가영이 되묻기가 무섭게 전화가 끊겼다. 가영은 멍한 얼굴로 휴대전화를 바라보았다. 이윽고 그에게서 문자가 도착했다.

[갚는다고 했으니 부탁 하나만 할게요.]

아무래도 전화도 불편한 모양이었다.

[네. 뭐든 말하세요.]

가영이 답하기가 무섭게 그에게서 기다렸다는 듯이 답변이 왔다. 가영은 그 문자를 하염없이 바라보았다.

[나 싫어하지 말아줄래요?]

이건 그녀가 그에게 했던 부탁이었다.

띠링.

이어 그에게서 문자가 연달아 오기 시작했다.

[내가 나답지 않게 말을 더듬거나, 크게 당황하거나, 멍청한 짓을 해도, 그래도 실망하지 말아요.]

[신우현이라는 사람은 그다지 완벽하지 않으니까요]

[부탁할게요]

별이 오다

한 글자, 한 글자에서 간곡함이 느껴졌다. 가영은 그 문자를 물끄러미 바라보았다. 이 마음이 어떤 건지 그녀는 잘 알고 있었다. 자신이 우현에게 싫어하지 말아달라고 부탁할 때, 이런 마음이었으니까.

잠시 고민하던 가영은 자신이 듣고 싶었던 대답을 그대로 우현에게 해주었다.

◆ ◆ ◆

[말도 더듬고, 실수하는 인간적인 우현 씨의 모습을 기대할게요. 오히려 그런 모습을 볼 수 있다고 하니까 기대되네요. 자주, 많이, 보여주세요. 그리고 촬영 마치고 밥 한번 살게요. 괜찮으시면 식사 같이 해요.]

우현은 도착한 문자를 물끄러미 바라보았다. 그의 눈이 액정에서 떨어질 줄 몰랐다. 이윽고 그는 큰 손으로 비죽이 올라가는 입꼬리를 가렸다.

말도 예쁘게 하네.

그리고 데이트 신청도 받았다. 우현이 눈을 감은 채 빙긋 웃었다. 통화할 때 쓰려고 대사를 적어놓은 종이가 그의 손안에서 와그작 구겨졌다.

"뭐 하냐, 너. 소름 끼치게."

우현의 곁을 지키며 지루해하던 영철이 얼굴을 찌푸리며 물었다. 우현이 갑자기 휴대전화를 쥐고서 세상 가장 행복한 얼굴을 하고 있는 걸 보니 뭔가 찝찝했다.

"야. 신우현."

평소라면 능글맞게 쏘아붙여야 할 우현은 자기만의 세계에 갇힌 듯 반응이 없었다.

"대체 뭐 보고 그래?"

영철이 성큼성큼 우현에게 다가갔다. 그가 들여다보고 있던 휴대전화를 살피려는데, 우현이 싹 감추었다.

"촬영 끝난 후에 같이 밥 먹재요."

"가영 씨가?"

"네. 이거 데이트 신청 맞죠?"

"데이트? 야, 너 설마 아까 가영 씨한테 고백했냐?"

영철이 깜짝 놀라 눈을 부릅떴다.

"아뇨. 아직은 때가 아니라서요."

아직 가깝게 지내지 않는데 대뜸 고백하면 가영이 부담스러워할 수 있다. 그러면 작품을 함께하는 내내 분위기가 불편해진다. 그리고 지금 자신은 고백할 만한 상태가 아니었다. 가영의 앞에서 제대로 말도 못 하는데, 그런 식으로 고백하는 건 썩 내키지 않았다. 천천히 다가가서 고백할 생각이다. 가영의 마음이 확실해진 후에.

"때가 아니라니. 그럼 뭐 어쩔 건데? 나중에 진짜 고백이라도 할 거냐?"

영철이 나오려는 한숨을 참으며 물었다.

"네. 물론 한참 뒤에요. 그래서 말인데요, 형."

우현이 웃으며 영철을 쳐다보았다. 눈이 초승달처럼 접혀 있었다. 화보 촬영 때 여자 스태프들의 넋을 뺀다는 그 표정이기도 했다.

"왜 그런 얼굴로 사람을 쳐다봐? 사람 불안하게."

"가영 씨 허락도 받았으니 가깝게 지내려고요. 그러니까 방해하지 마요."

"말 끊어서 미안한데, 내가 네 인생에 방해라는 걸 한 번이라도 해보고 그런 소리를 들으면 덜 억울할 것 같은데."

영철이 아랫입술을 씹으며 말했다.

"혹시나 그럴까 봐서요."

"……."

"가영 씨에게 허락 받았으니 가까워질 생각이거든요. 먼저 다가갈 거예요. 이 마음, 진심이에요. 그러니까, 내가 하려는 말이 뭔지 알겠죠?"

어설프게 방해하거나, 말리지 말라는 의미였다. 배우생활 내내 스캔들 한번 없도록 철저하게 자기 자신을 관리하던 우현이다. 그런 그가 처음으로 연애를 하고 싶어 한다. 저런 얼굴을 하는데 어떻게 말릴 수 있을까. 영철은 긴 한숨을 내쉬었다.

"그래. 내가 널 어떻게 말리겠냐. 그런데 가영 씨가 받아줄지 모르겠다? 이

별이 오다

제 막 시작한 신인이면 소속사에서 너 같은 거물이랑 사귄다고 하면 바짓가랑이를 붙들고 늘어져서라도 말릴 텐데 말이다.”

“…….”

“너야 지금 하고 싶은 거, 이루고 싶은 거 다 이루었지만 가영 씨는 이제 막 시작이잖아. 내가 가영 씨라면 너 같은 거물이랑 엮이는 건 피할 거 같거든. 뭐, 그건 가영 씨 본인 나름이지만. 하여튼 잘 생각하고 움직여. 섣불리 움직였다간 피 보니까.”

“…….”

“너 말고 가영 씨가. 알았지?”

정곡을 찌르는 영철의 말에 우현은 잠잠해졌다. 영철은 어깨를 으쓱거리며 본래 있던 소파로 돌아와 드러누웠다. 자신이 던진 말을 소화하느라 바쁜 우현을 흘깃 바라본 영철은 다른 곳으로 시선을 돌렸다.

Chapter 08

버스를 탄 가영이 창밖을 바라보았다. 얼마 만에 버스를 타는 건지 모르겠다. 스케줄이 없는데 움직이게 된 건 PD의 연락 때문이다. PD는 긴히 할 이야기가 있으니 시간이 괜찮으면 잠깐 얼굴을 보자고 했다.

가영은 혜록에게 부탁할까 하다가 모처럼 쉬는 그녀를 방해할 수 없어서, 버스를 타고 이동했다. 머리를 풀고 모자를 푹 눌러쓰자 아무도 못 알아보는 듯했다.

모처럼 자유를 느끼고 있는 차, 학교 앞 정거장에서 학생들이 우르르 올라탔다. 그들은 왁자지껄하게 떠들었다. 시험에 관한 이야기를 하는 걸 보니, 시험 기간인 모양이었다. 가영은 혹시나 하는 마음에 시선을 창밖에 두었다. 학생들의 대화가 들려왔다.

"야, 미친. 미친 소년들 팬미팅 한다는데?"

"진짜? 언제?"

"몰라. 준태 오빠가 SNS에 그렇게 써놨는데?"

"나도 들어가봐야지. 음반 안에 팬미팅 티켓 넣어놓은 거 아냐? 다른 가수들 보니까 그렇게 하더만. 몇십 장 사야 한 장 나온다던데."

"하, 용돈 없는데. 망했네."

학생들이 미친 소년들에 대해 떠들자 절로 귀가 쫑긋했다.

인기 많구나, 우리 준태.

가영이 흐뭇한 표정으로 창밖을 바라보았다.

"헐, 신우현 퇴원했대."

휴대전화를 들여다보던 학생이 불쑥 던진 말에 가영의 어깨가 흠칫했다.

"그러면 '그 남자의 작전'은 계속 방송하는 거?"

별이 오다

가영을 에워싼 여학생 중 누군가가 물었다.

"어. 그런 거 같은데?"

"다행이네. 우리 언니랑 엄마가 그것만 기다리고 있거든. 나도 보다 보니 재미있더라. 근데 엄마가 자긴 보면서 나보고 들어가서 공부하라고 해서 짜증나."

"나도. 그래서 누워서 휴대전화로 봐. 신우현 진짜 잘생기지 않았냐? 우리미친 소년들 오빠들 팬이긴 하지만, 솔직히 외모는 배우가 나은 거 같아."

"그건 그렇지. 배우는 배우지."

자기들끼리 키득거리는 소리에 가영은 자신도 모르게 고개를 주억거릴 뻔했다. 준태와 성운보다는 우현의 외모나 아우라가 비교가 안 될 만큼 남다르다는걸 겪어서 잘 알고 있었다. 그렇다고 준태가 부족한 건 절대 아니다.

우리 준태도 잘생겼지.

가영이 뿌듯한 마음으로 생각할 때였다.

"근데 임가영 진짜 재수 없지 않냐?"

"그러게. 임가영 때문에 신우현 다치고 이게 무슨 일이야?"

"진짜 걔는 성격도 별로라면서 민폐도 장난 아니네."

갑작스레 나온 자신의 이름에 가영은 멈칫했다. 갑자기 심장이 철렁 내려앉았다.

"예쁜 것도 아니면서 어떻게 배역을 따낸 거야? PD 애인이냐?"

"진짜 그런 거 아냐? 왜 연예인들 스폰서 많다며?"

"더럽네. 성공하려고 별의별 짓을 다 한다, 진짜. 나이도 많은 게 남자 겁나밝히지 않아? 전에 준태 오빠랑 성운 오빠랑 얼굴 찰싹 붙이고 사진 찍은 것도짜증나 죽겠는데."

"그니까. 나이 생각 못 하고 남자들만 밝히고."

"걔 일진이었다며? 애들 엄청 괴롭히고 다녔다는데."

"대박이네. 완전 미친년이네."

여학생들이 낄낄 웃으며 툭툭 던지는 말이 가영의 가슴을 관통했다. 가영은주먹을 꽉 쥐었다. 그러고도 진정되지 않아 손이 부들부들 떨렸다. 연예인이라는 직업이 이런 자리라는 건 잘 알고 있다. 알지만, 알고 맞는다고 해서 아픔이 덜한 건 아니다. 더는 앉아 있기 힘들어진 가영이 자리에서 일어나던 순간이다.

툭.

가영이 몸을 일으키는 중에, 봉을 잡은 여학생의 손이 움직이며 그녀의 모자를 쳤다. 모자가 바닥으로 떨어졌다.

"어? 죄송합……."

여학생이 사과를 하며 모자를 주우려고 고개를 숙이다가 멈칫했다.

"……어?"

여학생이 가영의 얼굴을 확인하곤 눈을 크게 떴다. 가영이 손으로 얼굴을 가렸지만, 이미 늦었다.

"왜?"

"뭔데?"

여학생의 반응에 주변에 있던 여학생들이 가영을 쳐다보았다.

"……임가영?"

누군가가 그녀의 이름을 툭 뱉었다.

"헉."

"흡."

각종 소리가 버스 안에 번져갔다. 갑작스럽게 달라진 분위기에 승객들의 시선이 모조리 가영에게 향했다. 그들은 가영을 확인하고는 휴대전화를 들었다.

사람들의 시선이 바늘 같았다. 찌르고 들어오는 시선에 온몸이 얼얼했다. 그러나 가영은 아무렇지 않은 척 고개를 숙여 바닥에 떨어진 모자를 주워 툭툭 털었다. 머리를 쓸어넘긴 가영은 모자를 눌러썼다. 그리고는 자신을 쳐다보고 있는 여학생을 마주 보았다. 방금 전까지 스폰서 있는 거 아니냐며 욕하던 여학생의 얼굴이 빨갛게 물들어 있었다.

가까이서 본 여학생은 길에서 마주한 천진난만한 소녀의 얼굴과 같았다. 이토록 예쁘고 순한 얼굴을 하고서 그런 모진 소릴 했구나. 순간, 서글픔이 밀려들었다. 그러나 가영은 내색하지 않고 미소 지었다.

별이 오다

"괜찮아요?"

가영이 여학생에게 물었다.

"네?"

"나랑 부딪쳤잖아요. 손 괜찮냐고요."

"아, 네. 네."

여학생은 당황해 고개를 끄덕였다.

"다행이네요."

가영이 싱긋 웃자, 여학생의 눈이 이리저리 흔들렸다.

"들으려고 들은 건 아닌데, 어쩌다 보니 들었어요. 미친 소년들이랑 가까이서 사진 찍어서 미안해요. 앞으로는 사진 찍을 일 없으니 기분 나빠도 봐줄래요?"

"네? 아……. 네."

가영이 웃는 얼굴로 건네는 말에 여학생의 동공이 이리저리 흔들렸다. 주변의 여학생들이 자기들끼리 수군거렸다. 다 들었나 봐, 어쩌지 등등. 그런 이야기가 오가는 가운데 찰칵, 사진을 찍는 소리가 울렸다.

가영이 앞에 있으니 여학생은 얼굴을 푹 숙인 채 어쩔 줄 몰라 했다. 자신의 앞에서는 이럴 거면서. 뒤에서 하는 말이 아무리 쉽다고는 하지만, 괜히 씁쓸했다.

"그리고 오디션 봐서 배역 땄어요. 스폰서니 뭐니 그런 있지도 않은 안 좋은 이야기는 하지 마요. 이렇게 예쁜 얼굴을 하고서."

가영은 웃는 얼굴로 손을 뻗어 여학생의 어깨에 묻은 먼지를 떼어주었다. 여학생의 얼굴이 홧홧하게 달아올랐다. 가영은 더 이야기하고 싶었으나 입을 다물었다. 자신이 무슨 소릴 한들, 그녀가 그 자릴 뜨고 난 후엔 씹을 거리밖에 되지 않으니까.

하지만 스폰서 이야기만큼은 참을 수가 없었다. 차라리 친한 사이거나, 아는 사람이었다면 성격대로 쏘아붙였을 텐데, 연예인이라서 참아야만 했다. 자신이 밉보이면, 이 사람이 자신의 등 뒤에서 어떻게 칼날을 겨눌지 모르니까.

가영은 씁쓸한 얼굴로 여학생들을 지나쳐 뒷문 앞에 섰다. 벨을 누른 지 얼마 되지 않아 버스가 멈춰 섰다. 버스에서 내리자 뒤따라 몇몇 학생이 따라 내렸다. 가영은 그들을 못 본 척하며 택시를 잡아탔다.

택시를 타자마자 가영은 모자를 더욱 푹 눌러썼다. 온몸이 저릿저릿했다. 어딘가 얻어맞은 것처럼 얼얼한데, 어디가 아픈 건지 모르겠다. 말로 맞으면 이랬다. 분명 통증은 있는데 상처는 없다. 그래서 아파도 아프다고 티를 낼 수 없었다.

가영은 울고 싶었으나, 입술을 깨문 채 꾹 참았다.

기운 없이 약속장소로 향한 가영은 도착하고서야, 그곳이 어느 작가의 작업실이라는 걸 알았다. 문을 열어준 건 처음 보는 사람이었다. 얼떨떨한 가영이 머뭇거리며 서 있자, 때마침 PD가 나와 웃으며 인사를 건넸다.

"오느라 수고했어요, 가영 씨."

"네. 그런데 여기는 어디죠?"

"친한 작가의 작업실이에요. 이곳만큼 안전하고 편한 곳이 없어서요."

"아, 네."

"들어와요."

PD의 안내에 가영이 들어섰다. 그러다 미리 와서 앉아 있는 누군가를 발견하곤 멈칫했다.

"처음 뵙겠습니다. 저는 작가 장효원입니다."

"네. 반갑습니다."

작가와 인사를 나누면서도 가영의 시선은 모자를 푹 눌러쓰고 앉아 있는 우현에게 향했다. 그는 긴 다리를 뻗고 앉아 그녀를 바라보고 있다. 굳은 것 같기도 하고, 웃는 것 같기도 한 기묘한 얼굴이었다.

대체 이 멤버는 뭐지?

가영이 얼떨떨한 얼굴로 주변을 둘러보았다.

"갑자기 오라고 해서 놀랐죠? 다른 일 있었던 건 아니에요?"

PD가 부드럽게 물었다.

"아니에요. 오늘 할 일도 없었어요."

"그런데 얼굴이 왜 이래요? 안색이 안 좋네요."

PD의 말에 가영은 제 옆얼굴에 꽂히는 시선을 느꼈다. 고개를 돌리자 우현이 무표정한 얼굴로 그녀를 빤히 쳐다보고 있었다. 얼마 전 우현이 친하게 지내고 싶은 사람에게 더욱 무뚝뚝하게 굴게 된다 설명해주지 않았다면, 자신을 노려보는 줄 알았을 거다. 지금은 표정관리를 하는 중이라는 게 느껴졌다.

"괜찮아요. 오늘 너무 푹 잤나 봐요."

버스 안의 일을 회상하자 가슴이 욱신거렸으나, 가영은 아무렇지 않은 척 웃었다.

"그래요? 그럼 다행이고요. 자, 다들 바쁜 사람들이니까 일단 앉아볼까요?"

PD의 제안에 가영이 테이블 앞에 앉았다. 가장 중앙 자리에 앉은 PD가 두 손을 모으고서 우현과 가영을 번갈아 보았다.

"두 사람 다 매니저한테 들었겠지만 이번 일은 사고가 아니라 고의적으로 벌어진 것이었어요. 비가 오고 바쁜 틈을 이용해 누군가가 나와 조명감독 사이를 이간질해 조명사고를 만들어냈어요. 몹시 엉성한데, 상황이 상황이니만큼 당할 수밖에 없었어요."

당시 비가 세차게 내리고 있었고, 분위기가 급박했다. 옆에서 누군가가 말을 해도 제대로 들리지 않을 정도였다.

"문제는 누가 이런 짓을 왜 했는지가 중요한 거죠. 다행히 인상착의를 토대로 며칠간 추적한 끝에 범인을 찾아내긴 했어요. 100퍼센트 확신할 순 없지만, 그 사람일 확률이 몹시 높아요."

PD는 심각한 표정을 하고 있었다.

"누구예요?"

가영이 불쑥 물었다. 그때 그 조명이 자신의 머리 위로 떨어졌다면, 큰 부상을 면할 수 없었을 거다. 누군가가 자신에게 악의적인 감정을 갖고 있다고 생각하니 섬뜩했다.

"엑스트라로 자주 촬영장에 오가던 사람이에요. 그런데 이 사람이 잡아떼고 있어서 방법이 없어요. 심증은 확실한데 처벌하려고 하니 증거가 없고요. 물론 앞으로 촬영장에 못 드나들게 할 거긴 한데, 뭔가 석연찮아서요. 여태껏 묵묵히 엑스트라만 하던 사람이 왜 갑자기 이런 일을 저질렀을까요? 여기서 막혔어요. 어떻게 하면 좋을까 싶어서 우현 씨한테 의논하려고 전화했더니 일단 모여서 이야기하자고 하더군요. 그래서 제가 친한 작가한테 부탁해서 여길 빌렸어요. 다른 데 이 이야기가 새어나가면 안 되니까요."

PD가 덤덤하게 말했다. 본래 이런 사건은 배우들의 소속사 담당자들과 의논하지만, 우현은 사건의 당사자들인 배우들과 먼저 이야기를 나누는 게 맞지 않겠냐고 나섰다.

「그리고 범인은 소속사 사람일 수도 있지 않아요? 아주 낮은 확률이긴 하지만, 되도록 말이 새어나갈 가능성도 차단해야죠.」

이어 우현이 한 말에 PD는 그게 좋겠다며 두 사람만 불러들였다.

"범인으로 추정하고 있는 사람은 범인이 확실해요?"

다리를 꼬고 앉아 있던 우현이 냉담한 투로 물었다. 자칫 잘못해서 애꿏은 사람을 잡았을 경우, 사건이 심각해진다.

"확실해요. 조명감독이 그 사람 사진을 보더니 사건 당일 내 말이라며 지시를 전달해준 사람이 맞다고 하더라고요. 그리고 급하게 설치된 두 번째 조명 근처에 그 사람이 얼쩡거리고 있는 걸 봤다는 스태프들이 있어요. 이번에 쓰러진 건 엔진조명인데 밑이 단단하게 고정되어 있어서 누군가가 지킬 필요가 없었다고 하더라고요."

"비가 많이 내렸잖아요, 그날."

가영이 혹시 비 때문은 아니냐는 듯 조심스럽게 물었다.

"비가 세차게 내리긴 했지만, 쓰러질 정도는 아니에요. 그것만 쓰러진 것도 이상하고요. 그리고 우현 씨가 전화로 지적한 것처럼 비바람이 내리던 방향대로 조명이 쓰러져야 한다면 반대쪽으로 넘어갔어야 해요."

"그럼……."

가영이 말을 하다 말고 입을 다물었다.

그럼 정말 자신을 다치게 할 생각이었구나.

하마터면 그 말을 내뱉을 뻔했지만 지금 이 상황에는 도움이 되지 않을 것 같아 가영은 입을 다물었다. 하지만 여전히 등골은 서늘했다. 과거 자신이 죽기 전에도, 이런 비슷한 경험을 해서인지 불안했다. 또 보이지 않는 누군가가 자신의 삶에 개입한 것 같았다.

가영은 동요했지만 주먹을 꽉 움켜쥐었다. 무섭다고 도망치면 안 된다. 자신의 삶은 자신이 아니면 그 누구도 책임져주지 않는다. 흔들리는 마음을 다잡은 가영이 고개를 들었다.

"그럼 지금 그 사람을 추궁할 수 있는 증거가 전혀 없다는 말씀이죠?"

가영이 PD를 보며 낮은 목소리로 물었다. 잠시 생각에 잠겨 있던 사람들의 시선이 모조리 가영에게 쏠렸다.

"네. 이렇게 그냥 넘어가자니 꽤씸하기도 하고 스태프들도 불안해서 해결하기는 해야 하는데……. 그래서 모이자고 한 건데, 이야기하다 보니 뾰족한 수가 없긴 하군요."

PD가 마땅히 방법이 없다는 듯 낮은 한숨을 내쉬었다.

"그럼 이렇게 하면 어떨까요?"

가영이 운을 떼자 사람들의 시선이 쏠렸다. 가영은 그들의 시선을 마주하며 이야기를 조용히 꺼냈다.

✦ ✦ ✦

이야기를 마친 후, 가영은 홀로 작가의 작업실에서 나섰다. PD는 촬영준비 때문에 먼저 자리를 떴고, 작가는 제가 작업 중인 작품에 대해 이야기를 나누자며 우현을 붙잡았다. 작업실을 빌려놓고, 그냥 갈 수 없었는지 우현은 그곳에 남았다. 가영은 두 사람이 편히 이야기를 나눌 수 있게 걸음을 재촉했다.

오피스텔을 막 나서려던 가영은 그 자리에 우뚝 멈춰 섰다. 예보에도 없던 장대비가 쏟아지고 있었다. 하늘에 구멍이 난 게 아닐까 의심스러울 정도였다. 우산이 없다. 택시를 불러야 하나, 버스 정류장까지 비를 맞고 뛰어가야 하나, 아니면 편의점에서 우산을 사야 하나.

이런저런 생각이 머리에서 떠돌았지만, 정작 발은 꼼짝도 하지 않았다. 멍한 머릿속으로 안개처럼 한 가지 생각이 스며들었다.

나, 생각보다 많이 미움받는구나. 이전 삶에선 그래도 이렇게까지는 아니었던 것 같은데.

이전처럼 실수하지 않으려고 아등바등 버티고 있는데, 그럴수록 더 힘들어지는 기분이었다. 여태껏 자신을 받치고 있던 노력들이 무너지면서, 온몸이 지하로 빨려들어가는 것 같았다. 씁쓸하고, 허탈했다.

"뭐 해요?"

누군가 말을 건네고서야 가영은 제 곁에 누군가가 있다는 걸 알고 고개를 돌렸다. 모자를 푹 눌러쓴 우현이 그녀를 내려다보고 있다.

"비 오는 거 구경하고 있었어요."

가영이 아무렇지 않은 척 대답했다.

"그래요?"

우현이 여상하게 대답하곤 쏟아지는 빗줄기로 시선을 두었다. 뒤따라 가영의 시선도 그곳으로 향했다. 빗줄기가 쏟아지는 거리엔 지나다니는 사람이 아무도 없었다. 주변엔 사람 소리가 들리지 않아 섬에 뚝 떨어진 기분이 들었다. 그 때문일까, 평소라면 하지 않았을 말들이 입에서 흘러나왔다.

"우현 씨는 그 자리 힘들지 않아요? 그러니까 제 말은, 유명한 스타잖아요. 좋아하는 사람도 많지만 시기, 질투하는 사람들도 많을 거고, 이유 없이 험담하는 사람들도 있을 거고요. 그런 걸 어떻게 견뎌내는지 갑자기 궁금해서요."

연예계에서 환호는 적대와 크기가 비슷하다. 조금만 삐끗해도 굴러떨어지기 십상이고, 굴러떨어진 후에 사람들은 기다렸다는 듯이 물어뜯는다. 어제까지 친구였던 사람들이 순식간에 등을 돌리고 홀로 고립되는 경우가 허다했다. 그렇게 추락하면 본래 있던 자리로 올라가기 힘들어진다. 그 무섭고 힘든 자리를 어떻게 몇 년간 견뎌내고 있는지 대단하면서도 궁금했다.

우현이 입술을 달싹거렸다. 그러다가 입을 다물었다. 그는 긴 이야기를 답하기 전엔 머뭇댔다. 그걸 알게 된 가영은 그가 편하게 이야기할 수 있도록 기다렸다. 잠시 고민하던 우현이 휴대전화를 꺼내 들었다.

"말실수하셔도 돼요."

"……."

가영의 말에 우현이 고개를 돌려 그녀를 바라보았다. 그의 갈색 눈동자가 흔들리고 있었다.

"더듬어도 되고, 실수해도 되고, 다 괜찮아요."

"……."

"그러니까 그냥 말해주세요. 목소리가 듣고 싶어서 그래요."

문자가 주는 딱딱함보다 온기와 억양이 실린 목소리로 답변이 듣고 싶었다. 지금 이 순간 세상에 자신을 싫어하는 사람만 있는 것 같은 기분이 들 때에, 자신과 친해지고 싶다고 호감을 보인 사람의 온기가 절실했다.

우현은 눈도 깜빡이지 않은 채 그녀를 바라보다 입을 열었다.

"엉망진창일 거예요."

그가 경고했다.

"제가 더 엉망진창이라 괜찮아요."

가영은 웃으며 대답했지만, 입가엔 씁쓸함이 맴돌았다. 지금 이 순간, 자신보다 더 너덜너덜한 사람은 없을 것 같았다.

"저는 그냥……."

우현은 얼굴을 찌푸렸다. 음이탈이 났다. 노래를 부른 것도 아닌데, 이럴 수가 있나 싶었다. 우현이 난처해하며 고개를 돌려 가영을 보았다. 그녀는 웃기는커녕 아무런 반응 없이 자신을 물끄러미 바라보고 있었다. 음이탈은 조금도 신경 쓰지 않는 듯, 뒷이야기를 기다리는 표정이었다. 그 얼굴을 보고 있자니 마음이 조금 놓였다. 자연스럽게 입술이 열렸다.

"그 사람들, 신경 안 써요."

우현이 가볍게 대답했다. 허탈할 정도로 간결했다.

가영은 허무해졌다. 정상에 있는 사람은 정신력마저 남다른 건가 싶었다.

"누군가가 나를 좋아하든, 싫어하든."

우현이 덧붙인 말에 가영은 의아해졌다.

"……좋아하는 사람들도요?"

"나를 좋아해주는 건 고맙지만, 그 사람들에게 신경 쓰고 집중하다 보면 삶의 중심을 빼앗길 수가 있거든요. 나를 좋아해주던 마음이 변해서 싫어하면 어쩌지, 나한테 질리면 어쩌지 등등."

우현이 느릿느릿 덧붙였다. 장기를 두듯이 조심스러웠지만 그는 더듬거나 멈추지 않고 말을 이어갔다.

"그럼 자연스럽게 휘둘리게 되고, 그 사람들이 좋아할 만한 걸 하다 보면 내가 하기 싫은 것도 해야 하니까요. 그리고 나를 싫어하는 사람들은 더 신경 안 써요. 나를 싫어하는 건 그 사람들의 선택이고, 그 사람들을 무시하는 건 내 선택이니까."

"……."

"그러니까, 나는 나와 직접적으로 모르는 상대의 감정과 기분보다는 내 기분을 우선시해요."

"……."

"늘 그랬고, 앞으로도 그럴 거예요. 나는 내 인생을 조금 더 행복하게 살아야 할 책임이 있으니까요."

나는 내 인생을 조금 더 행복하게 살아야 할 책임…….

순간 그 말이 가슴을 훅 찌르고 들어왔다.

슬쩍 불어온 비바람에 모자 아래로 보이는 그의 앞 머리카락이 살짝 들렸다가 내려앉았다. 동시에 그의 눈이 부드럽게 접히며 휘어졌다.

바람 한 자락이 마음으로 밀려들었다. 묘한 해방감이 들었다. 동시에 벌어졌던 마음이 조금은 아무는 듯한 기분이 들었다. 가영은 코끝이 찡해졌다.

"정말 고맙습니다. 그 말을 들으니까……. 아."

가영이 말을 하다 말고 멈췄다. 가영의 눈이 커졌다.

툭. 투툭.

눈물은 순식간에 떨어졌다. 고인 줄도 모르고 있었던 눈물이었다. 가영이 놀란 얼굴로 다급히 우현을 보았다. 그 또한 놀란 듯 가영을 쳐다보고 있었다. 가영은 다급히 손을 들어 눈가를 덮었다. 우현에게 이런 모습을 보인 게 민망했다.

별이 오다

"죄송해요. 이런 꼴을……."

꼴사납게 이런 모습을 보여서 미안하다고 하려던 가영이 입술을 꽉 깨물었다. 갑작스레 목이 메었다. 아프면 안 된다고 생각했다. 원래 이런 곳이니까 다른 사람들이 휘두르는 매질이 아파도 견디고 참아야 한다고 여겼다.

그런데 우현이 말했다. 그 무엇보다 중요한 건 자신이 아니겠냐고. 그 말을 듣자, 이런저런 핑계와 말들로 내팽개쳐놨던 스스로의 삶이 말을 걸어왔다.

너, 정말 괜찮으냐고.

아니. 괜찮지 않다. 실은 아팠다. 조금, 많이 아팠다. 가영이 눈가를 가린 채 꾸역꾸역 울음을 삼켰다. 하지만 원하는 대로 되지 않았다. 눈물이 멈추질 않았다.

"참지 말고 울어요."

우현이 나지막하게 말했다.

"나중에 제대로 울어야겠다 생각하고 지금 참으면, 더는 못 울게 돼요."

"……."

"울기 좋은 장소 같은 건 어디에도 없으니까요."

우현의 목소리에는 여전히 불편한 기색이 배어나왔다. 그러나 그가 전하는 말에는 온기가 담겨 있었다. 그토록 바라던 온기가 전해지자, 가영은 더 이상 참지 못하고 울음을 터트렸다.

"으흑."

빗소리에 가영의 울음소리가 섞였다. 얼굴을 덮은 손바닥으로 눈물이 떨어졌다. 주르륵, 손금을 타고 눈물이 떨어져 내렸다.

툭, 툭.

떨어진 눈물이 바닥을 적셨다. 우현은 무언가에 이끌리듯이 가영의 어깨에 손을 뻗다가 멈칫했다. 그의 손가락이 안으로 말려들었다. 지금 가영은 자신의 손길조차 받아내기 힘들어 보였다. 자신이 해줄 수 있는 건, 가영이 편하게 울도록 그냥 내버려두는 일밖에 없어 보였다.

우현은 시선을 문밖에 두었다. 비가 세차게 내리고 있다. 우현은 바닥을 아프게 내리치는 빗방울을 하염없이 바라보았다. 바닥이 아파 보였다. 그리고 그

바닥을 바라보는 자신도, 참 많이 아팠다.

◆ ◆ ◆

가영은 퉁퉁 부은 얼굴을 손바닥으로 꾹 눌러보았다. 손바닥에 열기가 느껴졌다. 어쩌다 보니 우현의 차에 타고 있었다. 비도 오고, 우산도 없는데 우는 얼굴로 걸어가다가 사진이라도 찍히면 이상한 오해를 살지도 모르니 차에서 쉬다 가라는 우현의 말에 설득당했다.

"고마워요."

가영은 운전석에 앉아 있는 우현에게 감사인사를 건넸다. 우현은 대답 대신 미소를 지었다. 그러더니 차에 준비되어 있던 물병을 내밀었다. 때마침 목이 말랐던 가영은 "고마워요."라고 인사하며 물병을 받아 들었다. 단번에 물을 반 병이나 비운 가영은 홀가분해졌다.

실컷 울고, 시원한 물까지 마시니 속이 뻥 뚫리는 기분이었다. 앞으로 닥쳐 올 일들을 모두 다 이겨낼 수 있을 것 같았다.

"바쁘신데 저 때문에 잡혀 있는 거 아니에요?"

가영이 조심스럽게 물었다.

"시간 많아요."

그러니 걱정 말라는 듯 그가 대답했다. 그 말을 끝으로 조용해졌다. 먼저 말문을 연 건, 우현이었다. 그는 머뭇거리면서 입을 뗐다.

"어디 식사라도 하러 가자고 하고 싶은데, 각종 사고들 때문에 편하게 움직일 수가 없네요."

괜히 다른 사람들 눈에 띄었다가 입방아에 오르내리면 곤란했다.

"다음에 꼭 식사 대접할게요. 정말 여러모로 고마워요. 우현 씨 덕분에 가슴에 쌓여 있던 고민이 한순간에 사라졌거든요."

가영이 우현을 보며 빙긋 웃었다. 그 미소를 바라보던 우현이 고개를 홱 돌렸다. 그의 입매가 굳은 듯했다. 아주 잠깐 가영은 섭섭했으나, 원래 저런 사람이라는 걸 이제는 알기에 대수롭지 않게 여기기로 했다.

"음, 그럼 저는 이만 가볼게요."

가영이 어색하게 웃으면서 말했다.

"집까지 데려다줄게요."

우현이 여전히 앞을 향한 채 입을 뗐다.

"괜찮아요. 주차장 내려오기 전에 보니까 비도 많이 멎었더라고요. 지금쯤이면 별로 안 내릴 거예요."

"어차피 그쪽으로 가요. 그러니까 타고 가요."

우현의 말에 가영은 잠시 고민했다. 거듭된 권유를 거절하기도 뭐했다. 무엇보다도 조금 더 우현과 대화를 나누고 싶었다. 그는 오랜 시간 연예계 생활을 해서 그런지 현명했다.

"그러면 부탁드리겠습니다. 대신 다음에 식사 맛있는 걸로 대접할게요."

"두 번 사요."

양보다는 횟수가 중요한 우현이 빠르게 말했다.

"네. 그럼 두 번 맛있는 거 살게요."

"종방하고요?"

구체적으로 약속을 잡아야 할 것 같아 우현은 마음이 급했다.

"네. 종방하고 연락할게요. 아니, 연락해도 되나요?"

"해요. 그리고……."

"……."

"나도 할게요."

"……."

가영은 우현을 바라보며 눈을 깜빡였다. 연락을 하겠다는 얘기일 뿐인데, 기분이 묘했다. 정말로 우현이 자신과 가까워지고 싶어 하는 것 같아 기분이 이상했다.

"동네가 어디냐면요."

"알아요."

"네?"

어떻게 아냐는 듯 가영이 반문했다.

"전에 데려다줬잖아요."

"아. 그걸 기억하세요?"

"네."

"기억력이 좋네요."

가영이 웃었다. 실제로 우현은 기억력이 좋은 편이다. 그러나 아무거나 다 외우고 다니진 않았다. 가영에 관련된 것만 저절로 기억에 남았다. 가영을 좋아한다고 깨닫고 나서는 더욱 심해졌다. 팬들이 자신의 취향에 맞춰 선물할 때마다 놀라웠는데, 그게 어떻게 가능한지 알 거 같았다. 관심을 쏟으니 보였다. 그 사람이 좋아할 만한 것들이.

"그런데…… 왜 저랑 친해지고 싶으신 거예요? 그러니까, 특별히 가까워지고 싶어 할 만한 이유가 없는 것 같은데, 우현 씨 같은 분이 친하게 지내고 싶다고 하니까 이상해서요."

다른 사람이 그랬다면 신인배우들만 골라 순진한 척하면서 집적거리는 스타일의 남자인가 할 텐데, 우현은 그런 사람도 아니다.

"그냥, 느낌이 좋았어요."

우현은 둘러 대답했다. 자신이 느낀 바를 구구절절 설명한다고 한들 가영이 이해할 수도 없을 뿐더러, 자신이 그 말을 온전히 표현해낼 자신도 없었다. 모든 것에 자신만만했던 우현은, 가영의 앞에만 있으면 모든 게 다 어려워졌다. 흔한 말하기부터, 표정관리, 하물며 손짓과 눈짓마저도.

"아아."

가영은 민망해하며 웃었다. 자신이 팬인 사람에게, 느낌이 좋다는 말을 들으니 아무리 가영이라도 부끄러웠다.

가영의 집으로 가는 동안 간간이 대화가 이어졌다. 가영이 질문하는 식이고, 우현이 그에 맞춰 대답했다. 대화 내용은 대체로 일에 관련된 것들이었다. 대본을 고르는 방법, 이번 드라마에 참여하게 된 이유 같은 것 등. 처음엔 흔한 질문에조차 오래 고민하던 우현은 조금은 편해졌는지 대답하는 속도가 조금씩 빨라졌다.

"라디오 들을래요?"

별이 오다

우현의 물음에 가영이 "네." 하고 대답했다. 숨 막히는 침묵보다는 라디오 소리라도 있는 게 나을 것 같다. 라디오를 틀기가 무섭게 DJ의 목소리가 들렸다.

– 요즘 핫한 가수들이죠. 미친 소년들이 부릅니다. 크레이지 러브.

우현의 시선이 옆을 향했다. 가영이 활짝 웃고 있다. 조그마한 목소리로 흘러나오는 노래를 모조리 따라 불렀다.

와, 가사 한번 틀리지를 않네.

SNS을 하지 않는 그는 인터넷 기사를 통해 준태, 성운과 가영이 나란히 찍은 사진을 보았다. 얼마나 가까이 찍었는지 얼굴이 붙어 있는 것처럼 보였다. 그후로 그는 미친 소년들이 나오는 모든 프로그램을 보지 않고 있었다.

"우현 씨는 혹시 미친 소년들 좋아하세요?"

가영이 혹시나 하는 표정으로 물었다.

"아뇨."

"아이돌한테는 관심이 없나 봐요."

다른 아이돌들에게는 관심이 없고, 미친 소년들은 싫은 거지만 우현은 길게 설명하지 않았다.

"되게 열심히 하는 애들이에요. 잘됐으면 좋겠어요."

가영이 미소를 지으며 말했다. 말투, 표정에서부터 애정이 뚝뚝 묻어나왔다. 핸들을 쥐고 있던 우현의 손에 힘이 바짝 실렸다.

"가영 씨는 언제부터 미친놈들…… 아……."

미친 소년들이라고 해야 하는데 본심이 튀어나왔다. 우현이 미간을 좁혔다. 가영이 눈을 깜빡이며 그를 바라보았다.

"실수했네요. 미안해요."

어쨌거나 가영이 좋아하는 사람들인데 미친놈이라고 한 게 미안해서 우현은 사과했다.

"괜찮아요. 그런 실수 하시는 분들 많으시더라고요. 언제부터 좋아했냐고 물으려고 하신 건가요?"

"네."

"데뷔할 때부터 좋아했어요."

"그렇군요."

순순히 나오는 대답과 달리, 그의 표정은 전과 달리 굳어 있었다. 더군다나 미친 소년들을 보고 미친놈들이라고 한 후로는 급격히 말수가 줄어들었다. 그러는 사이 그의 차가 그녀의 동네에 멈춰 섰다.

"도착했어요."

모처럼 우현이 먼저 말했다. 가영은 그런 그를 물끄러미 쳐다보았다.

"하나만 물어봐도 돼요?"

우현이 물어보라는 듯 그녀를 쳐다보았다.

"갑자기 말수가 줄었는데 혹시…… 아까 말실수 때문에 그러세요?"

우현은 침묵으로 긍정을 뜻했다.

"왜 말실수하는 걸 겁내세요? 사람이 실수할 수 있잖아요."

가영이 안타깝다는 듯 말했다.

우현은 분명 모든 일에 똑 부러졌다. 그런데 왜 말실수를 할까 봐 겁을 내는지 알 수가 없다. 그런 모습을 보이고 싶지 않은 건 모두가 마찬가지지만, 우현은 유독 그 강박이 심한 것 같았다. 괜찮다고 해도 요지부동이다.

우현이 휴대전화를 꺼내 문자로 두들기더니 그녀의 앞에 내밀었다.

[실수하는 게 싫어서요.]

가영은 그가 내민 문자를 물끄러미 바라보았다. 그는 말을 아꼈다.

도와주고 싶은데…….

고민하던 가영이 무언가 생각난 듯 눈을 반짝였다.

"그럼 이렇게 해요."

우현이 의아하게 쳐다보았다.

"지금 제 앞에서 말실수하는 거 다 보여주세요. 말 더듬는 거, 음이탈, 단어 실수 등등. 다 보여주고 나면 다음에 또 보여주는 건 부담스럽지 않을 거예요. 어차피 다 보여준 모습이잖아요."

"……"

우현이 썩 내키지 않는 표정을 지었다.

별이 오다

"저는 우현 씨 앞에서 울기까지 했어요. 온갖 모습을 다 보여줬으니, 우현 씨도 그래주세요. 너무 완벽한 모습만 보여주면 제가 우현 씨를 대하기가 어려워서 그래요."

"……"

"약속대로 실망하지 않을게요."

가영은 그가 우려하던 바를 명확히 짚어내고 있었다.

그래도 될까. 그나저나 무슨 이야기를 해야 하나.

우현의 매끈한 미간이 좁아졌다. 그사이, 가영은 우현이 답해줄 때까지 기다리겠다는 듯 쳐다보았다. 우현은 잠시 고민하다가 입을 열었다.

"마땅히 할 이야기가 없으니, 제 이야기를 할게요. 어렸을 적부터 친해지고 싶은 사람이 별로 없었어요."

우현이 고백하듯 말했다.

태어날 때부터 주변에 사람이 많았다. 병원장의 아들이었기에 부모님의 직장에서 그는 늘 사랑받았다. 날 때부터 뛰어난 외모 탓에 어딜 가든 주목받았고, 조금 철이 든 후에는 사람들이 자신과 친해지고 싶어 한다는 걸 알아챘다. 사람들은 손을 뻗으면 닿을 곳에 늘 존재하고 있었다. 그래서인지 사람이 귀한 줄 몰랐다.

"다들 저를 좋아해주는 편이었거든요. 그런데 우습게도 여러모로 가깝게 지내면서 배우고 싶은 누나, 형, 선생님들은 저를 불편해하더군요. 제가 굉장히 잘 따르던 형이 있었는데 갑자기 그러더군요. 너는 말할수록 어렵다고. 가까이 지낸 시간을 되돌리고 싶다구요. 아무리 돌이켜봐도 실수한 게 없었어요. 그때, 어쩌면 나라는 인간은 본심을 보여주면 상대를 질리게 하는 스타일이 아닌가 싶더군요."

"……"

"물론 그게 초등학생 때였어요. 지금 생각하면 어린게 원하는 걸 다 얻고 기고만장했으니 형, 누나들이 싫어했을 거라는 생각이 들어요. 그 오만하고 거만함이 불편하다는 걸 그들은 어렵다고 표현한 것 같고요. 지금은 이해하지만, 상처가 아물진 않더군요."

"……."

"그때부터 친해지고 싶은 사람을 더 만들지 않았어요. 아주 가끔 가까워지고 싶은 사람이 있기도 했지만, 마음처럼 되지 않더군요. 이상하게 그 사람들 앞에선 곧바로 말문부터 막혔어요. 표정관리도 쉽지 않아서 상대가 무서워했고요."

"……."

"그마저도 드문 케이스이고, 최근 몇 해간은 그런 상대조차 없었어요. 그런데 모처럼 친해지고 싶은 사람이 생겼어요. 연기도 열심히 하고, 왠지 대화도 잘 통할 것 같은 그런 사람. 그게 가영 씨예요."

우현이 눈을 접으며 미소 지었다. 그 말에 가영이 놀란 듯이 눈을 크게 떴다가, 부끄러운 듯 눈을 깜빡였다.

"감사합니다."

가영이 두 손을 배꼽에 가져다 대곤 고개를 숙였다. 그의 이야기를 듣는 내내 간질간질한 기분이었다. 차 안의 공기가 달달해진 듯했다. 조금 설렜지만, 가영은 자신을 얼른 추슬렀다.

우현은 줄곧 친하게 지내고 싶다고 했지, 이성으로서 가까워지고 싶다는 뜻을 내보이지 않았다. 괜히 설레발치다가 아니면 아프니까. 더욱이 그녀 또한 지금은 연애를 할 상황이 아니다. 이제 막 연예계 활동을 시작했는데 우현과 엮이면 골치 아파질 것이다.

"별말씀을요."

우현이 눈을 접으며 웃었다.

"그런데…… 말 전혀 안 더듬으시는데요? 실수하시는 것도 전혀 없고요."

"아……. 그러게요."

우현은 뒤늦게 깨달은 듯 살짝 놀라는 듯했다.

"계속 말씀드렸던 거지만, 실수하셔도 돼요. 적어도 저한테는 그러셔도 돼요."

가영이 우현을 바라보며 천천히 말을 꺼냈다.

"저도 그럴 테니까요."

가영의 말에 우현의 눈이 가느스름해졌다. 그의 얼굴에 많은 감정이 스쳐지나갔다. 그러다 이내 기대에 찬 표정이 됐다.

"정말로 실수해도, 안 싫어할래요?"

"네. 약속했잖아요."

"안 멀어질 거고요?"

"네."

"……약속해줄래요?"

"네."

가영이 고개를 끄덕였다. 이미 해봤던 연예계 생활로 이 바닥에는 믿을 만한 이가 없다는 걸 알지만 왠지 우현은 믿어도 될 것 같았다. 그는 곧고, 괜찮은 사람이다.

우현이 그제야 안심한다는 듯 환하게 웃었다.

"가영 씨한테는 미움받고 싶지 않았거든요."

우현의 말에 가영은 자신도 모르게 긴장했다.

이 말이 조금 이상하게 들리는 건 기분 탓이겠지.

이야기가 끝나자마자, 차 안이 고요해졌다. 가영은 주먹을 쥐었다가 펴길 반복했다. 우현은 좋은 사람이지만, 그와 함께 있으면 긴장되었다.

"저는 이만 가볼게요."

침묵을 이기지 못한 가영이 핸드백을 챙기며 말했다.

"네. 조심히 가요."

아쉽지만 잡을 명분이 없어 우현은 웃으며 대답했다.

"데려다주셔서 감사합니다."

가영은 깍듯하게 인사한 후, 차에서 내렸다. 다행히 비가 멎었다. 고개를 들자 언제 비가 왔냐는 듯 새파란 하늘이 눈에 들어왔다. 그녀는 몇 발자국 떨어져서 우현의 차를 바라보았다.

우현이 차창을 내린 후 손을 흔들어 인사한 후, 멀어졌다. 우현의 차가 멀어지는 모습을 바라보던 가영은 아랫입술을 꾹 깨물었다. 무겁던 마음이 거짓말처럼 홀가분해졌다.

✦ ✦ ✦

촬영장이 여느 때와 다르게 소란스러웠다. 스태프들의 입이 빠르게 움직였다.

"아, 정말? 그러면 증거가 있는 거야?"

"그런가 봐."

"다행이네."

"귀신이 한 짓이 아니라서 다행이야. 나는 귀신이 한 짓인 줄 알고 얼마나 놀랐는데."

"곧 잡히겠네. 꼭 잡혔으면 좋겠다. 그 얼굴 좀 보게."

여자 스태프 여러 명이 이야기를 나누고 있었다.

"무슨 이야기를 그렇게 신나게 해요?"

촬영 준비를 마친 연주가 생글생글 웃으며 여자 스태프들에게 다가갔다. 마음 같아선 급에 맞지 않는 스태프들과는 어울리고 싶지 않지만, 요즘처럼 자신의 이미지가 좋지 않을 때는 관리해둘 필요가 있었다.

"아, 안녕하세요."

여자 스태프들이 떨떠름한 표정으로 인사했다. 연주는 기분이 상했지만, 내색하지 않고 더욱 환하게 웃었다.

"오늘 좀 덥죠? 그런데 촬영장에 무슨 일이라도 있나 봐요? 평소랑 다르게 와자지껄하네요."

연주의 물음에 스태프 하나가 마지못해 대답했다.

"일주일 전에 난 조명사고 범인을 잡았대요. 아니, 곧 잡을 수 있대요."

"⋯⋯잡아요?"

연주의 입술이 삐딱해졌다.

그럴 리가.

연주가 속마음으로 대답했다. 이번 일은 증거가 없다. 목격자, 증인, 증거가 모조리 없는 상태라서 경찰들도 어쩔 수 없다며 고개를 가로젓고 돌아간 일이다. 그런데 범인을 갑자기 잡을 수 있다니. 연주는 석연찮은 기분이 들었다.

"네."

그러나 스태프는 확신에 찬 표정으로 고개를 끄덕였다.

"용의자로 의심되는 사람은 있지만, 증거가 없어서 곤란하다고 들었는데 아닌가요?"

뭔가 이상한 낌새를 느낀 연주가 스태프를 쳐다보며 물었다.

"증거가 있대요."

"……!"

"이틀 전에 PD님이 증거를 찾았다면서, 다행이라고 막 그러시더라고요. 그러면서 증거를 조금 더 찾아서 오늘 촬영 끝나고 경찰서에 가신다고 했어요."

"증거가 있었으면 진즉에 신고를 해야지, 왜 미적거리셨을까요? 증거가 있는 게 확실하대요?"

"글쎄요. 잘은 모르겠지만 다른 증거도 찾는 중이라고 그러더라고요."

"……그래요?"

웃고 있는 연주의 얼굴에 금이 갔다. 연주가 굳어 있는 사이 스태프들은 저희들끼리 이야기를 나누었다.

"범인 찾으면 PD님이 가만 안 둘 거라고 벼르고 있던데."

"PD님만 그러겠어? 신우현도 완전 화나 있대."

"임가영 씨도 그렇던데?"

"인터넷에 신상 탈탈 털릴 거야. 아마 그 엑스트라가 맞겠지?"

"맞겠지. 조명감독님이 맞다고 했다던데."

스태프들의 이야기가 이어질수록 연주의 얼굴엔 그림자가 졌다. 그녀는 실례한다는 말을 남긴 후, 자리를 떴다. 그러고는 곧장 차로 향했다.

"내 휴대전화 어디 있어?"

매니저는 삼각김밥으로 끼니를 때우려던 차에 들이닥친 연주 때문에 눈을 동그랗게 떴다.

"내 휴대전화 어디 있냐고!"

연주가 소리를 지르자, 매니저가 놀라 주변을 둘러보다 시트에 놓인 휴대전화를 주워 내밀었다. 그러자 연주가 신경질적으로 휴대전화를 낚아채며 매니저를 노려보았다. 연주의 시선은 정확히 매니저의 뺨 옆에 붙어 있는 밥알에 꽂혀 있었다.

"언니는 밥이 넘어가? 지금?"

"……."

"내 분량이 줄어드는 걸 알면 달려가서 PD한테 인사도 하고, 작가한테 연락도 해서, 내 분량도 늘어날 수 있게끔 노력해야지. 그러고도 월급을 받니?"

"……."

매니저가 입술을 꽉 깨물었다. 삼키지 못한 밥을 입에 머금고서 그녀는 눈을 내리깔았다.

"한심하다, 정말. 그리고 작작 먹어. 다이어트도 해야지. 어디 가서 내 매니저라고 말하기 부끄럽지도 않니? 언니는?"

연주는 매니저에게 괜한 화풀이를 한 후, 홱 돌아섰다. 그러고는 빠르게 문자를 보냈다.

[잠시 통화하죠.]

문자를 보낸 후, 연주는 초조한 표정으로 손톱을 씹으며 바닥을 쳐다보았다.

연주가 엑스트라를 알게 된 건, 그녀가 브로커로부터 일억을 요구받고서 얼마 지나지 않았을 때였다. 연주는 악플사건을 덮을 만한 일이 필요했다. 만약 가영이 악플사건의 주동자가 자신이라는 걸 알면 가만있지 않을 게 분명했다. 자신의 부모님께 모조리 알리고, 언론에도 밝힐 거고, 어쩌면 선호와의 일까지도 말할지도 모른다.

그렇게 된다면 부모님은 물론, 요즘 부쩍 욕 문자를 보내기 시작한 선호도 보고만 있지는 않을 거다. 자신의 얼굴과 이름이 대중에게 알려져 있으니 신상털기는 물론, 어쩌면 오래도록 이 일을 꼬리표처럼 달고 살아야 할지도 모른다. 자신은 한없이 불쌍한데, 더 불쌍해질 수 없었다. 이번 악플사건만큼은 무조건 덮어야 했다.

그러려면 가영과 그 소속사의 신경을 다른 데 돌릴 만한 큰일이 벌어져야 한

별이 오다

다. 하지만 마땅히 다른 수가 없었다. 또 다른 브로커를 이용하기엔 돈이 부족한 데다, 이중 고소라도 당하면 골치 아파진다.

어떻게 하지?

아무리 고민해도 답이 나오지 않았다. 그사이 악플 브로커는 일억을 내놓으라며 독촉해댔다. 신경질적으로 생각할 시간을 달라고 답한 후 연락을 받지 않았다. 아무리 고민해도 답이 나오지 않았다. 머릿속엔 불안한 상상만 떠올랐다.

그러던 중, 그 남자를 보았다.

삼십 대 중후반쯤 된 듯한 그는 허겁지겁 자신의 낡은 외투에 무언가를 챙겨 넣고 있었다. 수상쩍기 그지없는 모습이었다. 그러다 때마침 그의 발치에 떨어진 물건을 보았다. 소품이었다. 그녀의 촬영 때 사용했던 것이라 금방 알아볼 수 있었다. 이게 왜 저 사람의 품에서 떨어지나, 생각하다 곧 깨달았다. 그는 소품을 슬쩍 훔치던 중이었다.

웬 거지새끼가 엑스트라를 하네. 안 봤으면 모를까. 이걸 어쩌나. 그리 고민하던 차에, 그 사람의 통화도 듣게 되었다.

「곧 갚을게요. 열심히 일하고 있어요. 그러니까 한 번만 봐주세요. 네? 오백만 원이요? 아니. 잠시만요. 제가 빌린 건 삼백만 원인데, 왜 제가 오백만 원을 갚아야 하나요? 뭐라고요? 이자요? 아니, 무슨 이자가 그사이에 이백만 원이나 더 붙는단 말입니까? 아니, 아니. 그게 아니라요.」

안 봐도 훤했다. 사채를 썼는데 돈을 갚지 못한 듯했다. 그럼 엑스트라 아르바이트를 할 게 아니라 일용직이라도 뛰어야 하는 게 아닌가 싶었다. 그녀가 한심해하는 사이, 몸을 돌리던 엑스트라와 눈이 마주쳤다.

길에서 저승사자라도 만난 것처럼 놀란 그는 우물쭈물했다. 그러더니 한마디도 하지 않은 연주의 앞에 무릎을 꿇었다. 깜짝 놀란 연주가 뭐라고 할 틈도 없이 그가 우르르 쏟아냈다.

「한 번만 못 본 걸로 해주세요. 정말 생계가 어려워서 그랬어요. 경찰에 잡혀가기라도 한다면 정말 제 꿈은 끝이에요. 부모님이 제가 배우로 나오기만을 기다리고 계신데……. 눈도 안 좋은 분이 작은 배역으로 나온 저 찾겠다고 매일

늦은 시간 드라마만 보세요. 제발 한 번만 봐주세요.」

구구절절한 사연이었다. 그러나 연주의 눈엔 한심하게 보였다. 가진 것도 없고, 별달리 잘난 것도 없는데 주제넘는 꿈을 꾸고 있는 그가 한심하기만 했다.

「안타깝지만, 그렇다고 못 본 걸로 하기에는…….」

연주가 안타까운 표정을 지으며 어쩔 수 없다는 듯 말하자, 엑스트라가 다급하게 그녀의 말을 자르고 설설 기었다.

「뭐든지 하겠습니다. 네? 연주 씨? 한 번만 봐주세요. 제가 연주 씨가 하라는 거 무조건 할 테니까 이번 일만 좀 넘어가주세요. 엑스트라라도 해야 해요. 이 나이에 다른 할 만한 것도 없고…….」

그가 눈물을 뚝뚝 떨어뜨렸다. 눈물이 떨어지는 그의 손등에는 알 수 없는 상처자국이 많았다. 그의 삶이 녹록지 않았다는 걸 여실히 알 수 있는 모습이었다. 하지만 그건 그의 삶이다. 자신이 끼어들기 싫은, 혹여나 자신에게 구정물이 튈까 걱정스러울 만큼 별 볼일 없는 삶.

저런 사람이 자신을 위해 뭘 할 수 있을까. 해봤자 삶만큼이나 구질구질한 일들이겠지.

「하지만 저는……. 아.」

경멸을 애써 숨긴 채 말을 하던 연주가 멈칫했다. 뭐든지 하겠다라…… 벼락이라도 친 것처럼 어떤 생각 하나가 머릿속에 탁 떠올랐다. 섬뜩한 생각이었다.

하지만 지금은 이 방법 말고는 없잖아, 안 그래?

연주의 눈빛이 묘해졌다. 엑스트라는 이상한 낌새를 느낀 듯 고개를 들어 그녀를 쳐다보았다. 연주는 눈이 마주치자마자 웃었다.

「사실은 통화하시는 거 들었어요. 방금 사연도 듣고 나니 그냥 넘어갈 수가 없네요. 제가 조금 돕고 싶은데요.」

「네? 저, 저를요?」

엑스트라가 놀라서 스스로를 가리키며 물었다.

「네. 그런데 괜찮으시면 제 부탁도 하나 들어주시겠어요?」

「네. 네. 뭐든지요.」

별이 오다

하늘에서 구명줄이라도 내려온 것만 같았는지 그는 있는 힘을 다해 고개를 끄덕였다.

다음 날 연주는 그를 따로 만났다. 어떤 식으로든 좋으니 가영이 촬영할 때 사고를 내달라는 말에 엑스트라는 기함했다. 못 하겠다고 나설 것조차 예상했던 터라, 연주는 살살 상대를 구슬렸다.

「가영 씨를 죽이거나 다치게 하라는 게 아니라, 작은 소동 하나만 내달라는 거예요. 마치 촬영장비에 문제가 생긴 것처럼 말이에요. 사람들의 관심이 가영 씨의 사고에만 쏠리면 돼요.」

그렇게 되면 여론은 가영에의 악플사건이 아니라 가영의 사고에 집중될 거다. 여론의 관심이 사라지면, 소속사도 악플고소 건을 계속해서 진행할 리 없다. 더욱이 소속 배우가 다쳤으니, 그녀의 신변을 지키는 데 더욱 집중할 게 분명했다.

소속사와 가영이 정신없는 틈에 악플러들이 거듭 선처해달라고 요청하면, 소속사도 귀찮아서 합의해줄 것이다. 만약 그렇게 진행되지 않는다 하더라도, 조금이나마 시간을 벌 수는 있을 터다. 그러면 자신도 그사이에 돈을 구하든, 악플러를 고용한 브로커와 합의를 하든 할 수 있다.

위험하긴 하지만, 아무리 생각해도 그 수밖에 없었다. 가영과 가영의 소속사 신경을 다른 곳으로 돌려야만 했다. 그게 자신이 살 수 있는 유일한 길이다.

「저, 저는 사람을 다치게 해본 적도 없고……. 그럴 생각도 없어요. 그리고 만약 그랬다가 나중에 걸리기라도 하면 저는 배우로 데뷔 못 하는 거잖아요.」

그가 손을 가로저으며 땀을 뻘뻘 흘렸다. 연주는 비웃음을 꾹 참았다. 10년 넘게 엑스트라를 했으면, 주제를 알 법도 한데 그런 꿈을 꾸는 그가 한심했다. 하지만 내색하지 않았다.

「그러니까 몰래 해달라는 거예요. 증거가 남지 않을 만한 때에. 오랫동안 촬영장에 있으셨으니 누구보다 현장 분위기나 상황에 대해 잘 아시잖아요. 그리고 다시 한 번 말씀드리지만 가영 씨를 다치게 하라거나 죽이라는 거 아니에요. 말 그대로 약간의 해프닝만 만들어달라는 거예요.」

「그, 그래도…….」

그가 머뭇거렸다.

뭐든 하겠다더니, 이 머저리가.

연주는 울컥했지만, 계속 웃음을 지었다.

「저를 도와주시면 지금 빚 오백만 원은 물론, 수고비로 오백만 원을 더 얹어 드릴게요. 물론 소품을 훔쳤다는 것도 비밀로 해드리고요.」

「……처, 천만 원을 주신다고요?」

엑스트라의 눈이 휘둥그레졌다.

「네.」

브로커가 요구하는 일억에 비하자면 천만 원은 적은 금액이었다. 엑스트라 는 고민했다. 그러나 다른 탈출구가 없으니 그의 답은 한 가지뿐이었다.

그는 연주의 말에 따라 비가 내리는 날 충실하게 사고를 내주었다. 덕분에 가영의 악플사건은 예상대로 묻혔고, 법적절차를 밟니 마니 하며 악플러들을 압박하던 소속사의 대응도 미지근해졌다. 브로커는 잘하면 이대로 묻힐 것 같 다며 안도감 반, 못마땅함 반이 뒤섞인 목소리를 냈다.

문제는 지나치게 큰 사고를 내버리는 바람에, 사람들의 이목이 이 사건에 과 하게 집중됐다는 거였다. 가영의 주변으로 조명을 떨어뜨려 약간의 타박상만 입게 하려고 했던 것이, 비바람에 조준이 잘못되어 그녀의 머리 위로 떨어지게 되었다.

불행 중 다행으로 그곳에 있던 신우현이 임가영을 구했지만, 그는 부상을 면 치 못했다. 그리고 신우현의 부상은 임가영의 부상보다 더 큰 관심을 끌어모았 다. 온 매체가 신우현의 촬영장 부상으로 들썩거렸다. 사람들은 어떻게 된 일 인지 꼬치꼬치 캐고 나섰다. 설상가상으로 조명감독이 엑스트라를 알아보고 그를 범인으로 지목했다.

하지만 다른 증인도 없고, 증거도 없으며, '저 사람이 맞는 것 같다.'는 미적 지근한 증언은 어떤 효력도 발휘하지 못했다. 이대로 조용히 이 사건이 지나가 리라 여겼다.

방금 전, 증거 이야기를 듣기 전까지만 해도.

[네]

엑스트라에게서 답변이 왔다. 초조하게 휴대전화 액정만 들여다보던 그녀가 그에게 곧장 전화를 걸었다.

– 무슨 일이시죠?

엑스트라가 딱딱한 목소리로 되물었다.

"증거 없다면서요."

초조해진 연주가 신경질적으로 말했다.

– 그럼요. 아시잖아요. 증거가 없으니 사람들이 지금껏 아무것도 못 하는 거잖아요.

엑스트라는 잠이 덜 깬 듯했다.

"확실해요?"

– 네. 비 오는 날 운동장 한가운데에서 벌어진 일이에요. CCTV도 없고, 증인도 없고, 증거도 없어요. 난리법석이 벌어지자마자 저는 도망쳤고, 그때 썼던 옷과 장갑은 이미 폐기되었을 거라고요.

"그런데 증거가 있다는 소리가 왜 나오죠?"

– 네?

엑스트라의 목소리에 날이 섰다.

"오늘 PD가 증거를 잡았다면서, 촬영 마치고 남은 증거와 합쳐서 경찰서에 직접 가겠다고 했대요. 어쩔 거예요?"

– 아니, 그럴 리가…….

"당장 와서 책임져요. PD가 갖고 있다는 증거, 소품 훔치던 능력으로 당장 훔쳐내서 폐기하라고요."

– 아니에요. 그럴 리가 없어요.

"그럴 리가 없는데 지금 이런 말이 나오고 있다는 거예요? 대체 일 처리를 어떻게 한 거예요? 당장 와서 해결해요."

– 저, 저는 못 가요.

"뭐라고요?"

– 조명감독이 무슨 수를 썼는지 그날 이후부터 엑스트라 일이 안 들어오고

있어요. 지금도 그쪽이 준 오백만 원으로 겨우겨우 지내고 있다고요. 잘됐네요. 안 그래도 따지고 싶었어요. 그쪽 때문에 엑스트라 일 못 하게 됐어요. 어쩔 거예요?

"하, 지금 그게 내 탓이라는 거예요?"

─ 그럼요. 그쪽이 그런 제안만 안 했더라면⋯⋯. 오늘만 해도 우리 부모님은 드라마에 내가 나오는 거 보신다며 안경 닦고 계셨다고요.

그의 음성에 물기가 어렸다.

"그래서 나더러 어쩌라는 거예요?"

─ 삼백만 원만 더 보내세요.

'보내주세요'도 아니고, '보내세요'?

연주는 기가 막혀 순간 말문이 막혔다. 심호흡을 하며 마음을 가다듬었다. 지금 입을 열면 험한 소리만 흘러나갈 것 같았다.

─ 오백만 원으로 생활하면서, 다른 엑스트라 파견회사에 들어가야 하니까요. 그때까지 생활비가 필요하다고요.

"이봐요. 지금 상황 판단이 안 되는가 본데, 내가 입만 벙긋하면 어떻게 되는지 몰라요?"

─ 뭐라고요? 지금 협박하는 거예요?

"말귀는 잘 알아듣네요."

─ 저기요. 상황 판단은 그쪽이 안 되는 거 같은데요. 나는 이미 엑스트라 일도 못 하게 됐어요. 내가 잃을 게 뭐가 있죠? 하지만 그쪽은 아니죠. 내가 입을 열면 다치는 건 그쪽 아닌가요?

"그쪽, 소품 훔친 거 내가 다 봤어요!"

─ 내가요? 소품을요? 생사람 잡네요. 증거 있어요?

연주의 입술이 벌어졌다. 숨이 내쉬어지지 않았다. 그러고 보니 자신은 이 남자가 소품을 훔치는 현장을 촬영해두지 않았다.

─ 그런 이상한 소리 마세요. 저는 그쪽이 돈을 준다고 해서 생계 때문에 어쩔 수 없이 그런 짓을 한 거라고요. 임가영 씨 촬영장에서 사고 내라고 지시한 건, 그쪽이잖아요.

별이 오다

갑작스레 엑스트라가 또박또박 말했다. 순간 불안한 생각이 들었다.

이 남자, 녹음하고 있는 거 아냐?

그렇다면 큰일이다. 휴대전화를 쥔 연주의 손에 힘이 실렸다.

– 그러니까 오늘 내로 삼백만 원 입금해요. 길게 못 기다려요. 상황이 어렵거든요. 그러니까…….

뚝.

연주는 통화 종료 버튼을 눌렀다. 그녀가 입술을 꽉 깨물었다. 이대로 계속해봤자 자신만 손해였다.

손이 부들부들 떨렸다.

"어째서……."

연주가 자그맣게 중얼거렸다.

이놈이나 저놈이나 자신에게 돈 달라는 말밖에 안 하는 거야.

차마 뱉지 못할 말을 삼키며 눈을 내리깔 때였다.

띠리링. 띠리링.

전화가 울렸다. 고요한 가운데 울리는 소리에 그녀가 흠칫했다. 걱정이 섞인 눈으로 휴대전화 액정을 확인한 연주의 얼굴이 하얗게 질렸다.

[선호]

선호는 집요했다. 무서운 마음이 들어 전화를 받지 않자, 얼마 후 문자가 도착했다.

[전화 받아, 씨발년아. 나 이용해먹은 거 아니까.]

연주는 손이 부들부들 떨렸다. 요즘 들어 부쩍 선호의 상태가 이상했다. 그녀는 떨리는 손끝으로 휴대전화의 전원을 껐다. 절벽 끄트머리에 선 것처럼 아슬아슬한 기분이 들었다. 앞을 바라보는 연주의 눈동자가 새빨갛게 물들었다.

대체 어디서부터 잘못된 거지? 난 열심히 살려고 했는데 다들 나한테 왜 이러는 거지?

몸에 힘이 빠져 멍하니 앞을 바라보는데, 멀리서 가영이 지나갔다. 그녀는 대본을 든 채 혜록과 이야기를 나누며 환하게 웃고 있었다. 그러다 우현과 마주하더니 웃으며 인사를 나누었다. 그러자 그들 곁으로 채희, 매니저를 포함해 사람들이 점점 더 모여들었다.

　너는 환한 곳에서 그렇게 웃는데, 왜 나는 숨어서 울고 있어야 하는 거지? 왜 나만…… 나만 불행해야 해?

　연주의 눈에서 눈물이 뚝뚝 떨어져 내렸다.

✦ ✦ ✦

　스태프들은 한곳에 몰려 있었다. 우현, 채희, 가영의 촬영이라 모든 스태프들이 다 참여하고 있다고 봐도 무방했다. 특히 우현의 촬영이 있는 날에는 여자 스태프들도 촬영장 구경을 가기 때문에, 다른 곳은 텅 비다시피 했다.

　연주는 주변을 살피며 주차장으로 향했다. 주차장 가장 좋은 자리에 흰색 SUV가 주차되어 있었다. 꼼꼼하게 차 번호를 확인한 연주가 차로 다가가 열쇠를 끼워넣었다. 버튼을 눌러 잠금을 해제할 수도 있지만, 그건 소리가 나기 때문에 피해야 했다.

　차문을 연 연주의 얼굴이 조금 밝아졌다. 그녀는 차문을 열기 전, 다시 한 번 주변을 확인했다. 주변에 사람이 없다는 걸 확인한 연주가 차에 올라타 문을 닫았다.

　"어디 있어. 어디 있는 거야?"

　연주가 중얼거리며 PD의 차를 뒤졌다. 엿들은 바에 의하면 분명 이곳에 증거자료를 두었다고 했다. 경찰서에 가서 직접 신고한다고 했으니, 그 말이 사실일 거라 생각했다.

　구석구석 뒤지다가 뒷좌석에 놓인 서류봉투를 발견했다. 연주는 재빠르게 그 봉투를 잡아 뜯었다. 그러자 자신이 고용한 엑스트라의 사진과 USB 파일이 담겨 있었다.

　"흐읍."

　엑스트라의 사진과 USB라니. 증거를 모은다는 게 사실이었나. 연주는 불안한 표정으로 사진과 USB를 챙겼다. 그리고 블랙박스 칩도 뺀 후, 차에서 내렸다. 여전히 차 주변에는 사람들이 없었다. 그녀의 얼굴에는 불안과 해냈다는 희미한 안도가 뒤섞여 떠올랐다.

이제 다 됐다. PD의 차키는 버리고, USB는 확인 후 폐기하면 된다. 복사본이겠지만, 적어도 증거가 뭔지 알면 대처라도 할 수 있다.

그러니까 이제는 정말 끝났어!

연주가 지긋지긋하게 자신을 따라붙는 악운이 끝났다고 여기며 주차장을 빠져나오려던 순간이었다.

그녀의 걸음이 급하게 멈췄다. 아무도 없을 거라 생각한 곳에 사람들이 모여 있었다. 연주의 눈이 크게 벌어졌다.

"연주 씨, 거기서 뭐 해요?"

PD가 무표정한 얼굴로 물었다. 그의 시선은 이미 그녀의 손에 들린 서류봉투를 향해 있었다.

"P, PD님……."

연주가 떨리는 목소리로 그를 불렀다. 분명 아무도 없었는데, 언제 여기까지 사람들이 모여든 걸까? 차에 가려 보이지 않는 곳에 이렇게 우르르 서 있을 줄은 미처 몰랐다. 마치 덫을 파놓고 기다리고 있었던 것만 같았다.

"손에 쥐고 있는 거 내 차키 아니에요?"

PD가 그녀의 손을 가리키며 물었다.

"네? 아……. 이거, 이거 PD님 차키였어요? 제가 어디서 주웠는데 누구 건지 몰라서 가지고 다녔어요. 마침 잘됐네요. 주인을 찾아서요. 여기요. 그럼 저는 이만 가볼게요."

얼른 둘러댄 연주가 PD에게 차키를 던져주다시피 주고는 휙 돌아섰다.

"잠시만요, 연주 씨."

PD의 부름에 연주가 움찔했다. 등골이 선뜩해졌다.

"죄송한데, 지금 조금 바빠서요. 나중에 뵐게요."

연주는 애써 웃으며 서둘러 자리를 벗어나려 했다.

"지금 가면 후회할 거예요. 그러니까 거기 서요."

PD의 말에 연주가 움찔했다.

"무슨 말씀이세요?"

연주는 끝내 웃으며 모르는 척 시치미를 뗐다. 그러자 PD가 얼굴을 구기며 손으로 가리켰다.

"지금 들고 있는 거, 내 차에 있던 거 아니에요? 그걸 왜 연주 씨가 갖고 있어요? 설마, 차키 몰래 훔쳐서 내 차를 뒤져 증거자료를 훔친 거예요? 연주 씨가 왜요? 혹시 그 엑스트라한테 사주해서 이번 사고 일으킨 게 연주 씨였어요?"

"갑자기 무슨 소리세요? 알아듣게 말씀하세요. 무슨 얘기인지는 모르겠지만, 저는 무조건 아니에요!"

연주가 눈을 부릅뜨며 외쳤다.

"그럼 내 차는 왜 뒤져서 그걸 갖고 있는 건데요."

"제가 뭘요? 생사람 잡지 마세요. 이건 그냥 제 물건이라고요. 서류봉투가 거기서 거기 아닌가요? 이건 제 물건이에요."

"그래요? 어디 한번 봐요. 연주 씨 물건이라면 내가 정중하게 사과할게요."

PD가 한 발자국 나서며 손을 내밀었다. 그의 손에 연주가 마른침을 삼키더니 뾰족한 표정으로 PD를 비롯해 다른 사람들을 노려보았다.

"지금 저 의심하시는 거예요? 다들 왜 그런 표정이시죠? 제가 왜 그래야 하는지도 모르겠고, 그럴 생각 없어요. 기분 나빠서 더는 여기 못 있겠네요."

소리를 지른 연주가 휙 돌아서서 다급하게 뛰었다. 도망쳐야 한다. 지금이라도 손에 쥔 증거물을 폐기해야 한다. 이게 다른 사람 손에 넘어가면, 도둑질을 한 걸 인정할 수밖에 없다. 그렇게 되면 왜 그런 짓을 했는지까지 꼬치꼬치 캐려 들 거고, 결국 자신이 한 짓이 고스란히 드러날 수밖에 없다.

연주는 벌게진 눈으로 앞만 보며 달렸다. 제 차에 올라타 여길 벗어날 것이다. 뒷일은 증거자료를 폐기한 후 생각하기로 했다.

"이연주 씨!"

PD가 뒤에서 그녀의 이름을 불렀다. 따라붙는 발소리가 들렸다. 사력을 다해 뛰던 연주가 자신의 차를 보고 반쯤 안도하는 표정을 지었다. 다행히 운전해줄 매니저도 차 옆에 있었다.

"언니, 당장 타! 나갈 거야! 얼른!"

연주가 소리쳤다.

"저…… 연주야."

매니저가 우물쭈물했다.

"타라고! 얼른!"

연주가 악을 썼다.

"아니, 그게……."

매니저가 여전히 머뭇댔다.

저 멍청한 년이!

한시가 급한데 머뭇대는 매니저를 표독스레 노려보던 연주가 그녀에게로 달려갔다. 매니저에게서 차키를 빼앗아 자신이 직접 운전할 생각이었다.

"차키 내놔!"

연주가 매니저에게 도착해 소리 질렀다.

"이연주."

대답은 엉뚱한 곳에서 들렸다. 연주는 소리가 난 쪽으로 고개를 돌렸다가 그대로 굳었다. 매니저의 옆쪽에 서 있던 가영이 그녀를 무표정한 얼굴로 쳐다보고 있다. 옆 차에 가려서 여태껏 그녀가 거기에 있단 것도 몰랐다.

왜 임가영이 여기에?

공황상태에 빠진 연주에게 다가선 가영이 그녀의 품에 있는 서류봉투를 빼앗았다. 연주가 반사적으로 힘을 주었지만, 찢어진 봉투에서 떨어져 내리는 엑스트라 사진까진 어쩔 수 없었다.

연주가 주저앉으며 다급히 손으로 가리려고 했으나, 그 많은 사진들을 모두 다 숨길 수 없었다. 거기다 USB는 저만치까지 굴러가서 뒹굴고 있다.

"이거 뭐야, 너."

가영이 떨어진 엑스트라 사진을 주워 턱짓하며 물었다. 연주가 하얗게 질린 얼굴로 아무 말 하지 않자, 가영이 떨어진 사진을 주워 연주의 코앞에 내밀었다.

"이거 PD님 차에 있던 건데, 어떻게 네가 들고 있냐고."

"……."

"설마설마했는데 역시나구나."

가영이 무서우리만큼 무표정한 얼굴로 자문자답했다.

설마설마했다. 이런 계획적인 범행을 저지를 만한 건 연주밖에 없다고 생각했지만, 그래도 사람 목숨까지 위협할 만큼 연주의 성정이 지독하진 않을 거라 믿었다. 그런 가영의 기대를 무참히 깨버리고, 연주는 처참한 꼴로 앉아 있었다.

"아, 아냐. 나 아니야! 떨어져 있던 거 그냥 주운 거야. 누가 PD님 차에서 이걸 들고 내리더라고. 그래서 내가 주운 거라고! 생사람 잡지 마! 내가 훔친 거 아냐!"

"난 훔쳤다고 한 적 없는데."

가영의 말에 연주가 흠칫했다.

"네가 훔쳤다고 자진신고를 하는구나."

가영이 한심하다는 듯한 목소리로 말했다.

"아니라고! 주운 거라고 했잖아! 내 말 제대로 안 들어? 왜 생사람 잡는데?"

"그런데 왜 PD님께 안 드리고 여기까지 뛰어온 건데? 지금 PD님이 너 쫓아오고 있는데? 네 말대로 PD님 물건이라면 돌려드려야지."

"그건……."

"갑자기 변명하려니까 말의 앞뒤가 안 맞지?"

가영이 조용한 목소리로 물었다. 그사이, 연주를 뒤쫓아온 PD와 스태프들이 연주의 차를 에워쌌다.

연주는 흔들리는 눈으로 주변을 둘러보았다. 자신을 빼곡히 둘러싼 사람들의 눈초리가 사나웠다. 어딘가로 도망치고 싶은데, 도망칠 곳도 없다. 자신을 에워싼 사람들이 거대한 벽 같았다. 무서웠다.

PD는 바닥에 떨어진 엑스트라 사진을 주워 들며 한숨을 내쉬었다.

"왜 이런 겁니까, 연주 씨?"

"제, 제가 뭘요?"

연주가 발뺌했다.

"왜 훔친 겁니까?"

PD가 정색한 얼굴로 물었다.

"나 아니라고요. 전 줍기만 했다니까요? 그리고 왜 자꾸 훔쳤다고 몰아가세요? 증거 있어요?"

연주는 자신이 블랙박스 칩을 뺐다는 걸 떠올리고서 큰소리쳤다.

"하아, 기가 차네."

PD는 말문이 막힌 듯, 어이없다는 표정으로 웃었다.

"네 말대로 네가 비 오는 날 사람을 고용해서 사고를 쳤다는 증거는 아직 없지."

가영이 덤덤한 표정으로 연주를 쳐다보며 말했다.

"거봐!"

"그런데 네가 PD님 차에서 자료를 훔쳤다는 증거는 있지."

"하, 정말 말귀 더럽게 못 알아듣네. 나, 아니라니까!"

"블랙박스 칩 뺐지?"

"블랙박스 칩이라니. 무슨 소리인지 모르겠네."

연주가 빈정거렸다.

"그런데 이 주차장에 CCTV가 있거든. PD님 차는 그 CCTV에서 제일 잘 보이는 자리에 주차되어 있고."

"……!"

연주가 눈을 크게 뜨더니 주변을 살폈다. CCTV가 있다는 문구도 없고, 그런 것도 전혀 보이지 않았다.

몇 번이나 확인했었는데, 대체 어디에?

"그리고 PD님 차를 단독으로 촬영하고 있는 카메라들도 있었고."

"뭐, 뭐……?"

잇따른 충격에 연주는 넋이 나갈 지경이었다. 연주는 가영이 가리키는 방향을 바라봤다. 뭐가 있는지 전혀 보이지 않았지만, 가영의 말처럼 저 방향에 카메라가 있었다면 자신이 하는 짓이 고스란히 찍혔을 거다. 연주의 얼굴이 딱딱하게 굳었다.

"네가 맨몸으로 PD님 차에 들어갔다가, 뭔가를 가지고 나오는 게 찍혔겠지. 그리고 참고로 하나 덧붙이자면 PD님 차키 훔치는 것도 녹화됐어."

"마, 말도 안 돼. 그걸 누가 촬영해? 설마……."

말도 안 되는 소리로 자신을 설득하려 들지 말라고 하려던 연주는 문득 말끝을 흐렸다.

설마 처음부터 계획된 거라면? 일부러 증거가 있다는 말을 흘리고, 차키를 훔쳐가기 쉬운 곳에 두고, 자동차 주변에 카메라들을 설치해둔 거라면?

가영의 고요한 얼굴이 그 짐작이 모두 들어맞는다는 걸 이야기해주고 있었다. 연주의 얼굴이 하얗게 질렸다.

"PD님 신고하셨나요?"

그사이, 가영이 PD에게 물었다.

"했어요."

"그 엑스트라는요?"

"집에 있다고 하네요."

연주가 느릿하게 고개를 틀어 PD와 대화하고 있는 가영을 쳐다보았다. 엑스트라라는 단어가 귀에 탁 걸렸다.

"엑스트라?"

연주가 멍한 얼굴로 되물었다.

"그래. 사고 낸 그 엑스트라."

"그, 그 사람을 갑자기 왜?"

"너랑 상관없는 일이라며. 그런데 왜 네가 그런 표정이야?"

정곡을 찔려 연주는 입술을 씹었다. 그러더니 가영을 노려보았다.

"너 설마 일부러…… 함정을……."

연주가 넋이 나간 채 더듬더듬 말했다.

"함정 파놓은 건 맞아. 그런데 네가 걸릴 줄은 몰랐지."

"……."

"난 네가 아니길 바랐거든."

"하! 와, 임가영. 너, 심하다. 나인 거 알고서 일부러 쪽팔리라고 이렇게 한 거 아냐? 나 엿 먹이려고 이렇게 사람들 많이 끌고 와서 이런 거 아니냐고! 그래놓고 뭐? 내가 아니길 바라? 너야말로 앞뒤가 맞는 소릴 해! 끝까지 착한

별이 오다

척……. 재수 없어."

연주가 중얼거렸다. 그녀는 눈도 깜빡하지 않은 채 가영을 빤히 쳐다보았다. 자신이 처참하게 망가지는 동안 조금의 상처도 입지 않은 가영을 보자, 머릿속 무언가가 뚝 끊어지는 기분이 들었다. 늘 마주 보고 있어도, 가영은 자신을 내려다보는 듯했다. 아무리 발버둥쳐도 가영과 눈높이가 같아지지 않았다.

네가 너무 환해서, 내가 너무 어두워졌잖아. 임가영. 너만 아니었으면, 네가 나에게 아는 척만 하지 않았더라면, 네가 나를 친구랍시고 대하지만 않았더라면 자신이 이렇게 힘들지 않았을 거야.

꾹꾹 눌러왔던 감정들이 와르르 쏟아져 나왔다.

"……넌 늘 그랬어."

그 감정이 입술 밖으로 조금씩 새어나갔다. 정신을 놓은 사람처럼 웅얼거리는 연주를, 사람들이 쳐다보았다.

"여, 연주야."

매니저가 황급히 연주를 말리려 했다. 그러자 가영이 괜찮다는 듯 고개를 가로저었다. 매니저가 어쩔 줄 몰라 하며 멈춰 섰다. 자신의 매니저까지 마음대로 움직이는 가영을 본 연주가 더는 참지 못하고 소리 질렀다.

"넌 늘 그랬어. 착한 척! 밝은 척! 가진 건 아무것도 없고, 고아 주제에, 돈도 없고, 겨우 알바 해서 먹고사는 주제에 늘 행복한 척! 그런다고 쥐뿔도 없는 네가 뭐라도 생기는 줄 알아? 지금도 그렇잖아. 대단한 척, 착한 척. 뭐? 내가 이러지 않길 바랐다고? 웃기지 마. 나인 거 알고, 내가 그런 거라 생각하고 이런 짓 벌인 거잖아. 어디서 착한 척이야? 왜? 사람들이 널 떠날까 봐 두려워? 그래서 가식적으로 연기질이야? 진짜 웃긴다, 너."

연주의 입꼬리가 보기 싫게 삐뚤어졌다. 그녀의 입에서는 험한 말들이 우르르 쏟아졌다. 듣고 있던 스태프들과 PD마저 어쩔 줄 몰라 했다. 그러나 정작 그 모든 원망의 주인공인 가영은 눈도 깜빡하지 않았다.

연주는 험한 소리를 퍼붓다 숨이 찬지 헉헉거렸다.

"누가 그래? 내가 착한 척하는 거라고."

가영이 연주를 무표정하게 쳐다보며 입을 뗐다.

"그럼 이게 착한 척이지, 뭐야?"

"말을 내 뜻과 전혀 다르게 이해한 거 같다, 이연주."

"……."

가영이 덤덤하게 말을 이어갔다.

"네가 아니길 바랐다는 소린, 너한테 더 이상 실망하고 싶지 않다는 뜻이 아니었어. 난 네가 무슨 짓을 하든 실망하지 않아. 너한테 그럴 만한 감정도 없거든. 나한테 너는 이제 모르는 사람이나 마찬가지니까."

"……!"

연주가 충격을 받은 표정으로 그녀를 쳐다보았다. 왜인지 모르겠지만, 그녀의 삶에서 완전히 밀려났다는 말이 몹시 충격적으로 다가왔다.

"내가 그런 말을 한 건 이 일을 벌인 게 너라면, 끝장을 봐야 하니까 그게 귀찮아서 아니길 바랐기 때문이야."

가영은 연주를 똑바로 바라보았다.

"내가 그때 말했지. 한 번만 더 잘못 건드리면 끝장을 보겠다고."

"……."

"해보자, 이연주. 끝까지 가봐. 누가 바닥에 처박히는지 가보자고."

고저 없는 목소리로 가영이 조곤조곤 말했다. 그리고 장내가 고요해졌다. 누군가가 꼴깍 침을 삼켰다. 그 소리가 크게 들릴 정도로 고요했다. 사람들은 숨도 크게 쉬지 못한 채 가영을 쳐다보았다. 무표정한 가영은 길길이 날뛰며 화를 내는 사람보다 더 무서웠다.

가영은 미련 없다는 표정으로 연주에게서 시선을 떼어내 PD를 쳐다보았다.

"PD님."

"네!"

PD는 저도 모르게 바짝 기합이 들어가 대답했다. 가영의 분위기에 눌려 있던 다른 스태프들도 뒤따라 가영을 쳐다보았다.

"예정대로 신고하시는 게 어떨까요? 자동차에 무단침입, 개인 물건 훔쳐가는 것까지 증거가 확실하게 있으니까요."

"좋아요. 안 그래도 그러는 게 좋겠다고 생각했어요. 그럽시다."

"그리고 범인으로 추정되는 엑스트라에게 연락하시는 게 어떨까요?"

가영이 연주를 쳐다보며 말했다. 연주의 어깨가 흠칫한다. 가영은 무감한 눈으로 그 모습을 지켜보며 말을 이어갔다.

"엑스트라한테 이연주 씨 신고당했다는 말도 흘리면 좋을 것 같아요. 자신과 관련 없는 사람이라면 신경 쓰지 않겠지만, 조금이라도 관련되어 있으면 동요할 거예요. 그때 자수하라고 설득하면 좋을 것 같아요. 설령 설득되지 않더라도 동요해 증거가 될 만한 소리를 흘릴 수도 있으니, 그걸 기다리는 것도 좋을 것 같고요."

"……."

"제 의견, 괜찮으시면 받아주시겠어요?"

가영이 PD에게로 느릿하게 고개를 돌리며 물었다. 정중하지만, 거절하기 힘든 말투였다.

"그러죠."

가영의 기세에 밀린 PD가 저도 모르게 고개를 끄덕였다.

"감사합니다."

원하는 대답을 듣고 나서야 가영은 시선을 돌렸다.

"그럼 촬영 준비하러 가볼게요."

"그래요. 나도 증거만 챙겨놓은 후에 뒤따라가겠어요."

"네."

가영은 알겠다는 듯 목례한 후 돌아섰다. 연주는 그 모습을 우두커니 서서 바라보았다. 가영은 모든 사람들을 아우르며 상황을 지휘하고 있었다. 스태프와 PD는 그녀를 신의 가득한 눈으로 바라보고 있었다.

자신이 되고자 했으나, 단 한 번도 되어본 적 없는 모습이었다. 발버둥칠수록 자신은 수렁으로 빠지는데, 가영은 늘 고고했다.

"왜 너만……. 왜 너만!"

잃을 것이 없는 연주가 비명 같은 소리를 내지르며 가영에게 달려들었다. 가영의 얼굴이라도 망가뜨리고 싶었다. 다시는 TV 앞에 설 수 없게.

나를 이렇게 만들었으면, 너도 불행해져야지. 임가영!

연주가 표독한 표정으로 손톱을 세웠다. 그러나 그녀의 손톱은 가영의 얼굴에 닿지 못했다. 가영이 연주의 양쪽 손목을 거머쥐었다. 연주가 악을 쓰며 달려들었지만, 가영의 힘에 꼼짝도 할 수 없었다.

가영은 마치 연주가 이럴 줄 알았다는 듯이 쳐다보다가, 그녀를 바닥으로 내팽개쳤다. 연주의 옷이 금세 흙탕물에 더러워졌다. 연주가 일어나려 하자, 가영이 그녀의 옷자락을 밟았다. 다시금 연주가 넘어졌다. 그녀가 비명을 내질렀으나, 가영은 꼼짝하지 않았다.

"사람들이 있는 걸 다행으로 알아."

가영은 욕하고 싶은 걸 꾹 참은 채 말했다. 보는 사람들만 없었다면 머리채를 잡고 뺨을 수없이 내리쳤을 거다. 그럴 수 없다는 게 억울했다.

가영은 연주 보란 듯이 손을 털었다. 마치 더러운 게 손에 묻었다는 태도였다.

가영은 뒤도 돌아보지 않고 돌아섰다.

"우와. 가영 씨, 포스 장난 아닌데요?"

"그러게요. 착하고 다정한 줄로만 알았는데 카리스마가……. 우와."

가영이 멀어지기가 무섭게 스태프들이 수군거렸다.

응. 그러게. 정말 장난 아닌 여자야.

PD도 속으로 중얼거렸다. 새삼스럽게 놀랐다.

이번 일을 계획한 건 모두 가영이었다.

「범인이 증거를 남기지 않았다면, 남기게끔 새롭게 일을 만드는 건 어떨까 싶어요. 증거가 있다고 소문을 퍼트린다면, 분명 아니라고 생각하면서도 범인은 움직일 거예요. 만에 하나, 혹시나라는 것도 있으니까요.」

가영은 그렇게 말문을 열었다. 그렇게 가영이 제안했고, PD와 작가, 우현이 살을 덧붙여 나온 게 이 계획이었다. 증거가 있다고 소문을 퍼트리고, 범인이 동요할 수 있게 며칠간의 시간을 준 후, 증거를 미끼 삼아 범행현장을 급습하는 것까지.

「그런데 정말 괜찮을까요? 조금 느슨하고 허술해 보이는데. 범인이 증거가 있다는 걸 믿을지, 안 믿을지도 모르고…….」

계획을 정리한 후, PD는 반신반의했다.

「우리는 다 알고 있으니 그렇게 느껴지는 거예요. 그리고 조금 느슨한 것 같아도 괜찮아요. 정작 당하는 범인은 감정적인 동요가 일어난 상태라, 이성적으로 판단하기 힘들 거예요. 허술하기 때문에 덫이라고 생각하기 힘들 수도 있고요. 만약 범인이 몹시 이성적이라서 이번 덫을 잘 피해간다고 하더라도, 일단 우리 입장에선 해볼 만큼 해보는 게 좋지 않을까요?」

「그건 그렇죠. 그냥 넘어갈 순 없으니까요.」

「그러게요. 실패하면 남은 일은 그때 고민하도록 하죠.」

가영은 말을 하며 빙긋 웃었다.

그때를 돌이켜 생각하던 PD는 속으로 다시금 감탄했다.

대단하다.

감탄하던 PD는 허망한 표정을 짓고 있는 연주를 쳐다보았다.

"하아…… 하. 하."

그녀는 계속 주저앉은 채 넋이 나간 듯 허공을 보며 웃고 있었다.

"아악!"

이윽고 연주가 화를 못 이기고 소리를 질렀다. 미친 사람처럼 행동하는 연주를 스태프들은 차가운 눈길로 바라보다 등을 돌렸다.

❖ ❖ ❖

"이야. 진짜 장난 아니네. 장난 아니야."

멀찍이서 상황을 바라보던 영철이 감탄했다. 마음 같아선 박수라도 치고 싶지만, 분위기상 꾹 참았다. 그는 정리되고 있는 상황을 지켜보며 우현에게 말을 건넸다.

"가영 씨 장난 아니네. 좀 무섭기까지 하다. 그런데 너, 괜찮겠냐? 너, 가영 씨랑 연애하다가 거짓말하면 죽겠는데? 방금 분위기 봤지? 잘못 걸리면 가만

안 둘 기세야. 만에 하나 결혼이라도 해봐. 너, 거짓말하다가 걸리면 가영 씨가 철저하게 계획 짜서 복수할지도 몰라. 그때 되어서 후회할지도 모른다, 너?"

"……."

"왜 말이 없냐? 너도 무섭지?"

영철이 그럴 줄 알았다는 듯 혀를 끌끌 차며 고개를 돌렸다. 우현은 가영이 사라진 방향을 물끄러미 바라보고 있었다.

"형."

우현이 자그맣게 그를 불렀다.

"왜?"

"멋지지 않아요?"

우현의 말에 영철의 미간이 탁 풀렸다.

"짝사랑할 만한 거 같아요. 다시 반했어요."

우현은 방금 전 가영의 모습을 떠올렸다. 그녀는 미친 여자처럼 악다구니를 쓰는 연주를 보며 눈 하나 깜짝하지 않았다. 쓰러뜨리려고 할수록 곧게 일어서려 하는 강한 성정을 알 수 있었다. 비가 오는 날 서글프게 울던 모습과는 또 달랐다. 여린 듯 강하고, 강한 듯 여리다.

"난 저런 취향인가 봐요."

우현이 홀린 표정으로 중얼거렸다.

"……."

영철은 난간에 비스듬히 기대서서 감탄하고 있는 우현의 얼굴을 물끄러미 쳐다보았다. 바람이 불어 그의 머리카락이 부드럽게 날리었다가 가라앉았다. 햇살 아래 황홀할 정도로 빛나는 우현을, 영철은 어둠침침한 표정으로 쳐다보았다.

……뭐라는 거지, 이놈은. 가영이 연주의 뺨이라도 내리쳤으면 청혼이라도 했겠다.

영철의 마음도 모른 채, 우현은 눈을 접으며 즐겁게 웃었다. 순수하다 못해 아주 행복해 보이는 그를 바라보다 영철은 작게 고개를 가로저었다.

이 녀석, 왜 여태까지 연애를 못 했는지 알 거 같다. 취향이 남다르다.

별이 오다

그렇게 확신한 영철은 우현에게서 시선을 떼어냈다.

✦ ✦ ✦

"후우."

촬영을 마친 가영이 긴 한숨을 내쉬었다. 무슨 정신으로 촬영했는지 모르겠다. 촬영현장에 있었던 PD와 스태프들이 괜찮다고 했으니, 괜찮겠지 생각했다. 평소라면 꼼꼼하게 체크하겠지만, 지금은 그럴 정신이 없었다. 누군가에게 맞은 것처럼 얼얼했다.

「넌 늘 그랬어. 착한 척! 밝은 척! 가진 건 아무것도 없고, 고아 주제에, 돈도 없고, 겨우 알바 해서 먹고사는 주제에 늘 행복한 척! 그런다고 쥐뿔도 없는 네가 뭐라도 생기는 줄 알아?」

그 말이 가시처럼 걸렸다.

고아고, 돈도 없고, 겨우 먹고살면 행복하면 안 되는 걸까? 착하고, 밝은 것도 안 되는 걸까? 다들 '고아 주제에 퍽이나 밝네.' 하고 생각하며 자신을 대했을까?

무거운 추가 달린 것처럼 마음이 이리저리 흔들렸다. 땅만 바라보며 주차장으로 향하던 가영은 자신의 앞을 가로막고선 발을 보았다. 고개를 들던 가영은 "아." 하고 자신도 모르게 소리를 냈다. 한 시간 전, 먼저 촬영을 마친 우현이 재킷에 손을 푹 찔러넣은 채 그녀를 내려다보고 있었다.

"우현 씨."

그를 부르는데 순간 코끝이 찡해졌다.

「나는 내 인생을 조금 더 행복하게 살아야 할 책임이 있으니까요.」

순간, 그의 말이 떠올랐다. 갑자기 모든 고민들이 후루룩 사라진 기분이었다. 가영은 자신도 모르게 환하게 웃었다. 그 얼굴에 우현이 멈칫하는 것도 모른 채.

"우현 씨, 아직 여기 계셨어요?"

가영이 평소보다 친근한 목소리로 물었다. 그 목소리가 간지러워서 우현은 슬쩍 고개를 기울였다.

"잠시 PD님 좀 보고 가려고요."

"아. PD님은 저기 계세요."

가영이 얼른 가보라는 듯 촬영장을 가리켰다.

"그렇군요."

우현도 알고 있었다.

사실은 PD님이 아니라, 가영 씨 보려고 한 시간 내내 기다렸어요.

우현은 하지 못할 말을 삼키며 빙긋 웃었다.

"오늘 힘들었을 텐데, 수고했어요."

이 이야기가 해주고 싶었다. 연주가 하던 날 선 말들을 우현도 들었다. 고아라는 둥, 착한 척한다는 둥. 모두가 있는 앞에서 그런 이야기를 들었으니 비참했을 거다. 끝까지 내색하지 않은 게 대견할 정도였다.

"뭘요."

우현이 말하는 것이 연주의 일이라는 걸 알아챈 가영이 옅게 웃었다.

"나도 그 자리에 있었어야 했는데……."

우현도 함께하려고 했지만 PD와 가영, 그의 매니저까지 합세해서 말렸다. 우현이 끼어들면 지나치게 상황이 악화된다는 거였다. 말이 새어나갈 수도 있으니 가만히 있으라는 통에, 우현은 지켜보기만 했다. 그사이 PD와 PD가 믿는 카메라 감독, 조명감독, 가영이 움직였다.

"마음만으로도 고마워요."

그리고 이렇게 얼굴을 보여주는 것도 고마웠다. 가영이 빙긋 웃는 사이, 우현이 무언가를 내밀었다.

"가져가요."

가영이 그가 내민 종이봉투와 그의 얼굴을 번갈아 보았다.

별이 오다

"안 받아요? 팔 아파요."

우현의 재촉에 가영이 종이가방을 받아들었다. 그 안을 확인한 가영이 묘한 표정을 지었다.

"내일 비 오는 신 촬영한다면서요."

"네. 그렇기는 한데……."

가영이 말끝을 흐렸다. 종이가방에는 무선 드라이기, 핫팩, 온몸을 휘감고도 남을 크기의 담요가 담겨 있었다.

"아무래도 내일은 촬영장소가 달라서 못 만날 것 같아서요."

우현이 눈을 접으며 웃었다.

"어……. 그래도……."

생각지 못한 과분한 선물에 가영이 눈만 깜빡이며 종이가방과 우현을 번갈아 보았다.

"거절하지 말고 가져가요. 아직 어깨가 아파서 이거 다시 가져가면 팔이 아플 거 같거든요."

우현이 오른쪽 팔을 거머쥐며 말했다.

"오른쪽 팔도 다쳤어요?"

"아……."

우현이 얼른 왼팔을 거머쥐며 아픈 표정을 지었다. 그의 엄살에 가영이 활짝 웃었다.

"감사합니다. 잘 쓸게요."

계속 머뭇거리는 것도 예의가 아닌 것 같아, 가영이 감사인사를 했다. 그러자 우현이 눈을 접으며 웃었다.

가영의 인사 한마디에 한 시간 내내 차에서 기다린 고생이 싹 사라졌다. 좋다. 이게 뭐라고…… 이렇게 좋을까. 두 번 웃어준다면, 두 시간도 기다릴 수 있을 것 같다는 유치한 생각이 들었다.

"신우현!"

저 멀리서 영철이 그를 불렀다. 그러나 우현은 들은 척 만 척하며 무선 드라이기를 가리켰다.

"무선 드라이기 써봤어요?"

"아뇨."

가영이 영철을 흘깃대며 대답했다.

"사용설명서 보고 쓰면 돼요. 간단해요."

"우현아!"

영철이 악을 썼다.

"저기……. 매니저님이 계속 부르는데, 가보셔야 하는 거 아니에요?"

가영이 눈치를 살폈다.

"아……. 그러게요."

우현이 영철이 있는 곳을 무표정하게 바라보았다.

한창 좋은데 꼭 저러지.

"그만 가보세요. 바쁘실 텐데요."

가영이 매니저가 있는 곳으로 손짓하며 인사했다.

"다음 촬영 때 봐요."

"네. 다음에 봐요."

웃으면서 대답하는 가영을, 우현은 물끄러미 바라보았다.

아, 발이 안 떨어진다. 가기 싫다.

"우현아, 가자. 이제 좀 가. 응?"

어느새 다가온 영철이 저승사자처럼 음산한 목소리를 내며 끌어당기고서야 우현은 차에 올라탔다.

Chapter 09

연주의 사건으로 연예계가 발칵 뒤집혔다. 처음엔 PD의 차에서 물건을 훔쳐 달아난 여배우 A로 소문이 퍼졌다. 증거가 확실해서 처벌을 면치 못할 거라는 말이 뒤따라 퍼졌다. 사람들은 여배우 A에 대해 궁금해했다. 그러다 금세 여배우 A가 이연주라는 사실이 밝혀졌다. 한 매체에서 그녀의 신상에 대해 자세히 쓰는 바람에, 네티즌들이 쉽게 찾아낼 수 있었다.

그때까지만 해도 엑스트라는 범죄에 가담했다는 사실을 부인했다. 그를 설득하는 데 지친 PD가 관두려고 할 때, 가영이 그와 통화했다. 엑스트라는 가영과 통화를 시작한 지 얼마 되지 않아 아을 썼다.

- 대체 돌아가면서 왜 이렇게 나를 괴롭혀요! 나는 아무 잘못 없어요. 내가 했다는 증거 있냐고요. 생사람 잡지 말고 증거를 가져와요! 증거를!

그는 뻔뻔하게 나왔다. 가영은 그럴 거라 예상했다. 이런 일을 벌인 사람치고 뻔뻔하지 않은 사람은 없으니까. 이런 일을 하게 되면 자기 합리화를 하느라 더욱 뻔뻔해진다는 걸 그녀는 알고 있었다. 이런 사람에게 빌빌거리면, 기고만장해진다는 것도 잘 알고 있었다.

"길게 말하지 않을게요. 이연주 씨, 잡힌 거 알죠? 만에 하나 이연주 씨가 그쪽 이름 밝히고, 그쪽에게 돈을 줬다는 사실을 말하면 그쪽은 가중처벌을 면치 못할 거예요. 그리고 이연주 씨가 그쪽 이야기를 하면서, 과연 그쪽한테 유리하게 진술할까요? 그쪽 말대로 증거가 없는데 말이죠. 증인의 말만 들어야 하는 상황에서 이연주 씨가 본인에게 유리하게 진술하고 나면, 그쪽은 나중에 어쩌려고요?"

- 으윽.

"알아서 판단해요. 우리는 증거를 찾기 위해 촬영장의 모든 카메라와 주변

CCTV를 다 뒤질 테니까요. 그게 며칠 전이든, 몇 달 전이든. 그쪽이 수상한 행동을 했다는 증거를 찾기 위해서 말이에요."

— 협박하는 거예요, 지금?

"아뇨. 앞으로 벌어질 일들을 알려주는 거예요. 나는 이연주에 대해서 잘 알아요. 이연주는 절대로 그쪽을 위해서 뭔가를 해주지 않아요. 나중에 고생하지 말고, 지금이라도 수습할 수 있을 때 하는 게 좋을 거예요. 오늘부터 그쪽에게 전화하지 않을 테니, 잘 생각해봐요."

— 이봐요! 이봐요!

가영은 엑스트라의 말을 더는 듣지 않고 통화를 끝냈다. 하루도 채 지나지 않아 경찰로부터 연락이 왔다. 엑스트라가 자수했다고 했다. 더 이상 연주에게서 받아낼 수 있는 것도 없는 데다, 나중에 밝혀지면 더 큰 처벌을 면치 못할 거라는 말에 굉장히 부담을 느낀 것 같다고 전했다.

"난 아니라고요. 이건 저를 음해하려고 하는 거예요."

엑스트라의 자백에 연주는 길길이 날뛰며 전면 부인했다. 엑스트라가 여태껏 연주와 통화한 내역을 증거로 제출했다. 그 사실을 알게 된 연주는 더 이상 아무 말도 할 수 없었다. 일이 일파만파 커지는 사이, 충격적인 보도가 뒤따라 터져 나왔다.

[임가영 악플러, 사실은 돈을 받아 고용된 사람으로 밝혀져.]
[생계가 어려워 임가영 악플을 쓰고 돈을 받았다.]

악플러 중 한 사람이 부담을 못 이겨 자수했다고 했다. 임가영에 대해 나쁜 마음은 조금도 없었으며, 그저 돈을 벌기 위해 한 일이라고 했다. 새로운 기사가 거듭 나왔다.

[악플러 고용주 검거]
[악플러 브로커, 이연주가 시켜서 한 일이라고 밝혀 충격!]

하루 만에 이연주에 관한 보도로 연예면이 가득 찼다. 악플러 중 한 명이 브로커를 거론하자마자 너나 할 것 없이 브로커에게 돈을 받았다고 진술했다고 했다. 체포된 브로커는 더는 돌이킬 수 없어지자 체념하고 자수했다고 했다.

연주는 소속사로부터 계약해지 소송을 당했고, 연주의 매니저였던 사람은 기자를 만나 그간 당했던 폭언에 대해 밝혔다. 가영이 나설 틈이 없었다. 그녀가 뭔가 하기도 전에, 기다렸다는 듯이 연주의 악행이 연달아 터졌다.

이어 인터넷엔 촬영장 스태프라는 사람의 글이 게시되었다. 연주의 악행과 가영은 좋은 사람인데 그간 말도 안 되는 오해를 받는 것 같아서 마음이 아팠다는 게 그 내용이었다. 마른 들판에 불길이 번지듯, 연주에 대한 비난이 번져 갔다.

[미친 거 아님? 드라마에서나 보던 악녀 아님?]
[와, 대박.]
[미친년이네.]

사람들은 연주를 비난하면서, 동시에 가영을 불쌍하게 여겼다.

[그럼 임가영만 당한 거네?]
[불쌍하다. 임가영.]
[헐. 진짜 불쌍하다. 욕한 애들은 뭐하냐. 사과 안 하고.]

사람들은 가영을 동정했고, 분위기는 반전되었다. 소속사는 가영에게 인터뷰를 하는 게 어떻겠냐고 물었고, 가영은 거절했다.

"이때다 싶어서 나타나는 것도 별로인 것 같아요. 소속사가 입장표명해주세요. 여태껏 마음고생을 심하게 해서 인터뷰 하는 것에 부담을 느낄 정도라고요."

가영의 말에 소속사는 그러겠노라고 대답했다. 그 기사가 터진 후, 가영을 향한 동정의 분위기가 조성되었다. 그러나 가영은 헛소문이 퍼져 저를 힘들게 했던 이들이, 진실이 밝혀지자마자 손바닥 뒤집듯 태도를 바꿔 제 편을 드는 게 썩 달갑지 않았다.

어쨌거나 오해는 풀려서 다행이라고 생각하던 차에, 그녀는 한 통의 전화를 받았다.

연주의 아버지였다. 연주와 연락이 되지 않으면 종종 전화를 하셨기에 번호를 저장해뒀던 터다. 가영은 받지 않을까 하다가 받았다.

- 연주 아버지 되는 사람입니다. 임가영 씨 휴대전화 맞나요?

"네. 안녕하세요."

- 오랜만이구나. 이렇게 불쑥 전화해서 미안하다.

"네."

- 혹시 괜찮으면 만날 수 있을까?

연주의 아버지는 머뭇거렸다.

"죄송합니다만, 제가 그럴 만한 시간이 없어서요. 통화로 하셨으면 해요."

- 이번 사건에 대해 들었다. 후우.

연주의 아버지는 깊은 한숨을 내쉬었다. 속이 타들어가는 그의 모습이 느껴졌다. 딸의 잘못으로 그도 고통받고 있다는 걸 혜록으로부터 들어 알고 있었다. 그가 안타까웠지만, 동정 이상으로 해줄 수 있는 게 없었다.

- 너도 바쁠 테니 길게 이야기하지 않으마. 우리 연주, 한 번만 살려주면 안 되겠니?

"……."

- 연주 말을 들어보니 모두 네가 계획한 거라더구나. 사람들을 모아서 몰래 촬영해서, 연주를 곤란하게 만들었다지? 물론 우리 연주가 잘못했지만 친구 사이에 잘잘못을 덮어줘야지, 그렇게까지 할 필요는 없었잖니? 늦긴 했지만, 지금이라도 오해가 있었던 것이다, 사실이 아니라고 해주면 좋겠구나. 우리 연주, 한 번만 살려줘. 응?

연주 아버지의 말에 가영은 쓴웃음을 지었다. 그가 불쌍하던 마음이 싹 사라졌다. 가영이 아무 말 않자, 연주의 아버지가 말을 이었다.

- 악플사건도 괜찮았다고 해주고, 진행 중인 민사소송도 멈춰주었으면 좋

겠구나. 그리고 PD에게 이번 사건은 덮고 갔으면 좋겠다고 해주렴. 그리고 연주에 대한 안 좋은 기사도 너희 소속사가 뿌리는 것 같은데, 전부 다 기사 내려달라고 하고. 연주도 살아야 하잖니. 얼굴도 다 밝혀졌는데, 어떻게 살라고 이러니. 응? 이미 우리 연주 충분히 벌 받고 있어. 인터넷에서 신상도 다 까발려지고, 입에 담기도 힘든 욕도 먹고 있단다. 그러니 네가 나서서 이번 일을 좀 수습해주렴.

뻔뻔하기도 하지.

가영은 더 이상 쓴웃음조차 나오지 않았다.

"아저씨."

가영이 낮은 목소리로 그를 불렀다.

― 그래, 가영아.

연주의 아버지가 애가 타는 목소리로 불렀다.

"저는 돕지 못할 것 같네요. 아니, 안 도울 거예요."

― 가영아!

연주의 아버지 목소리에 날이 섰다. 가영은 눈도 깜빡하지 않은 채 입을 열었다.

"악플도 괜찮았다고 해달라고요? 왜요? 전혀 괜찮지 않았어요. 연주가 받는 악플은 마음 아프세요? 그럼 여태껏 제가 받았던 악플들은요? 입에 담기도 험한 그 악플들, 사실무근의 소문 때문에 저는 수도 없이 받아야 했어요."

― 아니, 그건······. 하아, 너도 힘들었을 걸 안다. 하지만 사실이 아니잖아. 그러니까 너만 당당하면 괜찮잖니.

"말씀드렸잖아요. 괜찮지 않았다고요. 사실이 아닌 악플 때문에 굉장히 아팠어요. 모르는 사람한테 그냥 맞아도, 난 잘못한 게 아니니까 안 아픈 거 아니잖아요."

― ······.

"그렇게 치면 연주는 악플이 더 아프지 않겠네요. 사실이니까요. 연주더러 감당하라고 하세요. 그리고 PD님은 물론, 조명감독님, 촬영장에 있는 스태프들 모두 화가 많이 났어요. 그 사람들의 화는 제가 풀어줄 수 있는 것도 아니고, 그러고 싶지도 않아요. 기사 또한 마찬가지예요."

— 하아, 정말 너무하는구나.

"그 말은 제가 하고 싶네요. 정말 너무하시네요."

— 친구끼리 정말 너무하구나.

"친구라니요. 연주는 더 이상 제 친구가 아니거든요."

— 연주가 너한테 어떻게 했는데, 그런 말을 하니? 일이 이렇게 되니 친구도 팽하겠다 이거야? 하늘이 무섭지도 않아?

"친구를 먼저 배신한 건 연주예요. 그 이유가 알고 싶으시면 연주한테 선호라는 사람에 대해 물어보세요. 연주 휴대전화에서 찾아보시면 알 거예요. 제 남자친구였던 사람이 왜 연주랑 연락을 하고 있었는지 말이에요."

— 그게 무슨 말이야? 우리 연주가 네 남자친구라도 빼앗았단 말이야?

단번에 아저씨의 목소리가 달라졌다.

"그냥 빼앗은 거면 다행이겠네요. 악플만큼이나 안 좋은 이야기라 제 입으로 직접 말씀드리기 어려울 것 같아요. 더는 드릴 말씀이 없습니다. 그만 끊겠습니다."

— 가영아, 가영아!

가영은 통화를 끝낸 후, 연주와 관련된 사람들의 번호를 모두 차단하고 삭제했다. 가영은 휴대전화를 저만치 집어 던진 후, 바닥에 드러누웠다. 손을 들어 눈을 꾹 눌렀다. 피곤했다. 연주의 아버지 통화를 돌이켜 생각하니, 다시금 화가 치밀어올랐다. 그러면서 동시에 연주가 희미하게 부러웠다.

가족이 있으면, 든든하겠다. 내가 잘못해도, 어쨌든 내 편이 되어줄 테니까. 그런 사람이 있다는 건 어떤 기분인지 기억이 나질 않았다.

가영은 몸을 둥글게 말았다. 이러고 있으니 조금 덜 시린 느낌이 들었다. 그녀는 자신의 몸을 끌어안은 채 멍하니 벽을 바라보았다.

◆ ◆ ◆

"엣취."

결국 감기에 걸렸다. 냉골인 방바닥에서 잠든 게 화근이었다. 몸을 둥글게 말고 잠들 때까진 따뜻했는데, 일어나보니 대자로 누워 있었다. 머리가 웅 울렸다.

어쩌자고 컨디션 관리도 못한 건지.

가영은 스스로를 질책했다. 그래도 그나마 다행은 마지막 촬영 한 신만 남았다는 거였다. 별다른 감정 신 없이, 공항에서 비행기를 타고 떠나는 장면이 전부였다.

마지막 촬영을 공항에서 마친 후, 가영은 조수석에 올라탔다. 코를 훌쩍거리는 가영을 혜록이 걱정스런 눈으로 쳐다보았다.

"너 정말 기념파티 갈 수 있겠어?"

"가야지. 오늘 마지막 촬영 마친 기념으로 전부 모인다는데."

마지막 촬영을 마친 기념으로 간단히 파티를 하고, 2주 후 마지막 방송 때 모여 드라마를 함께 보기로 했다. 둘 다 빠지면 안 되는 중요한 자리였다. 이 자리에 불참하면 사람들 사이에서 말이 나오기 십상이었다. 더군다나 그녀는 이제 막 데뷔한 신인이다. 그럴수록 이런 덴 얼굴을 비쳐야 한다.

"그래. 가자. 아, 그리고……."

혜록이가 휴대전화 문자에 찍힌 약속장소를 확인하다 말고 가영을 흘깃 쳐다보았다.

"왜? 뭔데?"

"말 안 하려고 했는데, 하는 게 나을 거 같아서."

"뭐길래 그렇게 뜸을 들여?"

"이연주, 나한테 연락 왔더라."

"……."

"너랑 연락 안 된다고. 문자 보내도 다 씹는다고. 전화 좀 달라던데? 걔, 미친 거 아니냐? 어휴. 진짜 욕하려다가 네가 한 말이 생각나서 관뒀어. 그때 네가 그랬잖아. 이연주랑 통화하게 되면 절대로 욕하지 말고, 감정적으로 대응하지 말라고. 녹음했다가 임가영 매니저가 욕했다고 여론몰이 할 수도 있다고. 그래서 참았어."

"잘했어."

가영이 시트에 몸을 푹 파묻으며 대꾸했다.

"그런데 네 말이 맞는 거 같긴 하더라. 걔, 내가 욕 안 하고 되게 정중하게 나오니까 초조한 목소리로 계속 시비 걸던데? 걔는 어떻게 천성이 안 바뀌냐?"

"무시해. 앞으로 전화 오면 받지 말고."

"그래. 알았어. 너는 어떻게 할 건데?"

"무시할 거야."

"그런데 넌 이연주가 그렇게 나올 거라는 걸 어떻게 딱딱 예상하고 맞혀? 그때 그 엑스트라도 네가 예상한 대로 나왔잖아."

혜록은 다시 생각해도 신기하다는 듯 말했다. 가영이 엑스트라와 통화한 후, '이 사람, 곧 자수하러 갈 것 같아요.'라고 했고, 실제로 그렇게 되었다.

"그냥, 그럴 거 같아서."

가영이 시트에 몸을 파묻은 채 웅얼거렸다.

"진짜 신기해. 내년에 제 운세는 어떨 거 같습니까? 선생님. 뭐라고 말씀 좀 해주세요."

혜록이 운전하다 말고 진지한 목소리로 물었다.

"네가 맡고 있는 배우가 흥해서, 너 또한 흥하리라."

가영이 코맹맹이 목소리로 대답했다. 그러자 혜록이 푸핫, 웃음을 터트렸다. 따라 웃던 가영은 얼마 후 창밖을 바라보았다.

어떻게라…….

수많은 인간들을 거치다 보니 사람 보는 눈이 생겼을 뿐이다. 나를 필요로 하는 사람, 나를 이용하는 사람, 나를 싫어하는 사람, 나를 좋아하는 사람 등……. 가영은 가물가물한 눈을 감았다.

좋은 사람.

그 말을 조용히 곱씹으며 잠드는데 문득 한 사람이 떠올랐다. 그 사람은 웃으며 자신에게 종이가방을 내밀고 있었다. 그러고는 아주 열심히 무선 드라이기에 대해 설명해주었다.

◆ ◆ ◆

마지막 촬영 기념으로 마련된 회식자리는 떠들썩했다. 배우와 스태프들이 돌아가면서 술을 마셨다. 가영도 그간 고마웠던 스태프들, PD, 작가와 술을 마시며 이야기를 나누었다. 컨디션이 좋지 않아 술을 마시기 힘들었지만, 뺄 수도 없었다.

대화의 주제는 대체로 촬영 때 힘들었던 에피소드와 연주였다.

"이제 연예계에 발붙이기는 틀렸죠."

"그거면 다행이게요. 인터넷에 신상 다 털리고, 고등학교 때 쌍꺼풀 수술한 것까지 다 올라왔더라고요. 정말 그런 건 다들 어떻게 찾아내는지⋯⋯."

"그러게요. 어쨌든 이연주는 완전 아웃이죠. 지금 걸린 사건만 몇 개예요. 악플사건, 사람 고용해서 촬영장 사고 낸 사건까지⋯⋯. 어휴. 사람이 왜 그리 무서울까요. 아마 한국에선 얼굴 들곤 못 살 거예요."

"외국 가야죠. 한인 사회 없는 곳으로."

"아! 그리고 그거 들었어요? 이연주 전남친이라는 사람 이야기요."

"어머! 잠시만요! 설마 그 사람인가요? 얼마 전에 찌라시 떴잖아요. 여배우 A 찾아가서 깽판 부렸다는 전남친 이야기요."

"맞아요! 그거요!"

누군가가 던진 불씨에 스태프들이 바쁘게 입방아를 찧어댔다. 가영은 스태프들이 나누는 이야기를 가만히 들었다. 무슨 이야기인지 금세 알아챘다.

아마도 선호가 연주가 조사받던 경찰서까지 찾아가 난장판을 쳤다는 이야기인 듯했다. 그녀도 혜록으로부터 전해 들었다.

「이연주! 너, 일부러 나한테 접근한 거냐? 걔랑 나랑 갈라놓으려고? 어? 말이라도 해봐!」

선호는 경찰서에서 모두가 보는 앞에서 몰아붙였다고 했다. 깜짝 놀란 연주는 그런 그를 스토커라고 몰아붙였다고 했다. 그 말에 눈이 뒤집어진 선호가 악다구니를 썼다고 한다.

「네가 벗고 덤빌 때는 언제고! 네가 우리 집에 와서 옷 벗으면서 여친이랑 못한 거 나랑 하자고 꼬셨잖아! 어? 그래놓고 데뷔하니까 사람을 거지 취급하면서 버려? 너, 일부러 나 엿 먹이려고 접근했냐? 어?」

그 일로 함께 있던 연주의 아버지가 선호와 있었던 일을 모두 다 알게 되었다고 했다. 자신의 딸이 어쭙잖은 녀석과 연애했다는 것도 분통 터지는데, 친구의 애인을 뺏기 위해 옷을 벗었다는 대목에서 그는 쓰러졌다고 했다.

연주는 쓰러진 아버지를 붙들고 울며불며했고, 선호는 연주의 머리채를 잡으려고 뛰어다니고, 경찰은 말리려고 뛰어다니느라 경찰서가 엉망진창이었다고 했다.

정신을 차린 연주의 아버지가 온 힘을 다해 막은 덕분에 그 일까진 기사화되지 않았지만, 찌라시 기사를 통해 알 만한 사람들은 다 알게 되었다.

굳이 그 일이 아니더라도, 이번 일로 연주는 이미 신상이 다 까발려져 연예계에서 매장당한 거나 다름없었다. 앞으로 연주는 살아도 산 게 아니었다.

이야기를 한창 나누고 있던 스태프들은 이윽고 가영에게 동정의 눈길을 던졌다. 안타깝다고 말하던 그들 중 몇은 술에 취해 미안하다고 고백했다. 가영은 괜찮다고 말한 후 자리에서 일어났다.

작품이 끝나는 기분 좋은 자리에서 연주의 욕만 계속 들으면서 술을 마셨더니 머리가 아팠다. 화장실을 다녀온다는 핑계로 가게를 빠져나왔다. 허름한 술집의 뒷문으로 나가자 넓은 마당이 보였다. 가영은 2층으로 올라가는 계단 아무 곳에나 주저앉았다.

"후우."

어깨로 한기가 몰려들었다. 몸이 축축 처졌다. 억지로 술을 마셔서 더 피곤했다. 가영이 무릎에 이마를 가져다 댄 채, 조용히 쉬고 있을 때였다.

"어? 가영 씨."

이 어두운 가운데 용케 자신을 알아본 사람이 누군가 싶어 가영이 고개를 들었다. 촬영장에서 자신을 무표정하게 쳐다보던 남자 스태프였다. 자신이 인사를 해도 받는 둥 마는 둥 하며 노골적으로 무시하던 그가 먼저 말을 건넸다. 그가 술에 취해 비틀거리며 걸어왔다.

"안 그래도 가영 씨 찾고 있었어요."

그의 말이 입안에서 뭉개졌다. 얼마나 술을 마신 건지 가늠이 되지 않았다.

"무슨 일이세요?"

혹시 PD가 찾거나, 다른 사람들이 자신을 찾는 건가 싶었다. 매니저인 혜록이 그녀를 찾고 있을 수도 있었다.

"아뇨. 아뇨. 제가 오늘은 꼬옥 가영 씨랑 대화를 나누고 싶었거든요. 쓰읍."

그는 비틀거리며 눈을 내리깔았다. 그러고는 취객이 그러하듯 과한 제스처를 취하며 입을 열기 시작했다.

"사실으은 가영 씨가 이상한 사람인 줄 알았거든요. 원래 내가 팔랑귀라서, 남이 하는 말을 곧이곧대로 믿거든요. 오해해서 미안해요."

"아……."

가영이 괜찮다고 말을 하려는 찰나, 그가 그녀의 손을 꼭 잡았다.

"정말 너무 미안합니다."

"괜찮아요."

가영이 손을 빼려고 했으나, 술에 취한 남자를 뿌리치기 힘들었다.

"아닙니다. 제가 나쁜 놈입니다! 정말 나빴어요! 죄송합니다! 이렇게 좋은 사람인데……. 그 고생을 당하는 것도 모르고……. 어흑!"

이대로 내버려뒀다간 울 것 같았다.

"괜찮아요. 그러니까 이 손 좀 놔주세요."

가영은 얼굴을 찌푸렸다. 기분이 이상했다.

"아닙니다. 제가 정말 잘못했습니다."

대화가 도돌이표 사이에 갇힌 것 같았다. 남자 스태프가 막을 틈 없이 성큼 다가왔다. 가영은 자신에게 바짝 붙어 선 남자 스태프를 찌푸린 얼굴로 쳐다보았다.

"가영 씨, 정말 미안합니다. 그런 의미에서 제가 조만간 밥 한번 사겠습니다.

가영 씨가 드시고 싶은 걸로 사드릴게요. 그러니까 거절하지 마시고, 연락처
좀 알려주십쇼. 네?"

"……."

가영은 미간을 좁힌 채 남자를 쳐다보았다. 좋게 해결하려 했으나, 그럴 순
없을 것 같았다. 가영이 주머니에서 휴대전화를 꺼내 혜록에게 전화를 걸려는
데 남자 스태프가 그녀의 휴대전화를 낚아채갔다.

"보자. 제 번호가……."

가영이 손을 뻗었다.

"이보세요."

그녀가 화를 내려는 찰나, 남자 스태프 손에 들려 있던 그녀의 휴대전화가
사라졌다. 갑작스레 쑥 왔다간 손의 방향을 따라 고개를 돌렸다.

"누구야……!"

방해 받았다고 생각한 남자 스태프가 버럭 소리쳤다.

"접니다."

옆을 쳐다본 남자 스태프의 고개가 젖혀졌다. 모자를 푹 눌러쓴 우현이 싱긋
웃으며 쳐다보고 있었다. 남자는 몹시 당황해 눈을 깜빡였다.

"술 많이 취하신 것 같군요. 콜택시 불러드릴까요?"

"아뇨. 괜찮습니다."

우현의 말에 남자 스태프가 얼른 고개를 가로저었다. 그는 아쉬운 눈으로 가
영의 휴대전화를 넘겨다보다 몸을 돌렸다. 술에 취한 듯 비틀거렸던 걸음이 거
짓말이었던 양, 그는 곧은 걸음으로 허겁지겁 식당으로 들어섰다.

"저 남자 스태프 소문이 안 좋아요. 신인 여배우들한테 집적거리기로요."

남자 스태프가 사라진 후, 우현이 가영에게 말했다.

"하아."

가영은 어이가 없었다. 이쯤 되니 자신이 동네북인가 싶었다.

"여기요."

우현이 가영에게 휴대전화를 내밀었다.

"감사합니다."

가영이 손을 뻗어 휴대전화를 거머쥐었다. 그러나 몸이 아파서인지, 놀라서
인지 파들파들 떨리는 손끝에서 휴대전화가 툭 떨어졌다. 바닥에 닿기 직전,
우현이 그녀의 휴대전화를 빠르게 잡았다.

"하아."

가영이 안도하자, 우현이 그녀에게 한 발자국 다가갔다.

"잠시 실례할게요."

그는 가영의 손을 잡았다. 그러고는 그녀의 손을 펼치더니 휴대전화를 올려
놓았다.

"여기요."

"감사합니다."

"그런데 괜찮아요?"

우현이 불쑥 물었다.

"네?"

"아파 보여서요."

말을 하며 우현의 시선이 그녀의 얼굴을 샅샅이 살폈다. 까만색 눈동자가 닿
는 곳마다 열꽃이 피는 것 같았다.

"……너무 가깝다."

가영이 말을 하고 아차 했다. 속으로 말한다는 게 입 밖으로 나왔다.

"잘 안 보여서요. 너무 가깝나요? 그럼 떨어질까요?"

"……."

'아뇨'라고 대답하기도 이상하고 '네'라고 대답하기도 이상해서 가영은 그를
물끄러미 쳐다보았다. 그의 얼굴을 보고 있으니, 이상하게 아픈 게 조금 가라
앉는 듯했다.

"감기 심하죠?"

우현이 그 자세 그대로 입을 뗐다.

"조금요."

가영이 코를 훌쩍거리며 대답했다.

"언제까지 여기 있을 거예요?"

우현이 손목시계를 들여다보며 물었다.

"곧 가려고요. 컨디션이 안 좋아서요."

가영이 어깨를 웅크리며 대답했다. 점점 더 상태가 나빠지고 있었다. 이대로 가다간 내일이면 앓아누울 게 분명했다.

"매니저는요?"

"오늘은 따로 움직이려고요."

혜록이도 떠밀리다시피 스태프들이 준 술을 마셔서 자신을 데려다줄 처지가 되지 못했다. 더군다나 혜록이는 친해진 스태프들과 놀고 있느라 정신이 없었다. 자신 때문에 잘 놀다가 일어나게 하고 싶지 않았다. 택시 탄 후 조용히 문자만 남겨놓을 예정이었다.

"그럼 같이 가요."

"……네?"

가영이 어리둥절해하며 우현을 쳐다보았다.

"나도 가려고 했거든요. 데려다줄게요."

"아니에요. 택시 타고 가면 돼요. 그리고 술 마셨잖아요."

"안 마셨어요. 오늘따라 마시기 싫어서요."

우현이 모자를 살짝 들며 말했다. 가영이 멍하니 그를 쳐다보았다. 담장 너머에서 들어온 가로등 불빛에 그의 얼굴이 환하게 빛났다. 붉게 물든 그의 얼굴은 묘한 미소를 띠고 있었다. 그중 가장 붉은 입술로 그가 속삭였다.

"같이 가죠."

같이 가고 싶어요, 로 들리는 건 기분 탓일까?

"안전하게 데려다줄게요."

"……."

거절해야 한다. 우현이 좋은 사람인 건 확실하지만, 그와 엮여서 좋을 건 없다. 스캔들에 휩싸이기라도 하면 골치 아프니까. 그런데 입술은 제멋대로 움직였다.

"네. 그럼 부탁드릴게요."

오늘은, 아프니까 제멋대로 굴고 싶었다.

◆ ◆ ◆

가영의 집에 도착한 우현이 주차한 후, 고개를 돌렸다. 언젠가부터 조용해서 쳐다봤더니 가영은 잠들어 있었다. 우현은 핸들에 기대어, 잠든 가영을 물끄러미 바라보았다.

깨워야 하는데 깨우기 싫다. 깨우면 보내야 하니까. 가영이 혼자 지낸다는 걸 알고 있었다. 아플 때 혼자 있으면 서러울 텐데. 그러니까 조금만 더 쉬게 하다가 보내야지.

우현은 그렇게 생각하며 그녀를 살폈다. 길게 뻗은 속눈썹, 갸름한 얼굴, 곧게 다문 입술, 쌔근거리는 숨소리.

……예쁘다.

우현은 숨을 죽인 채 가영을 바라보다 빙긋 웃었다.

「너, 왜 술을 안 마시냐?」

회식자리에서 영철이 불쑥 물었다. 술잔 대신 물잔을 들고 있는 그를 의아하게 쳐다보았다.

「몸이 안 좋아서요.」

영철은 그러냐고 무심히 대답하며 넘겼다. 사실 몸은 멀쩡했다. 일부러 마시지 않았다. 술자리에서 처음 봤을 때부터 가영의 안색은 좋지 않았다. 매니저인 혜록은 술을 마시고 있었다. 아무리 봐도 그녀는 홀로 귀가할 것 같았다. 혼자 산다고 했으니 데리러 올 사람도 없었을 거다.

문득 그녀의 집이 떠올랐다. 치안이 좋아 보이지 않은 낡은 건물과 귀퉁이에 자리한 어두컴컴한 골목들까지. 갑자기 술맛이 뚝 떨어져서 쳐다보기도 싫었다. 혹시나 해서 마시지 않았다. 그리고 그때의 결정을 그는 한없이 칭찬하고

Let me be your star

싶었다. 그 덕에 지금 이렇게 같이 있을 수 있으니까.

가영을 좋아하고 나니 아주 작은 것도 소중해졌다. 얼굴을 보고 있는 시간, 대화를 나누는 시간, 가영을 만나기 전의 시간까지도. 가영을 바라보고 있던 우현은 빙긋 웃었다.

◆ ◆ ◆

"으음."

가영이 숨을 깊게 들이마시며 눈을 떴다. 잠시 주변을 살피던 가영이 용수철에 튀어오르듯이 몸을 벌떡 일으켰다. 그러다가 가슴을 가로막고 있는 안전벨트에 막혀 다시 시트에 몸이 파묻혔다.

"일어났어요?"

가영이 멍한 얼굴로 운전석에 앉아 있는 우현을 보다가, 상황을 파악한 듯 뺨을 감쌌다.

"아, 네. 죄송해요. 제가 잠시 졸았나 봐요."

"곤히 자는 것 같아서 안 깨웠어요. 얼마 안 잤어요."

가영이 휴대전화 시계를 확인했다. 그의 말과 달리 시간이 꽤 흘러 있었다.

복 받았네. 신우현이 자신을 집까지 데려다주는 걸로 부족해서, 잠든 자신을 기다려주기까지 하고.

가영이 다급히 안전벨트를 풀었다.

"데려다주셔서 감사해요. 매번 신세 지네요. 다음에 꼭 어떻게든 갚을게요."

"길게 말하지 마요. 목 잠겼어요."

우현의 배려에 가영은 민망한 듯 웃었다. 유명한 사람이 인성까지 좋다.

"저는 그만 가볼게요."

가영은 그와 단둘이 어두컴컴한 차 안에 앉아 있는 게 어색해 서둘러 인사를 건넸다.

"이거 가져가요."

가영이 우현이 내민 것을 쳐다보았다. 감기약이다.

"근처 편의점에 이것밖에 없더군요."

"……."

"종합감기약이니 급한 대로 먹어요."

가영은 그걸 물끄러미 바라보다가 우현을 쳐다보았다. 왠지 모르게 찡했다. 오늘 혼자서 생으로 끙끙 앓아야 하는 줄 알았다. 그런데 생각지 못한 걸 받게 되자 괜히 울컥했다.

"……고맙습니다."

그에게 가장 많이 하는 말이 이 말인 것 같았다. 가영이 잠긴 목소리로 인사하자, 우현이 싱긋 웃었다.

"그럼 다음에 밥 사요."

"네. 그럴게요."

"약속해요."

우현이 새끼손가락을 내밀었다. 가영이 그걸 물끄러미 보다가 손가락을 걸었다.

"그럼 가볼게요."

가영은 우현에게 고맙다는 인사를 한 번 더 한 후, 차에서 내렸다. 우현은 가영이 집으로 들어가는 것까지 확인하고, 시동을 켰다. 그러다 가영과 손가락을 걸었던 오른손을 물끄러미 바라보다가 손가락 두 개를 펼쳤다. 벌써 자신의 손가락에서 가영의 온기가 사라지는 것 같아 섭섭하다.

그는 엄지손가락과 새끼손가락을 바짝 든 채 핸들을 쥐었다. 팬들이 왜 자기한테 닿았던 부분을 안 씻겠다고 하는지 이젠 좀 알 것 같다.

◆ ◆ ◆

"너 뭐 하냐? 외계랑 송신 중이냐?"

회식 중간에 문자 한 통 남겨놓고 홀연히 사라진 우현을 찾아 그의 집으로 쫓아온 영철은, 잔소리를 쏟아내려다 그의 오른손을 보곤 어이없어했다. 우현은 오른손의 엄지손가락과 새끼손가락을 쭉 펴고, 나머지 손가락 세 개를 접고 있었다. 마치 약속할 때 손가락을 거는 그 제스처였다.

"네. 송신 중이에요."

우현이 덤덤하게 대답했다.

"대체 그 외계는 어디냐? 거기에도 너처럼 싸가지 없는 새끼들밖에 없냐?"

"내가 왜요? 이만하면 괜찮지 않아요?"

"괜찮아? 야, 인마. 갑자기 문자 한 통 남겨놓고 사라지면 어떻게 해? 다들 너 찾고 난리도 아니었어. 너랑 사진 찍고 싶었다던 여자 스태프는 술 취해서 울고, PD님은 자기가 뭐 실수한 게 있냐면서 바들바들 떨고, 마지막에 개판도 이런 개판이 없었어."

"난 간다고 인사하고 나왔어요."

우현이 덤덤하게 대답했다.

"너랑 같이 술 마시던 테이블 사람들한테만 인사하고 나왔다며."

"PD님한테도 말했는데, 못 들으셨나 보네요."

"하아. 그래. 너 잘났다. 그나저나 어디 갔다 온 건데?"

"가영 씨 데려다주고 왔어요."

"뭐? 데려다줘? 둘이 사귀냐?"

영철이 깜짝 놀란 얼굴로 물었다.

"아뇨. 사귀려고 열심히 노력 중이죠. 이대로라면 곧 가능할 것 같아요."

"하아, 깜짝이야."

영철은 우현의 냉장고 문을 열며 놀란 가슴을 쓸어내렸다. 우현과 말하다 보면 목이 타들어갔다. 그는 시원한 음료수를 꺼내 뚜껑을 열었다.

"형."

왜. 영철이 음료수를 마시며 눈으로 대꾸했다.

"임가영 씨한테 시나리오나 대본 꽤 가겠죠?"

소파에 몸을 파묻은 우현이 여전히 오른손 엄지손가락과 새끼손가락을 든 채다.

"아마 그렇겠지?"

영철이 음료수 뚜껑을 닫으며 덤덤하게 대꾸했다.

별이 오다

"알아봐줘요."

"뭘?"

"임가영 씨 차기작."

"내가 무슨 수로?"

"그쪽 기획사 대표랑 친해졌다면서요."

"간단히 밥 먹은 정도지, 친해진 건 아냐. 이쪽 업계 사람이니까 같이 이 문제를 잘 해결해보자, 이런 의도였지."

"그 정도면 절친이죠. 부탁할게요."

"언제부터 밥 한 끼 먹으면 절친이 되고 그런 거였냐? 하, 그래. 그건 그렇다치고 알아내면 어쩌려고? 뭐? 차기작이라도 같이 하게?"

"가능하다면요."

"……."

영철은 기가 막혔다.

쟤, 방금 숨도 안 쉬고 대답했어.

"그럼 부탁할게요. 형."

"내가 왜."

"앞으로 형한테 잘할게요. 형이 시키는 일도 잘할게요."

우현이 눈을 접으며 생글생글 웃었다. 영철은 멍하니 우현을 쳐다보았다. 이쯤 되니 할 말이 없었다. 우현은 싱긋 웃은 후, 오른손의 엄지손가락과 새끼손가락을 바라보고 있었다. 외계 신호를 수신하고 있는 것 같은 모습을 한 우현에게 영철은 조용히 한마디 했다.

"……그냥 네 별로 돌아가, 이 새끼야. 나 괴롭히지 말고."

◆ ◆ ◆

2주 후, '그 남자의 작전' 마지막 화가 방송되었다. 그 자리에 모든 출연진과 스태프, PD, 작가가 모여 축하했다. 그 모습을 연예방송 카메라가 담았다. 돌아가면서 인터뷰를 했고, 가영도 인터뷰를 했다. 연예방송팀이 철수한 후, 그들은 간단히 맥주를 한잔한 후 작별인사를 나눴다.

"와아!"

"진짜 끝났다!"

"수고하셨습니다!"

스태프들 사이에서 환호성이 터져 나왔다. 마지막으로 PD가 자리에서 일어나 모두의 앞에서 말했다.

"최고 시청률 28.3퍼센트 여러분들 덕입니다. 모두 여태 수고 많으셨고, 또 다음에 뵙길 기대합니다. 말도 많고 탈도 많았지만, 결국은 다 잘되었으니 추억으로 생각하셨으면 좋겠습니다. 마지막으로 고마웠습니다."

PD가 쓰고 있던 모자를 벗곤 전 스태프와 출연진들 앞에서 머리를 숙였다. 가장 가까운 데 앉아 있던 가영은 자신도 모르게 맞인사를 했다. 이후, 자리가 파하는 분위기가 되었다.

"다음에 또 봐요."

채희가 생글생글 웃으며 가영에게 인사했다.

"네. 기회가 되면 꼭 뵙고 싶어요."

가영은 진심을 담아 채희에게 인사했다. 시원시원한 성격의 그녀가 마음에 들었다.

"어머. 아니다. 우리 못 보겠네."

채희가 눈을 동그랗게 뜨며 말했다. 가영이 왜 그러냐는 듯 쳐다보자, 채희가 눈을 사르륵 접었다.

"이제 우리 가영 씨는 주연으로 나올 거니까, 나랑 같은 드라마에 나올 수가 없지. 내가 또 여자주인공 아니면 안 맡으니까."

"그렇게 봐주시는 거예요? 듣기만 해도 행복하네요."

가영이 환하게 웃으며 쑥스러워했다.

"대신 조만간 밥 한 끼 해요."

"네. 꼭이요."

"말로만? 휴대전화 번호는 줘야지. 내가 가영 씨 휴대전화 번호 따가야겠어."

별이 오다

채희가 웃으며 휴대전화를 내밀었다. 가영은 그녀와 휴대전화를 번갈아 보았다. 우현과 가까워진 것도 신기한데, 채희까지 자신에게 호감을 보이다니. 얼떨떨한 표정으로 그녀는 자신의 번호를 입력한 후, 전화를 걸었다.

"또 봐요."

채희가 웃으며 손을 흔들었다. 가영은 우아한 자태로 멀어지는 채희의 뒷모습을 바라보았다.

꼭 저렇게 되어야지.

가영은 들떴다.

"이제 가자. 가영아. 지금도 늦었어."

혜록이 그녀의 가방을 든 채 재촉했다.

"응. 잠깐만."

가영이 주변을 살폈다. 오래 찾지 않아도, 우현은 단박에 보였다. 그는 다른 사람들보다 머리 하나 정도 더 컸고, 어깨가 넓었다. 그리고 우현이 있는 곳엔 늘 사람이 많았고, 들뜬 분위기가 조성되어 있었다.

그의 주변에는 사람들이 잔뜩 모여 있었다. 이때가 아니면 안 된다는 생각이 들었는지 여자 스태프들이 그와 사진을 찍으려고 난리였다. 남자 스태프들도 끼고 싶은 눈치였으나, 엄두가 안 나는지 서성거리고 있었다.

가영은 가만히 그를 바라보았다. 저렇게 사람들 사이에 있는 게 잘 어울리는 사람이 또 있을까? 여자 스태프와 얼굴을 나란히 한 채 사진을 찍고 있는 그의 얼굴에서 빛이 나는 것 같았다. 가영은 쥐고 있던 휴대전화를 쳐다보았다.

함께 사진 찍고 싶었는데…….

술에 취한 사진 말고, 멀쩡한 얼굴로 함께 찍고 싶었다. 그러나 도저히 저 인파를 뚫고 나갈 자신이 없었다. 가영은 아쉬워하며 돌아섰다.

◆ ◆ ◆

"후우."

우현은 거칠게 머리를 쓸어넘겼다. 사람들과 사진을 찍느라 가영이 나간 걸 확인하지 못했다. 물론 확인했다고 하더라도 자신에게 밀려드는 사람들을 뚫고 나갈 수가 없었을 거다.

"형."

영철에게 다가가자, 그는 묻지도 않았는데 뒷문을 가리켰다.

"뒤쪽 골목으로 나가서 오른쪽."

"고마워요."

"그 고마움 잊지 마라. 너 때문에 노화가 세 배 속도로 진행 중이니까."

우현은 영철의 말을 들은 척 만 척하며 돌아서서 빠르게 뒷문으로 뛰어갔다. 몇몇이 그를 알아보고 사진을 요청했다. 우현은 인내심을 발휘해 생긋 웃으며 "지금은 바빠서요. 죄송합니다."라고 거절했다.

영철이 말한 대로 뒷문으로 나가 오른쪽으로 꺾자, 텅 빈 골목길에 익숙한 차가 서 있다. 가영의 매니저 차였다. 마침 가영과 혜록이 차로 걸어가고 있었다.

다행히 안 늦었네.

우현이 활짝 웃으며 가영의 이름을 부르려고 할 때였다. 가영의 차문이 벌컥 열리더니, 모자를 푹 눌러쓴 남자가 차에서 내렸다. 남자는 가영을 온 힘을 다해 와락 끌어안았다. 순식간에 벌어진 일이다.

남자는 가영에게 뭐라고 속삭였다. 그 말에 웃음을 터트린 가영이 남자를 껴안았다. 갑작스런 광경에 우현은 그 자리에 멈춰 섰다. 눈도 깜빡이지 않은 채 앞을 바라보았다. 발밑이 훅 꺼지는 기분이었다.

친한 사이겠지. 아니면 친척이라든지. 그것도 아니면 가족이라든지. 우연히 이곳을 지나다가 만날 수 있는 거니까…….

왠지 연예인 같긴 했지만, 아닐 거라 생각했다. 우현이 애써 마음을 다잡을 때였다.

툭.

남자의 모자가 떨어졌다. 가영의 품에서 떨어진 남자는 고개를 숙여 모자를 주웠다. 그가 건성으로 모자를 털었다. 가로등 불빛에 그의 얼굴이 보였다.

아.

우현이 속으로 짤막하게 소리를 냈다. 남자치고는 가는 다리, 그에 비해 큰 키, 모자를 눌러쓰고 헐렁한 옷을 입었지만 스쳐봐도 연예인인 걸 알아볼 수 있는 자태다. 그렇지만 저 남자일 줄은 몰랐다.

미친 소년들의 준태.

가영과 준태가 뒷자리에 앉고, 매니저인 혜록이 운전석에 앉았다. 세 사람이 탄 차가 멀어졌다. 홀로 남은 우현은 뒤늦게 마른침을 삼켰다.

왜 저 남자와 가영이 함께 있는 걸까? 왜 이 시간에 가영의 차에 타고 있었던 걸까? 소속사도 분명 다를 텐데. 가영의 매니저는 준태에 대해 잘 아는 듯했다. 대하는 태도가 몹시 자연스러웠다. 두 사람, 무슨 사이일까?

우현이 눈을 내리깔았다. 아니, 그보다도 왜 한 번도 생각하지 못했을까? 가영에게 사귀는 사람이 있을지도 모른다는 생각. 우현은 얼어붙어 바닥만 멍하니 바라보았다. 뒤늦게 심장이 발치로 나동그라지는 기분이 들었다.

◆ ◆ ◆

"축하해, 누나."

준태가 뒷좌석에 놔둔 케이크 박스를 가영에게 내밀었다.

"오. 센스 봐. 고마워. 네가 어떻게 여기까지 왔어?"

"서프라이즈!"

준태가 씩 웃으며 말했다. 그러자 운전석에 앉아 있던 혜록이 입을 열었다.

"준태가 나한테 연락 왔더라고. 오늘 쉬는 날인데, 꼭 축하해주고 싶다고. 그래서 우리가 준비했지."

"집에 가 있지. 여기 보는 눈도 많았을 텐데."

가영이 걱정스레 말했다.

"거기까지 갈 시간은 없어서……. 숙소 근처라서 여기도 겨우 나온 거야. 곧 숙소로 돌아가야 해. 몇 시간밖에 여유가 없거든. 새 싱글 안무 연습도 해야 하고……. 함께 있어주면 좋을 텐데, 미안해."

준태가 피곤한 얼굴로 씩 웃었다.

"미안하기는. 여기까지 와주고 정말 고마워. 세상을 다 얻은 기분이다."

가영은 진심으로 말했다. 정말 세상을 다 얻은 기분이었다. '그 남자의 작전'에 출연이 결정됐을 때만 해도 불안했다. 운이 좋아 꿰차긴 했지만, 자신 때문에 드라마가 망가지는 게 아닐까, 자신이 욕심부려 다른 사람들이 피해 보는건 아닐까 등등. 그런데 무사히 해냈다. 이전보다 훨씬 더 좋은 결과까지 냈다.

거기다가 기획사 대표님 말에 의하면 CF 출연 제의도 오고, 차기작 제안이꽤 있다고 했다. 서둘러 좋은 작품을 골라 차기작에 들어가는 게 좋을 것 같다고도 덧붙였다. 이전의 삶과 비교할 수 없을 만큼 빠른 성취였다.

"케이크에 촛불 꽂고 후 불어야 하는데 그럴 시간이 없네."

준태는 그러는 동안도 내내 휴대전화로 시간을 확인했다. 정말 여유가 없는듯했다.

"숙소 어디야?"

"바로 여기 뒷골목이야."

"데려다줄게. 혜록아, 잠시 지나는 길에 들를 수 있지?"

"그럼. 술 안 마셨어. 데려다줄 수 있어."

이전 회식에서 거나하게 술을 마신 후 술병에 시달린 혜록은, 이번 술자리에선 술을 일절 입에 대지 않았다. 연예 프로그램에서 촬영을 온다는 것도 금주에 한몫했다.

"혼자 갈게. 혼자 갈 수 있어."

준태가 손을 내저었다.

"여기까지 왔는데, 됐어. 안내해. 혜록아, 부탁할게."

"그래. 준태야. 말해. 누나가 데려다줄 테니까."

"아, 그럼 연습실 뒷골목에서 내려주세요. 연습실 앞에도 팬들이 있어서……."

"이야. 잘나간다. 알았어."

차가 출발했다. 가영은 무릎 위에 케이크 박스를 얌전히 올려놓은 후, 창밖을 바라보았다.

응?

왠지 익숙한 실루엣을 본 듯했다. 큰 키에 자그마한 두상, 넓은 어깨. 가영은 우현을 떠올렸다가, 고개를 가로저었다. 한창 바쁜 그가 그곳에 있을 리 없다고 생각하면서.

✦ ✦ ✦

"나한테 도대체 왜 이러냐, 이 자식아."

영철이 피곤한 얼굴을 쓸어내리며 자신의 거실 소파를 점거한 우현을 노려보았다. 회식 때까지 기분 좋던 그는, 갑자기 가영을 뒤쫓아 뒷골목으로 나갔다가 온 후 다른 사람이 되었다. 표정이 싹 날아간 무표정한 얼굴에는 희미한 충격의 잔재가 남아 있었다.

무슨 일이 있었냐 물었지만 요지부동이다. 집으로 데려다주겠다고 했더니, 그는 몹시 익숙한 주소를 불렀다. 그 주소가 자신의 집이라는 걸 안 영철은 거부하려 했다. 그러나 그의 상태가 심상치 않아 어쩔 수 없이 제집으로 데려왔다. 연예인의 정신 케어는 매니저의 몫이라고 거듭 스스로를 설득하면서.

그렇게 자신 혼자 사는 집에 발을 들인 신우현은 소파에 한 시간째 산송장처럼 누워 있었다.

"아, 모르겠다. 나중에 말하고 싶을 때 말해. 알아서 자. 나는 씻고 잘 테니까."

"형."

"왜! 뭐!"

씻으러 간다니까 붙잡는 우현을 영철이 노려보며 소리쳤다.

"임가영 씨 친척 중에 연예인 있다는 소문 못 들었죠?"

우현이 가라앉은 목소리로 물었다.

"못 들었지. 왜? 연예인이 있대? 근데 그 연예인이 너랑 철천지원수래? 누군데?"

솔깃한 이야깃거리에 영철이 도로 소파에 앉았다.

"아뇨. 그건 아닌데……."

우현이 느릿하게 눈을 감았다가 떴다. 준태를 보며 좋아하던 가영이 떠올랐다. 그의 무대를 황홀한 표정으로 쳐다보고, 그에 대해 줄줄이 읊기도 했다.

그날 만나서 휴대전화 번호를 주고받은 걸까? 이런저런 이야기를 나누다 보니 마음이 통해서 연애를 시작한 건가? 간간이 아이돌과 사귀는 여배우들이 있긴 했다. 그런 소문을 듣기는 해봤는데, 실제로 본 건 처음이었다.

이런저런 생각에 마음이 무너진다. 언제 이렇게 마음이 깊어진 걸까? 우현의 얼굴로 짙은 먹구름이 내려앉았다.

"가영 씨한테 애인이 생긴 것 같아요."

우현이 큰 손으로 얼굴을 덮으며 무거운 목소리로 말했다.

"허, 정말? 누구? 연예인?"

"……."

"나한테 말 안 하겠다 이거냐?"

"확실한 건 아니라서요."

"그래서 실연당한 기념으로 우리 집 거실 소파 점거 중이냐?"

나는 쉬지도 못하고?

영철이 울컥한 얼굴로 우현을 노려보았다. 손으로 얼굴을 가린 우현은 아무 말 하지 않았다. 그런 그를 바라보던 영철이 긴 한숨을 내쉬었다.

우현의 매니저 일을 한 지 어언 8년이 되어가고 있다. 여태껏 스캔들은커녕 알아서 여자 연예인들과 거리를 두던 녀석이었다. 늘 당당하다 못해 오만하던 녀석이 이렇게 여자 때문에 어쩔 줄 몰라 하는 모습을 보니 마음이 썩 좋지 않았다.

"그래. 뭐, 너의 슬픔을 내가 헤아릴 수 없겠지. 어쩔 수 없게 되었네. 그냥 잊어버려. 일이 이렇게 되었는데, 힘내라. 실연당한 놈한테 해줄 말이 이것밖에 없네."

"아직 실연 안 당했어요. 고백은 안 했으니까."

"그럼? 어쩔 건데? 가영 씨 빼앗을 거야? 그랬다가 소문만 더럽게 나. 여태까지 네가 쌓아온 이미지도 한 방에 내려앉을 거고……. 그냥 포기해. 뭘 봤는지 모르겠지만 가영 씨도 그 사람 좋아하니까 만났겠지."

별이 오다

"나한테도 관심 있었을 거예요."

"……."

"아마도."

우현이 자그맣게 덧붙였다.

그렇지 않고서야 자신에게 그렇게 다정할 수 없을 테니까. 어떤 실수를 해도 괜찮다고 따뜻하게 바라봐줄 리 없으니까. 그러니까…… 자신이 뭔가 오해한 게 틀림없다. 아니, 그랬으면 좋겠다.

눈앞에 수많은 가영의 모습이 스치고 지나간다. 옅게 웃던 얼굴, 괜찮다고 다독여주던 말투, 비 내리는 날 자신의 앞에서 무너져 내리듯 우는 얼굴까지. 무엇 하나 버릴 수 있는 게 없다. 작은 기억 하나까지도 너무 소중해서 어쩔 줄 모르겠는데, 어떻게 잊어버릴 수 있지?

우현이 아랫입술을 깨물었다.

"정신 차려. 인마. 힘내. 나는 너의 실연을 응원한다. 아니, 너의 실연을 위로한다. 잊을 수 있게 힘써주마."

그의 말에도 우현은 꼼짝하지 않았다. 잠시 방에 다녀온 영철은 우현의 몸에 얇은 이불 하나를 툭 던져주고, 테이블 위에 맥주 두 캔을 올려놓았다.

"마시고 자라. 나는 자러 간다."

영철의 밤 인사에도 우현은 손바닥으로 얼굴을 덮은 채 꼼짝하지 않았다.

◆ ◆ ◆

모처럼 깊게 잠들었던 영철은 휴대전화 벨 소리에 잠에서 깨어났다. 목을 가다듬은 그는 "여보세요."라고 답하며 방문을 열었다. 우현은 씻으러 갔는지 거실은 비어 있었고, 욕실에서 물소리가 들렸다.

─ 안녕하세요. 저 '함께 가자' 프로그램의 작가 이은영이라고 합니다. 오랜만에 전화 드렸네요.

"아, 네. 오랜만입니다, 작가님."

─ 이번에 신우현 씨 드라마 성황리에 끝난 거 몹시 축하드려요. 제가 팬이라

서 한 편도 빠짐없이 다 봤답니다.

"감사합니다."

작가의 칭찬에 영철의 어깨가 펴졌다. 자신의 배우가 칭찬을 들을 때마다 자신이 칭찬받는 것처럼 뿌듯한 게 매니저였다.

– 다름이 아니라 이번에 '함께 가자'에 나와주실 수 있으신가 해서요. 이번 드라마에 나왔던 분들 모두 모시고 후일담을 나누는 식으로 진행이 될 것 같아요. 드라마 PD님을 통해 말씀드렸었는데, 혹시 전해 들으셨나요?

"아, 네. 안 그래도 어제 이야기 들었습니다. 출연자는 누구누구죠?"

– 신우현 씨, 이채희 씨, 오경남 씨, 임가영 씨 이렇게 네 분 생각하고 있습니다. 딱 중요한 분들만 모시고 진행하려고요. 나쁜 말 나오지 않도록 철저히 검토해서 편집할 건데, 어떻게 안 될까요?

노련한 작가가 웃음기 섞인 목소리로 조르듯이 말했다. 냉장고에서 냉수를 꺼내던 영철이 미간을 좁혔다. 드라마의 비하인드 스토리를 나누는 자리나 예능 프로그램 출연이 필요하긴 했다. 우현의 이미지는 지나치게 대중적이지 못했다.

연예인 중의 연예인. 그 말이 좋을 때도 있지만 좋지 않을 때도 많았다. 조금 친숙한 이미지로 변신을 꾀하는 것도 나쁘지 않다고 생각하고 있던 차였다. 하지만, 출연진이 마음에 걸렸다.

임가영이라…….

안 그래도 가슴에 불이 난 놈에게, 임가영을 마주하고 천연덕스럽게 웃으라는 말을 할 수 없었다. 아무리 이 새끼, 저 새끼 하면서 미운 놈이라고 소리치고 다녀도, 영철은 결국 우현의 편이었다. 그가 잘되어야 자신이 잘된다.

그리고 친하기에 욕도 할 수 있었다. 우현 또한 말은 능글맞게 해도 필요한 순간에는 꼭 자신의 편이 되어주었다. 자신의 노모가 사고가 나서 큰돈이 필요할 때, 군말하지 않고 병원비에 간병비까지 보태주었다. 그뿐일까. 기다릴 테니까 어머니 치료 끝나면 돌아오라고까지 해주었다. 회사의 관두라는 압박도 우현이 직접 막아주었다.

그때 생각했다. 신우현, 이놈이 뭘 하든 끝까지 함께 가야겠다고. 물론 지금

320   벌이 오다

은 가끔 그 다짐을 후회하긴 하지만, 전반적으로 썩 나쁘진 않았다. 그러니, 아무래도 이번 일은 힘들 것 같다. 우현을 위해서.

"아……. 정말 출연하면 좋겠지만요."

영철이 정말 온 힘을 다해 안타까운 목소리를 냈다. 거절할 땐 이쪽도 미안한 티를 내는 게 예의였다.

"나갈 겁니다."

귓가에 나지막한 목소리가 들렸다.

"으악!"

영철이 비명을 지르며 고개를 홱 돌렸다. 키가 한참 큰 녀석이 서 있었다. 언제 씻고 나왔는지 젖은 머리에 수건을 덮은 채 그를 내려다보고 있었다. 방금 전 자신의 귓가에 속삭였다고는 생각이 들지 않을 만큼 무표정한 얼굴이었다. 영철은 얼른 휴대전화 마이크를 틀어막았다.

"뭐 하는 거야, 이 자식아."

영철이 자그맣게 소리쳤다.

"'함께 가자'에 나갈 거라고요."

"후우. 나중에 다시 전화드리겠습니다."

영철은 정중하게 사과한 후 통화를 끝냈다. 그러고는 고개를 홱 돌려 상의를 벗고 서 있는 우현을 쳐다보았다.

"너, 정말 '함께 가자'에 출연할 거야?"

"네."

"임가영 씨 나온다는데?"

"그러니까요."

"뭐?"

"임가영 씨 나오니까 나가야죠."

우현이 당연한 거 아니냐는 듯 천연덕스럽게 대답했다.

아니, 어째서?

영철이 이해 못 하겠다는 표정으로 쳐다보았다. 우현이 수건으로 젖은 머리를 닦으며 무심한 얼굴로 입을 열었다.

"어젯밤 내내 생각해봤는데요. 확실한 거 아니잖아요? 애인이 아닐 수도 있고, 애인이 있어도 언젠가는 헤어질 거잖아요?"

"그래서 뭐? 기다리겠다고?"

"겸사겸사요. 어쨌든 그동안 꾸준히 매력 어필하면서 옆에 있으려고요."

우현의 말에 영철은 입을 다물지 못했다. 이 정도로 매달리다니. 자신이 아는 우현이 맞나 싶을 정도였다. 잠시 멍하니 있던 영철이 정신 차려 그에게 말했다.

"꼭 그렇게까지 해야겠냐? 그냥 접어. 그게 훨씬 편할 수도 있어. 정말 널 위해서 하는 말이다."

"형."

"왜?"

"포기 안 할 거예요."

"……."

"아니, 못 하겠어요."

"……."

"포기하는 법을 모르겠어요."

어떻게 마음에 품게 된 건지 몰라서, 어떻게 놔야 할지도 모르겠다. 그냥 이대로 가야 할 것만 같다. 미소 짓고 있으나, 서글퍼 보이는 우현의 얼굴에 영철은 입을 다물었다. 저런 표정은 처음이다. 영철은 한참 그를 바라보다가, 긴 한숨을 내쉬며 '함께 가자' 작가에게 전화를 걸었다.

"네. 저 신우현 매니저입니다. 촬영하겠습니다. 예정일이 언제죠?"

◆ ◆ ◆

드라마 마지막 방송 기념파티까지 마치자 비로소 모든 게 끝난 기분이었다. 하루 푹 쉰 가영은 기획사 대표의 연락을 받고, 회사 근처로 향했다. 대표가 직접 집 앞까지 오겠다고 했지만, 자신이 사는 이 동네에는 마땅한 데가 없었다. 카페가 두 군데 있는데 이야기를 나누다 보면 어느새 카페 주인도 한자리 차지

별이 오다

하고 앉아 같이 대화를 나눌 정도로 작은 가게들이다.

"오느라 고생했어요."

약속장소인 한정식에 들어서자 프라이빗룸에 자리 잡고 있던 김 대표가 환하게 웃었다.

"금방 왔어요."

"뭐 타고 왔어요?"

"버스요."

"이런. 곧 톱배우가 될 사람이 버스라니요. 이번에 정산 받으면 차라도 사야겠네요."

가영이 대답 대신 미소를 지었다. 그러고는 김 대표를 물끄러미 바라보았다. 이전의 삶과 전혀 다르지 않은 생김새였다. 기억 속 김 대표보다 조금 젊어 보이는 것 정도. 확연히 다른 건 자신을 대하는 태도였다.

과거에 자신의 데뷔부터 일거수일투족을 관리해준 게 김 대표였다. 그랬기에 어떤 때는 오빠같이, 어떤 때는 선배같이 굴었다. 지금처럼 깍듯하게 대한 적은 없었다. 그래서인지 기분이 이상했다. 잘 아는 사람과 닮은 사람을 만난 기분이었다. 어색하면 반지를 만지작거리는 습관이 남아 있던 가영은 검지를 문질렀다.

"모기 물렸나요?"

김 대표가 웃는 얼굴로 물었다.

"아뇨. 습관이에요."

"그렇군요."

할 말이 없어 가영은 그저 웃었다. 대화를 자연스럽게 끌어가는 건 김 대표였다. 그는 이번 사태에 대응하는 가영의 모습에 연거푸 감탄했다.

"악플러에 미지근하게 대처하지 않고, 강하게 나가자는 제안. 좋았어요. 그덕에 악플러들의 뿌리를 뽑을 수 있었으니까요. 이 일 때문에 오히려 가영 씨를 향한 호감이 더욱 높아졌어요. 주춤했던 제안들도 다시 들어오기 시작했고요."

"다행이네요."

"어떻게 그런 생각을 다 했어요? 사고의 범인을 잡는 것도 그렇고……."

오랜 경험 덕이다. 그러나 김 대표에게 사실대로 설명했다가 미친 사람으로 취급받겠지. 가영은 "그냥 떠올랐어요."라고 하며 웃었다.

"그런 생각, 좋네요. 자, 그럼 이제 일 이야기를 해볼까요? 예능 쪽에서도 그렇고, 광고 쪽에서도 제안이 꽤 오고 있어요. 이럴수록 차기작을 신중하게 정해야 하니까, 검토하면서 간간이 예능과 광고 촬영을 했으면 하는데 어떻게 생각해요?"

"저는 좋아요."

"다행이네요. 들었겠지만 '함께 가자'에 섭외되었어요. 다음 주 촬영이니까 잘 준비하고요. 아마 모레쯤 간단히 질문 리스트가 갈 거예요. 대답 정해지면 매니저 쪽을 통해서 우리 회사로 보내주면 문제가 될 만한 대답을 체크해줄게요."

"네. 알겠습니다."

가영이 가볍게 고개를 끄덕였다. 식사를 하는 동안 잠시 조용해졌다.

"그런데…… 아저씨와는 어떤 사이세요?"

가영이 침묵을 깰 겸 물었다.

"제가 학교 후배예요. 중학생 때부터 대학생까지 쭉이요. 이런 인연, 드물죠."

"그러게요. 되게 신기하네요."

가영이 빙긋 웃었다.

"선배완 어떻게 알게 된 사이인지 들었어요. 좋은 인연이더군요. 그리고 마음이 아팠어요. 이렇게 밝고 싹싹한데, 그런 아픔이 있을 줄이야."

김 대표의 말에 가영은 형식적인 미소를 지었다. 이런 섣부른 위로에는 익숙하다. 고아라고 했을 때 따라붙는 동정의 시선 또한 뻔했다. 그 뻔한 시선에 다치는 것 또한 여전했다. 그러나 가영은 내색하지 않았다. 어른이 되어 깨달은 건, 자신의 아픔은 타인에게는 약점에 불과하다는 거였다.

"아저씨는 잘 지내시나요? 요즘 통 연락이 안 되어서요."

"아무래도 정치 쪽으로 나가려다 보니 많이 바쁜가 보더군요. 곧 연락할 거예요. 선밴 한번 제 사람이라 생각하면 끝까지 가니까요. 그런데 선배는 가영 씨가 바빠서 통 시간을 못 내는 거라던데요?"

"아저씨가 그렇게 말씀하던가요?"

"그럼요."

가영이 옅게 미소 지었다. 정후가 자신을 만나려고 했다니 반가웠다. 혈혈단 신이기에 저보다 한참 어른으로부터의 애정을 갈구하게 되었다.

그 부분을 그나마 채워준 게 정후이다. 부모와 같은 무조건적인 애정을 주는 건 아니지만, 적당한 관심과 롤모델로서 자리해주었다. 그것만으로도 정후에 게 몹시 고마웠다. 빨리 만나고 싶다. 가영은 마음이 들떴다.

"그리고 매니저 말이에요."

이런저런 생각을 하던 가영이 고개를 들어 김 대표를 쳐다보았다.

"혜록 씨도 좋지만, 조금 더 전문적인 매니저와 일하는 게 어떨까 해서요. 가 영 씨의 뜻이 확고한 거 알고 있어요. 하지만, 길게 보면 이쯤에서 매니저를 바 꾸는 게 더 나을 거예요."

"죄송합니다. 다른 건 다 받아들여도, 매니저만큼은 힘든 시간을 함께해준 지금의 매니저와 계속하고 싶어요."

"그래도 말이에요."

김 대표는 끈질겼다. 가영은 고요한 눈으로 그를 응시했다. 그의 말을 듣고 있는데 문득 떠올랐다. 그러고 보니 이전의 삶에서 사고 나던 날 자신을 불러 서 하려고 했던 말은 무엇이었을까? 평소처럼 굴려고 했지만, 무언가 어색한 말투였다. 그리고 그 시간에 자신을 불러낸 것도 석연찮았다. 하필이면 그때 딱 사고라니.

"……가영 씨?"

김 대표가 조용히 그녀를 불렀다. 가영의 눈빛이 예리하게 변해 언젠가부터 자신을 찌를 듯이 바라보고 있었다.

"아, 네."

상념에서 깨어난 가영이 눈을 접으며 방어적인 미소를 지었다.

"흠, 많이 불편해하는 것 같군요."

김 대표가 당황한 표정을 감추며 애써 웃었다.

"불편한 건 아니지만, 제 뜻은 안 바뀔 것 같아요."

"흐음. 그래요. 그러면 회사 측에서 매니저와 더 많이 소통을 하고, 교육을 시키는 수밖에 없겠네요. 가영 씨의 뜻을 존중할게요."

김 대표가 빙긋 미소 지었다.

"네. 알겠습니다. 감사합니다."

가영이 마주 웃었다.

식사를 마치고 나온 후, 가영은 자신을 데려다주겠다는 김 대표를 먼저 보냈다. 그녀는 한정식 식당 앞에 서서 멀어지는 김 대표의 차를 바라보았다. 왠까? 예전과 느낌이 다른 건. 마치 능숙한 연기자를 보는 느낌이다. 원래 저런 사람이었는데 이제야 알아챈 건가?

그녀는 석연찮은 마음으로 김 대표의 차가 간 곳과 반대 방향으로 몸을 틀었다.

◆ ◆ ◆

'함께 가자' 촬영 전, 촬영 관계자들과 MC에게 간단히 인사를 한 후 착석했다. 우현은 제 이름이 붙은 의자에 앉아 주변을 둘러보았다. 그러고는 구겨지려는 미간을 억지로 폈다. 자리 배치가 마음에 안 든다.

자신의 옆에 채희, 그 옆에 경남, 그리고 가장 먼 곳에 가영이 앉아 있었다. 경남의 머리에 가려 가영이 보이지 않았다. 얼굴이 겨우 보인다 싶으면 경남과 이런저런 이야기를 나누며 웃고 있었다. 기껏 왔는데 인사 한마디밖에 못 했다.

"오빠, 무슨 일 있어요? 표정이 왜 이래요?"

채희가 의아한 얼굴로 물었다.

"아, 오늘 좀 피곤해서."

"오빠가 피곤한 걸 내색하고. 별일이네요."

별이 오다

채희가 웃었다. 아무리 피곤해도 일에 관련된 자리에서만큼은 티 내지 않는 우현은 그 프로페셔널한 태도로 유명했다. 열이 39도가 넘었을 때에도 행사장에 웃으며 나타난 인간이 아니던가. 후일담으로 전해지길, 그가 입고 있던 슈트 안이 모조리 흠뻑 젖어 있었다고 했다. 그것도 그가 행사 마치고 쓰러져서 응급실에 실려 가면서 알려지게 되었다.

"자, 촬영 들어갑니다."

PD의 말에 배우들이 마지막으로 점검했다. 그사이, 구석에 앉은 가영이 중얼거렸다.

"삐그덕, 소름, 검은 방, 절반의 몸……."

경남이 의아하게 쳐다보았다.

"지금 뭐 하는 거예요?"

"아. 공포영화 이름 대면 긴장이 좀 덜 되어서요."

"아아."

경남이 이해했다는 듯 고개를 끄덕였다.

촬영이 시작되었다. 가영은 숨을 깊게 들이마셨다. 심장이 터질 것 같았다. 다행히 촬영은 무난하게 이어졌다. MC의 재치 있는 입담으로 시간이 빠르게 흘러갔다.

"정말 흔하디흔한 질문을 하는 코너! 지겨워 죽을 것 같은 코너! 그렇지만, 모시기 힘든 분들을 모셨으니 해봅니다! 시청자분들이 가장 많이 한 질문이기도 한데요. 이상형은 어떻게 되시나요? 생각할 시간 없습니다. 마이크 잡으면 곧바로 대답하셔야 합니다."

MC가 질문을 던지자마자 폭탄 모양으로 생긴 마이크를 우현에게 내밀었다. 그는 마이크를 받자마자 자연스럽게 입을 열었다. 깊게 고민할 것 없었다.

"자기 일 열심히 하는 분."

대본을 달달 외우고 있는 모습이 떠오른다.

"필요할 때 화낼 줄 아는 여자."

연주에게 조용히 화내고 있는 모습이 떠오른다.

"당찬 여자, 그러면서 주변 사람들에게 상냥한 여자."

자신의 앞에서 웃고 있는 모습이 떠오른다.

"또 여릴 때 여린 여자."

비가 내리는 풍경을 바라보며 울음을 터트리는 모습이 떠오른다. 우현의 시선이 아득해졌다. 말을 마친 그가 입을 다물었다. 기다렸다는 듯이 술술 말하는 우현 때문에 제작진들의 눈이 휘둥그레졌다.

우현이 채희에게 마이크를 건넸다. 그의 시선이 너머에 존재하는 가영에게 닿았다. 가영이 눈을 동그랗게 뜬 채 자신을 바라보고 있었다.

모든 모습이, 나의 이상형이었다. 너는 내게 아주 자연스럽게 이상 속에서만 존재하던 사람이 되어주었다. 나는 속수무책으로 너를 받아들일 수밖에 없었다. 임가영, 나는 어쩔 수 없을 만큼 네가 좋다.

우현은 그 말이 새어나오려는 입을 꽉 다물었다.

촬영은 수월하게 진행되었다.

"잠시 쉬었다가 갑니다!"

PD의 말에 배우들이 자리에서 일어났다. 우현은 생각에 잠긴 표정을 지었다. 방금 전, 대화 중 MC의 애인 있냐는 질문에 가영은 펄쩍 뛰며 아니라고 대답했다. 방송 중이니 아니라고 하겠지. 그런데 왜 정말 없는 것 같을까? 그 표정은 연기가 아닌 것 같았는데. 없는 건가, 아니면 없길 바라는 자신이 제멋대로 보고 있는 건가?

"오빠."

채희의 부름에 우현이 고개를 들었다. 표정이 완전히 사라진 그의 시선이 닿자, 채희가 움찔했다.

"무섭게 왜 그런 표정이에요?"

"아니야. 왜?"

우현이 덤덤하게 대답했다. 평소라면 표정을 관리했겠지만, 신경이 모조리 제일 끝자리에 앉은 가영에게 쏠려 다른 걸 할 수가 없었다. 방송 녹화 중에도 가영이 이야기를 하면 그쪽으로 목이 완전히 꺾이려는 걸 참느라 애썼다. 이 정도면 중증이다. 촬영장 귀퉁이에 서 있던 영철이 몇 번이고 눈을 부라리며 적당히 하라 경고하는 눈빛을 보냈다.

"오빠. 오늘 저녁에 스케줄 있어요?"

"갑자기 왜?"

우현이 채희를 무심한 눈으로 바라보며 물었다. 지금은 가영의 생각으로 머리가 터질 것 같았다. 지금만 해도 경남과 이야기를 나누고 있는 가영에게 신경이 쏠렸다.

그나저나 무슨 이야기를 끝도 없이 하는 거야? 끼어들고 싶어도 그럴 틈이 없다. 거리가 멀다. 누가 이따위로 자리 배정을 한 건가 싶었다. 이래선 가영과 인사만 하다가 헤어질 판이었다.

"같이 저녁이나 먹자고요."

"시간 없어."

"아, 그래요? 알았어요. 그럼 가영 씨랑 나랑 둘이서 먹어야겠네. 경남 씨도 오늘 스케줄이 있다고 그러고……."

"같이 먹자."

"네?"

갑작스런 우현의 태세전환에 채희는 의아해했다.

방금 대답이 빛보다 빨랐던 것 같은데. 기분 탓인가?

"생각해보니까 내가 착각했어. 같이 먹자. 내가 살게."

우현의 눈이 반짝인다. 무섭게 반짝인다.

"……그래요, 뭐."

채희가 얼떨떨하게 대답했다.

◆ ◆ ◆

"이거 어쩌죠. 미안해서."

촬영을 마친 후, 주차장에 모였을 때 채희가 미안한 표정을 지었다.

"갑자기 엄마가 아프다고 하셔서 가봐야 할 것 같아요. 요즘 몸이 조금 안 좋으셨거든요. 외동딸이라 어디 부탁할 곳도 없네요. 매니저들도 다 보냈을 텐데……."

"아니에요. 그런 일이라면 가봐야죠. 그나저나 괜찮으셔야 할 텐데요."

가영이 두 손을 가로저으며 말했다. 그 얼굴을 바라보던 채희가 빙긋 웃었다.

"괜찮을 거예요. 그나저나 가영 씨가 울겠어요."

"걱정돼서요."

가영은 모처럼 친하게 지내는 채희가 힘들어할 걸 생각하니 걱정되었다. 가족이 아픈 게 뭔지 잘 알고 있었다. 할머니가 몹시 아플 때마다 그녀는 주름진 그 손을 꼭 잡고서 놓지 못했다. 혹시 자신이 손을 놓으면, 할머니가 훌쩍 떠날 것 같아서 자다 깨어나 할머니의 얼굴을 들여다보다 잠들곤 했다.

주름진 손에서 전해지던 온기가 좋아서, 자신이 아닌 다른 이의 숨소리가 방 안을 채우고 있는 게 좋아서…… 할머니를 꼭 붙든 채 잠에 들었다.

그랬던 할머니가 자신을 떠난 날, 세상이 소리 없이 무너졌다. 그 경험을 그녀는 아직도 생생하게 기억하고 있었다.

당장이라도 울 것 같은 표정을 하고 있는 가영을 바라보던 채희가 빙긋 웃었다.

"정말 보기 드물게 순수하네요. 자꾸만 마음 쓰이게."

채희가 가영을 물끄러미 바라보았다. 이러니 자꾸 가영이 생각난다. 재지 않고, 감추지 않고, 진심으로 걱정하니까. 좋은 사람에게 한없이 좋게 대하고, 싫어하는 사람에게 당차게 나가는 그런 면도 좋았다.

"다음에 꼭 봐요."

채희가 손을 뻗어 가영의 뺨을 어루만졌다. 아쉬움과 애정이 듬뿍 묻은 행동이었다.

"네. 제가 먼저 연락……해도 될까요?"

가영이 조심스럽게 물었다.

"어머, 그럼요. 기다릴게요. 나는 가영 씨 좋으니까."

"저도 채희 씨 좋아요."

가영이 불그스름한 얼굴로 말했다.

"어머. 고백 받았네. 설렌다. 다음에는 언니라고 불러요."

"네."

"가영 씨 덕분에 기분 좋게 갈 수 있겠어요."

채희가 빙긋 웃었고, 가영은 쑥스러워했다. 그 모습을 우현이 한 걸음 떨어진 곳에 서서 바라보았다.

대체 둘이서 뭐 하는 건가? 왜 자신을 놔두고 여자 둘이서 썸을 타고 있는 건가 싶었다.

우현의 시선은 가영의 뺨을 만졌던 채희의 손으로 향했다. 누군 인사도 하기 힘든데, 누구는 얼굴도 막 만진다. 좋아한다고 고백도 편하게 한다. 연락도 막 한다고 한다. 지금 세상에서 이채희가 제일 부럽다. 이럴 줄 알았으면 여자로 태어날 걸 그랬…… 아니야. 그럼 못 사귀잖아.

우현이 의식의 흐름대로 생각하다가 얼른 멈췄다. 그사이, 채희가 우현에게 손을 흔들었다.

"연락할게요. 오빠. 미안해요. 내가 약속 잡았는데, 펑크 내서요."

"괜찮아."

"문자 답해요. 오빠한테 작업 거는 거 아니고, 정말 친하게 지내려고 그러는 거니까요. 알잖아요. 나, 남자친구 있는 거. 그것도 3년 숙성시킨 남자친구. 그 남자친구가 오빠 엄청 좋아하거든요. 꼭 같이 만나서 밥 먹어요."

"알아. 아는데 귀찮아서."

우현이 우아하게 웃는 얼굴로 칼같이 대답했다.

"정말 저 오빠도."

채희가 못 말린다는 듯이 고개를 가로저었다.

"그래도 조만간 식사하자. 3년째 나를 짝사랑한다는 그분을 위한 단독 팬미팅 해드릴 테니까."

"알겠어요. 고마워요."

채희가 빙긋 웃으며 차를 타고 사라졌다. 가영은 채희의 차가 향한 곳을 하염없이 바라보았다. 망부석이 되었는지, 돌아설 생각을 안 한다. 지금 멀어지는 차한테도 밀린 건가. 우현의 표정이 가라앉을 때였다.

"엇!"

돌아서던 가영이 우현을 발견하곤 흠칫했다.

뭐야, 내가 여기 있던 것도 잊은 건가?

우현의 얼굴이 걷잡을 수 없이 굳었다.

"어……. 이제 그만 갈까요?"

놀란 가영이 마음을 진정시킨 후 느릿하게 말문을 열었다.

"차 타고 왔어요?"

우현이 불쑥 물었다. 가영이 무슨 말을 할지 알기에 끊었다.

"아뇨. 약속 있다고 혜록이, 그러니까 매니저도 보내버렸거든요."

다시 데리러 오라고 하기도 좀 그랬다. 집이 근처라 도착하고도 남았을 시간이었다.

"그럼 내 차 타고 가요."

"아니에요. 괜찮아요."

가영이 벼락이라도 맞은 것처럼 손을 가로저었다. 채희를 대할 때와 몹시 반응이 달랐다.

"공짜로 타고 가라는 거 아니에요. 밥 산다고 했잖아요. 밥…… 사라고요."

우현이 말을 하며 시선을 슬쩍 돌렸다. 데이트 신청을 했다. 그걸 깨닫자마자 하마터면 말을 더듬을 뻔했다. 영철이 이런 자신의 모습을 보면 배를 잡고 웃든지, 조용히 열을 재든지 둘 중에 하나였다.

"아……. 그럼 그래도 될까요? 늘 마음에 남았거든요."

우현에게 신세를 진 게 많아서 식사를 대접해야겠다고 생각하던 참이었다. 가영의 표정이 밝아졌다.

"오늘로 해요."

이렇게 쓰려니 아깝긴 하지만, 다음 데이트는 오늘 명분을 만들면 되니까.

우현이 가영을 보며 미소 지었다.

◆ ◆ ◆

별이 오다

우현이 가영을 데리고 간 곳은 조용하게 식사할 수 있는 식당이었다. 우현의 지인이 운영하는 식당으로, 프라이빗룸이 있어서 다른 사람 시선을 의식하지 않고 편하게 식사할 수 있었다. 우현은 알면서도 잘 찾지 않는 곳이기도 했다.

연예인 지인이 많지 않은 데다, 그와 함께 만나는 사람들은 대체로 집에 홈바가 마련되어 있어서, 그곳에서 술을 마시며 시간을 보냈다. 그러나 가영을 데리고 자신의 집으로 갈 순 없어서 이곳으로 향했다. 생각보다 잘 꾸며져 있었다. 프라이빗룸치고 공간도 넓고, 창문도 있어서 답답하지 않았다.

"뭘 좋아해요?"

우현이 메뉴판을 가영에게 내밀며 물었다.

"어……. 그런데 이렇게 식당에 와도 되나요? 혹시 다른 사람들이 보고 오해하면 어쩌나 해서요."

다른 사람들과 함께라면 모를까, 둘이서 식사하면 자칫 잘못하다가 스캔들이 날 수도 있었다.

"괜찮아요. 어차피 다른 문으로 들어왔고, 미행 붙은 차도 없었고, 문에서 프라이빗룸으로 곧바로 이어지는지라 다른 손님들도 못 봤고, 안 마주칠 겁니다. 여기 매니저도 내 지인이라 헛소문 퍼트릴 일도 없고요. 특히 이 창문, 안에서는 밖이 보여도, 밖에서는 안이 안 보여요. 대놓고 연예인들 오라고 만들어놓은 공간인 거죠."

우현이 미소 지으며 창문을 손으로 톡톡 두들겼다.

"아. 다행이네요."

가영이 그제야 안도의 웃음을 지었다. 그러다 메뉴판을 보고는 멈칫했다.

여기가 왜 프라이빗룸이 있는지 알겠어. 식사값이 그 모든 서비스를 포함한 가격이라는 걸 알았다. 생각보다 비싼 가격에 가영의 머릿속이 아득해졌다. 그래도 우현에게 식사를 대접하기로 했으니, 사야지. 자신에게 비싼 가격이라도 그에겐 비싸지 않을 수도 있으니.

가영이 음식을 고른 후, 우현도 골랐다.

"다음 스케줄은 정했어요?"

우현은 물티슈로 손을 닦으며 가영에게 넌지시 물었다.

"아마 예능에 한 번 더 출연할 것 같아요."

"무슨 예능이요?"

"'달리는 아이들'이요."

"아아."

우현이 요즘 사랑받고 있는 예능을 떠올렸다.

달리는 아이들. 미친 듯이 달리는 그 프로그램은 질색인데. 어쩔 수 없지.

"차기작은 정했어요?"

우현이 그녀의 스케줄을 미리 알아둘 겸 질문을 쏟아냈다.

"아직 고민 중이에요. 다행히 대본은 들어오고 있어요. 좋은 작품이 있으면 오디션에 참여해볼 생각이에요."

"입지가 다져졌는데, 굳이 그럴 필요가 있어요?"

"좋은 작품이 있으면 도전해야죠. 괜히 버티다가 작품 놓치면 저만 손해니까요. 그리고 들어오는 작품들 대부분이 악역이라서요. 이런 이미지로 굳혀지기 전에 변신을 꾀해야 할 것 같기도 하고요."

가영이 차분하게 하는 말을, 우현은 턱을 괴고서 가만히 들었다.

똑똑하다, 이 여자.

이미지가 굳어져서 변신하기 힘들어지기 전에 미리 방향을 선회한다니. 처음엔 힘들어도 다양한 이미지의 연기를 하다 보면 나중에 편해지는 법이었다. 물론, 실패할 수도 있지만 우현은 그녀를 응원하고 싶었다.

"우현 씨는 어떻게 할 거예요?"

가영이 자신의 이야기만 늘어놓은 게 민망한지 웃으며 물었다.

너, 따라다닐 거예요.

차마 그 소릴 할 수 없어 우현은 아무렇지 않은 척 말했다.

"생각 중이에요."

"다음 작품도 꼭 볼게요."

"다시는 안 만날 사람처럼 말하네요."

"아."

가영이 의아한 소리를 냈다. 생각지 못한 반응에 우현의 고개가 비스듬히 기울었다. 그의 미간이 구겨졌다.

"정말로 오늘을 마지막으로 다시는 안 볼 생각이었어요?"

"아뇨. 그건 아닌데……. 아니, 사실은 다시 볼 수 있을까 싶었어요. 우현 씨는 바쁘고, 또…….."

"연예인들을 잘 안 만나니까?"

"네. 사실은 그 소문을 들었거든요."

"그 말은, 잊었나 봐요?"

우현이 상체를 앞으로 기울였다.

"내가 가영 씨랑 친하게 지내고 싶다는 말."

"……."

"진심인데."

"……."

"종종 연락도 할 거예요. 밥도 가끔 먹을 수 있으면 먹고 싶어요. 가영 씨만 괜찮다면."

조용히 말하는 우현의 눈이 고요하게 빛났다. 묵직한 목소리엔 진심이 가득 담겨 있었다.

가영은 묘한 표정을 짓다가 창밖으로 시선을 돌렸다. 할 말이 많았지만, 할 수 없었다.

사실 자신은 강한 척하지만, 외로움을 많이 탔다. 상대가 이렇게 따뜻하게 손을 뻗으면 자신은 속수무책으로 녹아버린다. 자꾸만 애정을 달라고 조를지도 모르고, 매달릴지도 모른다. 그런 추한 모습을 보일지도 모른다. 가영은 차마 그에게 '그러면 제가 오해할지도 몰라요.'라고 할 수 없어서 입술을 씹었다.

◆ ◆ ◆

"제가 사기로 했었는데요."

가영이 혹시 잊었냐는 듯 우현에게 물었다. 이미 계산을 마친 그가 카드를 챙겨넣으며 빙긋 웃었다.

"아, 그랬네요. 잊었어요."

"……."

"다음에 사요."

우현이 대수롭지 않게 말했다.

다음에 또 식사를 하자는 건가?

가영은 레스토랑 밖으로 나가는 우현의 넓은 등을 보았다. 그 말이 데이트 신청처럼 들렸지만, 가영은 금세 고개를 가로저었다. 섣부른 기대는 늘 참혹한 결과만을 가져다준다. 그걸 잊지 말자고 다짐하며 우현의 뒤를 따랐다.

식사를 마치고 나오니 비가 내리고 있었다. 소나기인지 빗줄기가 제법 굵었다. 우현은 하늘이 자신을 돕는다고 생각했다. 그 덕에 그는 비를 핑계로 가영을 집으로 데려다줄 수 있었다. 가영은 "벌써 몇 번째 데려다주시네요."라며 미안한 표정으로 웃었다.

"미안해할 거 없어요."

나는 좋으니까. 데려다줄 수 있다면, 매일매일 비가 왔으면 좋겠으니까. 할 수만 있다면 가영을 만나는 날에는 하늘에 구멍이라도 내고 싶은 심정이다.

우현은 하지 않을 뒷말을 삼킨 채 빙긋 미소 지었다. 비가 와서 평소보다 차가 막혔다. 우현은 흡족했다. 평소보다 이런저런 이야기를 나눌 수 있다는 게 좋았다. 오랜 시간이 걸린 끝에, 우현의 차가 가영의 집 앞에 멈춰 섰다.

"잠시만요."

우현이 먼저 차에서 내렸다. 얼마 후, 그가 조수석 문을 열었다. 장우산을 쓴 채 서 있는 우현을 보기 위해 가영은 한참이나 고개를 젖혀야 했다.

"건물 앞까지 데려다줄게요."

"괜찮아요. 금방인걸요."

"빗줄기가 굵어서 금방 젖어요."

"……."

"어서요."

가영은 아득한 눈으로 자신을 재촉하는 우현을 바라보았다. 정말 다정한 사람이다. 오해하기 딱 좋게.

"고맙습니다."

가영은 감사의 인사를 한 후, 차에서 내렸다. 비를 피해 우산 아래에 섰다.

투둑. 툭. 툭.

묵직한 빗소리가 울리는 우산 아래에 서 있자 다른 세상에 서 있는 듯했다. 우현이 조금 더 다가섰다. 그러자 옷깃이 스쳤다. 놀라서 스치는 옷깃을 피하려고 하자 어깨에 빗줄기가 떨어져 내렸다. 어디에 있든 편하지 않았다. 가영이 갈팡질팡하며 한 걸음 내디뎠다.

빗소리는 세찬데, 곁에 선 우현의 숨소리는 고스란히 들렸다. 간간이 부는 바람이, 비 냄새가, 땅을 두드리는 빗소리가 유난히 선명하게 느껴졌다.

쏴아악.

우현과 스치는 곳을 신경 쓰느라, 미처 차가 지나가는 걸 알지 못했다. 뒤늦게 앞을 바라보았을 때는 이미 물웅덩이에서 파도 같은 물줄기가 치솟아 올랐을 때였다.

"가영 씨!"

가영은 반사적으로 눈을 질끈 감았다. 전부 다 젖을 거라 생각했다. 그러나 예상과 달리 아무 느낌도 들지 않았다. 그저 바람 소리와 다른 타인의 숨소리가 가깝게 들렸다. 느릿하게 눈을 뜨자 자신의 앞을 가로막고 서 있는 우현이 보였다. 그의 어깨에 장우산이 걸려 있었다. 그는 눈을 감은 채 얼굴을 찡그리고 있었다.

"……우현 씨?"

가영이 놀라서 부르자, 그가 눈을 떴다.

"큰일이네요."

"네?"

"한 박자 늦었어요. 우산으로 잘 막을 수 있었는데……"

우현이 말하며 빙긋 웃었다. 설마 하는 표정으로 가영이 그를 살폈다. 물웅덩이에 치솟은 물줄기에 흠뻑 젖은 그의 뒷모습이 눈에 들어왔다. 얼마나 높게 물이 튀었는지 뒤통수까지 젖어 있었다.

뚝. 뚝.

그의 머리, 옷자락 할 것 없이 물이 떨어져 내리고 있었다. 가영이 미안해하며 우현의 얼굴을 쳐다보았다.

"그냥 두지 그랬어요."

"그냥 뒀으면 가영 씨가 다 젖었을 거예요."

우현의 말처럼 그가 가만히 있었으면 물줄기는 고스란히 자신을 덮쳤을 거다. 하지만 그편이 나았다.

"저는 바로 코앞이 집이잖아요. 들어가서 씻으면 되는걸요."

가영이 미안한 표정으로 우현의 옷자락을 툭툭 털어주었다. 아무리 털어도 달라지는 건 없었지만, 할 수 있는 게 이것밖에 없었다.

"오늘 화장이랑 헤어가 잘되서 기분 좋다면서요."

우현의 옷자락을 털던 가영의 손이 허공에서 멈췄다. 느릿하게 고개를 들자, 미소 짓고 있는 우현의 얼굴이 눈에 담겼다. 그걸 어떻게 알고 있냐는 듯 쳐다보는데, 우현이 말을 이었다.

"들으려고 들은 건 아니고, 거리상 들렸어요."

"아……."

"아깝잖아요. 망가지면."

우현이 눈으로 말끔한 가영의 모습을 훑었다. 그의 눈길이 스치는 곳마다, 쓰다듬어주는 것같이 온기가 느껴진다.

"이렇게 예쁜데."

"……."

그의 말이 가슴 위로 떨어진다. 가영의 눈이 가늘게 흔들렸다. 분명 거리는 조금도 달라지지 않았는데, 그와 자신의 거리가 가까워지는 것 같았다.

먼저 눈을 피한 건 가영이었다. 이러지 않으면 멀미라도 할 것 같았다. 태어나 처음 느낀 감정이 불편했다. 아릿하고, 떨리고, 알 수 없는 무언가가 부풀어오르는 느낌. 자꾸만 손을 뻗고 싶다. 그를 잡고 싶다. 그에게서 느껴지는 온기를 느끼고 싶다.

가영은 움찔거리는 손끝을 꽉 말아 쥐었다.

"젖어서 어떻게 해요?"

"어쩔 수 없죠."

우현은 덤덤하게 대답했다. 가영은 잠시 고민했다. 그사이, 우현이 우산을 쓴 채 뒷걸음질 쳤다. 그가 다시 빗줄기 속으로 들어갔다.

"그럼 가볼게요. 좋은 밤 보내요."

우현이 인사한 후, 돌아섰다. 그러자 흥건하게 젖은 그의 뒷모습이 눈에 들어왔다. 이대로 가면 차가 젖을 텐데, 습기가 높아 에어컨을 틀어놔서 시동이 켜진 차 안의 공기는 차가울 거다. 그럼 감기 걸릴 텐데…….

"우현 씨!"

가영이 소리쳤다. 그러자 우현이 돌아섰다.

"저기, 그러니까…… 머리 말리고 가실래요?"

"……."

우현이 입을 다문 채 그녀를 물끄러미 바라보았다. 자신이 제대로 들었는지 의심하는 얼굴이었다.

"그대로 가면 감기 걸릴까 봐서요. 그러니까, 괜찮으시면 저희 집에서 머리라도 말리고 가시라고요."

우현을 그냥 보내려니 마음이 불편했다. 그리고 뒤늦은 아쉬움이 그를 붙들게 만들었다. 조금 더, 이야기를 나누고 싶었다. 지금이 아니면 그와 이런 시간을 보낼 수 없을 테니까.

그래서 초대했는데, 뒤늦은 후회가 밀려들었다. 허름하고 남루한 집이 부끄러웠다. 동시에 우현이 자신의 뜻을 오해할지도 모른다는 생각이 머리를 복잡하게 만들었다. 괜한 소리를 했다. 우현이 거절하길 바랐다.

"좋아요."

그러나 우현은 몸을 완전히 돌려세우곤 대답했다.

"가고 싶어요. 아니, 말리고 싶어요."

가영의 집에 가고 싶다는 속의 말을 뱉은 우현이 다급하게 정정했다. 가영이 머뭇거리자, 우현은 저벅저벅 걸어와 건물 앞에 서서 우산을 접었다.

"우산 접었어요."

그러니까 돌이킬 수 없어요.

우현이 눈으로 말하고 있었다. 그의 기세에 가영이 한 걸음 물러섰다. 딱히 주눅 드는 성격이 아닌데, 이상하게 우현의 앞에 있으면 모든 게 불편하고 조심스러워졌다.

"언제까지 세워둘 거예요? 콜록, 콜록. 미안해요. 갑자기 기침이 나오네요. 목뒤로 한기가 들어오는 것 같아요."

우현이 급하게 어두운 표정으로 기침을 하며 뒷목을 감싸 쥐었다.

"어서 가요."

놀란 가영이 돌아서서 집 안으로 들어갔다. 그녀의 뒤를 따라 들어오던 우현은 언제 기침을 했냐는 듯 가벼운 걸음으로 걸었다.

◆ ◆ ◆

고작 물줄기 한 번 얻어맞았다고 단번에 감기에 걸릴 만큼 우현은 약하지 않다. 드라마나 영화를 촬영하다 보면 물에도 뛰어들어야 하고, 비도 맞아야 하고, 하물며 쏟아지는 빗줄기에서 주먹질도 해야 했다. 그 때문에 평소에도 체력관리를 철저히 하는 편이라, 물웅덩이에서 튀어오른 물을 얻어맞는 정도로는 끄떡도 하지 않았다.

"흠, 흠."

그러나 우현은 골골거리는 표정을 지었다. 연기대상까지 받은 연기력을 이렇게 생활연기로 써먹게 될 줄은 몰랐지만, 우현은 지금 본인의 연기력에 몹시 만족하고 있었다. 어쨌거나 그 덕에 가영의 집 현관에 서 있었다.

"수건을 가져올게요. 잠시만요."

가영이 화장실로 향했다. 그사이 우현은 집 안을 둘러보았다. 집은 한눈에 들어올 만큼 작았다. 그러나 아기자기하게 꾸며져 있어서 답답해 보이지 않았다. 쭉 훑던 우현의 시선이 한 곳에 닿았다. 그의 고개가 기울어졌다. 자신의 눈을 의심할 때였다.

"여기요."

가영이 수건을 들고 나와 그에게 내밀었다. 수건을 받아든 우현은, 가영이 깔아놓은 발수건을 딛고 올라섰다. 그사이 가영이 침대 귀퉁이에 놓아둔 무선 드라이기를 잡아 그에게 내밀었다.

"드라이기가 침대에 있네요?"

우현이 자신이 선물했던 드라이기를 들며 의아한 듯 물었다. 아무리 봐도 놓여 있는 위치가 이상했다. 드라이기가 놓여 있는 곳은 협탁도 아니고, 충전용 콘센트를 꽂을 수 있는 곳도 아닌 침대 벽 쪽이다. 그것도 아기자기한 인형들 사이에 꽂혀 있었다.

"아……."

가영이 뒤늦게 깨달은 듯 미묘한 소리를 냈다. 그녀의 눈이 잠시 크게 벌어졌다가 가늘어졌다. 들켰다, 라는 표정이었다.

"내가 잘못 본 줄 알았어요. 거기 있어서요. 이거 내가 선물한 거 맞죠?"

우현이 드라이기를 물끄러미 보며 물었다.

"네. 맞아요."

"마음에 들었나 봐요. 다행이네요."

우현이 대수롭지 않게 말하며 무선 드라이기로 젖은 머리와 옷을 말리기 시작했다. 그는 자신의 선물이 가영의 눈에 잘 보이는 곳에 있다는 것만으로도 만족했다.

"그거 보면 힘이 나서요."

불쑥 들린 말에 우현이 눈을 들어 가영을 쳐다보았다. 가영은 자신이 쥐고 있는 무선 드라이기를 쳐다보고 있었다. 그녀는 생각에 잠긴 얼굴을 하고 있었다.

"생각지 못한 선물이었거든요. 혼자 산 지 오래되어서인지 비가 오는데 우산이 없으면 그냥 맞고, 집에 와서 씻고 잠들었거든요. 혼자 해내는 게 익숙한데, 이런 선물을 받으니까 좋더라고요. 비 오는 꿈을 꿔도 왠지 든든하고……."

누가 챙겨줬다는 그 기억이 좋았다. 비 오는 날 누군가가 우산을 들고 마중 나온 기분이었다. 그래서인지 잠들 때 누워서 가만히 바라보고 있으면 그냥 좋았다. 비가 내리는 꿈을 꿔도, 누군가가 자신을 챙겨줄 것 같은 기분이 들어서. 조금은 비를 맞아도, 금방 나을 것 같아서…….

가영의 입꼬리가 미미하게 위를 향했다.

위잉. 윙.

드라이기에서 흘러나오는 뜨거운 바람이 다리를 향했다. 우현은 바람이 제법 뜨겁다는 것도 모른 채 마주 선 여자를 보았다. 울컥했다. 별것 아닌 이런 걸 그렇게 보듬고 있을 줄은 몰랐다. 이럴 줄 알았다면 더 신경 써서 선물할걸. 후회와 함께 희미하게 화가 났다.

가영에게 남자친구가 있다면, 그 남자친구가 준태가 맞다면, 목을 조르고 싶은 기분이다. 이 여자가 이런 표정을 지을 때까지, 자신이 준 이깟 선물을 침대에 두고 잠들 정도로 너는 무얼 한 거냐고. 이렇게 대할 거면 놔주라고.

"머리부터 말리는 게 좋을 것 같아요. 뒷목 시리다면서요."

가영이 언제 그랬냐는 듯 평소와 같은 얼굴로 돌아왔다. 우현은 말을 하려다가 입을 다물고는 고개를 끄덕였다. 왜인지 아무 말도 나오지 않았다.

✦ ✦ ✦

드라이기 성능을 지나치게 좋은 걸 샀다. 우현은 드라이기를 정리해서 가영에게 내밀며 생각했다. 순식간에 머리와 옷이 말랐다. 바지와 신발은 여전히 젖어 있지만, 이것까지 말리겠다고 할 순 없었다.

"가볼게요."

우현이 신발에 발을 꿰며 가영을 쳐다보았다.

"네. 조심히 가세요. 오늘 고마웠어요."

가영은 현관에 선 우현을 바라보며 빙긋 미소 지었다.

"나야말로요."

우현이 대답했다. 그의 발이 머뭇거렸다. 마치 발길이 떨어지지 않는 듯 서성거리던 그가 가영을 다시금 바라보았다.

"갈게요."

"네. 조심히 가세요."

인사가 끝나고도 우현은 현관에서 머뭇거리며 뱅뱅 돌았다. 힘겹게 돌아선 우현은 가영의 현관문을 바라보았다.

가기 싫다. 이럴 줄 알았으면 더 흠뻑 젖을걸. 드라이기로 한참 말려야 할 정도로.

그러나 더는 가영의 집에 붙어 있을 이유가 없어 그는 어쩔 수 없이 문을 열고 나갔다. 문을 닫기 전 우현은 가영에게 손을 흔들어 보였다.

쿵.

문이 닫혔다. 우현이 사라지고 회색 문만이 보였다. 흔들고 있던 가영의 손이 멈췄다. 집에 고여 있던 모든 소리가 사라졌다. 귀에서 앵 하는 소리가 들릴 정도였다.

가영은 의자에 걸쳐놓은 얇은 카디건을 입었다. 추웠다. 아니, 이건 추위가 아니라 외로움이다. 이래서 집에 사람을 쉽게 들이지 않았다. 누군가가 왔다가고 나면 숨 막히는 적막만이 방 안을 떠돌아서.

가영은 눈을 내리깐 채 돌아섰다. 상 위에 커피잔이 두 개 덩그러니 놓여 있었다. 가영은 잔을 치우다 말고, 잔을 물끄러미 바라보았다.

꿈같다. 자신과 전혀 관계없다고 생각했던 우현이 자신의 집에 다녀갔다. 친해지고 싶다고 했고, 함께하는 동안 이런저런 이야기도 나누었다.

이만하면 친한 건가? 사람 사귀는 게 어렵지 않았는데, 왜인지 우현과의 거리는 가늠이 되지 않는다. 동료라고 하기엔 가까워진 것 같지만, 가깝다고 하기엔 서로에 대해 아는 게 없다.

가영은 잡다한 상념을 밀어내곤 팔을 걷어붙였다. 사람이 다녀가고 나면 찾아오는 외로움을 떨치기 위해 청소를 하는 게 습관이다. 가영이 바닥에 늘어져 있는 물건들을 모두 정리해서 올렸다. 그러다 분홍색 드라이기를 발견했다. 이걸 들킬 줄 몰랐다. 아니, 들킬 거라고는 상상도 못 했다. 우현이 자신의 집에 올 거라고 생각지 못했으니까.

"변태라고 생각하는 건 아니겠지."

호의로 선물한 걸 침대에 두는, 기이한 행동을 한 여자로 보인 건 아닌지 뒤늦게 걱정되었다. 가영은 드라이기를 수납장에 챙겨넣었다. 그리고 마저 청소를 시작했다.

똑똑.

한참 정신없이 청소를 하던 가영이 문 두드리는 소리에 흠칫했다. 찾아올 사람이 없는데 누군가 싶었다.

"가영 씨. 나예요."

문 너머에서 익숙한 목소리가 들렸다.

"우현 씨?"

가영은 놀라서 달려가 문을 열었다. 열린 문틈에서 비바람이 한차례 훅 몰려들었다. 생각지 못한 바람에 눈을 감았다가 뜬 가영은 모자를 푹 눌러쓰고 있는 우현을 보았다.

"뭐 놔두고 간 거 있어요?"

가영이 뒤를 돌아보았으나, 아무것도 보이지 않았다. 청소할 때도 아무것도 못 봤는데.

"이거요."

우현이 커다란 무언가를 내밀었다.

"포장은 못 했어요. 급하게 사오느라."

"……."

가영은 우현이 내밀고 있는 커다란 무언가를 보았다.

"베개예요?"

물렁하게 생긴 무언가를 보며 가영이 물었다.

"바디 필로우예요."

가영은 의아한 눈으로 그와 바디 필로우를 번갈아 보았다. 갑자기 왜 이걸 주는 걸까?

"드라이기 대신 이거 두라고요. 자다가 드라이기에 부딪치면 아프잖아요."

우현이 옅은 미소를 지으며 고개를 기울였다.

"그럼 이거 때문에 온 거예요?"

"아뇨. 사실은……. 네."

변명하려던 우현이 이내 포기하고 이실직고했다.

"나가는 길에 마트에 들러서 샀어요."

별이 오다

아까부터 생각했었다. 드라이기를 대신할 무언가를 선물해야겠다고. 그러다가 마트에 진열되어 있는 바디 필로우를 보자마자 앞뒤 가릴 것 없이 손이 나갔다.

"이제 꿈에서 비 맞고 말리지 마요."

"……."

"오늘 비 맞아보니까, 맞을 만한 게 아닌 것 같거든요."

우현의 나지막한 목소리가 비바람을 타고 밀려들어왔다.

"그러니까 우산 잘 쓰고 다녀요. 처음부터 비 맞지 않게."

가영은 우현이 내민 바디 필로우에 새겨진 무늬를 바라보았다. 그곳에 있었다. 색색의 수많은 우산이.

◆ ◆ ◆

저녁을 홀로 먹은 후, 가영은 책상 앞에 앉았다. 시간이 남아 요즘 부쩍 소홀해진 일기를 꺼내 들었다. 펜을 들자 마음에 담겨 있던 말들이 쏟아져 나왔다. 일기장에 글이 빼곡히 찰수록, 수많은 우현의 모습이 담겼다.

자신을 대신해 물웅덩이에서 솟아오른 물을 다 맞은 우현, 자신에게 예쁘다고 말해준 우현, 자신의 이야기를 듣고는 먹먹한 얼굴로 드라이기를 하염없이 바라보고 있던 우현, 그러다 자신에게 우산 무늬가 새겨진 바디 필로우를 선물한 우현.

우현이 현관 앞에서 바디 필로우를 내밀었을 때, 가영은 먹먹하고 아릿해서 그저 바라만 보았다. 그가 내민 바디 필로우를 받으면 가슴이 발치에 떨어질 것 같은 예감이 들었다.

「부담스러워서 그래요?」

쳐다보고만 있는 자신에게, 우현이 조심스럽게 물었다. 목이 멘 가영이 고개를 가로저었다. 그러자 그는, 빙긋 웃으며 가영의 손에 바디 필로우를 쥐여주었다.

「오늘 머리부터 발끝까지 말리는 데 쓴 전기세 대신이라고 생각하고 받아요. 아니, 받아줘요.」

그는 그 말을 하고는 활짝 웃어 보였다. 사람이 그토록 청량하게 웃을 수 있다는 걸 그때 알았다. 그녀가 목에 메어 아무 말 못 하는 사이, 그는 뒤도 돌아보지 않고 훌쩍 떠났다. 마치 자신이 바디 필로우를 돌려줄까 봐 겁이라도 내는 것 같았다. 가영은 바디 필로우를 쥔 채 멀어지는 그를 하염없이 바라보았다.

일기를 다 쓰니 한 페이지가 가득 찼다. 얼마 만에 이렇게 일기를 쓰는지 모르겠다. 뒤늦게 그에게 고맙다는 말을 하지 않았다는 게 떠올랐다. 전화를 할까 하다가 우현이 밖일지도 모르니 문자를 보냈다.

[고마워요. 바디 필로우 잘 쓸게요.]

답장은 무척 빨랐다.

[혹시 꿈에 내가 비 맞고 있으면 씌워줘요]

우현의 답에 가영이 미소 지었다.

[꼭 그럴게요. 좋은 밤 보내세요!]

우현에게 답을 보낸 가영은 휴대전화를 협탁에 올려놓은 후, 침대에 누웠다. 몸을 모로 돌리자 바디 필로우가 눈앞에 놓여 있었다. 바디 필로우에 새겨진 우산 무늬는 네 가지 색을 가지고 있었다. 가영은 손을 들어 죽 훑다가 붉은색 우산을 꾹 눌렀다.

"오늘은 너로 정했다."

꿈에 챙겨갈 내 우산.

가영은 이런 스스로가 유치하면서도, 재미있어서 큭큭거리며 눈을 감았다. 어쩐지 비가 와도 괜찮을 것 같은 밤이었다.

별이 오다

Chapter 10

'그 남자의 작전'이 종영한 지 한 달이 흘렀다. 영철은 그동안 한 인간이 얼마나 피폐해질 수 있는지를 목격하는 중이었다. 어쩜 이렇게 운이 없을 수가 있는지.

영철은 얼마 전의 일을 떠올렸다.

「형, 예능에 출연하고 싶어요. 아니, 출연해야겠어요.」

「네가? 어떤 프로? 토크쇼?」

「달리는 아이들이요.」

「뭐? 달리는 아이들? 미친 듯이 달리고 게임하는 그 프로? 미쳤냐? 너 사람들이랑 부대끼면서 땀 흘리는 거 싫어하잖아.」

「마음이 바뀌었어요. 그냥 나가보고 싶어요.」

「거기 가영 씨 출연한대?」

「…….」

「맞구만. 하아, 너도 진짜……. 언제 출연한대?」

영철은 빠르게 포기했다. 이쯤 되니 우현을 응원해주고 싶었다.

「물어보니까 3주 후에 촬영이래요. 그때 저도 출연한다고 말해주세요.」

「너 출연하면 가영 씨는 묻힐 건데…….」

「시청률이 높아지니까 오히려 더 큰 홍보가 될 수 있겠죠.」

「……그래, 너 잘났다. 알았다. 그날로 촬영 잡을게.」

우현의 말에 영철은 직접 달리는 아이들 프로 PD에게 연락했다. 3주 후, 가영이 출연한다는 소식을 확인한 후 출연하고 싶다는 뜻을 밝혔다. 그러자 달리는 아이들의 PD는 감격한 목소리로 물었다.

– 정말요? 정말 신우현 씨요? 동명이인 아니죠? 아니면 트로트 가수 신우형 씨 아니죠? 배우 신우현 씨 맞죠?

「네. 맞습니다. 천만 배우 신우현, 얼마 전 '그 남자의 작전'에 출연했던 그 신우현입니다.」

거듭 확인해준 뒤에야 출연 약속을 잡아낼 수 있었다.

예능 촬영이 잡힌 날, 우현은 새벽같이 숍으로 향했다. 머리부터 발끝까지 완벽하게 준비한 우현은 들뜬 걸음으로 촬영장으로 향했다가 벼락같은 소리를 들었다. 눈치라곤 약에 쓸래도 없는 달리는 아이들 PD는 환하게 웃으며 우현을 반겼다.

「오늘은 다른 게스트 없이 우현 씨만 모셨습니다. 우현 씨가 나오는데 다른 게스트가 뭐가 필요한가요? 우현 씨만 있으면 되죠. 오늘 우현 씨를 위한 특집을 준비했습니다!」

달리는 아이들 PD는 홀로 도취되어 얼마나 많은 것들을 준비했는지 자랑을 늘어놓느라, 정작 우현의 표정이 얼마나 안 좋아지고 있는지 알아채지 못했다.

깜짝등장할 거라며 일부러 가영에게 연락하지 않고 있었던 우현은 낭패스러웠다. 이미 촬영 준비까지 마쳤는데 '임가영 씨가 나오지 않았으니 촬영하지 않겠습니다.'라고 할 수도 없는 터라 우현은 어쩔 수 없이 촬영에 임했다.

카메라가 돌자 그는 몹시 고대하던 프로에 나온 것처럼 사력을 다해 환하게 웃었다. 그날 우현은 미친 듯이 뛰었고, 중요한 문제를 풀어 팀을 승리로 이끄는 견인마차 역까지 해내며 똑똑한 배우라는 타이틀까지 얻어냈다.

주인공으로 갖은 스포트라이트를 받은 우현의 표정은 정작 밝지 않았다. 그는 돌아오는 내내 한마디도 하지 않았다. 세상이 반쯤 무너진 얼굴을 하고 있었다. 가영은 우현이 촬영한 다음 주에 촬영에 들어간다고 했다.

그때를 떠올리던 영철은 혀를 끌끌 차고 싶은 마음을 꾹 누른 채 앞을 보았다. 널찍한 거실 중간에 자리한 소파에 다리를 꼬고 앉은 우현은 표정이 좋지 않았다. 손으로 머리카락을 쓸어넘긴 그는 무서운 얼굴로 앞을 응시하고 있었다. 그가 바라보고 있는 TV에서 '달리는 아이들'이 방송되고 있었다.

– 나는 가영 씨! 가영 씨랑 짝이 되고 싶습니다!

남자 출연진이 손을 번쩍 든 채 가영과 짝이 되고 싶다고 울부짖고 있었다. 그 말에 가영은 활짝 웃고 있었다.

– 내가 될 거야! 넌 저리 가!

또 다른 남자 출연진이 위협적으로 발을 치켜들며 경고했다. 가영을 사이에 놓고 남자 출연진들 간의 경쟁이 치열했다. 그러나 우현의 시선은 가영과 짝이 되겠다고 나서는 남자 출연진이 아니라, 가영의 옆에 선 남자들을 향해 있었다. 함께 게스트로 나온 사람이 왜 하필 준태랑 성운인지.

TV 속 준태의 몸이 가영 쪽으로 기울어졌다.

"……웬만하면 떨어지지."

턱을 괴고 앉은 우현이 살벌한 표정으로 경고했다. 웃느라 비틀대던 준태의 옷깃이 가영의 옷깃을 스치자, 그의 미간이 확 좁아졌다.

"춤춘다는 녀석의 균형감각이 왜 저래? 웃을 때마다 왜 비틀거려? 왜 오버 액션이냐고."

방송 내내 가영과 준태의 간격이 가까웠다. 우현이 불편한 감정을 노골적으로 드러내며 발로 바닥을 탁탁 두드렸다.

"떨어져. 떨어져. 떨어져."

우현이 턱을 치켜든 채 중얼거렸다. 이러다가 가영과 준태가 실수로 포옹이라도 했다간 TV를 깰 기세였다.

"떨어지라고."

우현이 낮게 경고했다.

녹화방송이야, 이 멍청이야.

영철은 고개를 절레절레 흔들었다. 저대로 뒀다간 미치겠다. 그는 혀를 끌끌 차며 우현에게 다가갔다. 그리고 그의 귓가에 낮게 속삭이며 노래를 불렀다.

"네가 있는 그 자리, 그 자리가 내 자리였어야 해. 네가 있는 그 자리, 그 자리가 내 자리였어야 해."

영철의 노래에 우현이 고개를 돌렸다. 표정이 싹 사라진 무표정한 얼굴에 영철은 입을 다물었다.

"흠, 흠. 미안하다."

장난칠 기분이 전혀 아니었구나.

"무슨 일이에요?"

우현이 무표정한 얼굴로 그에게 물었다.

"스케줄 잡혔어."

"……."

"관심 좀 보여줄래?"

아무리 연애사업이 엉망진창이다 못해 파산 직전이라지만, 너무할 정도로 무관심한 우현에게 영철은 섭섭한 표정을 지었다. 그러거나 말거나, 우현에게선 이렇다 할 만한 반응이 없었다.

"너 그러다가 후회할 텐데. 잡지 화보 촬영 잡혔어."

"……."

"상대는 임가영 씨."

말이 끝나기가 무섭게 우현의 고개가 홱 돌아갔다. 우현의 시선이 찌를 듯이 그를 향했다.

"목 빠지겠다. 살살 돌려라. 우리 소중한 배우님 목 돌아가면, 제가 개고생해요. 네?"

영철이 혀를 끌끌 찼다.

"임가영 씨요?"

우현이 믿기지 않는다는 듯 가라앉은 목소리로 되물었다.

"그래. 인마. 내가 너 그러다가 상사병에 말라 죽을 것 같아서 힘 좀 써봤다. 화보 제안 들어왔기에 상대역은 누구냐고 물었더니 안 정했다더라. 그래서 개인적인 생각인데 임가영 씨 어떻겠냐고 제안했지. 아직 너한테는 말 안 했고, 그냥 내 생각이라고만 언급해놨어. 그랬더니 생각해보고 연락 준다더니 오늘 임가영 씨로 하기로 했단다."

"언젠데요?"

질문은 빛과 같았다.

"곧 날짜 잡힐 거야. 그때 알려줄게."

영철의 말에 우현이 자리에서 벌떡 일어났다.

"어디 가는데?"

"운동이요."

"갑자기 왜?"

"화보 촬영인데 준비해둬야죠."

"……누드 화보 아니야. 진정해, 이 새끼야."

영철이 답 없다는 표정으로 쳐다보며 말했다.

"그래도요."

우현이 운동 나갈 준비를 하느라 집 안을 바쁘게 오갔다. 이렇게까지 즉각적으로 반응하다니. 이리저리 왔다 갔다 하는 우현의 입꼬리가 살짝 올라가 있었다. 벌써부터 즐거워하는 얼굴이었다. 방금 전까지 산송장 같더니, 갑작스레 활력이 넘친다.

이럴수록 우현의 마음이 진심인 것 같아 신기하면서도 걱정스러웠다. 잘못되면 우현이 어떻게 변할지 감히 상상도 가지 않았다.

"그렇게 마음앓이 할 거면 연락이라도 해서 만나지 그러냐. 문자는 주고받고 있어?"

"가끔 연락해요."

"그런데?"

"그게 끝이에요."

문자를 몇 통 주고받지 않아, 가영은 늘 '좋은 하루 보내세요.'라는 스팸 메시지 같은 답변으로 마무리했다. 그 문자를 받고서 이야기를 이어가면 질척거리는 것 같아 그도 거기서 마무리하곤 했다. 그러고 보니 가영이 먼저 연락한 적은 없었다. 우현의 표정이 어두워졌다.

"정말 고생이 많다."

영철이 진심을 다해 위로해주었다.

◆ ◆ ◆

조수석에 앉은 가영은 거울을 들여다보았다. 앞머리를 괜히 잘랐나. 가영은 앞머리를 쓸어넘겼다. 그러자 더욱 엉망인 것 같다.

"오늘따라 거울을 오래도록 쳐다보네?"

운전을 하던 혜록이 물었다.

"어? 아, 응."

"잡지 화보 촬영은 처음이라 그런 거지?"

"응."

가영은 대충 대답하고는 거울을 들여다보았다. 혜록에겐 말하지 못했지만, 사실은 우현 때문이다. 그와 함께 촬영하는 화보라는 말을 들은 순간부터 밤에 쉽게 잠을 이루지 못했다.

우현이 자신에게 바디 필로우를 주고 간 날, 더는 비를 맞지 말라고 말을 한 그 순간부터 가슴에 들어온 바람이 쉬지 않고 몰아쳤다. 바람이 불 때마다 우현이 했던 말이, 그가 쳐다보던 표정이 떠올라 심장이 쪼그라들듯 아팠다.

그래서 우현이 메시지를 보낼 때마다 길게 대답하지 못했다. 우현이 호의를 보인 것일 수도 있는데, 괜히 의미를 부여해서 오해하면 안 되니까. 가영은 최선을 다해 우현과의 거리를 유지하고 있었다.

촬영장에 도착한 가영은 스태프들에게 인사한 후, 사진기사와 콘셉트에 대한 이야기를 나누었다. 대충 상황을 숙지한 가영은 슬그머니 주변을 둘러보았다. 때마침 우현이 준비를 마치고 나왔다. 눈이 마주쳤다.

쏴아아.

다시금 마음에서 바람이 몰아친다. 발이 땅에 붙은 사람처럼 그 자리에 서서 우현이 다가오는 것을 보았다. 우현이 나타난 것만으로도 주변의 공기가 달라진 기분이다. 우현이 그녀의 앞에 멈춰 섰다.

"오랜만이에요."

그가 부드럽게 웃으며 인사를 건넸다.

"안녕하세요."

가영이 가까스로 대답했다. 심장이 거세게 뛰었다.

"잘 지냈어요?"

"네. 잘 지냈어요."

가영이 대답했다.

그러고 보니 언제부터 우현이 이렇게 말을 잘하게 된 걸까? 오히려 자신이 말을 잘할 수 없었다. 말을 못 하는 증상이 자신에게 옮겨온 것 같다. 우현이 뭔가 말을 하려고 할 때였다.

띠리링.

가영이 손에 쥐고 있던 휴대전화에서 알림음이 울렸다. 문자였다.

[누나, 언제 통화됨?]

준태였다. 준태가 이렇게 연락한 적이 없었기에, 불안한 예감이 스쳤다. 그녀가 전화를 하려고 할 때였다.

"자, 촬영 준비실로 가실까요?"

스태프가 가영에게 웃으며 말을 건넸다.

"네."

가영은 휴대전화를 챙겨넣은 후, 스태프의 뒤를 따랐다. 전화는 조금 있다가 해야 할 것 같다.

✦ ◆ ✦

준비를 마친 가영은 거울에 비친 자신의 모습을 꼼꼼하게 살폈다. 그러고는 밖으로 나섰다.

"우현 씨는 뭐, 워낙에 잘하니까요. 그냥 쳐다만 봐도 다 되니까 믿고 맡기겠습니다."

사진기사가 우현에게 웃으며 말하다가, 다가오는 가영을 쳐다보았다. 그는 턱을 치켜들더니 콘셉트가 담긴 종이를 내밀었다.

"가영 씨는 처음이라서 잘 모를 테니 그냥 따라오세요. 우현 씨랑 내가 시키는 대로 합니다. 처음엔 다 엉망이고 못하기 마련이니까 크게 신경 쓰지 말아요. 너무 아니다 싶으면 우리가 자세 잡아줄 테니까 긴장 풀고요. 내가 다 알아서 해줄게요. 물론, 그래도 안 되는 사람들이 더러 있긴 하지만……. 어쨌든 잘

해봅시다. 안 되면 CG 처리라도 하면 되니까요.”

사진기사는 그녀가 못할 거라는 전제를 깔고 말했다. 가영은 불편한 내색을 하지 않고 “잘 부탁드립니다.”라는 말만 반복한 후, 조명 아래에 섰다. 우현은 바닥에 다리를 뻗은 채 비스듬히 앉아 있었다. 가영은 우현을 유심히 바라보았다.

“가영 씨도 우현 씨와 같은 자세로 앉아요. 반대 방향으로요. 시선도 반대 방향으로 둡니다. 콘셉트 시안 봤죠?”

사진기사가 말했다. 가영은 시키는 대로 우현의 반대편에 앉았다. 한쪽 다리를 뻗고, 다른 다리는 반쯤 접었다. 우현이 풍기는 여유롭고 느슨한 분위기에 맞춰, 가영도 편안한 자세를 취했다.

찰칵.

사진 촬영이 이어졌다. 가영이 고개를 돌려 우현을 바라보았다. 카메라를 바라보고 있던 우현의 고개가 돌아갔다. 눈이 마주쳤다. 검은 눈동자에 조명빛이 담겨 있었다. 밤하늘에 떠 있는 별 같았다.

「예쁜데.」
「이제 꿈에서 비 맞고 말리지 마요.」

그의 말이 별처럼 떠올라 머릿속을 가득 채웠다. 가영이 입꼬리를 살짝 끌어올리며 웃자, 우현이 아랫입술을 살짝 깨물며 눈을 접었다. 이제 막 시작하는 연인처럼, 설레는 분위기가 퍼져갔다. 소리 없이 시선을 주고받을 뿐인데, 한 편의 드라마 같아 스태프들의 시선이 두 사람에게 집중되었다.

찰칵찰칵.

카메라 셔터 소리만 공간을 가득 채웠다.

“……음?”

1차 촬영을 마친 후, 카메라에 담긴 두 사람을 바라보던 사진기사가 의아한 목소리를 냈다.

생각보다 괜찮은데? 아니, 다 괜찮은데? 첫 촬영 맞나?

별이 오다

지켜보고 있던 잡지사 담당자도 같은 생각이었는지, 의외라는 표정을 지었다. 경험이 많은 우현이 리드하고 있긴 하지만, 가영이 그에 맞춰 잘 반응하고 있었다. 우현이 내고자 하는 분위기를 가영이 잘 캐치하고 있다는 증거였다. 첫 촬영 때 하기 쉬운 실수도 전혀 보이지 않았다.

"모델 출신이었나요, 임가영 씨?"

잡지사 담당자의 물음에 사진기사가 그런 얘긴 들어본 적 없다는 듯 고개를 가로저었다. 그러고는 다시 두 사람에게로 시선을 옮겼다.

두 사람은 어느새 등을 마주 대고 앉아 있었다. 두 사람은 다른 곳을 보고 있었다. 그런데 왜인지 서로에게 등을 대고 있는 그 모습이 너무도 평온해서 보는 사람들의 어깨가 느슨하게 내려갔다.

잘 어울린다.

누구도 소리 내어 말하지 않았지만, 그들은 그렇게 생각했다.

✦ ✦ ✦

생각보다 촬영이 빨리 끝났다. 사진기사와 잡지사 담당자는 몹시 만족한 표정을 짓고 있었다.

인사를 하고 나온 우현의 표정이 어두웠다.

"지나치게 프로페셔널해도 이런 단점이 있구나. 이렇게 빨리 끝날 줄이야."

영철이 진심으로 안타깝다는 표정으로 나란히 걷고 있는 우현을 보며 말했다. 평소라면 일찍 일이 마쳤다고 좋아할 텐데, 오늘은 달랐다.

멈칫.

우현이 걸음을 멈추었다.

"갑자기 왜 그래?"

뒤따라 멈춘 영철이 물었다.

"안 되겠어요."

"뭐가?"

영철이 불안해하며 응시했다.

"다녀올게요."

"뭐? 어딜? 너, 설마?"

"가영 씨한테요. 먼저 가요."

"야! 야!"

우현이 홱 돌아섰다. 말릴 틈 없이 그가 멀어졌다.

◆ ◆ ◆

촬영을 마친 가영은 주차장의 구석에 자리한 차 앞에 섰다. 소속사가 얼마 전에 새로 사준 것이다.

"아, 차키."

가영이 혹시나 하는 마음에 주머니를 뒤적였으나, 없다. 급하게 화장실을 간 혜록에게 있는 모양이다. 시간이 남은 가영은 휴대전화를 꺼내다가 준태의 메시지를 떠올렸다. 문자를 할까 하다가 곧바로 전화를 걸었다.

— 응. 누나.

"전화 빨리 받네."

— 기다리고 있었어. 스케줄 중이야?

"응. 방금 끝났어. 무슨 일이야?"

— 아, 다른 건 아니고……. 그냥 나중에 인터넷 기사 보고 놀랄까 봐서 미리 말해주려고. 나, 다리 다쳤어. 안무 연습하다가 넘어졌는데 한동안 깁스해야 한대.

"뭐? 다쳐? 깁스? 얼마나? 너, 어디야?"

— 됐어. 크게 다친 건 아니니까 걱정하지 마.

"어디냐니까, 서준태?"

— 숙소야. 누나 못 와. 앞에 팬들 버글버글한데 무슨 수로 들어올래?

그의 말이 맞았다. 그 팬들의 눈을 피할 수 있는 방법 같은 건 없다.

"하아, 조심하지."

속상해진 가영이 한숨을 내쉬며 말했다.

－ 이럴까 봐 전화했어. 나중에 기사로 먼저 접하면 깜짝 놀랄 거니까. 크게 다친 거 아니고, 쉬면 낫는대.

"그럼 컴백은? 무대는 어떻게 되는데?"

－ 글쎄. 나 빼고 하겠지?

준태의 목소리에 힘이 없었다. 가영은 다시 한 번 나오려는 한숨을 꾹 참았다. 자신이 한숨 쉬면 준태가 더 힘들어할 거다. 숨을 깊게 들이마신 가영이 밝은 목소리를 냈다.

"괜찮아, 준태야. 곧 나을 거야. 이름값 해야지. 미친 소년들! 미친 회복력을 보여줘."

－ 미친 회복력은 뭐야.

준태가 웃음을 터트렸다. 그러다 다급히 말을 이었다.

－ 어? 누나. 미안. 매니저 형이 찾는다. 또 연락해.

"그래."

통화를 마친 가영은 휴대전화를 들여다보았다. 일 분 남짓한 통화시간이 액정에서 깜빡거렸다. 서로 바쁘다 보니 이 정도 통화도 감지덕지였다.

그러고 보니 이맘때 준태가 다쳤던 기억이 어렴풋이 났다. 다행히 금방 나았고, 컴백 일정도 조금 늦춰서 무대에 올랐었다. 그때 방에 앉아서 혼자 서준태를 열렬히 외쳤었다. 그 덕에 옆집의 시끄럽다는 항의를 들어야 했다.

가영은 자신도 모르게 픔, 웃었다. 그러다 근처에서 인기척이 나 가영은 웃는 얼굴 그대로 돌아섰다. 당연히 혜록일 거라 생각했다. 텅 빈 주차장에 주차되어진 차는 자신의 차 한 대뿐이었으니까.

"혜록아. 준태가 다쳐서 숙소에 있대. 컴백도……."

말을 하며 돌아서던 가영이 멈칫했다. 혜록이 아니다. 키가 큰 남자가 생각을 알 수 없는 표정으로 우뚝 서 있었다.

"……우현 씨."

가영이 자신도 모르게 그를 불렀다. 그에게선 이렇다 할 만한 답이 없다.

자신이 한 말을 다 들었구나.

우현의 표정에서 짐작할 수 있었다. 준태, 숙소, 컴백이라는 말만 들어도 바보가 아닌 이상 단번에 이해했을 거다. 가영이 난처한 표정을 지었다.

"······우현 씨. 언제부터 거기 있었어요?"

"들으려고 한 건 아닌데, 어쩌다 보니 들었어요."

우현이 굳은 얼굴로 입만 움직였다.

"여긴 어쩐 일이에요? 무슨 일 있어요? 아니면 저한테 할 말이라도 있어요?"

"할 말이 있었는데, 그 전에 물어볼 게 생겼네요. 그 대답을 먼저 들어야 내가 하려고 했던 말을 할지 안 할지 정해질 거 같거든요."

우현에게서 흘러나오는 분위기가 평소와 달리 심각해서, 가영은 마른침을 삼켰다.

"방금 통화한 사람, 미친 소년들의 준태 씨 맞죠?"

역시 들었구나.

가영이 자신도 모르게 입술을 깨물었다. 자신의 작은 변화에 우현의 표정이 변하는 것도 모른 채.

"네. 맞아요."

가영이 순순히 대답했다. 우현을 속이고 싶지 않았다.

"무슨 사이예요? 혹시······ 만나는 사이예요? 그러니까 애인이냐고요."

우현이 한 박자 숨을 고른 후 물었다. 그의 얼굴에 초조함이 스쳐 지나갔다. 그는 대답을 기다리며 숨도 안 쉬는 것 같았다. 그의 다급함에 가영은 빠르게 손을 내저었다.

"아니에요."

"그럼 무슨 사이예요? 단순히 친한 사이는 아닌 것 같아서요."

우현은 가영의 답이 끝나기가 무섭게 물었다. 채근하듯이 굴면 안 된다는 걸 알면서도, 참아왔던 무언가가 터져 나가는 기분이었다. 참기가 힘들었다.

"그걸 왜 묻는지 먼저 물어도 될까요?"

가영이 침착하게 되물었다. 평소와 다른 우현이 이상했다. 그녀의 물음에 우현은 입술을 달싹거렸다. 벙긋. 허공에서 움찔하며 열렸던 입술이 다물렸다.

여기서 말하면 안 된다. 그러면 안 된다는 걸 알면서도······.

별이 오다

"알아야 내가 애인이 있는 사람에게 들이대는 무례한 새끼가 될지, 아니면 평범하게 데이트 신청을 하는 남자가 될지 정해지니까요."

마음이 좁은 틈을 뚫고 새어나갔다.

"……!"

가영이 눈을 깜빡이며 우현을 바라보았다. 농담이라고 하기엔 우현의 표정은 심각했고, 자신의 귀를 의심하기엔 너무도 또렷하게 들었다.

가영이 아무 말 하지 않자, 우현이 주먹을 꽉 쥐었다가 폈다. 그의 표정이 조금씩 무너져 내렸다. 이윽고 잠시 눈을 감았다가 뜬 우현은 얼어붙은 가영을 쳐다보았다.

"아니, 어느 쪽이 되든 오늘 내가 할 말은 같겠네요."

"……."

"난 못 참고 말하게 될 테니까요."

우현의 입술에 자조가 번졌다.

"오늘이든 내일이든 데이트하러 가요, 우리. 가영 씨가 좋아하는 거 다 하게 해줄게요. 내가 하고 싶었던 말은 이거였어요."

"……."

"왜 이러냐고, 무슨 말이냐고 묻지 마요. 이미 내 마음 다 들키긴 했지만, 이렇게 충동적으로 고백하는 놈이 되고 싶진 않으니까. 그러니까 연락해요. 오늘이든, 내일이든, 아니 언제든지 가영 씨 시간이 될 때."

"……."

"기다릴게요."

마음이 넘쳤다. 한번 넘친 마음은 잡을 틈도 없이 입술 밖으로 말이 되어 흘러나갔다.

좋아해요.

그 마지막 한마디를 남겨놓고, 모든 것들이 넘쳤다. 그러나 아주 잠깐 후련할 뿐, 금방 마음이 차오를 거라는 걸 알고 있었다. 여태껏 그랬듯이.

"꼭, 연락해요. 기다리다가 연락 안 오면 내가 못 참고 할지도 모르니까."

우현은 그 말을 끝으로 돌아섰다. 등에 따라붙는 시선이 느껴졌다. 길을 따라 걸어가던 그는 정작 가영이 준태와 무슨 사이인지 못 들었다는 걸 깨달았다. 그래서 다행이었다.

지금은, 듣고 싶지 않으니까.

◆ ◆ ◆

가영은 멍하니 창밖을 바라보았다. 눈동자 위로 의미 없는 풍경들이 스쳐지나갔다. 벌써 촬영장에서 한참 멀어졌지만, 가영은 아직도 촬영장 주차장 한구석에 서 있었다.

「왜 이러냐고, 무슨 말이냐고 묻지 마요. 이미 내 마음 다 들키긴 했지만, 이렇게 충동적으로 고백하는 놈이 되고 싶진 않으니까. 그러니까 연락해요. 오늘이든, 내일이든, 아니 언제든지 가영 씨 시간이 될 때.」

이렇게 고백하는 놈이 되고 싶지 않다고 했지만, 고백을 한 거나 다름없었다.

이게 무슨 일이지?

가영이 머리를 괸 채 낮은 한숨을 내쉬었다. 우현이 자신에게 유난히 친절하다고 생각했다. 자신에게 조금의 호감이 있을지도 모른다고 생각하기도 했다. 그러나 짐작과 실제로 고백을 듣는 것은 차원이 달랐다. 어안이 벙벙해서 아무 생각도 나지 않았다.

"혜록아."

"응?"

혜록은 운전을 하느라 전방을 주시한 채 대답했다.

"너, 연애 많이 해봤잖아."

"그런데?"

"일하면서 연애하면 방해 많이 돼?"

"왜 갑자기 그런 질문을 하실까?"

별이 오다

"그냥…… 궁금해서."

"네가 갑자기 그냥 궁금해서 그런 걸 물어볼 애야? 누군데? 누가 너 좋대? 아니면, 네가 좋아하는 사람이 생겼어?"

"관심 가는 사람이 생겨서."

가영이 둘러 대답했다.

"오, 누군데?"

"그냥…… 대답부터 해줘봐. 연애하면서 일하는 거, 힘들어?"

가영이 혜록의 옆얼굴을 보며 물었다. 죽어서 6년 전으로 돌아오기 전, 그녀는 일을 하는 내내 연애를 하지 않았다. 그래서 일과 연애를 동시에 하는 게 어떤 건지 알지 못했다. 그에 비해 혜록은 연애경험이 많았기에, 혹시나 하는 마음에서 물었다.

"질문이 뭐 그래?"

혜록이 심드렁하게 대꾸하자, 가영이 고개를 갸웃거렸다.

"응?"

"질문이 틀린 것 같은데? 연애하면서 일하는 게 힘들 걸 고민할 게 아니라, 네가 그 사람을 놓치고도 멀쩡하게 일을 할 수 있을지를 고민해야 하는 거 아냐?"

"……."

"네가 관심 가는 사람이라며. 그 사람 놓치고, 너 괜찮겠어? 후회 안 할 자신 있냐고. 안 그래?"

가영은 말문이 막혔다. 그녀의 시선이 창밖으로 향했다.

후회 안 할 자신……. 그런 거 없다. 후회할 거다. 다만,

"연애에 빠져서 못 헤어날까 봐 그래."

신호에 맞춰 정차했다. 혜록의 시선이 가영의 옆얼굴에 닿았다. 무표정한 그녀의 얼굴에 수많은 생각이 스쳐지나갔다.

"또 외로워서 아무거나 주워 먹고 체할까 봐 그래."

"……."

"체한 게 배고픈 거보다 좋다고, 끙끙 앓으면서 연애하게 될까 봐……."

가영이 말끝을 흐렸다. 자신이 선호와 헤어지지 못한 이유도 그 때문이었다. 가끔 선호가 이상하다는 걸 알면서도, 그와 헤어지고 나면 밀려들 외로움이 무서워서 연애를 지속했었다. 혼자 남겨지는 게 너무 힘겨웠다.

"그래서 자꾸 고민이 되네."

가영이 중얼거리듯 말을 이었다.

죽었다가 되살아난 후로, 일을 대할 땐 거침없으면서도 사람을 대할 땐 이전보다 더욱 조심스러웠다. 순간순간이 더 크게 느껴졌다. 덩달아 감정이 예민해졌다. 그 때문에 애써 무시할 수준이던 외로움이 더욱 크게 강하게 느껴졌다. 이럴 때 누군가를 좋아하게 된다면, 헤어나지 못할 가능성이 몹시 컸다. 그래서 겁이 났다.

"네가 좋아하는 사람이 그런 사람이야? '아무거나'라고 불릴 만한 사람이야?"

"아니."

그럴 수 없는 사람이었다. 자신에게 그는 몹시 대단하고, 좋은 사람이었다.

"그런데 무슨 고민이야? 그래도 정 걱정되면 잘 살펴봐."

"……."

"안전한 사람이고 좋은 사람 같으면 연애해, 가영아."

"……."

"나는 너 혼자서 아등바등 그러고 있는 거 친구로서 보기 안타까울 때 많아. 어차피 인생은 한 번뿐이고, 후회 없는 인생은 없으니까. 그리고 말하다 보니 생각난 게 있네. 네가 전에 진로 때문에 고민할 때 나한테 해준 말 기억날지 모르겠는데, 그 말 돌려줄게."

가영이 다시 운전을 시작한 혜록의 옆얼굴을 쳐다보았다.

"새것도 결국 때를 타고, 시간 따라 늙고, 낡아지는 건 당연한 거라고. 끝까지 무결한 건 아무것도 없다고. 어차피 인생에 남길 얼룩이면 적어도 내가 하고 싶은 걸 한 후에 남기는 게 낫다고. 기억나지?"

혜록의 말에 가영은 그녀를 바라보다가 눈을 내리깔았다. 가영은 어이없다는 듯 웃음을 흘렸다. 그러고 보니 자신이 그런 말을 했었다. 그 말을 하던 반짝반짝하던 임가영은 어디에 가고 고민하고 있는 건가 싶었다. 연예계 생활을 하느라, 그리고 회귀하고 나서는 자신도 모르게 겁이 많아진 모양이었다.

"그리고 나는 너 믿어. 넌 결국 너를 가장 사랑해서, 잠시 헤매는 한이 있더라도 너한테 해가 되는 선택은 하지 않을 거야. 네가 정신 못 차리면 두들겨 패서라도 말릴게. 너를 못 믿겠으면 나를 믿어. 나는 네가 사랑도 하고, 연애도 하고 즐겁게 살았으면 좋겠어. 물론 유선호 같은 미친놈은 빼고……."

혜록의 말에 가영이 고개를 돌려 그녀를 바라보았다.

"고마워. 진짜 고마워, 혜록아."

가영은 감동했다. 마음 위로 드리웠던 먹구름이 물러가는 듯했다. 혜록이 멋쩍은 웃음을 흘렸다. 그러더니 손으로 코를 슥슥 문지르며 찡한 표정을 지었다.

"아오, 그러게. 오늘은 내가 봐도 좀 멋있는 거 같긴 하다."

✦ ✦ ✦

영철은 소파에 앉아 리모컨 버튼을 눌렀다. 채널을 이리저리 돌리며 그는 낮은 한숨과 함께 중얼거렸다.

"어디 보자. 이 수많은 채널 중에 그런 건 없나? 우리 배우님이 달라졌어요, 뭐 이런 프로그램. 본격 사춘기가 온 배우새끼 정신 갱생해주시는 전문가님이 나와서 인터뷰하는 거 없나? 아니, 참여자는 모집 안 하나? 여기 좋은 사례가 하나 있는데? 멀쩡하게 스케줄 끝내고 넋이 빠져서 돌아온 배우님이 묵언수행을 하기 시작했는데, 이걸 어쩌면 좋나요? 내가 700타수로 하소연과 함께 길게 적어서 보낼 수 있는데! 응!"

말을 하다가 욱한 영철이 소리치며 고개를 홱 돌렸다. 소파에 누워 팔로 얼굴을 가리고 있는 우현이 보였다.

"갑자기 왜 그러고 있는데? 우리 달라진 배우님아!"

"……."

우현에게선 어떤 답도 오지 않았다. 가영을 만나고 오겠다며 홀쩍 다녀온 우현의 얼굴엔 먹구름이 가득 찼다. 아무리 말을 걸어도 대답을 하지 않았다. 이 증상이 이틀째 이어지고 있었다.

"진짜 말 좀 해라. 이 새끼야. 애가 탄다, 애가 타. 이래서 부모들이 말 안 듣는 애새끼 보면서 어금니 꽉 깨무는구나 싶다."

다 큰 놈 팰 수도 없고.

영철이 긴 한숨을 내쉬었다. 우현이 이러고 있는 게 몹시 신경 쓰였다.

"신경 쓰지 말고 가요. 내 감정은 내가 알아서 할 테니까."

"알아서 같은 소리 하고 있네. 이틀째 못 잔 게 훤히 보이는데."

다른 놈이면 그냥 두고 갔을지도 모른다. 회사에서 애지중지하는 신우현이 아니었다면, 자신이 형제나 다름없이 생각하는 신우현이 아니었다면 말이다.

"형."

우현이 여전히 소파에 누운 채 그를 불렀다.

"왜."

"고백 안 했는데 고백한 것처럼 되었고, 차이진 않았는데 차인 것 같아요."

대체 저게 무슨 소리야?

영철이 체념한 눈으로 우현을 바라보았다.

"돌았냐, 너?"

"차라리 돌고 싶네요."

우현의 대답을 듣고서야 영철의 표정이 누그러졌다. 정말 심상치 않아 보였다.

"고백 안 했는데 고백한 건 뭐고, 차이지 않았는데 차인 건 뭐야? 알아듣게 말해봐. 가영 씨한테 네 마음 말했어?"

"……아뇨. 들켰어요."

"그런데? 이제야 들킨 거면 늦은 거 아니냐? 임가영 씨도 어지간히 눈치 없다. 나는 곧바로 알아챘을 텐데. 어쨌든, 네 마음을 알게 된 가영 씨 반응이 엉망진창이었어? 그래서 그래?"

"……."

우현은 대답 대신 입을 꽉 다물었다. 자신이 말한 순간, 가영의 얼굴에 떠오른 건 경악이었다. 그래서 준태와 무슨 사이인지 끝까지 묻지 못했다.

띠리링. 띠리링.

전화벨이 울렸다. 우현은 손에 쥐고 있던 휴대전화를 확인하자마자 자리에서 벌떡 일어나 앉았다. 영철은 자신이 우현을 지켜본 이틀간 그가 취한 가장 빠른 행동이라고 생각했다. 우현은 멍하니 액정을 바라보았다. 잠시 눈을 감았다가 뜨고, 머리를 쓸어넘겼다가 턱을 괴는 등 이상한 행동을 보였다.

그사이 전화벨이 끊겼다. 타이밍을 놓친 우현이 눈을 질근 감았다가 떴다.

"전화 좀 하고 올게요."

우현이 휴대전화를 손에 쥔 채 방으로 휙 들어갔다. 홀로 거실에 남은 영철은 닫힌 방문을 물끄러미 바라보았다.

"누가 전화한 건지 표정만 봐도 알겠네. 알겠어."

그가 혀를 끌끌 찼다.

우현이 안방 문을 열고 나온 건 십오 분이 훌쩍 지나서였다. 문을 열고 나온 그는 외출용 모자를 푹 눌러쓰고 있었다.

"형. 집으로 돌아갈 거죠?"

"어. 너 괜찮아지는 거 보고."

"괜찮아졌어요."

"그래 보이네."

영철은 설렘과 긴장으로 뒤엉킨 우현을 보며 덤덤하게 대꾸했다.

"조심히 가요."

"넌 어디 가는데? 약속장소 가까우면 데려다줄게."

"숍으로 갈 거예요."

"숍?"

영철이 제 귀를 의심하며 되물었다. 자기도 모르는 스케줄이 생겼나 하는 얼굴이었다.

"너, 스케줄 없잖아. 지금 가영 씨 만나러 가는 거 아니야?"

"맞아요."

"그런데 왜 숍을 들러?"

"머리가 엉망이라서요."

현관 앞 전신거울 앞에 선 우현이 모자를 슬쩍 벗어 엉망이 된 머리카락을 만지작거렸다.

이틀 전에 이발한 놈이 무슨 엉망이라고.

"설마, 드라이 하러 가냐?"

"네. 약속시간이 남아서요."

"……그냥 풀메이크업도 받고 가지 그러냐? 막 아이라인, 그런 것도 그리고 마스카라도 하지. 왜?"

영철이 포기했다는 듯 다다다 쏟아냈다.

"누가 들으면 내가 평소에 그런 거 하는 줄 알겠네요. 그럼 가볼게요. 형은 편한 대로 하다가 가요."

집에서 놀든, 귀가하든 알아서 하라는 듯 우현은 뒤도 돌아보지 않고 현관문을 밀고 나갔다. 졸지에 남의 집에 홀로 남은 영철은 센서등이 꺼진 후에도 그대로 앉아 있었다.

"이런 기분인가. 다 키운 자식새끼가 여자친구 만나겠다고 뒤도 안 돌아보고 나가버리면……."

영철은 씁쓸한 표정을 지으며 자리에서 일어났다.

◆ ◆ ◆

창가에서 환한 빛이 쏟아져 들어왔다. 가영은 턱을 괴고서 창밖을 바라보았다.

이틀간 고민 끝에 그에게 전화를 걸었다. 고민한 것에 비해 결심은 한순간이었다.

아침에 눈을 떴을 때, 가장 먼저 보인 건 그가 선물한 바디 필로우였다. 그곳에 새겨진 우산 무늬를 손끝으로 꼭꼭 눌렀다. 이 선물을 받은 후, 거짓말처럼

별이 오다

비 오는 꿈을 꾸지 않았다. 마치 이 바디 필로우가 자신의 꿈에 내리는 비를 모두 막아주는 것만 같았다.

우현과 멀어지게 되면, 이 바디 필로우를 볼 때마다 씁쓸하겠지. 이런 선물을 해주는 사람을 다시 만날 수 없겠지. 우현을 놓치면…… 아주 많이 후회하겠지.

한 번 죽었다가 살아났는데, 이런 쓸모없는 걸로 고민하지 말자고 생각하자 머릿속이 말끔해졌다. 자연스럽게 휴대전화로 손이 향했다. 우현에게 전화를 걸었다. 누군가가 등을 떠밀기라도 한 듯 빠르게 움직여졌다. 우현은 전화를 받지 않았다. 상심할 즈음, 그에게서 다시 전화가 걸려왔다.

「제가 밥 사기로 했잖아요. 밥 살게요. 언제가 괜찮아요?」

ㅡ 지금요.

우현의 답은 빛보다 빨랐다. 가영이 멍하니 있는 사이, 휴대전화 너머에서 우현이 다시 한 번 말했다.

ㅡ 지금부터 쭉 시간 있어요.

그는 재빨리 덧붙였다. 동시에 초조하면서도 들뜬 듯했다. 목소리를 듣고 있는 것만으로도 그가 무슨 표정을 짓고 있을지 훤히 보이는 것 같았다.

「그럼…… 두 시간 후에 전에 봤던 가게에서 볼까요?」

ㅡ 알았어요. 예약은 내가 해놓을게요. 먼저 도착하면 김영철이라는 이름 대고 들어가 있어요. 우리 매니저 이름이에요.

「네. 그럴게요.」

ㅡ 가영 씨.

「네?」

ㅡ 꼭 와요.

「…….」

ㅡ 취소하지 말고, 급한 일 생기지 말고, 몸 아프지 말고, 사고 나지 말고……. 무사히, 꼭 와요.

그의 목소리에서 다급함이 느껴졌다. 동시에 간절함이 가득했다. 그 목소리가 가슴을 툭 치고 지나갔다. 누군가가 자신을 간절히 보고 싶어 하는 이 낯선 느낌. 잠시 가슴이 뛰지 않는 것처럼 느껴질 만큼 모든 것이 아득하게 느껴졌다. 이윽고 웃음이 나고서야 알았다. 너무 설레서 모든 것들이 멈춘 기분이 들었다는 것을.

「그럴게요. 우현 씨도, 꼭 와요.」

통화를 마친 후, 가영은 부랴부랴 준비해서 약속장소인 이 가게에 도착했다. 김영철이라는 이름을 대자 직원이 자리로 안내했다. 얼마 전 우현과 함께 식사를 했던 그 방이다.

가영은 초조해하며 휴대전화를 확인했다. 약속시간 십 분 전이었다. 그가 곧 온다는 생각에 거울을 꺼내 확인했다. 평소보다 꼼꼼하게 메이크업한 곳이 뜨진 않았는지, 모처럼 꺼내 입은 원피스가 구겨지지 않았는지. 오는 길에 허전해 보여서 충동적으로 산 팔찌는 괜찮은지…….

몇 번이나 확인한 후에야 가영의 시선이 창밖으로 향했다. 계단이 보였다. 지하주차장에서 올라오는 계단이었다.

식당으로 들어오는 문 앞에 모자를 눌러쓴 남자가 서 있었다. 얼굴이 보이지 않았지만 한눈에 알아보았다. 모자를 눌러쓰고 있는데도 남다른 분위기를 풍기는 사람은, 자신이 아는 한 한 사람밖에 없으니까.

남자는 모자를 벗더니 머리를 정돈했다. 모자를 눌러쓴 후에도 마음에 안 드는지 몇 번이나 고쳐 썼다. 그리고는 자신의 옷이 삐뚤어진 곳이 없는지 꼼꼼하게 확인했다. 같은 곳을 몇 번이나. 방금 전 자신이 했던 것처럼.

옷을 터는 손짓에서, 머리를 정돈하는 손길에서, 부산히 움직이는 몸짓에서 자신과 같은 들뜬 설렘이 느껴진다. 가영은 눈도 떼지 못했다. 자신을 만나기 위해 몇 번이나 확인하는 저 남자의 심장 소리가 여기까지 들리는 것 같은 기분이 드는 건 왜일까?

확인을 마쳤는지, 우현은 숨을 깊게 들이마셨다가 내쉬었다. 그리고는 뒷문을 열고 들어섰다. 얼마 후, 누군가가 프라이빗룸의 문을 두드렸다.

똑똑.

가영이 네, 하고 대답하자 문이 열렸다. 문 너머로 남자가 서 있었다. 몇 번

별이 오다

이나 고쳐 쓴 모자를 쓰고서, 운동화의 끈까지 확인하며 긴장을 풀려는 듯 한숨을 내쉬던 그 남자가.

"먼저 와 있는지 몰랐네요."

아무렇지 않은 척 웃는 얼굴로 말했다. 가영은 문득, 궁금했다. 자신이 연락했을 때, 자신을 떠올릴 때, 자신을 만나러 나오기 전에, 어떤 표정과 걸음일지.

우현이 맞은편에 앉았다.

"가영 씨가 일찍 왔을 줄 알았으면 나도 일찍 나올 걸 그랬네요."

우현이 모자를 벗으며 웃었다. 조금도 눌리지 않은 머리가 드러났다. 차에서 내리며 잠깐 썼던 건가 보다. 이렇게 금방 벗어버릴 모자인데, 그토록 썼다 벗었다 했나 싶었다.

"아니에요. 저도 온 지 얼마 안 됐어요."

"그래요? 식사할까요?"

"네."

가영이 웃으며 고개를 끄덕일 때였다.

똑똑.

누군가가 다급하게 문을 두드렸다.

"들어오세요."

우현이 답하기가 무섭게, 문이 열렸다. 이 가게의 주인이라는 사람이 곤란한 표정으로 들어섰다.

"무슨 일이에요, 형?"

주문하려고 메뉴판을 내밀던 우현이 이상한 낌새를 감지하고 물었다.

"우현아, 미안하다."

"갑자기 무슨 말이에요?"

"지금 1층에 박 기자랑 김 기자 와 있어. 그, 있잖아. 캐치 인터넷 기자들."

"……."

가게 주인이 난처해하며 입을 떼자, 우현의 미간이 확 좁아졌다. 캐치 인터넷 기자들이라면 스캔들 냄새를 귀신같이 맡아서 쫓아오는 사람들이었다.

"내가 와 있는 거 알았어요?"

우현이 심각하게 물었다.

"너 때문은 아닌 거 같긴 해. 지금 여기저기 커플이 많이 있거든. 말할 수는 없지만. 어쨌든, 그렇긴 한데 너 때문에 온 게 아니라고는 확신할 수는 없지."

"……."

"하아, 갑자기 걔들이 왜 여기 와 있는지 모르겠네. 나도 처음에 못 알아봤어. 강우가 먼저 알아보고 말해줘서 겨우 알았어. 하여튼 웬만하면 지금 일어나는 게 좋을 거 같다. 걔네 독종에 진상이라, 내가 안 보는 틈에 이 방 저 방 문 열어보고 다닐 수도 있거든. 아니면 2층인 여기에 잠복하고 있을 수도 있고."

"알았어요, 무슨 얘긴지."

우현이 침착하게 고개를 끄덕였다. 이런 일은 이미 숱하게 경험했기에 우현은 대수롭지 않게 여겼다. 하지만 가영은 이런 일이 처음일 터라 걱정되었다.

"미안하다. 기껏 예약까지 해줬는데."

"형 탓 아니니까 미안해할 필요 없어요. 지금 뒷문으로 나갈게요."

"그래. 지금 걔네 자리에 착석하고 있으니까 빠져나가. 문제 생기면 바로 전화할게."

"알겠어요."

매니저가 부랴부랴 나간 후, 우현이 가영을 쳐다보며 물었다.

"나갈까요?"

가영은 고개를 끄덕인 후 자리에서 일어났다.

가게의 매니저 도움으로 가영과 우현은 지하주차장까지 눈에 띄지 않고 무사히 내려왔다. 그들의 눈에 띄면 안 된다는 생각에 사로잡힌 가영은 얼결에 우현의 차에 올라탔다. 다른 사람들의 눈에 띄면 곤란했다. 우현은 매니저가 미안해하며 쥐여준 아이스 아메리카노를 컵홀더에 내려놓았다.

"일이 꼬였네요."

우현이 난처한 표정으로 말했다.

"그러게요."

별이 오다

난처한 건 가영 또한 마찬가지였다. 자신이 아는 곳 중에 우현을 데리고 갈 만한 곳이 없었다. 그렇다고 이대로 헤어질 수도 없었다.

"일단 출발할게요."

"네."

기자들한테 들키면 곤란했기에, 우현이 차를 몰아 주차장을 빠져나왔다. 가영은 창밖을 바라보며 컵 속에 담긴 스트로를 휘저었다.

어디가 좋을까? 아무리 생각해봐도 마땅한 곳이 없었다. 다른 연예인들은 어떻게 연애를 하는 거지? 이런저런 생각을 하는 사이, 옆에서 차선을 넘어 차가 끼어들었다.

끼익.

우현의 차가 급하게 멈춰 섰다.

"읏!"

가영의 몸이 들썩했다.

"괜찮아요?"

우현이 가영을 보며 물었다.

"네. 괜찮아요. 쿨럭, 쿨럭."

그러나 말과 달리 커피를 잘못 삼킨 가영이 참지 못하고 기침을 터트렸다. 가영이 핸드백을 열어 뒤졌다. 분명 손수건을 챙겼는데 보이지 않았다.

"가영 씨. 앞에 글러브박스 열어봐요. 거기 휴지 있을 거예요."

"고마워요."

가영이 좌석 앞의 글러브박스를 열었다. 두툼한 종이를 들어내자, 그 아래에 휴지가 놓여 있었다. 휴지를 뽑아 젖은 손을 닦던 가영의 눈길이 무심히 무릎 위에 놓인 A4용지에 닿았다.

[악성댓글에 대한 법적 대응 방법]

악성댓글?

그 아래에 손으로 흘려 쓴 듯한 메모도 있었다.

[악성댓글일 경우 캡처해서 경찰로 신고. IP 추적 방법]
[경찰 신고 민사소송 가능?]

대본이거나 시놉시스일 거라고 생각하던 가영의 시선이 흐트러진 뒷면으로 향했다. 종이에는 손으로 흘려 쓴 글씨가 눈에 들어왔다.

[안녕하세요. 저는 임가영 씨의 팬으로 현재 일어난 악성댓글 사건에 관해 드릴 말씀이 있어서 메일을 보냅니다. 현재 일어난 이 사태는 묵과할 수 없는 수준으로……]

"가영 씨, 뭘 보고 있……."
신호에 걸려 차가 멈춰 서자, 우현이 고개 돌렸다. 우현이 이게 거기 있을 줄은 꿈에도 몰랐다는 얼굴로 재빨리 가영의 무릎 위에 놓인 종이를 낚아챘다.
"……우현 씨, 미안해요. 보려고 본 건 아닌데…… 그런데 이게 왜 여기 있어요?"
가영이 그에게 물었다. 가영은 저 글을 본 적 있었다. 악성댓글 사건이 터졌을 때, 소속사 대표가 말했었다.

「가영 씨, 상당한 팬을 가지고 있던데요? 팬이 악성댓글에 대한 법적조치 방법과, 순식간에 떴다가 사라지는 루머식 악플들도 캡처해서 보내줬어요. 우리가 놓친 것도 싹 다 잡아줬더라니까요. 메일 한번 볼래요?」

그러면서 대표가 그녀의 메시지로 메일을 사진 찍어 보냈었다. 그녀조차 감탄할 만큼 일목요연하게 악성댓글에 대처하는 방법에 대해 적혀 있었다. 그 아래에 첨부된 파일의 양도 어마어마했다고 했다.
그 사진을 보고 가영은 한참이나 아무 말도 하지 못했다. 자신을 이렇게 생각해주는 누군가가 세상에 한 명이라도 있다는 것에 너무도 고마웠다. 그때 봤던 메일의 도입부와 분명 동일했다.

별이 오다

"혹시…… 우현 씨였어요?"

가영이 우현의 옆얼굴을 보며 고요하게 물었다.

"일단 차 세우고 이야기해요."

대답한 우현이 핸들을 꺾었다. 우현의 차가 근처 공원의 주차장으로 들어섰다. 주차를 마친 우현이 가영을 마주 보았다. 당황했는지 입술을 달싹거리던 그는, 이내 생각을 마친 듯 입을 열었다.

"맞아요. 나예요."

"……."

"내가 회사로 메일을 보냈어요."

"……."

우현의 고백에 가영의 눈동자가 흔들렸다. 자신을 응원한다는 그 팬이, 우현이라는 게 아직도 믿기지 않았다. 말문이 막혀, 가영은 그저 우현을 바라보았다.

"사실대로 말하자면, 그 일이 터졌을 때 신생 소속사라 제대로 된 대처방법을 모를 거라고 생각했어요. 실제로 대응도 생각보다 미비하더라고요. 내가 할 수 있는 한 돕고 싶었어요. 그래서 그랬어요."

"저한테…… 말씀하시죠. 메일을 보내셨다고요. 그러면 그때 감사하다고 인사드렸을 텐데요."

가영이 당황한 마음을 추스르며 말했다.

"내가 나서면 분명히 부담스러울 테니까요."

"……."

"그래서 죽을 때까지 말 안 하려고 했어요."

"그래도……."

가영은 뭔가를 말하려다가 입을 다물었다. 지금은 고맙다고 인사를 하는 게 맞는데 쉽게 말이 나오지 않았다. 그저 멍하니 앞을 바라보다가, 그의 손에서 구겨진 종이가 눈에 들어왔다.

악플 캡처본이다.

[임가영, 성격 더러운 듯]

[스폰서 있다던데. 우리 삼촌이 연예신문 기자인데 스폰서발이라고 함. 늙은이들 사이에서 인기 좋다고 함. 참해서.]

[임가영 좀 TV에서 안 나왔으면 좋겠음. 보기 싫음]

……저 글들을 모두 다 봤겠구나.

사실이 아닌 거짓말들이지만, 우현이 모두 봤을 거라 생각하니 부끄러웠다. 가영은 고개가 숙여지려는 걸 꾹 참은 채 입을 열었다.

"바쁘셨을 텐데, 이렇게까지 해주시고……. 이럴 필요까진 없었는데……. 아, 그러니까 제 말은 싫다는 게 아니라 힘드셨을 것 같아서요. 하여튼 이제라도 인사드리네요. 고맙습니다."

민망하고 부끄럽지만, 그가 보낸 메일이 자신에게 큰 도움이 되었기에 감사의 인사부터 해야 할 것 같았다.

"나는 이렇게까지 해야 했어요."

"……."

갑작스럽게 낮아진 우현의 목소리에 가영이 고개를 들어 그를 보았다. 그의 까만 눈동자가 흔들림 없이 그녀를 향해 있었다.

"다른 사람은 어떨지 몰라도, 나는 아니까."

"……."

"사실이 아닌 거짓말이라서 더 아프다는 걸 아주 잘 아니까요."

"……."

"그걸 가영 씨가 혼자 겪고 있을 거라고 생각하니까, 잠이 안 왔어요. 뭐라도 하고 싶었어요. 그래서 그랬어요."

"……."

"그게 내가 도울 수 있는 유일한 방법이니까."

"……."

"나의 부주의로 이런 걸 다시 보게 해서 미안해요. 미리 처리하지 못한 건 내 실수예요."

말을 마친 그는 가영이 볼 수 없게끔 종이를 찢어 뒷자리로 내던졌다. 이내 차 안이 고요해졌다. 차창 밖과 완전히 분리된 다른 세상에 뚝 떨어진 듯한 기분이 들었다.

가영은 먹먹한 눈으로 우현을 바라보았다. 그 역시 자신을 보고 있었다. 까만 눈동자에는 많은 감정이 담겨 있었으나, 읽어낼 수 없었다. 아니, 읽어낼 자신이 없었다. 그의 마음을 알게 된다면, 그 깊이를 알게 된다면 벗어나기 힘들 테니까.

"……이미 한참 전에 들켰지만, 그래도 말할게요."

고요한 가운데 우현의 목소리가 울렸다. 목소리에 묻어나는 숨소리 하나까지 세세하게 들렸다.

"좋아해요. 오래전부터 그랬어요."

그리고 그 소리마저 사라졌을 때, 우현이 말했다. 분명 귀로 들었는데, 그의 고백은 마음 위로 떨어져 내렸다. 그의 떨리는 숨소리는 바람이 되어 마음 안을 제멋대로 휘돌아다녔다. 가영은 주먹을 잠시 쥐었다가 폈다. 꿈이 아니라는 사실이 느껴졌다. 그 사실을 깨달았으나, 멍한 머릿속은 여전했다.

우현과의 연애.

유명 스타인 그와 연애를 하면 얼마 못 가 발각될 거다. 스캔들이 날 테고, 자신은 입지를 쌓기도 전에 '신우현의 연인'이라는 꼬리표를 달게 될 거다. 들어오는 배역에도 제한이 생길 테고, 상대 배우는 우현의 눈치를 보게 될 거다. 좋은 배역을 맡아도 사람들은 자신이 연기하는 내내 신우현이 떠올라 집중이 되지 않는다며 항의할지도 모른다.

아무리 생각해도 안 좋은 것들밖에 떠오르지 않았다. 그러니 거절해야 했다. 하지만 입도 벙긋할 수 없었다. 우현은 눈도 깜빡이지 않은 채 자신을 바라보고 있었다.

푸른 바람처럼 청량하고, 곧은 그의 눈빛을 저버리고 후회하지 않을 자신이 있을까? ……아니, 없다. 다시 한 번 생각해도 그를 거절하면 오래도록 후회할 것 같다.

홀린 것처럼 가영은 고개를 끄덕였다. 그러고는 참아왔던 말을 조심스럽게 꺼냈다.

"저도요."

"……."

"저도…… 우현 씨를 좋아해요."

그가 꿈에서 비를 맞을까 봐 걱정이 된다며 선물을 줄 때부터, 아니. 그보다 훨씬 오래전부터였다. 그를 마음에 품은 것은.

"만나보고 싶어요."

놓치고 싶지 않았다. 자신이 꽁꽁 숨겨놓은 외로움을, 슬픔을 알아내는 이런 사람은 다시 만날 수 없을 테니까.

공기를 들이마신 듯 우현의 상체가 부풀었다. 그러다 안도의 한숨을 내쉬며 자신의 두 손에 얼굴을 파묻었다.

"미안해요. 긴장이 풀려서요."

"……."

가영은 붉긋하게 물든 우현의 귀 끝을 바라보았다.

이 사람, 정말 진심이구나. 진심을 다해 달려들었구나.

새삼스럽게 가슴이 울렁거렸다. 가영은 한참을 고민하다가 손을 뻗어 우현의 머리에 손을 올리고 가만히 쓰다듬어주었다. 예의가 아니라는 건 알지만, 자신의 고백에 허물어지듯 안도하는 이 남자를 쓰다듬지 않고는 견딜 수가 없었다.

잠시 멈칫하던 우현이 고개만 살짝 들어 가영을 바라보았다. 그러더니 고개를 기울여 그녀의 손에 머리를 기댔다. 눈높이가 같아졌다. 거리도 제법 가까웠다. 그 덕에 우현의 얼굴이 자세히 보였다. 기울인 고개 탓에 쭉 뻗은 턱선과 백지에 뚝 떨어뜨린 먹물처럼 까만 눈동자, 부드럽게 달싹이는 붉은 입술까지. 남자지만, 아름다웠다.

가영이 감탄하는 사이 우현이 입을 열었다.

"물리기 없어요. 취소하기도 없고. 나중에 생각해보니 안 되겠다는 말도 하지 마요."

"……."

"그러면…… 나 정말 미칠지도 모르니까."

그는 상상조차 하기 싫다는 얼굴로 작게 덧붙였다. 여전히 그의 귀 끝은 붉었다. 그는 진심이었다.

"네. 그러지 않을게요."

그리고 자신도 진심이었다. 자신에게 매달리듯 다가오는 이 남자와 함께 있고 싶었다. 가영은 그런 우현을 사랑스럽다는 눈으로 바라보며 고개를 끄덕였다.

✦ ✦ ✦

집으로 돌아온 가영은 핸드백을 내려놓은 후, 화장실로 들어가 세수를 했다. 수건에 젖은 얼굴을 파묻은 채 숨을 들이마셨다.

연애를 시작한다고 해서, 갑자기 세상이 달라 보이지는 않았다. 평소와 다름없었다. 다만 다른 것은 가슴 중간이 간질간질하면서 웃음이 실실 난다는 것이었다. 가영은 뽀송뽀송한 얼굴에 로션을 바르다 말고 멍하니 거울을 들여다보았다.

우현과의 연애라……. 그러고 보니 연애를 안 한 지 오래되어서 어떻게 해야 하는 건지 모르겠다.

띠리링.

가영의 시선이 무심코 바닥에 놓아둔 휴대전화로 향했다.

[우현 씨]

이름만 보는데 가슴이 술렁거린다.

「그러면 나 정말 미칠지도 모르니까.」

절박하던 그의 목소리가 새삼 떠올랐다. 나오려는 웃음을 꾹 참은 가영이 휴대전화를 귀에 가져갔다.

"여보세요."

– 집에 도착했어요.

"아, 다행히 일찍 도착했네요."

– 그랬나 봐요. 어떻게 운전했는지도 모르겠네요.

우현의 말에 가영은 비죽이 나오려는 웃음을 참았다.

"저……. 우현 씨, 말 편하게 하세요."

– 가영 씨가 먼저 날 편하게 부르면요.

"우현…… 오빠?"

– 쿨럭쿨럭.

휴대전화 너머에서 기침 소리가 들렸다. 너무 편하게 불렀나 보다.

"괜찮아요?"

– 네. 아니, 어. 괜찮아. 물 마시다가…… 쿨럭쿨럭.

"안 괜찮은 거 같아요."

– 괜찮아질 거야. 쿨럭.

"별로예요? 역시 우현 씨라고 부르는 게……"

– 아니! 좋아. 우현 오빠. 꼭 그렇게 부르도록 하자.

우현이 재빠르게 대답했다. 다시 우현 씨라고 부른다고 하면 몹시 싫어할 것
같은 눈치였다. 이런저런 안부 이야기를 하고 나니 할 말이 없어졌다. 그러나
전화를 끊기 싫었다. 그건 우현도 마찬가지였는지, 가만히 숨소리를 듣고 있었
다.

– 모레 뭐 해? 스케줄 있어?

"네. 모레는 있을 거 같아요. 이번 주 금요일은 없는 걸로 알아요."

– 그럼 그날, 우리 집에 올래?

"……."

– 그러니까 그런 의미는 아니고, 우리 둘이서 편하게 만날 곳이 없으니까.
같이 가던 레스토랑도 기자들이 포진하기 시작했고……. 건전한 의미였어. 건
전하게 식사하고, 데이트하자고.

그런 의미로 받아들이지 않았는데, 우현은 '건전한'을 강조했다. 오히려 이
러니 의심스러웠다.

"네. 금요일에 놀러 갈게요."

하지만 그의 집이 궁금하고, 그의 말대로 안전하게 데이트할 곳은 우현의 집 밖에 없다. 무엇보다도 그를 편안하게 오래 보고 싶었다. 자신의 마음을 인정하고 나니 브레이크 없이 달려나갔다.

– 그래. 기다릴게.

우현의 말에 가영은 빙긋 미소 지었다.

"그럼 쉬세요."

전화를 끊는 건 아쉬운데, 더는 할 말이 없었다.

– 저녁에 전화할게.

"저녁에 무슨 일 있어요?"

가영이 로션 뚜껑을 닫아 화장대에 올리며 물었다.

– 아니. 네 목소리 들으려고.

"……."

– 네가 무사하다는 거, 네 목소리를 듣는 거, 그게 전화의 목적이야.

아…….

가영은 속으로 작게 탄식했다. 이제 서로의 목소리가 목적인 통화를 하게 될 수 있다는 사실이 와닿았다. 이제 그럴 수 있는 사이가 되었다. 가영은 환하게 미소 지었다. 마음으로 햇살이 들이치는 기분이다.

"네. 기다릴게요."

가영의 대답에 휴대전화 너머에서 우현의 웃음소리가 들렸다. 가영은 그때 처음으로 사람의 웃음소리가 싱그러울 수 있다는 사실을 알았다.

◆ ◆ ◆

환한 조명 아래, 비스듬히 앉은 리포터가 카메라를 바라보았다. 감독의 큐 사인에 환하게 웃으며 옆자리에 앉은 우현을 바라보았다. 긴 다리를 꼬고 앉은 우현이 카메라를 보며 미소 짓고 있었다.

"오랜만에 인사드려요. 그간 잘 지내셨죠?"

"네. 덕분에 잘 지냈습니다."

우현이 여자 리포터를 바라보며 생긋 웃었다. 눈이 접히는 미소에 리포터의 뺨이 불긋해졌다.

"전보다 더 잘생겨지신 것 같아요."

"감사합니다."

"저도 우현 씨 만나려고 미모 관리하고 왔는데, 어떤가요? 전보다 예뻐졌나요?"

리포터가 손을 턱에 받친 채 빙긋 웃으며 물었다.

"우리가 구면인가요?"

우현이 심각한 표정으로 물었다.

"어머."

리포터가 당황했다.

"농담이에요."

우현이 웃었다.

"끝까지 예쁘다고 말씀 안 해주시네요."

리포터가 장난스럽게 우는 표정을 지으며 말했다.

"예쁘다는 말은 애인한테 해주고 싶어서 아껴두고 있습니다."

"그 말은 애인이 있다는 말씀이신가요?"

"아껴두고 있어요. 언젠가 하고 싶어서요."

우현이 씁쓸한 미소를 지었다.

"그런가요? 굉장히 쓸쓸해하시는데, 이번 영화에서만큼은 굉장히 로맨틱한 연기를 선보이신 걸로 알고 있어요. 영화를 촬영하실 때만큼은 외롭지 않으셨겠어요."

경력 있는 리포터가 자연스럽게 이번에 개봉하는 영화에 대한 이야기를 꺼냈다. 우현도 영화에 관한 이야기를 술술 뱉었다.

이번 영화는 작년에 촬영한 후, 제작사의 문제로 개봉이 늦춰져 올해 개봉하게 되었다. 개봉 날짜가 예정보다 앞당겨지는 바람에, 영화 홍보 인터뷰 스케줄이 다급하게 잡혔다.

별이 오다

밀려드는 인터뷰 스케줄을 감당할 수가 없어서 주연배우마다 몇몇 개씩 나눠 인터뷰를 하게 되었다. 오늘은 개봉 영화를 소개하는 프로그램 인터뷰와 잡지 인터뷰가 남아 있었다.

"후우."

우현이 술술 인터뷰하는 광경을 지켜보고 있던 영철이 참았던 숨을 내쉬었다. 아슬아슬했다. 다른 사람들은 우현이 기분 좋은 분위기를 유도해가면서 인터뷰하는 걸로 보고 있지만, 영철의 눈에 지금 우현은 애인이 있다는 걸 내색하고 싶어 하는 걸로밖에 안 보였다.

누가 시키지도 않았는데 애인이라는 말을 하는 거며, 예의상이라도 예쁘다고 해줄 만도 한데 다른 여자에게 일절 않는 것 또한 마찬가지였다.

그뿐만일까. 우현은 하루 종일 입가에 웃음을 매달고 있었고, 내내 휴대전화를 손에서 놓지 않았다. 뭐 하냐고 물었더니, 우현은 여전히 휴대전화에 시선을 둔 채 '가영이랑 문자요.'라고 단답형으로 대답했다. 우현이 가영을 몹시 좋아한다는 건 알고 있었지만, 이렇게 정신 못 차리게 빠질 줄은 몰랐다. 그래서 불안했다.

부디 사고 치지 않아야 할 텐데.

뭐 하나에 꽂히면 끝장을 보는 녀석이라, 조마조마했다.

"그럼 마지막으로 질문 드릴게요."

리포터가 마지막 큐시트를 보며 입을 열었다. 우현이 말하라는 듯 물끄러미 쳐다보자, 능숙한 여자 리포터는 얼굴을 붉히며 슬그머니 시선을 다른 곳으로 돌렸다.

"이 영화에 어울리는 노래 하나를 추천해주세요. 이 영화를 보고 나오는 길에 들으면 좋겠다, 혹은 이 영화와 잘 어울린다. OST를 제외한 노래로 부탁드려요."

"음."

리포터의 질문에 우현이 잠시 고민했다. 그러다 생각났다는 듯한 얼굴로 입을 열었다.

"미친 소년들의 '이런 사랑'이 어울리겠네요."

"생각지 못한 곡이네요."

"발라드인 데다 가사가 좋더라고요. 곡명과 영화명이 비슷하기도 하고요."

"아하, 그러고 보니 그러네요. 그런 사랑, 이런 사랑. 비슷하네요. 이 소식을 들으면 미친 소년들 멤버분들이 좋아하겠어요. 그럼 이 인터뷰 끝에는 '이런 사랑'을 깔도록 하겠습니다. 시간 내주셔서 감사합니다! 이상 '영화보자'의 김시은 리포터였습니다. 그런 사랑 화이팅!"

리포터가 카메라를 향해 두 손을 흔들었다. 우현이 뒤따라 손을 흔들며 "그런 사랑, 파이팅!" 하고 싱긋 웃었다.

◆ ◆ ◆

"미친 소년들의 미음도 듣기 싫어하더니, 갑자기 웬 바람이 불어서 미친 소년들 노래를 추천해?"

오늘 스케줄을 모두 마친 영철이 피곤한 얼굴로 운전석에 앉아 룸미러를 보며 물었다.

"좋아져서요."

"누가? 미친 소년들이?"

영철이 제 귀를 의심하는 얼굴로 물었다.

"네."

"갑자기 왜?"

"가영 씨랑 친하대요."

"사귀는 건 아니고?"

"친동생 같은 사이래요."

우현은 어젯밤 가영과 했던 통화를 떠올렸다. 미친 소년들 준태와 무슨 사이냐는 그의 물음에 가영은 머뭇거리다가 솔직하게 털어놓았다.

부모님을 여읜 후, 할머니와 함께 살았는데 그 이웃집의 아이가 준태였다고 했다. 준태의 부모님이 돌아가신 후, 할머니는 준태를 거둬들여 친남매처럼 자랐다고 했다. 서로의 꿈이 비슷해서 응원하며 지금껏 친하게 지내고 있다며 덧붙였다.

「혹시나 오해할까 봐 말하자면, 준태는 좋아하는 여자 따로 있어요. 같은 아이돌이에요. 얼마 전에 저한테 좋아하는 여자가 생겼다고 털어놓더라고요.」

가영의 대답에 우현은 비로소 안도했다.
"그래서 미친 소년들이 좋아졌다고? 너도 참 단순하다."
"원래 인생은 단순한 거예요."
다리를 꼬고 앉은 우현이 무심하게 대답했다.
"그런데 나한테는 왜 그렇게 복잡하게 구냐?"
"여태껏 단순하게 대한 건데, 더 복잡하게 해드려요?"
"어우. 됐다. 야. 집으로 데려다주면 되지?"
영철이 룸미러로 우현을 보며 물었다.
"네."
대화를 하는 내내 우현의 시선은 휴대전화에 꽂혀 있었다.
"가영 씨랑 문자하냐?"
"아뇨. 답장 기다리고 있어요."
"……."
영철은 어이가 없었다. 그사이 우현의 휴대전화에서 띠릭, 문자 도착 알림음이 울렸다. 우현은 휴대전화를 바라보다가 피식 웃었다. 손으로 얼굴 반쪽을 가린 채 입술을 깨물었다.
화보 촬영 때나 보던 저 가증스러운 표정을 실생활에서 보게 될 줄이야.
영철은 비틀어지는 입매를 애써 다잡았다.
"대체 뭐라고 하는데 그렇게 웃어?"
우현의 그런 모습이 가증스러우면서도, 저렇게까지 웃을 일이 뭔지 궁금해 물었다. 사랑한다고 했나? 아니면 보고 싶어서 죽겠다고 말을 한 건가? 그것도 아니면 애교를 부린 건가?
"라면 끓여 먹다가 혀끝이 데었대요."

"······."

"귀엽지 않아요? 그나저나 아플 텐데······."

영철의 표정이 딱딱하게 굳었다. 고작 그깟 이야기에 그렇게 사랑스럽다는 듯이, 또는 걱정된다는 듯이 휴대전화를 들여다본 건가 싶었다.

"너 내가 라면 끓여 먹다가 뎄다고 연락하면 어떻게 할 건데?"

영철의 물음에 우현이 웃음을 싹 거둔 채 차갑게 그를 보며 말했다.

"정신 똑바로 차려요. 나이가 몇인데."

"······."

"······라고 하겠죠."

"······나쁜 새끼."

영철은 서러워졌다.

"그러게 뭐하러 물어요? 본전도 못 찾을 거."

"내가 경솔했다, 새끼야. 안 그래도 뼈저리게 후회하고 있으니까 시비 걸지 마. 아! 그리고 임가영 씨 스케줄 잡힌 거 알아냈는데 이제는 연애 시작했으니까 알려줄 필요 없겠구나. 그러니까······."

"나갈게요."

영철의 말이 끝나기가 무섭게 우현이 대답했다.

"······무슨 스케줄인지 묻지도 않냐?"

영철은 기가 막혔다.

"뭔지 모르겠지만 나갈게요."

"뷰티 프로그램이야, 이 자식아. 아이라인 그리고 마스카라 그리는 그런 프로그램."

그래도 나갈 거냐는 듯이 영철이 놀리는 듯한 표정으로 우현을 쳐다보았다. 생각지 못한 프로그램에 우현이 자못 심각한 표정을 짓다가 물었다.

"······가만히 앉아만 있으면 되겠죠?"

죽어도 안 나가겠다는 말은 안 하지.

나사가 빠져도 단단히 빠졌다. 아니, 머리에 남아 있는 나사가 없는 거 아냐?

별이 오다

영철이 어이없다는 표정으로 보는 사이, 우현이 다리를 꼰 채 거만한 표정으로 말했다.

"생얼엔 자신 있거든요."

"생얼엔 자신 있으면 뭐하냐, 정신머리가 자신이 없는 상태인데……. 후우."

영철은 졌다는 듯이 고개를 절레절레 내저었다. 우현을 뷰티 프로그램에 내보냈다가는 직장을 잃게 될 거다. 그러니 절대 우현을 내보낼 수 없다. 우현이 미쳐도, 자신은 정신을 차려야지. 영철은 결의에 찬 표정으로 핸들을 꽉 움켜쥐었다.

✦ ◆ ✦

우현은 소파를 보았다. 쿠션의 각도가 삐뚤어진 것 같다. 그는 이미 몇 번이나 정리한 쿠션을 한 번 더 정리했다. 오늘은 가영이 집으로 오기로 한 날이다. 영철에게 말해서 특별히 스케줄을 잡지 말라고 강조한 날이기도 했다.

"아까가 더 나았던 것 같은데."

우현은 다시 한 번 더 쿠션을 정리했다. 혹시 모르잖아. 갑자기 소파에서 키스하다가 뒤로 넘어가게 될지. 드라마 속 장면들을 상상하며 넘어져도 머리가 다치지 않게끔 쿠션의 위치를 재조정했다. 소파에 앉아 뒤로 넘어가는 행동까지 해보고서야 우현은 자리에서 일어났다.

그제야 만족스러운 표정으로 고개를 돌린 우현은 자신의 집을 남의 집 바라보듯이 훑어보았다. 청소업체를 불러 청소를 시켜 말끔했지만, 혹시나 하는 마음에서 한 번 더 확인하고서야 마음을 놓았다. 부엌에 함께 해 먹을 요리 재료가 미리 준비되어 있는 것까지 확인했다. 그러고도 약속시간까지 이십 분이 남았다.

"스읍."

우현은 숨을 깊게 들이마시며 집 안을 서성거렸다. 시간이 안 간다. 입술이 마른 그는 혀로 입술을 축였다. 그러다 그는 영철이 했던 충고를 떠올렸다.

「너무 매달리는 티 내지 마라. 그러면 여자 입장에선 질릴 수도 있어. 그러니까, 가영 씨가 벨을 눌러도 한 삼 초 있다가 열어주고, 전화도 오자마자 바로 받지 말고 마음으로 셋을 세고 받고. 밀당을 하라는 게 아니라 여유를 가진 모습을 보여주라는 거지.」

삼 초, 여유⋯⋯.

그가 곱씹을 때였다.

딩동.

벨이 울렸다. 우현은 반짝이는 인터폰을 바라보았다.

"하나."

그는 숫자를 세며 인터폰을 바라보았다. 가영이 빤히 쳐다보고 있다. 긴장한 듯 입술을 앙다물고 있었다. 그러다 자신이 안 보이냐는 듯 카메라를 향해 손을 흔들었다.

"둘⋯⋯은 무슨."

우현이 재빨리 인터폰으로 달려가 열림 버튼을 눌렀다. 문이 열리자 비로소 가영은 안도하는 얼굴로 활짝 웃었다. 저렇게 예쁘게 웃는데, 셋을 세라는 건 무리다.

영철의 말을 듣지 않기로 마음먹으며, 그는 미리 현관문을 활짝 열고 나섰다. 혹시 가영이 집을 못 찾아 전화할지도 모른다는 생각에 한 손에 휴대전화를 쥐고서.

엘리베이터에서 내린 가영은 한 손에는 커다란 휴지, 다른 손에는 종이가방을 든 채 활짝 웃고 있었다. 처음 알았다. 자신을 똑바로 쳐다보며 걸어오는 여자의 모습을 보고 설렐 수 있다는 걸. 우현은 자신도 모르게 살짝 입술을 깨물었다가 풀었다.

"여기 맞네요. 맞게 잘 찾아와서 다행이에요."

가영이 웃는 얼굴로 그의 앞에 마주 섰다.

"오느라 수고했어. 들어와."

우현이 몸을 틀자, 가영이 잠시 머뭇거리다가 들어섰다. 가영의 어깨 옷깃이

별이 오다

가슴께를 스치고 지나갔다. 사각거리는 움직임에 우현은 자신도 모르게 주먹을 쥐었다가 폈다. 고작 이런 걸로 심장이 뛰어대다니. 조만간 병이 날지도 모르겠다. 그러나 우현은 최선을 다해 내색하지 않으려 애썼다.

"빈손으로 오기 좀 그래서 사왔어요."

가영은 손에 들고 있던 것들을 내밀었다.

아, 무슨 여자가 휴지를 내밀어도 예쁘고 그럴까?

우현은 감탄하는 마음을 숨긴 채 손을 내밀어 휴지를 받아들었다.

"빈손으로 와도 돼."

"다음부터는 그럴게요. 오늘은 첫 방문이니까요."

가영이 웃으며 내밀었다. 가영이 내민 롤휴지를 식탁 옆에 내려놓고서, 이번엔 종이가방을 건네받았다. 그 안에는 자그마한 다육식물이 담겨 있었다.

"물은 보름에 한 번씩만 주면 된대요. 관리할 건 없고, 볕이 잘 드는 창가에 두면 알아서 잘 자랄 거예요."

우현은 낯선 식물을 물끄러미 바라보았다. 키우다가 죽이면 어쩌나 하는 걱정부터 앞섰다. 이미 그런 전적이 많았기 때문에, 괜한 걱정도 아니었다. 그런데 묘하게 이 식물들이 익숙하게 느껴졌다.

"얘네랑 나랑 구면 같은데……."

우현이 중얼거렸다. 식물과 구면이라고 하기엔 웃기지만, 정말 눈에 익었다.

"맞아요. 우리 집에 있는 애들이랑 같은 것들이에요. 어떻게 알았어요?"

가영이 알아본 게 신기하다는 듯 눈을 반짝이며 물었다.

"그럼 커플 화분이네, 이거."

우현의 입가에 미소가 번졌다.

"어……. 그게 그렇게 되나요?"

그냥 선물한 거였지, 커플 아이템이라고는 생각하지 않았는지 가영이 눈을 동그랗게 떴다.

"응. 이렇게 되면 커플 화분이야."

우현이 지나치게 확고한 표정으로 대답했다. 커플 화분이 아니라고 하면 절대로 안 될 것 같은 표정이었다.

"그래요. 그렇게 되겠네요."

가영이 당황한 것도 모른 채, 우현은 이전과 확연히 다른 표정으로 화분을 바라보았다. 번거롭게만 느껴지던 녀석들이 꽤 예뻐 보인다.

"잘 키워야겠다."

화분을 향한 우현의 눈이 반짝거렸다.

"네."

"크게, 잘, 사력을 다해 키울게. 소파만 해지게 키워야겠다. 어디에 둬도 잘 보이게."

"……."

다육식물은 그렇게 자라지 않는다고 말하려던 가영은 입을 다물었다. 하얀 얼굴에 날카로운 인상을 가진 그가 소년처럼 웃고 있었다. 그냥 저대로 내버려두는 게 나을 것 같았다.

◆ ◆ ◆

식탁 앞에 앉은 가영은 불편한 표정으로 부엌을 바라보았다. 우현이 능숙하게 부엌을 오가고 있었다. 자취생활을 오래해서 음식을 해 먹는 습관이 들었다는 그는, 가영에게 기대하라고 해두곤 요리 중이었다.

우현은 그의 말처럼 몹시 요리를 잘하는 편에 속했다. 도마 위에서 일정한 소리를 내며 하는 칼질도 그렇고, 마늘 빻는 솜씨도 한두 번 해본 게 아니었다. 다만, 그의 옷차림이 의외였다.

왜…… 흰 와이셔츠를 입고 요리를 하는 거지?

그것도 앞치마를 입고 있지 않았다. 그 때문에 옷에 물이 튈까 봐 조마조마한 표정으로 바라보게 되었다.

"……불편하지 않아요?"

가영이 심각한 표정으로 물었다.

"칼질하는 게 왜 불편해?"

별이 오다

"아뇨. 옷차림이요."

보다 못한 가영이 결국은 대놓고 물었다. 우현에게서 이렇다 할 만한 답이 오지 않자, 가영이 여전히 심각한 표정으로 이어 물었다.

"원래 와이셔츠 입고 요리해요?"

사람마다 특이한 구석이 있으니, 우현이 그런 거라면 이해해보려고 노력해야겠다고 생각할 때였다.

"좋다며."

"네?"

가영이 무슨 소리냐는 듯이 우현을 쳐다보았다. 그러자 칼질을 멈춘 그가 고개를 돌렸다.

"와이셔츠 입은 남자가 좋다며."

"……."

"단추 하나 풀고, 소매 걷고 서 있는 남자의 옆모습이 그렇게 보기 좋다며."

내가 언제?

가영이 잠시 생각하다가 아, 하고 소리 냈다. 얼마 전 인터뷰에서 이상형에 대해 꼬치꼬치 캐물어서 대충 대답했었다.

「얼마 전 '루프'라는 영화를 봤는데, 거기 남자주인공이 멋있었어요.」

리포터는 어떤 장면이 인상 깊었냐고 물었고, 때마침 생각나는 장면이 커플이 식사하는 장면이라 가영은 '두 사람이서 함께 식사 준비를 하는 장면이요.'라고 대답했었다. 흘러가듯이 한 대답이었는데, 우현은 그 말을 새겨들은 모양이었다.

"어떻게 알았어요?"

"우연히 봤어."

네가 나오는 잡지, 영화, 인터뷰, 예능을 다 찾아보고 있다고 차마 말할 수 없어 우현은 돌려 대답했다. 저렇게 대답하면 부담스러워할 수도 있으니까.

"그래서 그 영화의 장면을 따라 하고 있었던 거예요?"

가영이 웃음을 꾹 참았다. 그러고 보니 지금 세팅이 묘하게 그 영화 속을 닮아 있었다. 야채를 놓은 자리, 고기를 올려둔 자리, 하물며 헤어스타일까지 비슷했다.

그러나 현실은 영화나 드라마와 달랐다. 드라마처럼 살면 불편한 게 한두 가지가 아니다. 그런데 그가 자신의 이상형이 되어보겠다고, 와이셔츠를 입고 요리하는 불편함을 감수하고 있었다.

"응. 따라 하고 있었어."

우현이 도마를 저만치 밀어낸 후 손을 씻으며 순순히 이실직고 했다. 그러더니 몸을 뱅글 돌려세워 가영을 보며 말했다.

"그 배우보다 내가 더 잘 어울리니까 똑똑히 보라고."

우현이 두 팔을 벌렸다.

"……."

가영이 아랫입술을 꽉 깨물었다. 이러지 않으면 지나치게 환하게 웃을 것 같다. 이 남자, 귀엽다. 그리고 자신의 생각보다 훨씬 더 자신을 좋아하는 것 같다.

자리에서 일어난 가영이 우현에게 다가섰다.

"더 잘 어울려요."

가영의 말에 우현의 눈이 접혔다. 만족하는 그의 눈을 바라보며 가영이 주변에 있던 키친타월을 뜯어 셔츠에 튄 자국을 닦아주었다. 자세히 보지 않으면 잘 보이지 않을 곳이다. 그제야 발견한 듯 그의 미간이 좁아졌다. 마치 드라마 속 옥에 티를 발견한 배우의 눈이다.

"그렇지만 우현 오빠는 티셔츠를 입고 요리해도 그 남자보다 더 멋질 거예요. 이런 소품 없이도 빛나는 사람이잖아요, 오빠는."

"……."

"적어도 오빠 눈에는 그 여자 배우보다 내가 더 예뻐 보일 것처럼."

가영의 말에 우현의 입술이 느릿하게 일자로 내려앉았다. 생각지 못한 말을 들은 얼굴이었다. 잠시 멍하게 바라보고 있던 우현이 낮은 목소리로 말했다.

"응. 너 예뻐."

별이 오다

"······농담이에요."

가영은 우현이 자신의 농담에 정색한 채 대답하자, 당황했다.

"나는 진심이야."

"······."

"너, 예뻐."

예쁘다. 언제, 어디에서, 무엇을 해도······.

가영을 바라보는 우현의 눈빛이 깊어졌다. 모든 소리가 녹아내린 것처럼 주변이 고요해졌다. 그러자 강하게 뛰는 심장 소리가 들렸다. 쿵, 하고 심장이 뛸 때마다 온 마음이 얼얼해졌다. 좋은 것 같기도 하고, 아픈 것 같기도 했다. 웃음이 날 것 같기도 하고, 목이 메기도 했다. 혼란스러웠다. 그 가운데 하나 확실한 건 자신이 느끼는 모든 감정의 중심에는 가영이 있다는 거였다.

우현이 홀린 것처럼 고개를 숙였다. 떨어지는 눈송이처럼 느릿하고, 부드럽게 자신에게로 향하는 우현의 입술을 가영은 눈도 깜빡이지 못한 채 바라보았다.

아득하리만치 어두운 밤, 자신에게 닿을 걸 알지만 피할 수 없는 새하얀 눈송이처럼 우현의 입술이 그녀의 입술 위로 내려앉았다. 따뜻한 입술은, 그 언젠가 닿았던 차가운 눈송이보다 아찔했다.

키스를 한 후, 우현이 식사 준비를 하는 동안 집 안이 고요했다. 가영은 어색한 얼굴로 TV만 들여다보고 있었고, 우현 또한 말없이 준비를 했다. 두 사람이 이야기를 시작한 건, 음식을 앞에 놓고서였다. 우현이 해준 건 파스타였다. 데커레이션까지 완벽하게 해놓은 요리를 가영은 한참이나 들여다보았다.

"기념으로 사진 찍어도 돼요?"

가영이 파스타에 시선을 둔 채 물었다.

"물론."

우현의 허락이 떨어지기가 무섭게 가영이 휴대전화를 꺼냈다. 그러고는 파스타 사진을 몇 장 찍은 후, 챙겨넣으려 할 때였다.

"나는?"

우현이 불쑥 물었다.

"네?"

"나는 안 찍어?"

우현이 턱을 괴고서 물었다.

"아, 셰프를 찍어야 하는데 깜빡했네요."

가영이 웃으며 휴대전화를 들었다. 그러자 그가 휴대전화 카메라를 가만히 바라보며 빙긋 웃었다. 하얀 셔츠를 입고, 파스타를 앞에 둔 채 웃고 있는 그 모습이 마치 패션 화보 같았다. 휴대전화 카메라로 이런 사진이 나올 수 있다는 게 신기했다.

가영은 셀프 카메라로 전환해서 파스타와 자신의 사진도 함께 찍었다.

"보내줘."

가영이 사진 찍는 모습을 지켜보던 우현이 말했다.

"네. 안 그래도 그러려고요. 오빠 사진 잘 나왔어요."

"아니. 내 사진 말고 네 사진."

가영이 눈을 동그랗게 뜬 채 우현을 쳐다보았다.

"내 얼굴은 거울 보면 돼. 내가 보고 싶은 건, 내 얼굴이 아니라 네 얼굴이라서."

"……."

"네 셀카 다른 것도 보내주면 더 좋고."

우현이 여상한 얼굴로 말했다. 그의 말투와 표정을 보건대 기분 좋으라고 하는 소리가 아니라 진심이었다. 잠시 그를 멍하게 바라보던 가영은 웃는 얼굴로 고개를 끄덕였다.

식사를 마친 후, 거실 소파에 나란히 앉아 커피를 마셨다. 손을 뻗으면 닿을 정도로, 하지만 가만히 있으면 닿지 않을 묘한 거리였다.

"차기작은 어떻게 하기로 했어?"

우현이 풋스툴에 앉은 채 가영을 보며 물었다.

"영화를 하려고 했는데, 미니 드라마 제안이 들어온 게 있어서 그걸 할까 생각 중이에요."

"배역은 마음에 들어?"

"네. 저는 마음에 들어요. '그 남자의 작전'에서 독한 역할이었으면, 지금은 푼수 역할이에요. 철없고, 푼수 같은……. 사랑을 듬뿍 받고 자란 역할이라서 기대돼요. 물론, 제대로 표현할 수 있을지 의문이긴 하지만요."

가영의 얼굴에 희미한 기대감과 걱정이 서렸다.

그러고 보니 가족이 없다고 했던가?

우현이 가영에게 들었던 말을 떠올렸다.

"다른 친척들도 없어?"

우현이 조심스럽게 물었다.

"네. 준태가 가족이에요."

"그럼 준태 씨도 가족이 없는 거야?"

"네. 둘 다 친인척 없는 고아예요."

가영이 덤덤하게 대답하며 웃었다.

「고아잖아!」

언젠가 촬영장에서 연주가 소리쳤던 말이 떠올랐다. 그 말에 촬영장은 찬물을 끼얹은 듯 고요해졌다.

고아.

한 단어에 담긴 삶이 어떤 건지 그는 알 수 없었다. 어쩌면 영영 알 수 없겠지. 다만, 그 삶이 녹록지 않았으리라는 생각이 들었다.

"어머니 꿈이 배우였다고 했던가?"

우현은 능숙하게 화제를 돌렸다.

"그것도 기억해요? 맞아요. 엄마 꿈이 그랬대요. 제가 세 살 때 돌아가셔서 엄마에 대한 기억은 거의 없지만요, 할머니가 말씀해주셨어요."

가영이 이전보다 편하게 말을 꺼냈다.

"피는 못 속인다는 건가."

우현이 입술에서 찻잔을 떼어내며 말했다.

"맞아요. 할머니도 그러셨어요. 핏줄이 무섭다고, 꼭 네 엄마랑 같은 길을 가야겠냐고 하셨어요. 그래서 포기하려고 했는데…… 안 되더라고요. 오히려 엄마가 그 길을 가고 싶어 했다는 걸 아니까 더 가고 싶더라고요."

"……."

"사진 속 엄마는 엄청 예뻤거든요. 이렇게 예쁜 사람이 품었던 꿈은 얼마나 예뻤을까? 그 예쁜 꿈, 내가 이루면 엄마가 좋아하겠다. 그런 생각이 들더라고요. 물론 할머니는 엄청 반대하셨지만요."

"왜 반대하셨는데?"

우현이 눈을 들며 물었다.

"이유는 모르겠어요. 굉장히 반대하셨는데, 이유는 끝까지 말하지 않으셨어요."

딱 한 번뿐이었지만 할머니가 속상한 마음에 술을 드시곤 외치신 적 있었다.

「그러다가 네 엄마처럼 돼! 네 엄마 팔자가 왜 그렇게 되었는데! 어떻게 너까지 그 길로 가려고 해! 제발 다른 사람 눈에 띄지 말고, 평범하게, 조용히 살아. 너만이라도!」

가영은 할머니가 술에서 깬 후, 그게 무슨 말이냐고 물었었다. 왜 조용히 살아야 하는지, '너만이라도'라는 말은 무슨 뜻이었는지.

그러나 할머니는 끝내 말씀해주시지 않았다.

「넌 몰라도 돼.」

그게 전부였다. 그러나 그 한 문장이 왠지 모르게 무겁게 들렸다. 마치 수많은 비밀이 담겨 있는 것처럼. 그리고 그 비밀은 돌아가시기 전까지 말씀해주시지 않았기에 여전히 미궁이었다.

"그래도 이렇게 멋지게 이루었으니 좋아하시겠네."

우현이 조용한 목소리로 말했다.

"엄마는 좋아하실 것 같은데, 할머니는 모르겠네요. 혼내실지도 모르죠."

가영이 웃다 말고 씁쓸한 표정을 지었다. 문득 사랑하는 사람이 과거에만 머물러 있다는 건 슬픈 일이라는 생각이 들었다. 사랑은 멈추지 않았는데, 이 사랑을 전해줄 사람이 없다. 갈 곳 잃은 풍선처럼 사랑하는 마음만 씁쓸하게 떠돈다.

"그럼 아버지는?"

"평범한 회사원이었대요. 제가 태어나기도 전에 교통사고로 돌아가셨대요."

가영이 씁쓸한 표정으로 말했다. 할머니는 아버지에 대한 이야기도, 어머니에 대한 이야기도 잘 하려 하지 않았다. 캐물으면 이미 죽은 사람들 이야기를 알아서 뭐하려고 하냐며 타박했다. 그러다 그녀가 이불에 얼굴을 파묻고 훌쩍거리면 엄마의 어린 시절 이야기를 종종 해주곤 하셨다.

"힘들었을 텐데, 이렇게 잘 자랐네."

우현이 턱을 괴고서 나지막한 목소리로 말했다. 마음을 토닥거리는 목소리에 가영은 찡해진 코끝을 문질렀다.

"그래도 괜찮아요. 할머니는 입버릇처럼 말씀하셨거든요. 무슨 일이 있어도 지켜주겠다고요. 기도할 때마다 '저 아이를 제가 지켜주게 해주소서.'라고 꼭 덧붙이셨어요. 그래서인지 할머니가 늘 지켜주고 있는 기분이에요."

매일 밤, 같은 자리에서, 꼿꼿하게 허리를 세운 채 기도를 하던 할머니의 마지막 말은 자신을 위한 기도였다. 어두운 밤 귀퉁이를 밝히는 촛불처럼, 그 말은 자신의 가슴께를 밝혔다.

가영은 습관처럼 할머니의 유품이었던 반지가 끼워져 있던 손가락을 만지작거렸다. 이제는 사라져서 누구도 기억하지 못하지만, 자신은 분명하게 기억하고 있었다. 반지의 차갑고 단단하던 질감과 오래되어 자잘하게 남아 있던 흠집까지.

손가락에 끼워질 때 차갑던 반지는 시간이 지나자 자신의 손가락을 데워줄 정도로 따스했다. 그것은 할머니와 너무도 비슷해서, 할머니의 영혼과 늘 함께 있는 기분이 들었다. 반지가 사라진 지금까지도 함께 있는 듯해서, 괜찮았다.

"할머니는 어디 계셔?"

"납골당에 모셨어요."

자신이 간신히 누울 수 있는 좁은 방 한 칸을 제외하고, 전 재산을 탈탈 털어 납골당 한 칸과 바꾸었다. 준태는 말렸지만 그건 그녀가 할 수 있는 마지막 효도였다. 그리고 스스로를 위한 위로였다. 울고 싶을 때 찾아갈 곳이 있어, 라는 위로.

"다음에 나도 데려가."

"……."

가영이 눈을 들어 우현을 바라보았다. 우현의 눈길은 다정하고, 따스했다. 새삼스럽게 벌어지려는 상처를 따뜻하게 덮어주는 눈길이었다.

"멋진 배우가 되고 있으니까, 혼내지 말라고 내가 대신 부탁드릴게."

"……."

"이래 봬도 내가 나이 가리지 않고 전 연령대 여자분들에게 먹히거든. 특히 할머님뻘 되는 분들도 날 좋아하셔. 그러니까 내 뒤에 가만히 있어."

"……."

"……그러니까 같이 가자."

혼자 가지 말고.

우현의 말에 가영의 입술이 움찔거렸다. 울고 싶기도 하고, 웃고 싶기도 한 이상한 기분이 들었다. 그는 별것 아닌 말로 쉽게 자신의 마음을 파고들었다. 그래서 자꾸 기대게 만들고, 계속 그렇게 사랑해달라고 조르고 싶게 만든다. 눈에는 눈물이 고이는데, 입꼬리는 위를 향하는 이상한 얼굴로 그녀는 고개를 끄덕였다.

◆ ◆ ◆

"안 데려다줘도 괜찮은데……."

가영이 안전벨트를 매는 우현을 쳐다보며 중얼거렸다.

"내가 안 괜찮아서. 시간 늦었어."

우현이 밤 11시를 가리키는 시계를 손끝으로 툭 쳤다.

"오빠가 너무 번거롭잖아요."

"집에 혼자 남아서 도착했다는 연락 기다리면서 괴로운 것보단 나은 거 같은데."

우현이 모자를 살짝 들어 눈을 마주하며 말했다. 가영이 코를 찡긋거리다가 "고마워요."라고 선선히 대답하자, 우현이 빙긋 웃었다.

그는 차에 시동을 걸고 출발했다. 가로등 불빛이 점점이 이어진 어두운 밤길을 차가 뚫고 지나갔다. 가는 길에 그는 라디오를 틀었다.

- 안녕하세요! 미친! 소년들! 입니다!

귀신같은 타이밍이었다. 가영이 귀를 쫑긋 세운 채 라디오를 들었다. 라디오에 출연한 모양이었다. 우현은 다른 채널로 돌리지 않고, 가만히 두었다. 요즘 준태에게 애정이 생기는 상황이었다.

근황 이야기, 팬 이야기를 주고받은 후, 자연스럽게 이상형으로 주제가 넘어갔다.

- 다들 이상형이 어떻게 되시나요? 팬분들의 문자 중 이 질문이 가장 많네요. 자세하게 이야기해달라는 분도 계시네요.

DJ의 말에 순서대로 인터뷰가 넘어갔다.

- 긴 생머리에 피부가 까만 분이 좋아요. 건강한 매력을 지닌 분이 좋더라고요.

준태의 대답에 가영은 피식 웃었다. 건강한 매력의 걸그룹으로 유명한 한 멤버를 짝사랑한다더니, 노골적이기까지 한 답변이었다. 가영과 전혀 달랐기에, 우현은 흡족한 표정으로 핸들을 톡톡 두드렸다.

- 그럼 성운 씨는요?

- 저는 어깨까지 오는 헤어스타일이 잘 어울리는 분이요. 웃을 때 예쁘고, 자기 일 열심히 하는 분이 좋아요. 그리고 연상이 좋아요.

툭, 툭, 뚝.

핸들을 두드리던 우현의 손길이 멈췄다. 자제하고 있지만 성운의 목소리에서 들뜬 감정이 느껴졌다. 이상형에 대해 구체적이라는 건 보통 좋아하는 사람이 있거나, 연애 중이라는 뜻이다. 그런데 성운이 말한 이상형이 공교롭게 가영과 흡사하다. 기분 탓이라고 하기엔 미묘하다.

그러고 보니 촬영장에서 유난히 가영에게 적극적이던 녀석이 있었는데, 그게 성운이라는 게 떠올랐다. 돌이켜 생각해보니 준태와 가영은 친밀해 보였지만, 성운은 가영에게 일방적으로 다가가는 듯했다. 운전을 하는 우현의 미간이 슬쩍 좁아졌다.

"우리가 연애 중인 거, 준태 씨도 알아?"

우현이 운전을 하며 넌지시 물었다.

"아뇨. 아직 이야기 안 했어요. 소문날까 봐서 자제하는 중이에요."

"이야기해두는 게 좋을 것 같은데. 준태 씨한테는 해야지. 내가 조만간 밥 살 테니까 자리를 갖는 것도 괜찮을 것 같아."

그러면 멤버인 성운에게도 자연스럽게 이야기가 스며들어가겠지. 가영은 전혀 성운에게 마음이 없는 것 같지만, 가영을 넘본다는 것 자체가 기분이 상했다. 우현의 생각을 전혀 모르는 가영은 "그럴게요."라며 순순히 대답했다.

차가 가영의 집 앞에 멈춰 섰다.

"데려다줘서 고마워요. 조심히 돌아가요. 집에 도착하면 꼭 연락하고요."

가영이 안전벨트를 풀며 우현을 쳐다보았다.

"그래."

우현이 가영을 마주 보며 웃었다.

"오늘…… 즐거웠어요."

이제 내리면 되는데, 아쉽다. 그래서 가영은 머뭇거리며 이별인사만 길게 늘였다. 우현이 바쁘다는 걸 알면서도, 그래서 보내야 하는 걸 알면서도…….

"다육식물 얼마 만에 물 주라고 했지?"

우현이 핸들에 얼굴을 기댄 채 물었다.

"보름에 한 번이요."

"아, 그러고 보니 얼마만큼 줘야 하는지 모르겠네."

우현이 난처하다는 듯 얼굴을 구겼다.

"종이컵으로 한 잔이면 돼요."

"말로만 들어서 모르겠는데. 꽉 채워야 할지, 반만 채워야 할지."

"3분의 2 정도……."

"그렇게 들어도 모르겠어."

"……."

"그래서 말인데, 조만간 와서 가르쳐줄래? 물 주는 법 좀 가르쳐줘."

고개를 숙이고 있는 우현의 얼굴로 환한 가로등 불빛이 내려앉았다. 어두컴컴한 가운데 홀로 하얗게 빛나는 우현의 얼굴을 보았다. 가늘게 뜬 눈, 곤혹스러워 보이는 입술. 몹시 난처해 보이는 그 표정이 너무나 자연스러워 오히려 연기처럼 보였다.

"연기하는 거죠?"

가영이 미묘한 표정으로 물었다.

"아니. 연기 아닌데."

"……."

"수작 부리는 거지. 곧 우리 집으로 끌어들이려는 노골적인 수작."

우현의 말에 가영이 입술을 깨물며 웃었다.

"화분에 물도 주고, 겸사겸사 나도 적셔주고."

적셔주다니. 무슨 말인지 모르겠다는 표정으로 쳐다보자, 우현이 손을 뻗어 가영의 턱을 거머쥐었다. 가영은 우현의 입술이 닿고 나서야 알았다. 적셔준다는 그 의미를.

✦ ✦ ✦

[사흘 후에 스케줄 잡지 말아요]

소파에 누워 모처럼 휴식을 즐기고 있던 영철은 우현으로부터 한 통의 문자를 받았다.

"우리 사이에 문자는 무슨."

영철이 곧장 우현에게 전화를 걸었다.

"나한테 왜 문자 해? 나 좋아하냐? 그래서 부끄러워서 전화를 못 하겠어?"

- 질 낮은 농담이네요.

"흠, 흠."

실실 웃으며 말을 던지던 영철은 우현의 답변에 멋쩍은 듯 헛기침을 했다.

"사흘 뒤에는 왜? 무슨 일 있어?"

영철이 얼른 돌려 물었다.

- 중요한 미팅이 있어요.

"무슨 미팅?"

영철이 자리에서 벌떡 일어났다. 자신도 모르는 미팅이라니. 설마 소속사를 옮기려는 건가? 가슴이 철렁 내려앉았다.

- 연애사업이 성황리에 진행 중이라, 사흘 뒤에 미팅하기로 했거든요.

"하아, 이 자식아. 네가 나 몰래 다른 짓 하는 줄 알고 깜짝 놀랐잖아. 너는 데이트한다는 말을 뭐 이렇게 어렵게 하고 그러냐."

영철이 다시 소파로 풀썩 쓰러졌다.

- 되도록 사흘마다 미팅을 잡을 거니까, 스케줄 잡지 말아줘요. 대신 나머지 날들은 열심히 일할 테니까요.

"그래. 알겠다. 그거야 뭐 어렵지 않지."

- 고마워요.

우현이 예의상 던지는 말에 영철은 천장을 물끄러미 바라보았다.

"우현아."

- ······.

그는 계속하라는 듯 침묵을 유지했다. 가영에겐 그토록 따스하면서, 자신에게는 여전히 지랄맞은 우현의 숨소리를 들으며 영철이 애잔한 목소리로 물었다.

"······연애하니까 행복하냐? 좋아? 좋아 죽겠어? 응?"

- 네. 좋아 죽겠어요. 가영이랑 문자 해야 하니까, 이만 끊을게요.

뚝.

인사도 없이 전화가 끊겼다. 영철은 애잔한 눈으로 통화시간이 깜빡거리는 휴대전화를 바라보았다.

"나쁜 새끼."

영철은 웅얼거리며 몸을 둥글게 말았다.

Chapter 11

직원의 안내로 프라이빗룸에 들어선 가영은 쓰고 있던 모자를 벗었다. 옆의 의자에 올려놓은 후, 창밖을 바라보았다. 날씨는 화창했다. 높고 푸른 하늘엔 구름 한 점 없었다. 모처럼 푹 쉬고 한 외출이라 들뜨는 마음을 숨길 수 없었다.

똑똑.

얼마 지나지 않아 울리는 노크에 가영이 고개를 돌렸다.

"네."

가영이 대답하자 종업원이 프라이빗룸의 문을 열고 들어섰다. 그 뒤를 익숙한 남자 두 명이 뒤따랐다.

"안녕하세요."

가영의 반가움 가득한 인사에 뒤따라오던 남자가 빙긋 웃었다. 정장 차림에 머리를 말끔하게 손질한 중년의 남자는 친근하게 말을 건넸다.

"오랜만이구나, 가영아. 잘 지냈니?"

"네. 잘 지내셨어요?"

가영은 환하게 웃었다.

"그래. 정신이 없어서 이제야 보는구나."

"아니에요. 아저씨 바쁜 거 잘 아는걸요."

정후는 외국으로 의료봉사활동을 다녀와, 병원에 복직한 지 얼마 되지 않았다. 한국에 돌아온 건 좀 되었지만, 오늘에서야 얼굴을 보게 됐다.

"저는 안 보이나 봅니다, 가영 씨."

정후의 곁에 서 있던 기획사 대표가 싱긋 웃으며 말을 건넸다.

"막 인사드리려고 했어요. 잘 지내셨죠?"

별이 오다

"그럼요. 가영 씨 스케줄 조정하면서 잘 지내고 있었습니다."

기획사 대표가 웃는 얼굴로 대답했다.

"계속 서 있지 말고, 일단 앉아서 주문부터 할까?"

먼저 자리에 앉은 정후가 메뉴판을 들여다보며 물었다. 그의 옆자리에 기획사 대표가 나란히 앉았다. 오늘 약속은 가영과 정후의 약속이었다. 약속시간에 맞춰 나오기 전, 정후로부터 연락을 받았다.

「와이프는 오늘 몸이 안 좋아서 못 나올 것 같다는구나. 그래서 말인데 기획사 대표와 동석하는 건 어떠니? 나이 든 남자와 단둘이서만 만났다간 네가 괜히 추문에 시달리게 될까 봐 그런다. 어차피 다 아는 사이니까 말이야.」

정후의 말이 맞다. 괜히 둘이 만났다가 병원장이자 곧 정치에 입문할 그와 엮여 스폰서로 소문이 나면 서로 곤란했기에, 그 제안을 승낙했다.

"어느 음식이 맛있지?"

정후가 기획사 대표에게 물었다. 그의 학교 후배라는 기획사 대표는 깍듯하게 정후를 대했다. 간단히 식사를 주문한 후, 음식이 나오기 전까지 기다렸다.

"또 외국에 가시나요?"

가영이 정후를 보며 물었다.

"아니. 이제는 안 나갈 거 같구나."

아저씨의 대답을 듣고서야 가영은 회귀하기 전을 떠올렸다.

이맘때쯤 정후는 귀국해서 병원에서 일을 하다가 정치 쪽으로 방향을 틀었다. 의사가 무슨 정치냐며, 메스 들고 국회라도 찢을 거냐는 비아냥에도 꿋꿋하게 제 몫을 해내서 국회의원이 되는 데 성공했다. 그 배경에는 정후 처가의 힘이 크게 작용했다고 알려져 있었다.

그 후로 정후는 탄탄대로였다. 너무 바빠진 데다가 사람들의 주목을 받는 바람에, 괜히 그런 그와 연예계에 있는 제가 한자리에 있다간 이상한 루머라도 따라붙을까 싶어서 만남을 자제했다. 사고가 나기 1년 전부터는 얼굴을 보기는커녕 간간이 문자만 주고받는 정도였다.

"요즘 일은 어떠니? 아주 잘되고 있다는 소식은 전해 들었지만, 그래도 직접 얼굴 보고서 듣고 싶구나."

정후가 인자한 얼굴로 물었다.

"잘되고 있어요."

대답을 한 건 가영이 아니라 기획사 대표였다.

"오, 그래?"

"네. CF 제의도 많이 오고, 차기작도 수월하게 준비 중이에요. 철없는 역할인데 곧 대본 리딩을 앞두고 있어요."

"그것 참 다행이구나. 별다른 문제는 없고?"

"전혀 없습니다."

이번에도 대답을 한 건 기획사 대표였다.

"별문제 없다니 그게 가장 다행이야."

정후가 대견하다는 표정으로 가영을 바라보았다. 가영은 웃고 있었지만, 마음 편하지 않았다. 그녀의 시선이 정후의 곁에 앉아 있던 기획사 대표에게로 향했다. '그 남자의 작전'이 끝난 후, 대표는 하루가 멀다 하고 연락해 매니저를 바꾸자고 조르는 중이었다.

「가영 씨에게는 지금 전문적인 매니저가 필요해요. 지금 혜록 씨도 잘하고 있지만, 아무래도 회사의 의견과 다를 때도 있고 초보라서 버벅거리기도 하고요. 지금 이럴 때 매니저의 역할이 얼마나 중요한데요. 그러니 이것만큼은 우리의 의견을 따라줬으면 좋겠어요.」

가영은 고민 끝에 거절했다. 지금 돌이켜 생각해보면 자기가 사고 나기 전, 자신의 모든 일을 기획사가 알고 있었다. 하물며 집의 비밀번호까지. 집의 가사도우미까지도 기획사에서 구해주었다. 의심하고 싶지 않지만, 의심할 수밖에 없는 상황이다.

더욱이 요즘 들어 부쩍 기획사 대표를 마주할 때마다 묘한 기분을 받았다. 콕 집어 설명할 수 없지만, 웃고 있는 얼굴이 가면처럼 느껴지면서 거리감이 느껴졌다.

처음 만났을 때만 해도 이러지 않았던 것 같은데, 몇 달 사이에 다른 사람이 되어 있었다.

정말 만에 하나 사고가 아니라 사건이라면, 자신이 알고 지내던 모든 사람들을 조심할 필요가 있다.

「혜록이는 문제없이 해내고 있어요. 그러니까 매니저는 이대로 뒀으면 좋겠어요.」

혜록이는 실제로 웬만한 능숙한 매니저보다 더 일을 잘했다. 눈치가 빠르고, 센스가 있어서 어디 가서도 일을 잘했다.

「그래도 가영 씨. 사무실 입장이라는 게 있는데…….」

가영의 거절에도 대표는 이상하리만치 뜻을 꺾지 않았다. 하다 안 되겠는지 혜록을 따로 불러 관두길 넌지시 요구했다고 했다. 그 얘길 들은 가영이 화가 나서 기획사 대표에게 직접 전화를 했다. 매니저를 멋대로 바꾸면 재계약을 하지 않겠다고 나오고 나서야 잠잠해졌다.

문제는 그 일뿐만이 아니었다. 자신의 스케줄, 캐스팅, 하다못해 약속까지 모두 다 참견하려고 들었다.

「누구를 언제 어디서 만나는지 이야기를 해줘야 해요. 그래야 문제가 발생했을 때 알게 되니까요. 우리는 가영 씨를 관리하는 회사니까 꼭 지켜줘요.」

사고가 나서 죽기 전까지만 해도 모든 연예인들이 이런 관리를 받는 줄 알았다. 혜록이 이상하다며 다른 매니저들과 이야기를 나누기 전까지만 해도.

「다른 사람들은 아니라던데? 스케줄만 담당한대. 만약 일이 터지면 수습해주고. 그렇게까지 개인 상황을 터치하는 곳은 아이돌 말고 없던데…….」

혜록이 의아하다는 듯 고개를 갸웃거렸다. 이후, 채희를 비롯해 다른 연예인들과 이야기를 해도 자신의 회사 같은 곳이 없었다. 그런데 왜, 회귀하기 전 제 매니저였던 시웅은 그렇게 말했을까?

「누나, 전부 다 이렇게 관리받아요. 연예인이라는 직업이 참 힘들더라고요. 그러니까 개인적인 외출, 약속 전부 다 알려줘요. 안 그러면 제가 대표님한테 혼나요. 알았죠?」

시웅은 하루가 멀다 하고 전화를 해서 무슨 약속인지, 누구와 만나는지 꼬치

꼬치 캐물었다. 대표님이 시켰어요, 라면서.

이상한 기분이 스멀스멀 들었다. 정말 자신의 사고가, 사실은 사고가 아닐 것 같은 그런 나쁜 의심까지 들었다.

"표정이 왜 그러니? 무슨 일 있어?"

정후가 걱정스러운 눈을 했다. 잠시 다른 생각을 하던 가영이 반사적으로 빙긋 웃었다.

"아니에요, 아무것도."

가영은 자신을 쳐다보는 기획사 대표의 시선에 입을 다물었다.

"정말 아무 일 없니? 그냥 편하게 말해도 된단다. 네가 나 아니면 누구한테 편하게 털어놓겠니? 안 그래?"

정후가 인자한 웃음을 보이며 말했다.

"네. 일이 생기면 꼭 말씀드릴게요."

가영은 고개를 끄덕이며 대답했다.

"그래. 나는 언제나 네 편이다."

정후의 말에 가영은 아랫입술을 살짝 깨물었다. 왠지 뭉클했다. 누군가가 무작정 자신의 편이 되어준다는 그 말만큼 좋은 게 없다. 문제가 생겨도 우현과 정후가 있다고 생각하니 뿌듯했다.

"감사합니다. 전부터 늘 느끼는 거지만, 아저씨를 만나면 이런 아버지가 있으면 참 좋겠다는 생각을 해요."

"그러니? 그것 참 고맙구나."

인자하게 웃고 있는 정후를 바라보며 그는 좋은 아버지일 것 같다는 생각을 했다. 물론 부인 사이에 아이가 없긴 했지만. 그들은 아이에 대한 생각이 전혀 없어 보였다.

"그런데 사모님 몸은 괜찮으세요?"

"다행히도 괜찮단다."

"그러셨군요. 사모님도 뵙고 싶었는데 안타깝네요."

가영은 진심으로 말했다. 그의 부인인 지은은 우아하며 가영의 롤모델이었

별이 오다

다.

"안 그래도 너를 보고 싶어 하더구나."

"안부 전해주세요."

"그래. 꼭 전하마. 다음에는 같이 보자꾸나."

"네."

가영이 빙긋 웃으며 고개를 끄덕였다.

띠리링.

휴대전화가 울려 가영이 액정을 확인했다.

[혜록이]

"잠시만요. 매니저라서요."

"곧 음식 나올 텐데 여기서 받지 그러니? 나는 괜찮다."

"그래도……."

"나갔다 오면 번잡하잖니."

정후의 거듭된 요구에도 가영은 자리에서 일어났다. 정후가 듣는 건 상관없지만, 기획사 대표가 신경 쓰였다. 지금도 그는 자신을 빤히 쳐다보고 있었다. 가능하다면 휴대전화 액정이라도 직접 확인해보고 싶어 하는 얼굴이었다.

그녀는 실례한다는 말을 남긴 후, 프라이빗룸을 빠져나왔다. 그녀는 식당에서 나와 인적이 드문 곳을 찾아 전화를 받았다.

"응. 혜록아."

- 가영아, 바빠?

"조금."

- 그럼 나중에 전화할까?

"아냐. 편하게 이야기해. 무슨 일인데?"

- 그래. 그럼. 너, 최이영 기자라고 알아?

"최이영? 아니."

- 최이영 기자가 계속 너를 만나고 싶다고 해서.

"기자가, 나를? 인터뷰 때문에?"

가영이 대수롭지 않게 대꾸했다. 요즘 들어 인터뷰 의뢰는 자주 들어오는 편이다.

– 인터뷰라고는 하는데……. 뭔가 이상해서.

혜록의 목소리에 미묘한 의아함이 서려 있었다.

"왜?"

– 메이저 신문사 정치면 기자야.

"응? 메이저 신문사 정치면 기자? 연예면이 아니라 정치면이라니? 그쪽 기자가 왜?"

가영이 의아한 목소리로 물었다.

– 나도 모르겠어. 무슨 일이냐고 물었더니 꼭 너랑 직접 이야기하고 싶다고 하더라. 그래서 너한테 물어보는 거야. 내 선에서 커트하려고 했는데, 너무너무 절박해서. 혹시 너랑 아는 사이인가 해서. 어떻게 할까? 연락처 건네줄까?

"응? 아, 응. 일단 연락해볼게. 연락처 줘."

– 알았어. 문자로 보낼게.

"응."

통화를 마친 후 가영은 통화시간이 깜빡이는 액정을 바라보았다.

정치면 기자가, 자신을 왜? 가영이 의아해하며 몸을 돌려 세웠다. 그러다가 자신의 맞은편에 서 있는 남자를 미처 보지 못하고 부딪쳐 휴대전화를 툭 떨어뜨렸다. 가영은 남자를 확인하고는 얼굴을 찌푸렸다. 기획사 대표였다. 그는 허리를 숙여 떨어진 휴대전화를 들어 액정을 흘깃 바라보았다.

"이리 주세요."

가영이 기획사 대표에게서 휴대전화를 가져갔다. 지금 여기까지 자신의 전화 통화를 엿들으러 온 건가? 가영이 기분 나쁘다는 듯 얼굴을 찌푸렸다.

"매니저군요. 무슨 일이죠?"

기획사 대표가 낮은 목소리로 물었다.

"친구끼리 하는 간단한 통화였어요. 식사 나왔을 텐데 들어가시죠."

가영이 그를 지나치려 할 때였다. 기획사 대표가 한 발 움직여 그녀의 앞을 가로막았다. 빙긋 웃고 있던 그의 입꼬리가 그린 것처럼 뻣뻣했다.

별이 오다

"정치면 기자라고 하던데……."

"……!"

놀란 가영이 말없이 쳐다보자, 기획사 대표의 입꼬리가 일자로 평평해졌다.

"정치면 기자라니, 무슨 일이죠?"

"엿들으셨나요?"

"식사가 나와서 가영 씨를 데리러 나왔다가 들었어요. 엿들은 건 아니지만, 그렇게 느껴졌다고 하니 미안하네요. 하지만 고의는 아니었어요."

"그렇군요. 저도 잘 모르겠어요. 정치면 기자가 저를 만나고 싶어 한다고 하네요. 꼭 저를 아는 것처럼 이야기했나 봐요. 그런데 저는 정치 쪽 기자 중에 아는 사람이 없는데……."

가영이 들은 대로 순순히 대답했다. 이미 그가 다 들어버린 이상 숨길 수 없었다.

"그 사람이 기자가 맞나요? 신분은 확인했고요?"

기획사 대표가 미간을 좁힌 채 심각한 표정으로 물었다.

"글쎄요. 저도 매니저한테 전달받은 거라 확실하진 않아요."

"이런. 그 매니저 안 되겠군요. 역시 우려하던 일이 발생하네요."

기획사 대표가 인상을 팍 썼다. 가영이 무슨 말이냐는 듯 쳐다보자, 그가 말을 이었다.

"신분이 확실하지도 않은 사람이랑 연예인인 가영 씨를 만나게 해주면 어쩌자는 거죠? 정치 쪽 기자면 남자일 수도 있는데……. 사칭이면 어쩌려고요? 만약 스토커면요? 그래서 만나서 문제라도 생기면요?"

"설마……."

"설마가 아니죠. 그런 무방비함이 문제를 일으키는 거죠. 문제가 생길 만한 싹이 있으면 시작도 하기 전에 밟아야죠. 안 그러면 꽤 곤란한 일들이 생기거든요."

"……."

"가영 씨도, 나도."

"……."

"우리 둘 다 곤란해진다는 말이죠."

기획사 대표의 목소리가 섬뜩하리만치 낮아졌다. 가영은 그런 그를 빤히 쳐다보았다.

오래전부터 그를 봐와서, 그에 대해 잘 안다고 생각했는데 낯설기만 했다. 악성댓글 사건 때만 해도 괜찮았던 것 같은데, 요즘 그는 어딘가에 쫓기는 사람처럼 부쩍 이상해졌다.

어쩌면 원래 이런 사람이었던 게 아닐까? 자신이 알던 모습이 모두 연기였을지도 모른다. 자신도, 아저씨도 모두 속고 있는 걸 수도 있다. 그렇게 생각하자 오소소 소름이 돋아 올랐다.

"……그런가요?"

일단 침착하게 아무렇지 않은 척 하는 게 좋을 것 같아, 가영이 평소처럼 대답했다.

"그럼요. 그런 건 회사에 넘기세요. 그러라고 그 사람들이 있는 거니까요. 혜록 씨한테 연락처 오는 대로 저한테 보내주세요. 알겠죠? 그리고 매니저를 바꾸는 것 다시 한 번 생각해보세요. 혜록 씨 일하는 걸 보니 믿음이 크게 가지 않으니 말이에요."

"……."

"들어가시죠. 정후 형님이 기다리시니 말이에요."

기획사 대표가 웃으며 돌아섰다. 가영이 그를 따랐다. 어쩐지 그의 뒷모습이 오늘따라 낯설었다.

◆　◆　◆

식사를 마친 후, 데려다주겠다는 두 사람의 청을 뿌리치고 가영은 택시에 올라탔다. 모자를 푹 눌러쓴 채 턱을 괴고 앉은 가영은 멍하니 창밖을 바라보았다.

자신이 달라진 걸까, 다른 사람들이 달라진 걸까?

식사하는 내내 가영은 공기 중에 떠도는 불편한 기운을 느꼈다. 정후는 인자했고, 기획사 대표도 더 이상 자신을 거슬리게 하는 말을 꺼내지 않았다. 오히려 좋은 이야기들이 오갔다.

「가영 씨도 이제 사람들에게 알려졌으니, 지금의 집에 있지 말고 이사를 하는 게 좋을 거 같아요. 회사가 가지고 있는 아파트가 있으니 그쪽으로 이사를 하는 게 어때요?」

기획사 대표의 말에 정후는 반색했다.

「오, 그게 좋겠구나. 안 그래도 지금 거주하는 집이 허름하다는 소릴 들었단다. 이름도 알려지고, 유명세도 치르고 있는데 더는 그런 곳에서 머물지 말고 이사를 하도록 해.」

「그래요. 동네 사람들이 알아보기 전에 이번 달 내로 이사하도록 하죠. 그리고 휴대전화 번호도 한번 바꾸는 게 좋을 거예요. 불필요한 사람들이 점점 더 많이 연락해서 가영 씨를 괴롭힐 거니까요.」

「휴대전화도 새로 알아봐주는 게 좋겠군.」

「그게 좋겠군요. 휴대전화도 새로 마련해줄게요. 그리고 연기에 집중할 수 있도록 가사도우미도 일주일에 한두 번씩 보내주도록 할게요.」

「좋은 회사구나. 네가 요구하기 전에 착착 해주는 걸 보니. 그치만 내가 딸처럼 아끼는 아이니 하는 말인데, 지금보다 더 힘껏 도와주게.」

정후의 말에 기획사 대표는 사람 좋은 미소를 지으며 고개를 끄덕였다.

누가 봐도 좋은 제안이었다. 좋은 숙소, 가사도우미 고용, 휴대전화도 신형으로 바꿔주겠다고 했다. 이건 자신이 사고 나기 전의 삶보다 훨씬 빨리 지원을 받는 셈이었다.

그런데 뭔가 석연찮았다. 자신의 일인데, 자신에게 선택권이 없다. 자신의 일을 기획사 대표가 모조리 정하고 있었다. 가영은 정후가 지켜보는 가운데 기획사 대표에게 싫은 내색을 비칠 수 없어서 꾹꾹 참았다.

"아가씨, 일행 있어요?"

"네?"

택시기사의 물음에 잠시 생각에 잠겨 있던 가영이 무슨 소리냐는 듯 반문했다. 그러자 택시기사가 룸미러로 그녀를 흘깃거렸다.

"혹시 일행이 뒤따라오게 되어 있나 해서요."

"그게 무슨 소리세요?"

"차가 계속 쫓아와서요."

"……."

"처음엔 기분 탓인가 했는데 내가 길을 잘못 들어서 유턴까지 했는데도 급하게 따라오는 걸 보니 일행인가 해서 물어요. 벌써 뒤에 바짝 따라붙은 지 십 분이 넘었거든요."

가영이 고개를 홱 돌렸다. 바로 뒤를 쫓아오는 검은색 차가 눈에 들어왔다. 처음 보는 차다. 얼떨떨하게 쳐다보던 가영은 일순 소름이 확 끼치는 걸 느꼈다.

"모르는 차예요?"

택시기사의 물음에 가영은 고민하다가 작게 "네." 하고 대답했다. 그러자 택시기사는 얼굴을 와락 구겼다.

"요즘 세상이 험하긴 한데……. 모르는 차면 경찰에 신고하는 게 어때요?"

"아니에요. 그렇게까진 할 필요 없을 것 같아요. 혹시 떼어내줄 수 있으신가요?"

괜히 경찰서에 드나들었다가, 소문이 와전되어 나면 골치 아팠다. 만에 하나 자신을 쫓아온 게 아니라면 망신이고, 설령 자신을 따라온 게 맞다고 한다면 일이 커질 확률이 높다.

"빙빙 돌아야 해서 요금이 제법 나올지도 몰라요."

"괜찮아요. 부탁드릴게요."

"그래요, 그럼."

택시기사도 상황이 좋지 않다고 느껴졌는지, 그 말을 끝으로 핸들을 홱 꺾었다. 택시는 좁은 골목길로 들어섰다.

"따라오는 게 맞았네."

택시기사가 룸미러를 보며 중얼거렸다. 가영이 뒤를 돌아보았다. 검은 차가 여전히 쫓아오고 있었다. 순간 섬뜩해진 가영이 마른침을 삼켰다.

이리저리 굽은 길로 몇 번 지나가는 동안 따라붙던 검은 차는 어느새 보이지 않았다. 예상보다 이십 분이나 더 걸려서 집에 도착한 가영은 요금을 지불한 후, 집으로 향했다.

택시기사는 연거푸 경찰에 신고를 하든, 아니면 같이 가보는 게 어떻겠냐고 물었지만 가영은 "감사하지만, 괜찮아요."라며 사양했다. 집으로 돌아와 문을 잠근 후, 잠금장치를 몇 차례나 확인했다.

"하아."

가영이 다리에 힘이 풀려 주저앉았다.

자신을 쫓아온 사람들은 기자일 수도 있다. 우현과 만난다는 이야기가 새어 나갔을 수도 있다. 기자들은 몹시 눈치 빠르니까. 그게 아니라면 기획사 대표일 수도 있다. 기획사 대표는 자신이 정치면 기자를 만날까 봐 몹시 예민하게 반응했으니까. 하지만 어느 쪽이든 기분 나빴다.

"괜찮아. 별거 아닐 거야."

가영은 중얼거리며 그렇게 스스로를 위로했다. 그러나 주저앉은 자리에서 쉬이 일어날 수 없었다.

◆ ◆ ◆

6년 전으로 회귀했다는 사실을 깨달았을 때만 해도, 가영은 자신에게 일어난 일이 사고일 확률이 훨씬 더 높다고 생각했다.

만약 자신이 정말로 거짓말처럼 회귀하게 된 거고 사고를 당한 게 아니라 누군가의 의도에 살해당한 거라면? 끔찍한 일이었다. 그 말은, 6년 후에 자신에게 일어났던 사건들이 또 일어난다는 뜻이기도 하니까.

그런데 지금, 불안하게도 그때와 비슷한 느낌이 들었다. 아니라고 생각하면서도 뒤통수를 잡아당기는 기분 나쁜 느낌이 있었다. 하지만 6년 후에나 일어나는 일이 왜 벌써 일어나려고 하는 걸까? 아무리 과거가 바뀌었다지만 지나쳤다. 아니면 트라우마가 생겨 별것 아닌 일을 예민하게 받아들이는 걸까?

띠리링. 띠리링.

가영이 벨 소리에 화들짝 놀라 테이블 위에 놓인 휴대전화를 바라보았다.

사고가 일어나기 전 드문드문 모르는 번호로 전화가 걸려왔었다. 전화를 받으면 상대는 아무 말 없이 가만히 있다가 끊곤 했다. 그때는 연예인들이 으레받는 장난전화 같은 거라고 생각했다. 그런데, 만약 장난전화가 아니었다면?

가영은 잔뜩 얼어붙었다. 겨우 눈동자를 굴려 휴대전화를 바라본 가영의 얼굴이 풀어졌다.

[우현 오빠]

이름을 보는 것만으로도 안도가 들었다.

"여보세요."

가영이 축 늘어진 채 힘없이 머리를 쓸어넘겼다.

– 어디야?

휴대전화 너머 들리는 목소리가 상냥했다. 하루 종일 방 안에 가만히 앉아 시간을 보내던 가영은 그의 따스한 음성에 울컥했다. 지하방에 스며드는 햇살 같았다.

"집에서 대본 읽고 있었어요."

가영은 아무렇지 않은 척 빈 테이블을 바라보며 대답했다.

– 목소리가 안 좋은데.

숨긴다고 했는데도, 우현은 금세 알아챘다.

"대본이 슬퍼서요."

– 무슨 대본인데?

"곧 촬영 들어가는 작품이요."

– 푼수 역이라며?

"아……. 저 말고, 다른 역할이요."

가영은 대충 둘러댔다. 그에게 지금 자신의 고민을 털어놓으면 미친 여자 취급을 받을지도 모른다. 이 상황을 겪은 자신도 믿기지 않는데, 다른 사람은 어떻겠는가.

"스케줄은 끝났어요?"

별이 오다

가영은 자연스럽게 화제를 전환시켰다.

- 응.

"집으로 가고 있겠네요. 피곤하겠어요."

가영이 다리를 둥글게 말며 통화를 이어갔다.

- 어. 집으로 가고 있긴 한데, 우리 집 말고 너희 집으로 가고 있어.

"……우리 집이요?"

- 응. 피곤하니까 보고 싶어서.

"……."

- 당장 얼굴 보기 곤란하면 현관문만 보고 갈게. 문 너머에 서서 목소리만 들려줘.

우현이 보고 싶다. 다만, 자신의 뒤를 쫓던 검은 차가 떠올랐다. 만약 그 차에 타고 있던 게 기자라면?

"잠시만요."

몸을 일으킨 가영이 창문을 열고 내려다봤다. 어둑한 거리 위에 불을 밝힌 가로등 아래, 승용차들이 주차돼 있다. 다행히 아까 보았던 검은 차는 아니다.

흰색 차가 세 대 주차되어 있었는데, 한 대는 오래전부터 방치되어 있었고, 다른 두 대도 자신이 늘 보던 봉고차와 SUV였다. 그래도 멀리 숨어 있을지도 모르는데…….

- 다 와가.

우현의 말이 끝나기가 무섭게 골목길을 밝히며 다가오는 차 한 대가 있었다.

"나갈게요."

가영이 고민 끝에 대답했다. 지금은 그를 보고 싶은 마음이 앞섰다.

- 집에 있어. 올라갈게. 줄 게 있거든.

그 말을 끝으로 통화가 끊어졌다. 가영은 내려갈까 하다가 괜히 나섰다가 다른 사람들 눈에 띌지 모른다는 생각에 현관문 앞에서 얌전히 기다렸다.

똑똑, 두드리는 소리에 문을 열자 마스크를 쓴 우현이 서 있었다. 가영을 발견한 그가 마스크를 턱 끝까지 내렸다. 가영은 그런 그를 빤히 바라보았다. 그의 얼굴을 보자 가영은 코끝이 찡해졌다. 그를 본 것만으로도 안도가 되었다.

"왔어요? 힘들 텐데……. 나는 좋지만요."

"그래서 왔어. 힘들어서. 얼굴 좀 보고 힘내려고."

우현이 던지는 말에 가영이 웃었다.

"그리고 이것도 줄 겸해서."

우현이 쥐고 있던 큰 비닐봉지를 내밀었다. 비닐봉지에는 마트 로고가 새겨져 있었다. 가영이 이게 뭐냐는 듯 봉지와 우현의 얼굴을 번갈아 보았다. 우현이 쥐고 있던 봉지 손잡이 하나를 툭 놓았다. 그러자 봉지 안이 보였다.

"간단히 먹을 것들. 집에 먹을 것 없다며. 장 보러 나가기는 귀찮고. 고른다고 골랐는데, 제대로 챙겼는지 모르겠다."

각종 과일, 라면, 빵, 우유, 채소가 담겨 있었다. 간간이 간단히 배를 채울 수 있는 에너지바와 사탕도 보였다. 마트에서 종류별로 하나씩 담아 온 것 같았다. 가영이 멍하니 봉지 안을 바라보았다.

오후에 문자를 주고받으면서 흘리듯이 한마디 했던 것뿐이다. 장을 보러 나가야 하는데 컨디션이 안 좋아서 꼼짝도 할 수 없다고. 내일 집 앞의 마트에 가봐야겠다고…….

그 말을 기억하고 여기까지 찾아올 줄 몰랐다. 봉지 안을 들여다보던 가영은 입술을 꽉 깨물었다. 참는다고 애썼지만, 눈동자로 차오르는 물기까진 막을 수 없었다.

외로운 하루였다. 세상에 홀로 덩그러니 남겨진 것 같은 밤이기도 했다. 누군가에게 말하면 미친 여자로 몰릴 것 같은 비밀을 숨긴 채, 혼자 끙끙 앓고 있었다. 외로웠고, 무서웠다.

그런데 이런 걸 주면 반칙이잖아…….

가영의 눈에서 눈물이 뚝뚝 떨어졌다. 막을 틈도, 가릴 틈도 없었다.

"왜? 전부 다 취향이 아니야? 싫어? 다른 거 사러 갈까?"

우현의 목소리에 당황스러움이 잔뜩 묻어났다.

"아뇨. 다 취향이라서요. 너무 맛있어 보여서 그래요."

그가 어쩔 줄 몰라 하자 가영이 눈물을 닦으며 웃었다. 그러다 뒤늦게 떨어진 눈물을 손끝으로 훔치는데, 바스락 소리가 나더니 시야가 어두워졌다. 조금

늦게 온기가 느껴졌다. 가영은 그제야 자신이 우현에게 안겨 있음을 알았다.

"능숙하네, 연기가. 하마터면 깜빡 속을 뻔했어."

"……!"

우현의 말에 가영이 움찔했다.

"무슨 일이 있었는지 모르겠는데, 힘들면 힘들다고 해. 안 물을게. 그러니까 내 앞에서 연기하지 마."

"……."

웃고 있던 가영의 입술이 굳었다. 최선을 다해 웃으면서 아무렇지 않은 척했는데, 어떻게 안 걸까?

"힘든데, 연기까지 하면 고단하잖아."

그의 나지막한 목소리가 가영의 머리로 떨어져 내렸다. 마치 소리 죽여 떨어지는 눈송이처럼. 가영은 입술을 깨물었다. 괜찮다고 말해야 하는데 목이 메었다.

"말하고 싶으면 언제든 말하고, 도와달라고 할 일 있으면 도와달라고 하고, 이야기 들어줄 사람이 필요하면 가만히 들어달라고 해."

"……."

"뭐든 해줄 테니까."

"……."

"너랑 연애하자고 한 건 같이 웃고 싶어서이기도 하지만, 함께 울고 싶어서이기도 하니까."

나는 너랑 전부 다 같이 하고 싶어. 어떤 모습을 보더라도.

우현의 속삭이는 말에 가영이 더는 견디지 못하고 허물어지듯 그의 몸에 기댔다. 가영은 참았던 울음을 터트렸다.

울고 있으니, 거짓말처럼 몸을 덮을 것처럼 거대하게 밀려오던 외로움과 무서움도 순식간에 사라졌다. 누군가가 자신과 함께해준다는 사실 하나만으로도 견딜 만했다.

◆ ◆ ◆

"이야! 역시 새 차가 확실히 좋다!"

혜록이 기획사에서 뽑아준 차의 핸들을 탕탕 두들기며 흥분했다. 그녀는 핸들을 만지작거리며 계속해서 말을 이었다.

"너랑 나란히 앉는 게 좋긴 했지만, 그래도 이게 더 좋긴 하다. 연예인은 확실히 뒷자리에 앉아야 멋이지. 안 그래?"

주절주절 떠들었으나, 돌아오는 대답이 없다. 혹시 잠들었나 싶어 룸미러로 확인해보니, 가영은 턱을 괴고서 물끄러미 창밖을 바라보고 있었다.

"가영아."

"······."

"가영아?"

조금 더 큰 소리로 부르자, 화들짝 놀란 가영이 고개를 돌렸다.

"응?"

가영이 놀라 되물었다.

"무슨 생각을 그렇게 해? 무슨 일 있어?"

혜록이 룸미러를 흘깃대며 물었다.

"아니. 아냐, 아무것도."

가영은 입을 다물었다.

"오늘따라 이상하네……. 영 말도 없고, 멍하게 있고. 잠 못 잤어?"

"아니. 잘 잤어."

"그런데 왜 그래?"

"글쎄. 오랜만에 할머니 꿈을 꿔서 그런가 봐."

가영이 무심하게 대꾸했다.

"할머니?"

"응."

가영이 느릿하게 고개를 끄덕이며 창밖을 바라보았다. 꿈에서 할머니는 기도를 하고 있었다. 곧게 편 허리는 곧은 해바라기의 줄기 같았다.

오후의 느긋한 햇살이 치고 들어오는 창가의 앞에 앉아 두 손을 모은 채 할머니는 '하늘에 계신 우리 아버지'라는 말을 시작으로 기도했다. 그 끝에는 할머니가 아는 모든 사람들의 이름이 모두 다 나왔다. 가영은 누워서 그런 할머니의 뒷모습을 바라보았다.

「옆집 부부, 준태, 가영이, 그리고 하늘에 있을 우리 혜영이…….」

할머니는 갑작스레 말을 잇지 못하곤 고개를 푹 숙였다. 마치 해가 저문 세상에 마지막으로 남아 있던 해바라기가 수명을 다한 모습 같았다. 그 모습을 한 채 할머니는 숨죽여 울었다.

혜영이, 혜영이.

자신의 딸 이름을 피고름을 뱉어내는 목소리로 끙끙 앓으며 불렀다. 가영은 그 목소리를 들으며 숨을 죽였다. 어린 가영도 눈물이 터질 것 같아 이불을 머리끝까지 덮어썼다. 그것이 처음이자 마지막으로 본 할머니의 우는 모습이다.

"아, 맞아. 기자님은 어떻게 할 거야? 만날 거야?"

혜록이 불쑥 물었다.

"아니. 이상한 사람일지도 모르잖아."

가영이 고개를 가로저었다. 혹시나, 만에 하나 이마저도 함정일지도 모른다는 생각이 들었다.

"이상한 사람 아닌 것 같던데."

"그 사람이 나를 안다고 어떻게 확신해? 그 사람이 괜찮다는 건 또 어떻게 확신하고?"

예민해진 가영이 혜록의 뒤통수를 쳐다보며 물었다.

"그거야 당연히……! 아! 내가 너한테 그 이야기를 안 해줬구나. 급하게 말하느라 깜빡했나 보다. 그 기자님이 너희 할머니 이름 알고 있던데? 너희 할머님 성함이 김 옥자 분자시잖아."

"……뭐라고? 우리 할머니를?"

"응. 그리고 임혜영이란 이름도 대던데. 이건 누구야? 너한테 말하면 알 거라던데."

임혜영…….

가영의 안색이 달라졌다.

"혜록아, 그 기자님 휴대전화 번호 있어?"

가영이 몸을 숙이며 다급하게 물었다.

"아휴, 깜짝이야. 갑자기 큰소리 내서 놀랐네. 그때 너한테 보내줬잖아."

"아……. 그랬지. 고마워."

가영은 휴대전화를 꺼내 들었다. 혜록에게서 온 문자 중 낯선 번호가 찍혀 있는 걸 발견했다. 가영의 손가락이 창공을 맴도는 새처럼 빙빙 돌았다. 입이 바짝 말랐다.

왜 갑자기 엄마를 아는 사람이 나타난 걸까? 그리고 이 사람은 어떻게 할머니의 이름까지 아는 걸까?

예전의 삶에는 없던 일이다. 다른 건 모르겠지만, 하나 확실한 건 과거와는 전혀 다른 일이 벌어지고 있다는 거였다. 이전엔 안개에 휩싸인 것처럼 아득하기만 했다면, 지금은 휘장을 넘기면 적나라하게 무언가를 마주할 것 같은 기분이었다.

눌러도 될까? 누른 후에 벌어질 일들을 자신이 감당할 수 있을까? 아니, 누르지 않는다고 해서 지금의 변화를 멈출 수 있을까?

그 어떤 질문에도 마땅한 대답이 떠오르지 않았다. 그러나 고민과 달리 몸은 이미 움직이고 있었다.

툭. 고민하던 가영의 손끝이 번호에 닿았다. 가영은 낯선 번호에게 문자를 보냈다.

[안녕하세요. 임가영이에요. 언제쯤 통화가 괜찮으실까요?]

✦ ✦ ✦

늦은 저녁, 가영은 모자를 푹 눌러쓴 채 창밖에 시선을 두었다. 시선이 어둠을 헤매고 있었으나, 어떤 것도 눈에 들어오지 않았다. 그녀의 까만 눈동자엔 가로등 불빛만 의미 없이 담겨 있었다.

오늘 오전에 있었던 드라마 미팅도 어떻게 했는지 기억이 잘 나지 않았다. 깊은 물에 잠긴 것처럼 모든 것이 웅웅거리기만 했다. 옆의 사람이 웃으면 따라 웃었고, 좌중이 조용하면 입을 다물었다.

미팅이 이어지는 몇 시간 동안, 드문드문 통화를 나누었던 기자의 목소리가 떠올랐다. 긴장한 호흡과 떨리는 목소리, 더듬거리던 말. 그리고 그것들이 녹아 있는 목소리로 뱉은 말은 생각지 못한 것이었다.

「나, 혜영이 친구예요. 혜영이 딸…… 맞죠?」

살면서 한 번도 만난 적 없던 엄마의 친구가 갑작스레 연락을 해왔다. 할머니의 이야기와 사진 한 장만으로만 존재했던 게 엄마란 존재였는데, 그런 제 앞에 왜 갑자기 엄마의 지인이란 사람이 나타난 걸까? 가영이 앞을 멍하니 바라보고 있을 때였다.

똑똑.

프라이빗룸을 두드리는 문소리에 가영이 고개를 들었다.

"네."

대답을 하자 직원이 문을 열더니 한 걸음 물러섰다. 그러자 깔끔한 정장을 차려입은 여자가 보였다.

"안녕하세요."

여자는 입꼬리를 끌어올리며 인사를 건넸다.

"……네. 안녕하세요."

인사를 끝으로 서먹한 공기가 흘렀다.

"자리에 앉으시죠."

기자의 말에 가영이 자리에 앉았다. 기자가 맞은편에 앉았다. 식사는 눈에 들어오는 메뉴로 대충 시켰다. 식욕이 없어서 어떤 것도 입에 들어가지 않을 것 같다. 주문을 마친 후, 기자는 품에서 명함을 꺼내 그녀에게 내밀었다.

"최이영 기자예요."

"네. 매니저에게 들었습니다. 죄송하게도 저는 명함이 없네요."

명함을 받아든 가영이 예의상 미안한 표정을 지었다.

"얼굴이 곧 명함인걸요."

기자는 환하게 웃었다. 아까와는 전혀 다른 화사한 인상이 되었다.

"엄마 친구분이라고 들었어요. 정말인가요?"

가영이 믿기지 않아서 확인했다. 그러자 기자는 이런 상황을 예상이라도 했다는 듯, 품에서 사진을 꺼내 그녀에게 내밀었다. 오래되어 낡은 사진엔 앳된 소녀들이 얼굴을 맞댄 채 나무 아래에 서 있었다. 한 얼굴은 그녀가 오래도록 봐온 사진 속에 있던 엄마와 같았고, 또 다른 얼굴은 자신의 눈앞에 있었다.

"고등학생 때 혜영이랑 찍은 사진이에요. 보다시피 그 옆에 서 있는 사람은 나예요. 이러면…… 내가 가영 씨 엄마와 친구라는 걸 알아볼까요?"

"제가 엄마의 딸인 건 어떻게 아셨어요?"

"이런 말 어떻게 들릴지 모르겠지만, 가영 씨를 보자마자 혜영이가 떠올랐어요."

"……제가요?"

"네. 얼굴은 그다지 닮지 않았는데 묘하게 혜영이를 처음 봤을 때와 느낌이 비슷했어요. 그래서 이렇게 저렇게 찾아보다가 예능 캡처본에서 할머니와 함께 찍은 사진을 봤어요. 한눈에도 사진 속 할머니가 혜영이 어머니인 걸 알아보겠더군요. 제가 혜영이 집에 가서 밥을 잘 얻어먹었거든요."

가영은 예능에 출연해 이야기를 풀다가 할머니와 찍은 사진을 공개한 적 있다. 성당 앞에서 다른 사람이 찍어준 것이었다. 사진 찍기를 싫어하는 할머니와 함께 찍은 유일한 사진이기도 했다. 그것은 가영의 보물 중 하나였다. 빛이 바랠까 봐 복사본을 액자에 넣어두고, 원본은 빛이 닿지 않는 깊은 곳에 잘 보관해두었다.

"무뚝뚝하지만 정이 많은 분이셨어요. 말수가 적었고, 가장 말을 많이 하실 땐 기도하실 때였죠."

"……"

"그래도 그 기도에는 당신이 아는 모든 사람의 이름이 다 들어가 있었어요. 누구보다 사람을 사랑하는 분이셨어요. 아직도, 기억이 나네요."

별이 오다

혜영의 말을 듣던 가영은 울컥하고 치솟은 감정을 되삼켰다. 타인에게서 듣는 내가 아는 사람의 이야기가 오늘따라 슬펐다.

"……돌아가셨다는 얘길 들었어요."

"네. 오래전에 돌아가셨어요."

"가보지 못해서 미안해요. 나라도 갔어야 했는데 몰랐어요. 조금만 더 일찍 찾을걸."

말을 하는 이영의 눈동자가 붉어졌다. 가까스로 웃고 있던 이영은 기어코 고개를 숙였다. 붉어진 눈가에서 투명한 눈물이 쏟아졌다.

"……괜찮아요. 무슨 수로 찾겠어요. 이미 지난 일이에요."

가영은 테이블 위에 놓인 냅킨을 꺼내 그녀에게 내밀었다.

"고마워요."

이영이 냅킨으로 눈가를 닦았다.

"변명을 하자면 혜영이의 장례식이 끝나고 집을 찾아갔을 땐, 이사 간 후였어요. 어디로 갔는지 알 수가 없었어요. 그래서 결국 지금에서야 연락이 닿은 거예요."

"그랬군요."

가영은 이해한다는 듯 고개를 끄덕였다. 할머니는 그녀가 열 살이 되던 해까지 자주 이사를 다니셨다. 아는 사람도 많이 만들지 않았다. 고작해야 성당 사람들과 봉사활동을 하는 게 전부였다.

다른 사람들에게 집도 잘 가르쳐주지 않았다. 가영에게도 늘 신신당부했다. 다른 사람들이 집 주소를 물으면 말해주지 말라고 했었다. 뭔가를 숨기는 사람처럼, 할머니는 늘 보이지 않는 무언가를 경계하는 듯했다.

그래, 그랬었다.

모든 것이 과거가 되어버린 일을 곱씹으며 가영은 조용히 입을 열었다.

"……엄마는, 어떤 사람이었어요?"

궁금했다. 할머니에게 졸라보았지만, 돌아온 건 엄마의 어렸을 적 이야기가 대부분이다. 그래서 그녀의 머릿속에 엄마는 늘 어린 모습으로 남아 있었다. 밥을 예쁘게 먹던 아이, 잘 웃던 아이, 하늘을 좋아하던 소녀로.

"혜영이는 시를 좋아했어요."

눈물을 닦아낸 이영이 웃으며 말했다.

"성격은요?"

"조용했지만, 자신이 잘 아는 사람에겐 발랄했어요. 속이 깊은 아이라서 제가 하는 말도 안 되는 하소연도 가만히 들어주었어요. 제가 기자가 되겠다고 했을 때 무슨 여자가 기자냐고 모두가 타박했는데, 혜영이만 응원해줬어요. 자신도 배우가 될 거라고. 서로 성공해서 응원해주자고 매번 다독거려줬어요."

"……그랬군요."

다른 사람을 통해 엄마의 모습을 더듬었다. 그러나 어렴풋이 그릴 뿐, 윤곽이 잡히지 않았다. 엄마는 자신에게 늘 그랬다. 그립고, 그립지만, 낯설기만 했다. 존재하지만 닿지 못하는 하늘 같았다.

이영은 혜영에 관한 이야기를 많이 해주었다. 자신과 이름이 비슷해서 자매로 자주 오해받던 이야기, 둘이서 몰래 만화책을 보다가 이영의 엄마에게 걸려 혼난 이야기 등. 이영의 이야기 속 혜영은 여느 소녀와 다름없이 사랑스럽고 생기 넘쳤다.

이야기를 듣는 내내 가영은 미소를 지었다. 다행이었다. 엄마를 이렇게 기억해주는 사람이 있어서, 그 이야기를 자신에게 전해주는 사람이 있어서.

이야기를 듣다 보니 어느새 식사가 끝나고, 밤은 정점을 향해 달려가고 있었다.

"이야기해주셔서 감사합니다."

영업시간이 끝났음을 알리는 직원의 말에 가영은 나갈 준비를 하며 말했다.

"나야말로 이런 이야기를 할 수 있어서 기쁘네요. 그런데, 사실은 이 이야기를 하러 온 게 아니에요."

"다른 이야기가…… 있다고요?"

"네. 기쁜 마음에 주절주절 늘어놓았지만, 꼭 하고 싶은 이야기는 이게 아니었어요."

이영의 표정이 어색하게 굳었다.

"우리, 자리를 옮길까요?"

이영의 말에 가영은 홀린 것처럼 고개를 끄덕였다.

✦ ✦ ✦

조용한 카페로 자리를 옮겼다. 불을 밝힌 카페엔 사람이 아무도 없었다. 문고리에는 'close'라는 팻말이 달려 있었다. 가영이 의아해하자, 이영이 걱정 말라는 듯 웃었다.

"친동생이 하는 카페예요. 다른 곳보다 여기가 대화 나누기 편할 것 같아서 데려왔어요. 미리 말 못 해서 미안해요. 가영 씨가 놀랄 거라고는 미처 생각지 못했네요."

"다른 사람들 시선이 닿지 않는 안전한 곳으로 데려오신 이유가, 있나요?"

푹신한 소파에 앉은 가영이 차를 가져온 이영에게 물었다.

"예리하네요."

이영이 싱긋 웃으며 말했다.

"식당에서 시간을 끄신다고 생각했거든요. 바쁜 분이 친했던 친구의 딸을 만나 반가운 인사를 나누는 것치고는 지나치게 긴 시간이기도 했고요. 그래서 하실 말씀이 따로 있을 거라고 예상하고 있었어요. 그게 뭔지 모르겠지만요."

가영은 말을 하면서 굳은 표정을 지었다. 다시금 불안한 기분이 섬뜩하게 등허리를 긁고 지나갔다. 한 곳을 콕 집어 설명할 수 없는 묘한 분위기가 공기처럼 주변을 에워싸고 있었다.

"그럼 돌려 말하지 않고, 곧바로 물을게요. 혜영이가 어떻게 죽었다고 알고 있어요?"

"사고가 났다고 들었어요."

가영이 떨리는 마음을 누르고서 차분하게 대답했다.

"가영 씨 할머니가 그렇게 말씀하시던가요?"

"네."

가영의 대답에 이영은 그럴 줄 알았다는 듯 낮은 한숨을 내쉬었다.

"지금부터 내가 하는 얘기 놀라지 말고 들어요. 사실 나도 마음 같아서는 하고 싶지 않지만, 안 하면 안 될 것 같아서 하는 거니까요. 혜영이, 그러니까 가영 씨의 엄마는…… 자살했어요."

"……!"

"아니, 자살했다고 알려져 있어요."

갑작스러운 말에 가영은 잠시 숨을 쉬지 못했다.

"……자, 자살이요?"

목이 졸린 듯한 기분에 가영은 더듬거렸다. 자살, 그 무겁고 낯설며 무서운 단어를 뱉자마자 가슴이 철렁 내려앉았다. 다른 세상의 말이 갑작스레 자신의 세계로 침범한 느낌이었다. 이영이 몸을 앞으로 기울이더니 가영을 쳐다보았다.

"네. 자살이라고 알려져 있어요. 그런데, 나는 그렇게 생각 안 해요."

이영의 눈빛은 기자의 것처럼 날카롭고 예리했다.

"자살을 했다고 알려진 날, 다음 날 저녁에 나와 약속이 있었어요. 혜영이는 당장 만나자고 했지만, 나는 그때 할머니가 위독해서 시골에 다녀와야 했죠. 그러니 다음 날 저녁에 만나자고 미루었어요. 마지막으로 통화하던 날, 혜영이는 나한테 꼭 할 말이 있다고 했어요. 꼭 부탁할 게 있다고도 했고요. 그리고…… 무섭다고 했어요."

"……."

"자살할 사람이라면 나한테 그럴 리가 없겠죠. 그리고 내가 아는 혜영이는 절대로 자살할 애가 아니었어요. 더군다나 애를 막 낳은 여자가, 자신의 자식을 두고 죽을 일은 더더욱 없죠."

가영의 눈이 크게 벌어졌다.

"엄마가…… 제가 세 살 때 돌아가신 게 아니에요?"

"할머니가 그렇게 말하시던가요? 가영 씨가 세 살 때 혜영이가 죽었다고?"

가영이 고개를 끄덕였다. 긴장한 목에서 삐그덕 소리가 나는 듯했다.

"아니에요. 혜영이는, 가영 씨 낳고 두 달 만에 죽었어요."

"……!"

"나는 자살로 위장된 살해라고 생각해요."

이영은 목소리를 더욱 낮추었다.

자신이 알던 것들과 모든 게 달랐다. 가영이 충격으로 얼어붙어 있자, 이영이 입을 열었다.

"혜영이의 유서라고 남은 종이에 적힌 필체는 혜영이 게 아니었어요. 편지를 자주 주고받아 나는 잘 알고 있어요. 자살의 이유를 경찰에서는 산후우울증이라고 밝혔지만, 혜영이는…… 산후우울증이 아니었어요. 내가 마지막으로 본 혜영이는 막 태어난 가영 씨를 천사라고 부를 만큼 예뻐하고 좋아했어요."

이영의 눈에 눈물이 차올랐다. 아직도 그 모습이 선했다. 손바닥 두 개를 합쳐놓은 것만 하다며, 이렇게 작고 예쁜 아이가 자신의 아이라며, 애를 낳던 고통을 다 잊었다고 했다. 배우가 되려는 자신의 꿈과 바꾸었지만, 하나도 아깝지 않다고 말했다.

「겨우 오십 일 지난 아기의 눈에 밤하늘이 담겨 있어, 이영아. 신기하지? 지금은 아무것도 안 보이겠지만, 나중엔 이 눈으로 나만 보겠지. 이 작은 입으로는 나를 엄마라고 부를 거고……. 이것만으로도 충분히 행복해.」

세상을 다 얻은 것 같은 얼굴을 하고 있었다. 그 얼굴은 절대 얼마 후 자살을 할 사람의 것이 아니었다.

"이상한 건 한두 가지가 아니었어요. 몸조리를 해야 할 혜영이 발견된 덴 웬 숙박업소였거든요. 그것도 집에서 굉장히 멀리 떨어진 곳. 아마도 누군가를 만나러 갔을 거라고 추정해요. 그리고 혜영이는 마치 뭔가를 직감한 것처럼 내게 편지를 보냈어요. 마지막 편지에는 최선을 다해 살겠지만 혹시 자신에게 안 좋은 일이 생기면 할머니와 가영 씨를 데리고 먼 곳에 가달라는 내용이었어요. 잘 부탁한다는 말이 아니라, 잘 숨겨달라고 했어요. 이런 부탁을 해서 미안하다는 게 그 편지의 마지막 문장이었어요."

이어진 이영의 이야기는 상상도 못 할 만큼 충격적이었다.

"말도 안 돼요. 그러면 할머니가 막으셨겠죠. 아니, 경찰에 신고라도 했겠죠."

가영이 믿기지 않는다는 듯 고개를 가로저었다.

아닐 거야. 아니, 아니어야 한다.

그러나 가영의 바람에도 무색하게 이영은 차분하게 대답했다.

"딸을 살해하고 버젓이 자살로 만들어놓은 상대예요. 냉정하게 생각해서 그런 상대를 노인이 이길 수 있을까요? 할머니가 혼자였다면, 목숨을 바쳐가며 그렇게 했을 수도 있겠죠. 하지만…… 가영 씨라면 이미 죽은 딸과 앞으로 세상을 살아가야 할 딸이 남긴 자식 중에 누굴 택하겠어요?"

"……."

가영은 목소리가 나오지 않았다.

이미 끝난 삶과, 이제 막 시작한 삶. 자신이 아는 할머니라면 피눈물을 삼킨 채 딸이 남긴 아이를 보듬었을 거다. 알면서도 가영은 쉬이 대답하지 못했다.

그러면 끝이 난 엄마의 삶이 너무도 불쌍하니까. 죽은 자식을 등지고 자식의 자식을 안았을, 피눈물을 삼키며 삶을 받아들여야 했을 할머니가 죽도록 불쌍하니까…….

'혜영이, 혜영이' 반복하며 기도하던 할머니의 울음 맺힌 목소리가 귓가에 쟁쟁거렸다. 가영의 부릅뜬 눈에 눈물이 차올랐다.

"이 이야기를 저한테 하시는 이유가…… 뭔가요?"

차라리 모르는 게 나았을 이야기였다. 적어도 이 이야기를 알기 전까지만 해도 엄마는 안타까운 사고로 명을 달리한 사람이었으니까. 이제 와서 자신이 무엇을 할 수 있다고…….

테이블 아래에 가려져 있던 가영이 손이 주먹을 움켜쥐었다. 그녀의 눈에서 눈물이 뚝뚝 떨어졌다. 이영은 참담한 표정을 지었다.

"알아요. 힘들 거. 나도 이 이야기를 꺼내는 거 쉽지 않았어요. 그런데, 가영 씨. 나는 이 이야기를 가영 씨한테 꼭 해야 했어요. 혜영이는 죽기 전부터 불안해했어요. 가영 씨를 낳기 전에는 나와 본인의 어머니를 제외한 사람들과 연락을 끊고 숨듯이 살았어요. 마치 누군가로부터 도망치려고 하는 느낌이었어요. 그게 누구냐고 몇 번이나 물어봤지만, 혜영이는 끝끝내 말하지 않았어요."

"……."

"어쨌거나 누군지도 모르는 사람에게 혜영이는 살해를 당해 자살로 위장당했고, 그리고…… 내 예상에는 가영 씨의 할머니도 그 상황을 알았던 것 같아요. 그래서 장례식도 조용히 해치우고는 잠적하듯이 가영 씨를 데리고 사라졌던 것 같아요."

"……."

"그런데 가영 씨가 갑자기 세상에 나타났어요. 할머니 사진까지 공개했어요. 내가 가영 씨를 알아보고 찾아냈는데……. 혜영이를 죽인 그 사람이라고 가영 씨를 알아보지 못할까요?"

"……!"

"……다음 타깃이 가영 씨가 될지도 몰라요. 나의 기우였으면 좋겠지만, 왠지 느낌이 좋지 않아서 이 얘길 하는 거예요."

이영의 목소리는 덤덤했다. 그래서 섬뜩했다. 지독하게 생생한 현실감과 아득하게 멀어지는 기분이 동시에 밀려들었다.

방 안을 맴돌던 기이한 분위기, 자신을 쫓아오던 검은 차량, 이상하게 달라진 기획사 대표의 태도.

갑자기 수상쩍은 것들이 마구 떠오르기 시작했다.

"……제가 그렇게 위험한 상황이라면 기자님은 제게 이런 말을 하면 안 되는 거 아닌가요? 기자님이 타깃이 되면 어쩌시려고요?"

가영이 떨리는 목소리로 물었다.

"그럴지도 모르죠. 운이 없다면. 그렇지만 삶에는 목숨을 걸고 꼭 해야 할 일이라는 게 있잖아요. 어차피 우리 부모님은 다 돌아가셨고, 결혼하지 않아 남편도, 자식도 없어요. 그래서 이런 선택을 하는 게 쉬웠을지도 모르죠."

"……."

"그리고 가영 씨. 나는 혜영이가 만나달라고 한 날, 만나지 못한 걸 죽도록 후회해요. 그때부터 지금껏 줄곧 말이에요. 혜영이는 내게 친구 이상이에요. 가족이었고, 자매였고, 친구였어요. 그날 혜영이를 만났으면, 적어도 그런 일이 일어나지 않았을 텐데……. 긴 시간 동안 후회했어요."

이영의 눈동자에 수많은 감정이 일렁였다.

"나의 조바심이자 쓸데없는 걱정이었으면 좋겠어요. 그렇지만 느낌이 좋지 않아요. 조심해요, 가영 씨."

"……."

"내가 혜영이에게 더 미안해지지 않도록."

이영이 눈물 가득한 눈으로 그렇게 이야길 마쳤다. 가영은 아무 말 하지 못했다. 뭐라고 대답을 해야 할지 몰라 고개만 숙였다.

✦ ◆ ✦

집까지 데려다주겠다는 이영의 말을 가영은 거절했다. 그러자 이영은 쓸쓸한 표정을 지었다.

"내 도움이 필요하면 언제든지 말해요."

"고맙습니다."

가까스로 감사인사를 하는 가영에게, 이영은 한 발자국 다가왔다. 혼란스러워하는 가영의 손을 꼭 거머쥔 이영이 그녀의 눈을 가만히 바라보며 빙그레 웃었다.

"이렇게 보니…… 정말 혜영이를 닮았네요. 그래서 참 좋아요."

"……."

"그리고 가영 씨. 이런 말 불편하겠지만, 들어줘요. 지금부터 가영 씨 주변의 누구도 믿지 말아요. 내가 가영 씨를 찾았다면, 그 사람은 나보다 먼저 가영 씨를 찾아냈을지도 모르니까. 가영 씨가 가지고 있는 모든 소품, 일정, 만나는 사람들을 끊임없이 의심해야 해요. 알아요. 이런 삶이 무척 피곤하고, 고단하며, 무서울 거라는 거."

"……."

"하지만, 기억해요. 가영 씨."

"……."

"가영 씨의 오늘은 가영 씨를 무척이나 지켜주고 싶어 했던 사람들이 쥐여준 삶이라는 걸."

얼굴도 제대로 보지 못한 엄마가, 남은 삶을 도망치듯 살아온 할머니가 지켜준 삶이라는 걸.

가영은 이영이 하고자 하는 말을 곧장 이해했다. 그 말을 한 후, 이영은 가영을 한참이나 바라보다가 차를 몰고 사라졌다. 이영의 차에서 나오는 붉은 등을 따라 그녀의 마음에도 새빨간 경고등이 켜졌다.

가영은 번화가에 서서 몇 대의 택시를 보낸 후 다른 택시를 탔다. 택시기사에게 오만 원을 준 후 금액에 맞춰 뺑뺑 돌아 집까지 가달라고 부탁하곤, 멍하니 창밖을 바라보았다. 혹시나 차가 따라올지도 모른다는 생각 때문이기도 했고, 머릿속을 정리할 시간이 필요하기 때문이기도 했다.

수많은 생각들이 머릿속에 어지럽게 널려 있었다. 이영은 혜영이 살해당했다 확신하고 있지만, 상대에 대해선 전혀 감지하지 못하고 있었다. 가영 또한 딱히 잡히는 사람이 없었다.

그나저나, 왜 과거에 만나지 못했던 이영을 이번 삶에선 벌써 만나게 된 걸까? 가영은 가만히 생각했다. 그러다가 문득 떠올랐다.

「하…… 지겹네.」

그녀의 교통사고 전, 매니저였던 시웅이 지겹다는 듯 한숨을 내쉬었다.

「무슨 일이야?」

「아, 기자가 자꾸 인터뷰 요청을 해서요.」

「그럼 하면 되지.」

「그냥, 별로인 곳이라서요. 누나는 신경 쓰지 마세요.」

매니저는 휴대전화를 보며 곤욕스런 표정을 지었다. 얼마 후, 매니저가 화를 내며 전화하는 걸 들었다.

— ……영 기자예요.

매니저의 휴대전화 너머로 목소리가 들렸다.

「전화 좀 그만하세요! 인터뷰 안 합니다!」

— 임가영 씨와 꼭 해야 할 말이…….

뚝.

무슨 일이냐고 물었지만, 시웅은 신경 쓸 것 없다고 대답했다.

만약, 그 전화가 오늘 만난 최 기자였다면? 그때도 자신에게 다가오려고 했
는데, 매니저로부터 차단당한 거라면? 그때와 지금 달라진 건 매니저뿐이다.
혜록이 전달해준 말을, 그때의 매니저가 전하지 않은 거라면?

그때 당시 가영은 SNS를 하지 않았다. 소속사 측에서 SNS를 하지 말라고 강
하게 요구한 탓에, 그녀는 하지 않았다. 그리고 보니 SNS를 하지 않는 탓에 그
녀에게 오는 모든 소식은 소속사를 통했다. 그리고 얼마 지나지 않아 자신은
사고를 당했다.

가영의 표정이 서늘해졌다. 좋지 않은 예감이 들었다.

"도착했습니다."

택시기사의 말에 화들짝 놀란 가영이 고개를 들었다. 택시기사가 오만삼백
원이 찍힌 미터기를 가리켰다.

"감사합니다."

가영은 가까스로 인사를 한 후, 택시에서 내렸다.

띠리링. 띠리링.

그녀가 택시에 내리길 기다렸다는 듯이 울리는 벨 소리에 흠칫한 가영이 휴
대전화를 들었다.

[기획사 대표님]

마른침을 삼킨 가영이 휴대전화를 들어 귀에 가져다 대며 자신의 집이 있는
건물을 바라보았다. 어둠에 파묻힌 건물이 오늘따라 낯설었다.

– 가영 씨.

대표는 솟구치는 화를 억지로 참으려는 듯한 목소리였다.

"네."

– 오늘…… 뭐 했어요? 방금 전까지 누구 만났어요?

"아는 사람 만났어요. 왜 그러세요?"

– 하아. 가영 씨. 숨기면 안 돼요. 우리 사이에 숨기는 게 있으면 안 된다고

요. 모두 다 가영 씨를 위해서 하는 말이에요. 가영 씨……. 다시 한 번 물을게요. 누구 만났어요?

"……."

가영은 누군가가 지켜보고 있는 듯한 섬뜩한 기분이 들어 건물 안으로 뛰어들다시피 했다.

─ 그때 그 신문기자 만났죠?

계단을 오르던 가영이 멈칫했다.

"……어떻게 아셨어요?"

─ 이 바닥이 얼마나 좁은데요. 다 알죠.

"그러니까, 이 좁은 바닥에서 누가 전해주더냐고 물은 거예요."

─ 제 지인이 가영 씨를 봤대요. 기자를 만나려면 소속사에 먼저 말해줘야 해요. 무슨 이야기 나눴어요?

"별 이야기 아니에요. 제 팬이라서 한번 보고 싶었대요."

─ 정말이에요?

"네. 제가 왜 이런 걸로 거짓말을 하겠어요?"

─ 하아, 가영 씨가 신인이라서 잘 모르는 모양인데…….

대표는 구구절절 말을 늘어놓았다. 요지는 하나였다. 누구를 만나고, 어디에 있었는지 하나도 빠짐없이 소속사에 보고하라는 것. 계단을 오르던 가영은 현관문을 열다가 멈칫했다.

"그런데 대표님의 지인이라는 사람은 압구정 어디에서 절 봤다고요?"

자신은 모자를 푹 눌러쓴 채 택시에서 바로 내렸다. 그리고 곧장 프라이빗룸으로 향했다. 그사이 마주한 사람은 그래봐야 둘이다. 자신을 안내해준 종업원과, 택시기사. 두 사람 중 대표의 지인이 있다는 게 이상했다.

─ 압구정 길에서요.

"……."

─ 압구정을 지나가는 걸, 제 지인이 봤다고 하더군요.

가영이 이영을 만난 곳은 압구정이 아니라 가로수길이다. 머리가 어지러워 자신도 모르게 가로수길이 아니라 압구정이라고 말실수를 했는데, 대표는 그걸 덥석 물었다. 이상했다.

"아아. 제가 압구정 건물 앞에 서 있는 걸 봤나 보네요. 기다리느라 잠깐 식당 앞에 서 있었거든요."

가영은 상대를 떠보았다.

─ 맞아요.

"……."

아니, 틀렸다. 대표는 자신이 누구를 만났는지, 언제 만났는지 아는 것처럼 말했지만 정작 어디서 만났는지는 모르는 듯했다. 마치 보지 못하고, 듣기만 한 사람처럼.

─ 가영 씨, 그게 중요한 게 아니라…….

"아니요. 저는 그게 중요해요. 그래요, 그럼. 저야 연예인이니 알아봤다고 쳐요. 그런데 그 사람은 제가 만난 사람이 신문기자인지 아닌지는 어떻게 아셨대요?"

가영의 이어진 질문에 다시금 휴대전화 너머가 고요해졌다. 갑작스레 닥친 침묵에 소름이 끼쳤다. 섬뜩한 한기가 허리를 훑고 지나갔다. 가영이 귀에서 떼어낸 휴대전화를 물끄러미 바라보았다.

어두컴컴한 가운데 기획사가 선물한 하얀 휴대전화의 모서리만 반짝 빛나고 있었다. 그 모습은 마치 어둠 속에서 만난 낯선 사람 같았다.

"저를 봤다는 사람, 누군지 말씀해주세요. 그리고 그 사람이 저를 어디서 봤는지……. 확인해주세요. 그때 통화해요, 우리."

가영은 다급히 통화를 끝냈다. 멍하게 서 있던 가영은 어깨에 멘 핸드백이 툭 떨어지고 나서야 흠칫하며 고개를 들었다. 주변이 소름 끼치게 고요했다. 손으로 팔을 문질렀지만, 소름은 좀처럼 가라앉지 않았다.

"기분 탓이겠지. 아닐 거야."

가영은 세뇌하듯 중얼거렸다. 일부러 현관문을 확 열어젖힌 가영은 굳게 닫힌 중문을 보고서야 안도했다. 중문 앞에는 그녀가 혹시나 하는 마음에 세워둔 빗자루가 얌전히 자리하고 있었다.

할머니는 종종 집을 비울 때 현관문이나 방문 앞에 빗자루를 세워두었다. 빗

별이 오다

자루가 안 될 땐 구두주걱을 세워두었다. 왜 그러냐고 물어보면 잡고양이가 드나들까 봐 그런다고 말씀하셨다. 그땐 정말 그게 고양이를 말하는 줄 알았다. 밤마다 늘 천장 위에서 고양이가 뛰어다니며 울었으니까.

그런데 지금은 할머니에게 묻고 싶어진다. 할머니가 알아보고자 했던 잡고양이는, 정말 고양이가 맞느냐고. 혹시 모든 걸 버리면서까지 도망치려고 했던 사람은 아니었냐고.

가영이 멍하니 빗자루를 바라보다가 손을 뻗었다. 어쨌든 이전과 달리 누구도 집에 드나들지 않은 것 같아 다행이다.

어서 집에 들어가서 푹신한 침대에 얼굴을 파묻고 잠들고 싶었다. 빗자루를 치우려던 가영이 다시금 바닥을 바라보았다. 가영은 신발장 앞에 놓인 구두를 조용히 집어 들었다. 촬영이 끝난 후 깨끗하게 닦아놓은 구두의 옆면에 처음 보는 자국이 남아 있었다. 가영의 시선이 다시금 남은 구두 한 짝으로 향했다.

구두코의 방향이 달랐다. 더군다나 빗자루를 세워놓으며 혹시나 하는 마음에 비스듬하게 세워둔 구두가 똑바로 되어 있었다. 누군가가 다녀갔다. 머릿속으로 날카로운 예감이 스쳐지나갔다. 멈칫한 가영이 다시 생각하기 시작했다.

아니, 누군가가 다녀간 게 맞을까? 만약 돌아가지 않았다면? 여러 명이 왔다가 한 명만 빗자루를 정리해두고 나간 거라면? 혹시, 만약, 집에 누군가가 계속 남아 있다면……. 그래서 지금 자신을 지켜보고 있다면?

가영의 시선이 새까맣게 물든 집 안으로 향했다. 가영은 들이켠 숨을 내쉬지 못했다.

툭.

가영의 손에서 구두가 미끄러져 떨어졌다. 가영이 빈주먹을 꽉 움켜쥐었다. 몸이 비틀거리며 뒷걸음질 쳤다.

서둘러 집에서 빠져나온 가영은 뒤도 돌아보지 않고 건물을 빠져나왔다. 누군가가 자신을 지켜보고 쫓아오는 기분이었다.

건물에서 빠져나온 가영은 무작정 가장 환한 빛이 보이는 편의점으로 달려 갔다. 그곳으로 뛰어들어간 가영은 가장 구석에 자리한 과자코너 앞에 서서 과자를 고르는 척하며 호흡을 골랐다. 입술이 바짝 마르고, 손이 덜덜 떨렸다.

누구지? 누가 이런 짓을 하는 거지?

고민하던 가영은 기획사 대표를 떠올렸다. 그러고 보니 그는 이상하리만치 자신에게 집착했다. 과거에도 자신의 삶을 모두 다 통제하고 있던 건 대표였다.

만약 대표가 예전에도 자신의 휴대전화를 도청하고 있었다면? 그렇다면 집은 왜 뒤진 거지? 충분히 도청만으로 알 수 있었을 텐데?

생각할수록 머릿속이 복잡해졌다.

할머니, 나 어떻게 해야 해요? 도무지 모르겠어요. 나는……. 나는 어떻게 해야 해요…….

가영이 유품 반지가 사라진 왼쪽 집게손가락을 만지작거리며 속으로 물었다.

"임가영 아냐?"

"맞지?"

"맞는 거 같은데?"

수군거리는 소리에 고개를 든 가영은 교복을 입은 여학생들이 자신을 흘깃대는 걸 발견했다. 가영은 모르는 척 고개를 돌린 후, 편의점에서 나와 무작정 길을 따라 걸었다. 일부러 빛이 환하고 사람들이 많은 곳을 따라 걸었다.

가영은 조용히 휴대전화를 들었다. 누구에게 연락해야 할까. 자신의 상황을 상담하고, 기댈 수 있는 사람. 그러면서도 대표로부터 피해를 입지 않을 만한 사람. 든든하고, 안전한…….

가영은 자연스럽게 우현을 떠올렸다. 그가 안전한지, 대표로부터 피해를 입지 않을 만한 사람인지 알 수 없었다.

다만……, 보고 싶었다. 세상이 자신의 등을 떠밀고 있는 듯한 기분이 드는 이때에, 그가 눈물겹게 보고 싶었다. 가영의 눈에 눈물이 고였다. 손으로 얼굴을 덮은 사이, 띠리링, 하고 벨이 울렸다.

[아저씨]

휴대전화를 확인하자 액정에 이름이 떠올라 있었다. 흠칫한 가영이 누그러진 표정을 지었다.

별이 오다

왜 아저씨를 잊고 있었을까? 지금 이 상황을 상담할 수 있는 유일한 사람은, 객관적으로 아저씨였다. 우현이 보고 싶지만, 자칫 잘못하다가 그가 피해를 입을지도 모른다.

가영은 새 휴대전화로 오는 연락을 받지 않았다. 대신 핸드백 깊이 넣어둔 예전 휴대전화를 꺼냈다. 해지 하려다가 시간이 바빠 치일피일 미루고 있다가 핸드백에 넣어둔 채 방치하고 있었다. 가영은 새 휴대전화의 전원을 끈 채 깊이 숨겨놓은 후, 예전 휴대전화로 아저씨에게 전화를 걸었다.

"아저씨."

ㅡ 어디니? 전화를 안 받던데? 이건 예전 휴대전화 번호인데 아직 쓰고 있니? 그런데…… 목소리가 왜 그러니?

다정한 목소리에 가영은 입술을 사리물었다.

……무서워요, 아저씨.

가영은 그 말을 꾹 삼킨 채 입을 열었다.

"아니에요. 아저씨, 어디세요? 혹시 시간 괜찮으시면 저 좀 만나주실 수 있으실까요?"

가영이 덜덜 떨리는 어깨를 다른 손으로 꾹 누르며 물었다.

ㅡ 네가 이런 말을 하는 건 처음이구나. 언제 말이니?

"지금이요."

ㅡ 지금? 흠.

정후가 난처한 듯 긴 한숨을 내쉬었다. 가영은 염치없다는 걸 알면서도 그의 대답을 초조하게 기다렸다.

ㅡ 그래. 그러자꾸나.

정후의 허락이 떨어지자 긴장이 풀린 가영이 한숨을 내쉬며 어깨를 축 늘어뜨렸다.

"바쁘실 텐데 정말 죄송해요."

ㅡ 괜찮단다. 네가 이러는 데에는 이유가 있겠지. 어디서 볼까?

"문자로 알려주세요. 제가 그리로 갈게요."

ㅡ 그래.

통화를 마친 후, 가영은 휴대전화를 꽉 움켜쥐었다. 일단 아저씨에게 이야기를 해보는 게 좋을 것 같았다. 기획사 대표를 소개해준 사람도 정후이니, 대화를 나누기 더 좋을 거라는 생각이 들었다.

얼마 후 정후에게서 도착한 문자를 확인한 가영은 오는 택시를 향해 손을 들었다.

✦ ✦ ✦

정후가 예약한 곳은, 이전에도 기획사 대표와 만난 적이 있는 한식당이다. 대화를 나누기 편하게끔 개별방으로 만들어져 있었다.

가영이 정후의 이름을 대자 종업원이 그녀를 가장 안쪽의 방으로 데려갔다. 미리 와 있던 정후는 가영의 어두운 안색을 보곤 눈을 크게 떴다.

"가영아. 무슨 일 있는 거니? 안색이 좋지 않구나."

"……."

가영은 빈말이라도 괜찮다고 할 수 없었다. 그녀는 억지로 입꼬리를 끌어올린 채 정후와 마주 앉았다. 수많은 말이 마음에서 거품처럼 차올랐다. 그러나 입술도 달싹일 수 없었다. 도무지 이 일을 어떻게 설명해야 할지 감이 오지 않았다.

"일단 침착하려무나. 왜 이렇게 창백한 거니? 물부터 마시렴."

정후가 그녀에게 물을 내밀었다. 가영은 마시지 않고 애꿎은 잔만 만지작거렸다.

"호흡 좀 고르고 천천히 이야기하도록 해. 무슨 일이 있는 거니? 예전 휴대전화 번호로 연락이 와서 깜짝 놀랐구나."

"아, 네. 해지해야 하는데 잊고 있었어요."

바쁘기도 했지만, 기획사 몰래 우현과 연애를 하려면 예전 휴대전화로 연락을 하는 게 낫지 않을까, 하여 차일피일 미뤄왔다.

"그런데…… 제가 휴대전화 바꾼 건 어떻게 아셨어요?"

말을 하던 가영이 의아하다는 표정으로 정후를 바라보았다. 소속사로부터

별이 오다

새 휴대전화를 받은 건 이틀째였다. 이전에 사용하던 휴대전화를 해지하면서 번호를 새 휴대전화로 옮기며 알릴 생각이라, 새 휴대전화는 기획사와 혜록, 업무적으로 만난 사람들과 연락하는 용도로 사용 중이었다.

"너희 대표한테 들었지. 네게 새 휴대전화를 사줬다면서 이쪽으로 연락하면 된다고 하더구나."

"그래요?"

그런 것까지, 공유를 한다고? 예민해진 탓인지 그 말이 귀에 덜커덕 걸렸다. 기분 탓이겠지.

가영은 날 선 기분을 눌러 참았다.

"이제는 조금 진정되었니?"

정후가 걱정스러운 얼굴로 물었다.

"네. 괜찮아졌어요. 그런데 대표님과는…… 많이 친하세요?"

"오래 알고 지낸 사이지. 그런데 그건 왜 묻니? 무슨 일이라도 있어? 편하게 말해보렴."

"그냥…… 조금 어려워서요. 통제를 많이 하려고 하셔서요. 제가 누굴 만났는지, 어디에서 뭘 했는지, 다 알고 싶어 하시더라고요."

가영이 느릿하게 말문을 열었다. 이런 사소한 투정을 부릴 생각이 아니었는데, 왜인지 속의 깊은 말들이 나오지 않았다. 뒤늦게 걱정도 들었다. 기껏 기획사를 소개해줬더니 배부른 소리를 하는 게 아니냐며 기분 상하면 어쩌나 하는 고민도 들었다.

"이런. 너희 대표가 욕심이 과했나 보구나. 아마 네가 소속사를 대표하는 가장 큰 배우라서 그럴 거야. 원래 연예인들이란 조금만 잘못해도 미끄러지기 마련이잖니? 특히 내가 잘 부탁한다고 해놨더니, 대표가 무리한 모양이구나. 내가 그 점은 잘 타일러놓으마."

"감사합니다."

"그렇지만, 가영아."

가영은 대답 대신 눈을 들어 정후를 바라보았다. 그의 휘어진 눈매에는 다정함과 약간의 지루함이 담겨 있었다.

"모두 다 너를 생각해서 그러는 거니, 네가 대표의 입장을 이해해주었으면
하는구나. 누굴 만났는지, 그 사람이 무슨 말을 하는지, 네가 어디에서 뭘 했는
지 알아야 일이 생겼을 때 누구보다 빠르게 대처할 수 있지 않겠니?"

"……."

기이했다.

「모두 가영 씨를 위해서 그러는 거예요. 가영 씨가 누굴 만났는지, 뭘 했는지
알아야 누구보다 빠르게 대처할 수 있다는 걸 알아주세요.」

정후의 입에서 흘러나오는 말들은 대표의 말과 거의 같았다. 찬물을 뒤집어
쓴 것처럼 얼얼했다.

정후는 대표를 두둔하고 있었다. 자신이 무슨 말을 하든 대표의 입장을 대변
할 것 같았다. 이 상황이 불편해진 가영이 왼손의 검지를 만지작거렸다.

"……그럴게요. 제가 요즘 일이 많아서 예민해졌나 봐요."

가영이 억지로 미소를 지었다.

"그래. 착하구나. 어쨌든 만난 김에 간단히 뭐라도 먹자꾸나."

"네."

정후가 테이블 위에 놓인 메뉴판을 들었다. 그는 메뉴판을 펼치다 검지를 만
지작대는 가영을 바라봤다.

"그러고 보니 요즘 반지는 안 끼고 다니는구나."

"……네?"

"반지 말이다."

"반지요?"

가영이 다시금 되물었다.

"그래. 그 은반지 말이다. 성당에서 끼는 묵주반지라고 하던가."

"……."

"할머니 유품이라며 네가 꼭 끼고 다니던 그거 말이야."

"그걸…… 아세요?"

별이 오다

가영의 목소리가 뚝뚝 끊어졌다. 메뉴판을 보던 정후가 고개를 들어 가영을 마주했다.

"그럼. 네가 긴장할 때마다 반지를 만지작거렸잖니."

그걸 자신이 어떻게 잊겠냐는 듯 정후가 가영의 눈을 마주하며 인자하게 웃었다. 회귀한 이후, 반지를 낀 적 없다. 반지는 사라졌다. 그 반지에 대해 누군가와 길게 이야기를 나눠본 적도 없었다. 왜냐면, 그 누구도 할머니의 유품을 기억 못 했으니까.

「네가 반지를 끼고 다녔다고? 언제? 난 못 봤는데?」

혜록이도.

「할머니가 반지를 끼고 다니신 적이 없는데 무슨 소리야?」

오랜 세월 함께한 준태도.

「반지요? 못 봤어요.」

하물며 자신이 입원했던 병원의 간호사조차도 본 적 없는 반지였다.

그런데, 눈앞의 정후는 어떻게 아는 걸까?

"잘 빼버렸구나. 낡고 오래되어서 보기에 별로였거든. 네 나이에 어울릴 만한 게 아니었지."

왜 이 남자는 그 반지가 사라진 데 안도하는 표정을 짓는 걸까?

"예쁘고, 좋은 걸 끼고 다니렴."

왜 저렇게 홀가분한 얼굴을 하고 있을까? 마치 보기 싫은 게 사라진 양……

"식사는 뭐로 하겠니?"

정후가 메뉴판을 밀며 물었다. 가영은 대답 대신 핏기가 가신 얼굴로 정후를 마주했다.

수많은 질문이 거품처럼 차올랐다. 그리고 그 끝에 마지막 질문과 마주했다. 이 사람은…… 정말 자신에게 일어난 일과 전혀 관계가 없을까?

✦ ✦ ✦

"욱!"

정후와 헤어지자마자 다시 식당으로 들어간 가영은 양해를 구한 후 화장실로 향했다. 그러고는 변기에 곧장 먹은 것들을 모조리 게워냈다.

정후와 식사하는 내내 기계적으로 음식을 입에 밀어넣었다. 그러면서 정후가 하는 말에 적당히 반응하며 고개를 끄덕였다.

이유는 알 수 없지만, 의심하는 모습을 들켜서는 안 된다는 경고가 머릿속을 울렸다. 뱀의 아가리 앞에 앉아 있는 쥐처럼 가영은 숨을 죽였다.

속을 게워낸 후 레버를 내렸다. 잠시 호흡을 고른 가영이 화장실 문을 밀고 나와 세면대에서 세수를 했다.

"괜찮으세요?"

화장실을 정리하던 직원이 걱정해줄 정도였다.

"아, 네. 먹은 게 체했나 봐요. 걱정해주셔서 감사합니다."

가영은 인사를 한 후, 식당을 벗어났다.

"하아."

가영은 거리의 어두컴컴한 귀퉁이에 서서 참았던 한숨을 내쉰 후, 고개를 들었다. 밤거리를 떠도는 바람은 조금 서늘했다.

점점이 이어진 가로등 불빛, 지나가는 사람들, 하물며 지나가는 바람까지 목적지가 있는 것 같은데 자신만 방향을 상실한 듯 우두커니 서 있었다.

허공을 멍하니 응시하는 가영의 눈동자는 바짝 말라 있었다. 눈물조차 나지 않았다.

그저 무서웠고, 지독하게 외로웠다.

✦ ✦ ✦

별이 오다

우현은 심각한 표정으로 소파에 앉아 휴대전화를 바라보았다. 몇 시간째 가영과 연락이 되지 않았다. 약속이 있다는 메시지가 마지막이었다. 자정이 넘어가는 시각까지 연락이 되지 않아 걱정이 되었다. 우현은 기다리다 못해 자신에게 메시지를 보내보았다. 보내기가 무섭게 도착했다. 혹시나 하는 마음에 영철에게 전화를 걸어 '수신상태 확인 중이에요.'라고 했다가 무참히 무시당했다.

휴대전화는 정상이었다. 무슨 일이라도 있는 건가. 찾아 나설 수도 없는 상황이라, 무작정 기다리는 수밖에 없었다. 누굴 이렇게 기다리는 것도 참 오랜만이었다. 의미 없이 TV 프로그램만 보고 있는데 인터폰이 울렸다. 경비실이다.

"네."

- 안녕하십니까. 경비실입니다. 다름이 아니라, 한 시간 전부터 빌라 뒤쪽에 여자분이 앉아 계셔서요.

"그런데 제겐 무슨 일이시죠?"

- 그게…… 아무래도 임가영 씨처럼 보여서요. 저희도 거주민께서 이상한 여자가 앉아 있다는 말에 가봤더니, 임가영 씨더라고요. 얼마 전, 임가영 씨랑 함께 가시는 걸 본 적 있어서 혹시나 하는 마음에 전해드려요.

"……임가영 씨요?"

- 네. 만약 약속된 게 아니라고 하시면 저희 선에서 처리하겠습니다.

"아뇨! 제가 내려갈게요. 혹시, 임가영 씨가 가려고 하면 붙들어주세요. 부탁드립니다."

- 네? 아, 네. 알겠습니다.

경비원은 떨떠름해했지만, 직업정신으로 깊게 캐묻지 않고 수긍했다. 우현은 인터폰이 끊기가 무섭게 빌라 뒤편으로 향했다. 경비원의 말과 달리 아무것도 보이지 않았다.

설마, 간 건가?

우현은 초조해져 가영에게 전화를 걸며 뒷문 주변을 살폈다. 그러다 가로수 뒤쪽을 보곤 멈춰 섰다. 가영이 웅크리고 앉아 있었다. 휴대전화를 든 우현의 팔이 축 늘어졌다. 가영을 찾았다는 사실에 그는 안도했다. 동시에 이러고 있는 가영을 보고 있으니 속이 상해 화가 났다.

"……뭐 해, 여기서."

우현이 낮게 물었다. 흠칫한 가영이 고개를 들었다. 가영은 만신창이가 된 눈을 하고 있었다. 그 눈동자엔 어떻게 그가 자신을 찾아왔냐는 의아함이 떠올랐다가 금세 까무룩 저버렸다. 텅 빈 눈동자가 공허하게 자신을 바라보고 있었다.

"뭐 하냐고, 여기서."

우현이 채근했다.

"……그냥, 있었어요."

"무슨 일이야?"

"아무 일도 없었어요."

거짓말.

우현은 가영이 거짓말한다는 걸 알았다. 그러나 캐묻지 않았다. 말하고 싶지 않아 하는 기색이 역력한 가영을 다그칠 수 없었다.

"여기까지 왔으면 연락을 해야지. 왜 이러고 있어?"

우현이 꾹 참았지만, 화가 난 목소리가 새어나갔다.

여기까지 와서 대체 왜 이러고 있는 거냐고. 분명 자신에게로 오던 길이었을 텐데, 가영의 걸음이 여기서 멈춘 게 속상했다. 무작정 들이밀어도 자신은 받아줄 수 있는데. 가영에게 있어 제가 이렇게나 먼 존재인 것만 같아 화가 났다.

"휴대전화를 쓸 수가 없어서요. 그렇다고 경비원들이 지키고 있는데 무작정 침범할 수도 없고, 얼굴이 다 알려져 있는데 다른 사람한테 휴대전화를 빌려 쓸 수도 없고……. 만약 빌렸다가 오빠 번호가 유출될 수도 있는 거니까요."

가영이 힘없이 대답했다.

"그러면 집에 가서 쉬든지. 대체 왜 이러고 있어?"

왜 이런 모습으로 이러고 있어. 보는 사람 아프게.

우현은 주먹을 꽉 쥐었다.

"집에는 가기 싫고, 오빠는 보고 싶은데 연락할 방법이 없었어요. 그래서 여기 있었어요."

"……."

"나한테는 여기가 지금 오빠랑 가장 가까운 곳이니까."

가영의 눈동자로 물기가 차올랐다. 갈 곳이 없었다. 그 와중에 우현이 미치도록 보고 싶었다. 당장 이전의 삶처럼 언제 죽게 될지 모른다고 생각하니, 우현을 만나고 싶었다. 볼 수 없다면, 근처에라도 머물고 싶었다. 그래서 멍청하다는 걸 알면서도 이러고 있었다. 다른 선택지는 없었으니까.

가영의 말에 우현의 표정이 와르르 무너져 내렸다. 껍데기만 남기고 속이 허물어져 텅 빈 기분이 들었다.

"너는……."

우현은 하려던 말을 삼키곤 손을 내밀었다.

"들어가자."

가영이 길게 뻗은 우현의 손을 가만히 바라보았다.

"가장 가까운 곳을 줄 테니까, 가자."

"……."

"가까이, 바로 내 옆에 있어."

가영은 입술을 사리물었다. 그녀는 말없이 손을 들어 우현의 손가락 끝을 잡았다.

손바닥을 모조리 잡는 게 욕심이라는 듯, 손가락 끝을 잡고서 울 것 같은 얼굴을 하는 가영을 보던 우현은 그녀의 손을 잡아당겨 꽉 움켜쥐었다. 그러고는 절대로 놔주지 않겠다는 듯 단단히 잡고서 앞을 향해 걸었다.

달칵.

문을 열고 들어서자마자 우현은 가영을 끌어안았다. 그의 어깨에 머리를 기댄 가영이 놀란 듯 움찔했다.

"추워 보여서."

그렇게밖에 설명할 수 없었다. 온몸을 구기듯이 앉아 있던 가영은 서릿발 내리치는 겨울 거리에 홀로 남겨진 사람처럼 을씨년스럽고, 추워 보였다.

"미안해요. 이렇게 와서……."

"잘 왔어."

"……."

"이러고 다른 곳 갔으면 화날 뻔했어."

온기 가득한 우현의 목소리에 가영은 그의 어깨에 이마를 가져다 댔다. 그의 체온이 이마로부터 시작해 온몸으로 퍼져나갔다.

"이제 괜찮아."

우현이 손으로 그녀의 등을 다독여주었다. 가영은 아랫입술을 꽉 깨물었다. 그러나 자신의 몸을 있는 힘껏 끌어안아주는 힘 앞에, 더는 견디지 못하고 울음을 터트렸다.

◆ ◆ ◆

가영은 거실 소파에 앉아 우현이 쥐여준 따뜻한 찻잔을 감싸 들고 있었다. 손바닥으로 따뜻한 기운이 몰려드니 조금 살 만했다. 가영은 고개를 조금 돌려 풋스툴에 걸터앉아 자신을 물끄러미 바라보고 있는 우현과 시선을 마주했다. 다정하던 눈매가 굳어 있다.

무슨 일이야?

우현의 눈이 묻고 있었다.

그러게요. 나한테 대체 무슨 일이 일어난 걸까요?

가영은 속으로 대답했다. 사고로 돌아가신 줄 알았던 엄마는 살해를 당했다고 하고, 자신이 존경하며 따르던 아저씨는 낯선 얼굴을 하고 있었다. 죽었다가 과거로 돌아온 후 할머니의 유품을 기억하는 건 가영뿐이었는데, 유일하게 기억하는 누군가를 만났으나 그 사람은 유품을 경멸하는 눈을 하고 있었다.

그 와중에 자신의 집은 타인에게 침범당한 것 같았다. 6년 후에 일어나야 할 일들이, 아니, 그보다 더한 일들이 한꺼번에 들이닥쳤다. 이 이야기를 무슨 수로, 어떻게, 설명할 수 있을까?

"누구 만나고 왔어?"

우현이 무슨 일이 있냐고 묻기 전, 가볍게 시작했다.

"네. 약속이 있었어요."

"누구?"

"……"

"끝까지 말 안 할 거야?"

"……전에 얘기했던, 저를 후원했다는 분이요."

"그 사람이랑 무슨 일이 있었던 건데?"

"……"

가영이 다시 한 번 입을 다물었다. 우현의 눈이 가느스름해졌다.

"말해줄 수 없는 일이야?"

"아무 일도 없었어요. 그냥…… 그냥 우울해서요."

덤덤한 목소리와는 달리 가영의 눈이 일렁거렸다. 말하고 싶었다. 사실은 아주 많이 무섭다고. 일이 이렇게 되니 내가 미친 게 아닌가 하는 의심마저 든다고.

하지만 아무 말도 할 수 없었다. 내 마음 편하자고 다 털어놓았다가, 괜히 우현까지 위험에 처할까 봐 겁이 났다. 아까, 정신이 들자마자 우현에게 찾아온 걸 후회했다. 혹시 자신도 모르는 누군가가 미행하다가 우현과 자신의 사이를 발견했을까 봐.

"거짓말을 할 거면 성의 있게 해. 누가 봐도 무슨 일이 있는 모습으로 찾아와서, 아무 일도 없다고 하면 내가 그러냐고 믿어줄 거 같아?"

"……"

억지미소를 띠고 있던 가영의 입매가 굳었다. 우현은 진심으로 화가 난 얼굴이었다. 그 안에는 화뿐만 아니라 걱정 역시 담겨 있었다.

그럴 만했다. 그의 말처럼 갑자기 이런 꼴로 나타나 입을 다무는 여자친구라니. 누군가가 자신에게 이런 행동을 했더라면, 자신 또한 이해하지 못했을 거다.

하지만, 알면서도 어쩔 수가 없었다. 우현이 보고 싶었지만, 우현에겐 말할 수 없었다. 마음의 추는 계속해서 정신없이 왔다 갔다 했다.

침묵이 흘렀다. 그 침묵 속에는 고집이 있었다. 누군가 하나가 이 침묵을 끝내기 전까지 계속해서 이어질 거라는 고집.

"조금 생각할 시간을 주면 안 되나요? 지금은 저도 혼란스러워서요."

가영이 고민 끝에 입을 열었다.

"그래, 그럼. 내가 보기에도 넌 좀 쉬는 게 좋을 것 같아. 대신, 말하고 싶어지면 언제든 말해. 내가 자고 있으면 깨워서라도."

우현이 기꺼이 한발 물러났다.

"네."

우현은 자신의 안방을 내어주었다. 가영이 입을 만한 건 이것뿐이라면 사이즈 큰 옷들을 내밀었다.

"안방 안에 욕실 있어. 간단히 샤워하고 쉬어. 그럼 잠이 더 잘 올 테니까."

"……고마워요."

돌아서던 우현이 걸음을 멈췄다. 그리고는 고개를 돌려 가영을 쳐다보았다.

"더 고마운 짓을 하고 싶으니까, 기회를 줘. 늘 임가영한테 예쁨 받고 싶거든."

"……."

"그러니까 힘든 일 있으면 곧장 말해. 나는 네 생각보다 훨씬 많은 것들을 도와줄 수 있으니까."

가영은 울컥해 고개를 끄덕였다.

"네. 고마워요."

마침내 가영이 미소를 띤 얼굴로 인사를 하자, 우현은 조용히 방문을 열고 나갔다.

샤워를 마친 후, 우현이 미리 준비해놓은 드라이기로 머리를 말렸다. 그러다 가영은 거울에 비친 제 모습을 물끄러미 바라보았다. 초췌한 여자가 그곳에 있다. 자신을 가만히 바라보던 가영은 외면하듯 고개를 돌렸다. 그리고는 우현의 푹신한 침대에 쓰러지듯 누워 눈을 감았다.

침대는 우현의 향으로 가득했다. 세상에서 가장 안전한 곳에 도착한 사람처

별이 오다

럼 가영은 모처럼 편안했다. 그러나 잠은 쉬이 오지 않았다. 한참을 뒤척인 끝에 가영이 잠들기 직전, 달칵 문이 열렸다. 그 작은 소리에 잠에서 깨어났지만, 무거운 눈꺼풀을 들진 못했다. 가까스로 밀려든 잠이 달아날까 두려웠다.

우현이 이불을 끌어당겨 덮어주었다. 바스락거리는 소리가 이윽고 코앞에 멈췄다. 머리에 커다란 손길이 닿았다. 얼굴 위로 흐트러져 있던 머리카락을 골라 넘겨주고도 아쉬운지 머리를 느릿하게 쓸어넘겨주었다.

그 손길이, 할머니의 것과 닮아 있었다. 애정, 안타까움, 그리고 평온한 잠을 바라는 마음이 담긴 그 손길. 이 손길에 우현의 마음의 녹아 마음으로 흘러들어왔다.

네가 걱정돼. 네 생각보다 더더욱.

가영은 울컥해서 눈물이 나려 했지만 꾹 참았다. 자신이 울면 우현이 놀라서 손을 떼어낼 것 같았다. 지금은 조금이라도 더 이 손길을 느끼고 싶었다.

◆ ◆ ◆

가영이 눈을 뜬 건 창밖에서 푸른빛이 밀려드는 새벽이었다. 침대에 걸터앉은 가영은 멍하니 창밖을 바라보았다. 숨을 들이마시면 새벽이 깊게 빨려들 것 같은 그런 기분이 들었다.

할머니 꿈을 또 꾸었다. 요즘 들어 부쩍 할머니의 꿈을 꾸었다. 할머니는 허리를 곧게 세운 채 기도를 하고 있었다. 할머니는 기도를 마친 후, 촛불을 끄고서 잠에 취해 느리게 눈을 감았다 뜨는 자신의 머리를 쓰다듬어주었다.

「우리 강아지. 할머니가 꼭 지켜줄게.」

왜 지켜준다는 건지 모르겠지만, 그 말이 좋았다. 왠지 떠나지 않고 할머니가 자신의 옆에 계속 있어주겠다는 소리처럼 들렸으니까.

그 말속에 이런 사연이 있는 줄도 모른 채.

가영이 조용히 입술을 씹었다.

머릿속으로 미뤄두었던 생각들이 숙제처럼 쏟아졌다. 가영은 밀려오는 생각들을 속수무책으로 받아들였다. 이영이 했던 말들, 아저씨의 수상쩍은 행동, 그보다 더 수상한 기획사 대표의 행동, 할머니의 유품까지…….

그중 가장 미스터리한 것이 있었다. 왜 6년 후에 일어날 일이 지금 일어났을까? 대체 왜? 아무리 생각해봐도 이 점이 가장 의아했다. 곰곰이 고민하던 가영은 문득 이영에게서 들었던 말을 떠올렸다.

「예능 캡처본에서 할머니와 함께 찍은 사진을 봤어요.」

과거의 삶에서 할머니를 언제 공개했더라.

"아."

가영이 짧게 소리 냈다. 할머니의 사진은 보여준 적 없지만, 할머니에 관한 이야기를 한 적 있었다. 드라마 홍보할 겸 같은 소속사 배우가 DJ로 나오는 라디오 프로그램에 출연해 할머니에 관한 이야기를 했다. 그땐 인터넷 기사가 몇 개 나고 말 정도로 사람들은 관심을 크게 보이지 않았다.

만약 할머니의 존재가 드러나면 곤란해지는 사람이라면? 그런 사람이라면 엄마의 죽음과 연관되어 있을 확률이 높다. 그런 사람이라면 이영의 말처럼 자신이 유명해지는 것도 곤란했겠지. 자신이 유명해지는 걸 막을 수 있는 사람…….

「누나, 미안해요. 스케줄이 취소되었어요.」

미안해하는 이전 매니저의 얼굴이 떠올랐다. 취소된 걸까, 취소한 걸까?

「드라마 출연 잠시 쉬어야 할 것 같아요.」

왜 인지도를 쌓아서 유명하게 발돋움할 즈음이면 스케줄이 사라졌을까?

자신에게 SNS를 하지 못하게 한 사람, 누구를 만나는지 일일이 보고하길 바

별이 오다

란 사람. 그리고 자신의 집과 차에 손쉽게 접근할 수 있는 사람.

그는 기획사 대표였다. 그리고, 그를 소개해준 사람은 정후였다.

유일하게 할머니의 유품을 기억하는 사람. 이전의 삶에서 이영을 만나지 못하게 한 사람 또한 그들일 확률이 높다. 그렇다면 회귀 전 자신을 죽이려고 했던 사람들 또한 그들일 가능성이 높았다. 퍼즐 조각이 맞춰지듯 모든 정황들이 딱 들어맞는다. 그리고 완성된 퍼즐은 지독하게 참혹한 얼굴을 하고 있었다.

아니길 바랐다. 그래서 드문드문 드는 의심을 모두 외면했다. 이게 자신이 겪어야 할 현실이라면, 너무 지독하니까.

"하……."

한숨인지 헛웃음인지 모를 소리가 새어나왔다. 괴로워하던 가영은 이내 고개를 들었다. 무섭고, 두렵고, 화가 나면서, 도망치고 싶었다.

하지만 이미 일은 벌어지고 있었다. 정신 차리지 않으면, 이전처럼 죽음을 피할 수 없다. 자신이 피한다고 해서 피할 수 있는 일이 아니었다. 그때처럼 허무하게는 죽고 싶지 않았다. 억울하고, 분해서라도, 그럴 순 없다.

그렇다면 이제 어째야 하나. 여태껏 자신이 모은 것들은 심증일 뿐, 명확한 물증은 되지 않았다. 그리고 그들이 왜 그랬는지 또한 알 수 없었다. 하지만 확인할 방법이 없진 않다. 가영의 시선이 전원이 꺼진 휴대전화가 담긴 핸드백으로 향했다.

◆ ◆ ◆

가영은 어제 입었던 옷을 다시 입고서 우현의 옷을 잘 개켜 이불보가 정리된 침대 위에 두었다. 그러고는 한참 그 모습을 바라보다가 돌아섰다.

안방 문을 조용히 열고 나오자, 거실 소파에 우현이 누워 있다. 그는 팔짱을 낀 채 잠들어 있었다. 자신에게 안방을 내어주고, 본인은 거실에서 잠든 모양이었다. 미안한 표정을 지은 가영은 발소리를 죽여 우현에게 다가갔다.

어젯밤 우현이 그러했던 것처럼, 가영은 잠든 우현의 얼굴을 가만히 들여다보았다.

가로로 긴 눈매, 이 눈꺼풀 아래에 담긴 눈동자는 까맣지만 수많은 감정을 담았다. 높은 콧대와 꽉 다물린 입술. 잠든 모습마저도 완벽해서, 드라마 촬영 중인 것만 같았다. 가영의 입꼬리가 미미하게 위를 향했다.

너무 괴롭고 무서워서 차라리 다시 살아나지 말지, 하는 생각을 했다. 그렇지만 지금 우현을 보고 있으니, 이 사람을 만난 것만으로도 그 두려움의 값은 충분히 치른 듯했다. 태어나 처음으로 겪는 애정이었고, 설렘이었으며, 기쁨이었다.

당신이 내게 고백한 순간부터 나의 세상은 수많은 색으로 물들었다.

고마운 사람.

가영이 눈에 새기듯 그를 바라보다가 시선을 내리깔았다. 분명 행복한데, 그를 담고 있는 눈이 시큰거렸다. 잠시 눈을 감았다가 뜬 가영이 모자를 푹 눌러 쓰고선 조용히 현관으로 향했다. 그녀가 꽉 닫힌 중문으로 손을 뻗을 때였다.

"……어디 가."

고요한 가운데, 잠긴 목소리가 뚝 떨어졌다. 중문 문고리에 닿은 가영의 손끝이 흠칫했다. 한 박자 늦게 흠칫한 가영이 고개를 돌렸다. 우현이 그 모습 그대로에서 눈만 뜬 채 그녀를 쳐다보고 있었다.

"……일어났어요?"

가영이 어색한 목소리로 물었다.

"응. 어디 가?"

"이제 가보려고요."

"어딜?"

우현이 몸을 일으켜 앉으며 물었다. 그의 목소리가 잠겨 있었다.

"이제 집에 가봐야죠. 어제 하루 잘 쉬었어요. 고마워요."

가영이 아무렇지 않은 듯 미소 지으며 평소처럼 말했다.

"이 새벽에?"

쳐다보는 우현의 눈길이 평소와 다르게 굳어 있었다.

"네. 씻기도 해야 하고……."

"누가 볼까 봐 도망치듯이 빠져나가는 것 같은데."

별이 오다

"……."

미미하게 웃고 있던 가영의 입꼬리가 굳었다.

"그럴 리가요."

가영이 굳은 입매로 대답했다. 우현에게선 대답이 돌아오지 않았다.

"가볼게요. 일어나서 다행이에요. 인사를 못 하고 가는 게 계속 미안했거든
요. 나중에…… 푹 쉬고 나서 연락할게요."

인사를 한 가영이 웃는 얼굴로 중문을 열었다. 중문이 활짝 다 열리자마자
등 뒤에서 바람이 불어쳤다. 어깨 너머에서 불쑥 나타난 손이 중문을 닫았다.
그러고는 다시 중문을 열지 못하도록 손바닥으로 막았다.

가영은 그의 손을 보았다. 얼마나 힘을 주었는지 손끝이 하얗게 질려 있었
다. 이게 그의 지금 기분인 것 같았다.

"그런 얼굴로 가면 누가 보내준대?"

"……."

생각보다 목소리는 덤덤했다. 그래서 그 간극이 더욱 위험하게 느껴졌다. 가
영이 고개를 돌려 우현을 마주했다.

"보내줘요."

가영이 무표정한 얼굴로 말했다.

"어디 가는지, 왜 가는지, 가서 뭘 할 건지 말하면. 그 말이 이해되면 보내줄
게."

"우현 씨는 상관없는 일이에요."

그 말에 우현은 멈칫했다. 그러다 이내 본래의 표정으로 돌아왔지만, 가영은
보았다. 찰나의 순간에 상처받았던 그의 맨얼굴을. 그가 상처받을 줄 알면서
일부러 강하게 말했다. 더는 우현을 이 일에 끌어들이면 안 된다. 그가 위험해
지면 견딜 수 없을 것 같았다.

"그건 내가 판단할게. 주제넘게 끼어든 거라면 진심으로 사과하고 잊어버릴
테니까, 말해."

"……."

"예감이 좋지 않아서 그래. 너한테 굉장히 안 좋은 일이 일어나고 있는 것 같

은 느낌이 드는데, 감을 못 잡겠어. 그래서 미치겠어. 그러니까 말해."

우현은 순순히 물러날 기미가 아니다. 가영은 숨을 흡, 하고 들이마셨다. 더 모진 말을 해서 우현을 자신에게서 등지게 만들어야 했다. 이게 그를 위해 자신이 할 수 있는 마지막 일이었다.

"……모르는 게 나아요."

"그것도 내가 판단할 테니까 말하라고."

"……."

그런데 마음처럼 독한 말이 나오지 않았다. 독한 말을 하면 자신이 울 것 같았다.

"……무서워요."

방심한 틈에 못된 말 대신, 진심이 새어나갔다. 아차 한 가영이 눈을 크게 떴다. 가영의 말에 우현의 눈이 가느스름해졌다.

"겁먹게 할 생각은 아니었어. 그래도 말은 하고 가."

"아뇨. 내가 무서운 건 지금 내게 일어나는 일들이 우현 씨를 힘들게 할까 봐, 그게 무서워요."

이 말을 뱉으면 돌이킬 수 없을 테니까. 우현 역시 타깃이 될까 봐, 그래서 우현이 조금이라도 다치게 될까 봐 겁이 났다.

"가볼게요."

가영이 홱 돌아섰다.

"남겨지는 게 무섭다며."

"……!"

"할머니가 돌아가신 후에, 혼자 남겨진 게 그렇게 무섭고 힘들었다며. 그런데 날 이렇게 남겨두고 갈래?"

"……."

"너한테 일어나는 일이 뭔지, 그 일이 너를 사라지게 만들 수 있다는 공포를 느낀 채 내가 여기 혼자 남아 있길 바라냐고."

가영이 입술을 씹었다. 바짝 마른 입술이 툭 찢어져 피가 났지만, 멈출 수 없었다. 이러지 않으면 마음이 아려서 견딜 수가 없었다. 두려움과 수많은 감정이 할퀴고 지나가 황폐해진 마음인데, 또 아릴 수 있다는 게 신기할 지경이었다.

"그게 아니라 남겨지는 게 무서운 거야?"

"……!"

가영의 어깨가 굳었다. 아니라고 부인하고 싶지만 꼼짝도 할 수 없었다. 우현이 자신으로 인해 피해를 입을까 무서운 것도 있지만, 사실은 이 끔찍한 이야기를 듣고 우현이 뒷걸음질 치는 걸 보게 될까 봐 무서웠다. 사랑하는 사람이 도망치는 모습을 보는 것보다, 내가 먼저 도망치는 게 나으니까.

비겁했다. 알면서도 멈출 수 없었다.

"네가 허락할 때까지 안 떠날게, 가영아."

"……."

"남겨두지 마, 나 혼자."

"……."

우현의 목소리가 허물어지듯 가라앉았다. 물에 빠진 사람이 필사적으로 내민 마지막 손길 같았다. 그 목소리가 마음에 물처럼 차올랐다. 툭, 치면 왈칵 쏟아질 것 같았다.

가영은 느릿하게 돌아섰다. 눈을 감은 채 반쯤 고개를 숙이고 있는 그의 얼굴은 괴로움으로 가득했다.

가영은 이 얼굴을 알고 있었다. 어찌할 수 없을 때, 무기력의 끝에서 나오는 얼굴이다. 가영이 살면서 종종 하곤 했던 그 얼굴.

왜 당신이 나 때문에 왜 이런 얼굴을…….

가영은 목이 메어 고개를 떨구었다.

"……후회할지도 몰라요. 가볍고, 사사로운 이야기가 아니니까요. 끝난 이야기도 아니에요. 이제 막 시작되는 이야기예요. 믿기지 않을 거고, 무서울 거예요. 그래도 괜찮겠어요?"

가영이 애써 덤덤한 목소리로 말했다. 눈을 뜬 우현이 정확히 가영의 고개를 들게 해 눈을 마주했다.

"괜찮아. 뭘 들어도 지금보단 나을 거 같으니까."

습기에 찬 그의 목소리가 뚝 떨어졌다. 가영은 입술을 씹었다. 이렇게까지 말하는 그에게 더는 모르는 척하라고 할 수 없었다.

"소파로 가요. 이야기할게요."

가영은 마음을 먹은 듯 입을 열었다.

✦ ✦ ✦

가영은 할머니의 유품이나, 6년 전 회귀 이야기를 제외하고는 모든 이야기를 털어놓았다. 이야기하는 동안 간간이 말이 끊어지고, 목이 메었지만 멈추지 않았다. 혹시나 해서 현관에 놔둔 구두코의 방향이 달라진 것과 기획사 대표의 집요한 집착을 이야기할 때는 의외로 목소리가 떨리지 않았다.

"……그렇게 된 거예요."

가영이 말을 마친 후, 소파에 상체를 기울인 채 앉아 있는 우현을 보았다. 그는 내내 한마디도 하지 않았다. 설명이 끝난 지금, 자신이 한 모든 말들이 무게를 가지고 떨어져 내린 듯 거실엔 무거운 침묵만이 흘렀다.

"그래서 지금, 나가서 그 기자에게 전화를 해볼 거라고?"

우현이 낮은 목소리로 물었다. 가영은 느릿하게 고개를 끄덕였다. 가벼운 움직임과 달리 그 대답의 무게는 무거웠다.

가영은 우현의 집에서 나간 후 되도록 먼 곳으로 가서 이영에게 전화를 할 생각이었다. 할머니의 유품에서 엄마를 죽인 사람에 대한 증거를 찾은 것 같은데, 혹시 확인해줄 수 있겠냐고. 확실한 것 같으니, 알아볼 수 있을 거라는 말을 덧붙이려고 했다.

만약, 자신이 예상한 사람이 자신의 휴대전화를 도청하고 있다면 어떤 식으로든 반응이 있으리라 생각했다.

"그런데 왜 나가서 해? 여기서 해."

"위치추적 당하고 있을까 봐서요. 지금까지의 정황상 휴대전화 통화내역만 도청되고 있는 것 같긴 한데, 혹시나 하는 마음에서요."

"……."

"만에 하나 휴대전화를 켰는데 위치추적을 당하면, 여기까지 들키는 거잖아요. 그럼 오빠까지 위험해지니까요."

가영의 말에 우현의 입술이 한일자로 다물린다.

"네가 위험해지는 건?"

"그건……."

"네가 위험해지면? 그건 나한테 괜찮은 일인 거 같아?"

"……."

우현이 화를 꾹 참는 얼굴로 물었다. 확 구겨진 미간과 자신을 뚫어지게 바라보는 눈빛이 낯설었다. 가영은 입술을 달싹거리다가 눈을 내리깔았다.

"위험하니까 하지 마. 차라리 신고를 하든지……."

우현이 한숨을 내쉬며 말했다.

"증거가 없어요. 그리고 지금 해결하지 않으면 나는 언젠가 위험해져요."

회귀하기 전, 죽었던 그날처럼.

자신이 성공해서 사람들의 이목을 끌수록, 이영과 만날수록, 혹은 그의 눈 밖으로 나갈 짓을 한다면 가차 없이 당할 거다. 자신뿐만 아니라 주변 사람들까지 다칠지 모른다.

가영이 주먹을 꽉 움켜쥐었다.

그것만큼은 막아야 했다.

"그 전에 해결해야 해요. 그러려면 지금 이 수밖에 없고요. 그리고…… 알고 싶어요. 그 사람이 정말 내가 생각하는 그 사람이 맞는지, 엄마한테 왜 그랬는지, 할머니한테는, 그리고 나한테는 왜 그랬는지……."

"……."

"뭘 그렇게 잘못해서 죽도록 괴롭히는 건지, 대체 왜 그러는 건지……."

가영의 눈에 눈물이 차올랐다. 엄마는 당시 스물넷이었다고 했다. 찬란한 나이의 엄마는 꿈도 피우지 못한 채 져버렸다. 그토록 사랑했다는 작은 아이를 제게서 떼어놔야 했다. 혼자 된 엄마와 핏덩이를 두고 돌아서야 했을 엄마의 마음을 감히, 상상조차 할 수 없었다.

이제 막 피어나던 딸이 차가운 시신으로 돌아왔음에도 제대로 보내지 못하고 핏덩이를 안고 눈감아버려야만 했을 할머니의 마음이 어떠했는지 또한 가늠할 수 없었다. 어떤 마음으로 핏덩이를 안았을지, 기도할 때마다 죽은 딸의 이름을 불렀을지 또한.

"그냥 이렇게 끝낼 수가 없어요. 도망치려고 해봤는데, 그러면 나는 죽을 때까지 후회할 거 같아요. 엄마랑 할머니가 너무 불쌍하거든요. 그리고 너무 화가 나요. 화가 난다는 그런 말로 다 표현할 수 없을 만큼, 화가 나요."

"……."

"보내줘요, 오빠. 허무하게 안 당할 테니까요."

가영이 주먹을 꽉 움켜쥔 채 말했다.

"그럼 나보고 여기서 그냥 맥없이 기다리라고?"

우현은 생각만으로도 미칠 것 같은 얼굴을 하고 있었다. 가영이 아무 말 하지 않자, 우현이 거칠게 머리를 쓸어올렸다.

"차라리 같이 가든지."

"아뇨. 그러면 제대로 된 이야기를 들을 수 없을 거예요. 내가 원하는 건 이래야만 했던 명확한 설명과 그 사람의 처벌이니까요."

"그러면 나는 기다려? 무작정?"

우현이 막막한 얼굴로 가영을 바라보았다. 말리고 싶다. 아니, 말려야 한다. 우현이 입을 떼려는데, 가영이 한발 빨랐다.

"괜찮다면, 정말 괜찮다면……."

"……."

"그럼 나 좀……."

"도와줄게."

자신이 하려는 말을 뱉은 우현을, 가영은 놀라서 쳐다보았다.

"그게 뭔지 모르지만 도와줄게. 멈출 순 없을 거 같으니까."

"고마워요."

가영이 미안한 눈빛을 한 채 말했다. 이 말을 하기까지 수십 번도 더 고민했다. 그를 이 일에 끌어들이는 게 아닌지. 하지만 자신이 말린다고 해도 우현은 이미 뛰어들 기세이다.

"⋯⋯고마워요."

"네가 나였어도 이렇게 했을 거잖아. 아냐?"

"맞아요."

가영이 고개를 주억거렸다. 우현에게 위험한 일이 닥쳤다면, 자신도 두 팔 걷어붙이고 덤볐을 거다.

그래서 결국 그에게 도와달라고 말했다. 우현은 기다렸다는 듯이 승낙했다.

가영은 누군가가 해주었으면 하는 일을 우현에게 부탁했다.

✦ ◆ ✦

가영은 우현의 집에서 삼십 분 거리에 떨어진 카페로 향했다. 그녀는 핸드백에서 비닐봉지를 꺼냈다. 비닐봉지에 돌돌 말아 넣어놓은 휴대전화를 꺼내 켰다.

휴대전화가 쉴 틈 없이 울렸다. 매니저, 기획사 대표, 스팸전화, 연락처를 주고받은 몇몇 배우들의 안부 메시지였다.

"후우."

숨을 고른 가영은 허리를 곧게 세운 채 가장 먼저 이영에게 전화를 걸었다. 이미 세 시간 전, 가영은 우현의 휴대전화로 이영에게 전화를 걸었었다. 가영이 가장 먼저 물은 건, 집에 침범한 사람은 없는지, 따라오는 사람 없는지, 다른 위험한 낌새는 없는지 확인했다. 다행히 이영은 지방에 일이 있어 집을 비운 상태였다.

「그러면 부탁 하나만 해도 될까요?」

— 뭐든지요.

「제가 세 시간 뒤에 전화를 할 거예요. 그때 통화하면서 기자님에 관한 어떤 정보도 말하지 마세요. 그냥 제가 하는 말에 놀라는 척하며 오늘 저녁에 만날 약속을 잡는 척해주세요.」

— 그거면 되나요?

「그거면 충분해요. 죄송해요. 이런 어려운 부탁을 해서요.」

― 어려운 부탁은요. 고작 이것만 해도 된다고 하니, 오히려 미안하네요. 무슨 일을 하고 있는지 모르겠지만, 부디 안전한 방법이길 바라요.

「네. 그럴게요. 도와주셔서 감사합니다. 그리고…… 조심하세요.」

― 난 늘 조심하고 있으니 걱정하지 말아요.

그 통화를 끝으로 세 시간이 흘렀다. 약속된 시각이다. 가영이 전화를 건 지 얼마 되지 않아 휴대전화 너머에서 이영의 목소리가 들렸다.

― 네. 가영 씨.

"기자님."

가영은 일부러 이영의 이름을 말하지 않고, 기자님이라 불렀다.

― 네. 무슨 일이에요, 이 시간에?

이영이 시치미를 뚝 뗀 채 물었다.

"저…… 사실은 며칠 전에 할머니 유품에서 이상한 걸 찾았어요. 아무래도 엄마를 죽였다는 그 사람에 관련된 물건 같은데, 저는 알아보질 못하겠어요. 괜찮으면 확인해주실래요? 같이 출처를 알아볼 방법을 강구해도 좋고요."

― 그래요? 좋아요. 어디서 볼까요?

"오늘 밤에 시간 괜찮으신가요?"

― 안 괜찮아도 봐야죠. 7시 이후면 다 괜찮아요.

"네. 그러면 7시에 뵈어요. 약속장소는 메시지로 보낼게요."

― 그래요. 알겠어요.

통화를 마친 후, 가영은 휴대전화를 테이블에 내려놓았다. 그리고 멍하니 창밖을 바라보았다. 만약 자신이 도청당하고 있는 중이라면, 어떤 식으로든 반응이 올 거다. 아마도 기자가 증거를 보고 누군지 추정하기 전에, 자신에게 먼저 연락해서 증거를 없애려고 나설 확률이 컸다. 가영은 그걸 노렸다.

그런데, 생각보다 고요했다. 반응이 왔으면 하면서도, 동시에 이대로 조용하게 지나가버렸으면 했다. 아무 일도 없던 것처럼.

띠리링. 띠리링.

별이 오다

한참을 멍하니 창밖을 바라보던 가영은 테이블에 놓인 휴대전화 벨 소리에 흠칫했다. 확인해야 한다는 걸 알면서도, 확인하고 싶지 않다는 이중적인 마음이 들었다.

고민하던 가영이 느릿하게 고개를 돌렸다. 새 휴대전화의 액정에 저장된 이름이 떠올라 있었다.

[아저씨]

부디, 아니길 바랐던 그 이름이.

Chapter 12

　정후의 시선은 집무용 책상 귀퉁이로 향해 있었다. 귀퉁이에 놓인 스탠드의 방향이 달라져 있다. 못마땅한 얼굴로 그것을 바로잡은 정후는 집무실을 쭉 훑었다. 물건이 흐트러진 것, 제 물건에 먼지가 내려앉는 건 그를 불쾌하게 만들었다. 늘 자신이 보는 각도로 책상 위 물건들을 재배열하는데, 휴대전화 너머에서 다급한 목소리가 흘러나왔다.

　– 형님.

　아까 전부터 가영의 기획사 대표인 형서는 침착하지 못했다. 그 점도 그를 불쾌하게 만들었다.

　"그래. 형서야. 가영이의 위치는?"

　정후는 무덤덤하게 물었다.

　– 죄송합니다. 아직 파악하지 못했습니다.

　"이런. 됐다. 이제 위치 파악하는 건 그만두도록 해."

　– 아닙니다. 제가 더 찾아보겠습니다.

　형서가 다급하게 말했다.

　"됐다. 형서야. 오늘 가영이와 만나기로 했다. 너는 내가 전화할 때까지 대기하도록 해."

　– 가영이를…… 만나신다고요?

　"그래. 내게 연락이 왔더구나."

　정후의 말에 형서는 충격을 받은 듯 아무 말도 하지 못했다. 정후는 형서가 왜 이러는지 알고 있었다.

　쓸데없이 마음 약한 녀석.

　정후는 혀를 끌끌 차고 싶은 마음을 참으며 차분하게 말을 이었다.

　　　별이 오다

"형서야."

─ ……네.

형서의 목소리가 가늘게 떨리는 걸 정후는 모르는 척했다.

"앞으로 가영이 스케줄은 모두 취소해. 들어온 작품은 반려하고, 가영이는 앞으로 활동하지 않을 테니까."

─ 형님. 어쩌시려고…….

형서의 목소리가 불안으로 격하게 떨리기 시작했다.

"내가 너한테 그런 것까지 말해야 하던가?"

무표정한 정후가 섬뜩하리만치 고요한 목소리로 물었다.

"그만 끊으마."

─ 혀, 형님!

형서가 다급히 그를 불렀다.

─ 가영이 말입니다. 이제 그냥 두시는 게 어떠십니까?

"지금껏 내가 한 말을 못 들은 거야?"

─ 아뇨, 들었습니다. 제 말은 이전처럼 그런 일을 벌이면 형님이 위험할까 봐 그럽니다. 가영이는 제가 잘 지켜보겠습니다. 여태껏 통화내역만 도청했지만, 위치추적과 집 안에도 도청장치를 설치해서 다른 짓 못 하게 확실히 살피겠습니다. 그러니까 조금만 더 시간을 가지고 지켜보시는 게…….

형서의 목소리엔 조급함이 묻어 있었다.

"형서야."

정후가 형서의 말을 잘랐다.

"혹시 나랑 가영이가 통화하는 거 엿들었니? 그래서 가영이가 별장에 오는 걸 알고 이러는 거야?"

정후의 고요한 목소리에 형서는 아무 말도 하지 않았다.

"하지 말라고 했는데, 기어코 들은 모양이구나. 왜? 뭐가 알고 싶어서?"

정후는 불편한 기분을 숨기지 못하고 손끝을 까딱였다.

─ 아, 아닙니다. 제가 궁금한 게 뭐가 있겠습니까? 형님이 놓친 게 있으실까 봐 제가 대신 마지막까지 확인했을 뿐입니다.

시키지도 않은 일을 해놓고 빠져나가는 변명치고는 졸렬했다.

"그새 가영이한테 정이라도 들었니?"

정후가 모든 물건들이 자신의 규칙대로 배열된 서재를 쭉 훑으며 고저 없는 목소리로 물었다.

— 아뇨. 그럴 리가요.

형서가 빠르게 부인했다. 그러나 사람의 목소리엔 숨길 수 없는 것들이 있었다.

호흡, 톤, 대답하는 타이밍.

형서는 거짓말을 하고 있었다. 정후는 웃었다. 사람들은 스스로를 숨길 수 있다고 생각하고 있었다. 이렇게 쉽게 들통난다고는 생각지 못하고서.

형서는 가영이를 연민하고 있었다. 그래서 자꾸만 이 일을 자신의 선에서 처리하려고 하고 있었다. 그러나 이미 일은 그가 해결할 수 있는 선을 넘어섰다.

"그러면 이제 그만 가영이는 잊어버리려무나."

— 하지만…….

"형서아. 내가 널 거둔 지 벌써 10년이 되었구나. 가진 것도 없고 사람 같지도 않은 너를, 눈빛이 좋아 지금껏 데리고 있었어. 거짓말도 하지 않고, 넌 나를 위해 참 열심히 일했지. 그런데 말이다. 아무리 충성하는 개라도 자꾸 짖으면, 주인도 어쩔 수가 없는 법이란다."

— …….

"내 말, 알아듣겠니?"

— ……죄송합니다.

형서가 입을 다물었다. 다행히 마지막 경고를 알아들을 정도의 눈치는 남아 있었다.

"끊으마."

통화를 마친 정후는 무감각한 표정으로 휴대전화를 바라보았다. 그의 손끝이 액정에 떠 있는 형서의 이름을 툭툭 두들겼다.

"10년이면 너무 오래 데리고 있었지."

자신에 대해 아는 것이 너무 많아졌다. 그게 나중에 자신의 발목을 잡을 수도 있다. 특히 이렇게 목덜미를 물어뜯어 죽여야 할 사냥감에게 연민이라도 품으면 골치 아파졌다. 차가운 눈으로 휴대전화를 바라보다 시선을 돌렸다.

모처럼 찾은 별장의 서재는 변함이 없었지만, 미묘하게 타인의 손길을 타서 삐뚤어진 곳이 있었다. 정후는 그걸 귀신같이 찾아내 도로 고쳐놓았다. 모든 것은 제대로 자리하고 있어야 했다. 그게 물건이든, 사람이든.

인터폰이 울렸다. 버튼을 누르자 새로 키우는 개의 고저 없는 목소리가 흘러 들어왔다.

— 도착했습니다. 작업은 모두 완료했고, 곧 응접실로 향할 예정입니다.

정후는 대답하지 않고 거울 앞에 섰다. 인터폰이 끊겼다. 그는 전신거울 앞에 서서 옷매무새를 가다듬었다. 머리부터 발끝까지 말끔하다는 걸 확인한 그는, 미소를 지었다. 완벽하게 만들어진 인자한 미소였다. 입꼬리까지 확인한 그는 무표정한 얼굴로 집무실 문을 열고 나섰다.

✦ ✦ ✦

응접실 소파에 앉은 가영은 낭패스러웠다. 정후가 자신을 부른 곳은 별장이었다. 긴히 할 이야기가 있으니 오늘 꼭 보았으면 좋겠는데, 회의 때문에 근처 별장까지 와줄 수 있냐고 물었다.

별장이라는 말과 달리 그곳은 서울에 있는 관리인이 상주하는 빈 저택이었다. 오래전, 자신처럼 후원받는 아이들을 모아 파티를 해준 장소라 그녀도 대충의 구조는 알고 있는 곳이다.

저택에 도착해 문을 열고 들어서자마자 가영은 물벼락을 맞았다. 청소하던 관리인이 가영을 미처 발견하지 못하고 청소에 쓴 물을 끼얹었다고 했다.

「어휴, 죄송합니다. 정말 죄송합니다. 제가 잘 봤어야 했는데…….」

청소하는 사람은 울먹거리며 사과했다. 무릎까지 꿇을 기세였다.

「제가 관리인입니다. 이런 불상사가 생기게 해서 죄송합니다. 새 옷을 준비해드리겠습니다.」

저택의 관리인이라는 낯선 젊은 사람과 청소인이 거듭 그녀에게 사과했다. 그러고는 저택의 관리인이라는 젊은 사람은 가영에게 기다렸다는 듯이 새 옷을 내밀었다. 몸에선 걸레 빤 물인지 쾌쾌한 냄새가 났다. 간단히 물로 얼굴, 목, 팔, 다리를 헹군 후 옷을 갈아입었다. 젖은 머리를 잠시 드라이기로 말리는 사이, 그녀가 쓰고 왔던 안경과 휴대전화가 사라져 있었다.

휴대전화를 찾자, 관리인이 무표정한 얼굴로 대답했다.

「휴대전화 또한 젖었으니 저희가 고쳐드리겠습니다.」

「생활방수 되는 휴대전화라 괜찮아요.」

「저희가 혼이 납니다. 부디 말끔히 정리해서 돌려드릴 수 있게 해주시길 부탁드립니다.」

남자는 정중했으나, 강경했다. 감정이 없는 무감한 눈길이 섬뜩했다. 가영이 빤히 쳐다보자, 남자는 예의상 입꼬리를 끌어올리며 웃었다.

가영은 고개를 돌려 청소인을 바라보았다. 눈이 마주치자, 피곤한 표정을 짓고 있던 그녀는 금세 미안해서 어쩔 줄 몰라 하는 표정을 지었다.

마치 잘 만들어진 드라마 세트장에 들어와 있는 기분이었다. 자신의 시선에 큐 사인이 떨어진 듯이 연기하는 배우들과 마주한 기분이었다. 문제는 대본도, 장르도, 결말도 알 수 없다는 거였다.

가영은 뒤이어 몇 번이나 휴대전화와 안경을 돌려달라고 요구했으나, '죄송합니다. 저희가 잘 닦고 정리해서 돌려드리겠습니다.'라는 말로 거듭 거절당했다. 그들은 돌려줄 생각이 전혀 없어 보였다.

낭패였다. 가영은 도청 카메라가 삽입된 안경과 휴대전화의 녹음 기능을 켜 놓은 상태였다. 자신의 수를 모두 알고 있었다는 듯 압수당했다. 혹시나 해서 챙겨온 만년필처럼 생긴 녹음기 또한 물에 젖어 고장 났다.

그나마 다행인 건 혹시나 자신 때문에 피해를 입을까 싶어서 휴대전화에 있는 기자, 친구들, 우현의 번호를 모두 삭제하고 통화내역도 모조리 없앴다는 거였다.

그와의 대화 내용을 녹음할 곳이 없어졌다. 우현과 통화할 수 있는 수단도 사라졌다. 돌아갈까 하다가 이상한 낌새를 느낀 정후가 자신을 힘으로 제압할

별이 오다

것 같아 조금 더 견뎌보기로 했다. 그리고 오늘이 아니면 제대로 된 이야기를 들지 못할 것 같았다.

응접실의 소파에 가영은 가만히 앉아 어둠이 내린 창밖을 바라보았다. 높은 나무가 이상할 정도로 다닥다닥 붙어 있었다. 마치 밖에서 안이 보이지 않게 하려는 듯이.

"여기까지 오라고 해서 미안하구나."

응접실 문을 열고 들어온 정후가 말을 건넸다. 가만히 앉아 있던 가영은 흠칫하다가 언제 그랬냐는 듯 마주 미소 지었다.

"아니에요. 그리 먼 거리도 아닌걸요."

"그렇게 이해해주면 고맙구나. 그래. 그간 잘 지냈니?"

정후가 부드럽게 웃으며 물었다. 정황상 정후가 의심이 가는 상황임에도 가영은 자신이 착각한 게 아닐까 하는 생각이 들 정도로 정후는 인자한 표정을 짓고 있었다.

"네. 아저씨는 잘 지내셨어요?"

"나야, 뭐 늘 그렇지."

"국회의원선거에 나가실 거라는 얘기 들었어요."

"아직 준비 중이란다. 한참 남았지."

정후가 대답하며, 창문의 버티컬블라인드를 내렸다. 밖과 완전히 차단되었다. 가영은 마른침을 삼켰다. 긴장을 감추기 위해 미소 지었다.

"뭐라도 마시겠니?"

정후가 각종 음료와 술이 담긴 트레이로 다가가며 물었다.

"아뇨. 괜찮아요."

"그래도 이렇게 빈 입으로 이야기 나누기 뭐하잖니? 이야기가 길어질 것 같은데……."

정후는 이미 답이 정해져 있다는 양, 잔에 준비된 얼음을 담았다.

"그럼 아저씨랑 같은 걸로 주세요."

"나는 술을 마실 건데?"

"네. 같은 걸로 주세요."

"그러자꾸나."

정후는 잔을 두 개 준비해 술을 부었다. 가영은 그 과정을 물끄러미 지켜보았다. 정후는 가지고 온 술 한 잔을 가영의 앞에 내려놓고, 다른 한 잔을 자신의 앞에 내려놓았다.

"마시자꾸나."

"천천히 마실게요. 저기, 아저씨. 죄송한데 휴대전화 한 번만 빌려주실 수 있으신가요?"

"휴대전화는 왜?"

"깜빡하고 혜록이한테 여기 온다는 말을 안 했어요. 대표님이 어딜 가든, 누굴 만나든 일일이 다 보고하라고 했거든요. 매니저한테도 말을 해놔야 할 것 같아서요."

"이런 개인적인 일까지는 그럴 필요 없지. 그리고 대표한테는 내가 말해놓으마."

"매니저한테 꼭 해야 할 말이 있기도 해서요. 곤란하지 않으시다면, 부탁드릴게요."

가영이 굽히지 않고 거듭 부탁했다. 정후의 눈이 가느스름해지더니, 이내 입가에 예의상의 미소가 번졌다.

"그러마."

그는 안주머니에 손을 넣어 뒤적거리더니 난처한 표정을 지었다.

"이런. 어쩌지. 휴대전화를 놔두고 왔구나. 나중에 가져다줘도 되겠니?"

"네. 어쩔 수 없죠. 나중에 꼭 부탁드릴게요."

가영은 애써 미소 지었다.

"그래."

가영이 술잔을 들어 입에 가져다 댔다. 확 몰려드는 냄새에 얼굴을 찌푸린 가영이 잔을 내려놓았다.

"아저씨, 죄송한데 아무래도 술은 입에 맞지 않는 것 같아서요. 음료수를 부탁드려도 될까요? 번거롭게 해서 죄송해요."

"아니야. 뭘 그런 말을."

별이 오다

정후는 흔쾌히 대답하며 자리에서 일어났다. 이윽고 그가 음료수가 담긴 잔을 가영에게 내밀었다. 가영은 음료수를 입에 댄 후, 내려놓았다. 입술만 축이는 정도였다.

응접실 안이 고요했다.

"아저씨. 급한 일이 있다고 하셨잖아요. 무슨 일이세요?"

"아. 그게 말이다. 이런 말을 꺼내는 게 미안하다마는, 기획사를 바꾸는 게 어떨까 해서. 아무래도 내가 잘못 소개시켜준 것 같더구나. 좋은 녀석이었는데, 왜 그렇게 변한 건지⋯⋯."

"어떤 점이요?"

"너에 대해 많은 것들을 알고 싶어 하더구나. 집착 비슷한 걸 하는 것 같은데. 내 생각에는 너를 이성으로 대하는 게 아닌지 염려스러워서 말이다. 큰일이 벌어지기 전에, 너를 떼어놓는 게 나을 것 같다는 판단을 했단다."

"계약기간 동안 일방적으로 해지를 요구할 경우, 위약금이 있어요."

"그건 내가 알아서 하마."

"그럼 그렇게 해주세요. 저는 제게 제의 들어온 곳과 계약하도록 할게요."

"아니다. 내가 소개해주마."

"아니에요. 괜찮아요. 안 그래도 마음에 둔 기획사가 있었거든요."

"가영아, 고집부리지 말고."

정후의 목소리가 낮아졌다. 웃고 있던 그의 입매도 굳었다.

"다른 기획사가 안전하다는 건 어떻게 보장하시겠어요? 또 이런 불미스러운 일이 생겨서 얼굴을 붉히느니 그냥, 저는 제가 가고 싶은 곳으로 갈게요."

"⋯⋯가영아."

"왜요? 제가 다른 기획사에 가면 안 되는 이유라도 있나요?"

가영의 물음에 정후의 반듯한 미소가 그대로 굳었다.

"그럴 리가."

잠시의 침묵 끝에, 정후가 대답했다.

"그럼 제가 다른 기획사에 가도록 놔둬주세요."

"그래. 그러려무나. 내 뜻을 네가 오해한다니 그렇게 해줘아⋯⋯."

"아저씨."

가영이 정후의 말을 잘랐다. 버릇없는 그녀의 행동에 정후의 눈이 가느스름해졌다. 그 눈은 뱀의 눈처럼 차갑고 습했다.

"이런 이야기 시간 아까우니 이제 그만하고 하고 싶은 말, 그냥 하세요. 빙빙 돌리지 마시고요."

"무슨 말이니?"

정후가 전혀 모르겠다는 표정으로 물었다.

"저택 관리자한테 들으셨을 거잖아요. 기껏 물까지 끼얹어가며 휴대전화를 빼앗았는데 통화내역이나 전화번호부가 텅 비었다는 거요. 소지품 중에는 별다른 거 없다는 것도 보고 받으셨을 거잖아요."

"무슨 말을 하는지 모르겠구나."

"그럼 제가 아실 때까지 말씀드릴게요. 증거, 여기 없어요."

가영의 조용한 말에 정후의 눈매가 서늘하게 굳었다. 그의 눈을 마주 보면 당장이라도 잡아먹힐 것 같아, 가영은 눈을 내리깐 채 준비한 말을 꺼냈다.

"왠지 기분이 이상해서 다른 곳에 숨겨뒀어요. 할머니의 유품에 그런 게 있을지 몰랐어요. 그 유품을 진즉 발견했다면, 아저씨가 어떤 사람인지 잘 알았을 텐데요."

"대체 무슨 소릴 하는 거니?"

"내가 가진 증거가 모두 아저씨를 가리키고 있다는 말을 하고 있는 거예요. 왜…… 그랬어요?"

"뭘 말이니?"

고요한 눈으로 아무것도 모른다는 표정을 짓고 있는 아저씨를, 가영이 느릿하게 마주 보았다.

"우리 엄마한테, 우리 할머니한테, 왜 그랬냐고요."

"……."

"스물넷밖에 안 된 우리 엄마한테, 날 낳고 그렇게 좋아했다는 엄마한테, 왜 그랬어요? 왜 그런 짓을 했어요?"

가영의 목소리가 가늘게 떨렸다.

별이 오다

"가영아. 대체 왜 이러는지 모르겠구나. 네가 말하는 증거가 뭔지도 모르겠고, 그리고…… 증거라는 게 새삼스럽게 나타나겠니?"

아저씨의 입가에 미소가 떠올랐다. 반듯하게 만들어진 그 미소 너머에 어떤 얼굴이 있을지 겁이 났다. 하지만 가영은 버텼다. 지금 이 순간을 이겨내지 못하면 영영 비밀을 알 수 없게 된다.

"없다고 생각했겠죠. 그러면서도 불안했죠? 그러니까 날 여기까지 불러들인 거잖아요. 몸에 물까지 끼얹어가면서 내 물건을 다 빼앗아간 거고요. 하지만 이미 들으셨겠지만, 기자님의 성함이나 번호, 기타 등등 원하는 건 없을 거예요. 휴대전화의 내역, 휴대전화 번호를 다 지우고 왔거든요. 혹시나 해서 초기화까지 시켜놨어요."

가영의 말에 정후의 표정이 굳었다. 그것도 잠시, 이내 입매를 끌어올려 빙긋 웃었다.

"가영아. 내가 너라면 이렇게 행동하지 않아. 네 말대로 넌 휴대전화 하나 없이 내 집의 중앙에 있는 거란다. 그런데 이런 말을 서슴없이 해서 나를 도발할 필요가 있을까? 응? 내가 너라면 협상을 할 거야. 내어줄 건 내어주고, 챙겨갈 건 챙겨가는 걸로 말이야."

정후가 어르고 달래듯 말했다.

"그래서 이렇게 왔잖아요. 제가 받고 싶은 건, 이유예요. 왜…… 왜 그랬어요?"

가영이 울컥한 표정으로 물었다.

그런 가영을 정후가 가느스름한 눈으로 쳐다보았다. 증거는 없다. 수없이 확인했고, 뒷수습까지 철저하게 했다. 그러면서도 만에 하나, 라는 생각이 들었다.

그리고 지금, 가영은 자신을 범인으로 지목하고 있었다. 어떠한 증거가 나오지 않았다면 이런 행동을 하기 힘들 거다.

분명 뭔가가 있었다. 자신이 모르는 뭔가가. 말끔하게 정리되어 있는 자신의 물건을 누군가가 어지럽힌 것처럼 짜증이 왈칵 치솟아 올랐다. 동시에 싸한 무언가가 뒷덜미를 훑고 지나갔다. 정후는 손으로 뒷덜미를 쓸어내린 후, 가영을 보며 빙긋 웃었다.

"넌 정말 많이 닮았구나."

"……."

"나를 말이다."

"……!"

"너는 날 닮았어, 네 엄마가 아니라."

정후가 웃으며 말에 가영의 얼굴에선 핏기가 사라졌다.

정후가 자신의 아버지였다. 어렴풋이 그럴 거라 예상하고 왔지만, 그의 입에서 한마디,.한마디 흘러나올 때마다 가슴이 철렁 내려앉았다.

어머니만큼 궁금했던 아버지가 자신이 눈앞에 있었다. 단 한 번도 상상해본 적 없는 모습으로.

"그렇게 궁금하다면 말해주마. 하나도 빠짐없이 말이야."

"……."

"네 엄마는 너무 착해서 내가 하는 말들은 다 잘 들었지. 죽으라면 죽는 시늉도 했어. 만나는 내내 그랬지."

정후는 그때를 떠올리듯 아득한 표정을 지었다.

혜영은 예쁘고 착한 사람이었다. 보자마자 마음에 들었다. 모임에서 술에 취해 충동적으로 하룻밤을 보냈다. 이후 잊지 못해 그녀를 찾아가자, 혜영은 군말 없이 받아주었다.

그렇게 혜영과 만남을 이어갔다. 그녀는 자신을 사랑했기에 자신이 시키는 건 모두 다 했다. 사진 찍는 걸 싫어하니 찍지 말자는 말도 이해해주었고, 다른 사람들에게 자신과 교제하는 사실을 말하지 말라고 했던 것도 바보같이 지켰다.

그저 숙박업소에서 보는 게 전부였는데도, 그 여자는 싫은 내색 한번 하지 않았다. 그가 바쁘다고 했을 때에도 이해해주었다. 어느 순간, 그가 기혼자란 걸 눈치챈 듯했지만, 그것마저도 아는 척하지 않았다.

자신과 헤어지고 싶어 했으나, 좋아하는 마음이 커 번번이 마음 약해져 실패

별이 오다

하는 혜영을 보면서 희열을 느끼기도 했다. 자신을 경멸하면서 곁에 두는 지은 과는 정반대의 그녀가 사랑스러웠다. 혜영에겐 자신의 부인에게서 찾을 수 없는 인내심과 아늑함이 있었다. 그 때문에 일찍 끊어내지 못한 게 화근이었다.

어느 날부터 부인인 지은이 자신을 의심하는 게 느껴졌다. 정후에겐 각도, 물건 배치 순서, 그리고 몇 가지의 트릭을 설치해둔 후 물건을 배열하는 습관이 있었다. 그것들은 지은이 집에 있는 날마다 엉망이 되었다. 지은은 자신의 물건을 뒤졌다.

그녀는 그가 눈치채지 못한다고 생각했겠지만, 정후는 곧바로 알아챘다. 가끔 자신이 어딘가에 약속이 있다고 하면 불시에 나타나 확인하고 사라지곤 했다. 증거는 찾지 못했지만, 심증은 있는 상태였다.

지은은 욕심이 많았고, 처가 또한 바람난 데릴사위를 가만히 둘 사람들이 아니었다. 이성적이고 철저하게 계산하에 움직이는 사람들은 그에게 하자가 있다고 판단을 내린 순간, 곧장 내칠 것이다. 그에게 지은은 진흙탕 같은 삶에서 자신을 구해줄 동아줄 같은 여자였다. 지은을 놓느니, 혜영을 처리하는 것이 옳았다.

어차피 자신과 혜영이 함께한 증거는 어디에도 없었다. 잘 헤어지기만 하면 될 일이다. 혜영은 착한 여자니 순순히 헤어질 거라 생각했다. 만약 조금 질척거리면 돈을 주고 떼어낼 생각이었다. 그런데 그녀의 배에 어찌할 수 없는 증거가 남았다.

헤어지자고 말하려는데 혜영이 헛구역질을 했다. 문득 얼마 전부터 시작된 그 증상이 지은이 상상임신 했을 때와 비슷하다는 게 느껴졌다. 임신했냐고 닦달하자 부인하던 혜영은 결국 수긍했다.

「네. 임신했어요. 그런데 부담 줄 생각은 아니었어요. 혼자서 잘 키우려고 했어요.」

신파 같은 대사를 처연한 얼굴로 뱉으면서 말이다.

배 속의 아이를 지우라고 했다. 혜영은 답지 않게 거부했다. 자식을 품자마자 모성이라도 생긴 건지, 날을 세우기 시작했다.

「정후 씨가 애 아빠라는 사실 모르게 할게요. 아이한테도 말하지 않을게요.

아무한테도 말하지 않을 테니까, 이 아이만 나한테 줘요. 내가 잘 키울게요.」

혜영은 무릎을 꿇은 채 울면서 빌었다. 그러나 정후는 그런 혜영이 징그러웠다. 세상에 그것만큼 찝찝한 일이 또 있을까. 어딘지 모를 곳에서 자신의 아이가 크고 있다니. 그 아이가 언제 자신의 삶을 망치려고 나타날지 모르는 상황이었다.

이건 누군가가 자신의 물건을 제멋대로 만지다가 부러뜨린 것만큼이나 불쾌한 일이었다. 그는 연신 아이를 지우라고 했으나, 혜영의 거부가 극심했다.

어쩔 수 없이 사람들을 시켜 미리 섭외해둔 산부인과로 억지로 끌고 가려 했다. 그러나 혜영은 기지 좋게 길에서 비명을 지르며 쓰러지는 척해 모두를 당황시킨 후, 인파가 많은 시장 골목으로 도망쳤다.

그렇게 놓쳤다. 어디로 숨었는지 찾을 수가 없었다. 그사이, 지은은 여전히 의심을 풀지 않고서 그의 뒷조사에 들어갔다.

열 달이 훌쩍 지났고, 그의 예민함은 끝을 향해 가고 있었다. 아이를 낳을 땐 어쩔 수 없었는지 산부인과를 찾아간 흔적이 남았다. 그는 그 주변으로 사람을 풀었다. 혜영에게 전화가 온 건 그로부터 며칠 후였다. 만나고 싶다는 말에 그는 혜영을 불러냈다.

「애…… 죽었어요. 낳아서 집까지는 잘 데려왔는데……. 갑자기 복통에 고열이 오더니, 그만…….」

혜영의 눈에선 눈물이 뚝뚝 떨어졌다. 두 손으로 막아도 그 손가락 사이로 눈물이 주르륵 떨어져 내렸다. 정말 애석하고 슬픈 광경이었다.

「혜영아.」

정후가 부르자 혜영이 고개를 들어 그를 바라보았다. 눈물로 엉망진창이 된 혜영을 바라보며 정후는 다정하게 말했다.

「나는 네가 연기자가 되길 바랐어. 나도 지우고, 애도 지우고 말이야.」

「…….」

「몇 달 전까지만 해도 그랬지. 아니, 네가 애를 낳았다는 소식을 듣기 전까지만 해도 말이지.」

정후의 말이 이어지자 혜영의 얼굴이 하얗게 질려갔다. 그녀는 손으로 목을

474 　　　　　　　　　　　　　　　　　　　　　　　　　　별이 오다

거머쥐었다. 정후는 말끔히 비워진 혜영의 잔을 바라보았다.

쿱, 크웁.

사람의 목에서 나기 힘들 법한 소리가 났다. 뭔가를 직감한 듯 몸을 일으킨 혜영은 의자에서 엉덩이를 떼어냈으나 그대로 바닥에 쓰러졌다. 목을 거머쥔 채 온몸을 비틀며 괴로워하는 혜영을 바라보며 정후는 상냥하게 말을 이어갔다.

「너는 참 표정이 좋아. 혜영아.」

「으, 으읍. 읍.」

「네 인생 마지막 표정을, 결국 내가 보는구나.」

「으윽!」

「예뻐. 그 어떤 표정보다도.」

혜영의 입에서 하얀 거품이 새어나오는 걸 바라보던 정후가 몸을 일으켰다.

「아이는 곧 네 곁으로 보내줄 테니, 조금만 기다려.」

그가 지나가려 하는 사이, 바지자락을 붙드는 손길이 느껴졌다. 정후는 시선을 돌려 자신의 바짓단을 붙든 혜영의 손을 바라보았다. 그녀의 두 번째 손가락에 오래된 반지가 보였다. 어머니가 주신 것이라고 했던가. 오래되고 낡은, 그래서 구질구질한 반지.

그것 하나만으로도 혜영의 형편이 어떤지 가늠할 수 있게 해주던 그 반지가 애처롭게 자신을 붙들고 있었다. 반짝, 오래된 것에서 드물게 반짝임이 느껴졌다. 우스웠다. 더러워진 주제에 반짝이는 것이. 무감한 눈으로 반지에서 혜영의 얼굴로 시선을 옮겼다.

아이는, 아이는 제발.

눈물이 차오른 혜영의 눈이 말하고 있었다.

「으음! 읍!」

이제 낳은 지 얼마 되지도 않은 아이 걱정이라니. 한심하기도 하지. 당장 자신이 죽을 상황인데. 그깟 아이가 뭐라고.

정후는 조소했다.

「아이는 엄마와 있는 게 맞아. 험한 세상에 혼자 살아남아서 엄마를 죽을 때까지 그리워하는 것보단 말이야.」

정후는 그 말을 끝으로 유유히 그녀를 불렀던 숙박업소를 빠져나왔다. 남은 뒤처리는 사람들을 시켜 자살로 위장했다. 그렇게 끝이 났다.

아이는 눈치 빠른 혜영의 모친이 데리고 도망친 후로 찾을 수 없었다. 혜영의 모친은 치밀했다. 본인 명의와 관련된 무엇도 만들지 않았다. 휴대전화, 하물며 전입신고도 하지 않아 거취불명으로 확인되었다.

아이를 찾은 것은, 혜영의 모친이 돌아가신 지 한참 지나서였다. 아동보호센터에 있던 아이가 독립해서 본인의 이름으로 다세대 주택을 계약하고 나서였다.

「약속을 이제야 지키겠구나, 혜영아.」

정후는 사진 속 가영의 얼굴을 들여다보며 말했다. 대부분 혜영을 닮았지만, 자신을 조금 닮아 있는 그 얼굴이 불편했다. 대학생인 가영은 연예인을 준비한다고 했다. 연예계에서 살아남기 힘들지만, 만에 하나 살아남는다면 기자들이 그녀의 과거사에 관심을 가질 거고 자연스럽게 혜영이 거론될 거라 예상했다.

만에 하나, 는 없어야 했다. 가영을 어떻게 해야 하나 고민하는 사이, 일이 틀어졌다. 지은이 책상 서랍 안쪽에 있던 사진들을 꺼내 그의 앞에 던졌다.

「이게 뭐예요? 여자애들 사진은 왜 가지고 있어요? 요즘 김 대표한테 들어보니 몇 시간씩 자리를 비운다고 하던데, 이런 거 하고 다녔어요?」

이런 쓸데없는 짓을.

지은의 냉정한 눈이 그를 채찍질했다. 혜영의 사건이 심증에서 끝난 후, 지은의 의심은 몇 해째 계속되고 있었다. 자신을 부속품으로 생각하는 여자였기에 자신이 외도했다는 걸 알면 곧바로 갈아치울 여자였다. 낭패였지만, 빠져나갈 구멍은 있었다.

「전에 말했잖아. 어려운 형편의 아이들을 도울 예정이라고.」

정후가 대수롭지 않게 말했다.

「사람들한테 맡겨놨잖아요.」

「우리 재단 이름으로 후원하는 건데, 어떤 아이들인지 알아야지. 어떤 아이인지 확실히 해야 나중에 언론 앞에서도 애들 이름을 부를 수 있을 테고 말이

476   별이 오다

야. 만약 후원하는 아이가 엉망진창으로 자라봐. 곤란하잖아. 대외적으로 좋은 홍보거리인 만큼, 제대로 관리할 생각이었어. 얼마 전에 봉사활동 잘못돼서 재단의 이름에 먹칠한 적이 있으니, 이번만큼은 제대로 할 생각이었어.」

정후의 그럴싸한 변명에 지은은 그를 빤히 바라보며 입을 열었다.

「그럼 나도 같이 해요.」

「같이?」

정후가 의아한 얼굴로 지은을 바라보았다.

「네. 왜요? 싫어요?」

지은의 얼굴엔 여전히 의심이 가득했다. 정후는 이를 까득 깨물고 싶은 걸 간신히 참으며 평소의 인자한 얼굴로 대답했다.

「아니. 같이 해.」

「그래요.」

「후원은 10년에서 10년 이상으로 하다가, 재단에 문제 생길 때마다 하나씩 터트릴 생각이야. 이미지 회복용으로.」

「알겠어요.」

이후, 정후는 지은과 함께 어려운 아이들을 직접 후원했다. 그들을 몇 달에 한 번씩 만나고 독려한 후, 사진을 찍었다. 지은이 알아채지 못하도록 가영을 포함해 아이들에게 골고루 관심을 주어야 해서 번거로웠으나, 어쩔 수 없었다.

처음 만난 가영은 밝았다. 혜영을 닮기도 했고, 사과 알레르기가 있는 건 자신을 닮아 있었다. 그녀는 혜영을 닮았는지 배우를 꿈꾼다고 했다.

「연기를 하고 싶어요. 재미있잖아요. 이런 삶도 살아보고, 저런 삶도 살아보고, 이런 생각도 해보고, 저런 생각도 해보고……. 성공하면 돈도 많이 번다잖아요. 그리고 엄마 꿈이기도 하고요.」

그 말을 하며 가영은 왼손의 두 번째 손가락에 있는 반지를 만지작거렸다. 낡고, 오래된 반지. 손가락의 사이즈마저 혜영과 같은 듯했다. 그 점이 그를 섬뜩하게 만들었다.

그러나, 꿈과 달리 가영은 번번이 오디션에서 낙방한다고 했다. 생계가 어려워 포기해야 할지도 모른다고 했다. 정후는 그녀가 그대로 연예인의 꿈을 포기하고 평범하게 살길 바랐다.

　지은에게 가영의 존재를 들킨 이상, 그녀를 없앨 수 없었다. 괜히 크게 움직였다간 증거만 잡히는 법이다. 이렇게 얌전히 있는 듯 없는 듯 살아준다면, 멀리서 지켜보는 정도로 용서해줄 수 있었다. 그러나 자신이 해외로 봉사활동을 나갔다가 온 사이, 가영은 데뷔했다. 보고자의 말에 따르면 막을 틈이 없었다고 했다.

　가영은 생각보다 큰 호응을 얻었고, 대중의 그녀를 향한 관심은 부쩍 늘었다.

　정후는 곧장 형서에게 연락했다. 자신에게 거액을 빚진 후, 몇 년에 걸쳐 자신의 말을 잘 듣게끔 형서를 훈련시켜놓았었다. 정후는 그를 시켜 기획사를 차리게 했다. 그리고 가영과 계약하게끔 했다. 그를 통해 가영의 일거수일투족을 전해 들었다.

　정후는 형서를 통해 가영의 스케줄의 완급을 조절했다. 만약 문제가 발생한다면 거액의 위자료를 물려 연예계 활동을 못 하게 할 생각이었다. 거기에 루머를 흘려 비호감 이미지까지 만들어놓으면 연예계에선 매장되는 거나 다름없었다.

　그러나 가영은 생각보다 빠르게 치고 올라갔다. 연예계 기자들이 그녀에게 관심을 갖기 시작했다. 신문기자들이 그녀의 과거에 대해 캐기 시작한다는 정보가 들어왔다. 더불어 후원을 하는 자신과의 관계에 대해서도 의문을 품는 사람들이 있다고 했다.

　그러던 중, 가영에게 정치면 기자가 접근했다고 했다. 혜영을 언급하면서. 자신이 손쓸 틈 없이 가영은 꼬리를 자르고 도망치는 도마뱀처럼 흔적을 싹 감추고 사라졌다. 그리고 지금 증거를 운운하면서 모든 걸 다 아는 얼굴로 나타났다.

　정후는 마치 오래전에 누군가에게 들은 고루한 이야기를 늘어놓듯, 시종일관 덤덤한 표정이었다. 가영은 정후의 말이 이어질수록, 껍데기만 남기고 온몸이 수렁으로 빠지는 것 같았다.

예상하고 있었다. 그가 엄마의 죽음과 연관되어 있을지도 모른다고……. 그런데 그가 이토록 죄책감 하나 없이 태연한 얼굴을 하고 있을 줄은 알지 못했다.

"그러니까…… 엄마를, 우리 엄마를, 그쪽이 죽였다는 거네요?"

가영이 더듬거리며 말했다. 자신의 말 한마디가 칼날이 된 듯 입을 열 때마다 마음이 베이고, 입안이 아렸다. 세상이 통째로 어둠에 처박힌 듯한 기분이었다.

"아니지. 스스로 죽은 거지. 나는 기회를 줬단다. 본인의 삶을 살 기회."

"……."

"잔인한 건 너희 엄마였어. 내 발목을 잡으려고만 들지 않았다면, 나는 놔줬을 거다. 그녀가 뭘 하고 살든 관심 없었어. 사실 생각해보렴. 그 여자가 이제 겨우 막 만들어진 아이를 사랑한다? 아니. 아이를 낳아서 나를 잡을 속셈이었겠지. 착한 줄 알았는데, 아주 약은 여자였던 거야. 나는 그 약은 수에 휘말린 거고. 엄연히 피해자는 나지. 오랜 시간 고통받았으니 말이다."

"……."

화도 나지 않았다. 그저, 엄마라고 불러보지 못한 사진 속의 어린 여자만 자꾸 눈에 아른거렸다.

이제는 자신보다 어린 엄마.

예쁘게 피어야 할 나이에 짓밟힌…… 우리 엄마.

"그러니 이제 말하렴, 가영아."

"……."

"네가 말하는 증거는, 어디 있니?"

정후가 테이블에 손을 얹은 채 상체를 스윽 들이밀었다. 깜빡이지 않은 그의 눈엔 새빨간 실핏줄이 서 있었다. 분명 사람의 눈인데, 사람의 것 같지 않았다. 그의 눈엔 광기와 어둠이 이리저리 뒤엉켜 있었다.

제정신이 아니야, 이 사람.

그를 바라보던 가영의 눈이 공포로 물들었다. 자신이 생각하는 것보다 상황은 더욱 악화되어 있었다.

"말하면 살려주실 건가요?"

가영이 주먹을 꽉 쥔 채 말했다.

"그럼. 당연하지. 증거만 없애고 비밀만 지켜준다면 살려주마. 나도 아비인데 내 손으로 자식을 죽일 순 없지. 안 그러니? 응?"

정후가 기다렸다는 듯이 대답했다.

거짓말.

그가 자신의 치부를 드러냈다는 건, 자신을 살려둘 생각이 없다는 뜻이다. 가영이 아무 말 하지 않자, 정후가 만들어진 인자한 미소를 지었다.

"그러니, 협조하렴. 가영아. 내가 너에게 좋은 아저씨로 남아 있을 수 있게 말이다."

"……여기 말고 나가요. 어차피 증거도 밖에 있으니까요. 그러니까 집 밖으로 나가서 이야기할게요."

"아니. 여기서 하렴. 네가 내 생각보다 똑똑하다는 걸 알아버렸거든."

정후가 웃으며 자신의 앞에 놓인 잔을 그녀의 앞으로 스윽 내밀었다.

"음료수를 부탁하며 내 술잔과 네 술잔을 바꾼 건 몹시 똑똑한 행동이었단다."

"……!"

정후의 말에 가영의 얼굴이 굳었다. 정후가 얼음을 잔에 담을 때 유심히 지켜보았다. 자신의 얼음은 오른쪽에서, 그의 잔에 넣을 얼음은 왼쪽에서 꺼내 넣는 걸 본 순간 등골이 서늘해졌다. 그 때문에 잔에 입을 대는 척한 후, 음료수를 다시 부탁하며 잔을 교체했다. 이걸 알아챌 줄은 미처 몰랐다.

"술잔 아래에 작은 흠집이 언제나 내 오른쪽 소매를 향하게 해두거든. 그런데, 그 흠집이 그곳에 있더구나. 그런 네가 내게 쉽게 증거를 가르쳐줄 일 없겠지, 안 그래?"

정후의 손끝이 가영의 앞에 놓인 잔을 가리켰다.

……들켰다.

가영은 섬뜩해졌다. 그녀가 자리에서 벌떡 일어났다. 위험을 감지한 그녀가 빠르게 문을 향해 걸어갔다.

"나가려는 건 네 마음이다만, 결과는 바뀌지 않을 거야."

"……"

문고리를 잡아 돌리려고 했지만, 문이 꼼짝하지 않았다.

덜컹덜컹!

가영이 세게 문을 흔들어도 마찬가지였다. 가영의 등에 대고 정후가 낮은 목소리로 말했다.

"너는 많은 걸 알아버렸고, 내 생각보다 똑똑하다는 걸 알았거든. 하지만 안되는 건 안 되는 거란다. 그리고 넌 이 음료수를 마시게 될 거야."

정후가 음료수가 든 잔을 가리켰다.

너희 엄마처럼 말이야.

그가 짙은 미소를 지었다. 이미 얼음이 녹아 음료수엔 약 기운이 풀려 있을 거다. 말을 마친 정후가 몸을 일으켜 인터폰을 눌렀다.

"문을 봉쇄해. 그리고 들어와서 데려가."

그는 미리 말해둔 명령어를 말한 후, 책상을 짚고 서서 그녀를 바라보았다. 정후의 등 뒤로 시커먼 커튼이 저승의 자락처럼 자리하고 있었다. 정후는 미친 사람의 눈을 하고 있었다.

"내가 만들어냈으니 너를 네 엄마에게 보내는 것도 내 몫이겠지, 가영아."

"……"

"이제야 네 엄마와의 약속을 지키는구나. 그간 반가웠단다."

정후는 다정한 목소리로 죽음을 말했다. 그는 잠긴 문을 열고 비서가 들어오길 기다렸다. 죽음의 손이 가영의 목덜미를 낚아채가는 모습을 지켜보기 위해 정후가 눈을 크게 떴다. 잘 길러놓은 새로운 개는 형서와 달리 몹시 잔인하며, 말을 잘 들었다. 누군가의 목덜미를 물어뜯어 죽이는 것에도 눈 한번 깜빡이지 않을 정도로.

덜컹.

문을 열고 누군가가 들어왔다. 희열에 찬 얼굴로 웃고 있던 정후의 표정이 미묘해졌다. 그 사람의 얼굴을 확인한 정후의 입매가 뻣뻣하게 굳었다. 여기 있어서는 안 될, 여기 있을 거라고는 생각지도 못한 사람이 서 있었다. 지은이 정후를 쳐다보고 있었다. 하얀 옷을 입은 그녀의 얼굴은 옷만큼이나 하얗게 질려 있었다.

그녀의 등 뒤로 저택 관리자와 그의 새로운 비서가 난처한 표정을 짓고 있었다. 지은의 손에는 두 사람의 휴대전화가 들려 있었다. 두 사람이 정후에게 몰래 연락하지 못하도록 그녀가 빼앗은 듯했다.

"……여보."

정후가 자신도 모르게 지은을 불렀다. 가영은 지은을 보고서 얼어붙은 정후를 무표정한 얼굴로 쳐다보았다.

"아저씨 말이 맞았어요. 제가 생각보다 똑똑한가 봐요, 아저씨."

정후의 핏발 선 눈이 가영을 향했다. 이 모든 상황을 가영이 계획했다는 걸 깨달은 그의 표정이 사납게 변했다.

"너……!"

정후의 비명 같은 외침에 가영은 독한 눈으로 그를 마주 보았다.

"설마 이런 위험한 곳을 그냥 들어왔을 거라고 생각한 건 아니죠?"

가영은 그를 경멸하는 표정으로 쳐다보며 물었다.

이곳으로 출발하기 전, 가영은 다른 사람에게 휴대전화를 빌려 지은에게 전화를 걸었다.

「아저씨가 별장으로 혼자 놀러 오라고 하더라고요. 그래서 말인데, 오늘 병원 퇴사 기념 파티를 해주려고 하는데 몰래 와주실 수 있으신가요?」

– 별장으로요?

지은이 묘한 목소리로 되물었다. 남편이 어린 여자를 별장에 몰래 오라고 불렀다는 말에 반응을 보이지 않을 여자는 없었다.

「네. 혼자 몰래 오라고 하더라고요. 할 말이 있다고 하시던데, 뭔지는 모르겠어요. 하여튼 오늘 깜짝 파티를 할 건데 그 자리에 사모님도 계시면 좋을 것 같아서요.」

가영은 일부러 아무것도 모르는 척, 밝게 굴었다. 그 말에 지은은 알겠다고 말했다. 가영은 혹시 지은이 바빠서 오지 않더라도 그녀와 가까운 사람을 보낼

별이 오다

거라 생각했다. 그녀가 아는 지은은 자존심이 강하고, 냉철하며, 선을 넘는 행동을 무척 싫어하는 사람이다. 그런 여자가 남편의 외도를 묵과해줄 리 없었다.

일부러 약속시간도 그녀의 약속시간보다 십 분 늦은 시각을 말해주었다. 자신이 응접실에 있으면 밖에서 지은이 기다릴 거라 생각했다.

외도를 의심한다면 타이밍을 엿볼 거고, 엿들을 거면 밖에서 기다릴 거라고 생각했다. 어찌되었든 지은이 자신과 정후가 나누는 이야기를 듣게 될 거라 예상했다.

그리고 응접실에 들어간 후, 정후가 휴대전화를 꺼내지 못하도록 일부러 휴대전화를 빌려달라고 했다. 예상대로 그는 휴대전화가 없다는 핑계로 꺼내지 않았다. 완벽하게 외부가 차단된 상황에서 정후는 마음을 놓았다. 자신이 모든 걸 통제할 수 있다고 생각하는 순간, 사람은 방심하게 되어 있었다.

정후는 마지막이라 생각하고 이야기를 꺼냈고, 예상대로 문밖에 있던 지은도 들은 듯했다.

지은을 보자 마음이 조금 놓인 가영이 자신을 사납게 노려보고 있는 정후를 바라보았다.

"혹시나 하는 마음에 말씀드려요. 이 저택 주변에 사람들을 깔아놨어요. 제가 이 집에 들어간 지 한 시간이 지나도록 아무런 연락이 없으면 쳐들어오라고 했어요. 누군가가 살해, 시체 유기 할지도 모르니까요. 지금부터 십 분 정도 더 지나면 사람들이 안으로 들이치겠네요."

지은도 정후와 같은 편일 수도 있기에, 가영은 두 사람 모두를 보며 말했다.

"가영 씨."

그 말에 지은이 가장 먼저 반응했다. 이 일이 대외적으로 나가길 꺼리는 얼굴이었다.

"물론 제가 무사히 나간다면, 아무 일도 없을 거예요. 그 사람들에게 제일 중요한 건 제 안전이니까요."

가영의 말을 듣고서야 지은의 시선이 다시금 정후에게로 돌아갔다.

"어서 가보도록 해요."

지은이 차갑게 말했다. 다른 사람들이 문제를 크게 일으키기 전에 자신을 보낼 생각인 듯했다.

가영은 나가기 전, 고개를 돌려 정후를 보았다. 그의 얼굴은 충격으로 굳어 있었다. 책상을 짚고 서 있는 그의 눈동자엔 초점이 없었다. 자신이 오랜 시간 지키려고 했던 것들이 산산조각 나버린 사람의 얼굴은 처참했다.

허공을 헤매던 정후의 눈동자가 느릿하게 그녀를 향했다. 새빨갛게 물든 그의 눈동자가 그녀를 집어삼킬 듯이 쳐다보았다.

"조심하세요, 사모님. 참 쉽게도 사람을 죽일 수 있는 무서운 사람이니까요."

가영이 그의 얼굴을 보며 말했다.

"충고는 고맙지만, 내가 알아서 할 테니 돌아가요. 가영 씨."

돌아온 지은의 대답은 주제넘지 말라는 듯, 차가웠다. 정후의 얼굴엔 소리 없는 비명이 휘몰아쳤다. 가영은 그 얼굴을 물끄러미 응시했다.

가끔 아버지가 궁금했다. 엄마는 사진으로 봤지만, 아빠는 얼굴도 본 적이 없어서 상상조차 가지 않았다.

그러나 적어도 하나만큼은 확실했다. 그녀가 바란 아버지는 저런 얼굴이 아니었다. 마음이 소리 없이 내려앉았다. 잔해에서 피어오르는 먼지에 눈물조차 나오지 않았다.

가영은 그를 등지고 돌아섰다. 똑바로 걷는데 세상이 자꾸만 뒤로 밀려나는 것 같은, 이상한 기분이 들었다.

✦ ✦ ✦

핸들을 한 손으로 쥔 영철은 조수석에 앉아 있는 우현을 바라보았다. 그는 타이머를 켠 후로 휴대전화에서 시선을 떼지 않았다. 평소라면 '이 잘생긴 미친놈이 왜 이러나.' 하겠지만, 지금은 저러고 있는 게 충분히 이해가 되었다.

우현에게 연락이 온 건, 지금으로부터 몇 시간 전이었다.

별이 오다

― 형, 나 좀 도와주세요.

도와줘요, 가 아니라 도와주세요, 라는 말을 할 때는 심각한 상황이라는 걸 알기에 영철은 스케줄을 정리하다 말고 펜을 내려놓았다.

「알았어. 어떻게 도우면 되는데?」

영철은 군말하지 않고 돕겠다고 나섰다. 평소엔 티격태격해도 중요한 순간에 그는 우현의 편이었다.

우현이 기다렸다는 듯이 몇 가지를 부탁했다. 경호업체 사람들과 용병들을 고용해 몇 대의 차로 나눈 후 어느 집 근처에서 대기시키라는 내용이었다. 대기하는 건 한 시간이었다. 그사이 아무 일도 없으면 그대로 해산이지만, 만약 불미스러운 일이 생기면 저택을 뚫고 들어가야 할 수도 있다고 했다. 무슨 일이냐고 묻자, 우현은 짤막하게 한마디 했다.

― 가영이 일이에요.

영철은 더 묻지 않았다. 말해주지 않는데, 가영의 개인사를 자신이 굳이 캐물을 이유는 없었다.

그리고 지금은 가영이 들어간 집 근처에서 오십 분째 대기 중이다. 만약 저택에서 누군가가 가영을 데리고 나오면 뒤따라갈 것, 한 시간 내로 가영이 나오지 않으면 저택에 쳐들어갈 것, 그 모든 상황을 녹화하고 저택에서 나오는 사람들 전부를 녹화할 것.

영철은 머릿속으로 해야 할 것들을 정리하며 저택 문을 바라보았다. 그동안에도 우현은 대문과 휴대전화 타이머에서 눈을 떼지 못했다.

"그럴 거면 그냥 지금 쳐들어가는 게 어때?"

보다 못한 영철이 우현에게 물었다. 실시간으로 자신의 소중한 배우가 말라 가고 있는 걸 지켜보자니, 마음이 불편했다.

"약속했어요. 기다리기로."

우현이 덤덤하게 대답했다. 가영은 정후에게 꼭 듣고 싶은 말들이 있다고 했다.

「듣지 못하면, 죽을 때까지 후회할 것 같아서 그래요.」

「네 말처럼 그렇게 위험한 사람이라면, 널 죽일 수도 있어.」

우현은 그녀를 만류했다.

「본인의 저택이에요. 거기서 죽이진 않을 거예요.」

「어떻게 장담해?」

「나한테 증거가 있다는 걸 아니까 당장 죽이진 못할 거예요. 내가 죽으면 증거의 행방이 오리무중 상태가 되니까요. 그리고 주택가마다 CCTV가 있잖아요. 아무리 시체를 숨겨서 나간다고 해도 티가 안 날 순 없는 법이니까요. 만약 그걸로 안 되면 이 주변에 사람들을 깔아놓은 걸 밝힐 거예요. 내가 죽으면 증거들이 메일로 전송된다는 것도 말할 거고요. 어떻게든 살아남을 거예요. 나도 쉽게 죽지 않을 거예요.」

「…….」

「오빠랑 오래오래 행복하고 싶으니까. 그러니까 걱정하지 말고 응원해주세요.」

가영의 눈엔 절박함이 가득했다. 그 순간, 우현은 자신에게 남은 일이 그녀를 기다리는 것밖에 없다는 걸 깨달았다. 이건 자신이 끼어들 만한 일이 아니었다.

대신, 가영을 위해서 자신이 할 수 있는 건 모두 다 했다.

저택을 중심으로 곳곳에 용병과 경비업체 네 명의 사람을 태운 차를 배치했다. 누군가가 무전을 하면 곧바로 차가 지나갈 수 없도록 막게끔 되어 있었다. 차가 무조건 지나가려고 하면 들이박아서라도 세우라고 해두었다. 어떻게든 이 동네를 빠져나갈 수 없게 할 생각이었다.

그나마 다행인 건, 가영의 말처럼 한참 후에 한 여자가 저택 안으로 들어갔다는 거였다. 그래도 만약, 정말 만약에 가영이 다치거나 잘못되게 된다면…….

우현이 주먹을 꽉 움켜쥐었다. 사실, 후회하고 있었다. 이렇게 피가 마를 줄 알았다면, 숨을 쉴 때마다 불안한 생각에 숨도 못 쉬게 될 줄 알았다면 가영을 혼자 보내지 않았을 거다. 시간은 일정한 속도로 흐른다는 걸 알면서도 왜인지 점점 느려지는 것만 같았다.

"우현아! 가영 씨! 가영 씨 나왔어!"

영철의 다급한 외침에 시간만 확인하던 우현의 고개가 재빠르게 돌아갔다. 대문을 열고 나온 가영이 휘청거리다가 벽을 짚고 섰다.

우현의 눈에 크게 벌어졌다. 모든 풍경들이 사라지고 가영만 눈에 들어왔다. 우현은 차문을 열고 뛰어나가, 앞만 보고 달렸다. 점점 더 가영이 가까워지고 있었다. 그것만으로 심장이 뛰었다.

조금만 더, 조금만······.

있는 힘을 다해 뻗은 손끝이 가영에게 닿았다. 우현은 가영을 잡아 와락 끌어안았다. 그러자 휘청하고 안기는 가영에게서 온기가 느껴졌다.

마침내 가영의 호흡이, 심장박동이 자신에게 닿았다. 우현은 그녀를 안고도 한참이나 숨을 쉬지 못했다. 벅차서 숨이 쉬어지지 않았다.

"······오빠."

가영의 목소리가 들렸다. 우현은 울컥하고 치솟은 감정을 되삼켰다.

"이렇게 힘든 일인 줄 알았으면 혼자 안 보냈을 거야."

우현이 가영을 끌어안은 채 울음 섞인 목소리로 속삭였다. 흐르는 시간마다 가슴이 내려앉는 줄 알았다.

너를······ 잃어버리는 줄 알았다.

우현은 틈 하나 없이 가영을 끌어안았다. 가영이 손을 뻗어 우현을 마주 끌어안았다. 온 힘을 다해 끌어안고 싶었지만, 힘이 풀려 제대로 끌어안을 수가 없었다. 가영은 울 것 같은 표정으로 눈을 꽉 감았다.

✦ ✦ ✦

우현은 잠든 가영을 침대에 조심스럽게 눕혔다. 그에게 안겨 있던 가영은 그 자리에서 기절했다. 그는 영철의 도움을 받아 그녀를 데리고 자신의 집으로 향했다.

우현은 가영이 편하게 쉴 수 있도록 스탠드의 조도를 낮추고, 이불을 가슴께까지 끌어올려주었다. 그러고도 발길이 떨어지지 않아 그 자리에 서서 가영을 바라보았다. 그의 눈빛에 스탠드의 노란빛이 일렁거렸다. 보다 못한 영철이 가영 씨 좀 편하게 쉬도록 내버려두라며 그를 끌어당기고서야 겨우 안방에서 빠져나왔다.

"병원으로 데려가는 게 낫지 않아?"

영철이 안방을 흘깃대며 물었다.

"괜찮아요. 이래 봬도 의사 자식이라서."

"무면허 검진이 제일 무서운 거야, 인마. 우리 사촌누나가 간호학과 갔다고 자신만만하게 내 팔 찔렀다가 혈관 터져서 내 눈알만 한 혹이 생겼었어."

"정말 괜찮아요. 그리고 곧 사촌형 오기로 했어요."

"아, 그 의사라는 분?"

"네."

자신을 대신해서 아버지의 병원을 물려받기로 내정되어 있었다. 우현과도 막역한 사이였다.

"하아, 그나저나 무슨 일이 있었기에 사람이 저렇게 뒤로 넘어가냐."

영철은 대문 앞에서 쓰러지던 가영의 모습을 떠올리며 고개를 절레절레 내저었다. 그의 말에 우현은 아무 말 하지 않았다.

"보아하니 사건 크게 저지른 거 같은데, 이제 어떻게 할 건데?"

"가만히 안 두려고요."

"……."

부엌에서 시원한 물을 한 잔 들이켠 영철이 멈칫했다. 그러고는 거실 한가운데 우뚝 서 있는 우현을 바라보았다. 우현의 얼굴엔 표정이 없었다. 장난기가 싹 사라진 우현의 얼굴은 오랫동안 그의 곁을 지켜온 영철조차도 무섭게 만들었다. 늘 속을 알 수 없는 녀석이지만, 확실한 건 화가 나면 누구도 못 말린다는 점이다.

"뭐 어쩌려고."

영철이 지레 겁먹은 표정을 지었다.

"글쎄요. 그건 차차 생각해봐야죠. 가영 씨의 상황을 봐가면서요."

"그래. 꼭 가영 씨 의견 듣고 움직여라."

"그래야죠. 오늘 도와줘서 고마워요."

"고맙기는 뭘. 됐다. 우리가 뭐 그런 거 이야기하는 사이냐? 뭐, 네가 말하니까 나도 한다. 고맙다."

"뭐가요?"

우현이 무슨 소리냐는 듯 쳐다보았다.

"얼마 전에 들었다. 축의금 천만 원 했다며. 뭐 그렇게 많이 했냐? 돈 받는 사람이 수표 보고 놀라서 심정지 올 뻔했다더라."

"형 계좌로 보내려고 했는데, 왠지 형이 떼먹을 것 같더라고요. 그렇다고 초면인 여동생분한테 계좌를 달라고 할 수도 없었어요."

"인마, 떼먹기는 무슨. 어쨌든, 고맙다. 네 덕에 사고 싶은 가방 사서 왔다더라."

"복지라고 생각해요. 그리고 고마워할 거 없어요. 복지를 베푼 만큼 받아갈 거니까."

우현의 말에 영철은 "으휴." 하며 주먹을 들었다가 내려놓았다. 말은 저렇게 해도, 착한 녀석인 건 누구보다 잘 알고 있었다.

"이만 가본다. 일 있으면 언제든 전화하고."

영철이 신발을 꿰신으며 말했다.

"조용히 하고 가요."

"아, 그래. 미안."

영철이 얼른 목소리를 낮추더니 입술 위에 검지를 얹고는 쉿, 소리를 내며 나섰다.

현관문이 닫힌 후 우현은 닫힌 안방 문을 바라보았다. 가영의 옆자리를 지킬까 하다가 깰까 봐 관두었다. 대신, 의자를 끌고 와 안방 앞에 자리를 잡고 앉아 반쯤 열어둔 문만 바라보았다.

의자 위에 다리를 모으고 앉은 우현은 생각했다. 누군가가 악몽을 꾸지 않게 만드는 능력 같은 게 자신에게 있으면 좋겠다고.

◆ ◆ ◆

어둠 같은 고요가 방 안을 휘감았다.

"지은아."

정후가 마주 서 있는 지은을 불렀다.

자신의 이름이 정후의 입에서 나오자, 지은의 미간이 좁아졌다. 불결한 것이 묻은 듯한 표정이었다. 정후와 오랜 세월 함께 지냈다. 사랑하진 않았지만, 그간 정이라는 게 조금 들었다. 그리고 그 정이 얼마나 얄팍하고 가벼운 것인지 방금 깨달았다.

오늘 오후에 가영의 전화를 받은 순간, 자신이 생각한 건 '정후가 그럴 리 없다.'가 아니라, '증거가 될 만한 게 있다면 확실히 잡아야겠다.'였다. 일부러 저택에 와서 벨도 누르지 않았다. 미리 불러온 경비업체에게 경고음을 해제하게 한 후, 열쇠공을 불러 대문을 뜯고 들어왔다.

갑작스런 자신의 등장에 어쩔 줄 몰라 하는 정후의 비서에게서 휴대전화를 빼앗았다. 연락을 하지 못하게 할 생각이었다. 자신을 발견한 사람들에게 움직이지 말라고 소리 없이 지시한 후, 비서에게 물었다.

「그이 어디에 있어요?」

비서는 대답하지 않았다.

「다시 한 번 물어요. 그이, 어디에 있어요?」

현관에 선 그녀가 스산한 목소리를 내고서야, 비서는 눈길로 응접실을 가리켰다. 그녀는 응접실에 들이닥치지 않았다. 그 문 앞에 가만히 서서 흘러나오는 이야기를 들었다. 숨 막히게 조용한 데다 오래된 저택이라 문틈이 떠 있어서 이야기가 모조리 새어나왔다. 물론 문에 바짝 붙어 서서야 들을 수 있을 정도라 고용인들은 듣지 못했다.

정후에게 여자가 있었다는 건 어느 정도 눈치로 알고 있었다. 그러나 그 여자가 임신을 했다는 것과 그 여자를 자살로 위장해 죽였다는 건 처음 듣는 이야기였다. 그리고 그 아이를 후원하며 조종해왔다는 것과, 그게 가영이라는 것까지.

머리 위로 우박이 쏟아지는 것처럼 얼얼하고 아팠다. 그러나 지은은 최선을 다해 버텨냈다. 무너지는 모습을 고용인들 앞에서 보일 수 없었다.

"무서운 사람이네요, 당신."

들었던 이야기를 떠올리던 지은이 경멸을 무표정으로 감춘 채 입을 뗐다.

"내가 설명할게."

정후가 침착하게 입을 열었다.

"설명이 아니라 변명이겠죠."

지은은 자신의 앞에서 흐트러지지 않는 정후를 물끄러미 바라보았다. 눈에 핏발이 선 채 좌절하는 것도 잠시, 그는 무서울 정도로 스스로를 다잡았다. 그의 이런 면이 처음엔 괜찮게 보였다. 그러나 시간이 지날수록 무섭게 다가왔다. 그는 자신이 원하는 대로 모든 것이 진열되어 있어야 했고, 원하는 대로 되지 않으면 어떻게든 되게끔 만들었다.

가끔 수단과 방법을 가리지 않았다. 그녀의 아버지는 남자답다며 좋아했지만, 지은은 가끔 그가 벽처럼 느껴졌다. 단단하고, 차가우며, 도저히 어떤 감정을 갖고 있는 건지 알지 못하는 그런 벽. 언젠가 자신을 내리칠지도 모를 그런 벽.

"이혼서류는 정리되는 대로 보낼게요. 이유는 성격 차이 정도로 밝히면 될 거예요. 되도록 빠르게 병원 일을 정리해요."

"내 이야기는 들어."

"무슨 말이요? 잘못 들었다, 오해다, 그것도 아니면 잘못했다고 빌 건가요?"

지은이 차갑게 웃었다.

"아니. 내가 너에게 잘못한 게 없는데, 왜 빌어야 하지?"

정후가 고개를 기울이며 던진 물음에 지은의 얼굴에서 천천히 웃음기가 사라졌다.

"나는 당신에게 피해가 가지 않도록 뒷정리를 했어. 내가 이런 행동을 한 게 당신에게 무슨 문제가 되는 거지? 난 병원 일에도 성실했고, 아버님이 원하시는 대로 살아왔어. 우리 부부 사이에 문제는 없잖아, 안 그래?"

뻔뻔하다 못해 섬뜩했다.

"무슨 소리예요? 당신, 사람을 죽였어요. 당신이 그랬다고 자백했잖아요. 그리고 사람을 오늘 이 자리에서 죽이려고 했고요. 그런데, 죄가 없다? 제정신이에요?"

지은의 목소리가 가늘게 떨렸다.

"증거 있어?"

"……."

"내가 그 사람을 죽였다는 증거? 그리고 사람을 죽이려고 했었다는 증거?"

"……."

"증거가 없으면, 없는 일인 거야. 설령 증거가 있다고 해도 공소시효가 지났어. 그럼 역시나 없는 일인 거지, 지은아."

정후가 악마처럼 낮은 목소리로 속삭였다.

"……가영이가 있잖아요. 그 아이가 증거예요. 과거에서부터 지금까지의 증거."

지은의 목소리가 가늘게 떨렸다. 대화가 자신이 허용할 수 있는 범위를 점점 넘어서고 있었다. 정후가 고개를 기울이더니 대수롭지 않단 듯 말했다.

"아아. 증거? 그건 내가 알아서 할 테니 당신은 신경 쓸 거 없어."

"무슨 소리예요?"

지은의 얼굴이 희게 질렸다.

"말 그대로야. 내가 알아서 할 테니까 당신은 신경 쓸 거 없다는 말이야. 증거가 없으면, 없던 일이 되니까."

"……미쳤어."

이 사람, 제정신이 아니야.

지은은 주춤거리며 한 발 물러섰다. 그녀의 말에 정후는 입꼬리를 끌어올리며 웃었다. 환한 미소인데, 광기가 어려 있다.

"제정신으로 어떻게 당신 아버지 밑에서 버텨내겠어? 그리고 어떻게 이 많은 일들을 해냈겠어? 그러니까 당신은……."

"그만해요. 나는 당신이랑 할 이야기 없으니까."

지은이 홱 돌아섰다.

"그래. 곧 집으로 갈게."

"오지 마요."

"내가 집이 아니면 어디로 가겠어?"

"왜요? 집에 와서는 날 죽일 건가요? 내가 비밀을 모두 들었으니까?"

"아니. 당신을 없앨 이유가 없지. 당신은 내가 사랑하는 사람이니까."

사랑이라는 단어가 차가운 돌처럼 굴러와 가슴에 박혔다. 사랑이라는 표현의 포장을 까면 '필요한 인간'이라는 말이 툭 튀어나올 것 같았다. 모골이 송연했다.

"……돌아가겠어요."

지은이 빠르게 돌아섰다. 다리가 덜덜 떨려서 그녀는 몇 번이나 휘청거릴 뻔했다. 그때마다 경호원이 잡아주지 않았다면 고용인들 앞에서 보기 흉하게 넘어질 뻔했다. 그녀는 미리 데려온 경호원과 함께 저택을 도망치듯 빠져나왔다.

"하아."

마당 한가운데에서 숨을 몰아쉰 지은은 무언가를 느끼고 느릿하게 시선을 돌렸다. 정후가 무표정한 표정으로 창가에 서 있었다. 눈이 마주치자, 늘 퇴근 후 맞이했던 미소를 아무렇지 않게 짓고 있었다. 길을 가다 갑자기 절벽을 마주한 것처럼, 경악스럽기까지 했다.

한기를 느낀 지은은 다급히 옷자락을 여민 채 대문을 빠져나갔다.

Chapter 13

누군가가 낮은 목소리로 노래를 불러주었다. 토닥토닥, 등을 두드리는 손은 일을 많이 해서 거칠었으나 손길만큼은 다정했다.

우리 강아지, 마당에서 뛰어놀다 할미 옆으로 와서 잠에 들어라.

할머니가 곧잘 불러주던 자장가였다. 가영은 노래 소리가 들리는 곳으로 파고들었다. 그곳에서 햇볕에 바짝 마른 빨래 냄새가 났다. 할머니의 냄새였다. 가영은 숨을 깊게 들이마셨다.

'이제 그만 일어나거라.'

가영은 대답하지 않았다. 냄새가 나는 옷자락에 얼굴을 비볐다.

'한숨 푹 잤으면 돌아가야지.'

싫어요. 여기 있을래요.

가영이 울먹거리며 속으로 대답했다. 그러면서도 끝내 대답하지 않았다. 자신이 일어나면 할머니가 떠날 것 같았다.

조금만, 조금만 더……. 십 분만요. 아니. 일 분만 더.

가영이 손에 닿는 옷자락을 거머쥐었다. 놓고 싶지 않았다.

'우리 강아지. 돌아가야지. 널 애타게 기다리고 있단다.'

'가기 싫어요. 가면……. 돌아가면…….'

너무 많은 것들과 부딪쳐야 한다. 가영이 애처로울 만큼 할머니의 옷자락을 잡고서 부들부들 떨었다.

할머니, 그 이상한 사람이 내 아버지래요. 그런데 내 아버지라는 사람이 엄마를 죽였고, 나를 죽이려고 했대요.

가영은 차마 못 할 말들을 욱여넣은 채 울었다.

'돌아가거라, 우리 강아지. 누가 널 간절하게 자꾸 불러.'

'······.'

가영은 울 뿐, 대답하지 않았다. 할머니에게서 떨어지고 싶지 않았다. 무서웠다. 그런 가영의 마음을 알아챈 듯, 할머니는 그녀의 등을 토닥이며 속삭였다.

'가영아. 부질없이 저문 꽃을 붙들고 있으면 어쩌니. 네 옆에는 또 예쁘게 피어난 꽃이 있잖니. 봐달라고 하늘거리는 그 꽃이 너를 애타게 찾아. 그 꽃을 보고 견뎌내려무나. 알잖니. 원래 꽃은 피고, 그 자리에 다른 꽃이 피고, 그렇게 삶의 정원을 꾸며간다는 걸······.'

할머니의 목소리가 점점 멀어졌다.

할머니, 싫어. 안 돼.

가영이 울부짖었다. 그러나 어떤 말도 나오지 않았다.

'네가 울면 할미가 마음이 많이 아파.'

'······.'

'잘 살아야 된다, 우리 강아지.'

'······.'

'이제 여기 오지 말어. 할미도 이제 못 오니까.'

싫어. 할머니. 제발····· 잠깐만.

할머니의 목소리에 울음기가 묻어났다. 가영이 손끝에 힘을 주어 붙들려고 했으나, 손가락 사이로 속절없이 빠져나갔다. 이게 마지막이라는 게 느껴졌다. 더는 할머니가 오지 않을 거라는 게 느껴져서 붙들려고 했지만, 결국 또 놓쳤다. 마지막 임종을 지키지 못했던 그날처럼. 할머니를 또······.

아직 못 한 말이 많았다.

할머니, 너무 고생하셨어요. 아니, 할머니. 미안해요. 나 때문에 엄마를 마음에 그냥 묻게 해서····· 너무 미안해요.

눈을 뜬 가영의 눈꼬리에서 유성처럼 눈물이 흘러내렸다. 천장을 보자마자 가슴이 덜컹 내려앉았다. 묵직한 한숨이 흘러나왔다. 고개를 돌린 가영은 주변을 살펴보고서야 이곳이 우현의 안방이라는 걸 알았다. 그제야 자신이 정후의 집 대문에서 우현을 발견하곤 기절했던 게 떠올랐다.

정후를 떠올리자 안 좋은 기억들이 와르르 쏟아져 내렸다. 가영은 흠칫하며 자신의 몸을 감쌌다. 홀로 방에 있자 무서운 기분이 들어서 가영은 자리에서 일어났다. 우현을 찾아 방문을 열고 나오던 가영은 그 자리에 우뚝 멈춰 섰다. 우현이 안방 앞에 의자를 끌고 와 앉아 게임을 하고 있었다.

"일어났어?"

인기척을 느낀 우현이 고개를 들더니 물었다. 가영은 벽면에 걸린 시계를 보았다. 제가 기억하는 것으로부터 대략 열 시간이 지나 있었다.

"……안 잤어요?"

가영이 떨떠름한 얼굴로 물었다.

"잠이 안 와서."

"눈이 새빨간데요."

"아, 이건 게임을 좀 오래 했더니……."

우현이 일어섰고, 가영은 그런 그의 얼굴을 가만히 바라보았다. 그의 눈에 잠이 가득했다. 억지로 뜬눈으로 버틴 모습이었다.

"자지 그랬어요. 아, 내가 안방을 차지하고 있었네요."

자신이 안방을 차지한 채 자고 있던 주제에 이런 말을 하는 게 미안해진 가영이 멋쩍어했다.

"잠이야 어디서든 잘 수 있지."

"그럼 자지 그랬어요?"

"혹시 일어나서 나왔다가 사람이 안 보이면 놀랄까 봐."

"……."

"너는 잘 잤어?"

우현이 다정하게 웃으며 손을 뻗어 가영의 머리카락을 쓸어넘겨주었다. 그의 손길을 가만히 느끼던 가영이 고개를 들어 그를 마주 보았다. 작은 키가 아닌데도 우현의 키가 커서 한참이나 올려다보아야 했다.

"네. 잘 잤어요. 피곤할 텐데 들어가서 자요."

실은 몸이 천 근처럼 무거웠지만, 가영은 그를 더는 걱정시키고 싶지 않았다.

"괜찮아. 잠은 어디서든지 잘 수 있고, 또 언제든지 잘 수 있는 거니까 신경 쓰지 마."

"……."

"배고플 텐데 간단히 뭐라도 먹을까? 아니면 물이라도 떠줄까?"

우현의 상냥한 말에 가영은 다시금 그를 물끄러미 바라보다가 고개를 가로 저었다. 지금은 물 한 모금조차 제대로 넘기지 못할 것 같았다.

"그래도 물 한 모금은 마셔. 탈진해."

우현이 돌아섰다. 가영은 다급히 그의 옷자락을 거머쥐었다.

"정후라는 그 사람……."

"……."

"내 아버지래요."

마침내 머뭇거리던 가영이 말을 꺼냈다. 우현이 잠시 숨을 멈춘 사이, 말을 이었다.

"그리고 날 거기서 죽이려고 했었나 봐요. 엄마를 그렇게 만든 것처럼."

가영이 마치 남의 이야기를 전하듯 덤덤하게 말했다. 지금처럼 머리가 멍한 순간이 아니면 우현에게 죽을 때까지 말하지 못할 것 같았다. 동시에 누구에게 라도 털어놓고 싶었다.

"다행히 별로긴 하지만 복수 비슷한 것도 한 것 같아요."

가영은 지은과 정후 사이에 흐르던 분위기를 떠올렸다. 지은은 냉담한 표정으로 정후를 바라보았고, 정후는 절망적인 표정을 짓고 있었다. 두 사람의 관계가 끝이 날 거다. 자연스럽게 정후도 지은의 집안에서 버림받게 될 거다.

"대신 후폭풍에 시달릴 것 같아요. 자신이 가진 것들을 빼앗기게 될 테니, 나를 가만히 둘 리가 없죠. 그 사람은 생각 이상으로 미쳤어요. 사람을 죽이고도 자신이 피해자라고 생각해요. 눈 하나 깜빡하지 않아요. 이제, 곧 나까지 그렇게 만들 거예요."

"……."

"무섭죠?"

가영이 고개를 들어 우현을 바라보며 조용한 목소리로 물었다. 미친놈이 타 깃을 자신으로 잡을 거라는 게 명확해졌다. 자신의 곁에 있으면 자연스럽게 피 해를 입게 될 거다.

"어. 무서워."

우현의 대답에 가영이 씁쓸하게 웃었다. 당연하다. 누구라도 이런 상황에선 무서울 것이다. 살인자 앞에서 겁먹지 않을 수 있는 사람은 얼마나 될까?

그러니까 자신이 할 일은 이 사람이 다치지 않도록 지금이라도 조용히 보내 주는 것이다. 여기까지 같이 와준 것만으로도 그는 넘치도록 해준 거다. 자신 을 좋아한다는 이유로, 너무 많은 것들을 포기하게 해선 안 된다.

그러니 물기를 머금은 마음이 쏟아지기 전에, 볼썽사납게 울기 전에 말해야 했다. 숨을 들이마신 가영이 허공을 바라보며 입을 열었다.

"네가 다칠까 봐."

생각지 못한 우현의 말에 허공을 헤매던 가영의 눈동자가 한 곳에 뚝 멈췄 다. 고개를 든 가영이 우현의 빨개진 눈을 바라보았다. 그는 무표정한 얼굴을 하고 있었다. 그러고는 꿰뚫을 것 같은 시선으로 자신을 바라보고 있었다.

"내가 무서운 건 그것밖에 없어. 임가영이 다치는 거."

"우현 씨. 그 사람 제정신 아니에요. 나를 돕는다는 이유로 우현 씨가 가진 것들을 모두 다 앗아갈 수도……."

"그래. 그러니까 그 사람이 너를 다치게 할까 봐 무섭다고."

"……."

"요즘 나한테 전부가 너거든."

"……."

"눈을 떠서 감을 때까지 네 생각을 해. 내가 보는 것들, 내가 하고 싶은 것들 을 상상하면 항상 네가 있어. 내 모든 미래의 계획에 네가 있다고. 내가 이 이 상 어떻게 설명을 해야 지금 하려는 그 쓸데없는 말, 안 할래?"

"……!"

우현의 말에 가영이 흡, 숨을 들이마셨다. 눈을 크게 뜬 채 돌처럼 굳어 있는 가영을 바라보던 우현이 고개를 숙여 눈높이를 같게 했다. 그러고는 그 눈을

별이 오다

똑바로 마주 보았다. 까만 눈동자는 어떤 말을 던져도 흔들리지 않을 것처럼 견고했다.

"알아. 네가 무서워하는 거. 내가 그런 것처럼, 너도 내가 다치는 게 무섭겠지. 그래서 지금 쓸데없는 말을 하려고 하는 거 알아."

"……."

"그냥 같이 있어."

"……."

"아니, 같이 있자. 가영아. 응?"

나지막하게 속삭이는 우현의 목소리에 간절함이 배어나왔다. 애처롭게 뻗는 손길처럼 자신에게 매달리는 말투에는 진심이 담겨 있었다. 더는 견디지 못해 가영은 눈을 감았다. 눈물이 차오른 눈이 금세 까만 어둠으로 뒤덮였다. 눈앞으로 수많은 감정과 생각이 스쳐 지나갔다. 그리고 그 끝으로, 할머니의 말이 떠올랐다.

「돌아가거라, 우리 강아지. 누가 간절하게 널 자꾸 불러.」

나를 부른 사람이 이 사람이었구나…….

내가 돌봐야 할 예쁜 꽃이, 이 사람이었구나.

나의 삶이라는 정원에 어여쁘게 피어난 사람.

이제 막 꽃을 피운 당신을 뽑아내면 당신도, 나도 참 많이 아플 테지.

가영이 눈을 감은 채 우현에게 손을 뻗었다. 이제 막 돋아난 가지처럼 여린 그녀의 팔을 우현이 거머쥐었다. 그러고는 품으로 끌어당겨 안았다. 가영은 있는 힘을 다해 그를 꼭 끌어안았다.

✦ ✦ ✦

집무용 책상에 앉아 있던 민구는 뾰쪽한 눈으로 소파에 앉아 있는 남자를 노려보았다. 약속도 하지 않고 제멋대로 찾아와 점거하다시피 앉아 있는 남자는 자신도 잘 아는 이였다.

분명 자신의 유전자를 이어받은 놈인데, 도무지 무슨 생각을 하고 사는지 지금껏 모를 녀석. 자신과 부인의 유전자 중 좋은 것만 쏙쏙 뽑아가서 어릴 적부터 남다른 외모와 우월한 지능을 자랑하던 녀석. 자신의 병원을 물려받을 거라 추호도 의심하지 않았으나, 갑작스레 배우가 되겠다고 나선 괴짜 같은 녀석.

그 녀석이 약속도 없이 자신의 병원에 찾아온 건 처음이었다.

"무슨 일이야? 누가 약속도 없이 이 녀석 들이래! 내쫓아!"

민구가 일부러 소리 질렀다. 그러자 긴 다리를 꼬고 앉은 우현이 빙긋 미소 지으며 그럴 줄 알았다는 듯 대답했다.

"아무도 안 올 거예요. 여기 직원들이 내 팬이더라고요. 방금 팬사인회 하고, 사진 찍고 왔어요. 아버지랑 단란하게 이야기 나눌 테니 삼십 분간 무슨 소리가 나더라도 들어오지 말라고 부탁드렸더니 그렇게 하겠다고 하더라고요. 좋은 직원들 두셨어요, 아버지."

우현이 환하게 웃었다.

"이, 이런……!"

그러고도 월급을 받아? 괘씸한 사람들!

민구가 속으로 자신의 직원들에게 화를 낼 때였다.

"잠깐 얘기 좀 해요, 아버지."

"누가 네 아비야! 나는 너 같은 자식 둔 적 없다!"

민구가 분기탱천해 소리쳤다. 그는 그거로도 분이 안 풀린다는 듯 주먹으로 책상을 내리쳤다. 그러나 우현은 눈 하나 깜빡하지 않았다.

"제 아버지가 아니신데, 왜 멋대로 남의 사진을 신축한 건물 앞에 걸어놓으셨어요?"

"……."

"모델료 지불하셨어요? 계약은요?"

"……."

"제 몸값 얼만지 아시면 이러지 못하실 텐데요?"

"이 녀석이……. 아비한테……!"

별이 오다

"역시 제 아버지 맞으시네요. 잘못 찾아온 줄 알았는데, 다행이네요."

우현이 생긋 웃었다. 그에게 휘말렸다는 걸 알아챈 민구는 조용히 이를 사리물었다.

"앉으세요. 시간 잠시만 내주시면 돼요."

"후우."

우현의 거듭된 청에 민구는 졌다는 듯 긴 한숨을 내쉬었다.

대체 누굴 닮아서 저렇게 말발이 좋을……. 아, 우리 부인이 변호사지.

민구는 오늘 아침 부부싸움을 했다가 한마디도 못 이기고 나온 걸 떠올리며 우중충한 얼굴로 소파에 앉았다.

"왜, 뭐, 대체 뭔데!"

민구가 버럭버럭 성질을 내며 소파에 앉았다.

"부탁드릴 게 있어요."

"뭔데! 빨리 말하고 나가! 나 바빠!"

"DH대학병원 정형외과 의사 출신 강정후 아시죠? 아버지랑 사이 안 좋은 그 사람."

우현은 가영을 방에서 재운 후 정후에 대해 알아보던 중, 그가 누군지 알아챘다.

대한민국에서 내로라할 만한 병원끼리는 병원장, 이사진들끼리 모임을 통해 종종 만나고 있었다. 민구는 종종 그 모임을 다녀오면, 정후 이야기를 하며 석연찮은 표정을 짓곤 했었다. 정후가 몇 번 민구에게 개인적으로 연락을 하며 가깝게 지내려고 했으나, 민구는 끝내 정후에게 곁을 주지 않았다. 이후 데면데면한 관계가 되었다는 정도만 알고 있었다.

민구의 미간이 좁아졌다.

"그 사람은 왜?"

"그 사람, 10년 전에 의료사고 낸 적 있었는데 돈으로 무마한 적 있지 않아요?"

"그 일은 왜 꺼내는 거냐, 갑자기? 네가 그 사람에 대해서 왜 알고 싶어 해?"

민구가 방금 전과는 달리 차분한 목소리를 냈다. 그 음성에 경계와 거부감이 실리는 걸 알아챈 우현이 눈을 가느스름하게 떴다.

"그러고 보니 아버지는 그 사람이랑 왜 사이가 안 좋으신 거예요?"

"그건 왜 자꾸 물어보냐고."

"먼저 대답해주시면 말할게요."

민구가 우현을 노려보았다. 이야기하는 게 꺼려지지만, 우현이 정후에 대해 왜 알고 싶어 하는지 궁금했던 민구는 머뭇거리다가 입을 열었다.

"네 엄마가 가까이 지내지 말라고 하더구나."

"……."

"분명 정중하고 예의 바른데 말이야. 뭔가…… 뭔가 있는 것처럼 묘하다고. 웃어도 웃는 것 같지 않은 데다, 웃는 얼굴이 따뜻한 게 아니라 차갑다고. 이런 말 조금 그렇지만, 사이코패스를 만났을 때와 느낌이 비슷하다나 뭐라나. 너희 엄마가 질겁하는 바람에 나도 거리를 뒀지."

"……어머니가요?"

우현이 가라앉은 목소리로 물었다. 우현의 엄마는 무서우리만치 사람 보는 눈이 정확했다. 그녀가 가까이 두지 않는 사람은 대체로 나중에 그 끝이 좋지 않거나, 좋지 않은 소문이 돌곤 했다.

"그래. 네 엄마가 사람 보는 눈 하나는 정확하잖니. 변호사 안 됐으면 탐정이 됐을 거야, 너희 엄마는. 자, 내가 이야기했으니 네가 이야기할 차례다. 대체 네가 그 사람에 대해서 왜 묻는 거야?"

"그 사람에 대한 자료가 필요해요, 아버지."

"그러니까 왜?"

민구가 얼굴을 찌푸렸다. 안 그래도 어제부터 정후에 대한 이상한 소문이 돌기 시작했다. 부인인 지은이 정후에게 이혼을 요구하고 있고, 변호사가 오가고 있으며, 정후는 집에서 쫓겨났다는 얘기였다.

"소문 들으셨죠? 강정후, 이혼 당하게 생겼다고. 거기에 제가 관여되어 있는데, 곧 그 사람이 저를 가만두지 않을 거라서요."

"뭐? 네가 무슨 수로! 접점도 없는 녀석이!"

깜짝 놀란 민구가 소리쳤다. 우현은 고요한 얼굴로 "지금부터 제가 하는 말

별이 오다

듣고 놀라지 마세요."라고 대답했다.

　민구는 우현의 이야기가 이어지는 동안 여러 번 충격을 받았다.

　가영과 연애를 하고 있었다는 말에 한 번, 가영이 정후에게 살해를 당할 뻔
했다는 사실에 한 번, 그 일에 우현이 개입했다는 사실에 또 한 번. 우현은 가
영이 정후의 딸이고, 어머니가 정후에게 살해당했다는 내막까지는 말하지 않
았다. 그건 두 사람의 일이었다.

　쾅!

　민구가 테이블을 두 손으로 내리쳤다. 테이블에 놓여 있던 물건들이 들썩거
렸다.

　"네가 거기에 왜 끼어!"

　민구가 이전과 전혀 다른 목소리로 화를 냈다. 여태껏 아들의 무관심과 되바
라진 버르장머리에 항의하는 수준의 화였지만, 지금은 그와 비교할 수 없을 만
큼 진심으로 분노했다. 자신의 아들이 위험할 수도 있다는 사실에 그는 눈에
뵈는 게 없었다. 우현이 이유를 말하려고 했으나, 민구는 기다려주지 않고 성
질냈다.

　"그 사람이 어떤 사람인지 대충 알면 피했어야지! 여자가 뭐라고 일을 그 지
경으로 만들어! 어? 그리고 나한테 찾아와서 뭐? 도와달라고? 지금 그걸 아비
한테 말이라고 하는 거야?"

　"아버지, 연애할 때 엄마가 차에 치일 뻔했을 때 뛰어들었다면서요. 차가 방
향을 트는 바람에 엄마는 멀쩡했는데, 아버지 혼자 치여서 입원했다면서요?
그것도 근무하는 병원으로요."

　"그게 여기서 왜 나와……!"

　민구가 머뭇거렸다.

　"지금 제가 그래요. 아버지."

　"……."

　"가영이가 혼자 도로에 서 있는 것 같아요."

　우현의 목소리에 물기가 차올랐다. 얼굴에서 웃음기가 사라지고, 그 자리에
무너지기 직전의 표정이 자리하고 있었다.

민구는 천천히 달라지는 우현의 얼굴을 멍하니 쳐다보았다.

"아버지는 도로에 뛰어들었는데, 저는 그 도로 밖에 서서 지켜보고 있는 것 같아요. 차가 돌진하고 있는데, 가영이 혼자 서 있는 걸 지켜보고 있는 것 같아서 숨 쉴 때마다 돌아버릴 거 같아요."

"……."

"아버지, 엄마 구하려고 뛰어들다가 뼈마디 부러져도 엄마가 멀쩡하게 서 있는 걸 보면서 행복했다면서요. 저도 뛰어들 수 있게, 그 여자 좀 구해줄 수 있게 도와주세요, 아버지."

민구는 말문이 턱 막혔다. 우현의 눈동자에 눈물이 차올랐다. 사춘기 이후, 아들이 우는 모습은 TV로만 봤다. 여자 배우에게 사랑을 고백하며 우는 아들을 보며, '저러는 꼴을 죽기 전에 볼 수 있겠어?'라며 웃었는데 그 아들이 지금 자신의 앞에서 울고 있었다.

좋아하는 여자 때문에 무슨 짓을 할지도 모르는 미친놈과 싸우겠다고 달려드는 아들의 생소한 모습에 민구는 울컥하고 치솟은 무언가를 삼켰다.

"지금 그게 부모 앞에서 할 말이냐, 이 녀석아……. 아무리 네 멋대로 살아왔다지만……. 어떻게 부모 앞에서 사지로 뛰어들겠다는 말을 해."

민구의 눈에 눈물이 차올랐다. 아들에게 희미한 배신감까지 느꼈다.

"아버지가 시키는 건 다 할게요."

"……."

"배우 일 관두고, 의대에 재입학하라고 하면 공부해서 그럴게요. 전 재산 내놓으라고 하면 그것도 그렇게 할게요. 뭐라도 할게요."

"……."

"그러니까, 제발 도와주세요. 아버지가 아니면 부탁할 곳이 없어요."

우현이 고개를 떨구었다. 그가 큰 손으로 얼굴을 가렸다. 민구는 가슴이 내려앉은 것만 같은 심정으로 아들을 바라보았다. 우현의 말대로라면 자신이 돕지 않는 게 더 위험했다. 정후가 가영이라는 여자와 자신의 아들을 다치게 하기 전에 눌러야 했다. 그러려면 자신이 어떻게든 도와야 하는 입장이었다.

하지만 아들의 이런 모습이 너무나도 낯설어서, 그 낯선 아들의 지독한 제안

별이 오다

을 받아들일 수밖에 없다는 게 어이없어서, 민구는 우현을 넋 놓고 바라보았다.

✦ ✦ ✦

정후는 대문 앞에 서 있었다. 자신의 발치 앞에 놓인 캐리어를 물끄러미 바라보았다. 캐리어를 내려놓은 고용인이 무표정하게 정후를 응시했다.

"얼마 전에 미처 못 드린 마지막 짐입니다. 그리고 사모님께서 이제 그만 찾아오라고 전하셨습니다. 이혼은 변호사를 통해 진행될 거고, 계속 이곳에 계신다면 서로 불미스러운 모습을 보게 될 거라고 하셨습니다."

가지 않으면 끌어내겠다는 고용인의 말에 정후는 고개를 들었다. 고용인은 흠칫했다. 자신에게 와 박히는 정후의 눈빛이 낯설었다. 섬뜩했다. 아니, 그 말로 부족했다. 어쩐지 제정신이 아닌 것 같아 보였다.

"죄송합니다. 저도 지시받은 대로 해야만 하는 입장이라서요."

고용인이 머뭇거리며 던진 말에 정후는 시선을 내리깔았다. 오래된 캐리어 하나가 길바닥에 덩렁 놓여 있었다. 자신의 숱한 세월이 이 하나에 담겨 있었다. 여태껏 자신이 어떻게 해왔는데. 가슴 한가운데서 새까만 불길이 치솟아 올랐다.

지은이 별장에서 돌아갈 때까지만 해도 그녀로서는 별다른 방법이 없을 거라 생각했다. 이혼한다지만, 이혼이 그리 쉬운 것도 아니고 지은의 아버지인 장인어른이 허락하지 않을 거라 생각했다.

자신이 당장 관두면 자신이 맡고 있는 그 많은 일들을 감당할 수 있는 사람이 없었고, 설령 맡는다고 해도 수많은 시간이 걸릴 터였다. 무엇보다 일을 중요하게 생각하는 장인어른이 자신을 내칠 리 없다.

그러나 일은 자신의 생각과 다르게 돌아갔다. 자신이 현명하다고 믿어온 장인어른은 딸의 몇 마디에 넘어가는 무른 사람이었다. 딸이 이혼하겠다고 나서면 큰 그림을 보라며 다그쳐도 부족할 판에, 그는 '자네같이 무서운 사람과 더는 내 딸을 함께 둘 수 없네.'라는 고루한 대사 몇 마디로 자신을 내쳤다.

어리석은 건 지은 또한 마찬가지였다. 그녀에겐 어떠한 피해도 가지 않았다. 아니, 오히려 피해가 갈 뻔한 일을 덮어주었는데 그녀는 마치 피해자라도 된 양 굴었다. 사랑하는 사이도 아니었고, 철저히 비즈니스적인 관계였는데 이제 와 외도를 한 남편 때문에 상처받은 부인 얼굴을 하고 있다니. 우스웠다.

이쯤 되니 어쩌면 자신이 쫓겨나는 게 정해져 있던 수순이 아닌가 하는 생각 마저 들었다. 자신을 쫓아낼 궁리를 하던 중에, 좋은 빌미를 잡은 거다. 누구 덕에 지금처럼 자리를 잡았는데, 이제 와서 내팽개친단 말인가.

정후는 고개를 들었다. 시야에 다 들어오지 않을 만큼 거대한 집이 자신의 앞에 있다. 며칠 전까지만 해도 제집이었던 곳이었다. 가난한 집에서 태어나 아등바등하며 여기까지 기어올랐는데, 결국 빈손으로 쫓겨났다. 다시 큰 집을 동경하는 어린 시절로 돌아간 느낌이었다.

일이 이렇게 되었으니 이제 어떤 병원에서도 자신을 받아주지 않을 거다. 의료사고를 돈으로 무마하고 해외로 의료봉사를 다녀온 그를 그 누가 받아줄까.

이혼을 한다면 위자료는 받겠지만, 그거로는 턱없이 부족할 거다. 조금만 더 견디면 눈앞의 저 집도, 저 집 사람들이 누리는 권력과 권세도 모두 다 제 손안에 넣을 수 있었다. 고지가 코앞이었는데 모든 것이 끝났다.

거대한 집 너머로 새파란 하늘이 눈에 들어왔다. 자신은 모든 게 끝이 났는데, 하늘은 무정하리만치 깨끗했다. 이채가 도는 그의 까만 눈동자에 웃음이 맺혔다. 모든 게 끝났지만, 자신이 할 일마저 끝난 것은 아니다.

이런 선물을 받았으니, 돌려줘야지.

정후는 낮게 웃으며 돌아섰다. 그가 떠난 골목길에 캐리어만 덩그러니 놓여 있었다.

◆ ◆ ◆

가영은 자신에게 안겨 펑펑 운 후 마음을 추스른 듯 다시금 밝아졌다. 마음이 정리된 듯 가영은 정후의 거취에 대해 먼저 물어왔다. 우현이 머뭇거리자, 덤덤한 눈으로 "어차피 알아야 할 일이잖아요. 혹시 아직 모른다면 알아볼 방

별이 오다

법이 있을까요?" 하고 재촉했다.

우현은 고민 끝에 사실대로 일러주었다. 그녀의 말처럼 언젠가 그녀도 알게 될 것이다.

정후가 지은에게 이혼을 당할 것이며, 집에서도 쫓겨났다고 이야기했다. 그리고 이 상세한 사정은 정후의 뒤를 쫓던 영철이 직접 보고 전해준 이야기였다. 정보를 전달해주는 사람 중에는 우현의 아버지인 민구 또한 있었다.

가영은 그 말을 듣고 잠시 고민했다.

"아직 끝이 아니네요."

우현은 고개를 끄덕였다. 생각보다 결과가 싱거웠다. 저를 사랑하던 여자를 죽인 걸로는 모자라 제 딸마저 죽이려던 거대한 비밀을 가진 남자와 이혼하는 것이 전부라니.

그러나 다시 생각해보면 지은의 입장에선 그럴 수밖에 없을 것 같았다. 그녀의 외가가 의사 가문이라면, 친가는 정치 가문이었다. 대외적인 입장이 몹시 중요한 그녀의 집안 분위기상 일을 확대시키는 건 부담스러울 게 분명했다.

그러니, 문제인 정후만 도려내는 것으로 이 문제를 조용히 무마시키려 하고 있었다.

정후는 가진 것 전부를 빼앗겼다. 여태껏 그것들을 지키기 위해 갖은 악행도 마다하지 않던 그가, 가지던 것을 빼앗겼으니 그 분노가 어떨지 상상이 가지 않았다.

그렇다고 이쪽에서 먼저 나서서 정후가 허튼짓하지 못하도록 제압할 방법은 없었다. 증거가 없었다. 그날, 정후의 집에 들어가면서 녹음할 수 있는 기기는 물론 휴대전화마저 빼앗겼다. 지금부터 문제는 정후가 어떻게, 언제, 어떤 방식으로 다시 나타날 것인가 하는 것이었다.

다시 시작된 싸움 앞에서 가영은 시간을 갖고 심신을 추스르기로 했다. 그녀는 우현의 집에서 며칠간 머물렀다. 영철이 사다 준 식재료로 밥을 해 먹고, 우현과 영화를 보고, 집 안에서 할 수 있는 데이트는 모두 다 했다. 안전한 공간에서 아늑하게 머문다는 게 얼마나 행복한 일인지 처음으로 깨달았다.

물론, 가영도 언제까지 이곳에서 지낼 수는 없다는 걸 알고 있었다. 곧, 가영은 그녀의 집으로 한 번이라도 들러야 했다. 가져올 것도 있고, 정리할 것들도 있었다.

가영은 그 모든 고민들을 접은 채, 싱크대 앞에 서서 음식을 준비했다. 우현은 그 모습을 등 뒤에서 물끄러미 바라보고 있었다.

우현은 자신의 집이니 직접 식사를 준비하려 했지만, 가영의 고집을 이길 수 없었다. 아니, '밥 한번 직접 차려주고 싶었어요. 소꿉놀이처럼요.'라며 환하게 웃는 가영의 말을 거스를 수 없었다.

혼자 산 지 오래돼서 요리를 잘한다던 가영은 제가 장담했던 것처럼 정말 잘했다. 별것 없는 재료로 뚝딱 한상 차려냈다. 된장찌개, 계란말이, 무생채에 따뜻한 밥 한 공기.

"불고기 거리가 있었으면 했을 텐데."

가영이 아쉬운 표정으로 식탁을 쳐다보았다.

"이것만으로도 충분해. 잘 먹을게."

우현은 식탁에서 눈을 떼지 않은 채 말한 후 수저를 들었다. 가영은 우현이 식사하는 모습을 가만히 지켜보았다. 허리를 곧게 세우고서 수저를 움직이는 모습이 우아했다. 소리 없이, 깔끔하게 먹는 모습이 마치 교육받은 것 같았다.

시선을 느꼈는지 우현이 고개를 들었다. 그는 입안에 있는 음식물을 모두 삼킨 후 가영에게 말을 건넸다.

"왜 그렇게 쳐다봐?"

우현이 웃었다. 그러다 자신의 얼굴에 뭐가 묻었나 싶었는지 손으로 쓸어내릴 때였다.

"좋아서요."

"……."

우현이 하던 행동을 멈춘 채 그녀를 빤히 쳐다보았다.

"아니, 예뻐서인가."

가영이 혼잣말처럼 중얼거렸다.

"쿨럭."

생각지 못한 말에 우현이 헛기침을 터트렸다. 살다가 예쁘다는 말은 처음 들

별이 오다

어봤다. 가영만의 고백방법인가 싶어 그는 가영을 빤히 쳐다보았다.

"내가 해준 음식을 먹는 모습이 예쁘다구요. 왜 그렇게 놀라요?"

"아…… 그 말이야? 그래, 뭐."

자신에게 예쁘다고 하는 줄 알고 잠시 설렜던 우현이 덤덤하게 대꾸하며 눈을 내리깔았다. 가영이 입술을 깨문 채 웃었다. 우현의 얼굴에 실망감이 둥둥 떠다녔다.

"좋아요."

"알아. 내가 음식을 좀 예쁘게 잘 먹지."

"아뇨. 오빠가요."

가영의 말에 우현이 눈만 들어 그녀를 보았다. 그러자 가영이 식탁에 상체를 기대며 그의 눈을 가만히 들여다보았다. 마치 할 수만 있다면 마음을 퍼다 올려 우현의 눈에 그대로 쏟아붓고 싶다는 생각을 가득 품고서,

"오빠가, 참 많이 좋아요."

고백했다.

"갑자기 왜……."

우현이 말끝을 흐렸다.

"갑자기 하고 싶어서요. 내가 해준 밥을 맛있게 먹는 일상적인 모습이 사랑스러워요. 나중에 고백할걸, 하고 후회하기 싫어서 생각날 때마다 하려고요. 좋아해요, 오빠."

한번 터진 가영의 고백은 거침이 없었다. 우현은 숟가락을 내려놓았다. 옆에 놓인 물잔을 한 번에 비운 후 잠시 멍하게 있던 그는, 손으로 얼굴을 가렸다. 그의 귀 끝이 불긋하게 물들어 있었다.

"미안한데, 이런 건 예고 좀 해줄래?"

드라마 대사 중엔 이것보다 더 민망하고 직설적인 고백도 많았다. 그땐 아무렇지 않았다. 그런데 지금, 고작 좋아한다는 그 한마디에 심장에 제멋대로 뛰었다.

가영이 빙긋 웃었다. 자신의 말 한마디에 저렇게 큰 사람이 어쩔 줄 몰라 하고 있었다. 우현의 이런 모습은 처음이라 귀여우면서, 묘하게 가슴이 간지러웠

다.

"알겠어요. 예고할게요. 저 십 초 후에 오빠한테 또 고백할 거예요."

재미 들린 가영이 벽시계를 쳐다보며 말했다.

"아, 잠시만. 십오 초만."

"그냥 하지 말까요?"

"아니. 십오 초 후에, 아니. 십일 초 후에 해줘."

우현이 정색하고 대답했다. 고백을 못 들으면 몹시 억울할 것 같은 표정이었다. 가영은 일부러 들으라는 듯 열을 셌다.

"10, 9, 8, 7, 6, 5, 4, 3, 2, 1. 땡!"

그러고는 빙긋 웃으며 말했다.

"좋⋯⋯."

"사랑해."

우현이 한발 빨랐다. 가영은 눈을 동그랗게 뜨고서 우현을 쳐다보았다. 그가 눈을 접으며 웃었다.

"사랑한다고."

"⋯⋯."

"어딜 가든, 뭘 하든, 어떤 모습이든⋯⋯."

가영의 입이 딱 다물렸다. 우현이 자신의 눈을 가만히 들여다보고 있었다. 한 박자 늦게 코끝이 찡해지면서, 얼굴로 열이 확 올랐다.

아, 이런 기분이었나? 제가 할 때는 몰랐다. 갑작스런 고백을 받는 기분이 이런 것일 줄은. 갑자기 무형의 거대한 무언가가 몸을 훅 덮쳤다. 분명 곁엔 바람 한 점 없다는 걸 알면서도, 어디선가 밀려든 바람이 마음을 뒤흔든다. 간지럽고, 부끄러워진 가영이 손끝을 말아 쥐었다.

우현은 손을 들어 가영의 머리를 쓰다듬었다.

"부끄럽지?"

"⋯⋯예고하고 해줄래요?"

가영은 우현이 했던 말을 그대로 했다. 우현이 웃는 얼굴로 쳐다보고만 있으니, 가영이 다시 입을 뗐다.

별이 오다

"예고 좀 꼭 해줘요. 심장에 해로운 것 같아요."

가영의 말에 우현이 낮은 웃음소리를 냈다.

"그래. 예고 꼭 해줄게. 그런데……."

"……."

"너는 십오 초 후에 해주기로 한 고백은 왜 안 해?"

가영이 눈을 들어 그를 보았다. 그가 웃는 얼굴로, 하지만 진지하게 바라보고 있다.

"오빠가 선수 치는 바람에 못 했어요. 해요, 고백?"

이 상황에서?

가영이 눈으로 물었다.

"응. 기다리고 있잖아. 몇 분 전부터. 애타게 기다리고 있어."

"……."

"마음의 준비 다 했어. 해봐."

우현이 고개를 비스듬히 돌리더니 자세히 듣겠다는 듯 귀를 가져다 댔다. 그러면서 눈은 집요하리만치 그녀를 향해 있었다. 지나치게 멍석을 깔아놓은 우현을 가영이 가만히 바라보다가 빙긋 웃었다. 부끄럽다 못해 민망하기까지 하지만, 못 할 것 없다. 가영은 잘 들으라는 듯이 두 손을 입가에 가져다 댄 후, 또박또박 말했다.

"사랑해요."

그러고는 눈을 접으며 생긋 웃었다. 우현은 그런 가영을 가만히 응시하다 미소 지었다. 이 말을 할 거라는 걸 알면서, 이런 표정을 지을 거라는 걸 알면서도 설레고야 말았다.

◆ ◆ ◆

진득한 어둠이 내려앉은 밤이다. 거센 바람이 이따금씩 위협적인 소리를 내며 거리를 쓸고 지나갔다. 검은 비옷을 입고 운전석에 앉은 정후는 고개를 들어 3층 건물을 바라보았다. 2층에 조명이 켜져 있었다.

그는 가영이 집으로 돌아오기를 오래도록 기다렸다. 그리고 오늘 마침내 가영이 집으로 돌아왔다. 모자를 푹 눌러쓰고 있었지만, 가영이 확실했다. 며칠간 캄캄하기만 했던 그녀의 집에 불이 들어왔다. 그는 창백한 얼굴로 숨소리를 죽인 채 그곳을 올려다봤다. 불이 꺼지길, 그는 계속해서 기다렸다.

툭.

그리고 마침내 불이 꺼졌다. 그녀의 집이 어둠으로 물들었다. 한참을 기다린 그는 조용히 운전석에서 내려 건물 안으로 들어섰다. 소리를 죽인 채 그녀의 집에 도착한 그는 가영의 집 문을 열었다.

며칠 전에 이곳으로 와서 그는 그녀의 집을 확인했다. 걸쇠가 없었고, 오로지 잠금장치 하나가 있는데 이마저도 그가 미리 손을 봐두었다. 잠가도 잠가지지 않고, 언제든 열 수 있도록.

끼익끼익.

오래된 문고리에서 쇳소리가 났다. 그는 그 문을 열고 들어섰다. 어둠에 익은 까만 눈이 집 안을 훑었다. 원룸 한가운데 놓인 침대가 불룩했다. 정후는 그곳을 물끄러미 응시했다. 편하게 잠들어 있는 가영을 바라보는 그의 눈빛이 기이하게 빛이 났다.

실수였다. 술에 취해 혜영과 잠자리를 가졌을 때 잠시 한 실수. 그 실수가 지금 저런 결과물이 되어 자신의 발목을 잡고 있었다. 자신을 질척한 가난으로 다시 빠트리려는 괴물처럼 그의 발목을 잡고선 아래로 끌어당기고 있었다. 그 괴물은 자신을 이렇게 만들고 평온하게 잠들어 있었다.

……가영아, 넌 내가 저지른 실수였어.

그러니까 자신이 만든 실수는 제 손으로 없애야 했다.

정후가 그녀의 목을 조르기 위해 이불을 확 걷었다. 손을 들던 그가 멈칫했다. 그곳에는 솜으로 만든 인형이 가발을 쓴 채 누워 있었다.

대체 이게 무슨……?

정후의 미간이 확 좁아졌다. 함정이다. 그가 휙 돌아서서 밖으로 뛰어나왔다. 그러다 그 자리에 우뚝 멈춰 섰다. 위를 향하는 계단과 아래로 내려가는 계단에 장정 넷이 버티고 서 있었다. 그중에 누군가가 휴대전화로 전화를 하며

벌이 오다

자신을 똑바로 응시하고 있었다.

"네. 누가 가택침입을 했는데 흉악범인 것 같아 신고합니다. 공개수배 전단지에서 본 얼굴인 것 같기도 하고……. 하여튼 상당히 무섭네요. 살 떨려요. 그러니까 얼른 와주세요."

공개수배범이라고 하면 경찰이 더 빨리 온다는 얘기를 들은 적 있어, 영철은 슬쩍 그 말을 흘렸다.

"무슨 일이십니까?"

"무슨 일인지는 경찰 오면 알겠지."

영철의 대답에 정후는 좁아지려는 미간을 간신히 폈다.

"뭔가 오해가 생긴 것 같군요."

"오해 같은 소리 한다. 남의 집에서 그런 꼴로 나오면서 오해?"

영철이 기가 차다는 듯 말했다. 자신의 말이 전혀 먹히지 않자 정후의 표정이 서늘해졌다.

"……비켜."

정후가 가라앉은 목소리로 말했다. 그러자 영철이 그를 노려보았다.

"너야말로 가만히 있어라. 죽기 싫으면. 너 때문에 며칠 동안 밤을 새워서 눈알이 빠질 거 같거든."

영철의 거침없는 말에 정후의 발 방향이 틀어졌다. 순식간에 칼을 빼든 정후가 영철을 쳐다보았다.

"씨발, 왜? 찌르게?"

영철이 정후를 쳐다보며 어이없다는 듯이 물었다. 정후의 눈빛이 험하게 변하더니, 순식간에 칼을 휘둘렀다. 영철의 몸이 슬쩍 옆으로 향했으나, 칼이 어깻죽지를 베고 지나갔다. 그사이 영철이 발로 정후의 손을 낚아채 꺾었다.

"악!"

비명을 지른 정후가 칼을 떨어뜨렸다.

우둑!

영철이 정후의 다리를 걸어 몸을 비틀었다. 기이한 자세로 꺾인 정후가 고통스러운 비명을 내질렀다.

"내가 왕년에 해온 운동이 몇 갠데 너같이 칼 어설프게 잡는 새끼한테 지겠냐, 씨발. 그리고 눈알 부라리면 무서울 줄 알았냐? 너보다 더 무서운 새끼들 숱하게 만나왔어."

당장 자신이 데리고 있는 우현이, 눈앞의 이놈보다 더 무서웠다. 이놈은 대놓고 칼을 휘두르지, 우현은 입에 칼을 품고서 휘두른다. 가까우면 좋지만, 틀어지면 골치 아픈 놈이 우현이다.

"일이 이렇게 됐으니 깔끔하게 정리해볼까?"

영철은 정후의 손에서 장갑을 벗겼다.

"야. 칼 주워."

정후의 말에 곁에서 계단을 막고 있던 남자 한 명이 주춤거리며 칼을 주워 건넸다. 영철은 칼을 치켜들었다. 정후의 눈이 커졌다.

"경찰이 오고 있어. 허튼짓하면 너야말로 무사하지 못할 거야."

정후가 이를 갈며 말했다.

"뭐라는 거야, 이 새끼가. 내가 너 같은 줄 아냐?"

영철은 혀를 끌끌 차더니 그의 손에 칼손잡이를 꽉 쥐여주었다.

"자, 봐. 이건 네 칼이야. 그치? 네가 잡았어. 이 씹새끼야. 응?"

조곤조곤한 목소리로 영철이 욕을 퍼붓는 사이 사이렌이 울렸다. 창문 너머에서 파란 등과 붉은 등이 교차로 스며들어 계단을 번쩍번쩍 비췄다.

"하아, 이 동네 범죄자 새끼들은 다 내쫓을 생각인가."

며칠간 피곤에 전 영철이 시뻘건 눈으로 우당탕탕 소리를 내며 올라오는 경찰을 보고 중얼거렸다. 이윽고 경찰이 "무슨 일입니까!" 하고 소리쳤다. 그러자 영철이 금세 울 것 같은 표정으로 소리쳤다.

"경찰 아저씨, 여기요! 여기! 왜 이제 왔어요? 무서워 죽는 줄 알았는데!"

◆ ◆ ◆

경찰이 정후를 범인으로, 영철을 신고자로, 그 외의 사람을 목격자로 데려갔다. 그 소리를 계단참에서 가만히 듣고 있던 가영은 주먹을 꽉 움켜쥐었다. 예

벌이 오다

상했던 일이다. 제가 홀로 있으면 정후가 자신을 찾아올 거라고 생각했다.

　가영은 우현의 만류에도 불구하고 미끼가 되었다. 우현은 다른 방법을 모색하자고 했지만, 가영이 고집을 부렸다.
　「지금 확실하게 해놓지 않으면, 나중에 무슨 일이 벌어질지 몰라요. 차라리 그 사람이 정신없이 화가 나 비이성적인 상태일 때 움직이는 게 나아요. 우리, 언제까지 이렇게 지낼 순 없잖아요?」
　우현은 가영을 걱정하느라 곁에 붙어 있었고, 가영 또한 집에만 갇혀 있었다.
　「그래도…….」
　우현이 만류했다.
　「알아요. 나, 걱정하는 거. 나도 무서워요.」
　「…….」
　「그래도 해야죠.」
　「…….」
　「지금 도망치면 더 위험해질 테니까……. 괜찮아요. 할머니랑 엄마가 지켜줄 거예요. 그러니까 그냥 도와주세요.」
　그녀의 간절한 부탁에 우현은 더는 말리지 못했다. 이후, 그녀는 집으로 돌아온 척했다. 일부러 이사를 준비하는 척하며 쓰레기를 내놓았고, 보란 듯이 이사 견적도 받았다.
　집으로 돌아와 조명을 켠 후, 곧장 밖으로 나와 계단 위로 도망쳤다. 그리고는 옥상 가까이에 있는 계단에 숨어 휴대전화로 설정해둔 IoT로 조명을 끈 후, 숨죽인 채 기다렸다. 그리고 오늘, 정후가 자신을 찾아왔다.

　예상은 했는데도 실제로 벌어지고 나니 그 충격이 상당했다. 만약 자신이 방심하고 집에 있었더라면……. 우현과 영철의 도움이 없었더라면, 지금 제가 무사히 살아 있을 수 있을까?
　가영의 손이 벌벌 떨렸다.

"가영아."

"흡."

멍하니 앉아 있던 가영이 숨을 들이마시며 고개를 들었다. 놀란 가영이 부릅 뜬 눈으로 앞을 바라보았다. 우현이 모자를 푹 눌러쓴 채 서 있었다.

"어, 어떻게 왔어요?"

아래엔 경찰에 정신없이 오가고 있었다.

"경찰이 집을 수색 중인 틈에. 시간이 별로 없어."

"……."

"정리 덜 됐을 때 살짝 빠져나가자."

우현이 손을 내밀었다. 가영은 그 손을 가만히 바라보다가 손을 뻗었다. 닿 은 손끝에서 온기가 느껴졌다. 가영의 표정이 마침내 허물어졌다. 살았다는 안 도감이 뒤늦게 찾아왔다.

아직 끝이 나지 않았지만, 어쩌면 이제 시작일지도 모르지만, 그렇지만…… 이 사람이 곁에 있다는 것만으로 지금은 안심이 되었다.

◆ ◆ ◆

경찰은 괴한이 침입한 집의 거주자인 가영을 소환했다. 미리 준비하고 있던 가영은 CCTV로 촬영해놓은 영상을 보여주었다. 그리고 며칠간 이상한 낌새 가 느껴져 혹시나 하는 마음에 집에 홈CCTV를 설치해두었다고 진술했다.

"베개를 이불 속에 두었던데요. 마치 사람이 누워 있는 것처럼 말이죠. 혹시 살해당할 걸 알고 있었나요?"

진술서를 작성하던 경찰이 미심쩍어했다.

"영화에서 본 게 생각나서, 혹시나 하는 마음에 그렇게 두었어요. 하지만 정 말 이런 일이 벌어질 거라고는 생각도 못 했어요."

"그리고 그 후엔 현관 밖으로 나서던데, 어디 간 건가요?"

"무서워서 지인의 집에 가려고 했어요."

"그런데 3층으로 가는 계단참에 숨어 있었다던데……."

벌이 오다

"네. 나가려고 하는데, 발소리가 들려서 도망쳤어요. 무서워서요. 그런데 그 사람이 우리 집으로 향하는 바람에 아래론 내려가지 못했어요."

"왜 진즉에 신고하지 않았나요? 보아하니 얼마 전에 침입해서 문이 안 잠기게끔 조작해놨던데."

"연예인이다 보니 신고가 조심스러웠어요."

그녀의 설명에 납득이 갔는지 경찰은 고개를 끄덕였다.

"소속사엔 이야기했어요?"

"확실하지 않은 데다, 소속사와 사이가 좋지 않아 말하지 못했어요."

"그렇군요. 알겠습니다."

그녀의 진술이 끝난 후, 영철과 그 자리를 지키고 있던 목격자들의 진술이 이어졌다. 영철은 우현의 부탁으로 집 주변을 지키고 있었다고 진술했다. 그러다 누가 봐도 수상한 사람이 들어가기에 따라 들어왔다가 그 상황을 목격했다고 덧붙였다.

"신우현 씨가 왜 임가영 씨의 일에 나선 거죠?"

경찰이 의아한 표정으로 물었다.

"왜 나섰겠습니까? 사랑하는 사이니까 나섰죠."

"……."

경찰에 입을 떡 벌렸다. 그러자 영철이 진지한 얼굴로 물었다.

"사랑하는 사이 모르세요? 폴인럽. 아이 러브 유."

덩치 큰 남자가 또박또박 아이 러브 유를 발음하는 모습을 경찰이 황망한 얼굴로 바라보았다. 조금 소름 끼치기까지 했다.

"아, 압니다."

경찰이 더듬었다.

"그래서 그런 거예요. 가영 씨가 본인 소속사는 못 믿겠다고 그러고, 도움을 구할 곳도 없고……. 원래는 본인이 지키겠다고 나서는 거 제가 어르고 달래놨거든요. 아시다시피 우현이 몸값이 좀 높습니까? 자칫해서 다치기라도 하면 광고 위약금을 물어줘야 할 수도 있고, 앞으로 있을 광고 촬영에도 지장이 있으니까요. 그래서 제가 하겠다고 나선 겁니다. 그리고 이건 비밀이니 어디에도 말하지 말아주셨으면 합니다."

"흠, 일단 알겠습니다. 만약 이런 위험한 상황이었다면 경호업체를 고용하는 게 나았을 텐데요?"

"제가 경호원 출신입니다."

"아……."

"같이 있던 녀석들도 제 후배들이고요."

"……그러시군요."

영철의 진술을 경찰은 조금 멍한 얼굴로 꼬박꼬박 받아썼다.

비밀이 지켜졌으면 하는 영철의 바람과 달리 이 일은 막을 틈 없이 새어나갔다. 가영이 괴한의 침입을 받았다는 것, 그 자리에 우현의 매니저가 있었다는 이야기가 금세 기사화되었다. 자연스럽게 우현과 가영의 관계에 대해 사람들의 이목이 집중되었다. 이 일을 놓고 어떻게 해야 할지 몰라 곤욕스러워하는 영철에게 우현은 덤덤하게 대답했다.

"연애 중이라고 해요."

"갑자기? 이런 상황에서? 뜬금없이?"

영철이 말이 되냐는 듯 대꾸했다.

"그럼 어떻게 하려고요? 가영이랑 같은 소속사도 아닌데. 형이 가영이랑 친한 사이라고 할 거예요?"

"그건 아니지만……."

"지금 스캔들을 터트려야 더 일이 커질 거예요. 여론의 부담을 느낀 경찰이 제대로 조사하려고 할 거고요. 그러니까…… 어차피 밝혀질 거 지금 밝혀요."

우현의 말이 맞았다. 이미 이런 상황에서 별다른 방법이 없다. 영철이 기획사 대표, 실장을 설득해 공식입장을 냈다.

[배우 임가영, 괴한의 침입을 받아!]

[신우현의 연인, 임가영으로 밝혀져]

[한 편의 드라마 같은 신우현과 임가영의 러브스토리]

별이 오다

[신우현, 연인을 위해 목숨도 불사해]

기사는 마른 들판에 불길이 번져가듯 순식간에 퍼져나갔다. 우현이 괴한의 감시를 받는 가영을 위해 나섰다는 것, 두 사람이 연인이라는 사실과 괴한의 정체에 대해 추정하는 기사가 줄을 이었다.

세상이 떠들썩했다. 그러나 단 한 사람, 범인으로 지목된 정후는 입을 다문 채 진술을 거부했다. 그런 그가 열두 시간 만에 저를 다그치는 경찰에게 만들어진 미소를 지으며 입을 열었다.

나는 내 딸을 보러 간 것뿐이에요, 라는 충격적인 말을.

◆ ◆ ◆

[괴한, 임가영의 부친으로 주장하고 있어]
[임가영, 침묵으로 대답 회피 중]
[임가영의 소속사 연락 두절]

기사가 또 한바탕 쏟아졌다. 실시간 검색어에서 가영의 이름과 괴한이 수없이 오르내렸다. 가영은 인터넷 기사를 확인한 후 꽉 쥔 주먹을 부들부들 떨었다.

[가영은 내 딸이다. 나도 우연히 알게 된 사실을 확인하기 위해서 찾아갔을 뿐이다. 얼마 전에 문고리를 조작했다는 말이 돌던데, 오해다. 그날도 가영과 이야기를 나누고 싶어서 찾아갔을 뿐이다. 가영과 이야기를 나누고 싶다. 아무래도 오해가 있는 것 같다.
나는 오랜 시간 가영을 만나왔다. 후원내역을 확인해보면 알 거다. 아마 가영은 내가 아버지라는 사실을 알고 접근했다가, 더는 뜯어낼 만한 게 없다고 판단하고선 돌아선 것 같다.]

정후와 인터뷰했다는 기자는 그가 한 말을 그대로 적어두었다. 정후는 인터뷰하는 내내 절절한 아버지를 연기하고 있었다. 자신을 보고 싶어 하며, 한 번이라도 좋으니 대화를 나누고 싶어 했다. 그리고 제 이혼의 이유를 가영의 탓으로 돌렸다. 몹시 지능적인 대응이었다.

[가영이 나타난 후로 가정이 파탄에 이르렀지만, 가영을 원망하지 않는다. 얼마나 아버지가 보고 싶겠냐. 나 또한 내 딸을 보고 싶다.]

그 부분에서 가영은 헛구역질이 나오려는 걸 참았다. 그 글 위로 자신을 바라보던 검은 눈동자가 떠올랐다. 막이 내려진 듯 검은 눈동자 안에는 괴물이 살고 있었다. 그 괴물은 언제든 누군가를 집어삼킬 준비가 되어 있었다.
소름이 끼친 가영이 기사를 내렸다가 그 아래에 달린 댓글과 마주했다.

[헐, 이거 진짜임? 임가영 소름]
[사실이면 미친 거 아니냐]
[아버지 고소한 거냐. 무섭네. 임가영.]
[일단 침착하게 상황을 지켜보는 게 나을 듯. 아니면 임가영 강정후 스폰 받다가 관계 꼬인 거 아님? 아빠랑 딸이. 헐.]
[신우현도 그렇게 안 봤는데 이런 여자랑 연애하는 거임?]
[이래서 남자든 여자든 사람을 잘 만나야 한다는 거라는 말이 있구나.]
[와, 임가영 대박이네. 신우현은 무슨 죄임? 이제 신우현 이미지도 엉망이 되겠네.]

읽어내려가던 댓글이 사라졌다. 커다란 손이 휴대전화의 액정을 가리고 있었다. 가영이 고개를 들자, 우현이 서 있었다. 가영은 입술을 꽉 깨물었다.
"보지 마."
우현은 이미 다 알고 있단 얼굴이다. 잠시 멍하게 있던 가영은 고개를 끄덕인 후, 휴대전화를 내려놓았다. 그러자 거짓말처럼 사위가 고요했다. 자신을 에워싼 모든 소란들이 휴대전화 안에서만 존재하고 있다는 게 느껴졌다. 그러나 이미 마음은 새파랗게 멍들어 있었다.

"……나 때문에 미안해요."

"뭐가."

"그냥, 이런 거 저런 거요."

가영은 방금 보았던 댓글을 떠올리며 중얼거리듯 사과했다. 자신 때문에 우현의 이미지만 나빠졌다. 사람들 입방아에 오르게 된 것 같아 미안했다.

"내가 아무렇지 않은데 사과를 왜 해? 괜찮아. 신경 쓰지 마."

"……하아. 이제 어떻게 해야 할까요? 이젠 정말 모르겠네요."

가영은 혼란스러웠다.

"가영아."

우현이 그녀의 앞에 무릎을 접고 앉았다. 가영이 입술을 깨문 채 그를 바라보았다. 수많은 생각들이 떠올랐다가 자취 없이 사라졌다. 그 자리로 헛헛함이 차올랐다. 자신은 최선을 다했다. 두 번이나 미끼를 감수해가며 그의 실체를 밝히려고 노력했는데, 그는 이런 식으로 번번이 빠져나갔다. 대체 어떻게 해야 이 지독한 상황을 끝낼 수 있을까?

"이번엔 나한테 맡겨줘. 내가 알아서 할게."

우현이 말했다.

"아뇨, 오빠. 충분히 도움 받았어요. 조금 더 생각해볼게요. 어떻게든 방법이 있을 거예요."

"그래. 그 방법, 내가 생각했으니까 나한테 맡겨둬."

"……."

"한 번만 나한테 맡겨봐. 응?"

우현이 가영의 눈을 바라보았다. 가영은 애쓰고 있었다. 어떻게든 혼자 해내려고. 그 모습이 안타까워서 우현이 조르듯 말했다. 가만히 고민하던 가영은 미안함에 어떤 말도 할 수 없었다.

"부탁할게."

"미안해서요."

"미안하면 이번만큼은 내 말 들어줘."

우현이 그렇게 말하고서야, 가영은 마지못해 고개를 끄덕였다.

"대신 나랑 상의해주세요. 어떻게 되는 건지는 알아야 하니까요."

"그래. 그럴게."

"지금 생각하고 있는 것부터 말해줘요. 나는 괜찮으니까요."

"그래."

꿰뚫어 본 듯이 가영이 말했다. 이미 그녀와 의논하기로 마음먹은 우현은 가볍게 고개를 끄덕인 후, 그녀의 옆자리에 앉았다. 그리고 차분하게 이야기를 시작했다.

◆ ◆ ◆

신경안정제를 물과 함께 삼킨 지은은 관자놀이를 꾹 눌렀다. 정후가 가영을 살해하려고 했다. 자연스럽게 정후의 정체가 거론되기 시작했다. 최대한으로 기사화되는 걸 막고 있긴 하지만, 시간문제였다.

회사의 이미지에 대단히 큰 타격을 입힌 이번 일로 인해 친정아버지는 잔뜩 화가 난 상태였다. 걸핏하면 화를 내는 아버지를 달래면서, 회사의 안팎에서 벌어지는 일들을 수습하느라 자신도 신경이 잔뜩 곤두섰다.

그 와중에 정후만 생각하면 머리가 터질 것 같았다. 동시에 소름이 끼쳤다. 여태껏 각방을 쓰긴 했지만, 한집에서 살던 사람이다. 그런 그가 살인자였다니…….

– 손님이 오셨습니다.

인터폰 소리에 생각에 잠겨 있던 지은이 흠칫했다. 금세 언제 그랬냐는 듯 표정을 가다듬었다. 덤덤한 얼굴로 고개를 꼿꼿하게 들었다. 지은은 어디서든 흐트러진 모습을 보이지 않았다. 그건 약점만 될 뿐이니까.

이내 문이 열리고, 한 남자가 들어섰다. 약속상대가 아닌 사람이 들어오자 지은의 눈이 가느스름해졌다. 큰 키에 훤칠한 외모, 연예인에 대해 모르는 그녀조차도 잘 아는 이였다. 대한민국에서 유명한 배우라 그런 것도 있지만, 지인인 민구의 아들이라 더 잘 알고 있었다.

별이 오다

"일단 앉으시죠."

여기까지 걸음한 이를 내칠 수 없어서 지은은 소파를 가리켰다. 우현이 자연스럽게 소파에 앉아 그녀를 바라보았다.

"오늘 약속은 우현 씨의 아버지랑 되어 있었는데, 무슨 일이라도 생기신 건가요?"

지은은 맞은편의 우현에게 왜 네가 이 자리에 나타난 거냐 소릴 돌려 물었다.

"아버지께 제가 부탁드렸습니다. 꼭 뵙고 싶다고요."

"오늘 급하게 볼일이 있다고 사정사정하셔서 시간을 겨우 빼냈는데 우현 씨가 찾아오다니. 요즘 같은 때에 나를 찾아오는 건 실례가 아닌가 싶군요."

"제가 뵙자고 했으면 안 만나주셨을 테니까요."

"안 만나려고 하는 사람을 굳이 만나려고 하는 건 무례한 행동 아닌가요?"

지은이 고요하면서도 날 선 목소리로 물었다.

"그 점에 대해선 사과드립니다. 대신 길게 시간 뺏지 않겠습니다. 이것만 전해드리면 됩니다."

우현이 가지고 온 파일을 꺼내 지은에게 내밀었다. 그 파일을 대충 훑어보던 지은이 어느새 유심히 들여다보았다. 10년 전 정후의 의료사고 사건을 비롯해 그가 해온 불법적인 일들이 담겨 있었다.

"이걸로 어쩌자는 거죠?"

지은이 신경질적인 목소리로 물었다.

"고소하고 신고해서 강정후를 오래도록 교도소에 묶어둘 생각이죠."

"아버님이 주시던가요?"

"여기저기서 얻은 자료죠."

우현이 둘러대듯 대답했다.

"이걸 지금 나한테 내민 이유가 뭐죠? 지금, 나를 협박하는 건가요?"

우현에게 이 비밀을 발설 안 하는 대가로 뭘 바라느냐, 지은은 물었다.

"아뇨. 도움을 구하고 싶어서 찾아왔어요."

"내가 신우현 씨한테 무슨 도움을 줄 수 있죠?"

"제가 가진 자료로는 강정후를 무기징역까지 받게 하긴 힘들 것 같아서요. 미친 사람인데 미쳤다는 증거가 생각보다 많이 없어서 곤란하네요."

"……."

지은이 고요한 눈으로 앞을 바라보았다. 우현이 상체를 기울여 지은의 얼굴을 똑바로 쳐다보았다.

"강정후가 이 병원에 몸담고 있는 동안 숱한 실수와 잘못을 저질렀으리라 추정됩니다. 그걸 여태껏 덮어두셨겠죠. 그것들을 밝혀주세요. 그게 아니면 이 병원에 처리해야 하지만, 그 짐을 껴안을 사람이 없어서 숨겨놓은 일들이 있을 거라 생각되는데 그것들을 이참에 정리하는 것도 괜찮지 않으시겠습니까?"

"신우현 씨. 사업을 해보지 않아서 그런지 쉽게만 생각하는 것 같군요. 지금처럼 이목이 집중되어 있을 때 불씨를 던지라니, 누가 그런 어리석은 짓을 하겠어요?"

"그러니 이번에 잘라내라는 말씀을 드리는 겁니다. 아버지가 그러셨죠. 어설프게 치료하면 치료 안 한 거나 다름없다고. 그러니 비명을 지르더라도, 아프더라도 치료할 때 제대로 해야 한다고 말이죠. 지금 강정후를 제대로 처리하지 않으면 그 여파는 언젠가 결국 이 병원, 그리고 병원장님, 이 집안으로 퍼질 겁니다."

"……."

"그리고 아시잖아요. 강정후, 제정신 아니에요. 지금의 타깃은 가영이지만, 가영이에 대한 복수가 끝나면 어떻게 될까요? 그대로 조용히 있을까요?"

"……!"

"이곳은, 멀쩡할까요?"

우현이 무표정한 얼굴로 바닥을 가리켰다. 그의 행동에 지은이 마른침을 삼켰다. 강정후는 자신의 집 구조, 자신에 대해서, 그리고 이 집안에 대해서 잘 아는 사람이다. 마음만 먹으면 허튼짓은 언제든지 할 수 있다는 생각이 머리를 스쳤다. 갑작스레 등골이 서늘해졌다.

"잘 생각해보셨으면 합니다. 이 자료는 제가 다시 가져가도록 하겠습니다."

우현은 도움을 구하러 왔지만, 지은을 완전히 믿지 않았다. 그가 자리에서 일어났다.

"왜?"

지은의 짤막한 질문에, 우현이 멈춰 섰다. 고개를 돌리자 백지장처럼 새하얗게 질린 지은의 얼굴이 눈에 들어왔다. 그녀는 여전히 꼿꼿한 자세로 앞을 바라보고 있었다.

"왜 신우현 씨가 이렇게까지 나서는 거죠? 가영 씨와 연애하고 있다는 건 알아요. 하지만 이렇게까지 나설 필요 없잖아요?"

고작해야 연애다. 너무 무모하게 구는 게 아니냐고 지은이 둘러 물었다.

"대표님께서 지금 가장 지키고 싶어 하는 것들, 그게 저한테는 임가영입니다. 이렇게 설명하면 이해되실까요?"

"……."

"그래서 최선을 다해 지킬 겁니다."

"내가 우리 병원과 가족들을 지키기 위해 강정후의 비밀을 숨긴다고 하더라도 말인가요?"

"네. 대표님이 숨기신다면 전 최선을 다해 또 다른 방법을 찾아내겠죠. 어떻게든 강정후를 잡아넣을 거니까요. 하지만 그럴 일은 없었으면 합니다. 대표님과 제가 각자 지키고자 하는 걸 지키기 위해서 넘어야 할 산은 같다고 생각하거든요."

우현이 지체하지 않고 대답했다.

"……알겠어요. 나가보도록 하세요."

예의상으로라도 좋은 만남이었다는 소릴 할 수가 없어서 지은은 입을 다물었다. 쾅. 문이 닫힌 후, 한차례 바람이 몰아친 듯 잠잠해졌다. 그곳에 홀로 덩그러니 남은 지은은 오래도록 그렇게 가만히 앉아 있었다.

한숨을 내쉰 지은은 씁쓸한 표정을 지었다. 가영보다 가진 게 훨씬 많은데, 누구도 우현처럼 자신을 위해 나서주는 사람이 없다. 조금 서글퍼진 지은은 시선을 내리깔았다.

◆ ◆ ◆

정후는 슬픈 표정으로 벽을 바라보았다. 거울 너머로 누군가가 자신을 보고 있을 거라는 생각에 그 표정을 유지했다. 그러다 그는 피곤한 듯 어깨를 웅크린 채 고개를 숙였다. 손바닥으로 얼굴을 가렸다. 흐느끼듯 어깨가 흔들렸다. 힘없이 축 늘어져 있던 그의 입술이 손바닥 안에서 은밀하게 위를 향했다. 하마터면 웃는 얼굴을 들킬 뻔했다. 정후가 흐느끼듯이 낮게 웃었다.

가영이 도청장치를 미끼로 쓰고 지은을 데려다 놓은 건 잘한 짓이었다. 머리를 써서 자신을 유인한 후 CCTV로 촬영한 것 또한 잘했다. 그 점은 칭찬해줄 만했다. 그 때문에 자신이 이 꼴로 있지 않은가.

그렇지만 이건 아주 잠깐 돌부리에 걸려 넘어진 데 불과했다. 자신은 가영의 집에 침입했지만, 그녀를 해하지 않았다. 무기도 없었고, 폭행을 가한 영상도 없었다.

홈CCTV의 영상 공개도 오히려 가영에게 불리하게 작용했다. 자신의 죄는 고작해야 가택침입, 그게 전부였다. 유일한 흠이라면 자신이 혜영을 살해했다는 사실인데, 자신이 혜영을 죽였다는 증거는 어디에도 없었다. 가영은 증거가 있다고 주장했지만, 지금껏 나타나지 않은 걸로 봐선 없는 게 틀림없었다.

결국, 자신은 풀려날 거다. 더욱이 자신이 가영의 아버지라고 밝혔으니, 그녀의 입지는 좁아질 거고 그녀의 주장 또한 힘을 잃을 거다. 곧 그는 친자확인을 주장할 생각이었다. 친자가 확인되면 그녀는 재기불능이었다.

자신에게서 목표를 빼앗아갔으니, 가영 또한 꿈을 잃는 게 옳다. 물론 그것으로 값을 다 치르지 않았다. 풀려나면 이자를 물릴 예정이었다.

영원히 아무 말도 못 하게 만든다든지, 혹은 아무것도 볼 수 없게 한다든지……. 자신의 실수로 만들어졌으니 자신이 제 방식대로 처리할 생각이었다.

그다음은 지은이다. 자신을 실컷 이용해먹다가 한순간에 놔버린 그 여자. 배은망덕하고 무례하며 오만한 여자. 어떻게 짓밟아줄까? 자신은 잃을 것이 없으니 방법은 무궁무진했다.

일단 지은이 가진 것들을 빼앗을 생각이었다. 그녀가 누리는 부의 일부분은 자신의 노력으로 만들어진 것이니 빼앗아갈 자격이 충분했다.

별이 오다

머릿속으로 수만 가지 생각이 스쳐지나갔고, 정후는 희열에 차올랐다. 모든 걸 잃으니 편안했다. 생각과 그것을 실천함에 제약이 없다.

그러다 문득 자신을 바라보며 눈물이 차오르던 혜영의 눈이 떠올랐다. 노을처럼 저물어가는 그 눈이 아름다웠다. 자신의 바짓가랑이를 붙들고 늘어지던 그 애처로운 손길도 조각품처럼 볼 만했다.

그래, 어쩌면 자신은 이 순간을 기다려온 게 아닌가 싶었다. 이렇게 자유로우니 오히려 하고 싶은 것들이 떠올랐다. 어둠이 찾아오니 별이 눈에 잘 보이는 것처럼.

눈앞으로 지은이 애처롭게 자신의 발치에 누워 울고 있을 모습이 그려졌다. 살려달라, 비굴하게 빌겠지. 그 눈은 혜영의 것처럼 붉어질 테고…….

달칵.

정후가 상상을 하며 희열에 찬 순간, 경찰이 문을 열고 들어왔다. 털썩 자리에 앉은 경찰은 곤욕스러운 표정을 하고 있었다. 즐거운 상상에 제동이 걸린 정후는 분노가 치밀어올랐으나 능숙하게 감정을 갈무리하며 고개를 들었다. 정후는 딸을 잃은 처연한 아비의 얼굴을 하고 있었다.

"정말 난처하네."

경찰이 중얼거리듯 혼잣말을 하며 머리를 긁적였다. 정후는 말없이 경찰을 바라보았다.

"정말 대단한 사람이네요. 강정후 씨."

"무슨 말씀이신지 모르겠네요."

정후가 흐릿한 표정으로 경찰을 마주 보았다. 그러자 경찰이 보고 있던 자료를 정후 쪽으로 들이밀었다.

"경찰생활 하면서 이런 새끼, 저런 새끼, 각종 새끼들 다 보고 지내왔지만 이런 경우는 처음이네요. 이야, 정말 다방면으로 열심히 뛰셨네요."

경찰의 비꼬는 말에 정후의 미간이 좁아졌다. 무슨 소리냐는 듯 경찰의 얼굴을 바라보던 정후의 시선이 그가 내민 서류로 향했다. 서류를 죽 훑던 정후의 얼굴이 뻣뻣하게 굳었다.

경찰이 서류를 빼앗아 한 장 한 장 넘기며 건성으로 설명했다.

"10년 전에 의료사고 내셨죠? 이 사람들이 신고했네요."

"그게 무슨 말입니까? 그런 적 없습니다."

그 사람들이 신고할 수 있을 리 없다. 자신이 수술한 아이는 지적장애아였다. 부모 또한 지적장애를 갖고 있었다. 그런 사람들이 무슨 고소를 한단 말인가. 그저 억울하다고 땅 치다가 병원 측에선 입막음으로 몇 푼 쥐여준 것을 갖고 돌아간 것으로 마무리 지어졌다.

"그 사람들이 신고했어요. 고소도 하겠다네요. 아직 공소시효 안 끝났으니 재조사 들어갈 겁니다. 그리고 이 외에도 의료사고도 자잘하게 많이 내셨던데요? 두 건 더 신고 들어왔어요. 또, 공금도 횡령하셨네요? 이건 병원 측에서 신고 들어왔어요. 감사팀이 조사하다가 거액의 돈이 강정후 씨 통장으로 입금된 정황이 포착되었다고요. 그리고 국회의원 A씨에게 정치 입문을 도와달라는 명목으로 거액의 뇌물 상납, 부정청탁, 살인미수, 임가영 씨의 가택침입 등……. 어마어마하네요. 덕분에 우리 경찰서 마비되겠어요."

경찰이 혀를 내둘렀다.

정후의 얼굴이 서늘하게 식었다. 이 모든 자료가 어디서 나왔을까 고민하던 정후가 미간을 찌푸렸다. 지은이다. 그 여자가 자신의 가문에 먹칠을 할 각오를 하고 자료를 다 풀었다. 어째서? 이렇게까지 해서 자신을 매장시킬 생각인 거지? 이러면 지은도 무사하지 못할 텐데.

정후의 얼굴이 굳었다.

"지금 무슨 말을 하는 겁니까?"

정후는 도저히 이해 못 하겠다는 표정을 하며 연기를 이어갔다.

"다 들으셨으면서 왜 묻는 겁니까?"

경찰이 피곤한 얼굴로 서류를 테이블에 탁 소리 나게 내려놓았다.

"재조사라니요? 합의서까지 주고받았는데 무슨 소리입니까?"

물어볼 것이 많았지만 가장 궁금한 부분을 먼저 물었다.

"그 사람들이 지금 감금 및 협박에 의해 강제로 합의서가 작성되었다고 주장하고 있어요. 지장도 강제로 찍었다고요. 그리고 자식을 가슴에 묻은 사람들한테 합의금으로 백만 원이라……."

너 같은 새끼들 때문에 정의가 필요한 거예요.

경찰이 들릴락 말락 한 목소리로 중얼거렸다. 그 말에 정후의 얼굴이 딱딱하게 굳었다.

"그리고 신우현 씨 매니저도 강정후 씨를 신고했습니다. 그쪽이 자신을 폭행했다고 고소하겠다더군요. 목격자가 셋인 데다가 홈CCTV에 문 쪽이 잡혀 강정후 씨가 고의성을 가지고 주먹을 휘두르는 장면이 찍혔어요. 또, 임가영 씨 건도 만만찮을 겁니다. 어쨌든 가택침입을 했으니까요."

"딸이 만나주지 않아서 그런 겁니다."

"딸과 이야기를 하고 싶었다는 사람치고 며칠 동안 전화 한 통도 하지 않았던데요. 보통 보고 싶으면 만나자고 전화하지 않나요? 대체 딸이 만나주지 않는다는 건 어떻게 증명할 수 있죠? 메일 보냈어요?"

경찰이 정후의 휴대전화 통화내역을 들어 보였다.

"그건……."

처음으로 정후의 말문이 막혔다.

"그리고 어째서인지 임가영 씨가 도난당했다고 신고한 휴대전화가 강정후 씨의 명의로 된 별장에 있더군요."

"가영이를 만났을 때 떨어뜨린 걸 주워놓은 겁니다. 그래서 가영이에게 전화를 못 한 겁니다."

정후가 기억났다는 듯 서둘러 변명을 덧붙였다.

"어디서 임가영 씨를 만났습니까?"

"별장에서 만났습니다."

"그런데 그 후에 왜 안 돌려줬습니까?"

"말씀드렸던 것처럼, 못 만났습니다. 연락을 할 수 없어서요."

"그래요? 그럼 왜 낮이 아니라 밤에 찾아간 겁니까?"

"그때밖에 시간이 되질 않았습니다."

"그런데 옷차림이 상당히 희한하던데요. 그런 차림으로 딸 집에 방문한단 말입니까?"

경찰에 당시 정후가 입고 있었던 옷을 떠올리며 말했다.

"딸 집에 가는데 차려입고 갈 필요는 없죠."

"언제부터 기다렸습니까?"

"잘 기억나지 않지만 꽤 기다렸습니다."

"딸에게 휴대전화를 돌려주려고 한참이나 기다리다가 밤에 잠입이라…….
이상한 게 한두 가지가 아니네요. 그렇죠?"

"그렇게 생각하신다면 유감이군요. 하지만 하나 확실한 건, 가영이는 내 딸
이고 나는 해칠 의도가 없었다는 겁니다."

경찰이 손을 내저었다.

"일단 알겠습니다. 남은 진술은 나중에 받도록 하죠. 지금 이것 말고도 물밀
듯이 신고가 밀고 들어와서 말이죠. 한꺼번에 정리해서 이야기 나누죠."

경찰이 생각만 해도 피곤하다는 듯 손으로 이마를 짚었다.

"……그게 무슨 말입니까? 신고가 들어오고 있다니요?"

이게 끝이 아니라고?

정후가 서늘하게 식은 얼굴로 물었다.

"말 그대로예요. 여태 얘기했던 거 말고도 이런저런 신고가 많이 들어오고
있다는 겁니다. 강정후 씨한테 폭언을 당했다는 운전기사가 진술 중이고, 또
뭐 때문에 왔다더라……. 하여튼 셀 수 없이 많아서 어떻게 해야 할지 모르겠
네요. 일단 여기서 쉬고 계세요. 오늘 밤새 긴 이야기를 주고받아야 할 거 같으
니 말입니다. 덕분에 카페인을 때려붓게 생겼네요."

경찰에 온기 없는 웃음을 지었다. 그는 서류를 챙겨 몸을 일으키다가 멈춰
서서 정후를 쳐다보았다.

"아, 제일 중요한 말을 전해준다는 걸 깜빡했네요. 임가영 씨 소속사 대표가
와서 진술 중이에요."

"……!"

정후의 눈이 크게 벌어졌다. 잠시 숨을 내쉬는 것조차 잊은 채 경찰을 바라
보았다. 경찰은 대수롭지 않다는 표정으로 그를 내려다보았다.

"소속사 대표의 진술대로라면 딸 사랑이 지극하시더군요. 도청에 스케줄 조
정, 일거수일투족 감시까지……. 그쪽의 주장대로 딸인지 몰랐는데 이런 행동

을 한 거면 스토커이고, 딸인 걸 알고 한 행동이면 여태껏 강정후 씨가 자백한 진술은 모두 거짓이라는 겁니다. 그것 말고도 또 어마어마한 일들을 하셨던데 요? 자, 생각할 시간 드릴게요. 나 같으면 자백하고 광명까진 아니더라도 형량 을 줄여보려고 애쓰겠어요."

뭐, 그래봤자 모래사장에서 모래 한 줌 덜어내는 것 정도겠지만.

누군가가 작정하고 강정후를 매장시키기 위해 움직이고 있었다. 그렇지 않 고서야 이렇게 짠 듯이 쏟아져 나올 수는 없다. 더군다나 확실한 증거를 가지 고 로펌까지 이용하는 중이라, 이럴 경우 무사히 벗어날 수 있는 방법은 없다 고 봐도 무방했다.

경찰은 정후를 한심하단 듯 바라본 후, 유유히 조사실을 빠져나갔다. 홀로 덩그러니 남은 정후의 눈이 불안으로 흔들렸다.

"……말도 안 돼."

귀신이라도 본 마냥 하얗게 질린 얼굴로 그가 중얼거렸다.

"말도 안 돼!"

그가 주먹으로 테이블을 내리쳤다. 피곤에 찌든 그의 눈이 분노로 시뻘겋게 변했다.

어째서…….

지은이 자신의 약점을 퍼트리면 그녀 또한 무사할 수 없다. 그런데 왜 이런 짓을? 이대로라면 꼼짝없이 당한다. 아니, 이미 당한 건지도 모른다. 방금 나 온 죄목들만 확인된다고 하더라도 자신은 여생을 교도소에서 지내야 할지도 모른다. 그의 시선이 다급하게 거울로 향했다.

"변호사……! 변호사를 선임하겠어요! 변호사!"

정후의 공허한 비명이 실내를 쩌렁쩌렁 울렸다.

"이봐요! 변호사를 부르겠다니까! 이 새끼들아!"

정후가 악을 써댔지만, 아무도 들여다보지 않았다. 테이블을 내리치고 난동 을 피워도 마찬가지였다. 세상이 자신을 귀찮아서 구석에 처박아둔 것 같았다. 한참이나 소동을 부리다 힘이 다한 정후는 막막한 마음에 매직미러를 바라보 았다. 그곳에 헝클어진 남자가 허망한 얼굴로 서 있었다.

그는 이 표정을 알고 있다. 찢어지게 가난하던 어린 시절, 일용직 공사장에서 사고로 팔을 잃고 돌아온 아버지의 얼굴과 닮아 있었다. 아버지는 팔을 잃었지만 보상받지 못했다. 가난하고, 무식했기에. 도망치려 할수록 지독하게 달라붙던 불운과 악재들. 그것들로부터 무기력하게 져버린 아버지의 얼굴을 그는 기억하고 있었다. 끝내 목을 매달고 축 늘어져 있던 그 모습까지도.

그 얼굴이 되기 싫어서 있는 힘껏 도망쳤는데, 왜 자신은 이맘때의 아버지와 같은 얼굴을 하고 있는 걸까? 정후의 표정이 조금씩 처참하게 구겨졌다.

"아악!"

정후가 뒤늦게 비명을 내질렀다.

✦ ✦ ✦

가영은 TV를 바라보았다. 기자회견을 마친 DH대학병원 병원장이 고개를 숙여 사과하고 있었다. 강정후의 사건에 대해 병원 측은 전혀 몰랐으며, 이번 일을 계기로 자숙하고 더욱 좋은 의료로 보답하겠다는 고루한 말을 늘어놓았다.

강정후의 사건으로 인해 DH병원과 재단도 여론의 질타에서 자유로울 수 없었다. 검찰 조사까지 있었다. 그러나 모두 강정후의 잘못이라 결론이 났다. 조사 후, 병원장은 의료사건과 공금횡령은 모두 강정후의 잘못이지만 대표자인 만큼 책임을 지고 물러나겠다고 말했다.

참담한 얼굴로 기자회견을 마치고 고개를 숙여 사과하는 병원장의 모습이 지나간 후, 화면엔 강정후가 나왔다. 그는 추레한 모습으로 서 있었다. 모든 걸 내려놓은 듯하기도 하고, 정신이 없어 보이기도 했다.

강정후는 이번 일로 변호사를 고용했으나, DH재단과 우현이 내로라하는 로펌들에게 이번 일을 의뢰하는 바람에 계란으로 바위 치기가 되었다.

첫 번째 재판이 끝난 후, 들리는 말에 의하면 강정후는 몇 번이나 난동을 부렸다고 했다. 그러다가 자해 비슷하게 해서 병원에 실려 갔다고 했다. 정신감정을 받아야 하는 게 아니냐는 소리가 나올 정도로 제정신이 아니라고 했다.

[강정후, 구치소 수감]

가영은 헤드라인을 물끄러미 바라보았다. 누군가가 등을 떠민 것처럼 일은 순식간에 진행되었다. 그럴 수밖에 없었다. 강정후의 편은 아무도 없었다. 쏟아져 나온 수많은 기사들이 사실로 밝혀지면서 여론은 들끓었다.

"무기징역 받을 거야."

옆에 앉아 있던 우현이 불안한 표정을 짓는 가영을 안심시키려는 듯 조심스럽게 입을 뗐다.

"그렇게 될까요?"

"되고도 남을 거야. 여론도 안 좋고, 죄질도 나쁜 데다 죄목이 많으니까."

"만약, 아주 만약에 모범수가 되어서 형량이 줄어들면 어쩌죠?"

"그렇게 될 리도 없지만, 그렇게 된다면 한지은 씨가 가만히 있지 않을 거야."

"……"

"물론 나도 마찬가지고."

TV 속 정후를 바라보는 우현의 눈빛이 차가워졌다. 그의 말을 들으며 가영은 가만히 손바닥을 들여다보았다. 자그마한 USB였다. 우현의 편으로 지은이 보낸 것이었다.

[가영 씨가 연락한 날, 녹음하고 있었어요. 강정후가 가영 씨에게 몹쓸 짓을 하면 증거로 남겨놓으려고 했거든요. 어머니에 대한 일은 유감이에요. 공소시효가 지났으니 필요 없겠지만, 혹시 가영 씨한테 필요할까 봐요.]

USB와 함께 동봉된 편지에는 그렇게 적혀 있었다.

"어떻게 할 거야?"

우현이 USB를 들여다보고 있는 가영에게 물었다.

"챙겨는 두겠지만 사용하진 않을 거예요. 이걸 세상에 내놓으면 내가 그 사람과 혈연관계라는 게 알려지니까요."

가영이 덤덤하게 대답했다. 가영은 정후와 혈연관계라는 사실을 끝까지 부인했다. 그녀는 진심으로 정후를 아버지라 생각하지 않았고, 끝까지 인정할 생각도 없었다. 그건 그에 대한 마지막 복수이자, 엄마에 대한 예의였다.

대신 미성년자일 때 그로부터 경제적 지원을 받았고, 그를 스승처럼 따랐으며, 그의 소개로 소속사에 계약했다는 사실은 인정했다. 그로 인해 도청과 감시를 받았다는 사실이 알려지면서 가영에 대한 동정 여론이 쇄도했다. 가영은 후원자로 가장한 미친 사람에게 시달린 불쌍한 여자 연예인이 되어 있었다. 정후가 가영을 좋아해서 비이성적으로 집착했다는 소문까지 나돌았다.

띠리링. 띠리링.

울리는 벨 소리에 우현이 전화를 받았다.

"네."

― 어. 우현아. 옆에 가영 씨 있냐?

영철이 떨떠름한 목소리로 조심스럽게 물었다.

"네. 왜 그래요?"

― 어……. 다른 건 아니고, 가영 씨 소속사 대표가 날 찾아와서 가영 씨랑 통화하게 해달라고 사정사정하는데 어떻게 해야 하냐? 우리 집까지 찾아왔어. 꼭 가영 씨한테 할 말이 있다는데?

우현이 가영이 듣지 못하도록 자리에서 일어났다.

"돌아가라고 해요. 경찰에 신고하기 전에."

가영의 소속사 대표는 정후를 도운 죄로 경찰 조사 중이었다. 그런 주제에 영철을 찾아왔다는 건 뻔했다. 가영에게 증인이 되어 자신의 죄를 경감시켜달라 매달리려는 거겠지.

"바꿔주세요."

돌아선 우현은 자신에게 손을 내밀고 있는 가영을 보았다. 우현이 고민하다가 가영에게 휴대전화를 내밀었다. 내키지 않지만, 이건 그녀의 일이다. 그가 할 일은 그녀의 선택을 존중하고, 다치지 않게 보호하는 것이고. 우현은 그녀의 곁에 가만히 서 있었다.

"네. 저, 가영이에요. 매니저님. 바꿔주세요."

— 아, 네.

영철이 어색하게 대답했다. 얼마 후, 휴대전화 너머로 익숙한 목소리가 넘어왔다.

— 만나자고 하려 했는데 싫어할 것 같아서요.

"잘 생각하셨어요."

김 대표가 정후를 도왔다. 그 사실만으로도 가영은 그를 만나고 싶지 않았다.

— 휴대전화도 안 받길래, 무작정 영철 씨한테 부탁했어요.

"그 이야길 하시려고 저랑 통화하자고 하신 거예요?"

가영이 나지막한 목소리로 본론만 말하라는 말을 돌려 말했다.

— 아뇨. 오늘 부로 소속사 폐업했고, 계약은 해지되었어요. 통장으로 마지막 정산금액 보내놨어요. 그리고 경찰서에서 착실히 진술하고 있어요. 정후, 그 사람이 잘못한 일에 대해서요. 저도 법적인 처벌은 면치 못할 것 같더군요. 이런 이야기를 하려고 했던 건 아닌데…… 하여튼, 미안해요. 그 사람이 가영 씨한테 그렇게까지 할 줄 몰랐어요. 가영 씨를 정말 죽이려고 할 줄 알았다면 돕지 않았을 거예요. 저는 단순히 그 사람이 가영 씨를 연예계에서 매장시키려는 줄로만 알았어요. 물론 매장도 큰일이긴 하지만요.

"……."

— 그리고 변명처럼 들리겠지만 전 제 나름 가영 씨를 지키려고 한 거였어요. 가영 씨가 그 사람의 눈 밖에 나지 않도록, 그래서 피해를 입지 않도록 말이에요. 지금에 와서 말하는 거 모두 변명처럼 들리겠지만, 꼭 말하고 싶었어요. 정말 미안해요.

소속사 대표가 더듬거렸다. 그의 말처럼 그는 최선을 다했는지도 모른다. 널 위해서라는 변명으로 스스로 살아남기 위한 것이겠지만.

"해지에 관련된 서류는 메일로 보내주세요. 그리고 지금 하신 그 사과는 받지 않을게요. 대표님도 알잖아요. 이 일, 미안하다는 한 문장으로 대충 무마시키기엔 상처가 너무 크다는걸. 그러니까 지금처럼 계속 마음 불편하게 지내세요. 오랜 시간이 흘러도 어제 입은 상처인 것처럼 그렇게요. 제가 그런 것처럼요."

가영이 차분하게 독한 말을 쏟아냈다. 제가 미안하다, 라는 그 문장을 억지로 받아들이면 그는 홀가분해질 거다. 피해자인 가영 본인은 소화시키지 못할 그 문장을 입에 넣고서 꾸역꾸역 버텨내겠지. 그리고 싶지 않았다. 사과는 하는 사람의 것이 아니라, 받는 사람의 것이니까.

"그만 끊을게요. 다시 만나도 아는 척하지 않으셨으면 해요."

ㅡ ……알겠어요. 잘 지내길 바랄게요.

그것이 통화의 끝이었다. 가영은 통화가 종료된 휴대전화를 멍하니 바라보다가 시선을 돌렸다. 마음이 모래가 된 것 같다. 쌓고, 단단하게 다져두면 설명할 수 없는 감정이 파도처럼 밀려들어 엉망진창으로 만들어놓고 떠났다.

바닥을 바라보던 가영이 고개를 들었다. 그러다 자신을 바라보고 있는 우현과 눈이 마주쳤다. 우현은 미소를 지었다. 자신을 안심시키려는 미소였다.

어떤 순간에도 함께 있을게.

그가 눈으로 말하고 있었다.

수많은 일이 스쳐 지나갔다. 그사이, 마음은 바스러져서 모래가 되었다. 그럼에도 감정의 파도에 무너질지언정 쓸려나가지 않는 것은, ……당신 덕분이다.

가영이 마주 미소 지었다. 그녀는 극이 다른 자석이 닿듯이 그의 품으로 끌려 들어갔다. 우현은 기꺼이 손을 뻗어 가영의 머리를 쓰다듬어주었다.

"우리, 여행 갈까?"

우현이 낮은 목소리로 속삭였다.

"어디로요?"

"네가 가고 싶은 곳으로."

"그래요."

가영이 대답하며 그의 품에 얼굴을 파묻었다. 숨을 들이마시자 우현의 향이 폐부 깊숙이 파고들었다.

가고 싶은 곳.

가영은 속으로 중얼거리듯 생각했다. 딱히 생각나는 곳이 없었다. 그러나 머물고 싶은 곳은 있었다. 지금 있는 이곳. 이 사람의 품이다.

◆ ◆ ◆

"응. 괜찮아. 정말로 괜찮아."

가영은 차창 밖을 바라보며 휴대전화 너머의 상대를 달랬다. 그러나 준태는 좀처럼 흥분을 가라앉히지 못했다.

– 정말로 괜찮아? 어디 다친 곳 없는 거 확실하지?

"응. 맞아."

– 왜 그런 일 있는데 나한테 연락을 안 해? 뉴스 보고 얼마나 놀랐는지 알아? 누나랑은 연락도 안 되지, 뉴스에서는 흉악범에 관한 이야기만 계속 나오고 있지……. 하아, 진짜.

준태가 기다렸다는 듯이 말을 쏟아내다가, 뭔가 울컥하고 치솟은 듯 입을 다물었다.

"……울어?"

– 그럼 내가 지금 웃을까?

준태가 버럭 화를 냈다.

"미안해."

가영이 창밖을 바라보며 자그맣게 사과했다. 준태에게 연락하면 분명 그 성격상 하던 일을 다 때려치우고 자신에게 달려올 거라 예상했다. 이제 막 주목받는 신인이 무단으로 이탈해서 이런 사건에 휘말리면 기획사에서 그를 가만두고 볼 리 없다. 자신 때문에 준태가 꿈을 잃게 될까 봐 겁이 났다. 그리고 준태가 위험에 빠질지도 모른다는 불안에 더욱 연락하지 못했다.

– 다음부터는 이런 일 있으면 나한테 꼭 연락해. 누나는 나한테 가족이라고, 가족. 이제 나한테 가족은 누나밖에 없어. 알잖아.

준태의 목소리에 울음기가 가득했다.

"……미안해."

가영이 자그맣게 다시 한 번 사과했다.

– 하아, 그래. 알았어. 귀국하는 대로 바로 찾아갈게. 모레 귀국할 거야. 요즘 어디서 지내고 있어? 혜록이 누나네?

"어…… 그게……."

가영이 머뭇거리며 운전석에 앉아 있는 우현을 힐긋 쳐다보았다. 그러자 그가 편하게 말하라는 듯 고개를 끄덕였다.

"우현 오빠 집."

– 신우현 씨?

"응."

– ……밖에서 만나자.

우현의 집으로 찾아오기 부담스러웠는지 준태가 조용히 말했다.

"그래. 알았어."

– 혹시 지금도 옆에 계셔?

"응."

– 아……. 내가 화내는 거 다 들렸겠네?

준태가 멋쩍은 목소리로 말했다.

"괜찮아. 신경 쓰지 마. 귀국하는 대로 보자."

– 알았어. 그리고 누나, 성운이가 누나 걱정 엄청 하더라.

"……."

– 전화 한 통 해줘. 아니다, 걔가 곧 할 거야. 그리고 성운이가……. 아니다. 됐어.

준태는 말을 하려다가 관두었다.

이건 성운이가 직접 해야지. 작게 중얼거렸다.

가영은 준태가 하려던 말이 무엇인지 알고 있었다. 성운이가 자신을 좋아했다는 얘기겠지. 자신과 우현이 연애하는 걸 알 테니 성운도 포기할 거다. 그래서 가영은 모르는 척 넘겼다. 긴긴 잔소리 같은 통화가 끝난 후, 가영은 흘긋 옆자리를 바라보았다. 우현이 핸들을 돌리며 운전하고 있었다.

"귀여운 동생이네."

우현의 말에 가영이 가볍게 웃었다.

"네. 잔소리 많은 동생이에요. 걱정이 많이 됐나 봐요. 그럴 만하죠."

자신과는 연락이 되지 않는 상태에서 난생처음 듣는 이야기들을 기사로 접했다. 후에 혜록에게 듣기로, 준태에게 하루에 몇 번씩 전화가 왔다고 했다. 고마운 동생이었다.

"도착했어."

우현의 차가 성당의 주차장에 멈춰 섰다. 내비게이션이 도착지에 도착했다는 알람을 울렸다. 차에서 내린 가영은 길게 기지개를 켰다. 찌뿌듯한 몸이 노곤하게 풀어졌다.

우현이 여행으로 어딜 가고 싶냐고 두어 번 물었을 때 가영은 한참 고민했다. 그 끝에 어린 시절 살던 곳을 가보고 싶다고 이야기했다. 할머니를 꿈에서 많이 만나서일까. 문득, 이 성당에 와보고 싶었다.

고개를 들자 눈이 부신 새파란 하늘 아래에 찌를 듯이 높은 십자가가 눈에 들어왔다. 새하얀 십자가를 물끄러미 바라보던 가영은 익숙하다는 듯 주차장에서 본관 입구로 이어지는 좁은 길을 걸었다. 우현이 그 뒤를 따랐다.

"여기 왠지 익숙한데."

우현이 작게 중얼거렸다.

"몇 년 전에 영화 촬영했대요. 영화를 봤으면 눈에 익을지도 몰라요."

가영의 말에 우현은 "그런가." 했지만 모든 공간이 눈에 익었다. 우현이 미간을 좁힌 채 주변을 둘러보았다.

큰 마당을 사이에 두고 대성전, 수녀원, 작은 정원이 자리하고 있었다. 가영은 미사시간이 아니라 텅 빈 성당을 가만히 바라보다가 대성전으로 향했다. 문을 열고 들어서자 고요한 성당 안이 눈에 들어왔다. 오랜 시간 수많은 사람들의 간절한 기도가 닿았을 곳에선 경건한 분위기가 흘러나왔다.

"이전이랑 변함없어?"

우현이 그녀의 옆자리에 서며 물었다.

"네. 변함없어요."

가영은 숨을 깊게 들이마시며 대답했다. 세월이 흘러 조금 낡았지만, 늘 그

립던 그 분위기는 고스란히 품고 있었다.

할머니가 어린 자신을 데리고 터를 잡은 곳은 작은 동네인 이곳이었다. 마을엔 나이 든 노인들이 주를 이루었고, 몇몇 아이를 데리고 있는 가족들이 지내고 있었다. 이 마을 한쪽에는 성당이 자리하고 있었다. 주일이면 조촐한 성가대가 성가를 부르고, 신부님은 미사가 끝난 후 어린아이들의 머리를 한 번씩 쓰다듬어주었다.

할머니는 수요일이 되면 성당을 찾아 준비해온 걸레로 의자를 닦으며 중얼중얼 기도를 했다. 그 기도에는 엄마의 안식과 그녀의 건강과 안전이 포함되어 있었다. 그러나 정작 그 긴 기도 속에 당신을 위한 내용은 없었다.

가영은 어린 시절 할머니와 항상 앉곤 했던 마지막 줄을 바라보았다. 그곳에 앉아 있으니 어디선가 할머니의 기도 소리가 들리는 듯했다. 그 소리는 노래 같기도 했고, 때때로 울음처럼 들리기도 했었다.

가영은 십자가를 물끄러미 바라보며 기도했다. 할머니가 돌아가신 후 한 번도 해본 적 없던 기도였다.

부디 녹록지 않은 삶을 산 할머니를 따스한 손으로 어루만져주세요. 이제 자신의 걱정은 조금도 하지 말고 엄마와 함께 기쁨만 누리게 해주세요. ……할머니를 잘 부탁드립니다.

가영은 고개를 푹 숙였다. 한 여자로서 바라보았을 때 너무나도 가엾은 엄마라는 사람을 위한 기도도 잊지 않았다.

대성전에서 나온 가영은 작은 정원으로 향했다. 정원 벽면에 성모마리아 상이 있고, 그 아래로 색색의 꽃과 초가 자리하고 있었다. 아기자기하게 꾸며진 작은 정원은 자신을 위한 놀이방 같았다.

"어릴 땐 여기서 정말 열심히 놀았어요. 돌계단을 왔다 갔다 하는 것만으로도 재미있었거든요. 어릴 땐 여기가 정말 커 보였는데……."

그때를 떠올리듯 가영이 눈을 가느스름하게 뜬 채 말했다. 어릴 땐 정원 한가운데 박힌 돌계단을 왔다 갔다 하는 것만으로도 재미있었다. 몇 안 되는 친구들과 가위바위보를 하는 것만으로도 흥분되었고, 가끔 어른들이 사주는 아이스크림을 먹으며 벤치에 앉아 노는 것도 즐거웠다.

"아! 나 그리고 보니 여기서 청혼한 적 있어요."

가영이 뭔가 떠올랐다는 듯 웃으며 말을 꺼내며 웃었다.

장마가 가신 후, 햇살이 쏟아지는 여름의 주일이었다. 매미소리가 소나기처럼 쏟아지는 무더운 한낮이었다. 여느 때처럼 땀을 뻘뻘 흘리며 돌계단을 정신없이 왔다 갔다 하며 뛰놀다 돌부리에 걸려 넘어졌다.

무릎이 아파서 엉엉 울었지만, 미사 중이라 아무도 듣지 못했다. 한참 울다가 자리에서 일어나려는데 머리 위로 그림자가 졌다. 고개를 들자 자신보다 머리 하나는 더 큰 남자 아이가 서 있었다. 한눈에도 자신보다 나이가 많아 보였다.

"그 오빠가 아무 말 없이 날 일으켜 세워서 옷을 털어줬어요. 어린 마음에 왕자님처럼 멋지게 느껴지는 거예요. 아마 잘생기기도 했었던 것 같아요. 처음 보는 오빠였는데 한눈에 반했던 것 같아요. 미사가 끝날 때까지 그 오빠 뒤만 졸졸 쫓아다녔던 걸 보면."

가영이 생각에 잠긴 얼굴로 웃었다. 남자아이는 금방 가야 한다고 했다. 언제 다시 오냐고 묻는 가영의 말에, 남자아이는 무뚝뚝한 표정으로 '이제 안 오는데.'라고 대답했다. 이모할머니가 편찮으셔서 부모님을 따라 이 마을을 방문했다가 미사 시간이 되어 근처 성당을 찾은 거라고 했다.

가영이 울먹거리자 남자아이는 난처한 표정으로 언젠가 다시 오겠다고 약속했다. 그러나 어린 가영도 느낄 수 있었다. 이 오빠가 지금 가면 다시는 이곳을 오지 않을 거라는 걸.

"그래서 무작정 결혼하자고 했어요. 결혼하면 자주 볼 수 있는 거라고 하더라고요. 그 와중에 꽃을 뽑으면 어른들한테 혼날 것 같아서 손에 잡히는 잡초인지 잔디인지 모를 걸 뽑아서 내밀었어요. 많이 급했나 봐요. 웃기지 않아요?"

가영은 떠오른 기억이 재미있다는 듯 소리 내어 웃다가 돌아섰다. 그러고는 한 발 뒤에 서 있던 우현을 바라보았다. 우현은 웃고 있지 않았다. 가영의 얼굴에서 차츰 미소가 사라졌다. 자신이 뭔가 실수를 한 건가 싶었다.

침묵이 흐르는 사이, 한차례 바람이 불었다. 선선한 바람은 옷깃을 날리고,

머리카락을 흩트려놓은 후 저만치 사라졌다.

"……잡초였어."

우현의 조용한 대답에 가영의 눈이 가늘어졌다.

"얼마나 급하게 뽑았는지 손에는 흙이 가득했어."

"무슨……."

가영이 무슨 말이냐는 말을 하려 할 때였다.

"잡초를 받으니까 그러더라. 이제 받았으니 결혼하는 거라고. 흰색 옷 입고 있으니까 드레스 입은 거라고. 성당 유치원에서 배웠다고."

"……."

"그럼 우리는 이미 그때 결혼한 건가?"

고개를 기울이며 툭 던지는 우현의 말에 가영의 눈이 점점 커졌다. 무슨 소리냐고 물어야 하는데 아무 말도 나오지 않았다.

그사이, 우현이 웃으며 한 발자국 다가섰다. 가영이 고개를 들어 그를 바라보았다. 어린 시절 자신을 일으켜 세워주던 어린 남자의 실루엣이 겹쳐 보이는건 기분 탓일까. 숨도 내쉬지 못하는 가영의 머리를 우현이 쓸어넘겨주었다.

"내가 임가영을 먼저 좋아한 게 아니라, 임가영이 날 먼저 좋아한 거구나. 거기다가 청혼까지 받았었네?"

"설마…… 그게 오빠였어요?"

가영이 믿기 힘들다는 듯 물었다.

"그런 것 같아. 어쩐지 여기가 눈에 익더라니."

우현이 말하며 빙긋 웃었다.

어린 가영에게 청혼받은 날, 집으로 돌아가는 내내 부모님의 놀림을 받았다. 여자아이가 지켜보고 있는 바람에 버리지 못하고 머리채를 잡듯이 움켜쥔 잡초에선 흙이 뚝뚝 떨어져 내렸다. 우현은 잡초를 버릴 비닐봉지를 찾았지만, 부모님은 배를 잡고 웃으며 '원래 청혼할 때 받은 꽃은 함부로 버리는 거 아니다. 잘 가지고 있어. 벽에 걸어두고 말려. 그래야 오래간다.' 놀려댔다.

이후, 한참이나 부모님은 그를 보면 '아휴, 이게 누구야? 벌써 결혼한 아드님 아냐? 우리 며느리는 어디 있어? 응?' 하고 놀렸다. 우현이 대답하지 않아도 부모님은 끈질겼다. 그걸로 부족했는지 우현이 받은 잡초를 깨끗하게 씻어 아랫단을 예쁘게 묶어 벽에 걸어두기까지 했다. 그 기억 때문에, 가영에게 받은 청혼을 아직도 기억하고 있었다.

"말도 안 돼."

가영이 넋이 나간 표정으로 중얼거렸다. 그 사람이, 지금 눈앞의 이 사람이라는 걸 믿을 수가 없었다.

"말도 안 되게 놀라운 인연인 거지."

"……."

"그나저나 정말 간절하게 기도했나 봐. 우리가 이렇게 다시 만나게 된 걸 보면."

우현은 어린 시절 차를 타고 가다가 흘깃 돌아보았다. 그때 어린 가영은 눈을 부릅뜬 채 두 손을 꼭 움켜쥐고 있었다. 한눈에도 멀어지는 자신을 위한 기도라는 걸 알 수 있었다.

"내 생애 가장 열렬한 고백이긴 했어. 처음 보자마자 청혼까지 하다니."

우현의 얼굴에 웃음기가 떠올랐다. 대체 왜 결혼하고 싶냐고 묻는 그에게 어린 가영은 참으로 당당하게 소리쳤다.

「잘생겼으니까요! 엄청 잘생겼어요! 그러니까, 그러니까…… 꽃보다 예뻐요!」

그 말에 어린 우현은 아무 대답도 할 수 없었다. 잘생긴 건 익히 알고 있었다. 자신도 눈이 있고, 사람들이 하는 이야기도 계속 들으니까.

그러나 사춘기에 접어들어 무뚝뚝하고 말수가 적은 그에게 다가오는 여자아이는 없었다. 그런데 쪼끄마하고 햇볕에 새까맣게 탄 아이가 겁 없이 청혼을 했다. 아주 직설적이고 노골적이게 잘생겼으니 결혼하자며.

뒤늦게 그날의 기억을 마저 떠올린 가영의 얼굴이 벌겋게 달아올랐다. 그게 우현일 줄이야. 정말 말이 안 되는 일이라고 생각하면서도, 믿을 수밖에 없었다. 그날의 일을 이렇게 자세히 아는 사람은 자신과 그 남자아이밖에 없을 테니까.

두 사람 사이로 드문드문 바람이 불었다.

"그 청혼에 대한 답을 이제 해줄게."

우현이 청량한 미소를 지으며 주머니에서 무언가를 내밀었다.

"근사한 식당에서 하고 싶었는데, 지금보다 더 근사한 타이밍은 없을 거 같네."

가영은 그의 손바닥에 놓인 반지 케이스를 물끄러미 바라보았다.

그가 케이스를 열자 똑같은 디자인에, 크기가 다른 반지 두 개가 나란히 놓여 있었다.

"결혼하자, 가영아."

훅, 밀려든 바람과 함께 그의 청혼이 떠밀려 날아왔다.

"죽을 때까지 행복하게 해준다는 그런 고백은 못 해. 대신, 어떤 순간이든지 함께 있을게. 행복하든, 슬프든."

바람은 저만치 사라져 흔적도 없는데, 고백만 덩그러니 남았다.

"지금처럼, 늘."

우현의 고백에 가영은 멍하니 그를 바라보았다. 눈이 부시도록 새파란 하늘을 배경으로 그가 우뚝 서 있었다. 부는 바람에 눈 한번 깜빡이지 않고 자신을 올곧은 시선으로 바라보고 있었다. 하늘보다 눈부시고, 부는 바람보다 청량하며, 쏟아지는 햇살보다 따스했다.

느릿하게 가영의 입꼬리가 말려 올라갔다.

"청혼은 내가 했잖아요, 오래전에."

"……"

"오빠는 대답만 하면 돼요."

가영은 빙긋 웃으며 커다란 사이즈의 반지를 뽑아 우현의 왼손 네 번째 손가락에 끼워주었다. 그러고는 우현에게 한 발자국 다가섰다. 두 사람 사이에 틈이 없어졌다. 바짝 붙은 채 가영은 고개를 들어 우현을 부드러운 시선으로 바라보았다.

"기다렸어요, 잘생긴 오빠."

가영의 장난스런 대답에 우현이 피식 웃으며 그녀의 입술에 입을 맞추었다.

Epilogue

영철은 거실 소파에 앉아 우중충한 얼굴로 한숨을 내쉬었다. 오래도록 몸을 담은 기획사로부터 쫓겨났다. 졸지에 백수가 되었다. 우현이 최선을 다해 막아주었지만, 이번만큼은 소용없었다. 대표의 생각은 확고했다. 그가 소속사와 상의 없이 우현을 도운 게 화근이었다.

「하마터면 우현이 크게 다칠 뻔했어. 그리고 갑자기 스캔들이라니? 누구 마음대로? 연애하면 광고주들이 싫어하는 거 몰라? 일을 이따위로 진행하는 매니저는 필요 없으니까 당장 관둬.」

대표는 이번 일로 진절머리 난다는 듯 영철을 쳐다보지도 않았다.

경력 10년의 매니저 생활이 이렇게 끝났다. 영철은 다른 기획사의 문을 두드려봤지만, 소문이 어떻게 난 건지 모두 거절당했다. 연봉을 깎아봤지만 마찬가지였다.

다른 일을 시작하려고 해도 경력이 없는 데다, 매니저 일이 적성에 맞는 그는 울며 겨자 먹기로 새로 기획사를 차렸다. 그야말로 생각지 못하게 맨땅에 헤딩하게 되었다.

우현이 도와준다면 아주 수월하게 자리를 잡을 수 있지만, 그는 지금의 기획사와 계약기간이 남은 상태였다. 설령 계약이 끝난다고 해도 체계도 안 잡힌 신생 기획사와 계약하면 우현의 손해였다. 물론 자신이 도운 일을 빌미로 조른다면 우현도 고민해볼지 모른다.

그렇지만 그렇게까지 하고 싶지 않았다. 우현을 도운 건 진심으로 돕고 싶다는 마음 때문이었다. 우현이 그런 표정을 한 건 처음 보았다. 더욱이 알게 모르

별이 오다

게 우현이 자신의 가족들을 위해 베푼 게 많았기에 이렇게라도 갚고 싶었다. 순수하게 돕고자 했던 마음을 이제 와 계산적으로 이용하고 싶지 않았다.

"하아."

그러나 아무리 생각해도 앞날이 막막했다.

"백수라니. 내가 백수라니."

영철이 머리를 쥐어뜯으며 괴로워했다. 길을 다니면서 캐스팅을 해야 하나. 아니면 사무실을 구해야 하나. 이런저런 고민을 할 때였다.

딩동.

벨이 울렸다. 영철이 무기력한 표정으로 인터폰을 바라보았다. 시커먼 모자만 보였다. 영철이 아무 말 하지 않자, 벨이 쉴 새 없이 울렸다.

딩동. 딩동. 딩동. 딩동.

자신이 문을 열 때까지 받을 생각인 듯했다.

"대체 어떤 미친놈이!"

영철이 신경질적으로 인터폰을 받았다.

"뭡니까!"

─ 문 열어요. 나예요.

불쑥 우현의 얼굴이 화면 가득 나타났다. 깜짝 놀란 영철이 문을 열자, 우현이 마치 제집에 들어오듯 자연스레 들어섰다.

엉거주춤하게 밀려난 영철은 모자를 벗고 들어서는 우현의 뒷모습을 멍하니 쳐다보았다. 고개를 돌린 그가 눈을 가느스름하게 뜬 채 영철을 쳐다보았다.

"백수 됐다면서요."

인사를 생략한 우현이 소파에 앉아 가슴에 구멍 뚫는 말을 아무렇지 않게 뱉었다.

"그래. 네 덕이다, 이 자식아."

영철이 우울한 표정으로 말했다.

"축하해요."

"……놀리러 왔냐?"

"기획사 차렸다면서요?"

"어."

"소속 연예인은 없죠?"

"어."

"사무실도 아직 없죠?"

"……어."

영철이 기계적으로 대답했다.

"잘됐네요. 나 좀 데려가요."

"어. 어? 어?"

무심코 대답하던 영철이 깜짝 놀라 되물었다.

"소속사가 없거든요."

우현이 영철을 내려다보며 느른한 눈으로 말했다.

"어? 뭐라고? 네가 왜?"

깜짝 놀란 영철이 큰 목소리로 되물었다.

"소속사랑 계약 해지하고 오는 길이에요."

우현이 덤덤하게 말했다.

"뭐? 위약금이 얼만데! 해지를 해!"

영철이 펄쩍 뛰었다. 영철이 우현에게 도와달라고 말을 하지 못한 가장 큰 이유는 위약금이었다. 자신이 대신 지불해줄 수 없을 만큼 위약금이 상당했다. 그런데 우현은 아무렇지 않은 얼굴로 위약금을 물고 해지했다고 했다. 어쩔 줄 몰라 하는 영철과 달리, 당사자인 우현은 고요했다.

"새로 온 매니저가 마음에 안 들더라고요. 마음대로 내 매니저인 형을 자른 것도 마음에 안 들고요. 그리고 또 여러 가지 일이 있어서 해지했어요."

"야, 너……."

영철은 코끝이 찡했다. 저렇게 말하지만 자신 때문에 거액의 위약금을 지불한 후, 계약을 해지하고 한달음에 여기로 달려온 게 분명했다. 울컥, 감동이 치솟았다.

"우현아! 내가 잘할게! 진짜 잘할게!"

영철이 테이블 모서리를 잡고서 고개를 반쯤 숙인 채 소리쳤다. 고마워서 어쩔 줄 몰라 하는 영철에게 우현은 우아한 미소를 지으며 말했다.

"막 기뻐할 일은 아닌 것 같은데, 그렇게 기뻐해도 돼요?"

그게 무슨 말이냐는 듯 영철이 우현을 쳐다보았다.

"나랑 평생 가야 해요. 죽을 때까지."

"야! 그 정도는 내성이 생겨서 괜찮아! 그런 말이 있잖냐. 꾸준히 미량의 독을 매일 섭취하면 독에 내성이 생긴다고. 괜찮아. 나도 너한테 내성이 생겨서 웬만한 이상한 짓 가지고는 타격도 안 입어. 괜찮아!"

우현과 계약한다는 기쁨에 취한 영철이 신난 얼굴로 떠들다가 멈칫했다.

"……그런 마음으로 나를 케어하고 있는 줄은 미처 몰랐네요."

우현이 생긋 웃었다. 그런데 왜인지 웃음에 온기가 없다.

"아니, 그게……. 오늘 밥 사줄까? 우리 기획사랑 계약할 유일한 연예인이니까 내가 큰마음 먹고 한우 사줄게."

영철이 얼른 말을 돌렸다.

"유일한 연예인이라니요?"

"그럼?"

"가영이도 같이 계약했으면 해요."

"아……!"

영철의 눈에 커졌다. 이게 웬 굴러온 호박인가 싶었다. 영철은 가영을 보며 늘 안타까웠다. 조금만 제대로 된 푸시를 받으면 성공할 텐데, 소속사가 못 받쳐주는 느낌이었다. 물론 이번 일로 사람들 관심사에 자주 오르내리긴 했지만, 시간이 지나면 잊히기 마련이었다.

영철의 입꼬리가 씰룩거렸다. 우현과 가영. 이만하면 어느 천군만마도 부럽지 않았다.

"이건 계약조건이에요. 나랑 가영이 조건 다 적어놨으니까 확인 후에 연락주세요. 계약은 빠른 시일 내에 했으면 해요."

우현이 미리 준비해둔 계약조건이 적힌 종이를 내밀었다. 그러고는 일이 있다며 자리에서 일어났다. 영철은 우현을 배웅한 후, 종이를 펼쳤다. 글을 읽기 전 영철은 마른침을 꼴깍 삼켰다.

Let me be your star

우현처럼 유명한 배우가 신생 기획사와 계약할 땐 조건을 높이기 마련이다. 자신의 사정을 아니까 계약금은 적게 받을 거다. 대신, 정산율이……

영철의 눈이 커졌다. 그는 손으로 눈을 비볐다. 계약금 없음, 정산율 또한 이전 기획사의 계약과 변함이 없었다.

얼떨떨한 채 그는 계속 읽어나갔다. 처음 보는 주소가 적혀 있었다.

[사무실 주소예요. 가구 넣어놨으니까 가서 확인해요. 비밀번호는 내 생일이에요. 그리고 이번 일 도와줘서 고마워요. 왕성한 활동으로 보답할게요.]

"아니, 이 새끼가……."

울컥한 영철이 손으로 코끝을 문질렀다. 그러다가 고개를 들어 천장을 바라보았다. 새빨개진 눈에서 눈물이 나오려 했다.

"나, 갱년기인가. 주책없게 눈물이 나오려고 하냐."

영철은 한참이나 천장을 바라보며 훌쩍였다.

◆ ◆ ◆

"오랜만입니다, 아버지."

우현이 원장실 문을 열고 들어서며 생긋 웃었다. 이미 문밖의 직원들 소란에 그가 왔음을 직감하고 있던 민구가 자리에서 일어났다. 그러고는 문 너머를 기웃거렸다.

"아가는?"

민구가 가영을 찾았다.

"만들어지지도 않은 애를 찾고 그러세요?"

"아니. 가영이 말이다. 내 며느리."

민구가 미련을 떨치지 못하고선 문 너머를 바라보며 물었다. 민구는 우현이 자신에게 도와달라고 말하며 우는 순간, 가영이 제 며느리가 되겠구나 생각했다. 그리고 그 예감은 적중했다.

그 일이 끝나자마자 둘은 해외로 한 달간 여행을 다녀오더니, 결혼하겠다고 찾아왔다. 이미 어느 정도 예상하고 있던 일이라 놀라지 않았다. 우현의 엄마는 한 시간가량 가영과 이야기를 나누더니, 고개를 끄덕였다. 합격이라는 뜻이다. 오히려 가영의 조건이 좋지 않다고 탐탁잖아 하는 민구를 부인이 설득했다.

「조건이 좋지 않은 건 우리가 커버할 수 있지만, 인성이 좋지 않으면 있는 재산도 까먹고 집안에 분란만 만들 뿐이에요. 저렇게 힘든 상황에서 저만큼 올곧게 큰 사람이라면, 뭘 해도 해낼 거예요. 그리고 무엇보다도 우현이 저렇게 좋다고 하는데 막을 방법이 없다는 거 알잖아요?」

그녀의 말에 민구는 두 사람의 사이를 받아들일 수밖에 없었다. 두 사람은 상견례를 생략하고 곧장 미니멀 웨딩을 올렸다. 우현의 엄마 말처럼 만나볼수록 가영은 진국이었다. 예의 바르면서 대화가 잘 통했고, 가영이 있으면 분위기가 밝아졌다. 그 때문에 두 사람은 우현과 가영이 오는 날이면 아침부터 즐거워했다.

"저랑 아버지가 계약하는 건데 가영이가 왜 와요? 모레 저녁 함께 먹기로 했잖아요."

"그래도 혹시나 같이 오나 했지. 가영이 올까 봐 용돈도 준비해뒀는데……."

민구가 아쉬운 표정을 지었다.

"저 주세요."

우현이 웃으면서 건넨 말에 민구가 정색했다.

"너 줄 돈은 없어. 너한테는 십 원도 아까워."

"그것 참 아쉽네요."

우현이 전혀 아쉽지 않은 얼굴로 말했다. 민구는 못마땅한 얼굴로 우현을 흘겨보다가 준비해둔 계약서를 내밀었다.

"여기 있다. 계약서."

우현이 민구가 내민 계약서를 보았다.

가영의 사건이 있던 날, 우현은 민구에게 도움을 청했다. 민구는 우는 아들의 청을 외면하지 못하고 강정후의 의료사고 기록, 파일 및 그의 단점이 될 만한 자료를 싹 구해다 주었다. 그리고 지금, 그 값을 치르라고 하고 있었다.

"20년간 병원의 무상 모델이라……. 불공정 계약이네요."

우현이 계약서를 들여다보며 자그맣게 중얼거렸다.

"무슨 소리야? 그 정도면 싸게 받은 거다. 내가 DH대학병원장한테 지금까지 쩔쩔매는 거 생각하면, 천만다행인 거야."

한 병원의 일을 다른 병원장이 불쏘시개로 쑤시는 건 분위기상 금기였다. 그걸 어기고 우현을 도운 탓에 민구는 지금까지 지은의 앞에서 죄인이다. 물론 지은이 따져 묻지 않았지만, 자신을 바라보는 시선이 곱지 않았다.

우현은 제 아버지가 무리했다는 걸 알기에 그 자리에서 사인했다.

"여기 있어요."

"그래. 기획팀에 보내놓으마. 다음 주에 촬영 오면 될 거다. 흰 가운 입고 엄지손가락 척 내밀면 돼."

민구가 오랫동안 고심했다는 듯 말했다.

"누가 그렇게 유치하게 찍어요?"

우현이 얼굴을 찌푸렸다.

"유치해? 그럼 팔짱끼고 찍을래? 이렇게?"

민구가 팔짱을 낀 채 의기양양한 포즈를 취했다.

"의사들이 찍는 그 어색한 포즈 말하는 거죠?"

"그럼 대체 뭐 어쩌자고?"

"제가 알아서 할게요. 어떻게 찍든 제가 더 잘할 거 같으니까요."

민구는 못마땅한 표정을 지었지만, 그의 말이 맞기에 고개를 끄덕였다.

"그래. 알았다."

"그만 가볼게요."

"잘 가라."

민구는 계약서에 소중하게 파일에 끼워넣으며 말했다.

"가영이랑 있을 때와는 확연히 다르시네요."

우현이 그런 민구를 쳐다보며 말했다. 가영이 있을 때 민구는 대문 밖까지 나와서 배웅했다. 나가기 전에 가영의 손에 용돈을 두둑이 쥐여주는 것도 잊지 않았다. 그러면 가영은 다음번 방문 때 모자, 와이셔츠, 등산용품 등 부모님의 선물을 잔뜩 사서 찾아갔다.

가영은 가족이 없다가 생긴 것에 만족했고, 딸이 없던 부모님은 살가운 가영이 딸 같다며 좋아했다. 서로 좋아 죽는 가운데, 우현만 외면당했다. 그래서 우현은 본가에 한 달에 한 번 이상 방문하지 않았다.

"널 보면 지루해. 가영이 보면 신나고."

"그러시군요."

노골적인 아버지의 말에 우현은 대답하며 두 달에 한 번 방문해야겠다고 다짐했다.

"가볼게요."

"그래. 잘 가라. 모레 꼭 오고. 네 엄마가 가영이 줄 거라고 원피스 사났더라."

"제 건 또 없겠네요."

"왜? 원피스 입고 싶어? 하나 사다 줘?"

"무슨 농담을 그렇게 하세요."

"농담 같니?"

"제가 원피스 입은 모습 보고 싶으세요?"

"아니."

민구가 정색했다. 상상만으로도 징그럽다는 표정이었다.

"가볼게요."

우현이 간단히 인사한 후 돌아섰다. 그런 우현의 뒤통수에 대고 민구는 "모레 꼭 와라! 가영이 한우 먹고 싶다고 해서 사났으니까!" 소리쳤다. 우현은 듣고도 못 들은 척 유유히 그 자리를 빠져나왔다.

◆ ◆ ◆

Let me be your star

한산한 오후였다. 반쯤 열어놓은 창문으로 선선한 바람이 불어들었다. 테이블엔 시나리오가 잔뜩 쌓여 있었고, 가영은 우현의 허벅지를 베고 누워 손에 잡히는 대로 시나리오를 읽고 있었다.

신혼여행을 포함해 잠깐의 휴식을 가진 두 사람은 일에 매진했다. 가영은 추리물 드라마에서 사이코패스 경찰 역을 맡아 촬영했고, 우현은 분위기 반전을 위해 액션물을 촬영했다. 다행히 둘 다 반응이 좋았다. 이후, 두 사람은 광고 촬영을 하면서 차기작을 준비 중이다.

잊은 듯 지내다가도 간간이 강정후의 이야기가 기사화되었다. 정신감정을 받았다는 둥, 교도소에서 발작을 일으켰다는 둥의 내용이었다. 예상대로 무기징역을 받은 후 그의 상태는 더욱 이상해졌다.

이따금씩 그런 기사가 나올 때면 댓글에 가영과 우현이 거론되었지만 그것도 잠시였다. 사람들은 점점 강정후를 잊어갔다. 그녀와 우현도 잊은 듯이 지냈고, 서서히 잊혀가는 중이었다.

가영은 시나리오에서 시선을 떼어냈다. 배가 고팠다. 시간을 확인하니 어느새 점심시간을 넘겼다. 가영은 조용히 위를 바라보았다. 턱을 괴고서 대본을 읽고 있는 우현이 눈에 들어왔다.

들이치는 햇살에 하얗게 빛나는 그의 얼굴은 고요하고, 우아했다. 자신의 일에 집중하는 사람의 모습은 멋지다는 걸 다시 깨달으며 가영이 빙긋 웃었다. 집중하고 있는 그를 방해할 수 없어서 가영은 그를 바라보았다.

"왜 그렇게 쳐다보고 있어?"

시선을 느꼈는지 우현이 눈만 움직여 쳐다보며 물었다.

"좋아서요."

"……."

"오빠를 보고 있는 게 엄청 좋아서요."

가영의 말에 우현이 미소 지었다. 그는 대답 대신 고개를 숙여 입을 맞추었다. 우현의 미소 따라 가영의 입꼬리도 똑같은 모양으로 휘어졌다. 험한 일을 겪고 나니 가끔 맞이하는 일상들이 몹시 소중하게 다가왔다. 지금 이렇게 서로를 눈에 담고 있는 순간마저도.

"배고프지 않아요?"

가영이 빙긋 웃으며 물었다.

"그러고 보니 그러네."

"오랜만에 나가서 쌀국수 먹을까요?"

"그러자."

우현이 대본을 내려놓았다.

"쌀국수 먹고 영화 보고 들어올까?"

가영이 힘차게 고개를 끄덕였다.

"저녁은 만들어 먹어요. 간단히 볶음밥 어때요?"

"그래. 그리고 밤에는 같이 샤워를 하고."

우현의 말에 가영이 웃었다.

"왜 웃어?"

"정말 자연스럽게 샤워 이야기를 끼워넣네요."

"눈치챘어? 들켰네."

우현이 코를 찡긋거리며 웃었다. 가영이 뒤따라 웃었다. 나가자는 말과 달리 두 사람은 짠 것처럼 꼼짝도 하지 않았다. 배가 고파서 움직여야 하는데 움직이기 싫었다. 선선한 바람이 달콤한 탓인지, 모처럼 집 안에 내려앉은 나른한 분위기 탓인지 알 수 없었다.

우현이 가영의 손을 잡아 손등에 입을 맞추었다.

"우리, 순서를 바꿀까?"

가영이 무슨 소리냐는 듯 우현을 올려다보았다.

"샤워를 먼저 하자."

"……."

"나가려면 씻어야지. 안 그래?"

이미 마음을 먹은 듯 우현이 가영을 안아 들었다. 가영은 뭐라고 할 틈 없이 허공에 달랑 들렸다.

"아니. 그래도……!"

쪽.

뭐라고 말하려는 가영의 입을 우현이 입술로 막았다. 다시 가영이 입을 떼려 하자, 우현이 다시금 입을 맞추었다.

"오빠……!"

쪽.

몇 번 당한 후 가영은 입을 다문 채 우현을 가만히 쳐다보았다. 그러더니 못 이기겠다는 듯 피식 웃었다. 가영이 우현의 목에 팔을 감쌌다. 우현은 그런 가영의 이마에 가볍게 입을 맞추었다.

가영은 지그시 눈을 감았다. 그러자 모든 것들이 생생하게 느껴졌다. 따뜻한 입김이 닿은 이마, 뺨에 닿는 숨결, 숨 쉴 때마다 오르내리는 가슴, 맞닿은 곳마다 느껴지는 피부와 온기.

소소하고 평온하며 일상적이었다. 그래서 아름다웠다. 창문 틈으로 다시금 선선한 바람이 불었다. 모처럼 설레는 오후였다.

가영은 감사한 마음으로 우현을 꼭 끌어안았다.

"정말 열심이구나."

영철은 소품을 가져다주려고 잠시 우현의 집에 올라왔다가 중얼거렸다. 우현이 소파에 앉아 드라마 대본을 보고 있었다. 눈에서 빔이 나왔다면 애진즉 대본은 뚫리고도 남았을 것이다.

우현은 본래부터 제 일에 충실했다. 그가 가장 부끄러워하는 것이, 부족한 모습으로 사람들 앞에 서는 거였다. 그렇기에 우아한 모습을 유지하기 위해 부단히 애썼다.

그러나 지금은 단순히 책임감 때문만이라고 하기에는 과했다.

"설마 임가영 씨 때문이냐?"

영철이 툭 던진 말에 우현이 흠칫했다. 그러자, 영철이 그럴 줄 알았다는 듯 고개를 절레절레 내저었다. 그제야 고개를 든 우현이 영철을 쳐다보았다.

"어떻게 알았어요?"

우현이 보던 대본을 덮었다.

"어떻게 알긴. 그렇게 티를 많이 내는데. 누가 몰라? 네가 드라마 상대 배우로 누굴 추천하는 성격이냐? 임가영 씨 거듭 추천하기에 뭔가 있다 싶었는데, 가영 씨랑 마주친 후에 네 반응 보고 알았지."

"티가 많이 나요?"

우현이 곤욕스럽다는 듯 한쪽 눈썹을 치켜올렸다.

"어. 그걸 말이라고. 엄청 나. 임가영 씨가 인사하고 지나간 후에 네가 한숨 쉰 거 모를 줄 알았어?"

"……."

"그것뿐이냐. 임가영 씨 흘깃대는 거 다 봤어."

"……."

"처음엔 네가 임가영 씨 싫어하는 줄 알았는데, 반대 같더라고. 너, 싫어하는 사람이면 정색한 채 쳐다보지도 않잖아. 말 걸어도 단답형이고. 어쩔 수 없이 같이 일해야 하는 사이면 예의상 대하고 거리 두고. 그런데, 너 임가영 씨한테는 안 그러더라? 정색하고선 계속 가영 씨를 흘끔거리던데? 그래서 이상하다 싶어서 관찰해보니……. 설마가 사람 잡는다고, 네가 임가영 씨한테 관심이 있는 것 같더라고. 물론 전에 네가 한 말 때문에 눈치채긴 했지만."

"……."

"너, 전에 나한테 그랬잖아. 굉장히 관심 있거나, 친해지고 싶거나, 관심 있는 사람이 있으면 정색하고 무뚝뚝하게 군다고."

영철이 삐딱하게 서서 줄줄 읊자, 우현이 곤욕스럽다는 표정으로 미간을 좁혔다.

"티 안 내도록 주의할게요."

"티를 내든 안 내든 네 마음인데, 임가영 씨한테 그렇게 정색하지 마. 임가영 씨 오해하겠다."

"……."

"무서워서 너한테 말이라도 붙이겠냐?"

영철이 혀를 끌끌 찼다.

"가봐요. 대본 외워야 하니까."

"안 그래도 가려고 했어, 인마. 간다! 내일 보자! 오늘 푹 자라. 피부 거칠거칠하면 여자들이 싫어해."

영철의 농담에 능글맞은 대답이 돌아와야 하는데, 조용했다. 영철은 그런 우현을 낯설다는 표정으로 바라보았다.

진심인가 본데. 그것도 굉장히 깊은 진심.

영철은 혀를 내두르며 집을 나섰다.

홀로 남은 우현은 보고 있던 대본을 덮고는 거실 창문을 바라보았다. 높은 층에 자리한 덕에 보이는 야경이 근사했다. 갖가지 색으로 흩뿌려진 도시의 풍경을 바라보던 우현의 눈이 가느스름해졌다.

언제였더라.

어쩌면 처음부터였는지 모른다.

우현은 3년 전, '그 남자의 작전' 1차 오디션에 비밀리에 참여했다. 캐스팅의 권한이 그에게도 주어져 있었다. 그곳에서 가영을 보았다. 서툴지만, 원석이라는 느낌이 들었다.

깨끗한 표정과, 맑은 얼굴, 표정 연기를 할 때 다른 사람처럼 변하는 분위기, 무엇보다도 사람을 끌어당기는 매력과 다른 이를 집중하게 만드는 몰입력이 있었다.

피곤도 잊은 채 가영을 보았다. 그는 가영이 강보배 역에 캐스팅될 거라 믿어 의심치 않았다. 2차 오디션에 지각해서 헐레벌떡 뛰어오는 모습을 보기 전까지만 해도.

다시 만난 가영은 실망스러웠다. 2차 오디션 내내 기다린 보람 없이, 가영은 엉망진창으로 준비되지 않은 모습으로 뛰어왔다.

알람시계가 울리지 않았다고 했던가.

운명이 걸린 오디션 앞에서도 지각하는 사람이, 촬영시간에는 제대로 맞춰 나온다? 말도 안 되는 소리다.

이상하게도 기대를 품어서인지 다른 사람도 아니고, 가영이 그랬다는 데 더욱 실망했다. 결국 오디션이 끝났으니 돌아가라는 스태프의 냉정한 대답에 가영은 울면서 돌아섰다. 몹시 괴로워하는 가영을 보는 그도 마음이 불편했다.

안타깝지만, 어쩔 수 없었다.

그렇게 가영의 역할은 이연주에게로 돌아갔다. 연주와 연기를 하면서 불쑥 가영이 떠올랐다. 그 여자가 이 역할을 했다면 어땠을까. 이연주도 나쁘지 않았다. 그러나 최고로 잘 어울리는 것 또한 아니었다. 그렇게 간간이 가영을 떠올리다가, 그 남자의 작전이 종영한 후 그녀를 잊었다.

그런 그녀가 다시 그의 인생에 개입한 것은, 어느 날 TV를 보면서였다. 유난히 익숙한 얼굴이 보였다. 좀처럼 사람 이름을 기억하지 못하는 우현은, 곧바로 임가영이라는 이름을 떠올렸다.

그녀의 연기는 예전보다 무척 안정적이었다. 홀린 듯이 드라마를 보다가 순식간에 끝이 났다. 광고가 나오는 화면을 멍하니 바라보던 우현은 따끔, 가시에 찔린 기분이 들었다.

이후, 우현은 TV에서 가영이 나오면 채널 돌리던 걸 멈추고 화면을 바라보았다. 그러다가 어느 순간부터는 임가영이 나오는 것들을 찾아보기 시작했다. 아주 작은 역할이라도 가영이 나오면 봤다.

왜 그런지 몰라도 관심이 갔다.

그러다 자신의 증상이 심상찮다고 느낀 것은, 한 방송사의 시상식에서였다. 가영을 보게 된다면, '팬이에요.'라고 말하며 웃으며 인사할 거라 다짐했었다. 그러나 다짐과 달리 꼼짝도 할 수 없었다.

가영이 자신을 보며 놀란 눈으로 쳐다보다가 빙긋 웃었다. 검은색 드레스를 입고 머리를 한 갈래로 단정하게 묶은 그녀의 모습은 화면에서 보던 것보다 훨씬 예뻤다. 우아하게 뻗은 팔과, 여전히 깨끗한 눈동자.

가영과 함께 일한 감독의 말에 의하면, 정말 최선을 다해 연기에 임하는 몇 안 되는 배우라고 했다. 그리고 보면 볼수록 예쁜 사람이라고도 했다. 그 말이 왜인지 몰라도 새삼스럽게 떠올랐다.

가영이 점점 다가왔다.

마주 웃어야 하는데 입꼬리가 조금도 움직이지 않았다. 표정관리가 쉽지 않았다. 자신을 바라보던 가영의 표정이 점차 굳었다. 당황한 듯 눈을 굴리던 가영은 살짝 고개를 끄덕인 후, 지정된 자신의 자리에 앉았다.

공교롭게도 옆 테이블이었다. 무대를 보려고 몸을 돌리자 나란히 앉는 꼴이 되었다. 시상식을 무슨 정신으로 치렀는지 모르겠다. MC가 자신에게 짓궂은 질문을 던질 때만 잠시 정신이 돌아왔다가, 남은 시간엔 모조리 옆을 신경 쓰느라 정신을 차릴 수 없었다. 거리가 생각보다 가까워서 팔을 뻗으면 손이 닿을 듯했다.

닿는다.

그런 생각을 하자, 온몸이 굳었다.

그렇게 시상식을 마친 후, 우현은 오래도록 후회했다. 무슨 수를 써서라도 가영과 이야기를 했어야 했는데…….

이후, 혼자만의 팬 생활이 시작되었다. 가영이 나오는 예능과 드라마를 보았
다. 그는 다시 가영과 마주할 순간을 고대했지만, 그럴 기회는 좀처럼 오지 않
았다. 그렇다고 무턱대고 가영의 연락처를 알아내서 전화할 수도 없었다.

그런 식으로 접근했다간 이상한 소문이 날지도 모르고, 가영에게 애인이 있
다면 실례였다. 무엇보다도 가영에 대한 자신의 마음 또한 확실한 상태가 아니
었다.

만약 이성으로서 좋아하는 게 아니라, 말 그대로 그녀의 팬이라면? 좋아하
는 여자가 아니라, 좋아하는 배우에 불과하다면?

이렇게 미심쩍은 상태에서 접근할 수 없었다. 그는 언젠가 가영을 다시 만나
게 되면 확인할 거라 생각했다.

이후 좁다면 좁고, 넓다면 넓은 게 연예계 바닥이라 가영에 대한 이야기는
곧잘 들렸다. 그녀와 함께 일한 사람들은 그녀를 칭찬했다.

「좋은 사람이에요.」

「착한 사람이에요. 그때 제 몸에서 땀냄새 엄청 났을 텐데 다정하게 어깨동
무도 해주고…….」

「스태프도 잘 챙기고, 연기도 열심이에요. 열이 39도까지 올랐는데도 내색
한번 안 하고 촬영 다 마친 거 있죠?」

들을수록 가영에 대해 궁금했다. 그러나 마음과 달리 그녀를 마주할 일들은
거의 없었다. 꽤 시간이 흐른 후, 가영을 다시 만난 건 영화 촬영장에서였다.

친분 있는 영화감독의 부탁으로 카메오 촬영을 하기로 했다. 함께 나오는 배
우가 누군지도 모른 채 무턱대고 갔다. 그곳에서 가영을 보았다.

가영이 웃으며 현장의 스태프들 모두에게 인사를 했다. 그녀가 걸어오는 모
습을 우현은 물끄러미 바라보았다.

「훨씬 더 예뻐진 것 같네요.」

우현이 자신도 모르게 흘리듯 말했다.

「아닌데? 그대로인데? 예쁘긴 한데, 크게 달라진 건 없어.」

가영을 물끄러미 바라보던 영철이 건성으로 대답했다. 영철의 말처럼 가영

에게 변화가 없다면, 우현은 자신의 눈에 이상이 생긴 거라 생각했다. 그게 아니라면…….

그런 생각을 하는 사이, 가영과 눈이 마주쳤다. 가영은 그를 발견하곤 멈칫하더니 이내 입꼬리를 끌어올리며 웃었다. 어색하지만, 어색하지 않은 척 최선을 다한 모습이었다.

마주 웃어야 하는데 입꼬리가 꼼짝도 하지 않았다. 눈도 움직여지지 않았고, 손짓 하나도 어색했다. 가까스로 '안녕하세요.'라고 인사하는 게 전부였다. 가영은 어색하게 웃더니 촬영 준비를 마친 후 자리에 섰다.

가영에게 뺨을 맞는 신이었다.

「한 번에 갈게요.」

가영이 어색한 표정으로 말했다. 우현은 고개를 끄덕였다. 그녀는 손을 치켜들어 뺨을 때렸는데, 얼얼했다. 자신의 생각보다 세게 내리쳤는지 가영이 어쩔 줄 몰라 하며 우왕좌왕했다.

「죄송해요. 단번에 끝내야 한다는 생각에…….」

가영이 자신에게 바짝 다가와 미안한 표정으로 얼굴을 들여다보았다. 후끈 열이 솟아올랐다. 맞은 뺨이 아니라, 온 머리에 열이 쏠렸다.

들킬지도 모른다.

그 생각이 들자, 한 걸음 물러섰다. 괜찮다고 말해야 하는데 목소리가 나오지 않아 그는 대신 고개를 돌렸다. 그의 싸늘한 태도에 민망해진 가영이 뻗은 손을 거둬들였다. 다시 한 번 죄송합니다, 라고 사과한 후 가영은 돌아섰다.

우현은 뺨과 마음을 수습한 후에 가영을 찾았지만, 그녀는 없었다. 다음 스케줄이 있다며 깍듯하게 인사한 후 홀연히 사라졌다고 했다.

허탈했다. 동시에 좋아하는 사람 앞에서 긴장해 말을 못 하는 스스로에게 화가 났다.

임가영이 궁금하고, 알고 싶은데…….

가영을 스치듯 만나고 나니 갈증이 날 정도로 참을 수가 없었다.

결국 우현은 이번 드라마의 상대배역으로 임가영을 추천했다. 배역도 그녀의 이미지와 잘 어울렸고, 연기력 또한 인정받은 상태라 단번에 캐스팅되었다.

우현은 함께 촬영하면서 가영에 대해 알아가고 싶었다. 그리고 그녀를 향한 자신의 마음이 무엇인지 확인도 해보고 싶었다.

이제 함께 촬영하니 알 수 있겠지. 자신이 가영에게 어떤 마음을 갖고 있는지.

자리에서 몸을 일으킨 우현이 내일 미팅을 위해 잘 준비를 마쳤다. 침대로 향하던 그의 걸음이 우뚝 멈추었다. 잠시 안방에 자리한 간이 테이블을 바라보던 그가 다가가 서랍을 열었다.

그곳에 아직 있었다.

「오빠. 오빠는 피부가 좋아서 필요 없긴 하지만, 그래도 고된 촬영 후에는 팩 해주는 게 좋아요. 피부가 평소보다 거친 것 같다, 싶으면 무조건 하고 주무세요. 깨끗하게 세수하고 팩만 올리면 돼요. 알았죠?」

스타일리스트가 신신당부하며 챙겨준 팩이다. 한 번도 사용하지 않았다. 귀찮았다. 우현은 그걸 물끄러미 바라보다가 얼굴을 찌푸렸다.

이렇게까지 할 필요가 있을까.

「피부 거칠거칠하면 여자들이 싫어해.」

……있는 것 같다.

우현은 자신의 뺨을 손으로 쓸어내리다가 평소보다 거친 것을 확인하고는 팩을 챙겼다.

내일은 마주하면 웃어야지. 인사도 하고, 1년 넘게 못 한 '팬이에요.' 그 말도 꼭 해야지.

우현은 다짐하며 욕실로 향했다.

◆ ◆ ◆

새벽같이 눈을 떴다. 평소보다 일찍 일어난 우현은 침대에 걸터앉았다. 악몽을 꾸다 깨어나 정신없는 중에 전화가 울렸다. 평소와 같은 벨 소리였는데 왜 인지 모르게 뒷덜미가 선뜩한 기분이 들었다.

악몽 때문이라 생각하고 휴대전화를 들었다. 영철이었다.

"네."

우현은 관자놀이를 꾹 누른 채 대답했다. 무슨 내용이었는지는 모르겠다. 그저 자신이 오열했다는 것밖에는 기억나지 않았다.

– 우, 우현아. 놀라지 말고 침착해.

영철이 답지 않게 더듬었다. 그의 호흡이 거칠었다.

불안한 예감이 들었다. 등허리를 기분 나쁜 무언가가 기어가는 듯한 느낌. 우현이 미간을 좁혔다.

"무슨 일인데요? 드라마 문제 생겼어요?"

– 아니. 그게 아니라.

우현은 몸을 일으켰다. 그의 시선이 무심코 창밖을 향했다. 이른 새벽, 비가 내리고 있다. 세찬 장대비에 갇힌 세상은 평소보다 흐렸다. 마치 다른 세상에 뚝 떨어진 듯한 기분마저 들었다.

– 임가영 씨 차 사고가 났대.

"많이 다쳤어요?"

우현이 다급히 물었다.

– 그게…… 후우, 놀라지 말고 들어. 알았지? 가영 씨 말이야……. 즉사했대.

분명 들었는데, 이해가 되지 않았다.

즉사. 즉사가 무슨 뜻이더라. 자신이 뜻을 잘못 알고 있는 것 같은데.

"……뭐라고요?"

잠긴 목에서 거친 목소리가 새어나갔다.

– 새벽에 어디론가 가던 중에 차량 문제로 그만…….

"그러니까, 죽었다고요?"

별이 오다

– 응.

영철이 침통한 목소리로 대답했다.

우현은 입을 달싹이다가 다물었다. 가슴이 철렁 내려앉았다. 눈에 보이는 모든 것들이 아득하게 멀어지는 듯 현실감 없게 느껴졌다.

"형, 장난치지 마요."

가까스로 그가 말했다. 영철이 이런 걸로 장난칠 사람이 아니라는 걸 알면서도, 우현은 현실을 부정하듯 말했다.

– 하아, 우현아. 내가 이런 일로 장난을 칠 사람이냐. 나도 뉴스 보고 알게 됐어.

안다. 아는데…… 형이 장난을 치는 게 아니라면 그 말도 안 되는 사실을 믿어야 하니까.

우현은 목이 졸린 것처럼 아무 말도 하지 못했다.

– 우현아. 일단 침착해. 당황스럽고, 비통하고, 여튼 기분이 엉망진창이겠지만……. 하아.

영철도 말하다 말고 자신이 무슨 소리를 하는지 모르겠다는 듯 긴 한숨을 내쉬었다.

– 일단 뉴스 보지 마라. 아침 뉴스에 나오고 있는데 현장이……. 하여튼 좀 그래. 그러니까 되도록 TV 틀지 말고.

그에 오히려 우현은 곧장 거실로 나가 테이블에 놓인 리모컨을 들었다.

툭.

리모컨이 손에서 미끄러졌다. 떨어진 리모컨을 주우려고 했으나, 덜덜 떨린 손끝에 걸린 리모컨은 몇 번이나 바닥으로 추락했다. 가까스로 리모컨을 거머쥔 그는 TV를 틀었다.

– 속보입니다. 오늘 새벽 1시경, 배우 임가영 씨가 교통사고로 그 자리에서 즉사했습니다. 차량 결함으로 보이나, 이에 경찰은 아직 자세한 정황이 포착되지 않으니 추측을 자제해달라고…….

화면에 CCTV영상이 떴다. 가영의 차로 추측되는 차 한 대가 시외버스를 피해 가로등을 들이박았다. 얼마 후, 그 차를 발견하지 못한 듯 승용차가 돌진했다.

쾅!

가영이 있었을 거라 추측되는 운전석이 움푹 패였다. 우현은 눈을 질끈 감았
다. 더는 볼 수가 없었다.

툭. 가까스로 쥐고 있던 리모컨이 떨어진 줄도 모른 채 그는 손바닥에 얼굴
을 파묻었다.

봤는데도 믿을 수가 없다.

죽다니…….

갑자기 자신의 세상에 모든 색들이 다 빠져나간 듯했다. 보이는 모든 것들이
무채색으로 보였다.

본다는 생각에 즐거웠는데. 설레기까지 했다. 그런데…… 어째서.

우현은 망연자실해 창밖을 바라보았다. 비가 세차게 내리고 있었다. TV에
선 가영의 장례식장에 관한 소식이 흘러나오고 있었다. 그러나 그는 더 이상
TV를 보지 못한 채, 그대로 서 있기만 했다.

툭. 투툭. 툭.

빗소리가 들렸다. 창밖에서 내리는 빗소리인지, 마음에서 내리는 빗소리인
지 그는 구분할 수 없었다.

◆ ◆ ◆

가영의 장례식이 치러졌다. 순식간이었다. 차량 오발진 혹은 결함일 거라는
추측과 달리, 차량엔 아무런 문제도 없었다고 했다. 혈중 알코올 농도 또한 문
제가 없었고, 별달리 건강상의 문제나 심장 발작 등의 증상도 없었다.

가영의 운전미숙으로 결론이 났다. 가영의 측근들은 가영이 그럴 실수를 할
수 없다며, 납득하기 힘들다고 했으나 망자는 말이 없었다.

가영의 장례식이 끝난 지, 일주일이 흘렀다. 가영이 여배우로 거론되던 드라
마는 우현의 하차로 엎어졌다.

우현은 이후 열흘간 집에서 꼼짝도 하지 않았다. 식사도 제대로 할 수 없었

별이 오다

고, 잠도 제대로 못 자 초췌했다. 그의 상태가 심상찮다는 걸 알게 된 그의 부모님은 그를 보러 몇 번이나 집을 방문했다. 영철 또한 그가 걱정되어 하루에 몇 번이나 전화를 해 그가 무사한지 확인했다.

집에서 꼼짝도 않던 우현이 영철에게 먼저 전화를 건 것은, 2주가 흐른 뒤였다.

"형."

― 어. 그래. 우현아.

영철의 목소리에는 반가움과 걱정스러움이 담겨 있었다.

"가영 씨."

말을 하는 입안이 까끌까끌하다. 이름 한 번 불렀을 뿐인데, 모래 한 움큼을 쑤셔넣은 기분이다.

― 어.

영철의 목소리에 미묘한 기색이 돌았다.

"……어디 있어요?"

― 어?

"그러니까…… 납골당이에요, 무덤이에요?"

우현이 가까스로 물었다.

― 글쎄. 나도 그건 잘 모르겠는데…….

"알아봐주세요."

― 뭐 하려고?

영철이 불안한 목소리로 물었다.

"인사는 해야 할 거 같아서요. 늦긴 했지만, 그래도…… 해야죠."

― …….

"그러니까, 알아봐줘요."

영철은 나지막한 한숨을 내쉬었다.

― 그래. 알았다. 알아볼게.

이후 영철은 우현의 안부를 물었다. 그는 건성으로 대답한 후, 전화를 끊었다. 고개를 돌리니 창문에 흘러내리지 못한 빗방울이 눈에 들어왔다.

그의 기분도 그러했다. 마음에 빗방울이 고였다. 흘러내리지도 않았고, 굳은 마음 탓에 빗방울은 마르지도 못했다. 그저 그 자리에 계속 맺혀 있을 뿐이었다.

✦ ✦ ✦

영철에게서 답이 온 건, 다음 날 오후였다. 전화를 받자마자 우현은 외출 준비를 했다. 보름만의 외출이었다.

며칠째 비가 쏟아져 내렸다. 한 치 앞도 가늠하기 힘든 빗줄기는 지독했다. 그 빗줄기를 뚫고 그는 차를 몰았다.

새까만 정장에 검은 넥타이를 맨 우현이 납골당으로 들어섰다. 그는 영철이 상세히 알려준 곳으로 향했다.

B구역에 왼쪽에서 네 번째. 그 어딘가 있을 거라고.

우현의 시선이 납골당을 더듬거리다가 한 곳에 멈춰 섰다. 가영의 생전 사진과 꽃이 새겨진 새하얀 납골함이 자리하고 있었다.

우리가 다시 만날 때, 이런 모습일 줄은 미처 몰랐다.

그는 허리를 숙여 준비해둔 국화꽃 한 다발을 내려놓았다.

"……이제야 인사드리네요. 임가영 씨. 저는 신우현입니다."

말을 한 우현의 눈빛이 짙게 물들었다.

"오래전부터 가영 씨의 팬이에요."

여태껏 가영의 앞에서 말이 안 나왔던 게 거짓말처럼 말이 술술 나왔다.

"출연한 영화, 드라마 다 봤어요. 이번에는 함께 출연한다고 해서 설레는 마음으로 기다리고 있었는데…….."

이렇게 만나네요.

우현이 차마 말을 잇지 못하고 입을 다물었다. 그는 견디지 못하고 고개를 숙였다. 손으로 고통에 물든 얼굴을 가렸다.

가영의 장례식에 가지 못했다. 그곳에 가면 가영의 죽음을 받아들여야 할 것 같아서. 최대한 미루고 미루었다. 조금이라도 마음이 추슬러지면 마주하려고.

그러나, 가영의 앞에 서자마자 가까스로 정리해둔 마음이 쏟아졌다. 다시금 엉망진창이 되어버린 마음 한가운데, 자괴감만 가득했다.

팬이었습니다.

좋아합니다.

이 말들이 뭐가 그렇게 힘들었을까. 뱉으면 그만일 것을. 이렇게 담고 있는 게 더 힘든 거였는데……

다음에, 라는 말로 기회만 엿보다가 영영 놓쳐버렸다. 후회는 깊고, 컸다.

이제 무엇도 돌이킬 수 없게 된 지금에야 마주한 아픈 진실.

나는…… 당신을 좋아하고 있었습니다. 같은 배우로서, 그리고 이성으로서.

오래전부터 시작되었으나, 너무도 뜨거운 감정이라 의심하고 고민하느라 말하지 못했다. 마음이 새까맣게 탄 지금에야, 이렇게 된 지금에야 알았다.

그의 까만 눈동자 위로 눈물이 솟구쳐 올랐다.

한 번이라도 제대로 말해볼걸.

한 번이라도 눈을 마주하고 웃어라도 볼걸.

한 번이라도…… 다시 만날 수 있다면.

이룰 수 없는 간절한 바람에 대못처럼 가슴에 와 박혔다. 눈가에서 새어나간 무거운 눈물이 바닥으로 후드득 떨어져 내렸다.

얼마나 그렇게 있었는지 알 수 없었다. 우현은 가영의 납골함이 보이는 자리에 서서 울다가, 말하다가, 다시 울기를 반복했다. 여태껏 하지 못했던 말들, 하고 싶었던 말들을 모조리 쏟아냈다.

태어나서 그토록 많이 말하고, 많이 운 것은 드라마 촬영 말고는 처음이었다. 한참을 울고 나니 마음에 커다란 구멍이 난 것처럼 허했다.

이제 할 말도 없었다.

마지막으로 남은 인사 말고는.

이 인사가 끝이라고 생각하니 쉽사리 말이 나오지 않았다. 하염없이 바닥을 바라보고 있던 우현이 고개를 들었다. 납골함 안에 가영의 사진이 보였다. 환하게 웃고 있었다.

"편히 쉬시길 바랍니다."

마침내 마지막 인사마저 끝이 났다. 그는 그 인사가 끝나고도 움직이지 못했다.

이게 끝이라니. 믿을 수가 없다.

한참을 바라보던 우현이 돌아섰다. 그러다 무언가를 발견하고 고개를 돌렸다.

반짝.

그의 텅 빈 시선이 납골함 앞에 자리한 반지에 닿았다. 심플한 묵주반지였다.

저런 반지가 있었던가.

자신이 납골함에 지나치게 집중해서 보지 못한 모양이라고 무심히 생각했다. 줄곧 자신이 지키고 있었는데 누군가가 와서 넣어놓지 않았을 테니.

우현은 무심히 반지를 바라보다가 몸을 돌려세웠다. 그는 뒤도 돌아보지 않고 납골당을 빠져나갔다.

그래서 보지 못했다. 반지가 사라진 것을.

-fin.

별이 오다

안녕하세요. 이채영(어둠속양초)입니다. 오랜만에 종이책 출간으로 인사드립니다.

모처럼 새로운 분위기의 글을 쓸 수 있어서 뜻깊은 시간이었습니다. 물론 쓸 때는 '조금 더! 조금 더!'라며 자책하고 썼지만요.

생각만 하고 있던 시놉시스를 글로 풀어낼 수 있도록 이끌어주신 도서출판 가하 편집팀께도 이 자리를 빌어 감사하다는 말씀드립니다.

빠른 시일 내에 새로운 원고로 인사드리겠습니다.

감사합니다.

행복하고 건강하세요.

2019년, 봄의 초입에서

이채영